Venezianisches Finale

Endstation Venedig

© Jerry Bauer

Donna Leon verließ mit 23 Jahren New Jersey, wo sie 1942 geboren wurde, um in Perugia und Siena weiterzustudieren. Sie blieb im Ausland, arbeitete als Reiseleiterin in Rom, als Werbetexterin in London und als Lehrerin an amerikanischen Schulen in Europa und Asien. Gegenwärtig lehrt sie englische und amerikanische Literatur an einer Universität in der Nähe von Venedig, wo sie seit 1981 lebt.

Zu ihrem Erstling kam Donna Leon über ihre Leidenschaft für die Oper. Während des Besuchs einer Probe im venezianischen Opernhaus *La Fenice* ereiferte sich ihr Begleiter: »Ich könnte den Dirigenten umbringen!« – »Ich mach's für dich, aber in einem Roman«, beruhigte sie ihn. Beide kundschafteten das Haus aus, um mögliche Fluchtwege für einen möglichen Täter zu finden, und Donna Leon erfand Commissario Guido Brunetti, um jenen zu fassen. Das Resultat war »Venezianisches Finale«.

DONNA LEON

Venezianisches Finale

Endstation Venedig

Zwei Romane in einem Band

Aus dem Amerikanischen
von Monika Elwenspoek

Weltbild

Die amerikanische Originalausgabe von „Venezianisches Finale" erschien
1992 bei HarperCollins Publishers, New York unter dem Titel
Death at La Fenice.

Die amerikanische Originalausgabe von „Endstation Venedig" erschien
1993 bei HarperCollins Publishers, New York unter dem Titel
Death in a Strange Country.

Besuchen Sie uns im Internet:
www.weltbild.de

Lizenzausgabe mit freundlicher Genehmigung
der Diogenes Verlag AG Zürich
für Verlagsgruppe Weltbild GmbH, Steinerne Furt, 86167 Augsburg
Venezianisches Finale

Übersetzung: Monika Elwenspoek
Endstation Venedig

Übersetzung: Monika Elwenspoek
Umschlaggestaltung: Jarzina Kommunikations-Design, Köln
Umschlagmotiv: Corbis (© Tibor Bognár), Düsseldorf
Gesamtherstellung: GGP Media GmbH,
Karl-Marx-Straße 24, 07381 Pößneck
Printed in Germany
ISBN 3-8289-7764-2

2008 2007 2006 2005
Die letzte Jahreszahl gibt die aktuelle Lizenzausgabe an.

DONNA LEON

Venezianisches Finale

Roman

Aus dem Amerikanischen
von Monika Elwenspoek

Weltbild

Ah, signor, son rea di morte
E la morte io sol vi chiedo;
Il mio fallo tardi vedo;
Con quel ferro un sen ferite
Che non merita pietà!

Ach, Herr, ich hab' den Tod verdient,
Und ich bitte Euch nur um den Tod;
Ich erkenne spät mein Vergehen;
Stoßt dieses Schwert in mein Herz,
Das kein Mitleid verdient!

COSÌ FAN TUTTE

I

Der dritte Gong tönte diskret durch die Foyers und Bars des Teatro La Fenice und rief zum letzten Akt der Oper. Zigaretten wurden ausgedrückt, Gläser leer getrunken, Gespräche beendet, und langsam drängte das Publikum zurück ins Theater. Der zwischen den Akten hellerleuchtete Saal war erfüllt von gedämpftem Stimmengewirr. Hier blitzte ein Diamant, dort wurde auf nackter Schulter ein Nerzcape zurechtgerückt, da ein unsichtbares Stäubchen von einem Satinrevers geschnipst. Zuerst füllten sich die Ränge, dann das Parkett, zuletzt die drei Reihen der Logen.

Langsam verloschen die Lichter, bis es ganz dunkel war im Saal, und es breitete sich jene erwartungsvolle Spannung aus, die ein Opernhaus erfüllt, kurz bevor die Vorstellung weitergehen soll und der Dirigent auf sein Podium zurückkehrt. Das Stimmengesumm ebbte allmählich ab, die Orchestermusiker rutschten nicht länger auf ihren Stühlen herum, und die allgemeine Stille verkündete, daß man bereit war für den dritten Akt.

Die Stille dehnte sich, wurde schwer. Aus dem ersten Rang hörte man plötzlich ein Husten, jemand ließ ein Buch oder eine Handtasche fallen, doch die Tür zum Korridor hinter dem Orchestergraben blieb zu.

Die Orchestermusiker waren die ersten, die leise zu reden anfingen. Ein zweiter Geiger lehnte sich zu der Frau neben ihm hinüber und erkundigte sich, wo sie dieses Jahr ihren Urlaub verbringen wolle. In der zweiten Reihe informierte eine Fagottistin ihre Nachbarin, daß bei Benetton morgen der Schlußverkauf beginne. Die Leute in den Seitenlogen schlossen sich dem Getuschel der Musiker als erste an, denn sie konnten direkt in den Orchestergraben sehen und sich ein Beispiel nehmen. Die Ränge zogen nach, dann die ersten Parkettreihen, als wollten die Reichen sich als letzte von solchem Benehmen anstecken lassen.

Das Summen steigerte sich zum Gemurmel. Minuten verstrichen. Plötzlich wurden die Falten des steifen grünen Samtvorhanges energisch auseinandergeschlagen, und Amadeo Fasini, der Intendant des Theaters, trat etwas linkisch durch den schmalen Spalt. Der Beleuchter an seinem Schaltpult über dem zweiten Rang hatte keine Ahnung, was los war, und entschied sich endlich dafür, einen grellen weißen Kreis auf die Gestalt auf der Bühne zu richten. Geblendet hob Fasini den Arm vors Gesicht, und so, den Arm wie zur Abwehr eines Schlages erhoben, begann er zu sprechen: »Meine Damen und Herren –« Er hielt inne und gestikulierte wild mit der Linken zu dem Beleuchter, der seinen Irrtum bemerkte und den Scheinwerfer wieder ausschaltete. Fasini, von seiner vorübergehenden Blindheit erlöst, fing noch einmal an: »Meine Damen und Herren, leider muß ich Ihnen mitteilen, daß Maestro Wellauer die Vorstellung nicht zu Ende leiten kann.« Fragendes Geraune drang ihm aus dem Publikum entgegen, Köpfe wandten sich unter Seidengeraschel, aber er sprach weiter. »Maestro Longhi wird seinen Platz am Pult einnehmen.« Und schnell, ehe das Raunen so laut werden konnte, daß seine Worte darin untergingen, fragte er mit betont ruhiger Stimme: »Ist ein Arzt im Saal?«

Lange Stille; dann begannen die Leute sich umzusehen, ob jemand sich melden würde. Fast eine Minute verging. Endlich hob vorn im Parkett zögernd jemand die Hand, und eine Frau stand langsam von ihrem Platz auf. »Dottoressa, könnten Sie bitte hinter die Bühne kommen?« Fasini winkte einem der uniformierten Platzanweiser im Hintergrund, und der junge Mann eilte ans Ende der Reihe, wo die Ärztin nun stand. »Wenn Sie so freundlich wären«, sagte Fasini, wobei er einen so schmerzlichen Unterton in seine Stimme legte, als brauchte er selbst den ärztlichen Beistand, »und dem Platzanweiser folgen würden …«

Er warf einen Blick in den hufeisenförmigen, immer noch abgedunkelten Saal, versuchte zu lächeln, erfolglos, und gab es auf. »Bitte entschuldigen Sie die kleine Verzögerung, meine Damen und Herren. Die Vorstellung geht jetzt weiter.«

Er drehte sich um, kämpfte mit den Vorhangfalten und fand die Öffnung nicht mehr. Unsichtbare Hände teilten endlich von hinten den Vorhang für ihn, er schlüpfte hindurch und stand mitten in der kargen Mansarde, wo gleich Violetta sterben sollte. Aus dem Saal hörte er den verhaltenen Applaus, der den neuen Dirigenten begrüßte.

Von allen Seiten bedrängten die Sänger, Chormitglieder und Bühnenarbeiter ihn jetzt ebenso neugierig, aber viel stimmgewaltiger als zuvor das Publikum. Sonst schützte seine Stellung ihn vor Kontakten mit solch minderen Mitgliedern des Ensembles, hier aber konnte er ihnen nicht entgehen, ihren Fragen, ihrem Flüstern. »Es ist nichts weiter«, sagte er zu niemand Bestimmtem und wedelte mit den Armen, um sie von der Bühne zu treiben, auf der sie sich zusammendrängten. Draußen ging das Vorspiel zum dritten Akt seinem Ende entgegen; gleich würde der Vorhang aufgehen und den Blick auf die Violetta des heutigen Abends freigeben, die nervös auf dem Bett in der Bühnenmitte saß. Fasini verdoppelte die Heftigkeit seiner Gebärden, und sie zogen sich langsam zurück, um aber in den Seitenkulissen stehenzubleiben und dort weiterzutuscheln. Er fauchte ein wütendes *»Silenzio«* und wartete die Wirkung ab. Als er sah, daß sie still wurden und der Vorhang langsam die Bühne freigab, ging er rasch nach rechts zum Inspizienten, neben dem jetzt die Ärztin stand, eine kleine, dunkelhaarige Frau. Unmittelbar unter dem Schild »Rauchen verboten« hielt sie eine nicht angezündete Zigarette in der Hand.

»Guten Abend, Dottoressa«, sagte er mit einem gezwungenen Lächeln. Sie ließ die Zigarette in ihre Jackentasche gleiten und gab ihm die Hand. Falls sie sich wunderte, wie wenig eilig er es auf einmal hatte, so ließ sie es sich jedenfalls nicht anmerken.

»Worum geht es?« fragte sie schließlich, während Violetta hinter ihnen Germonts Brief zu lesen begann.

Fasini rieb sich, bevor er antwortete, energisch die Hände, als könnte ihm dies bei der Suche nach dem richtigen Wort helfen. »Maestro Wellauer ist …«, begann er, wußte dann aber nicht, wie er den Satz passend beenden sollte.

»Ist er krank?« fragte die Ärztin mit kaum verhohlenem Unmut über sein Verhalten.

»Nein, nein, krank ist er nicht«, erwiderte Fasini, und wieder fehlten ihm die Worte. Er rieb sich erneut die Hände.

»Ich sollte vielleicht besser zu ihm gehen«, sagte sie, ließ es aber wie eine Frage klingen. »Ist er hier im Theater?«

Und als Fasini stumm blieb, fragte sie: »Hat man ihn irgendwohin gebracht?«

Da fand Fasini seine Sprache wieder. »Nein, nein. Er ist in der Garderobe.«

»Sollten wir dann nicht hingehen?«

»Ja, natürlich, Dottoressa«, stimmte er zu und schien dankbar für den Vorschlag. Er führte sie nach rechts, vorbei an einem Flügel und einer Harfe, die mit einem mattgrünen Tuch abgedeckt war, in einen schmalen Gang. An dessen Ende blieb er vor der Tür zur Garderobe des Dirigenten stehen. Die Tür war geschlossen, und davor stand ein großer Mann.

»Matteo«, sagte Fasini, »der Hilfsinspizient …«, und wandte sich dann höflich der Ärztin zu. »Das ist Dottoressa …«

»Zorzi«, sagte sie knapp. Es schien kaum der rechte Moment für förmliche Vorstellungen zu sein.

Bei der Ankunft seines Vorgesetzten und dieser Frau, die offenbar eine Ärztin war, trat der Hilfsinspizient nur allzugern beiseite. Fasini ging an ihm vorbei, stieß die Tür ein Stück weit auf, blickte über die Schulter und trat zur Seite, um die Ärztin an sich vorbei in das kleine Zimmer zu lassen.

Der Tod hatte die Züge des Mannes verzerrt, der in dem Sessel mitten im Zimmer lag. Seine Augen waren starr ins Leere gerichtet und die Lippen zu einer häßlichen Grimasse verzogen. Der Körper hing schwer zur einen Seite, der Kopf war gegen den Sesselrücken gepreßt. Auf der gestärkten, blendendweißen Hemdbrust waren Spritzer einer dunklen Flüssigkeit. Einen Augenblick dachte die Ärztin, es sei Blut. Sie trat näher und roch mehr, als daß sie es sah, den Kaffee. Der andere Geruch, der sich mit dem des Kaffees vermischte, war ebenso eindeutig. Es war der durchdringende, säuerliche Geruch nach bitteren Mandeln, über den sie bislang nur gelesen hatte.

Sie hatte so oft mit dem Tod zu tun gehabt, daß sie nicht erst nach dem Puls des Mannes tasten mußte, dennoch legte sie die Finger ihrer rechten Hand unter sein hochgerecktes Kinn. Nichts, aber die Haut war noch warm. Sie trat zurück und sah sich um. Vor ihm auf dem Boden lagen die Untertasse und die kleine Tasse, worin der Kaffee gewesen war, der ihm auf die Hemdbrust gespritzt war. Sie hockte sich hin und berührte mit der Rückseite ihrer Finger die Tasse, doch die fühlte sich kalt an.

Dann erhob sie sich wieder und wandte sich an die beiden Männer, die noch immer an der Tür standen und die Beschäftigung mit dem Tod gern ihr zu überlassen schienen. »Haben Sie schon die Polizei verständigt?« fragte sie.

»Ja, ja«, murmelte Fasini, als habe er die Frage gar nicht aufgenommen.

»Signore«, sagte sie, nun mit klarer lauter Stimme, damit er sie auch richtig verstand. »Ich kann hier nichts machen. Das ist eine Angelegenheit für die Polizei. Ist sie schon benachrichtigt?«

»Ja«, wiederholte Fasini, ließ aber noch immer nicht erkennen, daß er sie gehört oder verstanden hatte. Er starrte auf den Toten hinunter und versuchte zu begreifen, welchen Schrecken und Skandal das bedeutete, was er da sah.

Abrupt drängte die Ärztin sich an ihm vorbei in den Korridor. Der Hilfsinspizient folgte ihr. »Rufen Sie die Polizei«, wies sie ihn energisch an. Als er nickte und ging, griff sie in ihre Jackentasche, holte die Zigarette heraus, drückte sie zurecht und zündete sie an. Sie tat einen tiefen Zug und sah auf ihre Armbanduhr. Mickeys linke Hand stand zwischen der Zehn und der Elf, seine rechte genau auf der Sieben. Sie lehnte sich an die Wand und wartete auf die Polizei.

2

Da man hier in Venedig war, kam die Polizei mit dem Boot, das Blaulicht blitzte auf dem vorderen Kabinendach. Das Boot legte in einem kleinen Seitenkanal hinter dem Theater an, und vier Männer sprangen heraus, drei in blauer Uniform und einer in Zivil. Rasch gingen sie die enge Gasse am Theater entlang zum Bühneneingang, wo der Portier, der über ihre Ankunft informiert war, mit einem Knopfdruck das Drehkreuz freigab, das ihnen Zugang zum hinteren Teil des Theaters verschaffte. Schweigend deutete er auf eine Treppe.

Oben empfing sie der noch immer wie betäubt wirkende Fasini. Er streckte schon die Hand aus, um den Mann in Zivil zu begrüßen, der offenbar das Kommando führte, vergaß es aber dann wieder, drehte sich rasch um, murmelte: »Hier entlang« und ging durch den schmalen Korridor voraus. An der Garderobentür hielt er inne und deutete wortlos nach drinnen.

Guido Brunetti, ein Commissario aus der Questura, trat als erster ein. Als er den leblosen Körper im Sessel sah, hob er die Hand und bedeutete den Uniformierten zurückzubleiben. Der Mann im Sessel war eindeutig tot. Nach einem Lebenszeichen mußte man an diesem verkrampft nach hinten gereckten Körper mit den grausig verzerrten Gesichtszügen nicht mehr suchen.

Das Gesicht des Toten war Brunetti so vertraut wie den meisten Menschen der westlichen Welt. Auch wer diesen Mann nie selbst am Pult gesehen hatte, kannte sein Gesicht mit dem gemeißelten germanischen Kinn und dem etwas zu langen, auch mit über sechzig noch rabenschwarzen Haar seit vier Jahrzehnten von den Titelseiten der Zeitschriften und Zeitungen. Brunetti hatte ihn vor Jahren zweimal dirigieren sehen und dabei statt des Orchesters fasziniert den Dirigenten beobachtet. Wie von einem Dämon besessen – oder einer Gottheit – zuckte Wellauers Körper über dem Pult hin und her, die Linke halb zur Faust geballt, als wollte er den Violinen die Töne entreißen, während die Rechte den Stab gleich einer Waffe hier und dort niedersausen ließ; ein Donnerkeil, der Wogen von Klängen auslöste. Doch jetzt, im Tod, hatte alles Göttliche ihn verlassen, und nur die boshafte Maske des Dämons war geblieben.

Brunetti wandte den Blick ab und sah sich im Zimmer um. Da lag die Tasse auf dem Boden und nicht weit davon die Untertasse. Daraus ließen sich die dunklen Flecken auf dem Hemd und wahrscheinlich auch das gräßlich verzerrte Gesicht erklären.

Reglos blieb Brunetti stehen, immer noch nicht weiter im Zimmer, ließ den Blick umherwandern und registrierte jedes Detail, unsicher noch, was sich daraus ergeben würde, neugierig. Er war ein überraschend gepflegter Mann: Seine Krawatte war sorgfältig gebunden, das Haar kürzer als derzeit Mode, und selbst seine Ohren lagen eng am Kopf, als wollten sie nur ja nicht auffallen. Die Kleidung wies ihn eindeutig als Italiener aus. Der Akzent war unverkennbar venezianisch. Sein Blick war ganz der eines Polizeibeamten.

Er streckte die Hand aus und berührte das Handgelenk des Toten, aber der Körper war kalt, die Haut fühlte sich trocken an. Mit einem letzten prüfenden Blick drehte er sich um und wandte sich einem der Männer zu, die hinter ihm standen. Er wies ihn an, den Polizeiarzt und den Fotografen zu rufen. Den zweiten Beamten schickte er nach unten zum Portier, um herauszufinden, wer heute abend alles hinter der Bühne war, und eine Liste mit den Namen zusammenzustellen. Dem dritten trug er auf, zu erkunden, wer heute vor der Vorstellung oder während der Pausen mit dem Maestro gesprochen hatte.

Dann öffnete er die Tür zu seiner Linken. Sie führte in ein kleines Bad. Das einzige Fenster war geschlossen, wie auch das in der Garderobe. Im Schrank hingen ein dunkler Mantel und drei weiße, gestärkte Hemden.

Brunetti ging zurück in den Garderobenraum und trat zu der Leiche. Mit der Rückseite seiner Finger hielt er das Revers des Toten hoch und griff in die Brusttasche des Jacketts. Er fand ein Taschentuch, das er vorsichtig an einer Ecke herauszog. Sonst war die Tasche leer. Auf dieselbe Weise verfuhr er mit den Seitentaschen, aus denen er die üblichen Dinge zutage förderte: ein paar tausend Lire in kleinen Scheinen, einen Schlüssel mit Plastikanhänger, wahrscheinlich für dieses Zimmer, einen Kamm und noch ein Taschentuch. Er wollte möglichst wenig an dem Toten herumhantieren, bevor er fotografiert war, so verschob er die Untersuchung der Hosentaschen auf später.

Die drei Polizisten, zufrieden, daß ein Opfer festgestellt werden konnte, waren gegangen, um Brunettis Anweisungen auszuführen. Der Intendant des Theaters war nirgends zu sehen. Brunetti trat in den Korridor, wo er ihn zu finden hoffte und fragen wollte, wann man die Leiche entdeckt hatte. Statt dessen fand er eine kleine, dunkelhaarige Frau, die rauchend an der Wand lehnte. Hinter ihnen brausten Wogen volltönender Musik.

»Was ist denn das?« fragte Brunetti.

»*La Traviata*«, antwortete die Frau schlicht.

»Das weiß ich«, sagte er. »Heißt das, man hat die Vorstellung nicht abgebrochen?«

»›Selbst wenn die Welt in Trümmer fällt...‹«, antwortete sie mit der übertriebenen Betonung und Emphase, die man sich für Zitate vorbehält.

»Ist das aus *La Traviata*?« wollte er wissen.

»Nein, aus *Turandot*«, entgegnete sie ruhig.

»Ja, aber trotzdem«, meinte er, »schon aus Respekt vor dem Mann.«

Sie zuckte die Achseln, ließ ihre Zigarette auf den Zementboden fallen und trat sie aus.

»Und Sie sind...?« fragte er schließlich.

»Barbara Zorzi«, antwortete sie und ergänzte, obwohl er nicht gefragt hatte: »Dottoressa Barbara Zorzi. Ich war im Theater, als ein Arzt gesucht wurde, also bin ich hinter die Bühne gegangen und habe ihn gefunden. Genau um 10 Uhr 35. Sein Körper war noch warm, so daß er nach meiner Schätzung noch keine halbe Stunde tot gewesen sein kann. Die Kaffeetasse auf dem Fußboden war kalt.«

»Sie haben sie berührt?«

»Nur mit der Außenseite der Finger. Ich dachte, es könnte wichtig sein zu wissen, ob sie noch warm war. Sie war es nicht.« Sie holte eine Schachtel Zigaretten aus der Tasche, bot ihm eine an, schien nicht erstaunt, als er ablehnte, und zündete sich ihre selbst an.

»Sonst noch etwas, Dottoressa?«

»Es riecht wie Zyankali«, meinte sie. »Ich habe darüber gelesen und auch einmal damit gearbeitet,in Pharmakologie. Der Professor wollte uns nicht daran riechen lassen, weil selbst die Dämpfe gefährlich seien.«

»Ist es wirklich so giftig?« fragte er.

»Ja. Ich habe zwar vergessen, welche Dosis einen Menschen töten kann, aber es ist wesentlich weniger als ein Gramm. Und es wirkt sofort. Alles hört einfach auf – Herz, Lunge, alles. Er war tot, oder zumindest bewußtlos, bevor die Tasse auf den Boden schlug.«

»Kannten Sie ihn?« fragte Brunetti.

Sie schüttelte den Kopf. »Nicht besser als jeder andere, der Opern liebt. Oder *Gente* liest«, fügte sie hinzu und nannte damit ein Klatschmagazin, von dem er sich nur schwer vorstellen konnte, daß sie es las.

Sie sah zu ihm auf und fragte: »Wär's das?«

»Ja, Dottoressa, ich denke schon. Wenn Sie einem meiner Leute noch Ihre Adresse geben würden, damit wir Sie, falls nötig, erreichen können.«

»Zorzi, Barbara«, sagte sie, nicht im geringsten beeindruckt von seinem förmlichen Gehabe. »Ich bin die einzige im Telefonbuch.«

Sie warf die Zigarette auf den Boden und trat sie aus, dann streckte sie ihm die Hand hin. »Also dann, Wiedersehen. Ich hoffe, diese Sache wird nicht allzu unschön.« Er wußte nicht, ob sie meinte, für den Maestro, das Theater, die Stadt oder ihn selbst, und so nickte er bloß als Dank und schüttelte ihr die Hand. Als sie ging, kam Brunetti der Gedanke, wie merkwürdig seine eigene Arbeit der ihren glich. Sie trafen sich über Leichen und fragten beide »Warum?«. Aber wenn die Antwort auf diese Frage gefunden war, trennten sich ihre Wege, als Ärztin ging sie in der Zeit zurück, um den physischen Auslöser zu finden, und er ging vorwärts, um den Verantwortlichen zu finden.

Eine Viertelstunde später kam der Polizeiarzt zusammen mit dem Fotografen und zwei Sanitätern in weißen Jacken, die später die Leiche ins Bürgerspital bringen sollten. Brunetti begrüßte Dr. Rizzardi herzlich und gab weiter, was Dr. Zorzi ihm über den Zeitpunkt des Todes gesagt hatte. Zusammen gingen sie in die Garderobe des Maestro. Rizzardi, ein anspruchsvoll gekleideter Mann, streifte sich Gummihandschuhe über, warf automatisch einen Blick auf seine Armbanduhr und hockte sich neben die Leiche. Brunetti sah zu, wie er den Körper untersuchte, und war seltsam berührt, als er sah, wie Rizzardi den Toten mit dem gleichen Respekt behandelte, den er einem lebenden Patienten erweisen würde, ihn behutsam anfaßte, vorsichtig umdrehte und notfalls dem erstarrenden Fleisch mit erfahrenen und doch sanften Händen nachhalf.

»Könnten Sie ihm die Sachen aus den Taschen nehmen, Dottore?« fragte Brunetti, der keine Handschuhe bei sich hatte und mit seinen Fingerabdrücken nicht eventuelle Spuren verwischen wollte. Der Doktor kam der Bitte nach, fand aber nur eine dünne Brieftasche, Alligator vielleicht, die er an einer Ecke herauszog und neben sich auf den Tisch legte.

Er stand auf und zog sich die Handschuhe aus. »Gift. Eindeutig. Ich würde sagen, es war Zyankali. Ja, ich bin eigentlich ganz sicher, allerdings ist das vor der Autopsie noch nicht offiziell. Aber so wie sein Körper nach hinten gebogen war, kann es nichts anderes sein.« Brunetti sah, daß der Doktor dem Toten die Augen zugedrückt hatte und nun versuchte, die verzerrten Mundwinkel zu glätten. »Es ist Wellauer, nicht?« fragte der Doktor, obwohl die Frage kaum nötig war.

Als Brunetti nickte, rief Rizzardi: »*Maria Vergine*, der Bürgermeister wird nicht begeistert sein, ganz und gar nicht.«

»Dann soll der Bürgermeister doch den Täter suchen«, schnauzte Brunetti.

»Ja, dumm von mir. Tut mir leid, Guido. Wir sollten lieber an die Familie denken.«

Wie aufs Stichwort kam einer der drei Uniformierten an die Tür und winkte Brunetti heraus. Draußen stand Fasini neben einer hochgewachsenen jungen Frau, die er für die Tochter des Maestro hielt. Sie war sehr groß, größer als der Intendant, ja sogar größer als Brunetti, und ihr hochgestecktes, blondes Haar verstärkte den Eindruck noch. Ihre Wangenknochen hatten, wie die des Maestro, etwas Slawisches, und die Farbe ihrer Augen konnte man schon beinah als Eisblau bezeichnen.

Als sie Brunetti herauskommen sah, trat sie mit zwei raschen Schritten auf ihn zu. »Was ist passiert?« fragte sie auf italienisch mit starkem ausländischem Akzent. »Was ist passiert?«

»Es tut mir sehr leid, Signorina«, fing er an.

Sie hörte gar nicht hin, sondern unterbrach ihn energisch. »Was ist mit meinem Mann?«

Trotz aller Überraschung hatte Brunetti doch die Geistesgegenwart, mit einem Schritt nach rechts den Eingang zur Garderobe zu versperren. »Signora, es tut mir leid, aber es wäre besser, wenn Sie nicht hineingehen.« Warum wußten sie nur immer schon, was man ihnen sagen mußte? War es der Tonfall, oder gab es so etwas wie einen animalischen Instinkt, der sie den Tod aus der Stimme desjenigen heraushören ließ, der die Nachricht überbrachte?

Die Frau kippte zur Seite, als hätte man ihr einen Schlag versetzt. Sie stieß mit der Hüfte auf die Tasten des Flügels, und eine Dissonanz hallte durch den Korridor. Sie stützte sich mit einer Hand auf der Klaviatur ab und produzierte weitere unkoordinierte Töne. Dann sagte sie etwas in einer Sprache, die Brunetti nicht verstand, und hob die Hand in einer Geste vor den Mund, die so melodramatisch wirkte, daß sie nicht gespielt sein konnte.

In dem Augenblick schien es Brunetti, als habe er sein ganzes Leben damit verbracht, Menschen dies anzutun, ihnen zu sagen, daß ein geliebter Mensch tot war, oder schlimmer, umgebracht worden war. Sein Bruder Sergio war Röntgentechniker und mußte eine kleine Karte aus Metall am Revers tragen, die sich verfärbte, wenn sie gefährlichen Strahlenmengen ausgesetzt war. Hätte er etwas Ähnliches an sich gehabt, das auf Schmerz, Trauer oder Tod reagierte, die Farbe hätte sich schon längst verändert.

Sie öffnete die Augen und sah ihn an. »Ich möchte ihn sehen.«

»Ich glaube, es wäre besser, wenn Sie es nicht täten«, antwortete er, wohl wissend, daß es stimmte.

»Was ist passiert?« Sie bemühte sich, ruhig zu bleiben, und es gelang ihr.

»Ich glaube, es war Gift«, sagte er, obwohl er es genau wußte.

»Jemand hat ihn umgebracht?« fragte sie, und ihr Erstaunen schien echt zu sein. Oder einstudiert.

»Entschuldigen Sie, Signora, aber ich kann Ihnen im Moment keine Antworten geben. Ist jemand hier, der Sie nach Hause bringen kann?« Hinter sich hörten sie plötzlich Beifall losbrechen, dem dann Welle auf Welle folgte. Ihr war nicht anzumerken, ob sie es hörte oder ob sie seine Frage gehört hatte, sie starrte ihn nur an und bewegte lautlos die Lippen.

»Ist jemand hier im Theater, der Sie nach Hause bringen kann, Signora?«

Sie nickte, hatte ihn endlich verstanden. »Ja, ja«, sagte sie, und dann mit etwas sanfterer Stimme: »Ich muß mich hinsetzen.« Er war schon vorbereitet auf den plötzlichen Realitätsschub, der auf den ersten Schock folgt. Der war es, der die Leute umwarf.

Er schob seinen Arm unter ihren und führte sie in den offenen Bereich hinter der Bühne. Sie war zwar groß, dabei aber so schmal, daß ihr Gewicht leicht zu stützen war. Der einzige geeignete Platz war eine kleine Nische linker Hand, voller Schaltbretter und anderer Utensilien, die ihm nichts sagten. Er half ihr auf den Stuhl davor und winkte einem seiner uniformierten Polizisten, der gerade aus den Kulissen kam, wo es jetzt von kostümierten Mitwirkenden wimmelte, die sich verbeugten und, sobald der Vorhang geschlossen war, wieder zu Gruppen zusammenfanden.

»Gehen Sie in die Bar runter, und holen Sie ein Glas Cognac und ein Glas Wasser«, wies er den Polizisten an.

Signora Wellauer saß indessen auf dem einfachen Holzstuhl mit der geraden Lehne, ihre Hände umklammerten den Sitz rechts und links, und sie starrte auf den Boden. Sie schüttelte den Kopf, verneinend oder als Antwort auf ein inneres Gespräch.

»Signora –, Signora, sind Ihre Freunde hier im Theater?«

Sie beachtete ihn nicht und setzte ihr inneres Gespräch fort.

»Signora«, wiederholte er und legte ihr diesmal dabei die Hand auf die Schulter. »Ihre Freunde, sind sie hier?«

»Welti«, sagte sie, ohne aufzusehen. »Wir haben uns nach der Vorstellung hinter der Bühne verabredet.«

Der Polizist kam mit zwei Gläsern zurück. Brunetti nahm das kleinere und gab es ihr. »Trinken Sie das, Signora«, sagte er. Sie trank abwesend zuerst den Cognac und anschließend das Wasser, als sei kein Unterschied zwischen beidem.

Brunetti stellte die Gläser beiseite.

»Wann haben Sie ihn gesehen, Signora?«

»Wie bitte?«

»Wann Sie ihn gesehen haben.«

»Helmut?«

»Ja, Signora. Wann haben Sie ihn gesehen?«

»Wir sind zusammen hergekommen. Heute abend. Dann bin ich nach dem ...« Ihre Stimme verebbte.

»Was, Signora?« fragte er.

Sie betrachtete einen Augenblick sein Gesicht, bevor sie weitersprach. »Nach dem zweiten Akt bin ich zu ihm gegangen. Aber wir haben nicht miteinander gesprochen. Ich kam zu spät. Er sagte nur – nein, er hat gar nichts gesagt.«

Brunetti war nicht sicher, ob ihre Verwirrung dem Schock oder den Schwierigkeiten mit der Sprache zuzuschreiben war, aber ihm war klar, daß sie im Moment keine weiteren Fragen beantworten konnte.

Hinter ihnen brach eine neue Welle von Applaus los, die anschwoll und abebbte, während die Sänger ihre Vorhänge absolvierten. Die Frau vor ihm senkte erneut den Kopf, obwohl sie ihr inneres Gespräch offenbar abgeschlossen hatte.

Er wies den Polizisten an, bei ihr zu bleiben, bis ihre Freunde da wären, und fügte hinzu, danach könne sie mit ihnen das Theater verlassen.

Brunetti verabschiedete sich und ging zurück in die Garderobe des Maestro, wo der Arzt und der Fotograf gerade im Begriff waren zu gehen.

»Gibt es noch etwas?« wollte Rizzardi wissen, als er Brunetti hereinkommen sah.

»Nein. Wann ist die Autopsie?«

»Morgen.«

»Machen Sie die?«

Rizzardi überlegte kurz, bevor er antwortete. »Ich habe keinen Dienst, aber da ich die Leiche untersucht habe, wird der Staatsanwalt mich wahrscheinlich darum bitten.«

»Wann?«

»Gegen elf. Am frühen Nachmittag bin ich dann wohl fertig.«

»Ich komme raus«, sagte Brunetti.

»Das ist nicht nötig, Guido. Sie müssen nicht extra nach San Michele rauskommen. Sie können anrufen, oder ich rufe bei Ihnen im Büro an.«

»Danke, Ettore, aber ich möchte kommen. Ich war schon

lange nicht mehr draußen. Ich würde bei der Gelegenheit gern das Grab meines Vaters besuchen.«

»Gut, wie Sie wollen«, meinte Rizzardi. Sie gaben sich die Hand, und Rizzardi wandte sich zum Gehen. An der Tür blieb er stehen und fügte noch hinzu: »Er war der letzte der ganz Großen, Guido. Diesen Tod hat er nicht verdient. Tut mir leid, daß dies passieren mußte, Guido.«

»Mir auch, Ettore, mir auch.«

Der Doktor ging, und der Fotograf folgte ihm. Sobald sie draußen waren, drehte sich einer der beiden Sanitäter, die bisher rauchend am Fenster gestanden und die Passanten in der Gasse unten beobachtet hatten, um und machte ein paar Schritte zu der Trage hin, auf der die Leiche lag.

»Können wir ihn jetzt wegbringen?« fragte er gleichgültig.

»Nein«, entgegnete Brunetti. »Warten Sie, bis alle Leute das Theater verlassen haben.«

Der andere, der am Fenster stehengeblieben war, warf seine Zigarette hinaus und stellte sich ans andere Ende der Trage. »Das wird aber 'ne ganze Weile dauern, oder?« meinte er mit unverhohlenem Mißmut. Er war klein und vierschrötig, und sein Akzent war ziemlich eindeutig neapolitanisch.

»Ich weiß nicht, wie lange es dauert, aber warten Sie, bis das Theater leer ist.«

Der zweite Sanitäter schob den Ärmel seiner weißen Jacke zurück und sah betont auf die Uhr. »Also, unser Dienst endet um Mitternacht, und wenn wir noch lange warten, kommen wir erst viel später ins Spital zurück.«

Der erste stimmte mit ein. »Nach den Bestimmungen unserer Gewerkschaft müssen Überstunden vierundzwanzig Stunden vorher angekündigt werden. Ich weiß nicht, was wir in so einem Fall machen sollen«, fügte er hinzu und deutete dabei mit der Schuhspitze auf die Trage, als sei sie ein Ding, das er auf der Straße gefunden hatte.

Einen Moment war Brunetti versucht, vernünftig mit ihnen

zu reden, aber nicht lange. »Ihr beide bleibt hier und macht diese Tür nicht auf, bevor ich es sage.« Als keine Antwort kam, fragte er: »Verstanden? Beide?« Noch immer keine Antwort. »Verstehen Sie mich?« wiederholte er.

»Aber die Gewerkschaft...«

»Zum Henker mit eurer Gewerkschaft und ihren Bestimmungen«, explodierte Brunetti. »Wenn ihr mit dieser Trage hier rausgeht, bevor ich es sage, sitzt ihr sofort im Knast, sowie ihr auf einen Gehweg spuckt oder öffentlich flucht. Ich will keinen Zirkus, wenn ihr ihn raustragt. Ihr müßt also schon warten, bis ich entscheide, daß es soweit ist.« Ohne noch einmal nachzufragen, ob sie ihn jetzt verstanden hatten, drehte Brunetti sich um und schlug die Tür hinter sich zu.

In dem offenen Bereich am Ende des Korridors herrschte Chaos. Mitglieder des Ensembles, zum Teil noch in ihren Kostümen, liefen ziellos durcheinander, und auch ohne zu hören, was sie sagten, merkte er an ihren aufgeregten Blicken zur Garderobentür hin, daß die Nachricht vom Tod sich herumgesprochen hatte. Er beobachtete, wie sie weiterverbreitet wurde, wie zwei die Köpfe zusammensteckten und dann einer sich abrupt drehte, um den Korridor hinunterzustieren, zu der Tür, hinter der sich verbarg, was sie nur ahnen konnten. Wollten sie die Leiche sehen? Oder brauchten sie nur ein Gesprächsthema für morgen, an der Theke ihrer Bars?

Als er zu Signora Wellauer zurückkam, waren ein Mann und eine Frau bei ihr, beide erheblich älter als sie. Die Frau kniete neben ihr und hatte die Arme um die Witwe gelegt, die jetzt heftig schluchzte. Als er Brunetti sah, kam der Uniformierte zu ihm. »Ich habe doch gesagt, Sie können sie gehen lassen«, sagte Brunetti zu ihm.

»Soll ich mitgehen, Commissario?«

»Ja, tun Sie das. Wissen Sie, wo sie wohnt?«

»In der Nähe von San Moisè.«

»Gut, das ist ja nicht weit«, meinte Brunetti und fügte hinzu:

»Sie sollen mit niemandem sprechen«, denn ihm fielen die Reporter ein, die inzwischen sicher Wind bekommen hatten. »Nehmen Sie nicht den Bühnenausgang. Vielleicht gibt es ja einen Weg durchs Theater.«

»Ja, Commissario«, antwortete der Mann und salutierte dabei so zackig, daß Brunetti wünschte, die Sanitäter hätten es sehen können.

»Commissario?« ertönte es plötzlich hinter ihm, und als er sich umdrehte, sah er Corporal Miotti auf sich zukommen, den jüngsten der drei Polizisten, die er mitgebracht hatte.

»Was ist, Miotti?«

»Ich habe eine Liste der Leute, die heute abend hier waren, Chor, Orchester, Bühnenpersonal, Sänger.«

»Wie viele sind es denn?«

»Über hundert, Commissario«, antwortete er seufzend, als wollte er sich für die vielen hundert Stunden Arbeit entschuldigen, die das bedeutete.

»Na ja«, meinte Brunetti und tat es achselzuckend ab. »Gehen Sie mal zum Portier runter, und bringen Sie in Erfahrung, wie man durch diese Drehkreuze kommt. Und wie man sich ausweisen muß.« Der Caporale kritzelte in sein Notizbuch, während Brunetti weiterredete. »Wie kommt man sonst noch hier herein? Gibt es einen direkten Zugang vom Zuschauerraum aus nach hier hinten? Mit wem ist er heute abend gekommen, und wann? Ist während der Vorstellung jemand in seine Garderobe gegangen? Und der Kaffee, ist er von unten aus der Bar, oder wurde er von außerhalb gebracht?« Er hielt inne und dachte nach. »Und versuchen Sie herauszukriegen, ob er irgendwelche Nachrichten, Briefe oder Telefonate bekommen hat.«

»Ist das alles, Commissario?« fragte Miotti.

»Rufen Sie in der Questura an. Die sollen die deutsche Polizei benachrichtigen.« Und bevor Miotti noch etwas entgegnen konnte: »Sagen Sie denen, sie sollen diese Dolmetscherin für Deutsch holen lassen, wie hieß sie noch?«

»Boldacci, Commissario.«

»Genau. Die sollen sie holen, und sie soll bei der deutschen Polizei anrufen. Es ist mir egal, wie spät es ist. Sie soll ein vollständiges Dossier über Wellauer anfordern. Am liebsten hätte ich es gleich morgen früh, wenn es geht.«

»Ja, Commissario.«

Brunetti nickte. Der Caporale salutierte und stiefelte mit seinem Notizbuch in der Hand zur Treppe, die zum Bühneneingang hinunterführte.

»Und, Caporale«, rief Brunetti ihm hinterher.

»Ja, Commissario?«

»Seien Sie höflich.«

Miotti nickte und verschwand. Daß er so mit einem seiner Untergebenen reden konnte, ohne daß der gleich einschnappte, erinnerte Brunetti wieder daran, wie dankbar er war, nach fünf Jahren in Neapel wieder nach Venedig versetzt worden zu sein.

Obwohl seit dem letzten Vorhang schon mehr als zwanzig Minuten vergangen waren, machten die Leute auf der Bühne keine Anstalten zu gehen. Einige, die offenbar mehr praktischen Verstand hatten, gingen herum und sammelten Requisiten ein: Kostümteile, Gürtel, Spazierstöcke, Perücken. Direkt vor Brunetti kam einer vorbei, der offenbar ein totes Tier über dem Arm trug, aber als Brunetti genauer hinsah, waren es lauter Frauenperücken. Hinter dem Vorhang tauchte Follin auf, den Brunetti vorhin losgeschickt hatte, den Arzt zu rufen.

Er kam auf Brunetti zu und sagte: »Ich dachte, Sie wollen vielleicht mit den Sängern sprechen, Commissario. Da habe ich sie gebeten, oben zu warten. Und den Regisseur auch. Es schien ihnen nicht zu gefallen, aber ich habe erklärt, was passiert ist, und danach waren sie einverstanden. Gefallen hat es ihnen trotzdem nicht.«

Opernsänger, dachte Brunetti und wiederholte es noch einmal: Opernsänger. »Gute Arbeit, Follin. Wo sind sie?«

»Oben, hier die Treppe rauf.« Er deutete auf eine kurze

Treppe, die zu den oberen Stockwerken des Theaters führte. Dann drückte er Brunetti ein Programmheft in die Hand. Der warf einen Blick darauf, erkannte ein oder zwei Namen und begann die Treppe hinaufzusteigen.

»Wer war am ungeduldigsten, Follin?« fragte Brunetti, als sie oben angelangt waren.

»Die Sopranistin, Signora Petrelli«, antwortete Follin und deutete rechts den Korridor hinunter auf eine Tür ganz am Ende.

»Gut«, sagte Brunetti und wandte sich nach links. »Dann heben wir uns Signora Petrelli bis zum Schluß auf.« Follins Lächeln machte Brunetti neugierig, wie das Zusammentreffen zwischen der widerwilligen Primadonna und dem eifrigen jungen Polizisten wohl verlaufen sein mochte.

›Francesco Dardi – Giorgio Germont‹ stand auf der maschinengeschriebenen Karte an der ersten Garderobentür links. Brunetti klopfte zweimal, und die Antwort kam sofort: *»Avanti!«*

An dem kleinen Frisiertisch drinnen war der Bariton, dessen Namen Brunetti erkannt hatte, damit beschäftigt, sein Make-up zu entfernen. Dardi war ein kleiner Mann, der seinen üppigen Bauch gegen die Tischkante preßte, um sich besser im Spiegel sehen zu können. »Entschuldigen Sie, meine Herren, wenn ich nicht aufstehe, um Sie zu begrüßen«, sagte er, während er sorgsam schwarzes Make-up unter seinem rechten Auge wegwischte.

Brunetti nickte, sagte aber nichts.

Kurz darauf wandte Dardi sich vom Spiegel ab und blickte zu den beiden Männern auf. »Nun?« fragte er und kehrte zu seinem Make-up zurück.

»Haben Sie gehört, was heute abend geschehen ist?« fragte Brunetti.

»Sie meinen mit Wellauer?«

»Ja.«

Nachdem seine Frage nichts weiter als diese einsilbige Antwort auslöste, legte Dardi sein Handtuch hin und sah die beiden Polizisten an. »Kann ich Ihnen irgendwie behilflich sein, meine Herren?« fragte er an Brunetti gewandt.

Schon besser, dachte der, lächelte und antwortete freundlich: »Ja, vielleicht.« Er blickte in sein Programm, als müsse er den Namen des Mannes ablesen. »Signor Dardi, wie Sie inzwischen sicher gehört haben, ist Maestro Wellauer heute abend gestorben.«

Der Sänger nahm die Nachricht mit einem leichten Neigen des Kopfes auf, nichts weiter.

Brunetti fuhr fort: »Ich wüßte gern alles, was Sie mir über heute abend erzählen können, alles, was während der beiden ersten Akte vorgefallen ist.« Er hielt inne, und Dardi nickte wieder, sagte jedoch immer noch nichts.

»Haben Sie heute abend mit dem Maestro gesprochen?«

»Ich habe ihn kurz gesehen«, antwortete Dardi, schwang sich auf seinem Stuhl herum und widmete sich wieder dem Entfernen seines Make-ups. »Als ich ankam, sprach er gerade mit einem der Beleuchter, irgend etwas über den ersten Akt. Ich habe *›Buona sera‹* gesagt und bin dann hier in meine Garderobe gegangen, um mit meinem Make-up anzufangen. Wie Sie vielleicht sehen«, er deutete auf sein Spiegelbild, »dauert es ziemlich lange.«

»Wann war das?« fragte Brunetti.

»Gegen sieben, würde ich sagen. Vielleicht etwas später. Viertel nach, aber sicher nicht danach.«

»Und haben Sie ihn dann noch einmal gesehen?«

»Meinen Sie hier oben oder hinter der Bühne?«

»Beides.«

»Danach habe ich ihn nur noch von der Bühne aus an seinem Pult gesehen.«

»War jemand bei Wellauer, als Sie ihn sahen?«

»Wie gesagt, er war im Gespräch mit einem der Beleuchter.«

»Ja, ich weiß. Aber vielleicht noch jemand anderes?«

»Franco Santore. In der Bar. Sie wechselten ein paar Worte. Aber da war ich schon im Begriff zu gehen.«

Obwohl er den Namen des Mannes kannte, fragte Brunetti: »Und wer ist dieser Signor Santore?«

Brunettis Unwissenheit schien Dardi nicht zu überraschen. Warum sollte ein Polizist auch den Namen eines der berühmtesten Theaterregisseure Italiens kennen?

»Er ist der Regisseur«, erklärte Dardi. Er wischte sich noch einmal mit dem Handtuch übers Gesicht und warf es dann auf den Schminktisch. »Es ist seine Inszenierung.« Der Sänger griff nach einer Seidenkrawatte ganz rechts auf dem Tisch, schob sie unter seinen Hemdkragen und band sie sorgfältig. »Haben Sie noch weitere Fragen?« Sein Tonfall war neutral.

»Nein, ich glaube, das ist alles. Vielen Dank für Ihre Hilfe. Wo können wir Sie erreichen, falls wir doch noch einmal mit Ihnen sprechen müssen, Signor Dardi?«

»Im Gritti«, antwortete der Sänger, und diesmal war er sichtlich überrascht. Er warf Brunetti einen kurzen, erstaunten Blick zu, als hätte er gern gefragt, ob es wirklich noch andere Hotels in Venedig gab, traute sich aber nicht.

Brunetti dankte ihm und ging mit Follin hinaus. »Als nächstes den Tenor, ja?« fragte er mit einem Blick auf das Programmheft.

Follin nickte und ging durch den Korridor voraus zu einer Tür am anderen Ende.

Brunetti klopfte, wartete einen Augenblick, hörte nichts. Er klopfte noch einmal, worauf von drinnen ein Geräusch kam, das er kurzerhand als Aufforderung zum Eintreten nahm. Als er die Tür öffnete, sah er einen kleinen, schmalen Mann fertig umgezogen dasitzen. Sein Mantel war über die Armlehne eines Sessels geworfen, und in seiner Haltung kam das zum Ausdruck, was man ihm auf der Schauspielschule wahrscheinlich als ›verärgerte Ungeduld‹ beigebracht hatte.

»Ah, Signor Echeveste«, rief Brunetti überschwenglich und

ging mit ausgestreckter Hand rasch auf ihn zu, so daß der andere nicht aufstehen mußte. »Welch ungeheure Ehre, Sie kennenzulernen.« Hätte Brunetti die gleiche Schauspielklasse besucht, hätte seine Übung wahrscheinlich den Titel ›Ehrfurcht in Gegenwart eines überwältigenden Talents‹ gehabt.

Wie ein Eisstrom im Frühling schmolz Echevestes Ärger unter der Wärme von Brunettis Schmeichelei dahin. Etwas mühsam erhob er sich und deutete eine kleine, förmliche Verbeugung an.

»Und mit wem habe ich die Ehre?« fragte er auf italienisch mit leichtem Akzent.

»Commissario Brunetti, Signore. Ich vertrete in dieser höchst unglückseligen Angelegenheit die Polizei.«

»Ah ja«, antwortete der andere, als hätte er einmal vor langer Zeit etwas von Polizei gehört, aber vergessen, was sie eigentlich tat. »Sie sind also wegen dieser – dieser«, er hielt inne, machte eine matte Handbewegung und wartete, daß ihm jemand das richtige Wort eingab. Und es kam: »... dieser unglückseligen Sache mit dem Maestro hier.«

»Ja, so ist es. Sehr unglücklich, sehr bedauerlich«, plapperte Brunetti drauflos und ließ den Blick nicht vom Gesicht des Tenors. »Würde es Ihnen sehr viel Mühe bereiten, mir einige Fragen zu beantworten?«

»Nein, natürlich nicht«, antwortete Echeveste und ließ sich elegant wieder in seinen Sessel sinken, allerdings nicht, ohne sorgfältig seine Hosenbeine am Knie hochzuziehen, um die messerscharfen Bügelfalten nicht zu gefährden. »Ich würde gern behilflich sein. Sein Tod ist ein großer Verlust für die Musikwelt.«

Angesichts solch überwältigender Platitüde konnte Brunetti nur kurz und ehrerbietig den Kopf neigen. Als er ihn wieder hob, fragte er: »Um welche Zeit sind Sie ins Theater gekommen?«

Echeveste dachte einen Augenblick nach. »Gegen halb acht, glaube ich. Ich war spät dran. Wurde aufgehalten. Sie verstehen?« Durch den Ton der Frage gewann man unwillkürlich den

Eindruck, er habe sich nur widerwillig aus einem zerwühlten Bett und verführerischen weiblichen Umarmungen losgerissen.

»Und warum waren Sie spät dran?« wollte Brunetti wissen, obwohl ihm klar war, daß diese Frage nicht vorgesehen war, aber es reizte ihn zu sehen, inwieweit sie die Fantasie anregte.

»Ich habe mir die Haare schneiden lassen«, antwortete der Tenor.

»Und wie heißt Ihr Friseur?« fragte Brunetti höflich.

Echeveste nannte einen, dessen Geschäft nicht weit vom Theater entfernt lag. Brunetti sah kurz zu Follin hinüber, der sich Notizen machte. Er würde es morgen überprüfen.

»Und als Sie hier ankamen, haben Sie den Maestro da gesehen?«

»Nein, nein, ich habe niemanden gesehen.«

»Und das war gegen halb acht?«

»Ja. Soweit ich mich erinnere.«

»Haben Sie sonst beim Hereinkommen jemanden gesehen oder gesprochen?«

»Nein. Niemanden.«

Noch bevor Brunetti sich darüber wundern konnte, erklärte Echeveste: »Wissen Sie, ich bin nicht durch den Bühneneingang gekommen. Ich bin durchs Orchester gegangen.«

»Ich wußte nicht, daß man das kann«, sagte Brunetti, den es sehr interessierte, daß man auf diesem Weg hinter die Bühne gelangen konnte.

»Nun ja«, Echeveste betrachtete seine Hände. »Normalerweise geht das auch nicht, aber ich bin mit einem der Platzanweiser befreundet, und er hat mich hereingelassen, damit ich nicht durch den Bühneneingang mußte.«

»Könnten Sie mir erklären, warum Sie das getan haben, Signor Echeveste?«

Der Tenor hob ungeduldig die Hand und ließ sie einen Moment in der Luft hängen, als hoffte er, die Frage damit wegwischen oder beantworten zu können. Es gelang beides nicht.

Schließlich legte er eine Hand auf die andere und sagte schlicht: »Ich hatte Angst.«

»Angst?«

»Vor dem Maestro. Ich war schon bei zwei Proben zu spät gekommen, und er reagierte ziemlich wütend darauf, schrie herum. Er konnte sehr unangenehm werden, wenn er ärgerlich war. Das wollte ich mir nicht noch einmal antun.« Brunetti hatte den Eindruck, nur der Respekt vor dem Toten hinderte den Tenor daran, einen stärkeren Ausdruck als »unangenehm« zu benutzen.

»Sie sind also auf diesem Weg hereingekommen, damit Sie ihm nicht begegnen?«

»Ja.«

»Haben Sie ihn außer von der Bühne zu einem anderen Zeitpunkt noch einmal gesehen oder mit ihm gesprochen?«

»Nein.«

Brunetti stand auf und lächelte wieder bühnenreif. »Vielen Dank, daß Sie uns so viel Zeit geopfert haben, Signor Echeveste.«

»Es war mir ein Vergnügen«, antwortete der andere und erhob sich von seinem Sessel. Er sah Follin, dann wieder Brunetti an. »Kann ich jetzt gehen?«

»Aber natürlich. Wenn Sie mir nur noch sagen würden, wo Sie wohnen?«

»Im Gritti«, war die Antwort, begleitet von dem gleichen verwunderten Blick, den Brunetti von Dardi geerntet hatte. Langsam mußte er sich fragen, ob es wirklich noch andere Hotels in der Stadt gab.

3

Als Brunetti aus der Garderobe des Tenors kam, erwartete Miotti ihn schon. Wie der junge Polizist berichtete, hatte der Regisseur Franco Santore sich geweigert zu warten. Wer mit ihm sprechen wolle, könne ihn im Hotel Fenice, direkt gegenüber dem Theater finden, habe er gesagt. Brunetti nickte, fast froh zu hören, daß es doch noch andere Hotels in der Stadt gab.

»Bleibt uns noch der Sopran«, sagte Brunetti, während sie den Korridor entlanggingen. An der Tür hing das übliche Schild: ›Flavia Petrelli – Violetta Valery‹. Darunter war, mit feinem schwarzem Stift gezeichnet, eine Zeile, die aussah wie chinesische Schriftzeichen.

Er klopfte an die Tür und bedeutete seinen beiden Begleitern mit einem Kopfnicken, draußen zu bleiben.

»Avanti!« hörte er und machte die Tür auf.

Zwei Frauen erwarteten ihn in der Garderobe, und es überraschte ihn, daß er nicht gleich wußte, welche von beiden die Sopranistin war. Wie jeder in Italien kannte er »La Petrelli«. Aber auf der Bühne hatte er sie nur einmal vor etlichen Jahren singen hören, und er erinnerte sich nur sehr undeutlich an Zeitungsbilder von ihr.

Die dunklere der beiden Frauen stand mit dem Rücken zum Frisiertisch, die andere saß auf einem schlichten Holzstuhl, an der gegenüberliegenden Wand. Keine sagte etwas, als er eintrat, und Brunetti nutzte das Schweigen, um beide eingehend zu betrachten.

Die stehende Frau schätzte er auf Ende Zwanzig, Anfang Dreißig. Sie trug einen purpurfarbenen Pullover und einen langen, schwarzen Rock, der über ihre schwarzen Stiefel fiel. Die Stiefel hatten flache Absätze und waren aus handschuhweichem

Leder. Brunetti erinnerte sich dunkel, wie er vor noch nicht allzu langer Zeit mit seiner Frau am Schaufenster von Fratelli Rossetti vorbeigegangen war und sie sich über den Irrsinn ereifert hatte, eine halbe Million Lire für ein Paar Stiefel auszugeben. Genau diese Stiefel, da war er sicher. Sie hatte schulterlanges, schwarzes Haar, naturgewellt, das selbst mit dem Löffel geschnitten noch perfekt aussehen würde. Ihre Augen paßten nicht ganz zu dem olivefarbenen Teint, das blasse Grün ließ ihn an Glas denken, aber als die Stiefel ihm wieder einfielen, doch eher an Smaragde.

Die sitzende Frau schien etwas älter zu sein und trug ihr Haar, in dem schon ein paar graue Strähnen waren, kurz geschnitten wie die römischen Kaiser in den Jahrhunderten des Niedergangs. Die strenge Frisur betonte ihre feingeschnittenen Züge.

Er tat ein paar Schritte auf die sitzende Frau zu und deutete eine Verbeugung an. »Signora Petrelli?« fragte er. Sie nickte, sagte aber nichts. »Ich freue mich, Sie kennenzulernen, und bedauere nur, daß es unter so unglücklichen Umständen sein muß.« Angesichts eines so berühmten Opernstars konnte Brunetti der Versuchung nicht widerstehen, sich der blumigen Sprache der Oper zu bedienen, als ob er eine Rolle spielte.

Sie nickte wieder und tat nichts, um ihm die Bürde des Redens abzunehmen.

»Ich würde gern über den Tod von Maestro Wellauer mit Ihnen sprechen.« Er blickte zu der anderen Frau hinüber, fügte hinzu: »Und mit Ihnen auch« und überließ es den Frauen, ihm den Namen der zweiten zu nennen.

»Brett Lynch«, warf die Sängerin ein, »meine Freundin und Sekretärin.«

»Ist das amerikanisch?« fragte er die Namensträgerin.

»Ja«, antwortete Signora Petrelli für sie.

»Dann wäre es besser, wenn wir uns auf englisch unterhielten?« fragte er, nicht wenig stolz auf die Leichtigkeit, mit der er von einer Sprache in die andere wechseln konnte.

»Es wäre einfacher, wenn wir italienisch sprechen würden«, sagte die Amerikanerin. Es waren ihre ersten Worte, und ihr Italienisch war absolut akzentfrei. Sein verblüffter Blick war ganz und gar ungewollt und wurde von beiden Frauen bemerkt. »Es sei denn, Sie möchten venezianisch reden«, fügte sie hinzu, wobei sie ganz natürlich in den örtlichen Dialekt fiel, den sie offenbar ebenfalls perfekt beherrschte. »Aber vielleicht hat Flavia dann Schwierigkeiten, uns zu folgen.« Das kam völlig ausdruckslos, aber Brunetti war klar, daß er noch lange warten mußte, bis er mit seinem Englisch angeben konnte.

»Gut, dann also italienisch«, sagte er und wandte sich wieder an Signora Petrelli. »Beantworten Sie mir ein paar Fragen?«

»Natürlich«, meinte sie. »Möchten Sie sich setzen, Signor ...«

»Brunetti«, ergänzte er. »Commissario della Polizia.«

Der Titel schien sie nicht im mindesten zu beeindrucken. »Hätten Sie gern einen Stuhl, Dottor Brunetti?«

»Nein, danke.« Er holte sein Notizbuch aus der Tasche und zog einen Stift zwischen den Seiten hervor, als ob er sich Notizen machen wollte, was er höchst selten tat, da er bei einer ersten Vernehmung Augen und Gedanken lieber frei schweifen ließ.

Signora Petrelli wartete, bis er die Kappe von seinem Stift abgeschraubt hatte, dann fragte sie: »Was möchten Sie denn gern wissen?«

»Haben Sie den Maestro heute abend gesehen oder gesprochen?« Und bevor sie die Einschränkung selbst machen konnte, fuhr er fort: »Außer während der Vorstellung natürlich.«

»Nur auf ein ›*Buona sera*‹, als ich ins Theater kam, und dann noch das übliche ›Hals- und Beinbruch‹. Mehr nicht.«

»Und sonst haben Sie nicht weiter mit ihm gesprochen?«

Bevor sie antwortete, blickte sie zu Brett Lynch hinüber. Er behielt die Sopranistin im Auge und konnte den Gesichtsausdruck der anderen nicht sehen. Die Pause dehnte sich aus, aber bevor er seine Frage wiederholen konnte, kam die Antwort:

»Nein, danach nicht mehr. Natürlich habe ich ihn von der Bühne aus gesehen, wie Sie schon sagten, aber gesprochen haben wir nicht miteinander.«

»Gar nicht?«

»Gar nicht«, war die unverzügliche Antwort.

»Und in den Pausen? Wo waren Sie da?«

»Hier. Zusammen mit Signorina Lynch.«

»Und Sie, Signorina Lynch?« fragte er und sprach den Namen völlig akzentfrei aus, obwohl ihn das einige Konzentration kostete. »Wo waren Sie während der Vorstellung?«

»Während des ersten Aktes meist hier in der Garderobe. Ich bin nach unten gegangen, um ›*Sempre libera*‹ zu hören, aber danach war ich wieder hier oben. Und für den Rest der Vorstellung bin ich hier geblieben«, antwortete sie ruhig.

Er sah sich in dem kahlen Zimmer um, auf der Suche nach etwas, womit sie sich so lange hätte beschäftigen können. Sie fing seinen Blick auf und zog ein schmales Bändchen aus ihrer Rocktasche. Darauf waren die gleichen chinesischen Schriftzeichen zu erkennen wie auf dem Schild an der Tür.

»Ich habe gelesen«, erklärte sie und hielt ihm das Buch hin. Dabei lächelte sie ihn unbefangen und freundlich an, als sei sie jetzt bereit, sich über das Buch zu unterhalten, wenn er wollte.

»Und haben Sie im Verlauf des Abends mit Maestro Wellauer gesprochen?«

»Wie Flavia schon sagte, haben wir beim Hereinkommen ein paar Worte mit ihm gewechselt, aber danach habe ich ihn nicht mehr gesehen.« Brunetti unterdrückte den Impuls, einzuwerfen, daß Signora Petrelli gar nicht erwähnt hatte, sie wären zusammen gekommen, und ließ sie weiterreden. »Von meinem Platz hinter der Bühne konnte ich ihn nicht sehen, und während beider Pausen war ich hier in der Garderobe.«

»Mit Signora Petrelli?«

Diesmal war es die Amerikanerin, die ihrer Freundin einen

Blick zuwarf, bevor sie antwortete. »Ja, mit Signora Petrelli, wie sie Ihnen schon sagte.«

Brunetti klappte sein Notizbuch zu, in das er nichts weiter als den Nachnamen der Amerikanerin gekritzelt hatte, als wollte er den ganzen Horror eines Wortes einfangen, das aus fünf Konsonanten bestand. »Falls sich noch Fragen ergeben sollten, hätte ich gern Ihre Adresse, Signora Petrelli.«

»Cannaregio 6134«, sagte sie zu seiner Überraschung; denn das lag in einem reinen Wohnviertel der Stadt.

»Ist das Ihre Wohnung, Signora?«

»Nein, meine«, unterbrach die zweite Frau. »Ich bin auch dort zu erreichen.«

Er schlug sein Notizbuch noch einmal auf und schrieb die Adresse hinein.

Ohne mit der Wimper zu zucken, fragte er: »Telefon?«

Sie gab ihm die Nummer, fügte hinzu, sie stehe nicht im Telefonbuch, und erklärte, ihre Wohnung liege in der Nähe der Basilica SS. Giovanni e Paolo.

Brunetti nahm seine förmliche Haltung an, verbeugte sich leicht und sagte: »Ich danke Ihnen, Signore, und bedauere sehr Ihre derzeitigen Unannehmlichkeiten.«

Wenn seine Worte den beiden seltsam vorkamen, so ließ es sich keine von ihnen anmerken. Nach dem Austausch weiterer Höflichkeiten verließ er die Garderobe und führte die beiden jungen Polizisten, die ihn im Flur erwarteten, über die schmale Treppe in den hinter der Bühne gelegenen Teil des Theaters hinunter.

Der dritte seiner Leute wartete am Fuß der Treppe auf sie.

»Nun?« fragte Brunetti.

Der Mann lächelte, froh, etwas zu berichten zu haben. »Santore, der Regisseur, und La Petrelli haben beide in seiner Garderobe mit ihm gesprochen. Santore war vor Beginn der Vorstellung bei ihm und sie nach dem ersten Akt.«

»Wer hat Ihnen das erzählt?«

»Einer der Bühnenarbeiter. Er sagte, Santore sei offenbar wütend gewesen, als er herauskam, aber das war nur so ein Eindruck, den der Mann hatte. Er hat sie sich nicht anschreien hören oder so etwas.«

»Und Signora Petrelli?«

»Also, der Mann sagt, er sei nicht ganz sicher, ob sie es war, aber sie habe ein blaues Kostüm angehabt.«

Hier unterbrach Miotti: »Sie trägt ein blaues Kleid im ersten Akt.«

Brunetti sah ihn fragend an.

Konnte es sein, daß Miotti den Kopf etwas einzog, bevor er sprach? »Ich habe sie letzte Woche gesehen, Commissario. Die Vorstellung, meine ich. Und im ersten Akt trägt sie ein blaues Kleid.«

»Danke, Miotti«, sagte Brunetti, und seine Stimme verriet nichts.

»Danken Sie meiner Freundin, Commissario. Ihr Vetter singt im Chor mit und besorgt uns Karten.«

Brunetti nickte lächelnd, wobei es ihm eigentlich lieber gewesen wäre, wenn er das nicht gesagt hätte.

Miottis Kollege schob den Ärmel hoch und sah auf die Uhr. »Erzählen Sie weiter«, forderte Brunetti ihn auf.

»Gegen Ende der Pause sei sie herausgekommen, und der Mann meinte, sie hätte ganz schön geschäumt.«

»Am Ende der ersten Pause?«

»Ja. Das wußte er genau.«

Brunetti beschloß, sich den kleinen Hinweis seines Untergebenen zu Herzen zu nehmen, und sagte: »Es ist spät geworden, und ich weiß nicht, ob wir heute noch viel ausrichten können.« Die anderen sahen sich in dem inzwischen leeren Theater um. »Versuchen Sie morgen noch jemanden zu finden, der sie gesehen oder vielleicht beobachtet hat, ob noch andere in der Garderobe des Maestro waren.« Daß er von morgen sprach, schien ihre Stimmung zu heben. »Das wäre dann alles für heute. Sie können Schluß machen.« Aber als sie sich zum Gehen wandten, rief er Miotti zurück. »Ist die Leiche schon ins Bürgerspital gebracht worden?«

»Ich weiß es nicht, Commissario«, antwortete Miotti beinah schuldbewußt, als habe er Bedenken, dadurch könne das Lob zunichte gemacht werden, das er eben bekommen hatte.

»Warten Sie hier. Ich gehe mal nachsehen«, sagte Brunetti.

Er ging zurück und stieß, ohne zu klopfen, die Tür zu der Garderobe auf. Die beiden Sanitäter saßen in den Sesseln und hatten die Füße auf das Tischchen zwischen sich gelegt. Neben ihnen auf dem Boden lag, von einem Laken bedeckt und völlig unbeachtet, einer der größten Musiker des Jahrhunderts.

Sie blickten auf, als Brunetti hereinkam, schenkten ihm aber sonst keine Beachtung. »Sie können ihn jetzt ins Spital bringen«, sagte er, dann drehte er sich um und verließ das Zimmer, wobei er sorgsam die Tür hinter sich zuzog.

Miotti stand noch an derselben Stelle wie vorhin und blätterte in einem Notizbuch, das Brunettis eigenem sehr ähnlich war. »Gehen wir noch einen trinken«, sagte Brunetti. »Das Hotel ist wahrscheinlich als einziges offen um diese Zeit.« Er seufzte, merkte plötzlich, wie müde er war. »Ich könnte ein Gläschen vertragen.« Er wandte sich nach links und merkte, daß er auf die Bühne zuging. Die Treppe schien verschwunden zu sein. Er war so lange in diesem Theater herumgelaufen, treppauf, treppab, durch Korridore und wieder zurück, daß er völlig die Orientierung verloren hatte und nicht mehr wußte, wie man herauskam.

Miotti berührte ihn leicht am Arm und sagte: »Hier entlang, Commissario.« Dann ging er voraus und führte ihn nach rechts zu der Treppe, die sie vor mehr als zwei Stunden heraufgekommen waren.

Unten griff der Portier beim Anblick von Miottis Uniform unter seinen Tresen und bedeutete ihnen, daß sie jetzt das Drehkreuz passieren könnten, das den Ausgang blockierte. Brunetti wußte, daß Miotti den Mann schon gefragt hatte, wer heute abend hier ein und aus gegangen war, und so sparte er sich weitere Fragen, nickte nur und ging direkt nach draußen auf den menschenleeren Campo jenseits der Tür.

Bevor sie die schmale Straße hinuntergingen, die zum Hotel führte, fragte Miotti: »Brauchen Sie mich dabei, Commissario?«

»Wenn Sie Bedenken haben, einen zu trinken, während Sie in Uniform sind, dann kann ich Sie beruhigen«, versicherte Brunetti ihm.

»Nein, das ist es nicht.« Vielleicht war der Junge einfach nur müde.

»Was ist es dann?«

»Also, der Portier ist ein Freund meines Vaters, und da dachte ich, wenn ich jetzt zurückgehe und ihn zu einem Gläschen einlade, erzählt er mir vielleicht etwas, das er mir vorher nicht erzählt hat.« Und als Brunetti nicht reagierte, fügte er rasch hinzu: »Es war nur so ein Gedanke, Commissario. Ich wollte nicht...«

»Nein, es ist eine gute Idee. Sehr gut. Gehen Sie und reden Sie mit ihm. Wir sehen uns morgen. Ich denke, vor neun brauchen Sie nicht dazusein.«

»Danke, Commissario«, sagte der junge Mann mit einem eifrigen Lächeln. Er salutierte zackig, und Brunetti antwortete mit einer flüchtigen Handbewegung, woraufhin der Junge sich wieder dem Theater und seiner Arbeit als Polizist zuwandte.

4

Brunetti ging auf das Hotel zu, das selbst um diese Zeit, da die Stadt im Dunkel lag und schlief, noch erleuchtet war. Venedig, einst Hauptstadt der Ausschweifungen eines ganzen Kontinents, war zur verschlafenen Provinzstadt geworden, die nach neun oder zehn Uhr abends buchstäblich aufhörte zu existieren.

Im Sommer erinnerte sie sich ihrer Kurtisanenvergangenheit und glänzte, solange die Touristen zahlten und das schöne Wetter anhielt, im Winter aber wurde sie zu einer müden alten Matrone, die darauf bedacht war, möglichst früh ins Bett zu kriechen, und ihre verlassenen Gassen den Katzen und den Erinnerungen an vergangene Zeiten überließ.

In diesen Stunden war die Stadt für Brunetti am schönsten, denn gerade dann konnte er, der durch und durch Venezianer war, etwas von ihrer früheren Pracht erahnen. Die Dunkelheit verbarg das Moos, das über die Stufen der Palazzi entlang des Canal Grande heraufkroch, machte die Risse in Kirchenmauern unsichtbar und deckte die Stellen zu, wo der Putz von öffentlichen Gebäuden blätterte. Wie so viele Frauen in gewissem Alter konnte die Stadt nur mit Hilfe trügerischen Lichts ihre verschwundene Schönheit wiedererlangen. Ein Boot, das am Tage schlicht eine Ladung Seifenpulver und Kohl transportierte, wurde bei Nacht zu einem mysteriösen Gefährt, das einem geheimnisvollen Ziel entgegenglitt. Der Nebel, der in diesen Wintertagen so häufig war, verwandelte Menschen und Dinge; selbst langhaarige Teenager, die an einer Gassenecke herumhingen und sich eine Zigarette teilten, wurden zu geheimnisvollen Phantomen aus der Vergangenheit.

Er blickte hinauf zu den Sternen, die über dem Dunkel der unbeleuchteten Calli klar zu erkennen waren, und freute sich an ihrer Schönheit. Ihr Bild noch vor seinem inneren Auge, ging er weiter zum Hotel.

Die Eingangshalle war leer und wirkte so verlassen wie alle öffentlichen Räume bei Nacht. Hinter dem Empfangstresen saß der Nachtportier, den Stuhl gegen die Wand gekippt, vor sich die rosafarbene Sportzeitung des Tages. Ein alter Mann mit grün-schwarz gestreifter Schürze verteilte Sägemehl auf dem Marmorboden und fegte anschließend zusammen. Als Brunetti merkte, daß er auf seinem Weg durch die Halle schon eine Spur durch die Späne gezogen hatte und sie nun auf dem bereits gefegten Teil wieder verteilen würde, sah er den alten Mann an und sagte: *»Scusi.«*

»Macht nichts«, meinte der und fegte mit seinem Besen hinter ihm her. Der Portier hinter seiner Zeitung sah nicht einmal hoch.

Brunetti ging weiter in die Halle, wo in sechs oder sieben Gruppen große Sessel um niedrige Tische standen, zu dem Mann, der als einziger Gast auf der rechten Seite saß. Wenn man den Zeitungen glauben konnte, war er der beste Regisseur, den es zur Zeit in Italien gab. Vor zwei Jahren hatte Brunetti seine Inszenierung eines Pirandellostückes im Goldoni-Theater gesehen und war sehr beeindruckt gewesen, weit mehr von der Inszenierung als von den Schauspielern, die höchstens Mittelmaß geboten hatten. Es war bekannt, daß Santore homosexuell war, aber beim Theater, wo man unter einer Mischehe die zwischen Mann und Frau verstand, hatte sein Privatleben nie seinen Erfolg behindert. Und nun war er dem Vernehmen nach wütend aus der Garderobe eines Mannes gekommen, der kurz darauf eines gewaltsamen Todes gestorben war.

Santore stand auf, als Brunetti an seinen Tisch trat. Sie gaben sich die Hand und stellten sich vor. Santore war mittelgroß und hatte eine durchschnittliche Figur, aber sein Gesicht sah aus wie das eines Boxers am Ende einer unglücklichen Laufbahn. Er hatte eine platte Nase und großporige Haut. Sein Mund war breit mit wulstigen feuchten Lippen, und als er Brunetti fragte, ob er etwas trinken wolle, kamen aus diesem Mund Worte in reinstem Florentinisch, artikuliert mit der Klarheit und Grazie eines Schauspielers. Mein Gott, dachte Brunetti, so muß Dante gesprochen haben.

Als Brunetti dem Vorschlag zustimmte, einen Cognac zu trinken, ging Santore ihn holen. Allein gelassen, schaute Brunetti auf das Buch, das der andere aufgeschlagen hatte liegen lassen, und zog es dann zu sich herüber. Santore kam mit zwei großzügig gefüllten Cognacschwenkern zurück.

»Danke«, sagte Brunetti, nahm das Glas entgegen und trank einen großen Schluck. Er deutete auf das Buch und beschloß, es als Aufhänger zu nehmen, statt mit den gewöhnlichen und naheliegenden Fragen zu beginnen, wo er gewesen sei und was er gemacht habe. »Aischylos?«

Santore lächelte, und falls er erstaunt war, daß ein Polizist den Titel auf griechisch lesen konnte, ließ er es sich nicht anmerken.

»Lesen Sie das zum Vergnügen oder für die Arbeit?«

»Vermutlich könnte man es Arbeit nennen«, antwortete Santore und nippte an seinem Cognac. »Ich soll in drei Wochen mit einer Neuinszenierung des *Agamemnon* in Rom anfangen.«

»Auf griechisch?« wollte Brunetti wissen, aber es war klar, daß er es nicht ernst meinte.

»Nein, in einer Übersetzung.« Santore schwieg einen Augenblick, doch dann gewann seine Neugier die Oberhand. »Wie kommt es, daß ein Commissario Griechisch liest?«

Brunetti ließ die Flüssigkeit in seinem Glas kreisen. »Ich habe es mal vier Jahre gelernt. Aber das ist lange her. Ich habe fast alles vergessen.«

»Aber Sie können immer noch Aischylos erkennen?«

»Ich kann die Schrift lesen. Aber das ist leider alles, was noch übrig ist.« Er nahm einen Schluck aus seinem Glas und fügte hinzu: »Bei den Griechen hat mir immer gefallen, daß sie die Gewalt von der Bühne ferngehalten haben.«

»Im Gegensatz zu uns?« fragte Santore, und dann noch einmal: »Im Gegensatz zu dem jetzt?«

»Ja, im Gegensatz zu dem jetzt«, bestätigte Brunetti und fragte sich nicht einmal, woher Santore wohl wußte, daß es ein gewaltsamer Tod gewesen war. Aber das Theater war klein, und wahrscheinlich hatte er es schon vor der Polizei gewußt, wahrscheinlich sogar, bevor man sie gerufen hatte.

»Haben Sie heute abend mit ihm gesprochen?« Es war nicht nötig, Namen zu nennen.

»Ja, wir hatten eine Auseinandersetzung vor dem ersten Akt. Wir haben uns in der Bar getroffen und sind dann in seine Garderobe gegangen«, sagte Santore, ohne zu zögern. »Ich weiß nicht mehr, ob wir uns angeschrien haben, aber mit erhobener Stimme haben wir sicher beide gesprochen.«

»Und worum ging es bei dem Streit«, fragte Brunetti so ruhig, als rede er mit einem alten Freund, und ebenso sicher, daß er die Wahrheit hören würde.

»Wir hatten eine mündliche Absprache über diese Inszenierung getroffen. Ich habe meinen Teil erfüllt. Helmut weigerte sich, seinen zu erfüllen.«

Statt Santore zu bitten, das näher zu erklären, trank Brunetti seinen Cognac aus, stellte das Glas auf den Tisch und wartete.

Santore legte die Hände um sein Glas und rollte es langsam hin und her. »Ich hatte eingewilligt, diese Inszenierung zu machen, weil er versprach, dafür einem Freund von mir eine Rolle zu besorgen, bei den diesjährigen Händelfestspielen in Halle. Es sind keine bedeutenden Festspiele, und es war keine große Rolle, aber Helmut hatte sich bereit erklärt, sich dafür einzusetzen, daß mein Freund die Rolle bekam. Helmut sollte dort nur die eine Oper dirigieren.« Santore hob sein Glas an die Lippen und trank. »Darum ging es bei dem Streit.«

»Und was haben Sie gesagt?«

»Ich bin nicht sicher, ob ich noch genau weiß, was ich alles gesagt habe – oder er –, ich weiß nur, daß ich sagte, da ich meinen

Teil getan hätte, fände ich sein Verhalten unaufrichtig und unmoralisch.« Beim letzten Wort seufzte er. »Wenn man mit Helmut sprach, redete man zum Schluß immer wie er.«

»Was hat er dazu gesagt?«

»Er hat gelacht.«

»Warum?«

Statt zu antworten, fragte Santore: »Möchten Sie noch einen Cognac? Ich hole mir noch einen.«

Brunetti nickte dankbar. Diesmal legte er, solange Santore fort war, den Kopf an die Rückenlehne seines Sessels und schloß die Augen.

Er öffnete sie wieder, als er Santores Schritte näher kommen hörte. Er nahm das Glas, das der andere ihm reichte, und fragte, als hätten sie ihr Gespräch nicht unterbrochen: »Warum hat er gelacht?«

Santore ließ sich in den Sessel sinken, diesmal hielt er sein Glas mit einer Hand am Fuß fest. »Einmal wahrscheinlich, weil Helmut immer glaubte, über der gewöhnlichen Moral zu stehen. Oder vielleicht dachte er, es sei ihm gelungen, seine eigene zu schaffen, eine andere als unsere, eine bessere.« Brunetti schwieg, und er fuhr fort: »Beinah, als habe er allein das Recht zu definieren, was Moral war, beinah als glaubte er, niemand sonst habe das Recht, den Begriff zu benutzen. Er fand jedenfalls sicher, daß ich kein Recht dazu hätte.« Er zuckte die Achseln, nippte.

»Warum sollte er so denken?«

»Meiner Homosexualität wegen«, antwortete der andere schlicht, als habe das für ihn ungefähr soviel Bedeutung wie die Frage, welche Zeitung man lese.

»Ist das der Grund, warum er sich weigerte, Ihrem Freund zu helfen?«

»Es läuft darauf hinaus, ja«, meinte Santore. »Anfangs behauptete er, Saverio sei nicht gut genug, habe nicht genügend Bühnenerfahrung. Aber der wahre Grund kam später, als er mir vorwarf, Begünstigungen für meinen Liebhaber zu wollen.« Er beugte sich vor und stellte sein Glas auf den Tisch. »Helmut sieht sich immer als so etwas wie einen Hüter öffentlicher Moral«, sagte er und korrigierte dann: »sah sich.«

»Und, ist er das?« fragte Brunetti.

»Ist wer was?« fragte Santore verwirrt zurück.

»Ist er Ihr Liebhaber, dieser Sänger?«

»Ach – nein. Ist er nicht. Leider.«

»Ist er homosexuell?«

»Nein, auch das nicht.«

»Warum hat sich Wellauer dann geweigert?«

Santore sah ihn direkt an und fragte dann: »Wieviel wissen Sie über ihn?«

»Sehr wenig, und auch nur über sein Leben als Musiker, und nur das, was man all die Jahre in den Zeitungen und Zeitschriften lesen konnte. Wie er als Mensch war, darüber weiß ich gar nichts.« Und das interessierte Brunetti langsam immer mehr, wie er merkte, denn dort mußte die Antwort auf seinen Tod liegen. Das war immer so.

Santore sagte nichts darauf, also machte Brunetti einen Vorstoß. »Von Toten soll man nicht schlecht reden, *vero*? Ist es das?«

»Und auch nicht von jemandem, mit dem man vielleicht einmal wieder arbeiten muß«, fügte Santore hinzu.

Brunetti war selbst ganz überrascht, als er sich sagen hörte: »Das scheint hier kaum der Fall zu sein. Was gäbe es denn Schlechtes zu reden?«

Santore maß sein Gegenüber mit Blicken, wie er vielleicht einen Schauspieler oder Sänger taxieren würde, wenn er überlegte, wie er ihn bei einer Inszenierung einsetzen sollte. »Es sind in erster Linie Gerüchte«, meinte er endlich.

»Was für Gerüchte?«

»Über seine Nazivergangenheit. Keiner weiß etwas Genaues, und wenn, dann sagt es keiner, oder was immer einmal geredet wurde, ist vergessen, dahin verdrängt, wohin die Erinnerung nicht folgt. Er hat jedenfalls für die damaligen Machthaber dirigiert. Es heißt sogar, er habe für den Führer dirigiert. Aber er behauptete, er habe es tun müssen, um einige seiner Orchestermitglieder zu retten, die Juden waren. Und sie haben den Krieg auch überlebt und sind die ganzen Kriegsjahre hindurch in seinem Orchester geblieben. Und er ebenso; nach dem Motto: Spielen und überleben. Und irgendwie haben sie seinem Ruf nicht geschadet, die Jahre nicht und auch nicht die kleinen Privatkonzerte für den Führer. Nach dem Krieg«, fuhr Santore mit seltsam ruhiger Stimme fort, »sagte er, er sei in der ›moralischen Opposition‹ gewesen und habe gegen seinen Willen dirigiert.« Er trank einen kleinen Schluck. »Ich habe keine Ahnung, was davon stimmt, ob er Parteimitglied war oder nicht, oder wie weit er überhaupt verwickelt war. Und ich glaube, es ist mir auch egal.«

»Warum erwähnen Sie es dann?« fragte Brunetti.

Santore lachte laut auf, und seine Stimme hallte in dem leeren Raum. »Wahrscheinlich, weil ich glaube, daß es stimmt.«

Brunetti lächelte. »Das könnte sein.«

»Und wahrscheinlich, weil es mir nicht egal ist.«

»Auch das«, stimmte Brunetti zu.

Daraufhin schwiegen beide, bis Brunetti schließlich fragte: »Wieviel wissen Sie wirklich?«

»Ich weiß, daß er tatsächlich den ganzen Krieg über diese Konzerte gegeben hat. Und ich weiß auch, daß in einem Fall die Tochter eines seiner Musiker zu ihm gegangen ist und ihn gebeten hat, ihrem Vater zu helfen. Und daß dieser Musiker den Krieg überlebt hat.«

»Und die Tochter?«

»Auch.«

»Nun, also?« fragte Brunetti.

»Nichts weiter.« Santore zuckte die Achseln. »Außerdem ist es immer leicht gewesen, seine Vergangenheit zu vergessen und nur sein Genie zu sehen. Es gab keinen wie ihn, und ich fürchte, es gibt derzeit auch keinen mehr.«

»Haben Sie darum die Regie für diese Produktion übernommen, weil es praktisch war, seine Vergangenheit zu vergessen?« Das war als Frage gemeint, nicht als Beleidigung, und Santore faßte es auch eindeutig so auf.

»Ja«, antwortete er leise. »Ich habe diese Regiearbeit übernommen, um meinem Freund die Gelegenheit zu geben, bei ihm zu singen. Insofern war es für mich praktisch, alles zu vergessen, was ich wußte oder vermutete, oder es zumindest zu ignorieren. Ich bin nicht sicher, ob es so wichtig ist, jetzt nicht mehr.«

Brunetti sah an Santores Gesicht, daß ihm ein Gedanke gekommen war. »Aber jetzt wird er nie mehr unter Helmut singen können«, sagte er, und um Brunetti wissen zu lassen, daß ihr Gespräch sich nie weit von seinem eigentlichen Zweck entfernt hatte, fügte er hinzu: »was der Beweis dafür sein könnte, daß ich eigentlich keinen Grund hatte, ihn umzubringen.«

»Ja, das könnte man daraus schließen«, stimmte Brunetti scheinbar gleichmütig zu und fragte dann: »Hatten Sie schon früher einmal mit ihm zusammengearbeitet?«

»Ja. Vor sechs Jahren in Berlin.«

»Und Ihre Homosexualität gab damals keinen Anlaß zu Differenzen?«

»Nein, nachdem ich erst einmal so berühmt war, daß er gern mit mir arbeiten wollte, war das kein Problem. Helmuts Rolle als eine Art Schutzengel westlicher Moral oder biblischer Vorstellungen war bekannt, aber man kann in diesen Kreisen nicht lange überleben, wenn man sich weigert, mit Homosexuellen zu arbeiten. Helmut hat einfach seine eigene Art von Burgfrieden mit uns gemacht.«

»Und Sie mit ihm?«

»Sicher. Als Musiker war er der Perfektion so nah, wie ein Mensch es nur sein kann. Es lohnte sich, den Menschen in Kauf zu nehmen, um mit dem Musiker arbeiten zu können.«

»Gab es noch irgend etwas, was Ihnen an dem Menschen nicht gefiel?«

Santore dachte lange nach, bevor er antwortete. »Nein, sonst gibt es nichts, was ich über ihn weiß und was ihn mir unsympathisch hätte machen können. Ich mag die Deutschen nicht sonderlich, und er kam mir sehr deutsch vor. Aber ich rede nicht so sehr von mögen oder nicht mögen. Es ist diese Art moralischer Überheblichkeit, die er ausstrahlte, als sei es – als sei er – ein Licht in finsteren Zeiten.« Santore verzog das Gesicht bei seinem letzten Satz. »Nein, das ist nicht richtig. Es muß an der späten Stunde liegen, oder am Cognac. Außerdem war er ein alter Mann, und jetzt ist er tot.«

Brunetti bezog sich noch einmal auf eine Frage von vorhin und wollte wissen: »Was haben Sie ihm bei Ihrer Auseinandersetzung gesagt?«

»Das Übliche, was man in so einer Situation sagt«, antwortete Santore müde. »Ich nannte ihn einen Lügner und er mich einen Schwuli. Dann habe ich ein paar unschöne Dinge über die Produktion, über die Musik und über sein Dirigat gesagt und er dieselben Dinge über meine Regiearbeit. Das Übliche.« Er ließ sich matt in seinem Sessel nach hinten sinken.

»Haben Sie ihm gedroht?«

Santore warf Brunetti einen abrupten Blick zu. Der Schreck über diese Frage war ihm deutlich anzusehen. »Er war ein alter Mann.«

»Tut es Ihnen leid, daß er tot ist?«

Wieder eine Frage, auf die der Regisseur nicht vorbereitet war. Er überlegte, bevor er sie beantwortete. »Nein, daß dieser Mann tot ist, sicher nicht. Für seine Frau tut es mir leid, ja. Es wird...«, er beendete den Satz nicht. »Daß der Musiker tot ist, ja, das tut mir sehr leid. Er war alt, und er stand am Ende seiner Laufbahn. Ich glaube, das wußte er.«

»Wie meinen Sie das?«

»Seine Art zu dirigieren, sie hatte irgendwie nicht den alten

Glanz, nicht das alte Feuer. Ich bin ja kein Musiker, ich kann nicht genau sagen, was es war. Aber es fehlte etwas.« Er hielt inne und schüttelte den Kopf. »Aber nein, vielleicht ist es nur meine Verärgerung.«

»Haben Sie mit jemandem darüber gesprochen?«

»Nein, man beschwert sich nicht über Gott.« Wieder hielt er inne, dann meinte er: »Ja, doch, Flavia gegenüber habe ich es erwähnt.«

»La Signora Petrelli?«

»Ja.«

»Und was meinte sie dazu?«

»Sie hat schon früher häufig mit ihm zusammengearbeitet. Sie war beunruhigt darüber, wie er sich verändert hatte, und hat das auch einmal mir gegenüber geäußert.«

»Was hat sie gesagt?«

»Nichts Besonderes, nur, daß es ihr vorkäme wie bei der Arbeit mit einem jüngeren Dirigenten, einem mit wenig Erfahrung.«

»Hat sonst noch jemand diese Beobachtung gemacht?«

»Ich glaube nicht. Jedenfalls hat niemand etwas zu mir gesagt.«

»War Ihr Freund Saverio heute abend im Theater?«

»Saverio ist in Neapel«, entgegnete Santore kühl.

»Ich verstehe.« Es war die falsche Frage gewesen. Die selbstverständliche Vertrautheit zwischen ihnen war verflogen. »Wie lange bleiben Sie noch in Venedig, Signor Santore?«

»Ich fahre normalerweise dann ab, wenn die Premiere erfolgreich über die Bühne gegangen ist. Aber Helmuts Tod ändert die Situation. Wahrscheinlich werde ich noch ein paar Tage bleiben, bis der neue Dirigent ganz mit der Inszenierung vertraut ist.« Als Brunetti schwieg, fragte er: »Kann ich nach Florenz zurückfahren?«

»Wann?«

»In drei oder vier Tagen. Ich muß mir mindestens noch eine

Vorstellung mit dem neuen Dirigenten ansehen. Aber dann würde ich gern nach Hause fahren.«

»Ich sehe keinen Grund, warum Sie nicht fahren sollten«, sagte Brunetti und stand auf. »Wir brauchen nur eine Anschrift, unter der wir Sie erreichen können, aber die können Sie morgen im Theater einem meiner Leute geben.« Er streckte die Hand aus. Santore erhob sich ebenfalls und ergriff sie. »Vielen Dank für den Cognac«, sagte Brunetti, »und viel Glück mit dem *Agamemnon*.« Santore bedankte sich mit einem Lächeln, und Brunetti ging ohne ein weiteres Wort.

5

Brunetti beschloß, zu Fuß nach Hause zu gehen, um den sternenübersäten Himmel und die verlassenen Calli zu genießen. Er blieb einen Augenblick vor dem Hotel stehen und überlegte, welches der kürzeste Weg sei. Wie jeder Venezianer hatte er den Stadtplan im Kopf, und er erkannte, daß der kürzeste Weg für ihn über die Rialtobrücke führte. Er ging über den Campo San Fantin und in das Labyrinth der kleinen Gäßchen, die auf die Brücke zuführten. Unterwegs begegnete er keinem Menschen, und er hatte das seltsame Gefühl, die schlafende Stadt für sich zu haben. Bei San Luca kam er an der Apotheke vorbei, einer der wenigen Einrichtungen, die auch nachts offen hatten, bis auf den Bahnhof, Schlafstätte der Obdachlosen und Verrückten.

Dann war er am Wasser, die Brücke lag zu seiner Rechten. Wie typisch venezianisch sie doch war, leicht und fast ätherisch von weitem, aber bei näherer Betrachtung fest verankert im schlammigen Untergrund der Stadt.

Er überquerte die Brücke und ging über den jetzt verlassenen Markt. Sonst war es ein Kreuz, sich durch diese Gasse zu drängen, durch die Schwärme von Touristen, eingezwängt zwischen Gemüseständen auf der einen und Andenkenläden mit den abartigsten Scheußlichkeiten auf der anderen Seite, aber in dieser Nacht konnte er frei ausschreiten. Vor ihm stand mitten auf der Calle ein Liebespärchen, eng aneinandergeschmiegt und blind für die Schönheit ringsum, aber vielleicht immerhin davon inspiriert.

An der Uhr bog er links ab, froh, gleich zu Hause zu sein. Fünf Minuten später kam er an seinem Lieblingsgeschäft vorbei, dem Blumenladen Biancat, in dessen Schaufenstern der Stadt täglich ein buntes Feuerwerk der Schönheit geboten wurde. In dieser Nacht hatten sich hinter der beschlagenen Scheibe gelbe Rosenknospen herausgeputzt, und dahinter leuchtete eine Wolke aus blassem Jasmin. Schnell schritt er am zweiten Schaufenster vorbei, das mit grellen Orchideen dekoriert war; sie muteten ihn immer etwas kannibalisch an.

Er schloß die Tür zu dem Palazzo auf, in dem er wohnte, und wappnete sich, wie immer, wenn er müde war, für die vierundneunzig Stufen zu seiner Wohnung im vierten Stock. Der frühere Besitzer hatte sie vor mehr als dreißig Jahren illegal gebaut, indem er einfach ein weiteres Stockwerk auf das Gebäude setzte, ohne sich um irgendeine offizielle Erlaubnis zu kümmern. Diese Situation war, als Brunetti die Wohnung vor zehn Jahren gekauft hatte, irgendwie verschleiert worden, und seitdem lebte er in der ständig wiederkehrenden Sorge, eines Tages plötzlich mit der offiziellen Aufforderung konfrontiert zu werden, das Offensichtliche legalisieren zu lassen. Ihn schauderte, wenn er an die Herkulesarbeit dachte, die nötigen Genehmigungen zu beschaffen, mit denen zum einen bestätigt wurde, daß die Wohnung existierte, und zum anderen, daß er ein Recht hatte, darin zu wohnen. Die schlichte Tatsache, daß da Wände waren und er in ihnen lebte, würde kaum ausreichen. Und die Schmiergelder würden ihn wahrscheinlich ruinieren.

Er schloß die Tür auf und überließ sich dankbar der Wärme und den Düften, die für ihn mit dieser Wohnung verbunden waren: Lavendel, Bohnerwachs und das Aroma irgendeiner Speise, die in der Küche am anderen Ende köchelte; es war eine Mischung, die ihm auf unerklärliche Weise das Vorhandensein von Normalität in dem täglichen Irrsinn vor Augen führte, aus dem seine Arbeit bestand.

»Bist du's, Guido?« rief Paola aus dem Wohnzimmer. Er überlegte, wen sie wohl sonst um zwei Uhr nachts erwartete, fragte aber nicht nach.

»Ja«, rief er nur, streifte seine Schuhe ab und zog den Mantel aus, wobei er sich erst jetzt eingestand, wie müde er war.

»Möchtest du einen Tee?« Sie kam in die Diele und küßte ihn leicht auf die Wange.

Er nickte und versuchte erst gar nicht, seine Erschöpfung vor ihr zu verbergen. Dann tapste er hinter ihr her in die Küche und setzte sich, während sie den Kessel mit Wasser füllte und auf den Herd stellte. Aus einem Hängeschränkchen holte sie eine Tüte mit getrockneten Blättern, machte sie auf und schnüffelte daran: »Eisenkraut?« fragte sie.

»Ja, ja«, antwortete er, zu müde, um sich dafür zu interessieren.

Sie warf eine Handvoll Teeblätter in die Keramikkanne, die schon seiner Großmutter gehört hatte. Dann kam sie zu ihm, stellte sich hinter seinen Stuhl und küßte ihn auf den Hinterkopf, genau auf die Stelle, wo sein Haar sich etwas zu lichten begann. »Was ist denn?«

»Im La Fenice. Jemand hat den Dirigenten vergiftet.«

»Wellauer?«

»Ja.«

Sie legte ihm die Hände auf die Schultern und drückte sanft. Er fand es ermutigend. Jeder Kommentar war überflüssig. Sie wußten beide, daß die Presse eine Sensation aus dem Tod machen und lauthals nach einer schnellstmöglichen Ergreifung des Täters verlangen würde. Er oder Paola hätten die Leitartikel schreiben können, die am Morgen erscheinen würden, die wahrscheinlich in diesem Moment gerade geschrieben wurden.

Aus dem Kessel schoß eine Dampfsäule, und Paola schüttete das Wasser in die angeschlagene Kanne. Wie immer empfand er schon ihre bloße Anwesenheit als wohltuend, und es wirkte beruhigend auf ihn, wenn er zusehen konnte, mit welch sicherer Gewandtheit sie sich bewegte und arbeitete. Wie viele venezianische Frauen hatte Paola einen hellen Teint und das rotblonde Haar, das man so oft auf Porträts aus dem siebzehnten Jahrhundert sieht. Sie war nicht im eigentlichen Sinne schön mit ihrer etwas zu langen Nase und dem mehr als etwas zu energischen Kinn. Aber ihm war beides lieb.

»Schon irgendeinen Anhaltspunkt?« fragte sie und stellte die

Teekanne und zwei Becher auf den Tisch. Dann setzte sie sich ihm gegenüber, goß den aromatischen Tee ein, stand wieder auf und holte noch einen großen Topf Honig aus dem Schrank.

»Es ist noch zu früh«, sagte er, während er Honig in seinen Becher löffelte. Er rührte um, klickte dabei mit dem Löffel gegen den Becher und fügte im Rhythmus seines Klickens hinzu: »Da ist einmal die junge Ehefrau, dann eine Sopranistin, die mich belogen hat, sie hätte ihn nicht mehr gesehen, bevor er starb, und ein schwuler Regisseur, der kurz vor seinem Tod eine Auseinandersetzung mit ihm hatte.«

»Vielleicht solltest du versuchen, die Geschichte zu verkaufen. Das hört sich ja an wie ein Fernsehkrimi.«

»Und ein totes Genie«, fügte er hinzu.

»Ja, das wäre hilfreich«, meinte Paola, nippte an ihrem Tee und blies in den Becher, um ihn abzukühlen. »Wieviel jünger ist sie denn, die Frau?«

»Sie könnte seine Tochter sein. Dreißig Jahre, würde ich sagen.«

»Okay«, sagte sie. Es war einer dieser Amerikanismen, mit denen ihr Vokabular durchsetzt war. »Dann war es die Ehefrau.«

Obwohl er sie schon oft gebeten hatte, es nicht zu tun, bestand sie darauf, gleich zu Beginn jeder seiner Ermittlungen einen Verdächtigen herauszupicken, und meist irrte sie sich, denn sie entschied sich fast immer für die nächstliegende Person. Er hatte sie zweimal entnervt gefragt, warum sie das tat, und sie hatte erklärt, daß sie sich seit ihrer Dissertation über Henry James berechtigt fühlte, das Offensichtliche im wirklichen Leben zu suchen, denn in seinen Büchern habe sie es nie gefunden. Brunetti konnte tun, was er wollte, sie traf ihre Wahl und war durch nichts zu bewegen, dabei etwas bedachtsamer vorzugehen.

»Das heißt«, meinte er, während er noch immer den Löffel im Becher kreisen ließ, »es wird sich herausstellen, daß jemand aus dem Chor es getan hat.«

»Oder der Butler.«

»Hmm«, räumte er ein und trank. Sie saßen noch ein Weilchen in geselligem Schweigen, bis der Tee ausgetrunken war. Dann trug er beide Becher zur Spüle und stellte die Teekanne vorsichtig daneben, damit sie nicht zu Schaden kam.

6

Am Morgen nach dem Tod des Dirigenten kam Brunetti kurz vor neun ins Büro und stellte fest, daß sich dort etwas beinah ebenso Ungeheuerliches ereignet hatte: Sein unmittelbarer Vorgesetzter, Polizeivizepräsident Giuseppe Patta, war bereits im Präsidium und verlangte schon seit einer halben Stunde nach ihm. Das teilte Brunetti zuerst der Portier am Eingang mit, dann ein Beamter auf der Treppe und schließlich die Sekretärin, die für ihn und die beiden anderen Commissari der Stadt arbeitete. Ohne sich sonderlich zu beeilen, sah Brunetti seine Post durch, rief bei der Telefonzentrale an, um zu hören, ob Anrufe für ihn gekommen seien, und schritt dann die Treppe zum Büro seines Vorgesetzten hinunter.

Cavaliere Giuseppe Patta war vor drei Jahren nach Venedig geschickt worden, um neues Blut ins System der Kriminalpolizei zu bringen. In seinem Fall war das Blut sizilianisch und hatte sich als unvereinbar mit dem venezianischen erwiesen. Patta benutzte eine Zigarettenspitze aus Onyx und war gelegentlich mit einem Spazierstock mit silberner Krücke gesehen worden. Obwohl Brunetti erstere nur bestaunen und über letzteren nur lachen konnte, hatte er versucht, sein endgültiges Urteil zurückzustellen, bis er lange genug mit dem Mann zusammengearbeitet hatte, um zu entscheiden, ob er ein Recht auf diese Manieriertheiten hatte. Er hatte keinen Monat gebraucht, um zu dem Schluß zu kommen, daß die Manieriertheiten zwar zu dem Mann paßten, er aber kaum ein Recht darauf hatte. Zum Arbeitstag des Vizepräsidenten gehörte allmorgendlich eine lange Kaffeestunde, im Sommer auf der Terrasse des Gritti, im Winter bei Florian. Das Mittagsmahl nahm er gewöhnlich am Pool des Cipriani oder in Harry's Bar ein, und gegen vier beschloß er meist, seinen »verdienten Feierabend« zu machen. Kaum ein anderer hätte das so genannt. Brunetti hatte auch schnell gelernt, daß Patta stets als »Vice-Questore« anzureden war, oder noch besser als »Cavaliere«, wobei die Herkunft letzteren Titels im Dunkel blieb. Außerdem bestand Patta nicht nur auf seinem Titel, sondern auch auf dem förmlichen *lei* und überließ es dem Fußvolk, sich mit *tu* anzureden.

Patta ließ sich nicht gern durch die unschönen Einzelheiten von Verbrechen oder anderen derartigen Unappetitlichkeiten stören. Zu den wenigen Dingen, die ihn dazu bringen konnten, mit den Fingern durch die anmutigen Löckchen an seinen Schläfen zu fahren, gehörten Hinweise in der Presse, daß die Polizei ihre Pflichten in irgendeiner Weise lax handhabte. Was die Presse dabei für kommentierenswert hielt, spielte keine Rolle, sei es, daß ein Kind beim Besuch eines Würdenträgers durch den Polizeikordon geschlüpft war und dem Besucher eine Blume überreicht hatte oder daß ihr der offene Drogenhandel afrikanischer Straßenverkäufer auffiel. Jede noch so kleine Andeutung, daß die Polizei die Stadt nicht mindestens im Würgegriff hätte, löste bei Patta eine Flut von Beschuldigungen aus, die sich hauptsächlich auf seine drei Commissari ergoß. Sein Zorn machte sich gewöhnlich in langen Aktennotizen Luft, in denen Unterlassungssünden der Polizei sich unendlich viel schrecklicher ausnahmen als von der kriminellen Bevölkerung tatsächlich begangene.

Patta hatte einen Vorschlag in der Presse aufgegriffen und eine Art ›Verbrechen mit Vorrang‹ eingeführt, wie er sich etwa einen besonders kalorienreichen Nachtisch vom Dessertwagen im Restaurant aussuchen würde. Er verkündete den Journalisten dann, dieses spezielle Verbrechen würde innerhalb der Woche ausgemerzt oder zumindest eingeschränkt. Brunetti mußte immer, wenn er vom neuesten ›Verbrechen mit Vorrang‹ las – die Information entnahm er meist erst der Presse –, an eine Szene aus *Casablanca* denken, in der befohlen wird, sich die »üblichen Verdächtigen« vorzunehmen. Und so lief es dann auch: Ein paar Jugendliche wurden zu einem Monat Gefängnis verurteilt, danach ging alles wieder seinen normalen Gang, bis die Presse erneut ihr Augenmerk auf etwas richtete und wieder ein ›Verbrechen mit Vorrang‹ provozierte.

Brunetti dachte oft darüber nach, daß die Kriminalitätsrate in Venedig wohl nur darum so niedrig war – sie gehörte zu den niedrigsten in Europa und war sicher die niedrigste in ganz Italien –, weil die Verbrecher, bei denen es sich fast immer um Diebe handelte, schlicht nicht wußten, wie sie entkommen konnten. Nur ein Ortskundiger konnte sich in dem Spinnennetz aus schmalen Gassen zurechtfinden und schon vorher wissen, daß diese eine Sackgasse war oder jene an einem Kanal endete. Und die Venezianer, die Einheimischen, neigten zur Gesetzestreue, und sei es nur, weil ihre Tradition und Geschichte ihnen großen Respekt vor Privatbesitz überliefert hatte, den es unter allen Umständen zu schützen und zu wahren galt. So gab es also wenig Verbrechen, und wenn es zu einer Gewalttat oder sehr selten sogar zu einem Mord kam, war der Täter meist schnell und leicht gefunden: der Ehemann, der Nachbar, die Geschäftspartner. Man mußte sich tatsächlich meist nur die üblichen Verdächtigen vornehmen.

Aber Wellauers Tod war etwas anderes, wie Brunetti sehr wohl wußte. Ein berühmter Mann, zweifellos der berühmteste Dirigent seiner Zeit, war in Venedigs schmuckem kleinem Opernhaus umgebracht worden. Und weil es Brunettis Fall war, würde der Vice-Questore ihn persönlich für jede schlechte Publicity verantwortlich machen, die der Polizei eventuell zuteil wurde.

Brunetti klopfte und wartete. Als von drinnen die Aufforderung zum Eintreten ertönte, stieß er die Tür auf und sah Patta, wie er es nicht anders erwartet hatte, hinter seinem riesigen Schreibtisch sitzen, über ein Schriftstück gebeugt, dem er durch seine Aufmerksamkeit Bedeutung verlieh. Selbst im Land der gutaussehenden Männer war Patta ein auffallend gutaussehender Mann. Er hatte ein gemeißeltes Römerprofil, weit auseinanderstehende dunkle Augen und einen athletischen Körper, obwohl er schon Mitte Fünfzig war. Für Pressefotos ließ er sich am liebsten im Linksprofil aufnehmen.

»Da sind Sie ja endlich«, sagte er, als käme Brunetti um Stunden zu spät statt auf die Minute pünktlich. »Ich dachte schon, ich müßte den ganzen Vormittag auf Sie warten«, fügte er hinzu, was Brunetti etwas übertrieben fand. Als Brunetti zu beiden Bemerkungen schwieg, wollte Patta wissen: »Was gibt's?«

Brunetti zog den *Gazzettino* vom Morgen aus der Tasche und antwortete: »Die Zeitung, Signore. Es steht gleich auf der ersten Seite.« Und bevor Patta etwas einwenden konnte, las er vor: »›Berühmter Dirigent tot aufgefunden. Mordverdacht.‹« Dann hielt er seinem Vorgesetzten das Blatt hin.

Patta blieb ruhig, wies aber die Zeitung mit einer Handbewegung ab. »Das habe ich schon gelesen. Ich meinte, was Sie herausgefunden haben.«

Brunetti griff in seine Jackentasche und holte sein Notizbuch hervor. Außer Adresse und Telefonnummer der Amerikanerin stand nichts drin, aber solange er vor dem sitzenden Patta stehen mußte, konnte der andere nicht sehen, daß die Seiten leer waren. Er leckte betont einen Finger an und blätterte langsam die Seiten um. »Das Zimmer war unverschlossen, es steckte kein Schlüssel. Das heißt, es hätte während der Vorstellung jedermann jederzeit ein und aus gehen können.«

»Wo war das Gift?«

»Wahrscheinlich im Kaffee. Aber das kann ich erst nach der Autopsie und den Laboruntersuchungen genau sagen.«

»Wann ist die Autopsie angesetzt?«

»Heute vormittag, glaube ich. Um elf.«

»Gut. Was noch?«

Brunetti blätterte eine Seite um und schaute auf das leere Blatt. »Ich habe mit den Sängern im Theater gesprochen. Der Bariton hat ihn gesehen, ihm aber bloß ›Hallo‹ gesagt. Der Tenor behauptet, ihn gar nicht gesehen zu haben, und die Sopranistin sagt, sie habe ihn nur bei ihrer Ankunft im Theater gesehen.« Er blickte auf und sah Patta an, der wartete. »Der Tenor sagt die Wahrheit. Die Sopranistin lügt.«

»Warum sagen Sie das?« schnauzte Patta.

»Weil ich denke, daß es so ist.«

Mit übertriebener Geduld, als spräche er mit einem besonders begriffsstutzigen Kind, fragte Patta: »Und warum, Commissario, denken Sie, daß es so ist?«

»Weil jemand beobachtet hat, wie sie nach dem ersten Akt in seine Garderobe ging.« Brunetti machte sich nicht die Mühe klarzustellen, daß es sich dabei bisher nur um die Angaben eines einzelnen Zeugen handelte, die noch nicht bestätigt waren. Er hatte bei seinem Gespräch mit ihr den Eindruck gehabt, daß sie nicht die Wahrheit sagte, vielleicht in diesem Punkt, vielleicht in einem anderen.

»Dann habe ich noch mit dem Regisseur gesprochen«, fuhr Brunetti fort. »Er hatte eine Auseinandersetzung mit dem Dirigenten, bevor die Vorstellung anfing. Aber danach hat er ihn nicht mehr gesehen. Meiner Ansicht nach sagt er die Wahrheit.« Patta fragte nicht, warum er dieser Ansicht sei.

»Noch was?«

»Ich habe heute nacht noch bei der Polizei in Berlin anrufen lassen.« Er blätterte umständlich in seinem Notizbuch. »Das war um…«

»Lassen Sie das beiseite«, unterbrach Patta ihn. »Was hatten die zu sagen?«

»Sie wollen uns heute noch einen ausführlichen Bericht über Wellauer faxen. Alles, was sie über Wellauer und seine Frau haben.«

»Seine Frau. Haben Sie mit ihr gesprochen?«

»Nur ein paar Worte. Sie war sehr mitgenommen. Ich glaube nicht, daß man mit ihr hätte reden können.«

»Wo war sie?«

»Als ich mit ihr gesprochen habe?«

»Nein, während der Aufführung.«

»Im Publikum, vorn im Parkett. Sie sagt, daß sie nach dem zweiten Akt zu ihm hinter die Bühne gegangen sei, aber zu spät kam, um mit ihm zu reden, so daß sie gar nicht miteinander gesprochen hätten.«

»Wollen Sie damit sagen, sie war hinter der Bühne, als er starb?« fragte Patta so begierig, daß Brunetti fast glaubte, er würde sie schon allein dafür am liebsten gleich verhaften lassen.

»Ja, aber ich weiß nicht, ob sie ihn gesehen hat, ob sie überhaupt in seine Garderobe gegangen ist.«

»Nun, dann sehen Sie zu, daß Sie das herausbekommen.« Selbst Patta merkte, daß sein Ton etwas zu barsch gewesen war. »Setzen Sie sich, Brunetti«, fügte er hinzu.

»Danke«, sagte Brunetti, klappte sein Notizbuch zu und steckte es in die Tasche, bevor er sich seinem Vorgesetzten gegenüber niederließ. Pattas Stuhl war, wie er wußte, ein paar Zentimeter höher als dieser, was der Vice-Questore zweifellos als subtilen psychologischen Vorteil betrachtete.

»Wie lange war sie dort?«

»Ich weiß es nicht. Sie war sehr durcheinander, als ich mit ihr gesprochen habe, und hat sich nicht sehr klar ausgedrückt.«

»Hätte sie in die Garderobe gehen können?« wollte Patta wissen.

»Vielleicht. Ich weiß es nicht.«

»Das klingt, als wollten Sie die Dame entschuldigen«, meinte Patta und fragte gleich darauf: »Ist sie hübsch?« Er hatte also offenbar von dem Altersunterschied zwischen dem Toten und seiner Witwe gehört, dachte Brunetti.

»Wenn man große Blondinen mag«, antwortete er.

»Sie nicht?«

»Meine Frau erlaubt es mir nicht.«

Patta versuchte mühsam, das Gespräch wieder aufs Thema zurückzuführen. »Ist während der Vorstellung sonst noch wer in der Garderobe gewesen? Woher kam der Kaffee?«

»Im Erdgeschoß des Theaters ist eine Bar. Wahrscheinlich daher.«

»Klären Sie das.«

»Ja, Signore.«

»Und nun passen Sie auf, Brunetti.« Brunetti nickte. »Ich möchte wissen, wer gestern abend alles in dieser Garderobe war, oder in der Nähe. Und ich möchte mehr über die Frau wissen. Wie lange sie verheiratet waren, woher sie kommt, all diese Dinge.« Brunetti nickte.

»Brunetti?« fragte Patta unvermittelt.

»Ja?«

»Warum machen Sie keine Notizen?«

Brunetti erlaubte sich die Andeutung eines Lächelns. »Oh, ich vergesse nie etwas von dem, was Sie sagen, Signore.«

Aus Gründen, die nur er kannte, beschloß Patta, ihn beim Wort zu nehmen. »Ich glaube übrigens nicht, daß sie ihn nicht gesehen hat, wie sie Ihnen sagte. Die Leute fangen nicht etwas an und ändern dann ihre Meinung. Ich bin sicher, da steckt mehr dahinter. Wahrscheinlich hat es mit dem Altersunterschied zu tun.« Wie man hörte, hatte Patta zwei Jahre Psychologie an der Universität von Palermo studiert, bevor er zu Jura wechselte. Eindeutige Tatsache aber war, daß er nach einer sehr unauffälligen Karriere als Student seinen Abschluß gemacht und bald danach, als direkte Folge der sehr auffälligen Karriere seines Vaters in der *Democrazia Cristiana*, zum Vice-Commissario avanciert war. Und heute, nach mehr als zwanzig Jahren, war er Vice-Questore der venezianischen Polizei.

Da Patta offensichtlich mit seinen Anweisungen fertig war, bereitete Brunetti sich auf das Unvermeidliche vor: die Rede über die Ehre der Stadt. Und wie die Nacht dem Tag, so folgten dem Gedanken Pattas Worte. »Sie verstehen das vielleicht nicht, Commissario, aber es handelt sich um einen der berühmtesten Künstler unserer Zeit. Und er ist hier in Venedig, in unserer Stadt, umgebracht worden.« Der Name Venedig klang mit Pattas sizilianischem Akzent immer etwas lächerlich. »Wir müssen alles in unserer Macht Stehende tun, um dieses Verbrechen aufzuklären; wir können nicht dulden, daß es den Ruf, ja die Ehre unserer Stadt schädigt.« Es gab Zeiten, da war Brunetti versucht, sich aufzuschreiben, was der Mann sagte.

Und während Patta auf diesem Gleis fortfuhr, beschloß Brunetti, Paola einen Blumenstrauß mitzubringen, falls er die glorreiche musikalische Geschichte Venedigs erwähnte. »Dies ist die Stadt Vivaldis, Mozart hat hier gewirkt. Wir haben eine Verpflichtung gegenüber der Musikwelt.« Iris, dachte er, die mochte sie am liebsten. Sie würde sie in die hohe blaue Muranovase stellen.

»Ich möchte, daß Sie alles andere liegenlassen und sich ganz diesem Fall widmen. Ich habe mir die Einsatzpläne angesehen«, meinte Patta und überraschte Brunetti dadurch, daß er überhaupt von der Existenz solcher Pläne wußte, »und zwei Leute zu Ihrer Hilfe eingeteilt.« Bitte nicht Alvise und Riverre, dann bringe ich ihr zwei Dutzend mit. »Alvise und Riverre. Gute, solide Leute.« Was grob übersetzt bedeutete, daß sie zu Pattas Getreuen gehörten.

»Und ich möchte Fortschritte sehen bei dieser Sache. Verstehen Sie?«

»Ja, Signore«, antwortete Brunetti ausdruckslos.

»Gut. Das ist dann alles. Ich habe noch viel zu tun, und Sie wahrscheinlich auch.«

»Ja, Signore«, wiederholte Brunetti, während er aufstand und zur Tür ging. Er war gespannt, was er wohl als Abschiedswort mit auf den Weg bekommen würde. Hatte Patta nicht seinen letzten Urlaub in London verbracht?

»Und: ›good hunting‹, Brunetti.«

Ja, London. »Thank you, Sir«, sagte er leise und zog die Tür hinter sich zu.

7

In der folgenden Stunde beschäftigte Brunetti sich damit, in den vier wichtigsten Zeitungen die Berichte über das Verbrechen zu lesen. *Il Gazzettino* widmete, wie nicht anders zu erwarten, der Geschichte die ganze erste Seite und sah durch diese Tat den Ruf der Stadt aufs Spiel gesetzt. Im Leitartikel hieß es, die Polizei müsse alles daransetzen, den Täter schnell zu finden, nicht so sehr um der Gerechtigkeit Genüge zu tun, sondern um die Ehre der Stadt wiederherzustellen. Beim Lesen dachte Brunetti, daß Patta sich wohl dieses Blatt zu Gemüte geführt hatte statt seinen üblichen *Osservatore Romano*, der nicht vor zehn an den Kiosken zu haben war.

La Repubblica betrachtete das Ereignis im Lichte der jüngsten politischen Entwicklung und deutete den Zusammenhang so zart an, daß nur der Verfasser oder ein Psychologe ihn begreifen konnte. *Corriere della Sera* tat so, als sei der Mann in seinem Bett gestorben, und brachte eine ganzseitige Analyse seines Beitrags zur Musikgeschichte unter besonderer Berücksichtigung seines Engagements für einige moderne Komponisten.

L'Unità hob er sich bis zum Schluß auf. Wie nicht anders zu erwarten, wurde da nach dem ersten geschrieen, was der Redaktion in den Sinn kam, in diesem Fall Rache, die sie, ebenso vorhersehbar, mit Gerechtigkeit verwechselte. Ein Leitartikel wies plump auf die immer gleichen alten Geheimnisse in höchsten Kreisen hin und zerrte, nicht überraschend, den armen alten Sindona ans Licht, den man tot in seiner Gefängniszelle gefunden hatte, um dann die auf der Hand liegende rhetorische Frage zu stellen, ob es nicht eine dunkle Verbindung zwischen diesen beiden ›erschreckend ähnlichen‹ Fällen gebe. Abgesehen von der Tatsache, daß beide Männer alt und an Zyankalivergiftung gestorben waren, gab es Brunettis Ansicht nach wenig Ähnlichkeiten, erschreckend oder nicht.

Nicht zum erstenmal machte Brunetti sich Gedanken über die möglichen Vorteile einer Pressezensur. Die Deutschen waren in der Vergangenheit ganz gut mit einer Regierung zurechtgekommen, die Zensur verlangte, und die amerikanische Regierung schien ähnlich gut mit einer Bevölkerung zu fahren, die sie wollte.

Er wandte sich wieder dem langen Artikel im *Corriere* zu und warf die drei anderen Zeitungen in den Papierkorb. Er las den Beitrag ein zweites Mal durch und machte sich ein paar Notizen. Wenn er auch nicht der berühmteste Dirigent der Welt war, so nahm Wellauer offenbar doch einen Spitzenplatz ein. Er hatte als Wunderkind des Berliner Konservatoriums vor dem letzten Krieg seine Dirigentenlaufbahn begonnen. Über die Kriegsjahre wurde nicht viel gesagt, außer daß er weiterhin in seinem Heimatland Deutschland dirigiert hatte. Erst in den fünfziger Jahren hatte seine Karriere ihren Aufschwung genommen, er hatte sich dem internationalen Glitzerset angeschlossen, war für ein einziges Konzert von einem Kontinent zum anderen geflogen und dann weiter zu einem dritten, um eine Oper zu dirigieren.

Und inmitten von Flitter und Ruhm war er der vollendete Musiker geblieben, der jedem Orchester, das er dirigierte, äußerste Präzision und Empfindsamkeit abverlangte und gleichzeitig auf absoluter Werktreue bestand. Selbst sein Ruf, herrisch oder schwierig zu sein, verblaßte vor dem umfassenden Lob über die absolute Hingabe an seine Kunst.

Der Artikel befaßte sich wenig mit seinem Privatleben. Es wurde lediglich erwähnt, daß seine derzeitige Frau seine dritte war und die zweite sich vor zwanzig Jahren das Leben genommen hatte. Als seine Wohnorte wurden Berlin, Gstaad, New York und Venedig angegeben.

Das Foto auf der Titelseite war älteren Datums. Wellauer war darauf von der Seite zu sehen, im Gespräch mit der kostümierten Maria Callas, die offensichtlich Hauptgegenstand des Bildes war. Brunetti fand es etwas merkwürdig, daß man ein mindestens dreißig Jahre altes Foto abgedruckt hatte.

Er griff in den Papierkorb und holte den *Gazzettino* wieder heraus. Wie gewöhnlich brachten sie ein Foto vom Tatort, dem Teatro La Fenice mit seiner langweiligen, symmetrischen Fassade. Daneben war ein kleineres Bild vom Bühneneingang, aus dem zwei uniformierte Männer etwas heraustrugen. Das Foto darunter war ein neueres Porträt des Maestro mit weißer Krawatte und noch immer dunklem, vollem Haar, das über dem kantigen Gesicht nach hinten gekämmt war. Die Augen wirkten leicht slawisch und seltsam hell unter den dunklen Brauen. Die Nase war viel zu lang für das Gesicht, doch die Wirkung der Augen war so stark, daß der kleine Makel kaum ins Gewicht fiel. Der Mund war breit, die Lippen voll und fleischig, ein seltsam sinnlicher Kontrast zu dem strengen Augenausdruck. Er versuchte sich an das Gesicht zu erinnern, wie er es gestern abend gesehen hatte, verzerrt vom Tod, aber dieses Foto hatte eine solche Kraft, daß es den Eindruck verwischte. Er betrachtete die hellen Augen und versuchte sich einen Haß vorzustellen, der so intensiv war, daß er jemanden dazu bringen würde, diesen Mann zu zerstören.

Seine Spekulationen wurden von einer der Sekretärinnen unterbrochen, die den Polizeibericht aus Berlin brachte, der inzwischen gekommen und schon ins Italienische übersetzt war.

Bevor er anfing zu lesen, sagte Brunetti sich, daß Wellauer so etwas wie ein lebendes Denkmal gewesen war und die Deutschen stets nach Helden suchten, er also bei der Lektüre mit beidem rechnen mußte. Das hieß, einige Wahrheiten würde er nur angedeutet, andere in dem Weggelassenen finden. Hatten nicht viele Künstler der Nazipartei angehört? Aber wer erinnerte sich schon heute nach all den Jahren noch daran?

Er schlug die Mappe auf und begann den italienischen Text zu lesen. Deutsch konnte er nicht. Wellauer hatte sich keines Vergehens schuldig gemacht, nicht einmal eines Verkehrsdelikts. In seiner Wohnung in Gstaad war zweimal eingebrochen worden; beide Male war von dem Diebesgut nichts wieder aufgetaucht und niemand festgenommen worden. In beiden Fällen war die Versicherung für den Schaden aufgekommen, obgleich es sich um horrende Summen gehandelt hatte.

Brunetti kämpfte sich durch zwei weitere Absätze germanischer Genauigkeit, bis er zum Selbstmord der zweiten Ehefrau kam. Sie hatte sich nach einer langanhaltenden Depression, wie es im Bericht hieß, am 30. April 1968 im Keller ihrer Münchener Wohnung erhängt. Einen Abschiedsbrief hatte man nicht gefunden. Sie hinterließ drei Kinder, Zwillingsbrüder und ein Mädchen, die damals sieben und zwölf Jahre alt waren. Wellauer selbst hatte die Leiche gefunden und sich nach der Beerdigung ein halbes Jahr völlig aus der Öffentlichkeit zurückgezogen.

Die Polizei hatte ihm keine Aufmerksamkeit gewidmet, bis er vor zwei Jahren Elisabeth Balintffy geheiratet hatte. Sie war gebürtige Ungarin, Ärztin und Deutsche durch ihre erste Ehe, die drei Jahre vor ihrer Heirat mit Wellauer geschieden wurde. Auch sie war weder in Deutschland noch in Ungarn vorbestraft. Aus ihrer ersten Ehe hatte sie eine dreizehnjährige Tochter, Alexandra.

Brunetti suchte nach einem Hinweis auf Wellauers Aktivitäten während des Krieges, aber vergeblich. Seine erste Ehe mit der Tochter eines deutschen Industriellen, geschlossen 1936, wurde erwähnt, ebenso die Scheidung nach dem Krieg. Dazwischen schien der Mann nicht existiert zu haben, was Brunetti durchaus als Zeichen dafür deutete, was der Mann getan oder zumindest unterstützt hatte. Diesen Verdacht würde er allerdings kaum bestätigt finden, jedenfalls nicht in einem offiziellen Bericht der deutschen Polizei.

Kurz und gut, Wellauer hatte eine so saubere Weste, wie es sich ein Mann nur wünschen konnte. Dennoch hatte ihm jemand Zyankali in den Kaffee getan. Die Erfahrung hatte Brunetti gelehrt, daß Menschen sich vor allem aus zwei Gründen gegenseitig umbrachten: Geld oder Sex. Die Reihenfolge war nicht wichtig, und letzterer wurde oft Liebe genannt, aber in fünfzehn Jahren der Beschäftigung mit Mörderischem hatte er nur wenige Ausnahmen von dieser Regel erlebt.

Noch vor elf Uhr hatte er den Bericht der deutschen Polizei fertiggelesen. Er rief im Labor an, nur um zu erfahren, daß nichts unternommen worden war. Man hatte keine Fingerabdrücke von der Tasse oder von anderen Flächen in der Garderobe des Toten genommen, die versiegelt blieb, eine Tatsache, die offenbar schon drei Anrufe der Theaterleitung nach sich gezogen hatte. Brunetti ereiferte sich ein Weilchen, aber er wußte, daß es zwecklos war. Danach sprach er kurz mit Miotti, der ihm erzählte, er habe gestern abend nichts Neues von dem Portier erfahren, außer daß der Dirigent »ein kühler Genosse«, die Frau sehr nett und freundlich und La Petrelli ganz und gar nicht sein Fall sei. Genauer konnte der Portier das nicht begründen, er zog sich auf die Erklärung zurück, sie sei einfach *antipatica*. Für ihn genügte das.

Es hatte keinen Zweck, Alvise und Riverre hinzuschicken, um Fingerabdrücke zu nehmen, jedenfalls nicht, bevor das Labor wußte, ob auf der Kaffeetasse noch andere als die des Dirigenten waren. Da bestand kein Grund zur Hast.

Verstimmt, daß er darüber sein Mittagessen verpassen würde, verließ Brunetti kurz nach zwölf sein Büro und ging zur Bar an der Ecke, wo er ein Sandwich und ein Glas Wein bestellte, weder das eine noch das andere nach seinem Geschmack. Obwohl alle in der Bar wußten, wer er war, fragte keiner ihn nach dem Tod des Dirigenten, wenn auch ein alter Mann bedeutungsvoll mit der Zeitung raschelte.

Brunetti ging zum Anleger San Zaccaria und bestieg ein Vaporetto Nummer fünf, das ihn durch den Arsenale und an der Rückseite der Insel entlang zur Friedhofsinsel San Michele brachte. Er ging selten auf den Friedhof; aus irgendeinem Grund hatte er den Kult, den so viele Italiener mit ihren Toten betreiben, nicht angenommen.

Früher war er öfter hier gewesen, genaugenommen gehörte es zu seinen frühesten Erinnerungen, daß man ihn als Kind mitgenommen hatte, um das Grab seiner Großmutter zu pflegen, die im Krieg bei einem Bombenangriff der Alliierten auf Treviso ums Leben gekommen war. Er wußte noch, wie bunt die Gräber waren, richtige Blumenteppiche, und wie ordentlich, jedes saubere Rechteck vom nächsten abgegrenzt durch messerscharfe Kanten und kleine Grünstreifen. Und wie trist die Menschen dazwischen – fast alles Frauen –, die mit diesen Bergen von Blumen kamen. Wie grau und schäbig sie ausgesehen hatten, als ob sie all ihren Sinn für Farbe und Adrettheit diesen Geistern in der Erde geopfert hätten, und für sie selbst wäre nichts übriggeblieben.

Und heute, über fünfunddreißig Jahre später, waren die Gräber noch genauso ordentlich, die Blumen immer noch von explosiver Farbenvielfalt, aber die Menschen, die dazwischen herumgingen, sahen eher aus, als ob sie zur Welt der Lebenden gehörten, es waren nicht mehr die grauen Gespenster der Nachkriegsjahre. Das Grab seines Vaters war leicht zu finden, es lag ganz in der Nähe von Strawinskys. Der Russe war sicher; er würde bleiben, unangetastet, solange der Friedhof bestand oder sich Menschen seiner Musik erinnerten. Für Brunettis Vater war die Zukunft ungewisser, denn es dauerte nicht mehr lange, bis sein Grab geöffnet und seine Gebeine herausgenommen würden, um in einem Beinhaus in einer der langen, überfüllten Mauern des Friedhofs untergebracht zu werden.

Das Grab war jedoch gut gepflegt; sein Bruder war verantwortungsbewußter als er. Die Nelken in der im Boden steckenden Glasvase waren frisch; den Nachtfrost vor drei Tagen hätten sie sonst nicht überlebt. Brunetti bückte sich und schob ein paar Blätter beiseite, die der Wind gegen die Vase geweht hatte. Als er sich aufrichtete, hob er noch eine Zigarettenkippe neben dem Grabstein auf. Dann stand er da und betrachtete das Foto auf dem Stein. Er sah seine eigenen Augen, sein Kinn und die zu großen Ohren, die ihn und seinen Bruder übersprungen und sich statt dessen auf ihre Söhne vererbt hatten.

»*Ciao, Papà*«, sagte er, aber dann fiel ihm nichts weiter ein. Er ging die Gräberreihe entlang und warf die Kippe in einen großen in die Erde eingelassenen Metallbehälter am Ende.

Im Friedhofsbüro gab er seinen Namen und Rang an, worauf ihn ein Angestellter in ein kleines Wartezimmer führte und ihn bat, sich zu gedulden, der Dottore käme gleich. In dem Zimmer gab es nichts zu lesen, so begnügte er sich damit, aus dem einzigen Fenster auf das umfriedete Kloster zu schauen, um das man die Friedhofsgebäude gebaut hatte.

Zu Beginn seiner Laufbahn hatte Brunetti einmal darum gebeten, der Autopsie des Opfers in seinem ersten Mordfall beiwohnen zu dürfen – einer Prostituierten, die von ihrem Zuhälter umgebracht worden war. Er hatte genau zugesehen, wie die Leiche in den Autopsiesaal gerollt wurde, und fasziniert beobachtet, wie das weiße Tuch von dem nahezu perfekten Körper gezogen wurde. Und als der Arzt das Skalpell erhoben hatte, um den langen Y-Schnitt anzusetzen, war Brunetti nach vorn gesackt und mitten zwischen den um ihn sitzenden Medizinstudenten in Ohnmacht gefallen. Gelassen hatten sie ihn in den Vorraum hinausgetragen und den halb Betäubten auf einen Stuhl gesetzt, bevor sie zurückeilten, um weiter zuzusehen. Viele Mordopfer waren ihm seit damals unter die Augen gekommen, zerfetzt von Messern, Kugeln, sogar Bomben, aber nie hatte er gelernt, sie teilnahmslos zu betrachten, und nie wieder hatte er sich dazu durchringen können, der kalkulierten Verletzung durch eine Autopsie zuzusehen.

Die Tür zu dem kleinen Wartezimmer ging auf, und Rizzardi, ebenso untadelig gekleidet wie letzte Nacht, trat ein. Er roch nach teurer Seife, nicht nach dem Karbol, das Brunetti unwillkürlich mit seinem Beruf in Verbindung brachte.

»Guten Tag, Guido«, sagte er und streckte die Hand aus. »Tut mir leid, daß Sie sich die Mühe gemacht haben, extra herzukommen. Ich hätte Ihnen das wenige, was ich habe, auch telefonisch durchgeben können.«

»Ist schon in Ordnung, Ettore, ich wollte sowieso herausfahren. Bevor diese Trottel im Labor mir einen Bericht schicken, kann ich nichts unternehmen. Und um mit der Witwe zu sprechen, ist es auch noch zu früh.«

»Dann will ich Ihnen mal sagen, was ich gefunden habe«, meinte der Arzt, schloß die Augen und begann aus dem Gedächtnis aufzuzählen. Brunetti zog sein Notizbuch heraus und notierte sich, was er vernahm. »Der Mann war kerngesund. Wenn ich nicht wüßte, daß er vierundsiebzig war, hätte ich ihn für mindestens zehn Jahre jünger gehalten, Anfang Sechzig, vielleicht sogar Ende Fünfzig. Muskeltonus hervorragend in Form, wahrscheinlich durch Training bei einem allgemein gesunden Körper. Keine Anzeichen von Krankheit an den inneren Organen. Trinker kann er nicht gewesen sein, die Leber war perfekt. Selten bei einem Mann seines Alters. Geraucht hat er auch nicht, und falls früher mal, hat er vor Jahren damit aufgehört. Meiner Einschätzung nach hätte er noch gut und gern seine zehn bis zwanzig Jahre leben können.« Damit öffnete er die Augen und sah Brunetti an.

»Und die Todesursache?« fragte der.

»Kaliumcyanid. Zyankali. Im Kaffee. Ich schätze, er hat ungefähr dreißig Milligramm aufgenommen, mehr als genug, um ihn zu töten.« Er hielt einen Moment inne, dann fügte er hinzu: »Ich hatte es noch nie gesehen. Bemerkenswerte Wirkung.« Seine Stimme verebbte, und er verfiel in eine Art Träumerei, die Brunetti beunruhigend fand.

Nach einem Weilchen fragte Brunetti: »Stimmt es, daß es so schnell wirkt? Ich habe das mal gelesen.«

»Ja, ich glaube schon«, antwortete Rizzardi. »Wie gesagt, ich hatte noch nie einen Fall gesehen, keinen richtigen. Ich hatte auch nur darüber gelesen.«

»Auf der Stelle?«

Der Arzt dachte kurz nach, bevor er antwortete. »Ja, ich nehme es an, oder jedenfalls so nahe daran, daß es auf dasselbe herauskommt. Vielleicht hatte er einen Moment Zeit, um zu merken, was geschah, aber er hat wahrscheinlich geglaubt, es sei ein Schlaganfall oder eine Herzattacke. Auf jeden Fall war er tot, bevor ihm recht klar wurde, was es war.«

»Was ist denn die eigentliche Todesursache?«

»Alles hört auf. Hört schlicht auf zu arbeiten: Herz, Lunge, Hirn.«

»Innerhalb von Sekunden?«

»Ja. Fünf. Höchstens zehn.«

»Kein Wunder, daß sie es nehmen«, sagte Brunetti.

»Wer?«

»Spione, in Spionageromanen. Sie haben Kapseln in hohlen Zähnen versteckt.«

»Hm«, machte Rizzardi. Falls ihn Brunettis Vergleich seltsam anmutete, ließ er sich das nicht anmerken. »Ja, es wirkt sehr schnell, aber es gibt viel Tödlicheres.« Auf Brunettis erhobene Brauen hin erklärte er: »Botulismus. Bakterielle Lebensmittelvergiftung. Dieselbe Menge, die ihn umgebracht hat, könnte wahrscheinlich halb Italien umbringen.«

Damit war nicht viel anzufangen, auch wenn sich der Doktor offensichtlich für das Thema begeistern konnte, darum fragte Brunetti: »Ist Ihnen noch irgend etwas aufgefallen?«

»Es sieht aus, als sei er in den letzten Wochen behandelt worden. Wissen Sie, ob er vielleicht eine Erkältung hatte oder so etwas?«

»Nein.« Brunetti schüttelte den Kopf. »Wir wissen noch gar nichts. Wieso?«

»Es gibt Injektionsspuren. Und da nichts auf Drogenmißbrauch hinweist, nehme ich an, es war ein Antibiotikum, vielleicht ein Vitamin, irgendeine normale Sache. Genaugenommen waren die Spuren so schwach, daß sie vielleicht gar nicht von Injektionen stammten; es könnten auch andere kleine Verletzungen sein.«

»Aber keine Drogen?«

»Nein, wahrscheinlich nicht«, sagte der Doktor. »Er hätte sich leicht in die rechte Hüfte spritzen können – er war Rechtshänder –, aber ein Rechtshänder kann sich keine Spritze in den rechten Arm oder die linke Gesäßhälfte geben, jedenfalls nicht an der Stelle, wo ich den Einstich gefunden habe. Und, wie gesagt, er war bei bester Gesundheit. Wenn er irgendwelche Drogen genommen hätte, dann hätte ich es gemerkt.« Er hielt inne, um dann fortzufahren: »Abgesehen davon bin ich nicht einmal sicher, daß es sich um Einstiche handelt. In meinem Bericht werde ich sie einfach als subkutane Blutungen bezeichnen.« Brunetti hörte an seinem Tonfall, daß er diese Stellen für unwichtig hielt und schon bedauerte, sie erwähnt zu haben.

»Noch etwas?«

»Nein, nichts weiter. Wer immer es war, hat ihn mit Sicherheit um mindestens zehn Jahre seines Lebens gebracht.«

Wie immer zeigte Rizzardi keinerlei Neugier, wer das Verbrechen begangen haben könnte – und wahrscheinlich entsprach das sogar seinem Empfinden. In all den Jahren, die sie sich kannten, hatte Brunetti nie erlebt, daß der Doktor nach dem Verbrecher fragte. Manchmal hatte er sich interessiert oder sogar fasziniert bei einer besonders einfallsreichen Tötungsart gezeigt, aber nie schien es ihn zu kümmern, wer der Täter war oder ob man ihn gefaßt hatte.

»Danke, Ettore«, sagte Brunetti und schüttelte dem Arzt die Hand. »Ich wünschte, unser Labor würde genauso schnell arbeiten.«

»Wahrscheinlich ist ihre Neugier nicht so ausgeprägt wie meine«, sagte Rizzardi und bestätigte damit Brunettis Meinung, daß er diesen Mann nie verstehen würde.

8

Auf dem Boot zurück in die Stadt beschloß er, unangemeldet bei Flavia Petrelli vorbeizugehen, um zu sehen, ob sie sich inzwischen vielleicht erinnert hatte, daß sie gestern abend in der Garderobe des Maestro gewesen war. Die Vorstellung, etwas zu tun zu haben, belebte ihn, und er stieg an den Fondamenta Nuove aus und ging zum Krankenhaus, das eine gemeinsame Mauer mit der Basilica SS. Giovanni e Paolo hatte. Wie alle venezianischen Adressen war die Anschrift, die ihm die Amerikanerin gegeben hatte, wenig aussagekräftig in einer Stadt, die nur die Namen der sechs Stadtteile für Straßenadressen hatte und dazu ein Numerierungssystem ohne Sinn und Plan. Die einzige Möglichkeit war, bis zur Kirche zu gehen und jemanden zu fragen, der in der Nähe wohnte. Brett Lynch war sicher nicht allzu schwer zu finden. Ausländer zogen eher in die schickeren Viertel der Stadt, nicht in diese solide Mittelschichtsgegend, und nur wenige Fremde sprachen, als seien sie hier aufgewachsen, wie Brett Lynch es tat.

Vor der Kirche fragte er eine Frau erst nach der Hausnummer und dann nach der Amerikanerin, aber sie konnte ihm weder über die eine noch die andere etwas sagen. Sie meinte, er solle Maria fragen, und schien zu erwarten, daß er genau wußte, welche Maria sie meinte. Maria betrieb, wie sich herausstellte, den Zeitungskiosk vor der nahe gelegenen Schule, und wenn Maria nicht wußte, wo die Amerikanerin wohnte, dann wohnte sie auch nicht in dieser Gegend.

Am anderen Ende der Brücke vor der Kirche fand er Maria, eine weißhaarige Frau unbestimmten Alters, in ihrem Kiosk hinter den Zeitungen sitzen, als seien es Prophezeiungen und sie die Sibylle. Er nannte ihr die Hausnummer, nach der er suchte, und sie antwortete lächelnd: »Ah, Signorina Lynch«, und gab dem Namen die zwei Silben, die er italienisch ausgesprochen forderte. Die Calle della Testa hinunter, das erste Haus rechts, vierte Klingel, und würde es ihm etwas ausmachen, ihre Zeitungen mitzunehmen?

Brunetti fand die Tür ohne Schwierigkeiten. Der Name war in ein verkratztes altes Messingschild neben der Klingel eingraviert. Er klingelte, und kurz danach wurde er durchs Haustelefon gefragt, wer er sei. Er widerstand der Versuchung zu sagen, daß er gekommen sei, um die Zeitungen zu bringen, und nannte nur Namen und Rang. Wer immer am anderen Ende gewesen war, sagte nichts darauf, aber die Tür sprang auf, und er trat ein. Rechts führte eine Treppe nach oben, und er begann hinaufzusteigen, wobei er mit Wohlgefallen die leichte Höhlung registrierte, die Jahrhunderte der Benutzung in jede Marmorstufe gewetzt hatten. Er mochte es, wie die Ausbuchtung seine Füße in die Mitte zwang. Zwei Stockwerke stieg er nach oben, und ein drittes. Bei der vierten Wende wurde das Treppenhaus plötzlich breiter, und die alten, ausgetretenen Marmorstufen waren durch gerade geschnittene Stücke istrischen Marmors ersetzt. Dieser Teil des Gebäudes war vor nicht allzu langer Zeit gründlich restauriert worden.

Die Treppe endete vor einer schwarzen Metalltür. Als er darauf zuging, ahnte er, daß er durch den winzigen Spion über dem oberen Schloß beobachtet wurde. Bevor er noch klopfen konnte, wurde die Tür von Brett Lynch geöffnet, die zur Seite trat und ihn hereinbat.

Er murmelte das rituelle *»Permesso«*, ohne das ein Italiener nie das Haus eines anderen betrat. Sie lächelte, bot ihm aber nicht die Hand zur Begrüßung, sondern drehte sich um und ging ihm durch einen Flur voraus in den Wohnraum.

Er war überrascht, als er in dem großen, hellen Raum stand, der sicher zehn mal fünfzehn Meter maß. Der Holzfußboden war aus jenen dicken Eichenbalken, die auch die ältesten Dächer der Stadt stützten. Von den Wänden waren Farbe und Putz abgeklopft, so daß der ursprüngliche Backstein zum Vorschein kam. Am bemerkenswertesten war die ungeheure Helligkeit, die durch sechs Oberlichter hereinströmte, die in Dreierpaaren auf beiden Seiten der hohen spitzwinkligen Decke eingelassen waren. Wer immer die Erlaubnis bekommen hatte, ein so altes Gebäude derart zu verändern, mußte entweder einflußreiche Freunde oder Bürgermeister und Stadtplaner gleichermaßen erpreßt haben, dachte Brunetti. Und alles war erst kürzlich geschehen, das sagte ihm der Geruch nach frischem Holz.

Er lenkte seine Aufmerksamkeit von der Wohnung auf die Besitzerin. Gestern abend war ihm nicht aufgefallen, wie groß sie war, diese eckige Größe, die Amerikaner offenbar attraktiv fanden. Aber ihr Körper hatte nichts von der Zerbrechlichkeit, die oft mit Größe einhergeht. Sie sah gesund und fit aus, ein Eindruck, der durch ihre reine Haut und die klaren Augen noch unterstrichen wurde.

Er merkte, wie er sie anstarrte, beeindruckt von der Intelligenz in ihrem Blick und gleichzeitig irritiert, daß er darin nach Gerissenheit suchte. Er wunderte sich, daß er sie nicht als das akzeptieren konnte, was sie zu sein schien, eine attraktive, kluge Frau.

Flavia Petrelli saß, etwas gekünstelt, wie er fand, links neben einem der hohen Fenster, durch die man in der Ferne den Glockenturm von San Marco sehen konnte. Ihre Begrüßung bestand lediglich in einem kurzen Kopfnicken, das er erwiderte, bevor er sich an ihre Freundin wandte und sagte: »Ich habe Ihre Zeitungen mitgebracht.«

Er achtete darauf, sie ihr mit der Titelseite nach oben zu geben, damit sie die Bilder sehen und die schreienden Schlagzeilen lesen konnte. Sie warf einen Blick darauf, faltete sie rasch zusammen und sagte: »Danke«, bevor sie sich umdrehte und sie auf ein niedriges Tischchen warf.

»Darf ich Ihnen zu Ihrer Wohnung gratulieren, Miss Lynch?«

»Danke«, war die kurze Antwort.

»So viel Licht, so viele Dachfenster, das ist ungewöhnlich in einem so alten Haus«, bemerkte er neugierig.

»Ja, nicht wahr?« meinte sie nichtssagend.

»Kommen Sie schon, Commissario«, unterbrach Flavia Petrelli, »Sie sind doch sicher nicht hier, um über Innenarchitektur zu reden.«

Als wollte sie die brüske Bemerkung ihrer Freundin abschwächen, sagte Miss Lynch: »Setzen Sie sich doch, Dottor Brunetti«, und deutete auf einen niedrigen Diwan, der vor einem langen Glastisch mitten im Zimmer stand. »Hätten Sie gern einen Kaffee?« fragte sie, ganz artige Gastgeberin, als sei dies ein rein privater Besuch.

Obwohl er eigentlich gar keinen Kaffee wollte, sagte er ja, nur um zu sehen, wie die Sängerin darauf reagieren würde, daß er ein Weilchen zu bleiben gedachte und keine Eile hatte. Sie wandte ihre Aufmerksamkeit wieder einer Partitur zu, die sie auf dem Schoß liegen hatte, und beachtete ihn nicht, während ihre Freundin den Kaffee machen ging.

Solange die eine beschäftigt war, Kaffee zu machen, und die andere ihn ignorierte, sah Brunetti sich in der Wohnung um. Die Wand vor ihm war von oben bis unten voller Bücher. Die italienischen erkannte er leicht daran, daß man den Titel von unten nach oben lesen konnte, bei den englischen war es umgekehrt. Aber über die Hälfte der Bände waren mit Zeichen bedruckt, die er für Chinesisch hielt. Alle sahen aus, als seien sie mehr als einmal gelesen. Dazwischen standen überall kleine Keramiken – Schalen und menschliche Figuren –, die auf ihn höchstens entfernt orientalisch wirkten. Ein Regalbrett wurde von CD-Kassetten eingenommen, Gesamtaufnahmen von Opern wahrscheinlich. Links davon stand eine sehr kompliziert aussehende Stereoanlage und in den Ecken auf Holzpodesten zwei große Lautsprecherboxen. Die Bilder an den Wänden waren ausschließlich moderne Klecksereien in kräftigen Farben und sprachen ihn nicht an.

Kurz darauf kam Miss Lynch aus der Küche zurück, sie brachte ein silbernes Tablett mit zwei Espressotassen, Löffelchen und einer silbernen Zuckerdose herein. Heute trug sie Jeans, die noch nie etwas von Amerika gehört hatten, und ein anderes Paar Stiefel, diesmal in einem dunklen Rotbraun. Für jeden Wochentag eine andere Farbe? Was irritierte ihn so an dieser Frau? Daß sie als Ausländerin seine Sprache so gut sprach wie er selbst und in einem Haus wohnte, das er sich auch im Traum nie würde leisten können?

Er bedankte sich, als sie die Tasse vor ihn hinstellte, und wartete, bis sie ihm gegenüber Platz genommen hatte. Er bot ihr Zucker an, aber sie lehnte mit einer Kopfbewegung ab. Er nahm sich zwei Löffel und setzte sich auf dem Sofa zurück. »Ich komme gerade von San Michele«, begann er. »Die Todesursache war Zyankali.« Sie hob ihre Tasse an die Lippen und nippte. »Es war im Kaffee.«

Sie setzte ihre Tasse auf der Untertasse ab und stellte beides auf den Tisch.

Flavia Petrelli sah von ihren Noten auf, doch der Kommentar kam nicht von ihr. »Dann ist es wenigstens schnell gegangen. Wie rücksichtsvoll von dem, der es getan hat«, sagte Brett Lynch, und an ihre Freundin gewandt: »Wolltest du auch Kaffee, Flavia?«

Brunetti fand das alles etwas sehr theatralisch, aber er ging darüber hinweg und stellte die Frage, die sie mit ihrer Bemerkung eindeutig hatte provozieren wollen. »Gehe ich recht in der Annahme, daß Sie den Maestro nicht leiden konnten, Miss Lynch?«

»Ja«, antwortete sie und sah ihm direkt ins Gesicht, »ich mochte ihn nicht und er mich auch nicht.«

»Gab es dafür einen bestimmten Grund?«

Sie machte eine wegwerfende Handbewegung. »Wir waren in vielen Dingen uneins.« Das sollte wohl als Begründung genügen, nahm Brunetti an.

Er wandte sich an Signora Petrelli. »Hatten Sie eine andere Einstellung dem Maestro gegenüber?«

Sie klappte die Partitur zu und legte sie sorgfältig zu ihren Füßen auf den Boden, bevor sie antwortete. »Ja, schon. Helmut und ich haben immer gut zusammengearbeitet. Wir hatten beruflich großen Respekt füreinander.«

»Und privat?«

»Auch natürlich«, antwortete sie rasch. »Aber unsere Beziehung war in erster Linie beruflicher Natur.«

»Und wie waren Ihre persönlichen Gefühle ihm gegenüber, wenn ich fragen darf?« Wenn sie die Frage erwartet hatte, schien sie ihr dennoch nicht zu gefallen. Sie rutschte auf ihrem Sessel herum, und ihm fiel auf, wie offensichtlich sie es machte, daß die Frage sie unangenehm berührte. Er hatte im Lauf der Jahre viel über sie gelesen und wußte, daß sie eine gute Schauspielerin war. Wenn sie über ihre Beziehung zu Wellauer etwas verbergen wollte, dann konnte sie das auch; sie würde nicht dasitzen und sich winden wie ein Schulmädchen, das man über seinen ersten Freund ausfragt.

Er ließ das Schweigen wachsen und wiederholte seine Frage ganz bewußt nicht.

Schließlich meinte sie etwas zögernd: »Ich mochte ihn nicht.«

Als sie nichts weiter hinzufügte, sagte Brunetti: »Wenn ich meine Frage an Miss Lynch wiederholen darf; gab es dafür irgendwelche besonderen Gründe?« Wie höflich wir doch miteinander umgehen, dachte er. Da liegt dieser alte Mann kalt und ausgeweidet drüben jenseits der Lagune, und wir sitzen hier und ergehen uns in Höflichkeitsfloskeln – würden Sie mir sagen? Darf ich fragen? Einen Augenblick lang wünschte er sich wieder nach Neapel zurück, wo er diese schrecklichen Jahre verbracht und mit Menschen zu tun gehabt hatte, die den Feinheiten der Sprache nicht zugänglich waren und auf Tritte und Schläge reagierten.

Signora Petrelli unterbrach seine Tagträumerei. »Es gab keinen direkten Grund«, meinte sie. »Er war einfach *antipatico*.« Aha, dachte Brunetti, als er das Wort schon wieder hörte, wie viel besser als irgendwelche sprachlichen Feinheiten. Für jede zwischenmenschliche Disharmonie mußte diese Erklärung herhalten, daß jemand *antipatico* war, daß irgendein undefinierbarer Kontakt zwischen zwei Menschen nicht zustande gekommen war, und schon sollte auf wundersame Weise alles klar sein. Es war vage, und es war ungenügend, aber es war offenbar alles, was er herausbekommen sollte.

»Beruhte das auf Gegenseitigkeit?« fragte er ruhig. »Hatte der Maestro an Ihnen auch etwas auszusetzen?«

Sie warf einen Blick zu Brett Lynch, die wieder an ihrem Espresso nippte. Wenn zwischen den beiden etwas ausgetauscht wurde, so sah Brunetti es jedenfalls nicht.

Schließlich, als wäre sie unzufrieden mit der Rolle, die sie spielte, hob Signora Petrelli eine Hand, die Finger weit gespreizt, wie es Brunetti heute morgen auf dem Zeitungsfoto gesehen hatte, das sie als Norma zeigte. Sie streckte dramatisch die Hand von sich und sagte: »*Basta*. Genug damit.« Er war fasziniert von dem Wandel, der sich da vollzog, denn mit der Geste hatte sie Jahre abgeworfen. Abrupt stand sie auf, und die Härte verschwand aus ihrem Gesicht.

Sie drehte sich um und sah ihn voll an. »Früher oder später werden Sie sowieso alles erfahren, also erzähle ich es Ihnen besser.« Er hörte das leise Klicken von Porzellan, als die andere Frau ihre Tasse auf dem Tisch absetzte, aber er ließ die Sängerin nicht aus den Augen. »Er hat mir vorgeworfen, ich sei lesbisch und Brett sei meine Geliebte.« Sie hielt inne und wartete auf seine Reaktion. Als keine kam, fuhr sie fort. »Es fing am dritten Probentag an. Nichts Direktes oder Eindeutiges, nur die Art und Weise, wie er mit mir sprach und wie er von Brett sprach.« Wieder eine Pause, in der sie auf seine Reaktion wartete; wieder kam keine. »Am Ende der ersten Woche habe ich etwas zu ihm gesagt, was dann zu einer Auseinandersetzung führte, an deren Ende er sagte, er wolle meinem Mann schreiben.« Sie schwieg kurz und korrigierte sich dann: »Meinem Exmann.« Sie wartete die Wirkung auf Brunetti ab.

Neugierig geworden, fragte er: »Warum hätte er das tun sollen?«

»Mein Mann ist Spanier. Meine Scheidung wurde aber in Italien ausgesprochen. Und in Italien wurde mir auch das Sorgerecht für unsere Kinder zugesprochen. Wenn mein Mann hier in diesem Land so etwas gegen mich vorbringen würde…« Sie ließ den Satz unvollendet und machte damit klar, wie sie die Chancen sah, dann noch ihre Kinder behalten zu können.

»Und die Kinder?« wollte er wissen.

Sie schüttelte verwirrt den Kopf, verstand die Frage nicht.

»Die Kinder, wo sind sie?«

»In der Schule, wo sie hingehören. Wir wohnen in Mailand, und dort gehen sie auch zur Schule. Ich halte es nicht für richtig, sie überallhin mitzuschleppen, wo ich zufällig singe.« Sie kam auf ihn zu und setzte sich ans andere Ende des Sofas. Als er zu ihrer Freundin hinübersah, saß diese mit abgewandtem Gesicht da und sah auf den Glockenturm hinaus, beinahe, als ob dieses Gespräch sie nichts anginge.

Lange Zeit sagte keiner etwas. Brunetti dachte über das nach, was er eben erfahren hatte, und überlegte, ob es der Grund für sein instinktives Zurückweichen vor der Amerikanerin war. Aber er und Paola hatten so viele Freunde verschiedenster sexueller Neigungen, daß er es nicht für möglich hielt, selbst wenn die Anschuldigung stimmte.

»Nun?« fragte die Sängerin endlich.

»Nun was?« fragte er zurück.

»Wollen Sie nicht fragen, ob es stimmt?«

Er tat die Frage mit einem Kopfschütteln ab. »Ob es stimmt oder nicht, ist unwichtig. Wichtig ist, ob er seine Drohung wahrgemacht und es Ihrem Mann mitgeteilt hätte.« Während er sprach, hatte Brett Lynch sich wieder umgedreht und betrachtete ihn jetzt abwägend.

Als sie sprach, klang ihre Stimme ruhig. »Er hätte es getan. Jeder, der ihn gut kannte, weiß das. Und Flavias Mann würde

Himmel und Hölle in Bewegung setzen, um das Sorgerecht für die Kinder zu bekommen.« Als sie den Namen ihrer Freundin aussprach, sah sie zu ihr hin, und ihre Blicke trafen sich für einen Moment. Sie rutschte tief in ihren Sessel, steckte die Hände in die Hosentaschen und streckte die Beine aus.

Brunetti betrachtete sie eingehend. Waren es ihre glänzenden Stiefel, das lässige Zurschaustellen von Reichtum in dieser Wohnung, was ihn veranlaßte, sie mit solcher Skepsis zu betrachten? Er versuchte, klar zu denken, sie unvoreingenommen zu sehen, eine Frau Anfang Dreißig, die ihm ihre Gastfreundschaft angeboten hatte und ihm nun offenbar ihr Vertrauen anbot. Im Gegensatz zu ihrer Arbeitgeberin – wenn es das war, was Flavia Petrelli darstellte – hielt sie nichts von dramatischen Gesten oder versuchte auf irgendeine Weise die herbe angelsächsische Schönheit ihrer Züge hervorzuheben.

Er sah, daß ihr perfekt geschnittenes Haar im Nacken feucht war, als hätte sie vor noch nicht allzu langer Zeit gebadet oder geduscht. Und als er sich wieder Flavia Petrelli zuwandte, merkte er, daß auch sie den frischen Duft einer Frau verströmte, die gerade dem Bad entstiegen war. Und plötzlich war er mitten in einer erotischen Phantasie, in der die beiden Frauen eng umschlungen in der Dusche standen, nackt, die Brüste aneinandergepreßt; und er war erstaunt, wie stark dieses Bild ihn berührte. O Gott, wieviel einfacher war es in Neapel gewesen, mit einem Fußtritt und einem Schubs.

Die Amerikanerin riß ihn aus seiner Träumerei, als sie fragte: »Heißt das, Sie glauben, Flavia könnte es getan haben? Oder ich?«

»Es ist viel zu früh, um darüber zu spekulieren«, antwortete er, obwohl das kaum stimmte. »Es ist viel zu früh, um über Verdächtige zu reden.«

»Aber es ist nicht zu früh, um über Motive zu reden«, sagte die Sängerin.

»Nein, das nicht«, gab er zu. Er mußte wohl kaum darauf hinweisen, daß sie jetzt offenbar eines hatte.

»Das heißt wohl, daß ich auch eins habe«, fügte ihre Freundin hinzu. Eine seltsamere Liebeserklärung hatte Brunetti noch nie gehört. Oder war es Freundschaft? Oder Loyalität gegenüber der Arbeitgeberin? Und da hieß es immer, die Italiener seien kompliziert.

Er beschloß, sich nicht festzulegen. »Wie gesagt, es ist noch zu früh, um von Verdächtigen zu reden.« Und er beschloß, das Thema zu wechseln. »Wie lange sind Sie noch hier, Signora?«

»Bis wir alle Vorstellungen hinter uns haben«, sagte sie. »Das sind noch zwei Wochen. Bis zum Ende des Monats. Obwohl ich an den Wochenenden gern nach Mailand fahren würde.« Das klang wie eine Feststellung, aber es war klar, daß sie um seine Erlaubnis bat. Er nickte, was gleichzeitig Verständnis und offizielle polizeiliche Erlaubnis bedeutete, die Stadt zu verlassen.

Sie sprach weiter. »Danach weiß ich noch nicht genau. Ich habe keine weiteren Verpflichtungen bis ...« Sie sah zu ihrer Freundin hinüber, die ohne Zögern hinzufügte: »Covent Garden, am fünften Januar.«

»Und bis dahin sind Sie in Italien?« fragte er.

»Bestimmt. Entweder hier oder in Mailand.«

»Und Sie, Miss Lynch?«

Ihr Blick war kühl, so kühl wie ihre Antwort. »Ich auch.« Und obwohl es kaum nötig war, fügte sie hinzu: »Bei Flavia.«

Er holte sein Notizbuch aus der Tasche und bat um die Mailänder Adresse. Flavia Petrelli gab sie ihm und, unaufgefordert, auch die Telefonnummer. Er notierte beides, steckte das Notizbuch weg und stand auf.

»Vielen Dank Ihnen beiden für Ihre Zeit«, sagte er förmlich.

»Glauben Sie, daß Sie mich noch einmal sprechen müssen?« fragte die Sängerin.

»Das hängt davon ab, was mir andere erzählen«, antwortete Brunetti, wobei er die Drohung bedauerte, die darin lag, nicht aber die Aufrichtigkeit. Sie hörte nur die Drohung, hob ihre

Partitur auf und setzte sich wieder damit in den Sessel. Er interessierte sie nicht mehr.

Er machte einen Schritt auf die Tür zu und trat dabei in den Lichtschein eines der Dachfenster. Er sah nach oben, dann zu der Amerikanerin und fragte endlich: »Wie haben Sie es geschafft, diese Oberlichter zu bekommen?«

Sie ging an ihm vorbei in die Diele, blieb an der Eingangstür stehen und fragte: »Meinen Sie die Fenster oder die Erlaubnis, sie einbauen zu lassen?«

»Die Erlaubnis.«

Lächelnd antwortete sie: »Ich habe den Stadtplaner bestochen.«

»Wieviel?« fragte er automatisch, während er die Fläche berechnete. Sechs waren es, jedes ungefähr einen Meter im Quadrat.

Sie lebte offenbar schon lange genug in Venedig, um durch diese indiskrete Frage nicht gekränkt zu sein. Ihr Lächeln wurde noch breiter, und sie sagte: »Zwölf Millionen Lire«, als gebe sie ihm die Außentemperatur an.

Das hieß, rechnete Brunetti, ungefähr ein halbes Monatsgehalt pro Fenster.

»Aber das war vor zwei Jahren«, erklärte sie. »Wie ich gehört habe, sind die Preise gestiegen.«

Er nickte. In Venedig unterlag selbst Bestechung der Inflation.

Sie gaben sich die Hand, und er war überrascht über die Herzlichkeit ihres Lächelns, als ob ihr Gespräch über Bestechung sie irgendwie zu Verschwörern gemacht hätte. Sie bedankte sich für seinen Besuch, obgleich das wohl kaum erforderlich war. Er reagierte mit der gleichen Höflichkeit und hörte in seiner Stimme echte Wärme. War er so leicht umzustimmen? Hatte die eben gezeigte Bereitschaft zur Korruption sie menschlicher gemacht? Er verabschiedete sich und grübelte über diese letzte Frage, während er die Treppen hinunterging und sich wieder über die wellige Unebenheit unter seinen Füßen freute.

9

Ins Präsidium zurückgekehrt, erfuhr er, daß die beiden ihm zugeteilten Beamten, Alvise und Riverre, in der Wohnung des Maestro gewesen waren, um seine persönlichen Sachen durchzusehen, und Dokumente und private Papiere mit zurückgebracht hatten, die jetzt gerade ins Italienische übersetzt wurden. Er rief im Labor an, wo es noch immer keine Ergebnisse über die Fingerabdrücke gab; immerhin konnten sie das Offenkundige bestätigen, nämlich, daß der Kaffee das Gift enthalten hatte. Miotti war nirgends zu finden, vermutlich war er noch im Theater. So rief Brunetti denn, weil er nichts anderes zu tun hatte und sowieso bald mit ihr reden mußte, die Witwe des Maestro an und fragte, ob sie am Nachmittag zu einem Gespräch bereit sei. Nach anfänglichem und durchaus verständlichem Zögern bat sie ihn, um vier zu kommen. Er suchte in der obersten Schublade seines Schreibtisches herum und fand eine halbvolle Tüte mit *bussolai*, den gesalzenen venezianischen Brezeln, die er so gerne aß. Kauend überflog er die Notizen, die er sich beim Lesen des Polizeiberichts aus Deutschland gemacht hatte.

Eine halbe Stunde vor seiner Verabredung mit Signora Wellauer brach er auf und ging langsam zur Piazza San Marco. Unterwegs sah er sich die Schaufenster an, und wie immer, wenn er durch die Innenstadt schlenderte, fand er es erschreckend, wie schnell das Bild sich veränderte. Er hatte den Eindruck, daß alle Geschäfte, die für die Bewohner dieser Stadt da waren, wie Apotheken, Schuster- und Gemüseläden, langsam und unaufhaltsam verschwanden, während an ihre Stelle Hochglanzboutiquen und Souvenirläden traten, die nur für die Touristen da waren, vollgestopft mit von innen beleuchteten Plastikgondeln aus Taiwan und Papiermasken aus Hongkong. Die Kaufleute der Stadt stellten sich auf die Wünsche der Durchreisenden ein statt auf die Bedürfnisse der Einwohner. Er überlegte, wie lange es wohl dauern würde, bis die ganze Stadt ein lebendes Museum war, ein Ort, der nur für Besucher geeignet war, nicht aber, um darin zu wohnen.

Wie zur Bestätigung seiner Überlegungen zog eine nicht ganz jahreszeitgemäße Touristengruppe an ihm vorbei, angeführt von einem emporgehaltenen Regenschirm. Den Kanal zu seiner Linken, überquerte er die Piazza, erstaunt über die vielen Leute, denen offenbar die Tauben interessanter erschienen als die Basilika.

Hinter dem Campo San Moisè ging er über die Brücke und bog nach rechts ab, dann wieder rechts in eine schmale Gasse, die an einer großen Holztür endete.

Er läutete, und eine Lautsprecherstimme fragte nach seinem Namen. Er gab ihn an, und gleich darauf hörte er den Türöffner. Die Eingangshalle war frisch restauriert, die Deckenbalken abgezogen bis auf das ursprüngliche Holz und glänzend lackiert. Auf dem Fußboden waren eingelegte Marmorfliesen in einem geometrischen Muster aus Wellen und Spiralen verlegt, wie er mit venezianisch geschultem Auge feststellte. Aus der leichten Unebenheit schloß er, daß es sich um den Originalboden des Hauses handelte, vielleicht frühes fünfzehntes Jahrhundert.

Er begann die verschwenderisch breiten Stufen hochzusteigen. Auf jedem Treppenabsatz gab es eine einzige metallene Tür, die einzelne Tür kündete von Reichtum, das Metall von dem Wunsch, diesen Reichtum zu schützen. Die gravierten Namensschilder sagten ihm, daß er noch weiter hinaufsteigen mußte. Die Treppe endete im fünften Stock vor einer weiteren Metalltür. Er drückte auf den Klingelknopf und wurde kurz darauf von der Frau begrüßt, mit der er am Abend vorher im Theater gesprochen hatte, der Witwe des Maestro.

Er nahm ihre ausgestreckte Hand, murmelte: »*Permesso*« und trat in die Wohnung.

Falls sie in der Nacht geschlafen hatte, sah man es ihrem Gesicht nicht an. Sie hatte kein Make-up aufgelegt und sah sehr blaß aus, was durch die dunklen Ringe unter ihren Augen noch unterstrichen wurde. Aber selbst unter der Müdigkeit konnte man die Schönheit durchschimmern sehen. Mit diesen Wangenknochen könnte sie sich noch im hohen Alter sehen lassen, und ihre Nase gab ihr ein Profil, nach dem sich die Leute umdrehten.

»Ich bin Commissario Brunetti. Wir haben gestern abend miteinander gesprochen.«

»Ja, ich erinnere mich«, sagte sie. »Bitte kommen Sie hier entlang.« Sie ging durch einen Flur voraus in ein großes Arbeitszimmer. In einer Ecke war ein offener Kamin, in dem ein Feuerchen brannte. Davor standen, durch einen Couchtisch getrennt, zwei Sessel. Sie bot ihm mit einer Handbewegung den einen an und setzte sich in den anderen. Auf dem Tisch stand ein voller Aschenbecher, in dem eine brennende Zigarette lag. Im Hintergrund sah man durch ein großes Fenster die ockerfarbenen Dächer der Stadt. An den Wänden hingen Bilder, die seine Kinder als »richtige Bilder« bezeichnet hätten.

»Möchten Sie einen Drink, Dottor Brunetti? Oder lieber Tee?« Ihre italienischen Sätze klangen wie aus dem Sprachführer, aber er fand es interessant, daß sie seinen richtigen Titel kannte.

»Bitte machen Sie sich keine Mühe, Signora«, antwortete er im selben Ton.

»Zwei von Ihren Polizisten waren heute vormittag hier. Sie haben einige Dinge mitgenommen.« Man merkte, daß ihr Italienisch nicht ausreichte, um diese Dinge zu benennen.

»Wäre es vielleicht einfacher für Sie, wenn wir englisch sprechen würden?« fragte er in dieser Sprache.

»O ja«, sagte sie und lächelte zum ersten Mal, wobei er einen Eindruck von ihrer wahren Schönheit bekam. »Das wäre viel leichter für mich.« Ihr Gesicht wurde weicher, und sie wirkte gelöster. Sogar ihr Körper schien sich zu entspannen, nachdem die Sprachschwierigkeiten beseitigt waren. »Ich bin erst einige Male hier in Venedig gewesen, und es ist mir richtig peinlich, wie schlecht ich Italienisch spreche.«

Unter anderen Umständen hätte es die Situation erfordert, daß er widersprach und ihr ein Kompliment über ihr Italienisch machte. Statt dessen sagte er: »Mir ist klar, wie schwierig dies alles für Sie ist, Signora, und ich möchte Ihnen und Ihrer Familie mein Beileid aussprechen.« Warum klangen die Worte, mit denen wir uns dem Tod stellten, nur immer so unzureichend, so ganz und gar unaufrichtig? »Er war ein großer Musiker, sein Tod ist ein Verlust für die gesamte Musikwelt. Aber Sie muß er viel schlimmer treffen.« Gestelzt und künstlich, aber besser konnte er es nicht.

Er sah die vielen Telegramme neben dem Aschenbecher, einige geöffnet, andere noch geschlossen. Wahrscheinlich hatte sie den ganzen Tag dasselbe gehört, aber sie ließ es sich nicht anmerken, sondern sagte nur: »Danke.« Dann holte sie eine Schachtel Zigaretten aus der Tasche ihres Pullovers, nahm sich eine und hob sie zum Mund, als ihr Blick auf die noch brennende im Aschenbecher fiel. Sie warf die unangezündete zusammen mit der Schachtel auf den Tisch, griff nach der im Aschenbecher glimmenden und tat einen langen, tiefen Zug, um schließlich zögernd den Rauch auszustoßen.

»Ja, in der Musikwelt wird man ihn vermissen«, meinte sie. Und bevor er zu dieser seltsamen Bemerkung etwas sagen konnte, fügte sie hinzu: »Und hier auch.« An ihrer Zigarette hatte sich noch kaum ein Millimeter Asche gebildet, aber sie schnippte sie ab, beugte sich vor und drehte das Ende an der Innenwand des Aschenbechers, als ob sie einen Bleistift anspitzen wollte.

Er holte sein Notizbuch aus der Tasche und schlug die Seite mit der Liste neuer Bücher auf, die er lesen wollte. Er hatte schon gestern abend festgestellt, daß sie fast schön war und es aus bestimmtem Blickwinkel und in bestimmtem Licht fraglos sein würde. Soviel sah man trotz der Erschöpfung, die ihr Gesicht heute wie ein Schleier überzog. Sie hatte weit auseinanderstehende blaue Augen und naturblondes Haar, das sie heute im Nacken zu einem schlichten Knoten gesteckt hatte.

»Wissen Sie, woran er gestorben ist?« fragte sie.

»Ich habe heute vormittag mit dem Pathologen gesprochen. Es war Zyankali. Im Kaffee.«

»Dann ist es schnell gegangen. Wenigstens das.«

»Ja«, stimmte er zu. »Wahrscheinlich auf der Stelle.« Er kritzelte in sein Buch und fragte: »Kennen Sie das Gift?«

Sie warf ihm einen raschen Blick zu, bevor sie antwortete. »Nicht besser als jeder Arzt.«

Er blätterte die Seite um. »Der Pathologe meinte, man käme nicht so leicht heran, an Zyankali«, log er.

Sie sagte nichts, also fragte er: »Was für einen Eindruck hatten Sie gestern abend von Ihrem Mann, Signora? War sein Verhalten in irgendeiner Weise seltsam oder ungewöhnlich?«

Sie spitzte weiter ihre Zigarette am Rand des Aschenbechers und meinte: »Nein, ich hatte eigentlich den Eindruck, daß er nicht anders war als sonst auch.«

»Und wie war das, wenn ich fragen darf?«

»Ein bißchen angespannt, in sich gekehrt. Er sprach vor der Vorstellung oder während der Pausen nicht gern mit Leuten. Er wollte durch nichts abgelenkt werden.«

Das erschien Brunetti ganz normal. »Kam er Ihnen nervöser vor als sonst?«

Sie überlegte einen Augenblick. »Nein, das kann ich nicht sagen. Wir sind gegen sieben zum Theater gegangen. Es ist ja nicht weit.« Er nickte. »Ich bin zu meinem Platz gegangen, auch wenn es noch früh war. Die Platzanweiser kannten mich von den Proben, sie haben mich eingelassen. Helmut ging hinter die Bühne, um sich umzuziehen und einen Blick auf die Partitur zu werfen.«

»Entschuldigen Sie, Signora, aber war Ihr Mann nicht berühmt dafür, daß er ohne Partitur dirigierte? Ich erinnere mich, so etwas gelesen zu haben.«

Sie lächelte. »O ja, sicher. Aber er hatte sie immer in seiner Garderobe und ging sie vor der Vorstellung noch einmal durch, auch während der Pausen.«

»Wollte er deshalb nicht gestört werden?«

»Ja.«

»Sie sagten, Sie seien gestern hinter die Bühne gegangen, um mit ihm zu sprechen.« Und als sie nicht antwortete, fragte er: »War das normal?«

»Nein, wie ich Ihnen schon sagte, mochte er es nicht, wenn jemand während einer Vorstellung mit ihm sprach. Er sagte immer, es störe seine Konzentration. Aber gestern bat er mich, nach dem zweiten Akt zu ihm zu kommen.«

»War jemand dabei, als er das sagte?«

Ihre Stimme bekam einen scharfen Unterton. »Meinen Sie, ob ich einen Zeugen dafür habe?« Brunetti nickte. »Nein, Signor Brunetti, ich habe keinen Zeugen. Aber es überraschte mich.«

»Warum?«

»Weil Helmut selten etwas tat, was... Ich weiß nicht genau, wie ich es nennen soll... aus dem Rahmen fiel. Er hielt sich fast immer streng an seine Routine. Deshalb war ich erstaunt, daß er mich bat, während einer Vorstellung zu ihm zu kommen.«

»Aber Sie sind gegangen?«

»Ja, das bin ich.«

»Warum wollte er Sie sehen?«

»Das weiß ich nicht. Ich traf Freunde im Foyer und unterhielt mich ein paar Minuten mit ihnen. Ich hatte vergessen, daß man während einer Vorstellung nicht vom Orchester aus hinter die Bühne kann, daß man nach oben zu den Logen gehen muß. Und als ich schließlich bei seiner Garderobe ankam, gongte es schon zum zweiten Mal.«

»Haben Sie mit ihm gesprochen?«

Sie zögerte lange mit ihrer Antwort. Aber schließlich sagte sie: »Ja, aber ich habe nur hallo gesagt und gefragt, was er mir erzählen wollte. Aber dann hörten wir...« Hier hielt sie inne und drückte ihre Zigarette aus. Sie nahm sich viel Zeit dafür, während sie immer wieder mit der erloschenen Zigarette im Aschenbecher umherfuhr. Endlich ließ sie die Kippe fallen und sprach mit veränderter Stimme weiter. »Wir hörten den zweiten Gong. Es war keine Zeit mehr zum Reden. Ich sagte, ich käme nach der Vorstellung wieder, und ging zu meinem Platz zurück. Die Lichter gingen gerade aus, als ich mich setzte. Ich wartete, daß der Vorhang aufgehen und die Vorstellung weitergehen sollte, aber Sie wissen ja... Sie wissen ja, was dann geschah.«

»Ist Ihnen da zum ersten Mal der Gedanke gekommen, daß etwas nicht stimmen könnte?«

Sie griff nach der Zigarettenschachtel und zog eine heraus. Brunetti nahm das Feuerzeug vom Tisch und gab ihr Feuer. »Danke«, sagte sie und blies den Rauch von ihm weg.

»Ist Ihnen da zum ersten Mal klargeworden, daß etwas nicht stimmte?« wiederholte er.

»Ja.«

»Hat Ihr Mann sich in den letzten Wochen anders verhalten als sonst?« Als sie nicht antwortete, bohrte er weiter: »Nervös vielleicht, oder irgendwie reizbar?«

»Ich habe die Frage verstanden«, meinte sie knapp, dann sah sie ihn unsicher an und sagte: »Tut mir leid.«

Er hielt es für besser zu schweigen, anstatt auf ihre Entschuldigung einzugehen.

Und nach einem Weilchen beantwortete sie seine Frage. »Nein, er schien eigentlich nicht anders als sonst. Er hat die *Traviata* immer sehr geliebt, und er liebte diese Stadt.«

»Und die Proben sind gut verlaufen? Friedlich?«

»Ich bin nicht sicher, ob ich diese Frage verstehe.«

»Hatte Ihr Mann irgendwelche Schwierigkeiten mit den anderen, die an dieser Produktion beteiligt waren?«

»Nein, nicht daß ich wüßte«, antwortete sie nach kurzer Überlegung.

Brunetti fand es an der Zeit, zu ein paar persönlichen Fragen zu kommen. Er blätterte in seinem Notizbuch herum, warf einen Blick auf die leeren Seiten und fragte: »Wer wohnt hier, Signora?«

Falls sie der plötzliche Themenwechsel überraschte, so ließ sie es sich nicht anmerken. »Mein Mann und ich und eine Haushälterin.«

»Wie lange ist diese Haushälterin schon bei Ihnen?«

»Ich glaube, sie arbeitet schon zwanzig Jahre für Helmut. Ich habe sie erst kennengelernt, als wir zum ersten Mal nach Venedig kamen.«

»Und wann war das?«

»Vor zwei Jahren.«

»Ja?« versuchte er nachzuhelfen.

»Sie wohnt das ganze Jahr über hier, auch wenn wir nicht da sind.« Sie korrigierte sich rasch: »Wenn wir nicht da waren.«

»Wie heißt sie?«

»Hilda Breddes.«

»Sie ist keine Italienerin?«

»Nein, Belgierin.«

Er notierte sich das. »Wie lange waren Sie mit dem Maestro verheiratet?«

»Zwei Jahre. Wir haben uns in Berlin kennengelernt, wo ich damals arbeitete.«

»Und wie haben Sie sich kennengelernt?«

»Er dirigierte den *Tristan*. Ich bin mit Freunden, die auch mit ihm befreundet waren, hinter die Bühne gegangen. Nach der Vorstellung waren wir alle zusammen essen.«

»Wie lange haben Sie sich gekannt, bevor Sie heirateten?«

»Ungefähr ein halbes Jahr.« Sie war wieder damit beschäftigt, ihre Zigarette anzuspitzen.

»Sie sagten, Sie hätten in Berlin gearbeitet, aber Sie sind Ungarin.« Als sie schwieg, fragte er: »Stimmt das nicht?«

»Ja, ich bin gebürtige Ungarin. Aber ich habe die deutsche Staatsangehörigkeit. Mein erster Mann war Deutscher, wie Sie sicher inzwischen wissen, und als wir nach unserer Heirat nach Deutschland gingen, habe ich seine Staatsangehörigkeit angenommen.«

Sie drückte ihre Zigarette aus und blickte Brunetti an, als sei sie nun bereit, ihre ganze Aufmerksamkeit seinen Fragen zu widmen. Er wunderte sich, daß sie sich ausgerechnet auf diese Tatsachen konzentrieren wollte, denn sie waren allgemein bekannt. Die Antworten über ihre Ehen stimmten, das wußte er, weil Paola, die hoffnungslos der Regenbogenpresse verfallen war, ihn heute morgen mit den Details versorgt hatte.

»Ist das nicht ungewöhnlich?« fragte er.

»Ist was ungewöhnlich?«

»Daß Sie nach Deutschland gehen und die deutsche Staatsangehörigkeit annehmen durften.«

Sie lächelte, aber es wirkte nicht amüsiert. »Nicht so ungewöhnlich, wie Sie hier im Westen vielleicht annehmen.« War das Spott? »Ich war eine verheiratete Frau, verheiratet mit einem Deutschen. Seine Aufgabe in Ungarn war beendet, und er ging in sein Land zurück. Ich stellte den Antrag, mit meinem Mann gehen zu dürfen, und dem wurde stattgegeben. Selbst unter der alten Regierung waren wir keine Wilden. Die Familie bedeutet den Ungarn sehr viel.« Wie sie das sagte, hatte Brunetti den Eindruck, daß sie glaubte, für Italiener sei sie nur von geringer Bedeutung.

»Ist er der Vater Ihres Kindes?«

Die Frage überraschte sie sichtlich. »Wer?«

»Ihr erster Mann.«

»Ja.« Sie griff nach einer neuen Zigarette.

»Lebt er noch in Deutschland?« fragte Brunetti, während er ihr Feuer gab, und dabei wußte er doch, daß der Mann an der Heidelberger Universität lehrte.

»Ja.«

»Stimmt es, daß Sie vor Ihrer Ehe mit dem Maestro Ärztin waren?«

»Commissario«, sagte sie mit Zorn in der Stimme, den sie kaum zu verbergen suchte, »ich bin noch immer Ärztin und werde es weiter sein. Im Augenblick praktiziere ich nicht, aber glauben Sie mir, Ärztin bin ich trotzdem.«

»Es tut mir leid, Dottoressa«, sagte er mit aufrichtigem Bedauern über seine Dummheit. Rasch ging er zu einem anderen Thema über. »Und Ihre Tochter, lebt sie hier bei Ihnen?«

Er sah den unwillkürlichen Griff zur Zigarettenschachtel, beobachtete, wie sie ihre Hand zu der brennenden Zigarette umlenkte und statt dessen diese nahm. »Nein, sie ist bei ihren Großeltern in München. Es wäre zu kompliziert, sie in eine fremdsprachige Schule zu schicken, solange wir hier sind, darum sind wir übereingekommen, daß es am besten für sie ist, wenn sie in München bleibt.«

»Bei den Eltern Ihres früheren Mannes?«

»Ja.«

»Wie alt ist sie, Ihre Tochter?«

»Dreizehn.«

»Ah ja«, sagte er und verstand. Seine eigene Tochter, Chiara, war genauso alt, und er wußte, wie herzlos es wäre, sie in einem fremden Land zur Schule zu schicken. »Werden Sie jetzt wieder praktizieren?«

Sie dachte ein Weilchen nach, bevor sie darauf antwortete. »Ich weiß es nicht. Vielleicht. Ich würde gern Menschen heilen. Aber es ist noch zu früh, darüber nachzudenken.« Brunetti nickte schweigend.

»Wenn Sie erlauben, Signora, und mir vielleicht im voraus die Frage verzeihen, könnten Sie mir sagen, ob Ihnen bekannt ist, welche Art finanzieller Vorsorge Ihr Mann getroffen hat?«

»Sie meinen, was mit seinem Geld passiert?« Bemerkenswert direkt.

»Ja.«

Ihre Antwort kam ohne Zögern. »Ich weiß nur, was Helmut mir gesagt hat. Wir hatten keine förmliche Vereinbarung, nichts Schriftliches, wie man es heute hat, wenn man heiratet.« Ihr Tonfall schloß solche Denkweise aus. »Meines Wissens erben fünf Personen sein Vermögen.«

»Und die wären?«

»Seine Kinder aus den früheren Ehen. Er hatte eines aus der ersten und drei aus der zweiten. Und ich selbst.«

»Und Ihre Tochter?«

»Nein«, sagte sie rasch. »Nur seine eigenen Kinder.«

Es kam Brunetti ziemlich normal vor, daß ein Mann sein Geld nur den Kindern hinterlassen wollte, die mit ihm blutsverwandt waren. »Haben Sie eine Ahnung, um welche Summen es geht?« Witwen wußten das für gewöhnlich, und ebenso behaupteten sie für gewöhnlich, es nicht zu wissen.

»Ich glaube, es ist sehr viel. Aber sein Agent oder sein Anwalt kann Ihnen da besser Auskunft geben als ich.« Seltsamerweise hatte er das Gefühl, als wisse sie es wirklich nicht. Und noch seltsamer: es klang, als interessiere es sie nicht.

Die Zeichen der Erschöpfung, die ihm schon beim Hereinkommen an ihr aufgefallen waren, hatten sich im Laufe ihres Gesprächs verstärkt. Sie hielt die Schultern nicht mehr so straff, und zu beiden Seiten ihres Mundes verliefen scharfe Falten von der Nase zum Kinn. »Ich habe nur noch ein paar wenige Fragen«, sagte er.

»Möchten Sie etwas trinken?« Es war klar, daß sie nur der Höflichkeit Genüge tat.

»Danke, aber nein. Ich werde meine Fragen stellen und Sie dann allein lassen.« Sie nickte matt, beinah als wüßte sie, daß jetzt die Fragen kamen, derentwegen er hier war.

»Signora, ich wüßte gern etwas über die Beziehung zwischen Ihnen und Ihrem Mann.« Er merkte, wie sie sichtlich zurückhaltender und defensiver wurde. Er bohrte nach. »Der Altersunterschied zwischen Ihnen war beträchtlich.«

»Ja, das war er.«

Er schwieg und wartete. »Helmut war siebenunddreißig Jahre älter als ich«, sagte sie endlich ganz sachlich, nicht wie ein Eingeständnis, und es machte sie ihm sympathisch. Dann war sie ein paar Jahre älter, als er geschätzt hatte, so alt wie Paola. Wellauer war acht Jahre jünger als Brunettis Großvater. So seltsam er den Gedanken auch fand, Brunetti versuchte, es sich nicht anmerken zu lassen. Wie mochte das für diese Frau gewesen sein, mit einem Mann, der beinah zwei Generationen älter war als sie? Er sah, daß sie unter seinem eindringlichen Blick unbehaglich hin und her rutschte, und schaute einen Moment zur Seite, als überlegte er sich seine nächste Frage.

»Gab es aufgrund dieses Altersunterschiedes Probleme in Ihrer Ehe?« Wie durchsichtig war doch die Wolke von Beschönigungen, die solche Verbindungen stets umgab. So höflich die Frage auch gestellt war, hatte sie doch etwas Voyeuristisches, und das machte ihn verlegen.

Ihr Schweigen zog sich so lange hin, daß er nicht wußte, ob es an ihrem Abscheu über seine Neugier oder an der Gestelztheit seiner Formulierung lag. Plötzlich sagte sie mit sehr müder Stimme: »Durch den Alters- und Generationsunterschied sahen wir die Welt verschieden, aber ich habe ihn geheiratet, weil ich ihn liebte.« Brunettis Instinkt sagte ihm, daß er eben die Wahrheit gehört hatte, aber derselbe Instinkt sagte ihm auch, daß er in der Aussage über die Liebe nur den Singular gehört hatte. Sein Feingefühl verbot es ihm, darüber noch weitere Fragen zu stellen.

Zum Zeichen, daß er fertig war, klappte er sein Notizbuch zu und steckte es in die Tasche. »Vielen Dank, Signora. Es war sehr freundlich, daß Sie sich in dieser Situation mit mir unterhalten haben.« Er hielt inne, er wollte nicht wieder in Übertreibungen oder Platitüden verfallen. »Haben Sie schon irgendwelche Vorkehrungen für die Beerdigung getroffen?«

»Morgen. Um zehn. In San Moisè. Helmut hat diese Stadt geliebt und immer gehofft, einmal das Privileg zu haben, hier beerdigt zu werden.«

Das wenige, was Brunetti über den Dirigenten gelesen und gehört hatte, ließ ihn vermuten, daß Privilegien für den Toten etwas waren, was nur er verleihen konnte, aber vielleicht hatte Venedig ja genügend Grandeur, um da eine Ausnahme zu bilden. »Ich hoffe, Sie haben nichts dagegen, wenn ich hinkomme.«

»Nein, natürlich nicht.«

»Nun habe ich noch eine Frage, auch eine schmerzliche. Wissen Sie von irgend jemandem, der Ihrem Mann übelwollte? Gibt es jemanden, mit dem er kürzlich Streit hatte, jemanden, den er aus irgendwelchen Gründen fürchten mußte?«

Sie lächelte nur leicht, aber sie lächelte. »Heißt das«, fragte sie, »ob mir jemand einfällt, der ihn hätte umbringen wollen?«

Brunetti nickte.

»Seine Karriere war sehr lang, und ich bin sicher, daß er in dieser Zeit viele Menschen gekränkt hat. Es gab bestimmt Leute, die ihn nicht mochten. Aber ich kann mir keinen vorstellen, der so etwas tun würde.« Abwesend fuhr sie mit dem Finger über die Armlehne ihres Sessels. »Und niemand, der Musik liebte, könnte so etwas tun.«

Er stand auf und streckte die Hand aus. »Ich danke Ihnen, Signora, für Ihre Zeit und Ihre Geduld.« Sie stand ebenfalls auf und nahm seine Hand. »Bemühen Sie sich nicht«, sagte er und meinte damit, daß er den Weg nach draußen schon allein finden würde. Sie schüttelte rasch und ablehnend den Kopf und ging voraus zur Tür. Dort gaben sie sich noch einmal schweigend die Hand. Er ging, beunruhigt durch dieses Gespräch und nicht ganz sicher, ob der Grund nur die Platitüden und übertriebenen Höflichkeiten von seiner Seite waren oder etwas, das er aus Unaufmerksamkeit nicht recht mitbekommen hatte.

10

Inzwischen war die Dunkelheit heraufgezogen, jene unvermittelt einbrechende, frühe Winterdämmerung, die noch zu der Trostlosigkeit beitrug, die auf der Stadt lastete, bis sie durch das Frühjahr erlöst wurde. Er beschloß, nicht ins Büro zurückzugehen. Er hatte keine Lust, sich zu ärgern, falls der Laborbericht immer noch nicht da war, und er wollte auch die Akte aus Deutschland nicht noch einmal lesen. Beim Gehen dachte er darüber nach, wie wenig er eigentlich über den Toten erfahren hatte. Gut, er hatte eine Menge Informationen über den Mann, aber alles war merkwürdig unscharf, zu förmlich und unpersönlich. Ein Genie, ein Homophober, ein Mann, den die Musikwelt anbetete und der von einer Frau geliebt wurde, die halb so alt war wie er, dennoch ein Mann, dessen Wesen nicht zu greifen war. Brunetti kannte Fakten, aber er hatte keine Ahnung von der Wirklichkeit.

Im Weitergehen machte er sich Gedanken darüber, durch welche Mittel er an seine Informationen gekommen war. Die Quellen von Interpol standen ihm zur Verfügung, er hatte die volle Unterstützung der deutschen Polizei, und durch seine Position konnte er die Hilfe des gesamten italienischen Polizeiapparates in Anspruch nehmen. Da lag es doch auf der Hand, daß der verläßlichste Weg zu einem genauen Bild des Mannes über die unfehlbare Quelle aller Informationen führte – den Klatsch.

Es wäre übertrieben, sagen zu wollen, daß Brunetti Paolas Eltern, den Conte und die Contessa Falier, nicht mochte, aber ebenso übertrieben zu sagen, daß er sie mochte. Sie waren für ihn ebenso rätselhaft wie ein Kranichpaar für jemanden, der gewohnt ist, den Tauben im Park Brotkrümel zu streuen. Sie gehörten zu einer seltenen und eleganten Spezies, und Brunetti hegte, nachdem er sie fast zwei Jahrzehnte kannte, zugegebenermaßen gemischte Gefühle über die Unvermeidbarkeit ihres Aussterbens.

Der Conte Falier, der mütterlicherseits zwei Dogen zu seinen Vorfahren zählte, konnte seine Familie bis ins zwölfte Jahrhundert zurückverfolgen und tat es auch. In den Zweigen seines Stammbaums hockten Kreuzfahrer, ein oder zwei Kardinäle, ein weniger bedeutender Komponist und der frühere italienische Botschafter am Hof des Königs Zog von Albanien. Paolas Mutter war in Florenz geboren, obwohl ihre Familie kurz nach diesem Ereignis in den Norden gezogen war. Sie berief sich auf Abstammung von den Medici, und in einer Art genealogischem Schachspiel, das auf die Leute aus ihren Kreisen eine seltsame Faszination ausübte, setzte sie den Dogen ihres Mannes einen Papst und einen millionenschweren Tuchhändler entgegen, dem Kardinal einen Cousin Petrarcas, dem Komponisten einen berühmten Kastraten (leider ohne Nachkommen) und dem Botschafter Garibaldis Banker.

Sie bewohnten einen Palazzo, der sich schon mindestens drei Jahrhunderte im Besitz der Falieri befand, ein riesiges, weitläufiges Gemäuer am Canal Grande, das im Winter buchstäblich unheizbar war und vor dem bevorstehenden Kollaps nur durch die Dauerdienste einer Schar von Maurern, Bauunternehmern, Klempnern und Elektrikern bewahrt wurde, die dem Conte bei der venezianischen Dauerschlacht gegen die unerbittlichen Mächte von Zeit, Gezeiten und industrieller Luftverschmutzung bereitwillig zur Seite standen.

Brunetti hatte die Zimmer des Palazzo nie gezählt und sich immer gescheut zu fragen, wie viele es eigentlich waren. Auf drei Seiten umgaben Kanäle die vier Stockwerke, die Rückseite stützte eine säkularisierte Kirche. Er ging nur bei offiziellen Anlässen hin: Heiligabend, um Fisch zu essen und Geschenke auszutauschen, am Namenstag des Conte Orazio, an dem sie aus irgendeinem Grunde Fasan aßen und wiederum Geschenke brachten, und zum Redentorefest, wozu sie *pasta e fagioli* aßen und sich das Feuerwerk über der Piazza San Marco ansahen. Seine Kinder besuchten ihre Großeltern zu diesen Anlässen mit Begeisterung, und er wußte, daß sie auch sonst öfter hingingen, allein oder mit Paola. Er redete sich gern ein, es seien vor allem der Palazzo und die unzähligen Erkundungsmöglichkeiten, die er bot, konnte sich aber des Verdachts nicht erwehren, daß sie ihre Großeltern schlicht liebten und sich wohl bei ihnen fühlten, zwei Phänomene, die Brunetti völlig rätselhaft waren.

Der Conte war »im Finanzgeschäft«. In den siebzehn Jahren seiner Ehe mit Paola hatte Brunetti nie eine andere Beschreibung für den Beruf ihres Vaters gehört. Er wurde nicht als Finanzier bezeichnet, zweifellos, weil man dahinter womöglich etwas Manuelles hätte vermuten können, wie Geldzählen oder ins Büro Gehen. Nein, der Conte war »im Finanzgeschäft« wie De Beers »im Diamanten-« oder Thyssen »im Stahlgeschäft«.

Die Contessa hingegen war »in der Gesellschaft«, was bedeutete, daß sie die Eröffnungsvorstellungen der vier großen Opernhäuser Italiens besuchte, Benefizkonzerte fürs italienische Rote Kreuz organisierte und jedes Jahr zur Karnevalszeit einen Maskenball für vierhundert Gäste gab.

Brunetti seinerseits verdiente als Commissario bei der Polizei etwas über drei Millionen Lire im Monat, seiner Schätzung nach nur wenig mehr als der Betrag, den sein Schwiegervater monatlich dafür hinblätterte, daß sein Boot vor dem Palazzo liegen durfte. Vor zehn Jahren hatte der Conte eine Zeitlang versucht, Brunetti dazu zu überreden, daß er die Polizeiarbeit aufgab und bei ihm ins Bankgeschäft einstieg. Er wies immer wieder darauf hin, daß Brunetti sein Leben nicht in Gesellschaft von Steuerschwindlern, Frauenquälern, Zuhältern, Dieben und Perversen verbringen sollte. Die Angebote hatten an einem Weihnachtsabend ihr plötzliches Ende gefunden, als Brunetti der Geduldsfaden riß und er erklärte, wenn sie auch mit denselben Leuten zu tun hätten, so bleibe ihm doch wenigstens der Trost, sie festnehmen zu können, während der Conte sie zum Essen einladen müsse.

So fragte er Paola denn abends etwas beklommen, ob sie vielleicht zu der Party gehen könnten, die anläßlich der Eröffnung einer Ausstellung französischer Impressionisten im Dogenpalast am nächsten Abend bei ihren Eltern stattfand.

»Aber woher wußtest du denn von dieser Party?« fragte Paola erstaunt.

»Ich habe es in der Zeitung gelesen.«

»Bei meinen Eltern, und du liest davon in der Zeitung?« Das schien Paolas atavistische Auffassung von der Familie zu kränken.

»Ja, aber fragst du sie?«

»Guido, sonst muß ich dir drohen, damit du wenigstens zum Weihnachtsessen mitgehst, und jetzt willst du plötzlich zu einer ihrer Parties? Warum?«

»Weil ich mit der Sorte von Leuten reden möchte, die zu so was hingehen.«

Paola, die gerade Arbeiten ihrer Studenten korrigierte, legte sorgsam den Füller hin und bedachte ihn mit einem Blick, den sie sich sonst für grobe Sprachschnitzer aufhob. Wenn derartiges in den Arbeiten unter ihrer Feder auch nicht ungewöhnlich war, aus dem Munde ihres Mannes war sie es nicht gewohnt. Sie sah ihn lange an, während sie eine jener Antworten formulierte, die er oft ebenso liebte wie fürchtete, und sagte dann: »Ich glaube kaum, daß sie etwas dagegen hätten, wenn du in dieser eleganten Form darum bittest.« Damit nahm sie ihren Füller wieder auf und beugte sich über ihre Arbeit.

Es war spät, und er wußte, daß sie müde war, also machte er sich am Tresen zu schaffen und kochte Kaffee.

»Du weißt doch, daß du nicht schlafen kannst, wenn du so spät noch Kaffee trinkst«, sagte sie, nachdem sie den Geräuschen entnommen hatte, was er tat.

Er ging auf dem Weg zum Herd an ihr vorbei und zerwühlte ihr Haar. »Ich finde schon etwas, womit ich mich beschäftigen kann.«

Sie grunzte, strich energisch einen Satz durch und fragte: »Warum willst du diese Leute treffen?«

»Um soviel wie möglich über Wellauer zu erfahren. Ich habe über sein Genie gelesen, über seine Karriere und seine Ehefrauen, aber ich weiß eigentlich immer noch nicht, was er für ein Mensch war.«

»Und du glaubst«, sagte sie spitz, »daß die Sorte von Leuten, die zu den Parties meiner Eltern geht, etwas über ihn weiß?«

»Ich möchte soviel wie möglich über sein Privatleben erfahren, und diese Leute wissen solche Sachen.«

»Das sind die Dinge, über die du in *Stop* lesen kannst.« Er war immer wieder aufs neue erstaunt, daß ein Mensch, der englische Literatur an der Universität unterrichtete, so vertraut mit der Regenbogenpresse sein konnte.

»Paola«, sagte er. »Ich möchte Dinge über diesen Mann erfahren, die wahr sind. In *Stop* liest man über Mutter Teresas Abtreibung.«

Sie grunzte wieder und blätterte eine Seite um, wobei sie eine ärgerliche Spur blauer Kleckse hinterließ.

Er machte den Kühlschrank auf, holte die Milch heraus, schüttete etwas in einen Topf und stellte ihn zum Heißwerden auf den Herd. Aus langer Erfahrung wußte er, daß sie es ablehnen würde, eine Tasse Kaffee zu trinken, auch wenn er noch so viel Milch hineinschüttete, und steif und fest behaupten würde, sie könnte danach nicht schlafen. Aber sobald er seinen trank, würde sie daran nippen, schließlich den größten Teil trinken und dann schlafen wie ein Stein. Er holte eine Tüte mit Keksen aus dem Schrank, die sie für die Kinder kauften, und sah nach, wie viele noch übrig waren.

Als der Kaffee in den oberen Teil der Maschine gesprudelt war, schüttete er ihn in einen Becher, fügte die dampfende Milch und weniger Zucker hinzu, als er eigentlich mochte, und ging damit zum Tisch, wo er sich Paola gegenübersetzte. Geistesabwesend und ganz in ihre Arbeit vertieft, griff sie nach seinem Becher und nippte, noch bevor er selbst getrunken hatte. Als sie ihn wieder abgestellt hatte, legte er die Hand darum, nahm ihn aber nicht hoch. Sie drehte eine Seite um, griff nach dem Becher und sah auf, als er nicht losließ.

»Hä?« machte sie.

»Nicht, bevor du versprichst, deine Mutter anzurufen.«

Sie versuchte, seine Hand wegzuschieben. Als er nicht losließ, kritzelte sie mit ihrem Stift ein Schimpfwort darauf. »Du mußt einen Anzug anziehen.«

»Ich ziehe immer einen Anzug an, wenn ich zu deinen Eltern gehe.«

»Schon, aber du siehst nie besonders glücklich aus, wenn du einen anhast.«

»Also gut«, meinte er lächelnd. »Ich verspreche, einen Anzug anzuziehen und glücklich darin auszusehen. Rufst du deine Mutter an?«

»Na schön«, lenkte sie ein. »Aber das mit dem Anzug habe ich ernst gemeint.«

»Ja, mein Schatz.« Er ließ den Kaffeebecher los und schob ihn ihr hin. Als sie einen weiteren Schluck genommen hatte, fischte er einen Keks aus der Tüte und tunkte ihn in den Kaffee.

»Du bist abscheulich«, sagte sie und lächelte dann.

»Ein Bauer eben«, stimmte er zu und steckte den Keks in den Mund.

Paola redete nie viel darüber, wie es gewesen war, in einem Palazzo aufzuwachsen, mit englischem Kindermädchen und einem Heer dienstbarer Geister, aber wenn er überhaupt etwas über diese Jahre wußte, dann immerhin soviel, daß sie nie hatte eintunken dürfen. Er sah das als großen Fehler in ihrer Erziehung an und bestand darauf, daß ihre Kinder es durften. Sie hatte sich, wenn auch sehr zögernd, einverstanden erklärt. Keines ihrer Kinder zeigte, worauf er nie hinzuweisen versäumte, ernste Anzeichen moralischen oder psychischen Verfalls.

An der Art und Weise, wie sie hastig einen Kommentar ans Ende der Seite kritzelte, merkte er, daß sie für heute mit ihrer Geduld am Ende war.

»Ich habe diese Dummköpfe so satt, Guido«, erklärte sie, während sie ihren Füller zuschraubte und auf den Tisch warf. »Ich hätte es fast lieber mit Mördern zu tun. Die kann man wenigstens bestrafen.«

Der Kaffeebecher war leer, sonst hätte er ihn ihr hingeschoben. Statt dessen stand er auf und holte eine Flasche Grappa aus dem Schrank. Es war der einzige Trost, der ihm im Moment einfiel.

»Wunderbar«, sagte sie. »Erst Kaffee und jetzt Grappa. Wir werden kein Auge zutun.«

»Sollen wir versuchen, uns gegenseitig wach zu halten?« fragte er. Sie strahlte.

11

Am nächsten Morgen war er um acht Uhr in der Questura, unter dem Arm die Tageszeitungen, die er rasch durchsah. Es gab wenig neue Informationen, das meiste war schon am Tag zuvor gesagt worden. Die Zusammenfassungen über Wellauers Karriere waren länger, die Rufe, der Mörder müsse zur Strecke gebracht werden, schärfer, aber es war nichts dabei, was Brunetti nicht bereits wußte.

Der Laborbericht lag auf seinem Schreibtisch. Die Fingerabdrücke auf der Kaffeetasse, in der man Spuren von Zyankali gefunden hatte, stammten ausschließlich von Wellauer. In seiner Garderobe gab es massenweise andere Abdrücke, viel zu viele, um sie alle zu untersuchen. Er entschied, keine Fingerabdrücke nehmen zu lassen. Da auf der Tasse nur Wellauers waren, schien es nicht sehr sinnvoll, alle anderen im Zimmer identifizieren zu lassen.

Bei dem Bericht über die Fingerabdrücke lag eine Liste der Gegenstände, die sich in der Garderobe befunden hatten. An die meisten erinnerte er sich: die Partitur von *La Traviata*, jede Seite voller Notizen in der spitzen gotischen Schrift des Dirigenten; ein Kamm, eine Brieftasche, Kleingeld, die Kleidungsstücke, die er getragen hatte, und die im Schrank, ein Taschentuch und eine Schachtel Pfefferminz. Außerdem hatte man eine Rolex Oyster, einen Stift und ein kleines Adreßbuch gefunden.

Die Beamten, die sich in der Wohnung des Dirigenten umgesehen hatten – Durchsuchung konnte man es wohl kaum nennen –, hatten auch einen Bericht verfaßt, aber da sie keine Ahnung hatten, wonach sie suchen sollten, machte Brunetti sich wenig Hoffnung, daraus irgend etwas Interessantes oder Wichtiges entnehmen zu können. Dennoch las er ihn sorgfältig durch.

Der Maestro besaß eine bemerkenswert komplette Garderobe

für einen Mann, der jedes Jahr nur ein paar Wochen in dieser Stadt verbrachte. Brunetti staunte über die Genauigkeit, mit der die Notizen sich der Kleidung widmeten: »Schwarzes Kaschmir-Jackett, doppelt geschlitzt (Duca D'Aosta), Pullover, kobaltblau und mattbraun, Größe 52 (Missoni).« Einen Moment fragte er sich, ob er sich vielleicht verlaufen hatte und in Valentinos Boutique gelandet war statt im Polizeipräsidium. Er blätterte ans Ende und fand, wie befürchtet, die Unterschriften von Alvise und Riverre. Den beiden Beamten, die vor einem Jahr über eine Leiche, die am Lido aus dem Meer gefischt wurde, ins Protokoll geschrieben hatten: »Allem Anschein nach Erstickungstod.«

Er wandte sich wieder dem Bericht zu. Die Signora teilte offenbar das Interesse ihres verstorbenen Mannes an Kleidung nicht. Und Alvise und Riverre schienen auch keine hohe Meinung von ihrem Geschmack zu haben. »Varesestiefel, nur ein Paar. Schwarzer Wollmantel, ohne Herstelleretikett.« Die Bibliothek hingegen hatte sie anscheinend beeindruckt. Sie wurde als »umfangreich, in drei Sprachen sowie einer vierten, offenbar Ungarisch« bezeichnet.

Brunetti blätterte weiter. In der Wohnung gab es zwei Gästezimmer, jedes mit eigenem Bad. Frische Handtücher, leere Schränke, Dior-Seife.

Von Signora Wellauers Tochter keine Anzeichen. Nichts deutete auf die Anwesenheit des dritten Familienmitglieds hin. Keines der beiden übrigen Zimmer enthielt Garderobe, Bücher oder andere Sachen, die einem Teenager gehören konnten. Angesichts dessen, daß Brunetti über Beweise der Anwesenheit seiner eigenen Tochter ständig stolperte, fand er das merkwürdig. Signora Wellauer hatte ihm gesagt, ihre Tochter gehe in München zur Schule. Aber es mußte schon ein bemerkenswertes Kind sein, das es schaffte, seinen ganzen Krimskrams mitzunehmen.

Es folgte eine Beschreibung des Zimmers der belgischen Haushälterin, das den beiden Beamten anscheinend zu einfach möbliert war, sowie der Angestellten selbst, die sie zurückhaltend, aber hilfsbereit fanden. Zuletzt wurde das Arbeitszimmer des Maestro beschrieben, in dem sie »Dokumente« gefunden hatten. Einige hatten sie offenbar mitgenommen und zum Übersetzen gegeben, auf einem beiliegenden Blatt erklärte die Übersetzerin, es handle sich bei den meisten Papieren um Geschäftliches und Vertragsangelegenheiten. Ein Terminkalender war durchgesehen und für unwichtig befunden worden.

Brunetti beschloß, die beiden Autoren dieses Dokuments zu suchen und sich so den Ärger zu ersparen, darauf warten zu müssen, daß sie seiner Aufforderung Folge leisteten und in sein Büro heraufkamen. Da es fast neun war, wußte er, daß er sie in der Bar auf der anderen Seite des Ponte dei Greci finden würde. Nicht die exakte Stunde, sondern die Tatsache, daß es Vormittag war, machte diesen Schluß zwingend.

Auch wenn Brunetti davor graute, die beiden bei jeder Ermittlung aufgebürdet zu bekommen, mochte er sie eigentlich ganz gern. Alvise war ein kleiner, vierschrötiger Mann Ende Vierzig, beinah die Karikatur des dunkelhäutigen Sizilianers, allerdings stammte er aus Tarvisio an der österreichischen Grenze. Er war der anerkannte Experte für Volksmusik, weil er einmal, vor fünfzehn Jahren, ein signiertes Programmheft von Mina, der italienischen Königin der *Canzoni*, ergattert hatte. Das Ereignis war im Lauf der Jahre – wie Mina – durch häufiges Erzählen überdimensional angeschwollen, bis Alvise jetzt, das Blitzen befriedigter Sehnsüchte im Blick, auch noch andeutete, es habe sich viel mehr zwischen ihnen abgespielt. Die Geschichte verlor auch nicht dadurch, daß die Sängerin einen Kopf größer als Alvise und inzwischen fast doppelt so dick war.

Riverre, sein Partner, war rothaarig und stammte aus Palermo. Sein Interesse galt einzig dem Fußball und den Frauen, in dieser Reihenfolge. Der Höhepunkt seines bisherigen Lebens war, daß er die Ausschreitungen im Brüsseler Fußballstadion überlebt hatte. Seine Heldentaten bis zum Eintreffen der belgischen

Polizei reicherte er mit Geschichten über seine Erfolge bei Frauen an, meist Ausländerinnen, die seiner Darstellung nach reihenweise der Sense seines Charmes zum Opfer fielen.

Brunetti fand die beiden, wie erwartet, am Tresen der Bar. Riverre las die Sportzeitung, und Alvise war in ein Gespräch mit Arianna, der Barbesitzerin, vertieft. Keiner bemerkte sein Eintreten, bis er am Tresen stand und einen Kaffee bestellte. Alvise grinste freundlich, und Riverre riß sich gerade so lange von der Zeitung los, um seinen Vorgesetzten zu begrüßen.

»Noch zwei Kaffee, Arianna«, sagte Alvise, »alle drei auf meine Rechnung.«

Brunetti durchschaute sein Manöver, ihn wegen des Kaffees milde zu stimmen. Als der Kaffee kam, stand Riverre bei ihnen, und die Zeitung hatte sich auf wundersame Weise in einen blauen Aktendeckel verwandelt, der jetzt an ihrer Stelle aufgeschlagen auf dem Tresen lag.

Brunetti nahm sich zwei Stück Zucker und ließ seinen Löffel in der Tasse kreisen. »Haben Sie beide die Wohnung des Maestro durchsucht?«

»Ja, Commissario«, strahlte Alvise.

»Und was für eine Wohnung«, pflichtete Riverre bei.

»Ich habe mir eben Ihren Bericht angesehen.«

»Arianna, ein paar Brioches bitte.«

»Ich habe ihn mit großem Interesse gelesen.«

»Danke, Commissario.«

»Besonders die Kommentare über seine Garderobe. Gehe ich recht in der Annahme, daß Sie die englischen Anzüge nicht sonderlich mochten?«

»Stimmt«, antwortete Riverre, der wie immer nichts begriff. »Ich finde, die Hosenbeine sind zu weit geschnitten.«

Alvise griff über den Tresen, um den Aktendeckel aufzuschlagen, und stieß seinen Partner dabei ganz aus Versehen gegen den Arm, vielleicht etwas härter als nötig. »Sonst noch was, Commissario?« fragte er.

»Ja. Haben Sie bei Ihrem Besuch einen Hinweis auf die Tochter der Signora gefunden?«

»Gibt es da eine Tochter?« Das kam wie vorherzusehen von Riverre.

»Darum frage ich ja. Gab es Hinweise auf ein Kind? Bücher? Kleidungsstücke?«

Beide versanken, ebenfalls vorhersehbar, in tiefes Nachdenken. Riverre starrte ins Nichts, das ihm näher zu sein schien als den meisten Menschen, und Alvise, die Hände tief in den Taschen seiner Uniformhose, starrte auf den Fußboden. Die erforderliche Minute verging, bevor beide wie aus einem Munde antworteten: »Nein, Commissario«, als hätten sie es eingeübt.

»Gar nichts?«

Wieder grübelte jeder für sich, dann die simultane Antwort: »Nein.«

»Haben Sie mit der Haushälterin gesprochen, der Belgierin?«

Riverre rollte bei der Erinnerung daran die Augen, als wollte er sagen, daß jede Minute mit so einem Stockfisch von einer Frau vergeudet sei, selbst wenn sie Ausländerin war. Alvise begnügte sich mit einem kurzen: »Ja.«

»Und hat sie etwas gesagt, was vielleicht wichtig ist?«

Riverre holte tief Luft, aber bevor er antworten konnte, fiel sein Partner ein: »Nicht direkt mit Worten, Commissario. Aber ich hatte das Gefühl, sie kann die Signora nicht leiden.«

Riverre konnte das nicht durchgehen lassen und fragte mit anzüglichem Grinsen: »Was gibt es an der nicht zu leiden?«

Brunetti bedachte ihn mit einem kühlen Blick und wandte sich an seinen Partner: »Wieso?«

»Also, es war nicht direkt greifbar«, meinte der. Riverre schnaubte. So viel zur Effektivität des kühlen Blicks.

»Wie gesagt, Commissario, es war nichts Definitives, aber sie war irgendwie viel förmlicher, solange die Signora dabei war. Wahrscheinlich mühsam für sie, noch förmlicher zu sein als uns gegenüber, aber so kam es mir vor. Sie war einfach, ich weiß nicht recht, kühler, solange die Signora dabei war, besonders, wenn sie mit ihr redete.«

»Und wann war das?«

»Als wir ankamen. Wir fragten, ob wir uns in der Wohnung umsehen und seine Sachen durchgehen dürften. So wie sie uns geantwortet hat, ich meine die Signora, klang es, als ob es ihr nicht recht paßte. Aber sie sagte, wir sollten nur unsere Arbeit tun, und dann hat sie die Haushälterin gerufen und ihr gesagt, sie soll uns zeigen, wo seine Sachen sind. Und wie sie da miteinander redeten, kam mir die Haushälterin, na ja, kalt vor. Später, als sie sich mit uns unterhalten hat, war es ein bißchen besser. Sie wurde nicht gerade herzlich – schließlich ist sie Belgierin –, aber immerhin war sie zu uns etwas freundlicher als zur Signora.«

»Haben Sie später noch einmal mit der Signora gesprochen?«

»Kurz bevor wir gegangen sind. Wir hatten die Papiere bei uns. Es hat ihr nicht gefallen, daß wir sie mitgenommen haben. Es war nur ein Blick, aber wir hatten beide dieses Gefühl. Wir haben gefragt, ob wir die Papiere mitnehmen dürfen. Das mußten wir, es ist Bestimmung.«

»Ja, ich weiß«, knurrte Brunetti. »Noch etwas?«

»Ja«, tönte Riverre.

»Was?«

»Als wir die Schränke und Schubladen durchsucht haben, hatte sie nichts dagegen. Da hat sie die Haushälterin mitgeschickt, ist nicht einmal selber mitgegangen. Aber als wir in das andere Zimmer gingen, wo die Papiere waren, da kam sie mit, und die andere mußte draußen warten. Es hat ihr nicht gepaßt, daß wir uns das ganze Zeug angesehen haben, die Papiere und das alles.«

»Und was war es?«

»Sah offiziell aus. Alles in Deutsch. Wir haben es zum Übersetzen mitgebracht.«

»Ja, ich habe den Bericht gesehen. Was ist mit den Papieren geschehen, nachdem sie übersetzt waren?«

»Ich weiß nicht«, antwortete Alvise. »Entweder sind sie noch beim Übersetzen, oder sie wurden ihr zurückgeschickt.«

»Riverre, könnten Sie das für mich herausfinden?«

»Jetzt gleich, Commissario?«

»Ja, jetzt gleich.«

»Gut.« Er machte eine Bewegung, die wohl einem Salutieren ähneln sollte, und löste sich betont langsam vom Tresen.

»Und, Riverre«, rief Brunetti ihm nach. Riverre drehte sich um, in der Hoffnung, zurückgerufen zu werden und sich so den Gang zur Questura und die zwei Treppen sparen zu können. »Wenn die Papiere da sind, möchte ich, daß sie mir in mein Büro geschickt werden.«

Als er weg war, nahm Brunetti sich eine der Brioches, die vor ihnen auf einem Teller lagen, und biß ein Stück ab. Er machte Arianna ein Zeichen, ihm noch eine Tasse Kaffee zu bringen. »Ist Ihnen noch irgend etwas aufgefallen, solange Sie in der Wohnung waren?« fragte er Alvise.

»Was meinen Sie, Commissario?« Als ob sie nur auf die Dinge achten sollten, derentwegen man sie hingeschickt hatte.

»Alles. Sie haben die Spannung zwischen den beiden Frauen erwähnt. Hat eine von ihnen sich merkwürdig benommen?«

Alvise dachte kurz nach, biß von seiner Brioche ab und sagte: »Nein, Commissario.« Als er sah, daß Brunetti enttäuscht war, fügte er hinzu: »Nur, als wir die Papiere mitgenommen haben.«

»Haben Sie eine Ahnung, warum?«

»Nein, Commissario. Sie war nur so anders als vorher, als wir seine persönlichen Sachen durchgesehen haben, als ob das gar keine Rolle spielte. Ich hätte eigentlich eher gedacht, daß es den Leuten nicht so lieb ist, wenn man in Kleidern herumsucht, meine ich. Aber Papiere sind doch bloß Papiere.« Als er sah, daß diese letzte Bemerkung Brunettis Interesse erregte, wurde er etwas ausführlicher. »Aber vielleicht hängt das ja damit zusammen, daß er ein Genie war. Natürlich verstehe ich nichts von solcher Musik.« Brunetti machte sich auf das Unvermeidbare gefaßt. »Die einzige Sängerin, die ich persönlich kenne, ist Mina, und sie hat nie mit ihm gesungen. Aber wie gesagt, wenn er berühmt war, dann sind die Papiere vielleicht wichtig. Es könnte was drinstehen über, wissen Sie, über Musik.«

In dem Moment kam Riverre zurück. »Tut mir leid, Commissario, aber die Papiere sind zurückgeschickt worden.«

»Wie? Mit der Post?«

»Nein, die Übersetzerin hat sie selbst hingebracht. Sie meinte, die Witwe würde einige davon brauchen.«

Brunetti richtete sich auf und zog seine Brieftasche heraus. Bevor einer der beiden Uniformierten protestieren konnte, legte er zehntausend Lire auf den Tresen.

»Danke, Commissario«, tönte es wie aus einem Munde.

»Schon in Ordnung.«

Als er sich zum Gehen wandte, machte keiner von beiden Anstalten, ihn zu begleiten, obwohl beide salutierten.

Als er zur Questura zurückkam, erzählte der Portier ihm, Vice-Questore Patta wolle ihn unverzüglich in seinem Büro sehen.

»*Gesù Bambino*«, entfuhr es Brunetti kaum hörbar, ein Ausdruck, den er von seiner Mutter gelernt hatte, die ihn, genau wie er, nur dann benutzte, wenn man sie über die Grenzen menschlicher Geduld hinaus nervte.

An der Tür seines Vorgesetzten klopfte er und wartete sorgsam erst das »*Avanti*« von drinnen ab, bevor er eintrat. Wie erwartet, posierte Patta hinter seinem Schreibtisch, vor sich einen Stapel Akten ausgebreitet. Er ignorierte Brunetti erst einmal und las weiter in dem Bericht, den er gerade in der Hand hielt. Brunetti begnügte sich damit, die verblichenen Fresken an der Decke zu studieren.

Plötzlich blickte Patta auf, täuschte Überraschung vor und fragte: »Wo sind Sie?«

Brunetti spielte nun seinerseits den Verwirrten und tat, als fände er die Frage seltsam, wollte es sich aber nicht anmerken lassen. »In Ihrem Büro.«

»Nein, nein, wo sind Sie in dem Fall?« Er winkte Brunetti zu einem der Ormolu-Stühle vor seinem Schreibtisch, griff nach seinem Federhalter und begann damit auf die Platte zu klopfen.

»Ich habe mich mit der Witwe unterhalten und mit zwei Leuten, die in der Garderobe des Maestro waren. Ich habe den Arzt gesprochen, und ich kenne die Todesursache.«

»Das weiß ich alles«, sagte Patta, verstärkte den Rhythmus seines Klopfens und machte kein Hehl aus seiner Verärgerung. »Mit anderen Worten, Sie haben nichts Wichtiges erfahren?«

»So ist es, ja, so könnte man es ausdrücken.«

»Wissen Sie, Brunetti, ich habe mich mit diesen Ermittlungen ausgiebig befaßt, und ich glaube, ich sollte Ihnen besser den Fall abnehmen.« In Pattas Stimme schwang ein drohender Unterton, als hätte er die ganze Nacht in seiner Machiavelli-Ausgabe geblättert.

»Ja.«

»Ich könnte einen anderen damit betrauen. Vielleicht würden wir dann ernsthafte Fortschritte machen.«

»Ich glaube nicht, daß Mariani im Augenblick an etwas Wichtigem arbeitet.«

Nur mit äußerster Selbstbeherrschung gelang es Patta, bei der Erwähnung des Namens nicht zusammenzuzucken. Der jüngere der beiden anderen Commissari war ein Mann von untadeligem Charakter und unerschütterlicher Dummheit, der seinen Rang bekanntermaßen als Teil der Mitgift seiner Frau bekommen hatte, die eine Nichte des früheren Bürgermeisters war. Sein anderer Kollege war, wie Brunetti wußte, mit Ermittlungen über den Drogenhandel im Hafen von Marghera beschäftigt. »Oder vielleicht könnten Sie ihn selbst übernehmen«, schlug er vor und fügte mit aufreizender Verspätung hinzu: »Signore.«

»Ja, das ist immer noch eine Möglichkeit«, meinte Patta, der die Ungezogenheit entweder nicht bemerkt oder entschieden hatte, sie zu ignorieren. Er nahm eine Schachtel russische Zigaretten mit dunklem Papier vom Schreibtisch und steckte eine in seine Zigarettenspitze aus Onyx. Sehr hübsch, dachte Brunetti, farblich abgestimmt. »Ich habe Sie kommen lassen, weil ich einige Anrufe von der Presse und von Leuten in hohen Positionen hatte«, sagte er, wobei er die »hohen Positionen« betonte. »Man ist sehr besorgt darüber, daß Sie gar nichts unternommen haben.« Diesmal lag die Betonung ganz auf dem »Sie«. Er zog anmutig an seiner Zigarette und blickte Brunetti über den Schreibtisch hinweg an. »Haben Sie gehört? Man ist gar nicht glücklich.«

»Das kann ich durchaus verstehen. Ich habe ein totes Genie und keinen Schuldigen.«

Irrte er sich, oder sah er Patta diesen letzten Satz still für sich wiederholen, vielleicht, um ihn nachher beim Essen ganz nebenbei fallenzulassen? »Ja, genau«, sagte Patta. Seine Lippen bewegten sich wieder. »Und keinen Schuldigen gefunden.« Er gab seiner Stimme einen tiefen Klang. »Ich möchte, daß sich das ändert. Ich will einen Schuldigen sehen.« Brunetti hatte den Mann noch nie so klar seine Vorstellung von Gerechtigkeit äußern hören. Vielleicht würde er, Brunetti, *das* beim Mittagessen fallenlassen?

»Von jetzt an möchte ich jeden Morgen« – Patta hielt inne und versuchte offenbar, sich an die Bürozeiten zu erinnern – »um acht Uhr einen schriftlichen Bericht auf meinem Schreibtisch haben«, sagte er. Sein Gedächtnis hatte ihn nicht im Stich gelassen.

»Jawohl. Wäre das dann alles?« Für Brunetti machte es keinen Unterschied, ob schriftlich oder mündlich; er würde nichts zu berichten haben, bis er ein klareres Bild von dem Mann hatte, der umgebracht worden war. Genie oder nicht, die Antwort lag immer in der Person.

»Nein, das ist nicht alles. Was haben Sie heute vor?«

»Ich gehe zur Beerdigung. Sie findet in etwa zwanzig Minuten statt. Und dann möchte ich mir seine Papiere einmal selbst ansehen.«

»Ist das alles?«

»Ja.«

Patta schnaubte verächtlich. »Kein Wunder, daß wir nicht weiterkommen.«

Das schien das Signal für das Ende ihres Gespräches zu sein, daher erhob sich Brunetti. Auf dem Weg zur Tür überlegte er, wie weit er wohl kam, bevor Patta ihn an den schriftlichen Bericht erinnerte. Er war vielleicht noch drei Schritte von der Tür entfernt, als er hörte: »Denken Sie daran, um acht Uhr.«

Durch das Gespräch mit Patta konnte Brunetti erst kurz vor elf an der Kirche San Moisè sein. Das schwarze Boot mit dem blumenbedeckten Sarg hatte schon festgemacht, und drei Männer in blauen Anzügen waren damit beschäftigt, den hölzernen Sarg auf eine Rollplattform zu heben, auf der sie ihn durch die Kirchentür bringen würden. In der Menge vor der Kirche sah er ein paar bekannte venezianische Gesichter, die üblichen Reporter und Fotografen, aber nicht die Witwe, sie mußte schon in der Kirche sein.

Als die drei Männer zur Kirchentür kamen, trat ein vierter zu ihnen, und sie hoben den Sarg mit geübter Leichtigkeit auf ihre Schultern und trugen ihn über die beiden flachen Stufen ins Innere. Brunetti war unter denen, die ihnen folgten. Er beobachtete, wie die Männer den Sarg durch den Mittelgang nach vorn trugen und auf einem flachen Gestell vor dem Hauptaltar absetzten.

Brunetti fand einen Platz am Ende einer Reihe im hinteren Teil der vollbesetzten Kirche. Mit etwas Mühe konnte er zwischen den Köpfen der vor ihm Sitzenden die erste Reihe sehen, wo die Witwe, ganz in Schwarz, zwischen einem Mann und einer grauhaarigen Frau saß; wahrscheinlich das Paar, das er mit ihr im Theater gesehen hatte. Hinter ihr saß, allein in einer Reihe, eine andere schwarzgekleidete Frau, die Haushälterin, wie Brunetti annahm. Obwohl er nicht hätte sagen können, was für eine Messe er erwartet hatte, war Brunetti erstaunt über die schlichte Zeremonie. Das Bemerkenswerteste war das Fehlen jeglicher Musik, nicht einmal die Orgel spielte. Die vertrauten Worte tönten über die Köpfe der Menge hinweg, nach uraltem Ritus wurden Weihwasser versprengt und Segnungen gesprochen. Bei dieser schlichten Form war die Messe rasch vorüber.

Brunetti wartete am Ende seiner Reihe, als der Sarg vorbeigetragen wurde, wartete, bis die Witwe und die anderen Trauernden die Kirche verlassen hatten. Draußen ging ein Blitzlichtgewitter los, und Reporter umringten die Witwe, die sich an den älteren Mann neben ihr drängte.

Ohne nachzudenken, bahnte Brunetti sich einen Weg durch die Menge und nahm ihren anderen Arm. Er erkannte einige der Fotografen, sah, daß sie auch ihn erkannten, und wies sie an, sich zurückzuziehen. Sie gehorchten und ließen einen Gang zu den Booten offen, die an der Seite des *Campo* lagen. Brunetti stützte Signora Wellauer, führte sie zum Anleger, half ihr ins Boot und folgte ihr in die Kabine.

Das ältere Paar kam ihnen nach; die grauhaarige Frau legte den Arm um die Schultern der jüngeren, und der Mann setzte sich neben sie und nahm ihre Hand. Brunetti stellte sich an die Kabinentür und sah zu, wie das Boot mit dem Sarg ablegte und langsam durch den schmalen Kanal glitt. Als sie sich ein gutes Stück von der Kirche und der Menge entfernt hatten, bückte er sich und trat in die Kabine.

»Vielen Dank«, sagte Signora Wellauer, die jetzt weinte und keine Anstalten machte, ihre Tränen zu verbergen.

Es gab nichts, was er hätte sagen können.

Das Boot fuhr in den Canal Grande und drehte nach links Richtung San Marco ab, wo sie auf dem Weg zum Friedhof vorbeimußten. Brunetti ging zurück zur Kabinentür und schaute nach vorn, weg von dem Kummer drinnen. Der Campanile glitt vorbei, das ornamentierte Geviert des Dogenpalastes und dann diese heiter-sorglosen Kuppeln. Als sie sich dem Rio dell'Arsenale näherten, stieg Brunetti an Deck und fragte den Steuermann, ob er ihn am Anleger absetzen könnte. Dann ging er zurück zur Kabine, wo die drei leise miteinander redeten.

»Dottor Brunetti«, sagte die Witwe.

Er wandte sich ihr zu.

»Vielen Dank. Das wäre wirklich zuviel gewesen vorhin.«

Er nickte nur zustimmend. Das Boot begann den großen Bogen nach links zum Rio dell'Arsenale zu schlagen. »Ich würde gern noch einmal mit Ihnen sprechen«, sagte er, »wann immer es Ihnen paßt.«

»Ist es nötig?«

»Ja, ich glaube schon.«

Der Motor dröhnte tiefer, als das Boot auf die Landeplattform rechter Hand zusteuerte.

»Wann?«

»Morgen?«

Falls sie sich wunderte oder die beiden anderen unangenehm berührt waren, ließen sie es sich nicht anmerken. »Gut«, sagte sie. »Nachmittags dann.«

»Danke«, sagte er, während das Boot schon schwankend am Holzsteg lag. Keiner antwortete ihm. Er trat aus der Kabine und sprang hinüber auf die Plattform. Dort stand er noch, als das Boot wieder ablegte und dem Sarg ins tiefere Wasser der Lagune hinaus folgte.

12

Wie die meisten Palazzi am Canal Grande war der Palazzo Falier ursprünglich so angelegt, daß man ihn mit dem Boot anfahren und Gäste ihn über die vier flachen Stufen betreten sollten, die vom Landeplatz am Kanal hinaufführten. Doch dieser Zugang war längst durch ein schweres Eisengitter versperrt, das nur geöffnet wurde, wenn große Gegenstände per Boot geliefert wurden. In diesen Zeiten des Niedergangs kamen die Gäste zu Fuß, entweder von Cà Rezzonico, der nächsten Vaporetto-Haltestelle, oder aus anderen Stadtteilen.

Auch Brunetti und Paola gingen zu Fuß, vorbei an der Universität, dann über den Campo San Barnaba und links an einem schmalen Kanal entlang, der sie zum Seiteneingang des Palazzo führte.

Sie klingelten und wurden von einem jungen Mann in den Hof geführt, den Paola noch nie gesehen hatte. Wahrscheinlich war er nur für heute abend angeheuert.

»Wenigstens trägt er weder Kniehosen noch Perücke«, bemerkte Brunetti, während sie die Außentreppe des Palazzo hinaufstiegen. Der junge Mann hatte nicht nach ihrem Namen gefragt oder ob sie eingeladen seien. Entweder hatte er die Gästeliste im Kopf, oder es war ihm schlicht egal, wen er einließ.

Am oberen Ende der Treppe tönte ihnen von links, wo die drei großen Empfangsräume lagen, Musik entgegen. Sie folgten den Klängen durch einen Spiegelgang, begleitet von ihren eigenen verschwommenen Abbildern. Die großen Eichentüren zum ersten Raum standen weit offen und ließen Licht, Musik und den Duft teurer Parfums und Blumen zu ihnen herausdringen.

Das Licht kam von Kerzenleuchtern entlang der Wände und von zwei riesigen, mit verspielten Engelchen und Cupidos bedeckten Kronleuchtern aus Muranoglas, die von der hohen bemalten Decke hingen. Die Musik kam von einem diskreten Trio in der Ecke, das ein Stück von Vivaldi aus einer seiner weniger originellen Phasen spielte. Den Duft verströmte die Schar in lebhaften Farben gekleideter und noch lebhafter plaudernder Damen, die den Raum schmückten.

Es dauerte nicht lange, und der Conte kam zu ihnen, beugte sich hinunter, um Paola auf die Wange zu küssen, und reichte seinem Schwiegersohn die Hand. Er war ein großer Mann Ende Sechzig, der sein schütter werdendes Haar gar nicht erst zu verbergen suchte, sondern es rings um eine Tonsur kurzgeschnitten trug, was ihm das Aussehen eines besonders gelehrten Mönchs verlieh. Paola hatte die braunen Augen und den großen Mund von ihm geerbt, der aristokratische Auswuchs von einer Nase, das Hauptmerkmal seines Gesichts, war ihr erspart geblieben. Sein Abendjackett war so gut geschneidert, daß es sogar rosa hätte sein können, und doch wäre einzig der perfekte Schnitt aufgefallen.

»Mutter ist entzückt, daß ihr *beide* kommen konntet.« Die leichte Betonung war eine Anspielung darauf, daß Brunetti zum ersten Mal an einer ihrer Parties teilnahm. »Ich hoffe, ihr werdet euch amüsieren.«

»Bestimmt«, antwortete Brunetti für sie beide. Seit siebzehn Jahren vermied er es, seinen Schwiegervater direkt anzureden. Den Titel konnte er nicht benutzen, noch brachte er es über sich, den Mann *Papà* zu nennen. »Orazio«, sein Taufname, war zu vertraulich, ein Anbellen des Mondes sozialer Gleichheit. So behalf sich Brunetti eben, indem er ihn möglichst gar nicht anredete, nicht einmal mit »Signore«. Sie machten allerdings einen Kompromiß und benutzten das familiäre *tu*, auch wenn selbst das keinem von beiden leicht über die Lippen ging.

Der Conte hatte seine Frau entdeckt und winkte ihr lächelnd, sich zu ihnen zu gesellen. Brunetti bewunderte die Mischung aus natürlicher Grazie und gesellschaftlicher Gewandtheit, mit der sie sich durch die Menge schlängelte, hier im Vorbeigehen eine Wange küßte, dort leicht einen Arm berührte. Er hatte seinen Spaß an der Contessa, die mit all den Perlenketten und Lagen aus schwarzem Chiffon so förmlich wirkte. Wie immer steckten ihre Füße in ebenso spitzen wie hochhackigen Schuhen, die sie dennoch kaum bis zur Schulter ihres Mannes reichen ließen.

»Paola, Paola«, rief sie mit unverhohlener Freude, ihr einziges Kind zu sehen. »Ich bin ja so froh, daß du Guido doch mitbringen konntest.« Sie unterbrach sich kurz, um beide zu küssen. »Ich freue mich, dich einmal nicht nur zu Weihnachten und zu diesem schrecklichen Feuerwerk zu sehen.« Sie nahm kein Blatt vor den Mund, die Contessa.

»Komm, Guido«, sagte der Conte, »wir besorgen dir etwas zu trinken.«

Brunetti nickte, und zu Paola und zu ihrer Mutter gewandt fragte er: »Können wir euch etwas mitbringen?«

»Nein, danke. *Mamma* und ich holen uns dann selbst etwas.«

Der Conte Falier führte Brunetti durch den Raum, wobei er hier und dort stehenblieb, um einen Gruß oder ein paar Sätze auszutauschen. An der Bar bestellte er Champagner für sich und einen Scotch für seinen Schwiegersohn.

Als er ihm den Drink gab, fragte er: »Gehe ich recht in der Annahme, daß du sozusagen beruflich hier bist?«

»Ja«, antwortete Brunetti, froh über die Direktheit des anderen.

»Gut, dann war meine Zeit nicht verschwendet.«

»Wie bitte?«

Der Conte nickte einer umfangreichen Dame zu, die sich gerade vor dem Flügel aufbaute, und sagte: »Ich weiß von Paola, daß du diese Wellauer-Geschichte übernommen hast. Schlecht für die Stadt, ein solches Verbrechen.« Er konnte sein Mißvergnügen darüber nicht verhehlen, daß der Dirigent sich hatte umbringen lassen, und auch noch während der Saison. »Jedenfalls habe ich ein paar Telefonate geführt, als ich hörte, daß ihr heute abend beide kommt. Ich nahm an, du würdest gern etwas über seine Finanzen erfahren.«

»Ja, das stimmt.« Gab es eigentlich irgendeine Information, an die dieser Mann nicht herankam, wenn er den Telefonhörer aufnahm und die richtige Nummer wählte? »Darf ich fragen, was du in Erfahrung gebracht hast?«

»Er war nicht so reich, wie man allgemein angenommen hat.« Brunetti wartete auf eine Übersetzung in Zahlen, die er verstehen konnte. Er und der Conte hatten sicher unterschiedliche Vorstellungen von »reich«. »Sein Vermögen in Aktien, Anleihen und Immobilien beläuft sich wahrscheinlich auf nicht viel mehr als zehn Millionen D-Mark. Er hat vier Millionen in der Schweiz, auf einem Frankenkonto in Lugano, aber davon werden die deutschen Finanzbehörden wohl nichts erfahren.« Brunetti rechnete gerade aus, daß er etwa dreihundertfünfzig Jahre arbeiten müßte, um diese Summe zu verdienen, als der Conte hinzufügte: »Die Einnahmen aus Gastspielverträgen und Plattenaufnahmen belaufen sich wahrscheinlich auf mindestens drei bis vier Millionen D-Mark im Jahr.«

»Aha«, sagte Brunetti. »Und das Testament?«

»Ich konnte leider keine Abschrift davon bekommen«, meinte der Conte entschuldigend. Da der Mann erst zwei Tage tot war, fand Brunetti, daß man über diesen Mangel hinwegsehen konnte. »Aber es wird alles zu gleichen Teilen zwischen seinen Kindern und seiner Frau aufgeteilt. Allerdings wird gemunkelt, er habe ein paar Wochen vor seinem Tod versucht, sich mit seinen Anwälten in Verbindung zu setzen, niemand weiß, warum, und es muß ja auch nichts mit dem Testament zu tun gehabt haben.«

»Was heißt das, ›versucht, in Verbindung zu setzen‹?«

»Er hat das Büro seiner Anwälte in Berlin angerufen, aber offenbar kam die Verbindung aus irgendeinem Grunde nicht zustande, und er hat es nicht noch einmal versucht.«

»Hat sich von all diesen Leuten jemand über sein Privatleben geäußert?«

Das Glas des Conte stoppte so abrupt vor seinem Mund, daß von der blassen Flüssigkeit etwas auf sein Revers schwappte. Er funkelte Brunetti so verblüfft an, als hätten sich seine fast zwei Jahrzehnte lang gehegten Vorbehalte plötzlich allesamt bewahrheitet. »Wofür hältst du mich? Für einen Spitzel?«

»Tut mir leid«, sagte Brunetti und hielt dem Conte sein Taschentuch hin. »Es ist der Beruf. Da vergesse ich so etwas.«

»Ja, ich verstehe«, räumte der Conte ein, obwohl sein Tonfall keinerlei Verständnis erkennen ließ. »Ich sehe mal nach, ob ich Paola und ihre Mutter irgendwo finde.« Er ging, ohne das Taschentuch zurückgegeben zu haben; das würde er, so fürchtete Brunetti, gewaschen, gestärkt und gebügelt per Sonderkurier zugestellt bekommen.

Brunetti stieß sich von der Bar ab und stürzte sich ins Gewühl, um selbst nach Paola zu suchen. Viele der Anwesenden waren ihm bekannt, aber eher aus zweiter Hand. Auch wenn er ihnen nie vorgestellt worden war, kannte er doch ihre Skandale, ihre Geschichten und ihre Affären, rechtliche wie romantische. Teils hing das mit seinem Beruf als Polizist zusammen, hauptsächlich aber damit, daß sie eigentlich in einer Provinzstadt wohnten, in der Klatsch der wahre Kult war und in der die herrschende Gottheit, hätte es sich nicht wenigstens dem Namen nach um eine christliche Stadt gehandelt, sicher »Gerücht« geheißen hätte.

Auf der Suche nach Paola begrüßte er einige Bekannte und lehnte verschiedene Angebote ab, sich einen neuen Drink holen zu lassen. Die Contessa war nirgends zu sehen; zweifellos hatte der Conte sie vor der Ansteckungsgefahr für ihre Moral gewarnt, die hier umging.

Als Paola schließlich zu ihm trat, nahm sie seinen Arm und flüsterte ihm ins Ohr: »Ich habe genau das gefunden, was du suchst.«

»Eine Möglichkeit zur Flucht?« fragte er, allerdings nicht laut. Ihr gegenüber hielt er sich zurück. »Was denn?«

»Die wandelnde Klatschkolumne. Wir waren zusammen auf der Universität.«

»Wer? Wo?« wollte er wissen und zeigte zum erstenmal an diesem Abend Interesse an seiner Umgebung.

»Da drüben, an der Tür zum Balkon.« Sie drückte ihm ihren Ellbogen in die Seite und deutete mit dem Kinn auf einen Mann, der an dem großen Fenster stand, das auf den Kanal hinausging. Der Mann war etwa in Paolas Alter, hatte aber ganz offensichtlich einen schwereren Weg dahin gehabt. Aus dieser Entfernung konnte Brunetti nur einen kurzgestutzten graumelierten Bart und ein schwarzes Jackett ausmachen, das offenbar aus Samt war.

»Komm, ich mache euch bekannt«, drängte Paola, zupfte an seinem Ärmel und führte ihn zu dem anderen Mann, der lächelte, als er sie auf sich zukommen sah. Seine Nase war platt, als sei sie einmal gebrochen gewesen, sein trauriger Blick sprach von einem gebrochenen Herzen. Er wirkte wie ein Möbelpacker, der Lyrik schreibt.

»Ah, die bezaubernde Paola«, sagte er, als sie zu ihm traten. Er nahm sein Glas in die linke Hand, ergriff mit der rechten Paolas und beugte sich darüber, um einen Kuß in die Luft zu hauchen. »Und das«, sagte er zu Brunetti gewandt, »muß wohl der berühmte Guido sein, dessen Namen wir alle nicht mehr hören konnten damals, vor mehr Jahren, als ich diskreterweise erwähnen sollte.« Er nahm Brunettis Hand und schüttelte sie energisch, wobei er gar nicht erst versuchte, die Neugier zu verbergen, mit der er ihn musterte.

»Hör auf, Dami, und starr Guido nicht an, als sei er ein Gemälde.«

»Macht der Gewohnheit, Schätzchen, ich muß mir eben alles genau ansehen. Als nächstes werde ich wahrscheinlich seine Jacke aufmachen und versuchen herauszukriegen, wo er signiert ist.«

Brunetti verstand überhaupt nichts, und seine Verwirrung war ihm offenbar so deutlich anzumerken, daß der andere sich beeilte zu erklären: »Ich sehe schon, Paola wird uns nie mehr vorstellen, und unsere gemeinsame Vergangenheit hat sie ganz offensichtlich vor dir geheimgehalten.« Bevor Brunetti auf die Anspielung etwas sagen konnte, fuhr er fort: »Ich bin Demetriano Padovani, ehemaliger Kommilitone deiner schönen Gemahlin und derzeit als Kritiker in Sachen Kunst tätig.« Er verbeugte sich leicht.

Brunetti kannte den Namen, wie die meisten Italiener. Dies war also der strahlende neue Kunstkritiker und Schrecken von Malern und Museumsdirektoren. Paola und er hatten gemeinsam und mit Vergnügen seine Artikel gelesen, aber er hatte keine Ahnung gehabt, daß die beiden zusammen auf der Universität gewesen waren.

Padovani griff sich vom Tablett eines vorbeigehenden Obers einen neuen Drink und redete weiter: »Ich muß mich bei dir entschuldigen, Guido – wenn ich mir erlauben darf, gleich bei unserem ersten Treffen Guido und du zu sagen, Beweis für die wachsende soziale und linguistische Promiskuität –, und bekenne, daß ich dich jahrelang gehaßt habe.« Brunettis Verwirrung über diese Bemerkung machte ihm sichtlich Spaß. »Damals, in jenen dunklen Jahren, als wir Studenten und allesamt schrecklich verliebt in deine Paola waren, hat uns die Eifersucht und, ich gebe es zu, der Haß auf diesen Guido zerfressen, der aus dem Nichts auftauchte und uns ihr Herz stahl. Erst wollte sie wissen, wer er war, dann kam das: ›Ob er mich wohl zu einem Kaffee einlädt?‹, aus dem sich rasch ein: ›Meint ihr, er mag mich?‹ entwickelte, bis wir schließlich so weit waren, daß wir dieses verrückte Mädchen, sosehr wir es auch anbeteten, am liebsten erdrosselt und in dunkler Nacht in einen Kanal geworfen hätten, nur um uns von diesem Alp zu befreien, der ›Guido‹ hieß, und in Frieden für unsere Examina lernen zu können.« Vergnügt über Paolas sichtliches Unbehagen, fuhr er fort. »Und dann hat sie ihn geheiratet. Dich, meine ich. Sehr zu unserem Entzücken, denn es gibt keine wirkungsvollere Medizin für die verrückten Exzesse der Liebe«, hier hielt er inne, um an seinem Glas zu nippen, bevor er schloß, »als die Ehe.« Zufrieden, Paola zum Erröten gebracht zu haben und Brunetti dazu, sich nach einem neuen Drink umzusehen, sagte er: »Es ist wirklich sehr gut, daß du sie geheiratet hast, Guido, sonst hätte keiner von uns je sein Examen geschafft, so wild waren wir alle nach dem Mädchen.«

»Das war auch der einzige Grund, warum ich sie geheiratet habe«, sagte Brunetti.

Padovani verstand. »Und für diese gute Tat laß mich dir einen Drink anbieten. Was darf es sein?«

»Scotch für uns beide«, antwortete Paola und fügte hinzu: »Aber komm gleich wieder. Ich möchte mit dir reden.«

Padovani neigte mit gespielter Unterwürfigkeit den Kopf und machte sich an die Verfolgung eines Obers, ganz Grandseigneur auf seinem Weg durch die Menge. Kurz darauf kam er mit drei Gläsern zurück.

»Schreibst du immer noch für *L'Unità*?« fragte Paola, als er ihr das Glas gab.

Als der Name der Zeitung fiel, zog Padovani mit gespieltem Schrecken den Kopf ein und warf verschwörerische Blicke nach allen Seiten. Er zischelte höchst theatralisch und winkte sie dicht heran. Dann flüsterte er: »Wage es nicht, den Namen dieses Blattes an diesem Ort zu nennen, sonst läßt dein Vater mich noch von seinen Dienstboten aus dem Hause weisen.« Obwohl man Padovanis Ton anmerkte, daß er scherzte, dachte Brunetti, daß er der Wahrheit wahrscheinlich näher kam, als ihm bewußt war.

Der Kritiker richtete sich zu voller Größe auf, trank einen Schluck und gab seiner Stimme etwas beinah Deklamatorisches. »Paola, meine Beste, könnte es sein, daß du die Ideale deiner Jugend verworfen hast und nicht mehr die proletarische Stimme der Kommunistischen Partei liest? Entschuldige«, korrigierte er sich, »der demokratischen Linken?« Köpfe wandten sich, als der Name fiel, aber er fuhr fort: »Herr im Himmel, erzähl mir nicht, daß du dein Alter akzeptierst und den *Corriere* liest, oder noch schlimmer, *La Repubblica*, die Stimme der schuftenden Mittelklasse, verkleidet als Stimme der schuftenden Unterklasse?«

»Nein, wir lesen *L'Osservatore Romano*«, erklärte Brunetti, indem er das offizielle Organ des Vatikans nannte, in dem noch immer gegen Scheidung, Abtreibung und den verderblichen Mythos der Gleichberechtigung gewettert wurde.

»Sehr weise von euch«, sagte Padovani mit vor Lob triefender Stimme. »Nun, wenn ihr dieses brillante Blatt lest, könnt ihr natürlich nicht wissen, daß ich, wie bescheiden auch immer, als Stimme des Kunstverstandes für die darbende Masse fungiere.« Er sprach jetzt leiser und äffte gekonnt die pompöse Stimme eines RAI-Nachrichtensprechers nach, der den jüngsten Sturz der Regierung bekanntgab. »Ich bin der Vertreter des scharfsichtigen Arbeiters. Vor euch steht der Kritiker mit der Lästerzunge und den Schmierfingern, der inmitten des modernen Chaos die Werte wahrer proletarischer Kunst sucht.« Er nickte einem Vorbeigehenden zu und fuhr dann fort: »Schade, daß ihr meine Arbeit offenbar nicht kennt. Vielleicht kann ich euch Kopien meiner letzten Artikel schicken. Zu dumm, daß ich sie nicht bei mir habe, aber selbst als Genie muß man ja etwas Bescheidenheit zeigen, mag sie auch noch so unaufrichtig sein.« Langsam machte ihnen das allen Spaß, also redete er weiter. »Mein neuester Lieblingsartikel ist ein Kabinettstückchen, das ich letzten Monat über eine Ausstellung zeitgenössischer kubanischer Malerei verfaßt habe – ihr wißt schon, Traktoren und grinsende Ananas.« Er mimte Verzweiflung, bis der Wortlaut seiner Kritik ihm wieder einfiel. »Ich lobte die – wie nannte ich es noch? – ›die wunderbare Symmetrie aus raffinierter Form und zielbewußter Integrität‹.« Er beugte sich vor und flüsterte in Paolas Ohr, aber so laut, daß Brunetti bequem mithören konnte: »Das war aus einem Artikel, den ich vor zwei Jahren über polnische Holzschnitte geschrieben habe. Damals sprach ich, wenn ich mich recht erinnere, von ›raffinierter Symmetrie und sinnweisender Form‹.«

»Und gehst du so ins Büro?« fragte Paola mit einem Blick auf sein Samtjackett.

»Wie herrlich giftig du immer noch sein kannst, Paola«, lachte er, beugte sich vor und küßte sie leicht auf die Wange. »Aber zu deiner Frage, mein Engel: nein, ich halte es nicht für passend, solche Opulenz in die Hallen der arbeitenden Klasse zu tragen. Da hülle ich mich in angemesseneres Gewand, hauptsächlich eine schreckliche Hose, die der Mann meiner Zugehfrau nicht mehr anziehen würde, und ein Jackett, das mein Neffe eigentlich in die Kleidersammlung geben wollte. Und«, er hielt die Hand hoch, um jede Unterbrechung oder Frage abzuwehren, »und ich fahre auch nicht mehr mit dem Maserati in die Redaktion. Ich fand, es würde ein falsches Klima schaffen, außerdem ist das Parken in Rom ein Problem. Eine Zeitlang habe ich es dadurch gelöst, daß ich mir den Fiat meiner Zugehfrau geborgt habe, um ins Büro zu fahren. Aber er war immer mit Strafzetteln zugepflastert, und ich mußte Stunden damit vertun, den Commissario zum Essen auszuführen, damit ich die Dinger wieder loswurde. Jetzt nehme ich einfach ein Taxi und lasse mich an der Ecke vor dem Büro absetzen, wo ich dann meinen wöchentlichen Artikel abliefere, mich lauthals über soziale Ungerechtigkeit empöre, um mir anschließend in einer schnuckeligen kleinen Pasticceria in der Nähe ein unverschämt dickes Stück Torte zu leisten, bevor ich nach Hause gehe, mich in ein heißes Bad lege und Proust lese.

›Und beiderseits verbirgt sich wahrer Sinn‹«, zitierte er aus einem Shakespeare-Sonett, einem der Texte, mit denen er sich während seines Studiums der englischen Literatur in Oxford befaßt hatte. »Aber du willst doch etwas von mir, liebste Paola, irgendwelche Informationen«, sagte er mit einer Direktheit, die nicht zu ihm paßte, oder zumindest nicht zu der Rolle, die er spielte. »Erst ruft mich dein Vater persönlich an, um mich zu dieser Party einzuladen, dann hängst du dich an mich wie eine Klette – und ich bezweifle, daß du das tun würdest, wenn du nicht etwas von mir wolltest. Und da der göttliche Guido bei dir ist, kann es sich wohl nur um Informationen handeln. Und da ich weiß, womit dein Guido seinen Lebensunterhalt verdient, kann ich nur annehmen, daß es mit dem Skandal zusammenhängt, der unsere liebliche Stadt erschüttert, der Musikwelt die Sprache verschlagen und gleichzeitig ein Ekelpaket vom Angesicht dieses Planeten getilgt hat.« Damit hatte er erreicht, was er wollte: er konnte sich am Anblick zweier völlig verblüffter Gesichter weiden. Er schlug sich die Hand vor den Mund und kicherte vergnügt.

»Oh, Dami, du hast es die ganze Zeit über gewußt. Warum hast du nichts gesagt?«

Brunetti sah, daß Padovanis Augen glänzten, vielleicht vom Alkohol, vielleicht von etwas anderem. Wovon, war ihm egal, solange der Mann seine letzte Bemerkung erklärte.

»Komm schon«, drängte Paola. »Von allen Leuten, die ich kenne, bist du der einzige, der garantiert etwas über ihn weiß.«

Padovani sah sie unbewegt an. »Und du erwartest von mir, daß ich das Andenken eines Mannes beschmutze, der noch kaum in seinem Grab erkaltet ist?«

Brunetti konnte sich des Eindrucks nicht erwehren, daß dies für Padovani durchaus ein weiterer Spaß sein könnte.

»Ich staune, daß du so lange gewartet hast«, sagte Paola.

Padovani schenkte ihrer Bemerkung die Beachtung, die sie verdiente. »Du hast recht, Paola. Ich werde euch alles erzählen, sobald dein lieber Guido uns drei Riesendrinks beschafft hat. Wenn er das nicht bald tut, könnte ich langsam anfangen, mich über die vorhersehbare Langeweile zu ärgern, der deine Eltern mich wieder einmal ausgesetzt haben, zusammen mit – wie ich zu meinem Erstaunen feststelle – der Hälfte derer, die als berühmteste Leute dieser Stadt gelten.« Und zu Brunetti gewandt: »Oder noch besser, Guido, wenn du vielleicht eine ganze Flasche besorgst, dann könnten wir drei uns davonstehlen, in eines der vielen geschmacklos eingerichteten Zimmer, von denen es in diesem Haus weiß Gott genug gibt.« Aber er war noch nicht fertig und wandte sich wieder an Paola. »Da könntet ihr dann, du mit den Waffen deiner Schönheit und dein Mann mit seinen unsäglichen Polizeimethoden, gemeinsam die häßliche, schmutzige Wahrheit in allen Einzelheiten aus mir herausquetschen. Und falls Interesse besteht, könntest du oder vielleicht« – er unterbrach sich und sah Brunetti lange an – »ihr beide mit mir machen, was ihr wollt.« So war das also. Brunetti merkte plötzlich erstaunt, daß er alle Stichworte konsequent verpaßt hatte.

Paola bedachte ihren Mann mit einem warnenden Blick, der völlig unnötig war. Er fand das Exzessive an dem Mann durchaus unterhaltend. Er zweifelte nicht daran, daß die Einladung aufrichtig gemeint war, so verrückt sie auch klingen mochte, aber ärgerlich mußte man darüber wohl kaum werden. Er ging wie befohlen eine Flasche Scotch besorgen.

Es war entweder der Gastfreundschaft des Conte oder der Nachlässigkeit des Personals zu verdanken, daß er ohne weiteres eine Flasche Glenfiddich ausgehändigt bekam. Als er zurückkam, fand er die beiden Arm in Arm und flüsternd wie die Verschwörer. Padovani hieß Paola schweigen und erklärte Brunetti: »Ich habe sie gerade gefragt, ob du mich wohl, sollte ich ein wirklich abscheuliches Verbrechen begehen, wie zum Beispiel, ihrer Mutter zu sagen, was ich von den Vorhängen halte, mit aufs Revier nehmen und foltern würdest, bis ich gestehe.«

»Wie glaubst du wohl, habe ich das hier bekommen?« fragte Brunetti und hielt die Flasche hoch.

Padovani und Paola lachten. »Führe uns, Paola«, gebot der

Kritiker, »an einen Ort, wo wir uns hiermit vergnügen können«, und mit einem kuhäugigen Blick auf Brunetti, »wenn schon nicht miteinander.«

Paola antwortete unbeeindruckt und praktisch wie immer: »Wir können uns ins Nähzimmer zurückziehen« und ging ihnen voraus durch den Salon und die massiven Doppeltüren. Dann führte sie die beiden Männer, wie Ariadne, unfehlbar einen Flur entlang, nach links in den nächsten und durch die Bibliothek in ein kleineres Zimmer, wo zierliche, brokatbezogene Sessel im Halbkreis um einen riesigen Fernseher standen.

»Nähzimmer?« fragte Padovani.

»Vor *Dallas* und *Denver*«, erklärte Paola.

Padovani warf sich in den stabilsten Sessel, schwang seine Lackschuhe auf die Intarsientischplatte und sagte: »Na, dann schießt mal los, ihr zwei Schönen«, zweifellos durch die pure Anwesenheit des Fernsehers zu solch legerer Redeweise angeregt. Und als keiner ihm eine Frage stellte, half er nach: »Was also wollt ihr wissen über den verstorbenen und sicher nicht von jedermann beweinten Maestro?«

»Wer würde ihm den Tod wünschen?« fragte Brunetti.

»Du sagst es ganz schön direkt. Kein Wunder, daß Paola mit derart alarmierender Geschwindigkeit kapituliert hat. Aber um deine Frage zu beantworten, die Namen würden ein Telefonbuch füllen.« Er machte eine Pause und hielt Brunetti sein Glas hin. Der goß ihm großzügig ein, bediente sich selbst und füllte Paolas Glas nach. »Willst du sie in chronologischer Reihenfolge, oder vielleicht nach Nationalitäten, oder aufgeschlüsselt nach Stimmlage oder sexuellen Vorlieben haben?« Er setzte das Glas auf die Armlehne seines Sessels und fuhr langsam fort. »Er reicht weit zurück, ich meine Wellauer, und ebenso die Gründe, aus denen ihn die Leute haßten. Ihr habt wahrscheinlich die Gerüchte gehört, daß er im Krieg den Nazis nahestand. Er konnte sie nicht aufhalten, also hat er sie, als der gute Deutsche, der er war, schlicht ignoriert. Und niemand hat sich daran gestört. Nicht im geringsten. Keiner tut das mehr, oder? Seht euch nur Waldheim an.«

»Ich habe die Gerüchte gehört«, sagte Brunetti.

Padovani trank von seinem Whisky und überlegte. »Also gut, nun zur Nationalität. Ich könnte euch mindestens drei Amerikaner nennen, zwei Deutsche und ein halbes Dutzend Italiener, die seinen Tod begrüßt hätten.«

»Das heißt aber wohl kaum, daß sie ihn auch umgebracht hätten«, warf Paola ein.

Padovani nickte zustimmend. Er streifte seine Schuhe ab und zog die Beine unter sich auf den Sessel. Er mochte willens sein, den Geschmack der Contessa in Grund und Boden zu verdammen, aber ihre Brokatstühle würde er nie schmutzig machen. »Er war ein Nazi. Das könnt ihr als gegeben annehmen. Seine zweite Frau hat Selbstmord begangen, dem könnte man eventuell nachgehen. Die erste hat ihn nach sieben Jahren verlassen, und obwohl ihr Vater einer der reichsten Männer Deutschlands war, hat Wellauer ihr eine großzügige Abfindung zukommen lassen. Damals wurde über häßliche Dinge, häßliche sexuelle Dinge gemunkelt, aber das war zu einer Zeit«, er nippte an seinem Glas, »als noch der Gedanke vorherrschte, es gebe sexuelle Dinge, die häßlich seien. Aber um es gleich zu sagen, nein, ich habe keine Ahnung, worum es da ging.«

»Würdest du es uns denn sagen, wenn du es wüßtest?« fragte Brunetti.

Padovani zuckte die Achseln.

»Jetzt zu den beruflichen Dingen. Er war ein berüchtigter sexueller Erpresser. Jede beliebige Liste von Sopranistinnen und Mezzosopranistinnen, die bei ihm gesungen haben, gibt einem da einen Überblick; hübsche, junge, anonyme Dinger, die plötzlich eine Tosca oder Dorabella sangen und dann ebenso plötzlich wieder von der Bildfläche verschwanden. Er war so gut, daß er sich solche Ausrutscher erlauben konnte. Außerdem können die meisten Leute sowieso nicht unterscheiden zwischen großen und kompetenten Sängern, das haben also nur wenige gemerkt, und es war nicht so schlimm. Zu seiner Ehre sei gesagt, daß sie wenigstens immer kompetent waren. Einige wurden sogar große Sängerinnen, aber das wären sie wahrscheinlich auch ohne ihn geworden.«

Brunetti schien das kaum ausreichend für Mord.

»Das waren die Karrieren, die er gefördert hat, aber es gab ebenso viele, die er ruiniert hat, besonders bei Männern meiner besonderen Veranlagung«, fügte er hinzu und trank einen Schluck, »oder Frauen mit derselben Neigung. Der verstorbene Maestro konnte einfach nicht glauben, daß er für eine Frau unattraktiv sein könnte. Wenn ich du wäre, dann würde ich mir diese sexuelle Seite der Sache mal ansehen. Vielleicht liegt die Antwort nicht direkt darin, aber als Ausgangspunkt mag es nützlich sein. Aber das«, meinte er, und deutete mit dem Glas auf den riesigen Bildschirm vor ihnen, »ist vielleicht auch nur eine Reaktion auf eine Überdosis davon.«

Er merkte offenbar, wie unbefriedigend seine Informationen waren, und fügte hinzu: »In Italien gibt es mindestens drei Leute, die allen Grund hatten, ihn zu hassen. Aber keiner wäre in der Lage gewesen, ihm etwas anzutun. Einer singt im Chor der Oper von Bari. Er wäre vielleicht ein bedeutender Verdi-Bariton geworden, hätte er nicht damals, in den gräßlichen sechziger Jahren, den Fehler begangen, seine sexuellen Vorlieben nicht vor dem Maestro zu verheimlichen. Ich habe gehört, daß er sich sogar habe hinreißen lassen, den Maestro selbst anzugehen, allerdings mag ich nicht glauben, daß jemand wirklich so dämlich sein kann. Wahrscheinlich ein Märchen. Wie auch immer, Wellauer wird nachgesagt, er habe bei einem befreundeten Kolumnisten den Namen fallenlassen, und kurz danach fing die Schmutzkampagne an. Deshalb singt er jetzt in Bari. Im Chor.

Der zweite lehrt Musiktheorie am Konservatorium von Palermo. Ich bin nicht sicher, was zwischen den beiden vorgefallen ist, aber er war Dirigent und hatte schon ziemlich viele gute Kritiken eingeheimst. Das war vor etwa zehn Jahren, aber dann, nach ein paar Monaten verheerender Kritiken, war es vorbei mit seiner Karriere. Hierzu habe ich keine direkten Informationen, wie ich zugeben muß, aber Wellauers Name fiel im Zusammenhang mit den Kritiken.

Von dem dritten Fall habe ich nur ganz von ferne läuten hören, aber er betrifft jemanden, der hier wohnen soll.« Als er ihre überraschten Gesichter sah, ergänzte er: »Nein, nein, nicht hier im Palazzo. In Venedig. Aber sie ist wohl kaum fähig, etwas zu unternehmen, sie muß an die Achtzig sein, und wie man hört, lebt sie völlig zurückgezogen. Ich bin auch nicht ganz sicher, ob das alles so stimmt oder ob ich mich richtig erinnere.«

Als er Paolas Blick sah, hielt er entschuldigend sein Glas in die Höhe. »Kommt von diesem Zeug. Es zerstört Gehirnzellen. Oder frißt sie auf.« Er schwenkte die Flüssigkeit im Glas, beobachtete die kleinen Wellen, die er verursachte, und wartete, daß sie ihm die Erinnerung zurückbrachten.

»Ich erzähle euch einfach, woran ich mich erinnere, oder meine zu erinnern. Sie heißt Clemenza Santina.« Als keiner seiner Zuhörer zu erkennen gab, daß ihm der Name etwas sagte, erklärte er: »Vor dem Krieg war sie eine der berühmtesten Sopranistinnen. Ihr ging es wie Rosa Ponsella in Amerika – sie wurde in einem Varieté entdeckt, wo sie mit ihren beiden Schwestern sang, und innerhalb weniger Monate sang sie in der Scala. Eine dieser vollkommenen Naturstimmen, wie sie in jedem Jahrhundert nur ein paarmal vorkommen. Aber sie hat nie Schallplattenaufnahmen gemacht, geblieben ist nur, was die Leute gehört haben, woran sie sich erinnern.« Er spürte die wachsende Ungeduld seiner Zuhörer und kam wieder zum Eigentlichen. »Zwischen ihr und Wellauer ist etwas gewesen, oder zwischen ihm und einer ihrer Schwestern. Ich weiß nicht genau, was es war oder wer es mir erzählt hat, aber sie hat, glaube ich, versucht, ihn umzubringen, oder damit gedroht.« Er schwenkte sein Glas in der Luft, und Brunetti sah, wie betrunken der Mann war. »Jedenfalls ist jemand ums Leben gekommen oder umgebracht worden, oder vielleicht war es auch nur eine Drohung. Kann sein, daß ich es morgen früh wieder weiß. Oder vielleicht ist es auch nicht so wichtig.«

»Wie bist du auf sie gekommen?« wollte Brunetti wissen.

»Weil sie die Violetta bei ihm gesungen hat. Vor dem Krieg. Irgend jemand, ich weiß nicht mehr, wer, hat mir erzählt, daß man erst kürzlich versucht hätte, ein Interview mit ihr zu machen. Laßt mich mal nachdenken.« Wieder konsultierte er seinen Drink, und wieder kam die Erinnerung. »Narciso, genau, der war's. Er hat einen Artikel über große Sänger der Vergangenheit geschrieben und sie aufgesucht, aber sie wollte nicht mit ihm sprechen und hat sich ziemlich abweisend verhalten. Ich glaube, er sagte, daß sie ihm nicht mal die Tür aufgemacht hat. Und dann erzählte er mir irgendwas von einer Geschichte über sie und Wellauer, vor dem Krieg. In Rom, glaube ich.«

»Hat er gesagt, wo sie wohnt?«

»Nein. Aber ich kann ihn morgen anrufen und fragen.«

Entweder war es der Alkohol oder das verebbende Gespräch, Padovanis Feuer erlosch jedenfalls allmählich. Brunetti konnte fast zusehen, wie das Geckenhafte schwand und er zu einem Mann mittleren Alters mit dichtem Bart und Bauchansatz wurde, der mit untergeschlagenen Beinen dasaß und über einem schwarzen Seidensocken zwei Zentimeter nackter Wade sehen ließ. Paola sah müde aus, wie er feststellte, oder war sie das Studentengeplänkel mit ihrem früheren Kommilitonen einfach leid? Auch Brunetti merkte, daß er an jenem heiklen Punkt angelangt war, zu dem der Alkohol bei ihm immer führte: Trank er weiter, würde er bald zufrieden und angesäuselt sein; hörte er auf, würde er ebenso rasch nüchtern und melancholisch werden. Er wählte das letztere und stellte sein Glas unter seinen Stuhl auf den Boden, wo es sicher noch vor morgen früh von einem dienstbaren Geist gefunden wurde.

Auch Paola stellte ihr Glas ab und rutschte auf ihrem Stuhl nach vorn. Sie sah Padovani an und wartete, daß er sich erhob, doch er bedeutete ihnen mit einer Geste, daß sie schon gehen sollten, und nahm die Flasche vom Tisch. Während er sich reichlich eingoß, sagte er: »Die mache ich noch leer, bevor ich mich wieder ins Vergnügen stürze.« Brunetti überlegte, ob die Vortäuschung eines angeregten Geplauders ihn wohl ebenso langweilte wie offenbar Paola. Sie tauschten geistreiche Nichtigkeiten aus, und Padovani versprach, am nächsten Morgen anzurufen, falls er die Adresse der Sängerin bekam.

Paola führte Brunetti durch das Labyrinth des Palazzo zurück zu Licht und Musik. Als sie in den Salon traten, stellten sie fest, daß inzwischen noch mehr Leute gekommen waren und die Musik lauter spielte, passend zum fröhlichen Stimmengewirr.

Brunetti sah sich um, angewidert und gelangweilt beim Anblick dieser gutgekleideten, gutgenährten und gutinformierten Leute. Er merkte, daß Paola seine Gedanken erriet und gleich vorschlagen würde zu gehen, da sah er ein bekanntes Gesicht. An der Bar stand, in der einen Hand ein Glas, in der anderen eine Zigarette, die Ärztin, die Wellauers Leiche untersucht und ihn für tot erklärt hatte. Brunetti hatte sich an dem Abend gewundert, wie jemand, der Jeans trug, es wohl schaffte, einen Platz in den vorderen Parkettreihen zu bekommen. Heute war sie ähnlich angezogen: graue Hose und schwarzes Jackett, ein offensichtliches Desinteresse am eigenen Erscheinungsbild, wie es Brunetti bei einer Italienerin für unmöglich gehalten hätte.

Er sagte Paola, er habe jemanden entdeckt, mit dem er gern reden wolle, und sie meinte, dann wolle sie inzwischen versuchen, ihre Eltern zu finden, um sich für die Party zu bedanken. Sie trennten sich, und er ging quer durch den Salon zu der Dottoressa hinüber, deren Namen er vergessen hatte. Sie machte keinen Versuch, die Tatsache zu verschleiern, daß sie ihn wiedererkannte.

»Guten Abend, Commissario«, sagte sie, als er zu ihr trat.

»Guten Abend, Dottoressa«, antwortete er, und als sei der Förmlichkeit nun Genüge getan, fügte er hinzu: »Ich heiße Guido.«

»Und ich Barbara.«

»Wie klein unsere Stadt doch ist«, bemerkte er. Die banale Floskel gestattete es ihm, dem Förmlichen, sich um die Entscheidung zu drücken, ob er sie mit *lei* oder *tu* anreden sollte.

»Früher oder später trifft man sich«, pflichtete sie ihm bei, vermied also mit gleichem Geschick die direkte Anrede.

Er entschied sich für das formelle *lei* und sagte: »Es tut mir leid, daß ich mich für Ihre Hilfe neulich abends gar nicht mehr bedankt habe.«

Sie zuckte die Achseln. »War meine Diagnose richtig?«

»Ja«, sagte er und überlegte, wie es ihr wohl gelungen war, es nicht in allen Zeitungen des Landes zu lesen. »Es war im Kaffee, wie Sie vermuteten.«

»Dachte ich mir. Aber ich muß gestehen, daß ich den Geruch nur erkannt habe, weil ich Agatha Christie gelesen hatte.«

»Ich auch. Es war das erste Mal, daß ich es im wirklichen Leben gerochen habe.« Beide ignorierten die Skurrilität seiner letzten Bemerkung.

Sie drückte ihre Zigarette in einer Topfpalme von der Größe eines Orangenbaums aus. »Wie kommt einer nur daran?« fragte sie.

»Das wollte ich Sie gerade fragen, Dottoressa.«

Sie überlegte ein paar Sekunden, bevor sie mutmaßte: »In Apotheken, in Labors, aber ich bin sicher, daß über das Zeug Buch geführt werden muß.«

»Ja und nein.«

Als Italienerin verstand sie sofort, was er meinte. »Es könnte also verschwinden und nie gemeldet oder gar vermißt werden?«

»Ja, ich glaube schon. Einer von meinen Leuten überprüft alle Apotheken der Stadt, aber wir könnten nie alle Fabriken in Marghera oder Mestre überprüfen.«

»Es wird zur Filmherstellung benutzt, nicht?«

»Ja, und bei bestimmten petrochemischen Produkten.«

»Da hat Ihr Kollege ja in Marghera ein reiches Feld.«

»Allerdings«, gab er zu. Er sah, daß ihr Glas leer war, und fragte: »Möchten Sie noch etwas trinken?«

»Nein, danke. Ich glaube, für einen Abend habe ich genug vom Champagner des Conte getrunken.«

»Waren Sie schon öfter hier?« fragte er mit unverhüllter Neugier.

»Ja, einige Male. Er lädt mich immer ein, und wenn ich Zeit habe, komme ich auch.«

»Warum?« Die Frage entschlüpfte ihm, bevor er richtig nachgedacht hatte.

»Er ist mein Patient.«

»Sie sind seine Ärztin?« Brunetti war zu verblüfft, um seine Reaktion in eine angemessene Form zu kleiden.

Sie lachte. Und mehr noch, ihre Heiterkeit war völlig natürlich und ohne Groll. »Wenn er mein Patient ist, dann muß ich wohl seine Ärztin sein. Meine Praxis ist gleich auf der anderen Seite des Campo. Erst habe ich die Dienstboten betreut, aber vor etwa einem Jahr, als ich bei einem von ihnen einen Hausbesuch machte, traf ich den Conte, und wir haben uns unterhalten.«

»Worüber denn?« Brunetti war erstaunt, daß der Conte zu etwas so Profanem wie Unterhaltung überhaupt in der Lage war, noch dazu mit jemand, der so wenig Aufhebens von sich machte wie diese junge Frau.

»Beim ersten Mal haben wir über den Hausangestellten gesprochen, der die Grippe hatte, aber als ich wieder kam, gerieten wir irgendwie in ein Gespräch über griechische Lyrik, und das führte, wenn ich mich recht erinnere, zu einer Diskussion über griechische und römische Historiker. Der Conte ist besonders von Thukydides angetan. Da ich auf einem humanistischen Gymnasium war, konnte ich mitreden, ohne mich lächerlich zu machen, und der Conte hatte wohl den Eindruck, dann müsse ich auch als Ärztin kompetent sein. Jetzt kommt er oft in meine Praxis, und wir unterhalten uns über Thukydides und Strabo.« Sie lehnte sich an die Wand, die Beine über Kreuz. »Er ist nicht viel anders als meine anderen Patienten. Die meisten kommen und klagen über Wehwehchen, die sie nicht haben, und Schmerzen, die sie nicht fühlen. Der Conte ist ein interessanterer Gesprächspartner, aber sonst besteht kaum ein großer Unterschied. Er ist einsam und alt, genau wie sie, und er möchte mit jemandem reden.«

Brunetti war über diese Beurteilung seines Schwiegervaters so schockiert, daß er nichts zu sagen wußte. Einsam? Ein Mann, der mit einem Telefonat das Schweizer Bankgeheimnis lüften konnte? Ein Mann, der über das Testament eines anderen Bescheid wußte, bevor der noch unter der Erde war? So einsam, daß er zu seiner Hausärztin ging, um mit ihr über griechische Geschichtsschreiber zu reden?

»Manchmal spricht er auch von Ihnen«, sagte sie, »von Ihnen allen.«

»Ach ja?«

»Ja. Er hat Fotos in seiner Brieftasche. Er hat sie mir schon öfter gezeigt. Sie, Ihre Frau, die Kinder.«

»Warum erzählen Sie mir das, Dottoressa?«

»Wie ich schon sagte, er ist ein einsamer alter Mann. Und er ist mein Patient, da versuche ich zu tun, was ich kann, um ihm zu helfen.« Als sie sah, daß er Anstalten machte zu widersprechen, fügte sie hinzu: »Wenn ich glaube, daß es ihm hilft.«

»Ist es denn normal, daß Sie Privatpatienten annehmen?«

Wenn sie merkte, worauf das hinauslief, dann ließ sie es sich nicht anmerken. »Die meisten sind Kassenpatienten.«

»Wie viele Privatpatienten haben Sie denn?«

»Ich glaube nicht, daß Sie das etwas angeht, Commissario.«

»Nein, wahrscheinlich nicht«, gab er zu. »Würden Sie eine Frage über Ihre politische Einstellung beantworten?« Es war eine Frage, die in Italien, wo die Parteien sich noch nicht gleichen wie ein Ei dem anderen, immer noch einige Bedeutung hatte.

»Ich bin natürlich Kommunistin, selbst wenn der Name der Partei geändert wurde.«

»Und da akzeptieren Sie einen der reichsten Männer Venedigs als Patienten? Wahrscheinlich einen der reichsten Italiens?«

»Natürlich. Warum sollte ich nicht?«

»Nun, wie gesagt, weil er ein sehr reicher Mann ist.«

»Was hat das damit zu tun, ihn als Patienten zu haben?«

»Ich dachte ...«

»Daß ich ihn ablehnen sollte, weil er reich ist und sich bessere Ärzte leisten kann? Meinten Sie das, Commissario?« Sie versuchte nicht, ihren Ärger zu verbergen. »Das ist nicht nur eine persönliche Beleidigung, es ist auch Ausdruck eines ziemlich vereinfachten Weltbildes. Aber keines von beiden überrascht mich sehr.« Bei ihrer letzten Bemerkung fragte er sich, was der Conte wohl bei ihren Gesprächen über ihn gesagt hatte.

Er hatte das Gefühl, das ganze Gespräch sei ziemlich aus dem Ruder gelaufen. Er hatte sie nicht kränken wollen, hatte nicht andeuten wollen, der Conte könnte bessere Ärzte finden. Sein Erstaunen galt einzig der Tatsache, daß sie ihn als Patienten angenommen hatte. »Dottoressa, bitte«, sagte er und hielt die Hand hoch, »es tut mir leid, aber die Welt, in der ich arbeite, ist eine vereinfachte Welt. Es gibt gute Menschen.« Sie hörte ihm zu, daher wagte er lächelnd den Zusatz: »Wie uns.« Sie hatte den Takt zurückzulächeln. »Und dann gibt es Menschen, die das Gesetz brechen.«

»Aha, ich verstehe«, antwortete sie, doch ihr Zorn war noch nicht verflogen. »Und gibt uns das ein Recht, die Welt in zwei Gruppen einzuteilen, eine für uns und eine für alle anderen? Und ich behandle diejenigen, die meine politischen Ansichten teilen, und lasse den Rest sterben? Bei Ihnen klingt das wie ein Cowboyfilm – hier die Guten und dort die Gesetzesbrecher, und nicht die geringsten Schwierigkeiten, den Unterschied zwischen beiden zu erkennen.«

Er versuchte sich zu verteidigen: »Ich habe nicht gesagt, welches Gesetz, ich sagte nur, sie brechen das Gesetz.«

»Gibt es in Ihrem Weltbild nicht nur ein Gesetz, nämlich das des Staates?« Ihre Verachtung war offensichtlich, und er hoffte, sie galt dem Gesetz des Staates und nicht ihm.

»Nein, ich glaube nicht«, erwiderte er.

Sie warf die Arme hoch. »Wenn jetzt auch noch der arme alte Gottvater vom Himmel heruntergezerrt und ins Gespräch gebracht werden soll, dann brauche ich noch ein Glas Champagner.«

»Nein, lassen Sie mich gehen«, sagte er und nahm ihr das Glas aus der Hand. Als er gleich darauf mit einem frischen Glas Champagner für sie und einem Mineralwasser für sich selbst zurückkam, nahm sie das Glas und bedankte sich mit einem ganz normalen und freundlichen Lächeln.

Sie nippte und fragte dann: »Und wie ist das mit diesem Gesetz, von dem Sie sprachen?« Das klang so ehrlich interessiert und ohne Groll, daß es ihren Disput von eben ganz vergessen machte. Auf beiden Seiten, wie er merkte.

»Das, was wir haben, ist sicher nicht ausreichend«, begann er, überrascht, sich das sagen zu hören, denn dieses Gesetz hatte er sein Leben lang verteidigt. »Wir brauchen ein menschlicheres, oder vielleicht ein humaneres.« Er hielt inne, weil er merkte, wie idiotisch er sich vorkam, wenn er das sagte. Und schlimmer noch, es auch meinte.

»Das wäre sicher sehr schön«, sagte sie so sanft, daß er sofort mißtrauisch wurde. »Aber würde sich das mit Ihrem Beruf vertragen? Schließlich leben Sie davon, das andere Gesetz durchzusetzen, das Gesetz des Staates.«

»Das ist dasselbe.« Und als er merkte, wie lahm und dumm das klang, fügte er hinzu: »Normalerweise.«

»Aber nicht immer?«

»Nein, nicht immer.«

»Und wenn nicht?«

»Ich versuche die Stelle zu sehen, wo sich die beiden treffen, wo es auf dasselbe hinausläuft.«

»Und wenn nicht?«

»Dann tue ich, was ich tun muß.«

Sie brach so spontan in Gelächter aus, daß er mitlachen mußte. Das hatte wirklich zu sehr geklungen wie John Wayne, bevor er zu seinem letzten Gefecht auszieht.

»Ich muß mich entschuldigen, Guido, wirklich. Wenn es Sie tröstet, es ist dieselbe Art von Entscheidung, die wir Ärzte oft fällen müssen, wenn das, was wir für richtig halten, nicht dasselbe ist, was das Gesetz für richtig hält.«

Paola rettete ihn, oder vielmehr sie beide, indem sie zu ihm kam und fragte, ob er jetzt nach Hause gehen wolle.

»Paola.« Brunetti drehte sich zu ihr um. »Darf ich dir die Ärztin deines Vaters vorstellen«, fragte er, in der Hoffnung, sie zu verblüffen.

»Ach, Barbara«, rief Paola. »Ich freue mich sehr, Sie kennenzulernen. Mein Vater spricht so viel von Ihnen. Schade, daß es so lange gedauert hat, bis wir uns endlich einmal begegnen.«

Brunetti sah und hörte ihnen zu und wunderte sich über die Leichtigkeit, mit der Frauen zeigen konnten, daß sie einander mochten, wie sehr sie einander schon beim ersten Kennenlernen vertrauten. Vereint in der gemeinsamen Sorge um einen Mann, den er immer als kühl und distanziert empfunden hatte, sprachen die beiden miteinander, als kennten sie sich schon Jahre. Nichts von dem aufreibenden moralischen Abtasten, wie es zwischen ihm und der Ärztin stattgefunden hatte. Sie und Paola hatten einander nur kurz begutachtet und an dem, was sie sahen, sofort Gefallen gefunden. Er hatte dieses Phänomen häufig beobachtet, fürchtete aber, daß er es nie verstehen würde. Auch er konnte rasch ein freundschaftliches Verhältnis zu einem anderen Mann entwickeln, aber es ging immer nur wenige Schichten tief. Die sofortige Vertrautheit, die er hier sah, ging jedoch sehr viel tiefer, traf in irgendein Zentrum. Und offenbar hörte sie da auch nicht einfach auf, sondern legte nur eine Pause ein bis zur nächsten Begegnung.

Die beiden waren bei Raffaele angelangt, dem einzigen Enkel des Conte, als ihnen einfiel, daß Brunetti auch noch da war. Paola merkte, wie er rastlos von einem Fuß auf den anderen trat, und wußte, daß er müde war und nach Hause wollte, also sagte sie: »Tut mir leid, Barbara, daß ich Ihnen diese ganze Geschichte mit Raffaele auch noch aufgebürdet habe. Jetzt müssen Sie sich Gedanken über zwei Generationen machen statt über eine.«

»Nein, es ist ganz gut, eine andere Ansicht über die Kinder zu hören. Er macht sich immer zu viele Sorgen um sie. Aber er ist so stolz auf Sie beide.« Brunetti brauchte einen Augenblick, bevor er merkte, daß sie ihn und Paola meinte. Das wurde tatsächlich langsam ein Abend voller Wunder.

Er wußte nicht, wie es kam, aber die beiden Frauen entschieden, es sei an der Zeit, daß sie alle gingen. Die Dottoressa stellte ihr Glas auf dem Tischchen neben sich ab, und Paola nahm im selben Augenblick seinen Arm. Sie verabschiedeten sich, und ihm fiel wieder auf, wieviel herzlicher die Ärztin zu Paola war als zu ihm.

13

Wie es das Schicksal wollte, war der nächste Morgen der, an dem sein erster Bericht »vor acht« auf Pattas Schreibtisch liegen sollte. Da es Viertel nach acht war, als er die Augen öffnete und auf die Uhr schaute, war das eindeutig unmöglich.

Eine halbe Stunde später, als er in die Küche kam und sich wieder etwas menschenähnlicher fühlte, fand er Paola bei der Lektüre von *L'Unità*. Daraus entnahm er, daß Dienstag war. Aus Gründen, die er nie recht verstanden hatte, las sie jeden Morgen eine andere Zeitung, wobei sie das politische Spektrum von rechts bis links berücksichtigte und die Sprachen von Französisch bis Englisch. Vor Jahren, als er sie noch nicht lange kannte und noch weniger verstand, hatte er sie einmal danach gefragt. Ihre Antwort war völlig logisch, wie er erst viel später erkannte – »Ich will sehen, auf wie viele verschiedene Arten man dieselben Lügen verbreiten kann.« In den folgenden Jahren hatte er nichts gelesen, was darauf hindeutete, daß ihr Vorgehen falsch war. Heute war es die Lüge der Kommunisten; morgen bekamen die Christdemokraten ihre Chance.

Er küßte sie auf den Nacken. Sie grunzte, schaute aber nicht hoch. Schweigend deutete sie nach links, wo auf dem Tresen ein Teller mit frischen Brioches stand. Während sie eine Seite umblätterte, goß er sich eine Tasse Kaffee ein, nahm sich drei Stück Zucker und setzte sich ihr gegenüber. »Irgendwas Neues?« fragte er und biß in eine Brioche.

»Wie man's nimmt. Wir haben seit gestern nachmittag keine Regierung mehr. Der Präsident versucht, eine zu bilden, aber es sieht aus, als würde es ihm nicht gelingen. Und beim Bäcker heute morgen war das einzige Gesprächsthema, wie kalt es geworden ist. Kein Wunder, daß es so um unsere Regierung steht: wir verdienen es nicht besser. Na ja«, meinte sie, während sie über dem Foto des neuesten designierten Ministerpräsidenten verharrte, »vielleicht doch nicht. Niemand könnte so etwas verdienen.«

»Was sonst«, fragte er, in ihr uraltes Ritual verfallend. So erfuhr er, was vor sich ging, ohne die Zeitungen selbst lesen zu müssen, und bekam in der Regel zugleich einen guten Eindruck von ihrer Stimmungslage.

»Bahnstreik nächste Woche, als Protest auf die Entlassung eines Lokführers, der betrunken einen anderen Zug gerammt hat. Seine Kollegen hatten sich schon seit Monaten über ihn beklagt. Aber keiner nahm Notiz davon. Jetzt sind drei Menschen tot. Und nun drohen dieselben Leute, die sich beschwert haben, mit Streik, weil man ihn rausgeworfen hat.« Sie blätterte um. Er nahm noch eine Brioche. »Neue Androhung terroristischer Anschläge. Vielleicht hält uns das die Touristen vom Hals.« Sie blätterte weiter. »Kritik der Eröffnungsvorstellung der römischen Oper. Katastrophe. Mieser Dirigent. Dami hat mir gestern abend erzählt, das Orchester hätte schon seit Wochen über ihn gemeckert, während der ganzen Probezeit, aber keiner hätte auf sie gehört. Paßt doch zusammen. Niemand hört auf die Leute, die mit dem Lokführer dauernd zu tun haben, warum sollte also jemand auf die Musiker hören, die ihren Dirigenten ständig bei den Proben erleben?«

Er stellt seinen Kaffee so abrupt auf den Tisch, daß etwas überschwappte. Paola zog daraufhin nur die Zeitung näher zu sich.

»Was hast du gesagt?«

»Hmm?« fragte sie abwesend.

»Was hast du über den Dirigenten gesagt?«

Sie blickte auf, nicht seiner Worte, sondern des Tonfalls wegen. »Wie bitte?«

»Über den Dirigenten, was hast du da eben gesagt?«

Wie die meisten Äußerungen, die sie morgens machte, schien auch diese vergessen, sobald sie ausgesprochen war. Paola blätterte zu der Seite zurück, auf der sie den Artikel gesehen hatte, und überflog ihn noch einmal. »Ach ja, das Orchester. Wenn jemand auf die Musiker gehört hätte, dann hätte man gewußt, daß er ein mieser Dirigent war. Schließlich können sie doch am besten beurteilen, wie gut einer ist, oder?«

»Paola«, sagte er und zog ihr die Zeitung vor dem Gesicht weg, »wenn ich nicht mit dir verheiratet wäre, dann würde ich meine Frau für dich verlassen.«

Er sah mit Befriedigung, daß er sie überrascht hatte, was ihm selten genug gelang. Er ließ sie so sitzen, über den Rand ihrer Lesebrille spähend und ganz und gar nicht sicher, was sie eigentlich getan hatte.

Er rannte alle vierundneunzig Stufen nach unten, begierig darauf, an die Arbeit zu kommen und ein paar Telefonate zu führen.

Als er eine Viertelstunde später im Präsidium ankam, war von Patta noch nichts zu sehen, also diktierte er ein paar kurze Sätze und ließ sie ins Büro seines Vorgesetzten bringen. Danach rief er in der Redaktion des *Gazzettino* an und bat, mit Salvatore Rezzonico, dem Musikkritiker, verbunden zu werden. Er sei nicht im Hause, hieß es, aber er könne ihn entweder in seiner Wohnung oder im Konservatorium erreichen. Als Brunetti den Mann endlich in dessen Wohnung erreichte und ihm erklärte, weshalb er ihn sprechen wollte, schlug Rezzonico vor, sich im Konservatorium mit ihm zu treffen, wo er um elf eine Vorlesung halten mußte. Brunettis nächster Anruf galt seinem Zahnarzt, der einmal erwähnt hatte, daß sein Vetter erste Violine im Orchester des La Fenice spiele. Er erfuhr, daß der Mann Traverso hieß, rief ihn an und verabredete sich für denselben Abend vor der Vorstellung im Theater mit ihm.

Die nächste halbe Stunde verbrachte er mit Miotti, der nicht viel Neues im Theater erfahren hatte, außer daß ein weiteres Chormitglied gesehen haben wollte, wie Flavia Petrelli nach dem ersten Akt in die Garderobe des Dirigenten ging. Miotti hatte auch den Grund für die offensichtliche Abneigung des

Portiers gegenüber der Sopranistin herausgefunden, er glaubte nämlich, daß sie etwas mit »dieser Amerikanerin« hatte. Mehr hatte Miotti nicht zu bieten. Brunetti schickte ihn ins Archiv des *Gazzettino*, wo er versuchen sollte, etwas über einen Skandal zu finden, der den Maestro und eine italienische Sängerin betraf, irgendwann »vor dem Krieg«. Er vermied es, Miotti bei diesen vagen Angaben anzusehen. Statt dessen tröstete er ihn damit, daß es vielleicht ein Ablagesystem gebe, das ihm die Suche erleichterte.

Anschließend ging Brunetti durch die Stadt zum Konservatorium, das in einem kleinen Campo beim Ponte dell'Accademia lag. Nach einigem Herumfragen fand er Rezzonicos Seminarraum im dritten Stock, wo der Professor schon wartete, entweder auf ihn oder auf seine Schüler.

Wie es in Venedig so oft passierte, kannte Brunetti den Mann vom Sehen. Und obwohl sie noch nie miteinander gesprochen hatten, wurde durch die freundliche Begrüßung des anderen deutlich, daß Brunetti ihm aus demselben Grund bekannt war. Rezzonico war ein kleiner Mann mit blassem Gesicht und auffallend gepflegten Händen. Er war glattrasiert, hatte sehr kurz geschnittenes Haar und trug zum dunkelgrauen Anzug eine Krawatte in gedeckten Farben, als kleidete er sich bewußt für seine Rolle als Professor.

»Was kann ich für Sie tun, Commissario?« fragte er, nachdem Brunetti sich vorgestellt und an einem der Tische im Seminarraum Platz genommen hatte.

»Es geht um Maestro Wellauer.«

»Ah ja«, meinte der andere, und seine Stimme wurde trübsinnig, wie zu erwarten gewesen war. »Ein trauriger Verlust für die Musikwelt.« Dieser Mann hatte immerhin den Nachruf geschrieben.

Brunetti legte die entsprechende Anstandspause ein, bevor er fortfuhr. »Wollten Sie eine Kritik über die Aufführung von *La Traviata* schreiben, Professor?«

»Ja, das wollte ich.«

»Aber sie ist nicht erschienen, oder?«

»Nein, wir haben beschlossen, oder vielmehr der Chefredakteur hat beschlossen, aus Respekt für den Maestro und weil die Vorstellung nicht beendet wurde, damit zu warten und später eine Vorstellung des neuen Dirigenten zu besprechen.«

»Und haben Sie diese Besprechung schon geschrieben?«

»Ja, sie ist in der heutigen Ausgabe erschienen.«

»Tut mir leid, Professor, aber ich hatte noch keine Zeit, sie zu lesen. Ist sie positiv?«

»Im großen und ganzen ja. Die Sänger sind gut, und die Petrelli ist hervorragend. Sie ist wohl die einzige Verdi-Sopranistin, die wir derzeit haben, die einzige wirkliche, meine ich. Der Tenor ist nicht so gut, aber er ist noch sehr jung, und seine Stimme wird sich wohl entwickeln.«

»Und der Dirigent?«

»Ich habe es in meiner Besprechung gesagt, es ist eine besonders schwierige Aufgabe, unter solchen Umständen einspringen zu müssen. Ein Orchester zu übernehmen, das unter einem anderen geprobt hat, ist keine leichte Sache.«

»Ja, das kann ich verstehen.«

»Aber wenn man alle Schwierigkeiten berücksichtigt, mit denen er konfrontiert war«, fuhr der Professor fort, »dann hat er seine Aufgabe bemerkenswert gut gelöst. Er ist ein sehr begabter junger Mann, und er scheint ein besonderes Gefühl für Verdi zu haben.«

»Und was ist mit Maestro Wellauer?«

»Ich verstehe nicht ganz?«

»Wenn Sie die Premiere besprochen hätten, die Vorstellung, die Wellauer bis zur zweiten Pause dirigiert hat, was hätten Sie darüber gesagt?«

»Über die Vorstellung als Ganzes oder über den Maestro?«

»Beides.«

Es war klar, daß die Frage den Professor verwirrte. »Ich weiß nicht recht, was ich darauf antworten soll. Der Tod des Maestro hat alles überflüssig gemacht.«

»Aber wenn Sie diese Kritik geschrieben hätten, was hätten Sie dann über ihn gesagt?«

Der Professor kippte seinen Stuhl nach hinten und faltete die Hände hinter dem Kopf, genau wie es Brunettis Professoren früher getan hatten. Er saß ein Weilchen so da und dachte über die Frage nach, dann ließ er den Stuhl wieder nach vorn auf den Boden schnellen. »Ich fürchte, die Besprechung wäre eine andere gewesen.«

»Inwiefern, Professor?«

»Was die Sänger angeht, wohl ziemlich gleich. Signora Petrelli ist immer wunderbar. Der Tenor hat gut gesungen, wie ich schon sagte, und wird mit zunehmender Bühnenerfahrung sicher noch besser werden. Bei der Premiere haben sie etwa genauso gesungen, aber das Ergebnis war anders.« Er sah Brunettis Verwirrung und versuchte zu erklären: »Wissen Sie, ich muß da so viele Jahre ausradieren, in denen ich seine Arbeit verfolgt habe. Es war nicht leicht, an dem Abend zuzuhören, ohne daß die vielen Jahre genialen Künstlertums sich zwischen das drängten, was ich da hörte.

Lassen Sie es mich so erklären: Während einer Vorstellung hält der Dirigent die Dinge zusammen, er achtet darauf, daß die Sänger sich an die richtigen Tempi halten, daß sie vom Orchester unterstützt werden, daß die Einsätze stimmen, daß keiner dem anderen davonrennt. Er muß auch darauf achten, daß sein Orchester nicht zu laut wird, daß die Crescendi sich aufbauen und dramatisch sind, gleichzeitig aber die Sänger nicht übertönen. Wenn der Dirigent so etwas hört, kann er die Musiker mit einer Handbewegung zurückpfeifen oder indem er den Finger an den Mund legt.« Zur Illustration demonstrierte er die Gesten, die Brunetti in vielen Konzerten oder Opern beobachtet hatte.

»Und er muß in jeder Sekunde alles im Griff haben: den Chor, die Sänger, das Orchester, und sie in perfektem Gleichgewicht halten. Tut er das nicht, fällt die ganze Geschichte auseinander, und man hört nur noch Einzelteile, aber nicht die Oper als Ganzes.«

»Und in der Nacht, in der Wellauer starb?«

»Die zentrale Kontrolle war nicht da. Manchmal wurde das Orchester so laut, daß ich die Sänger nicht hören konnte, und ich bin sicher, sie hatten Probleme, sich gegenseitig zu hören. Dann wieder spielte das Orchester zu schnell, und die Sänger hatten Mühe mitzukommen. Oder umgekehrt.«

»Hat das außer Ihnen noch jemand im Theater gemerkt, Professor?«

Rezzonico hob die Brauen und schnaubte verächtlich. »Commissario, ich weiß nicht, wie gut Sie das venezianische Publikum kennen, aber das größte Kompliment, das man ihm machen kann, lautet: Es ist eine Horde von Affen. Sie gehen nicht ins Theater, um Musik zu hören oder gute Sänger; sie gehen hin, um ihre neue Garderobe auszuführen und von ihren Freunden gesehen zu werden, und diese Freunde sind aus genau dem gleichen Grunde dort. Sie könnten die Dorfkapelle aus dem kleinsten Kaff Siziliens in den Orchestergraben setzen, und aus dem Publikum würde keiner den Unterschied hören. Prächtige Kostüme und ein raffiniertes Bühnenbild garantieren den Erfolg, eine moderne Oper oder Sänger, die keine Italiener sind, den Reinfall.« Der Professor merkte, daß er anfing zu dozieren, senkte die Stimme und fügte hinzu: »Aber die Antwort auf Ihre Frage ist nein, ich bezweifle, daß viele Leute gemerkt haben, was da vorging.«

»Die anderen Kritiker?«

Wieder schnaubte der Professor verächtlich. »Außer Narciso von *La Repubblica* gibt es keinen Musiker unter ihnen. Manche gehen einfach in die Proben und schreiben danach ihre Kritiken. Manche können nicht einmal eine Partitur lesen. Nein, echte Urteilsfähigkeit gibt es da nicht.«

»Was war Ihrer Meinung nach der Grund für Maestro Wellauers Versagen, wenn das der richtige Ausdruck ist?«

»Da gibt es viele Möglichkeiten. Ein schlechter Tag. Er war immerhin ein alter Mann. Vielleicht hat er sich vor der Vorstellung über irgend etwas aufgeregt. Oder es waren, so lächerlich es klingen mag, nichts weiter als Verdauungsstörungen. Aber was es auch war, er hatte die Musik an dem Abend nicht im Griff. Sie ist ihm entglitten; das Orchester hat sich mehr oder weniger selbständig gemacht, und die Sänger versuchten dranzubleiben. Aber bei ihm fehlte weitgehend die Kontrolle.«

»Fällt Ihnen noch etwas ein, Professor?«

»Meinen Sie zur Musik?«

»Dazu oder zu anderen Dingen.«

Rezzonico überlegte, wobei er diesmal die Finger auf seinem Schoß ineinander verschlang, und meinte schließlich: »Das klingt jetzt vielleicht merkwürdig. Für mich selbst klingt es merkwürdig, weil ich eigentlich nicht weiß, warum ich es sage oder glaube. Aber meinem Eindruck nach hat er es gewußt.«

»Wie bitte?«

»Wellauer, ich glaube, er wußte es selbst.«

»Das mit dem Orchester? Was da vor sich ging?«

»Ja.«

»Warum sagen Sie das, Professor?«

»Es war nach der Szene im zweiten Akt, in der Germont Violetta bittet, Alfredo freizugeben.« Er sah Brunetti an, um zu sehen, ob er die Handlung der Oper kannte. Brunetti nickte, und der Professor fuhr fort: »Es ist eine Szene, nach der es immer viel Applaus gibt, besonders, wenn die Sänger so gut sind wie Dardi und Petrelli. Sie waren es, und so gab es langen Applaus. Währenddessen habe ich den Maestro beobachtet. Er legte den Stab aufs Pult, und ich hatte das seltsame Gefühl, daß er gleich gehen würde, einfach vom Podium steigen und gehen. Entweder habe ich es wirklich gesehen oder es mir eingebildet, aber er schien es gerade tun zu wollen, als der Applaus aufhörte und die ersten Violinen ihre Bogen hoben. Er sah sie, nickte ihnen zu und nahm den Stab auf. Und die Oper ging weiter, aber ich habe immer noch das komische Gefühl, wenn er ihre Bewegung nicht gesehen hätte, wäre er einfach gegangen.«

»Hat noch jemand das beobachtet?«

»Ich weiß es nicht. Keiner der Leute, mit denen ich gesprochen habe, wollte viel über die Vorstellung sagen, und das wenige, was sie gesagt haben, klang sehr zurückhaltend. Ich saß in einer der vorderen Logen links, konnte ihn also sehr gut sehen. Wahrscheinlich haben die meisten Leute auf die Sänger geschaut. Als dann die Ansage kam, er könne nicht weiterdirigieren, dachte ich, er hätte vielleicht einen Herzanfall gehabt. Aber nicht, daß er umgebracht worden sei.«

»Und wie haben diese anderen Leute geurteilt?«

»Wie gesagt, sie waren schon fast übervorsichtig, wollten nichts gegen ihn sagen, jetzt, wo er tot ist. Aber einige Leute hier haben weitgehend dasselbe gesagt, nämlich daß die Aufführung enttäuschend war. Weiter nichts.«

»Ich habe Ihren Artikel über seine Karriere gelesen, Professor. Sie haben sich sehr positiv über ihn geäußert.«

»Er war einer der großen Musiker dieses Jahrhunderts. Ein Genie.«

»Sie haben diese letzte Vorstellung in Ihrem Artikel nicht erwähnt.«

»Man verurteilt einen Künstler nicht einer schlechten Vorstellung wegen, Commissario, besonders dann nicht, wenn seine gesamte Laufbahn sonst so glanzvoll war.«

»Ja, ich weiß, für eine schlechte Vorstellung nicht und nicht für eine schlechte Tat.«

»So ist es«, pflichtete der Professor bei und wandte seine Aufmerksamkeit zwei jungen Frauen zu, die gerade hereinkamen, jede mit einer dicken Partitur unter dem Arm. »Aber wenn Sie mich jetzt entschuldigen wollen, Commissario, meine Studenten kommen, und ich muß gleich mit der Vorlesung anfangen.«

»Natürlich, Professor«, sagte Brunetti, stand auf und streckte die Hand aus. »Vielen Dank für Ihre Zeit und Ihre Hilfe.«

Der andere erwiderte die Höflichkeit, aber Brunetti merkte, daß er sich jetzt auf seine Studenten konzentrierte.

Er ging die breite Treppe hinunter und hinaus auf den Campiello Santo Stefano.

Er kam oft hier vorbei und kannte inzwischen nicht nur die Menschen, die in den Bars und Geschäften arbeiteten, sondern sogar die Hunde, die in dieses Viertel gehörten. Im blassen Sonnenlicht lag faul eine rosa-weiße Bulldogge, deren maulkorbloses Maul Brunetti immer nervös machte. Dann gab es noch dieses seltsame chinesische Etwas, das sich aus einer Art Wollknäuel zu einem Geschöpf von unübertroffener Häßlichkeit entwickelt hatte. Und zuletzt kam der schwarze Mischling, der vor dem Keramikladen herumlümmelte und den ganzen Tag so unbeweglich dalag, daß viele Leute ihn schon für einen Teil der Auslage hielten.

Er beschloß, sich im Caffè Paolin einen Espresso zu genehmigen. Die Tische standen noch draußen, aber heute saßen nur Ausländer daran, die sich verzweifelt einzureden versuchten, es sei warm genug für einen Cappuccino im Freien. Vernünftige Leute gingen nach drinnen.

Er begrüßte den Barmann, der taktvoll genug war, ihn nicht zu fragen, ob es in seinem Fall Neuigkeiten gebe. In einer Stadt, in der es keinerlei Geheimnisse gab, hatten die Menschen eine Fähigkeit entwickelt, direkte Fragen zu vermeiden und über nichts zu reden, das über Alltäglichkeiten hinausging. Mochte der Fall sich auch noch so lange hinziehen, Brunetti konnte sicher sein, daß keiner von denen, die auf dieser Ebene mit ihm zu tun hatten – sei es der Barmann, die Zeitungsfrau oder der Bankbeamte –, auch nur ein Wort darüber verlieren würde.

Nachdem er seinen Espresso getrunken hatte, war er unruhig und nicht im mindesten hungrig auf das Mittagessen, dem alle um ihn herum so eilig zuzustreben schienen. Er rief sein Büro an und erfuhr, daß Padovani angerufen und einen Namen und eine Adresse für ihn durchgegeben hatte. Nichts weiter, nur den Namen: ›Clemenza Santina‹ und die Anschrift: ›Corte Mosca, Giudecca‹.

14

Die Giudecca-Insel war ein Teil Venedigs, in den Brunetti selten kam. Obwohl man von der Piazza San Marco, ja eigentlich von der gesamten Vorderseite der Hauptinsel, die knapp hundert Meter hinüberschauen konnte, war sie vom Rest der Stadt doch seltsam isoliert. Die scheußlichen Geschichten, die man mit peinlicher Regelmäßigkeit in der Zeitung las, über Kinder, die von Ratten gebissen, oder Leute, die nach einer Überdosis tot aufgefunden worden waren, schienen immer auf der Giudecca zu passieren. Selbst die Anwesenheit eines entthronten Monarchen und eines welkenden Filmstars der fünfziger Jahre konnte ihren Ruf als unheimlichen, rückständigen Ort, wo schreckliche Dinge geschahen, im öffentlichen Bewußtsein nicht aufbessern.

Brunetti kam, wie viele Venezianer, meist nur zum Redentorefest hin, mit dem im Juli das Ende der Pest von 1576 gefeiert wurde. Zwei Tage lang war die Giudecca dann mit der Hauptinsel durch eine Pontonbrücke verbunden, auf der die Gläubigen übers Wasser zur Chiesa del Redentore gehen konnten, um dort Dank zu sagen für einen weiteren Fall jenes göttlichen Eingreifens, das die Stadt immer wieder gerettet oder ausgespart hatte.

Während das Vaporetto der Linie acht seinen Weg durchs aufgewühlte Wasser nahm, stand er an Deck und betrachtete das industrielle Inferno von Marghera in der Ferne, wo Schornsteine flockige Rauchwolken ausstießen, die dann langsam über die Lagune trieben und auf die Stadt niedergingen, um sich an dem weißen istrischen Marmor der Gebäude gütlich zu tun. Er überlegte, welcher göttliche Eingriff die Stadt wohl vor dieser modernen Pest retten könnte, vor dem Ölfilm, der das Wasser der Lagune bedeckte und schon Millionen der Krabben vernichtet hatte, die noch durch die Alpträume seiner Kindheit gekrochen waren. Welcher Erlöser konnte die Stadt vor den grünlichen Rauchschwaden retten, die aus dem Marmor allmählich Baiser machten? Als Mann von begrenztem Glauben konnte er sich keine Rettung vorstellen, weder durch einen Gott noch durch Menschen.

Er stieg am Anleger Zitelle aus und ging links am Ufer entlang auf der Suche nach dem Eingang zum Corte Mosca. Jenseits des Wassers lag die Stadt, glitzernd in der fahlen Wintersonne. Er kam an der Kirche vorbei, die zur Nachmittagssiesta des Herrgotts geschlossen war, und gleich dahinter sah er den Eingang zu dem Hof. Der schmale niedrige Durchgang lag in tiefem Schatten und stank nach Katzen.

Am Ende des steinernen Tunnels begann ein verwilderter Garten, der in der Mitte des Innenhofes üppig wucherte. Auf der einen Seite nagte ein Tier, vielleicht eine Katze, an einem fedrigen Etwas. Beim Klang seiner Schritte zog es sich unter einen Rosenbusch zurück und schleifte seine Beute mit. Am anderen Ende des Hofes sah er eine verzogene Holztür. Er ging hinüber, wobei er sich immer wieder von dornigen Ranken befreien mußte, und klopfte, dann hämmerte er gegen die Tür.

Es dauerte Minuten, bevor die Tür eine Handbreit zurückgezogen wurde und zwei Augen ihn ansahen. Er suche Signora Santina, erklärte er. Die Augen betrachteten ihn eingehend und blinzelten verwirrt, bevor das Dunkel des Hauses sie wieder aufnahm. Mit Rücksicht auf die Gebrechen des Alters wiederholte er seine Frage, diesmal fast schreiend. Daraufhin öffnete sich unter den Augen ein kleines Loch, und eine Männerstimme sagte ihm, die Signora wohne drüben am anderen Ende des Hofes.

Brunetti drehte sich um und schaute über den Garten hinweg zurück. Neben dem Eingang, fast verdeckt von einem Haufen aus verrottendem Gras und Zweigen, war ein zweiter niedriger Eingang. Als er sich umdrehte, um sich zu bedanken, wurde die

Tür vor seiner Nase zugeschlagen. Vorsichtig stapfte er durch den Garten zurück und klopfte an die andere Tür.

Diesmal mußte er noch länger warten. Und als sie endlich aufging, sah er auf derselben Höhe wie vorhin ein Augenpaar und überlegte, ob dieses Wesen es irgendwie fertiggebracht hatte, von einer Seite des Gebäudes auf die andere zu laufen. Aber bei näherem Hinsehen waren diese Augen heller als die anderen, und das Gesicht darum herum gehörte eindeutig zu einem weiblichen Wesen, auch wenn es ebenso runzlig und verfroren aussah wie das andere.

»Ja?« fragte sie und sah zu ihm hoch. Sie war ein kleines Etwas von einer Frau, fest eingewickelt in mehrere Lagen aus Pullovern und Schals. Unter ihren vielen Röcken hing etwas heraus, das wie der Saum eines Flanellnachthemdes aussah. Ihre Füße steckten in dicken wollenen Hausschuhen, wie seine Großmutter sie getragen hatte. Dazu hatte sie einen Herrenmantel übergeworfen, der vorn offenstand.

»Signora Santina?«

»Was wollen Sie?« Die Stimme war hoch und brüchig vom Alter. Schwer zu glauben, daß sie einer der großen Sängerinnen der Vorkriegszeit gehörte. Außerdem hörte er das ganze Mißtrauen gegenüber Amtspersonen heraus, das allen Italienern, besonders den älteren, zu eigen ist. Dieses Mißtrauen hatte ihn gelehrt, so lange wie möglich zu warten, bevor er zu erkennen gab, wer er war.

»Signora«, sagte er laut und deutlich und beugte sich dabei nach vorn, »ich würde gern mit Ihnen über den Maestro Helmut Wellauer sprechen.«

Ihrem Gesicht war nicht anzusehen, ob sie von dem Tod gehört hatte. »Sie brauchen nicht zu schreien. Ich bin nicht taub. Was sind Sie, ein Reporter? Wie der andere?«

»Nein, Signora. Reporter bin ich nicht. Aber ich würde gern mit Ihnen über den Maestro reden.« Er wählte seine Worte jetzt sorgsam, auf ihre Wirkung bedacht. »Ich weiß, daß Sie bei ihm gesungen haben. Damals, auf der Höhe Ihres Ruhmes.« Beim letzten Wort blickte sie abrupt zu ihm auf, und er meinte, etwas Weiches in ihrem Augenausdruck zu entdecken.

Sie betrachtete ihn abwägend, suchte den Musiker hinter der konservativen blauen Krawatte. »Ja, ich habe unter ihm gesungen. Aber das ist lange her.«

»Ja, Signora, ich weiß. Aber Sie würden mir eine große Ehre erweisen, wenn Sie mir etwas über Ihre Laufbahn erzählen würden.«

»Sie meinen, solange sie mit seiner verknüpft war.« Er spürte förmlich den Moment, in dem sie merkte, wer und was er war.

»Sie sind von der Polizei, stimmt's?« fragte sie, als sei ihr die Erkenntnis über einen Geruch gekommen und nicht über einen Gedanken. Sie zog den Mantel um sich und kreuzte die Arme über der Brust.

»Ja, Signora, das stimmt, aber ich war immer ein großer Bewunderer Ihrer Kunst.«

»Warum habe ich Sie dann noch nie hier gesehen? Lügner.« Es war eine Feststellung, kein Vorwurf. »Aber ich werde mit Ihnen reden. Sonst kommen Sie doch nur mit einem Stapel Papier wieder.« Sie drehte sich unvermittelt um und trat ins Dunkel zurück. »Kommen Sie rein, kommen Sie rein, ich kann es mir nicht leisten, den ganzen Hof zu heizen.«

Er folgte ihr, und sogleich fielen Kälte und Feuchtigkeit über ihn her. Er wußte nicht, ob es daran lag, daß er so plötzlich von der Sonne abgeschnitten war, aber die Wohnung kam ihm viel kälter vor als der offene Hof. Sie drängte sich an ihm vorbei und schob die Tür zu, sperrte den letzten Rest von Licht und Wärme aus. Mit dem Fuß schob sie eine dicke Stoffrolle vor den schmalen Spalt unter der Tür. Dann schloß sie ab und schob die Riegel vor. Und das mit einem Polizisten an ihrer Seite.

»Hier entlang«, murmelte sie und schlurfte einen langen Korridor entlang. Brunetti mußte warten, bis seine Augen sich an die Dunkelheit gewöhnt hatten, bevor er ihr durch den feuchten Flur in eine kleine düstere Küche folgen konnte, in deren Mitte ein altmodischer Kerosinofen stand. Ein winziges Flämmchen flackerte darin; direkt davor hatte sie einen schweren Sessel gerückt, auf dem so viele Decken übereinander lagen, wie die alte Frau Pullover anhatte.

»Sie wollen bestimmt Kaffee«, sagte sie, als sie die Küchentür zumachte und auch hier eine Stoffrolle vor den Spalt schob.

»Das wäre sehr freundlich«, antwortete er.

Sie deutete auf einen schlichten Stuhl gegenüber ihrem Sessel, und Brunetti setzte sich, nicht ohne vorher festzustellen, daß der geflochtene Sitz an einigen Stellen durchgesessen oder durchgekaut war. Er ließ sich vorsichtig nieder und sah sich um. Überall waren die Zeichen bitterster Armut zu erkennen: an dem Betonspülstein mit nur einem Wasserhahn, am Fehlen von Kühlschrank oder Herd und den Schimmelflecken an den Wänden. Er roch die Armut mehr, als daß er sie sah, roch sie in der abgestandenen Luft, dem Gestank nach Fäulnis, der fast allen Erdgeschoßwohnungen in Venedig anhaftete, dem Geruch nach Salami und Käse, die offen und ohne Kühlung aufbewahrt wurden, und in dem säuerlichen Dunst, der aus den Decken und Schals im Sessel der alten Frau zu ihm herüberdriftete.

Mit Bewegungen, denen man Alter und Beengtheit ansah, goß sie aus einer Espressokanne Kaffee in ein flaches Töpfchen, schlurfte damit zu dem Kerosinofen und setzte es darauf. Mit unsicheren Schritten ging sie zur Abstellfläche neben der Spüle und kam mit zwei angeschlagenen Tassen zurück, die sie auf den Tisch neben ihrem Sessel stellte. Dann wieder zurück, diesmal, um eine kleine, kristallene Zuckerschale zu holen, in deren Mitte ein Rest verklumpter Zucker klebte. Sie tauchte einen Finger in den Topf, fand die Temperatur offenbar richtig, verteilte die Flüssigkeit auf die beiden Tassen und schob ihm die eine ungeschickt hin. Dann leckte sie ihren Finger ab.

Sie bückte sich, um die Decken auf ihrem Sessel zurückzuschlagen. Dann setzte sie sich hin wie jemand, der zu Bett gehen will. Wie lange eingeübt, glitten die Decken von Rücken- und Armlehnen und hüllten sie ein.

Sie griff nach der Tasse auf dem Tisch neben sich, und Brunetti sah, daß ihre Hände knotig und von Arthritis so verformt waren, daß die linke aussah wie ein Haken mit vorstehendem Daumen. Er verstand, daß auch ihre Langsamkeit auf diese Krankheit zurückging. Und während Kälte und Feuchtigkeit seinen Körper belagerten, überlegte er, was es für sie heißen mußte, in diesem Loch zu leben.

Sie hatten kein Wort gewechselt, während sie den Kaffee aufwärmte. Jetzt saßen sie in beinah einträchtigem Schweigen, bis sie sich vorbeugte und sagte: »Nehmen Sie Zucker.«

Sie machte keine Anstalten, sich aus ihrem Kokon zu lösen, so griff Brunetti nach dem einzigen Löffel und kratzte etwas Zucker aus der Schale. »Erlauben Sie, Signora«, sagte er und ließ ihn in ihre Tasse gleiten. Er rührte mit dem Löffel um, kratzte ein weiteres Zuckerklümpchen ab und warf es in seine eigene Tasse, wo es fest und ohne sich aufzulösen liegenblieb. Das Gebräu, von dem er trank, war stark, kalt und tödlich. Der Zuckerklumpen, dem es nicht gelungen war, gegen die Bitterkeit des Kaffees anzukommen, schlug ihm an die Zähne. Er nahm noch einen Schluck und stellte seine Tasse ab. Signora Santina ließ ihren unberührt.

Er setzte sich zurecht, sah sich um, ohne seine Neugier vor ihr zu verbergen. Wenn er erwartet hatte, Hinweise auf eine Karriere zu finden, die so steil wie kurz gewesen war, hatte er sich geirrt. Kein Plakat vergangener Premieren hing an diesen Wänden, keine Fotos der Sängerin im Kostüm. Das einzige, was man als Erinnerungsstück hätte bezeichnen können, war ein großes Foto im silbernen Rahmen, das auf einem schäbigen Schreibtisch stand. Darauf waren, im Dreieck gruppiert, drei junge Frauen, oder eher Mädchen, zu sehen, die in die Kamera lächelten.

Ohne die Tasse neben sich zu beachten, fragte sie abrupt: »Was wollen Sie wissen?«

»Stimmt es, daß Sie unter ihm gesungen haben, Signora?«

»Ja. In der Saison 1937. Aber nicht hier.«

»Wo?«

»In München.«

»Und in welcher Oper, Signora?«

»*Don Giovanni*. Die Deutschen waren immer ganz wild auf ihre eigenen Opern. Die Österreicher ebenso. Also haben wir ihnen Mozart vorgesetzt.« Und mit einem verächtlichen kleinen Schnauben fügte sie hinzu: »Und Wagner. Natürlich hat er ihnen Wagner serviert. Er liebte Wagner.«

»Wer? Wellauer?«

»Nein«, sagte sie, *»il bianchino«*, das italienische Wort für Anstreicher, und mit ihm brachte sie die Gefühle zum Ausdruck, die unzähligen Menschen das Leben gekostet hatten.

»Und der Maestro, hat er Wagner auch geliebt?«

»Er fand alles gut, was der andere gut fand«, antwortete sie mit unverhüllter Verachtung. »Aber er liebte ihn aus sich heraus, diesen Wagner. Das tun sie alle. Es ist das Brütende, der Schmerz. Das spricht sie an. Ich glaube, sie lieben Leid. Bei sich und anderen.«

Ohne darauf einzugehen, fragte er: »Kannten Sie den Maestro gut, Signora?«

Sie blickte an Brunetti vorbei zu dem Foto, dann auf ihre Hände, die sie sorgsam voneinander fernhielt, als könnte selbst eine zufällige Berührung Schmerzen verursachen. »Ja, ich habe ihn gut gekannt«, sagte sie schließlich.

Nach einer längeren Pause fragte er: »Was können Sie mir über ihn erzählen, Signora?«

»Er war eitel«, meinte sie endlich. »Aber er hatte allen Grund dazu. Er war der größte Dirigent, mit dem ich je gearbeitet habe. Ich habe nicht unter allen gesungen; meine Karriere war zu kurz. Aber von denen, die ich kennengelernt habe, war er der beste. Ich weiß nicht, wie er es gemacht hat, aber er konnte jede beliebige Musik nehmen, sei sie auch noch so bekannt, und sie klang neu, als sei sie noch nie gespielt oder gehört worden. Die Musiker mochten ihn meist nicht, aber sie hatten Achtung vor ihm. Er brachte es fertig, daß sie spielten wie die Engel.«

»Sie sagten, Ihre Karriere sei zu kurz gewesen. Wodurch wurde sie beendet?«

Jetzt sah sie ihn an, fragte aber nicht, wie es kam, daß jemand, der sich für einen ihrer Bewunderer ausgab, ihre Geschichte nicht kannte. Schließlich war er Polizist, und die logen immer. In allem. »Ich habe mich geweigert, für den Duce zu singen. Das war in Rom, bei der Eröffnungsvorstellung der Saison 1938. *Norma*. Der Intendant kam kurz vor Beginn hinter die Bühne und sagte mir, wir hätten die Ehre, Mussolini im Publikum zu haben. Und...« Ihre Stimme verebbte, während sie überlegte, wie sie es ihm erklären könnte. »Und ich war jung und mutig und sagte, ich würde nicht singen. Ich war jung und berühmt, und ich dachte, ich könnte mir so etwas leisten, weil mein Ruhm mich schützen würde. Ich dachte, die Liebe der Italiener für Kunst und Musik ginge so weit, daß ich es ungestraft tun könnte.« Sie schüttelte bei der Erinnerung den Kopf.

»Und was ist passiert, Signora?«

»Ich habe nicht gesungen. Ich habe an dem Abend nicht gesungen und nie mehr öffentlich. Er konnte mich nicht umbringen, weil ich nicht singen wollte, aber er konnte mich einsperren. Ich mußte bis zum Kriegsende in meiner Wohnung in Rom bleiben, und als alles vorbei war... als alles vorbei war, habe ich nicht mehr gesungen.« Sie rutschte tiefer in ihren Sessel. »Darüber möchte ich nicht sprechen.«

»Gut, dann über den Maestro. Gibt es noch etwas über ihn, woran Sie sich erinnern?« Obwohl keiner von beiden seinen Tod erwähnt hatte, sprachen sie von ihm wie von einem Toten.

»Nein, nichts.«

»Stimmt es, Signora, daß Sie ganz persönliche Schwierigkeiten mit ihm hatten?«

»Das ist alles fünfzig Jahre her«, sagte sie müde. »Was kann daran noch wichtig sein?«

»Signora, ich möchte mir nur ein Bild von dem Mann machen. Ich kenne nur seine Musik, die wunderschön ist, und ich habe seinen toten Körper gesehen, der nicht sehr schön war. Je mehr ich über ihn weiß, desto besser kann ich vielleicht verstehen, wie er gestorben ist.«

»Es war Gift, nicht?«

»Ja.«

»Gut.« Es lag keine Bosheit, keine Gehässigkeit in ihrer Stimme. Die Bemerkung hätte auch einem Musikstück oder einem Essen gelten können, so viel Begeisterung war daraus zu lesen. Er sah, daß ihre Hände jetzt ineinanderlagen und sie die Finger nervös verschränkte. »Aber es tut mir leid, daß er umgebracht worden ist.« Was kam jetzt, überlegte Brunetti. »Selbstmord wäre mir lieber gewesen, dann wäre er nicht nur gestorben, sondern auch noch in die Hölle gekommen.« Ihr Tonfall blieb gleichmäßig und leidenschaftslos.

Brunetti fror. Seine Zähne schlugen aufeinander. Fast unbewußt stand er auf und begann hin und her zu gehen, um etwas Wärme in seine erstarrten Gliedmaßen zu pumpen. Am Schreibtisch blieb er vor dem Foto stehen und betrachtete es. Die drei Mädchen trugen die exaltierte Mode der dreißiger Jahre: lange Spitzenkleider, die auf dem Boden schleiften, offene Schuhe mit hohen Absätzen. Alle drei hatten die gleichen bogenförmig ausgemalten Münder und haarfeinen, geschwungenen Augenbrauen. Unter dem Make-up und dem ondulierten Haar sah er, daß sie sehr jung waren. Der Fotograf hatte sie dem Alter nach aufgestellt, die Älteste links. Sie mochte Anfang Zwanzig sein, die in der Mitte ein paar Jahre jünger. Die letzte war kaum mehr als ein Kind, vielleicht zwischen zwölf und vierzehn.

»Welche sind Sie, Signora?«

»Die in der Mitte. Ich war die Mittlere.«

»Und die beiden anderen?«

»Clara. Sie war älter. Und Camilla. Sie war das Baby. Wir waren eine gute italienische Familie. Meine Mutter hat in zwölf Jahren sechs Kinder geboren, drei Mädchen und drei Jungen.«

»Haben Ihre Schwestern auch gesungen?«

Sie seufzte und schnaubte dann leise und ungläubig. »Es gab mal eine Zeit, da kannte jeder in Italien die drei Santina-Schwestern, die ›drei Cs‹. Aber das ist lange her, und es gibt keinen Grund, warum Sie es wissen sollten.« Er sah, wie sie das Bild betrachtete, und überlegte, ob für sie die drei immer noch waren wie auf dem Foto, jung und hübsch.

»Wir haben in Varietés angefangen, nach den Filmen. Unsere Familie hatte wenig Geld, also haben wir, die Töchter, gesungen und etwas dazuverdient. Dann wurde man auf uns aufmerksam, und es gab mehr Geld. Ich merkte irgendwann, daß ich eine richtige Stimme hatte, und habe dann angefangen, im Theater zu singen, aber Clara und Camilla sangen weiter in den Varietés.« Sie hielt inne, nahm ihre Tasse und trank den Kaffee in drei schnellen Schlucken aus, dann verbarg sie ihre Hände in der Wärme unter den Decken.

»Hatte Ihr Ärger mit dem Maestro auch etwas mit Ihren Schwestern zu tun, Signora?«

Ihre Stimme klang plötzlich alt und müde. »Das ist zu lange her. Spielt es eine Rolle?«

»Hatte er mit Ihren Schwestern zu tun?«

Ihre Stimme schnellte ins Sopranregister. »Warum fragen Sie danach? Was spielt es für eine Rolle? Er ist tot. Sie sind tot. Sie sind alle tot.« Sie zog die losen Decken fester, um sich vor der Kälte zu schützen und vor dem kalten Ton seiner Stimme. Er wartete, daß sie weitersprach, aber er hörte nur das leise Puffen und Zischen des Kerosinofens, das dem vergeblichen Versuch, die tödliche Kälte aus dem Zimmer zu vertreiben, Stimme verlieh.

Minuten vergingen. Brunetti hatte immer noch den bitteren

Geschmack des Kaffees im Mund, und er konnte nichts gegen die Kälte tun, die ihm weiter bis auf die Knochen drang.

Schließlich sprach sie, und ihr Ton hatte etwas Endgültiges. »Wenn Sie Ihren Kaffee ausgetrunken haben, können Sie gehen.«

Er trat an den Tisch, nahm die beiden Tassen und brachte sie zum Spülstein. Als er sich umdrehte, hatte sie sich schon aus ihrem Kokon geschält und stand an der Tür. Wieder schlurfte sie vor ihm her durch den langen Korridor, in dem es, falls das überhaupt möglich war, in der Zwischenzeit noch kälter geworden war. Langsam und unbeholfen fingerte sie mit ihren verkrüppelten Händen an den Riegeln und hielt ihm dann die Tür gerade so weit auf, daß er hindurchschlüpfen konnte. Als er sich umdrehte, um sich zu bedanken, hörte er die Riegel schon wieder zurückschnurren. Obwohl es draußen schon winterlich kühl war, seufzte er wohlig und erleichtert, als er die schwache Nachmittagssonne auf dem Rücken spürte.

15

Als das Boot ihn zur Hauptinsel zurückbrachte, überlegte er, wer ihm wohl sagen könnte, was sich damals zwischen der Sängerin und Wellauer abgespielt hatte. Und zwischen ihm und ihrer Schwester.

Als einziger fiel ihm sein alter Freund Michele Narasconi ein, der in Rom lebte und es fertigbrachte, sich als Autor von Reise- und Musikbüchern über Wasser zu halten. Micheles Vater, inzwischen im Ruhestand, war der gleichen Profession nachgegangen, wenn auch mit weit größerem Erfolg. Zwei Jahrzehnte war er der führende Reporter des Überflüssigen in Italien gewesen, einem Land, das den ständigen Strom solcher Informationen forderte. Über Jahre hatte der Ältere sowohl für *Gente* als auch für *Oggi* seine wöchentlichen Kolumnen geschrieben, und Millionen Leser hatten sich auf seine Berichte – Genauigkeit war nicht oberstes Gebot – verlassen, in denen die Skandale des Hauses Savoyen, der Stars von Bühne und Film und der zahllosen Duodezfürsten aufgerollt wurden, die glaubten, vor oder nach ihrer Abdankung nach Italien emigrieren zu müssen. Brunetti konnte zwar noch nicht genau sagen, was er eigentlich suchte, aber er wußte, daß Micheles Vater für seine Fragen der Richtige war.

Er führte sein Telefonat vom Büro aus. Es war so lange her, seit er zuletzt mit Michele gesprochen hatte, daß er bei der Vermittlung die Nummer erfragen mußte. Während das Telefon klingelte, überlegte er sich, wie er sein Anliegen vorbringen konnte, ohne seinen Freund zu kränken.

»*Pronto*. Narasconi«, meldete sich eine Frauenstimme.

»*Ciao*, Roberta«, sagte er, »hier ist Guido.«

»Ah, Guido, das ist aber nett, daß du dich mal wieder meldest. Wie geht es dir? Und Paola? Und den Kindern?«

»Uns geht's allen gut, Roberta. Euch hoffentlich auch. Sag mal, Roberta, ist Michele da?«

»Ja, einen kleinen Augenblick, ich hole ihn.« Er hörte, wie der Hörer hingelegt wurde und Roberta nach ihrem Mann rief. Es folgten einige dumpfe Geräusche, dann Micheles Stimme: »*Ciao*, Guido, wie geht's dir, und was willst du?« Das anschließende Lachen machte jede Überlegung, ob das wohl bösartig gemeint war, zunichte.

Brunetti beschloß, weder Zeit noch Energie auf höfliche Einleitungen zu verschwenden. »Michele, diesmal brauche ich das Gedächtnis deines Vaters. Für deins liegt die Sache zu weit zurück. Wie geht es ihm?«

»Er arbeitet immer noch. RAI möchte, daß er eine Sendereihe über die Kindertage des Fernsehens schreibt. Wenn er es macht, lasse ich es dich wissen, damit du's dir ansehen kannst. Was willst du denn wissen?« Als Reporter aus Instinkt wie aus Profession verschwendete auch Michele keine Zeit.

»Ich möchte wissen, ob er sich an eine Opernsängerin namens Clemenza Santina erinnert. Sie hat vor dem Krieg gesungen.«

Michele schnalzte leise. »Klingt irgendwie vertraut, obwohl ich nicht recht weiß, warum. Aber wenn es um die Kriegsjahre geht, wird Papa sich erinnern.«

»Es waren noch zwei Schwestern. Sie haben alle gesungen«, erklärte Brunetti.

»Ah ja, jetzt weiß ich es wieder. Die singenden Cs oder so ähnlich, oder die schönen Cs. Was willst du über sie wissen?«

»Alles. Alles, woran er sich erinnern kann.«

»Hat das etwas mit Wellauer zu tun?« fragte Michele aus jenem Instinkt heraus, der ihn selten im Stich ließ.

»Ja.«

Michele ließ ein langes, anerkennendes Pfeifen hören.

»Dein Fall?«

»Ja.«

Wieder das Pfeifen. »Darum beneide ich dich nicht, Guido.

Die Presse wird dich bei lebendigem Leib rösten, wenn du nicht herausbekommst, wer es war. Schande für die Republik. Verbrechen gegen die Kunst. Die ganze Latte.«

Brunetti, der schon drei Tage davon hatte kosten dürfen, begnügte sich mit einem schlichten: »Ich weiß.«

Michele reagierte unverzüglich. »Tut mir leid, Guido, tut mir leid. Was soll ich meinen Vater fragen?«

»Ob es Gerede gegeben hat über Wellauer und die Schwestern.«

»Das übliche Gerede?«

»Ja, oder irgend etwas anderes. Er war zu der Zeit verheiratet. Ich weiß nicht, ob das wichtig ist.«

»Mit der, die Selbstmord begangen hat?« Michele hatte also die Zeitungen gelesen.

»Nein, das war die zweite. Damals war er noch mit Nummer eins verheiratet. Und ich hätte nichts dagegen, wenn dein Vater auch darüber noch etwas wüßte. Aber das war direkt vor dem Krieg, 1938 oder 39.«

»Hat diese Santina sich nicht irgendwelchen politischen Ärger eingehandelt? Weil sie Hitler beleidigt hat oder so etwas?«

»Mussolini. Daraufhin wurde sie während des ganzen Krieges unter Hausarrest gestellt. Wenn sie Hitler beleidigt hätte, wäre sie umgebracht worden. Ich möchte gern wissen, in welcher Beziehung sie zu Wellauer stand. Und von ihren Schwestern auch, wenn möglich.«

»Wie dringend ist das, Guido?«

»Sehr.«

»Gut. Ich habe Papa heute morgen gesehen, aber ich kann heute abend zu ihm gehen. Er wird sich freuen. Wenn man ihn nach Erinnerungen fragt, kann er sich wichtig fühlen. Du weißt ja, wie gern er von früher erzählt.«

»Ja, stimmt. Er war der einzige, der mir eingefallen ist, Michele.«

Sein Freund lachte. Schmeichelei blieb Schmeichelei, egal

wieviel Wahrheit sie enthielt. »Das werde ich ihm erzählen, Guido.« Wieder ernst fragte er: »Was ist mit Wellauer?« Es war das Äußerste, was Michele sich in Richtung auf eine direkte Frage hin erlauben würde, aber letzten Endes lief es darauf hinaus.

»Noch nichts bisher. An dem Abend, als es passierte, waren über tausend Menschen im Theater.«

»Gibt es denn einen Bezug zu dieser Santina?«

»Ich weiß es nicht, Michele. Und ich werde es nicht wissen, bis ich gehört habe, was dein Vater dazu sagen kann.«

»Gut. Ich rufe dich heute abend an, wenn ich mit ihm gesprochen habe. Wahrscheinlich wird es spät. Soll ich trotzdem anrufen?«

»Ja. Ich bin zu Hause. Oder Paola. Und vielen Dank, Michele.«

»Gern geschehen, Guido. Außerdem wird Papa stolz sein, daß du an ihn gedacht hast.«

»Er ist der einzige.«

»Das vergesse ich nicht, ihm zu sagen.«

Keiner von ihnen machte Anstalten, dem anderen zu versichern, sie müßten sich unbedingt bald sehen; keiner hatte die Zeit, durchs halbe Land zu fahren, um einen alten Freund zu besuchen. Statt dessen verabschiedeten sie sich mit gegenseitigen guten Wünschen.

Nach seinem Gespräch mit Michele stellte Brunetti fest, daß es Zeit war, zu der zweiten Unterredung mit der Witwe Wellauers aufzubrechen. Er hinterließ Miotti eine Nachricht, daß er heute nicht mehr ins Büro zurückkäme; dann kritzelte er noch ein paar Zeilen auf einen Zettel und bat eine der Sekretärinnen, ihn am nächsten Morgen um acht auf Pattas Schreibtisch zu legen.

Er kam einige Minuten zu spät bei Wellauers Wohnung an. Diesmal machte ihm die Haushälterin auf, die Frau, die bei der Messe zu Wellauers Beerdigung in der zweiten Reihe gesessen hatte. Er stellte sich vor, gab ihr seinen Mantel und fragte, ob er nach seiner Unterhaltung mit der Signora wohl kurz mit ihr sprechen könne. Sie nickte, antwortete lediglich mit einem kurzen *»Sì«* und führte ihn in dasselbe Zimmer, in dem er vor zwei Tagen der Witwe gegenübergesessen hatte.

Sie stand auf, als er eintrat, kam ihm entgegen und gab ihm die Hand. Die Zeit war inzwischen nicht sehr liebevoll mit ihr umgegangen, dachte Brunetti, als er die dunklen Ringe unter ihren Augen sah und ihre Haut, die rauher und wie ausgelaugt wirkte. Sie ging zu ihrem Platz zurück, und Brunetti fiel auf, daß dort nichts herumlag – kein Buch, keine Zeitschrift, kein Nähzeug –, sie hatte anscheinend nur dagesessen und auf ihn gewartet, oder auf die Zukunft. Sie setzte sich und zündete sich eine Zigarette an. Sie hielt ihm das Päckchen hin und meinte dann auf englisch: »Ach, Entschuldigung, ich hatte vergessen, daß Sie nicht rauchen.«

Er ließ sich dort nieder, wo er beim letzten Mal gesessen hatte, verzichtete aber diesmal auf die Schau mit dem Notizbuch. »Signora, ich muß Ihnen noch ein paar Fragen stellen.« Da sie nichts dazu sagte, fuhr er fort: »Es sind heikle Fragen, und es wäre mir lieber, wenn ich sie nicht stellen müßte.«

»Aber Sie wollen trotzdem eine Antwort darauf.«

»Ja.«

»Dann werden Sie wohl fragen müssen, Dottor Brunetti.« Das war, wie er merkte, nur wörtlich gemeint und nicht sarkastisch, daher sagte er nichts darauf. »Warum müssen Sie diese Fragen stellen?«

»Weil ich dadurch vielleicht den finde, der für den Tod Ihres Mannes verantwortlich ist.«

»Spielt es denn eine Rolle?« fragte sie.

»Spielt was eine Rolle, Signora?«

»Wer ihn umgebracht hat.«

»Spielt es für Sie keine Rolle, Signora?«

»Nein, keine. Er ist tot, und nichts bringt ihn wieder. Was kümmert es mich da, wer ihn umgebracht hat oder warum?«

»Haben Sie denn nicht den Wunsch nach Rache?« fragte er, bevor ihm einfiel, daß sie keine Italienerin war.

Sie legte den Kopf in den Nacken und sah ihn durch den Rauch ihrer Zigarette an. »Oh, doch, Commissario. Ich habe den dringenden Wunsch nach Rache. Das hatte ich schon immer. Ich glaube, daß die Menschen für das Böse, das sie tun, bestraft werden sollten.«

»Ist das nicht dasselbe wie Rache?« wollte er wissen.

»Das müßten Sie eigentlich besser beurteilen können als ich, Dottor Brunetti.« Sie wandte sich ab.

Bevor er es richtig merkte, redete er in seiner Ungeduld schon weiter. »Signora, ich möchte Ihnen ein paar Fragen stellen, und ich hätte gern aufrichtige Antworten.«

»Bitte, stellen Sie nur Ihre Fragen, und ich werde Ihnen Antworten darauf geben.«

»Ich sagte, ich hätte gern aufrichtige Antworten.«

»Gut, dann also aufrichtige Antworten.«

»Ich wüßte gern, wie Ihr Mann zu einigen Spielarten menschlichen Sexualverhaltens stand.«

Die Frage überraschte sie offensichtlich. »Was meinen Sie damit?«

»Ich habe gehört, daß Ihr Mann besonders die Homosexualität ablehnte.«

Er merkte, daß es nicht die Frage war, die sie erwartet hatte. »Ja, das stimmt.«

»Können Sie sich vorstellen, warum?«

Sie drückte ihre Zigarette aus, lehnte sich zurück und verschränkte die Arme. »Was ist das? Psychologie? Als nächstes erzählen Sie mir, daß Helmut in Wahrheit homosexuell war und all die Jahre über auf die klassische Weise seine Schuldgefühle verborgen hat, indem er Homosexuelle mit seinem Haß verfolgte?« So etwas war Brunetti während seiner Laufbahn tatsächlich oft begegnet, aber er glaubte nicht, daß es hier der Fall war, daher schwieg er. Sie zwang sich zu einem höhnischen

Lachen über diese Vorstellung. »Glauben Sie mir, Commissario, er war nicht, wofür Sie ihn halten.«

Das waren nur wenige, wie Brunetti nur zu gut wußte. Er schwieg weiter, neugierig, was sie als nächstes sagen würde.

»Ich leugne nicht, daß er Homosexuelle nicht mochte. Das merkte jeder schnell, der mit ihm arbeitete. Aber das war nicht, weil er die Neigung bei sich selbst befürchtete. Ich war zwei Jahre mit dem Mann verheiratet, und ich versichere Ihnen, es war nichts Homosexuelles an ihm. Ich glaube, er hatte etwas dagegen, weil es seiner Vorstellung von der Ordnung des Universums zuwiderlief, einem platonischen Ideal menschlichen Verhaltens.« Brunetti hatte schon seltsamere Erklärungen gehört als diese.

»Schloß sein Mißfallen auch Lesben ein?«

»Ja, aber Männer stießen ihn mehr ab, vielleicht, weil ihr Benehmen oft so anstößig ist. Wenn überhaupt, dann hatte sein Interesse an Lesben wohl eher etwas Lüsternes. Das ist bei den meisten Männern so. Aber wir haben darüber nie gesprochen.«

Brunetti hatte im Laufe seines Berufslebens schon mit vielen Witwen zu tun gehabt, aber wenige hatten es fertiggebracht, so sachlich über ihren Mann zu sprechen wie diese Frau. Er fragte sich, ob der Grund dafür in der Frau selbst lag oder in dem Mann, dessen Tod sie nicht zu betrauern schien.

»Gab es irgendwelche Männer, schwule Männer, über die er sich besonders ablehnend geäußert hat?«

»Nein«, antwortete sie sofort. »Es hing offenbar davon ab, mit wem er gerade arbeitete.«

»Hatte er ein berufliches Vorurteil gegen sie?«

»Das wäre in dem Milieu unmöglich. Es gibt zu viele. Helmut mochte sie nicht, aber er konnte mit ihnen arbeiten, wenn er mußte.«

»Und hat er sie bei der Arbeit anders behandelt als die anderen?«

»Commissario, ich hoffe, Sie versuchen nicht, hier das Szenario einer homosexuellen Mordtat zu konstruieren, daß jemand Helmut eines grausamen Wortes oder rückgängig gemachten Vertrages wegen umgebracht hat.«

»Es sind schon Menschen aus geringfügigeren Motiven ermordet worden.«

»Das ist keine Diskussion wert«, sagte sie mit scharfer Stimme. »Haben Sie noch andere Fragen?«

Er zögerte, selbst etwas angewidert von der nächsten Frage, die er ihr stellen mußte. Er sagte sich, daß er wie ein Arzt oder Priester war und nicht weitergab, was die Leute ihm erzählten, aber er wußte auch, daß es nicht stimmte: er würde keinerlei Vertrauen respektieren, wenn ihn das zu der Person führte, die er suchte.

»Meine nächste Frage ist nicht allgemein, und sie betrifft nicht seine Meinungen.« Er beließ es dabei, in der Hoffnung, sie würde es verstehen und von sich aus etwas sagen. Aber es kam keine Hilfe. »Ich meine Ihre Beziehung. Gab es da irgendwelche Eigentümlichkeiten?«

Er beobachtete sie, wie sie den Impuls niederkämpfte aufzuspringen. Statt dessen strich sie mit dem Mittelfinger ihrer rechten Hand ein paar Mal über ihre Unterlippe, während der Ellbogen auf der Sessellehne ruhte. »Ich nehme an, Sie sprechen von meiner sexuellen Beziehung zu meinem Mann.« Er nickte. »Und ich nehme an, ich könnte jetzt wütend werden und von Ihnen verlangen, daß Sie mir erklären, wie Sie das meinen, wenn Sie in unserer Zeit von ›Eigentümlichkeiten‹ reden. Aber ich sage Ihnen schlicht, nein, an unserer sexuellen Beziehung war nichts ›eigentümlich‹, und das ist alles, was Sie von mir dazu erfahren.«

Sie hatte seine Fragen beantwortet. Ob er jetzt die Wahrheit wußte, war eine andere Sache, eine, mit der er sich im Augenblick nicht befassen wollte. »Hatte er Ihres Wissens Schwierigkeiten mit einem der Gesangssolisten in dieser Produktion? Oder mit sonst jemandem, der damit zu tun hatte?«

»Nicht mehr als sonst. Der Regisseur ist bekanntermaßen homosexuell, und von der Sopranistin hört man es sagen.«

»Kennen Sie einen oder beide?«

»Mit Santore habe ich nie gesprochen, höchstens mal ein ›Hallo‹ bei den Proben. Flavia kenne ich, wenn auch nicht gut, weil wir uns gelegentlich auf Parties begegnet sind und uns unterhalten haben.«

»Was halten Sie von ihr?«

»Ich halte sie für eine hervorragende Sängerin, und dieser Meinung war Helmut auch«, antwortete sie, seine Frage bewußt mißverstehend.

»Und persönlich?«

»Persönlich finde ich sie reizend. Vielleicht hat sie manchmal ein bißchen wenig Sinn für Humor, aber für ein paar Stunden ist sie eine angenehme Gesellschaft. Und sie ist überraschend intelligent. Das sind die meisten Sänger nicht.« Es war klar, daß sie weiterhin bewußt seine Fragen mißdeutete und nicht bereit war, ihm zu liefern, was er wollte, solange er nicht direkt fragte.

»Und die Gerüchte?«

»Ich habe sie nie so wichtig genommen, um groß darüber nachzudenken.«

»Und Ihr Mann?«

»Ich denke, er hat ihnen geglaubt. Nein, das stimmt nicht. Ich weiß, daß er ihnen geglaubt hat. Er hat einmal so etwas gesagt. Ich kann mich nicht mehr genau erinnern, was es war, aber er ließ keinen Zweifel daran, daß er den Gerüchten glaubte.«

»Aber es war nicht genug, um Sie zu überzeugen?«

»Commissario«, sagte sie übertrieben geduldig, »ich bin nicht sicher, ob Sie verstehen, was ich meine. Es geht nicht darum, ob Helmut mich von der Wahrheit dieser Gerüchte überzeugen konnte oder nicht. Er konnte mich nur nicht davon überzeugen, daß sie wichtig waren. Darum habe ich alles vergessen, bis Sie es eben erwähnten.«

Er ließ sich seine Zustimmung nicht anmerken. Statt dessen

fragte er: »Und Santore? Hat Ihr Mann etwas Bestimmtes über ihn gesagt?«

»Nicht, daß ich wüßte.« Sie zündete sich eine neue Zigarette an. »Das war ein Thema, über das wir nicht einig waren. Ich hatte kein Verständnis für seine Vorurteile, und er wußte das, also haben wir einvernehmlich jede Diskussion darüber vermieden. Helmut war Musiker genug, um seine persönlichen Gefühle beiseite lassen zu können. Das gehörte zu den Eigenschaften, die ich an ihm geliebt habe.«

»Waren Sie ihm treu, Signora?«

Diese Frage hatte sie eindeutig vorausgesehen. »Ja, ich glaube schon«, meinte sie nach langem Schweigen.

»Es tut mir leid, aber ich weiß nicht recht, wie ich diese Antwort interpretieren soll«, sagte Brunetti.

»Es hängt davon ab, was Sie unter ›treu‹ verstehen.«

Ja, da hatte sie wohl recht, aber andererseits hielt er das Wort für relativ eindeutig, selbst in Italien. Er hatte die ganze Sache plötzlich ziemlich satt. »Hatten Sie sexuelle Beziehungen zu anderen, solange Sie mit ihm verheiratet waren?«

Ihre Antwort kam ohne Zögern. »Nein.«

Er wußte, daß es von ihm erwartet wurde, darum fragte er: »Warum haben Sie dann gesagt, Sie glauben, daß Sie ihm treu waren?«

»Das hatte keinen Grund. Ich war dieser vorhersehbaren Fragen schlicht müde.«

»Und ich der unvorhersehbaren Antworten«, schnauzte er.

»Ja, das kann ich mir vorstellen.« Sie lächelte und bot ihm damit Waffenstillstand an.

Da er das Spielchen mit dem Notizbuch nicht gespielt hatte, konnte er nun auch nicht das Ende des Gespräches signalisieren, indem er es in die Tasche steckte. Statt dessen stand er auf und sagte: »Noch eine Sache.«

»Ja?«

»Seine Papiere sind Ihnen gestern vormittag zurückgebracht

worden. Ich würde sie mit Ihrer Erlaubnis gern noch einmal ansehen.«

»Hätten Sie das nicht tun sollen, solange sie bei Ihnen waren?« fragte sie und machte kein Hehl aus ihrer Verärgerung.

»Es gab ein Durcheinander auf dem Präsidium. Sie wurden den Übersetzern vorgelegt und dann zu Ihnen zurückgebracht, bevor ich Gelegenheit hatte, sie einzusehen. Es tut mir leid, wenn ich Ihnen Ungelegenheiten bereite, aber ich würde gern jetzt einen Blick darauf werfen, wenn ich darf. Außerdem möchte ich mit Ihrer Haushälterin reden. Ich habe kurz mit ihr gesprochen, als ich kam, aber ich habe noch ein paar Fragen an sie.«

»Die Papiere sind in Helmuts Büro. Zweite Tür links.« Sie tat, als hätte sie seine Frage zu der Haushälterin überhört, blieb sitzen und streckte ihm auch nicht die Hand hin. Sie sah zu, wie er sich zurückzog, und widmete sich wieder dem Warten auf ihre Zukunft.

Brunetti ging in den Flur und zur zweiten Tür. Beim Eintreten fiel sein Blick als erstes auf den dicken hellbraunen Umschlag der Questura, der noch ungeöffnet auf dem Schreibtisch lag. Er setzte sich und zog den Umschlag zu sich herüber. Erst jetzt blickte er zufällig aus dem Fenster und sah die Dächer, die von ihm weg über die Stadt dahinzuschweben schienen. Ganz in der Nähe war der spitze Glockenturm von San Marco zu erkennen, links die strenge Fassade des Opernhauses. Er riß sich von dem Anblick los und wandte seine Aufmerksamkeit dem Umschlag zu.

Was er schon in der Übersetzung gelesen hatte, legte er zur Seite. Diese Papiere betrafen, wie er wußte, Verträge, Engagements, Plattenaufnahmen, und er hatte sie als unwichtig eingestuft.

Dann zog er drei Fotos aus dem Umschlag. Wie nicht anders zu erwarten, waren sie in dem Bericht, den er gelesen hatte, nicht erwähnt, wahrscheinlich, weil nichts darauf stand. Das erste zeigte Wellauer mit seiner Frau an einem See. Sie wirkten sonnengebräunt und gesund, und Brunetti mußte sich ins Gedächtnis rufen, daß der Mann bestimmt schon über siebzig gewesen sein mußte, als das Foto gemacht wurde, denn er sah darauf nicht viel älter aus als der Commissario selbst. Auf dem zweiten Bild war ein junges Mädchen zu sehen, das neben einem Pferd stand, einem gutmütig wirkenden Tier, so breit wie hoch. Das Mädchen hatte eine Hand am Zaumzeug des Pferdes und einen Fuß auf halbem Weg zwischen Boden und Steigbügel. Ihr Kopf war in einem merkwürdigen Winkel verdreht, offensichtlich hatte der Fotograf gerade in dem Augenblick gerufen, als sie aufsitzen wollte. Sie war groß und schlank und hatte das helle Haar ihrer Mutter, das in zwei langen Zöpfen unter ihrer Reitkappe hervorhing. Vor lauter Überraschung hatte sie keine Zeit zum Lächeln gehabt und wirkte seltsam düster.

Das dritte Foto zeigte sie alle drei zusammen. In der Mitte stand das Mädchen, fast so groß wie ihre Mutter, aber selbst in der entspannten Haltung linkisch, hinter ihr die beiden Erwachsenen, die Arme umeinander gelegt. Das Mädchen schien hier etwas jünger zu sein als auf dem anderen Bild. Alle drei sandten ein einstudiertes Lächeln in die Kamera.

Als letztes zog Brunetti ein ledergebundenes Notizbuch mit goldgeprägter Jahreszahl aus dem Umschlag. Er blätterte es durch. Es war ein deutschsprachiger Kalender, und bei vielen Tagen standen Vermerke in der gotischen Schrift, die er auf der Partitur von *La Traviata* gesehen hatte. Die meisten Notizen waren Namen von Orten und Opern oder Abkürzungen, die er leicht als Konzertprogramme identifizieren konnte. »Salz-D. G.«, »Wien, Maskenb.«, »Bonn, Moz. 40.«, »Lndn. Così«. Andere waren offenbar privat oder hatten jedenfalls nichts mit Musik zu tun: »Von S–17 Uhr«, »Erich & H. 20 Uhr«, »D. & G. Tee-Demel–16 Uhr«.

Ausgehend vom Todestag des Dirigenten, blätterte er systematisch drei Monate zurück. Er sah einen Terminkalender, der einen halb so alten Mann wie Wellauer geschafft hätte, eine Liste von Verabredungen, die immer dichter wurde, je weiter er zurückging. Als ihm das aufgefallen war, schlug er den August auf und las diesmal vorwärts; nun sah er das Muster andersherum, ein allmähliches Abnehmen der Zahl von Abendessen, Teeverabredungen und Mittagstreffs. Er nahm ein Blatt Papier aus einer der Schubladen und brachte das Muster rasch in eine Ordnung: private Verabredungen rechts, Musik links. Im August und September war, bis auf eine zweiwöchige Pause, in der so gut wie nichts notiert war, beinah für jeden Tag irgendein Termin eingetragen. Im Oktober wurde es dann weniger, und gegen Ende des Monats waren so gut wie keine privaten Verabredungen mehr verzeichnet. Selbst die beruflichen Termine waren von mindestens zwei in der Woche auf einen oder zwei alle paar Wochen geschrumpft.

Er blätterte nach vorn ins kommende Jahr, das Wellauer nicht erleben würde, und fand Ende Januar eine Notiz: »Lndn.-Così«. Dabei fesselte ein kleines Zeichen hinter dem Namen der Oper Brunettis Aufmerksamkeit. War das ein Fragezeichen oder nur ein schludrig hingekritzelter Akzent?

Er nahm sich ein neues Blatt Papier und machte, beginnend im Oktober, eine zweite Liste der privaten Notizen. Am sechsten las er: »Erich & H. 21 Uhr«. Da er die beiden Namen schon kannte, war ihm klar, was das bedeutete. Am siebten: »Erich 8 Uhr«. Am fünfzehnten: »Petra & Nicolai, 20 Uhr«, dann nichts bis zum siebenundzwanzigsten, da stand: »Erich 8 Uhr«. Das schien eine merkwürdige Zeit, um sich mit einem Freund zu treffen. Der letzte Eintrag war zwei Tage vor der Abreise nach Venedig gemacht: »Erich 9 Uhr«.

Das war alles, bis auf eine Notiz, die Brunetti sich auf der linken Seite seines Blattes unter dem dreizehnten November eintrug: »Venedig-Trav«.

Er schlug den Terminkalender zu und steckte ihn wieder in den Umschlag, zusammen mit den Fotos und anderen Papieren. Dann faltete er die Blätter mit seinen Notizen zusammen und ging zurück in das Zimmer, in dem er mit Signora Wellauer gesprochen hatte. Sie saß noch immer vor dem offenen Kamin und rauchte.

»Sind Sie fertig?« fragte sie, als er eintrat.

»Ja«, antwortete er. Und als er merkte, daß er die Blätter mit seinen Notizen noch in der Hand hielt, fuhr er fort: »Als ich mir den Terminkalender Ihres Mannes durchsah, fiel mir auf, daß er in den letzten Monaten weit weniger aktiv war als früher. Gab es dafür einen besonderen Grund?«

Sie ließ sich einen Moment Zeit, bevor sie antwortete. »Helmut sagte, er sei müde, hätte nicht mehr die alte Energie. Wir trafen uns gelegentlich mit Freunden, allerdings nicht mehr so oft wie früher, wie Sie ganz richtig festgestellt haben. Aber er hat nicht alle unsere Verabredungen in seinen Terminkalender eingetragen.«

»Das wußte ich nicht. Aber dieser Wandel interessiert mich. Sie haben das in unserem Gespräch gar nicht erwähnt.«

»Sie erinnern sich vielleicht, Commissario, daß Sie mich nach der sexuellen Beziehung zu meinem Mann gefragt haben. Davon steht bedauerlicherweise nichts in dem Terminkalender.«

»Mir fiel auf, daß der Name Erich häufig auftaucht.«

»Und was soll Ihrer Meinung nach daran wichtig sein?«

»Ich habe nicht gesagt, daß es wichtig ist, Signora; ich habe nur gesagt, daß der Name in den letzten Lebensmonaten Ihres Mannes häufig auftaucht. Meist in Verbindung mit dem Buchstaben ›H‹, aber auch allein.«

»Ich sagte ja schon, daß nicht alle Verabredungen in dem Terminkalender stehen.«

»Aber diese waren Ihrem Mann offenbar wichtig genug, um sie zu notieren. Darf ich fragen, wer Erich ist?«

»Erich Steinbrunner. Er und seine Frau Hedwig sind Helmuts älteste Freunde.«

»Aber Ihre nicht?«

»Sie sind auch meine Freunde geworden, aber Helmut kannte

sie seit mehr als vierzig Jahren und ich erst seit zwei, da ist es wohl einleuchtend, wenn ich sie eher als Helmuts älteste Freunde sehe und nicht als meine.«

»Ich verstehe. Könnten Sie mir ihre Adresse geben?«

»Ich sehe nicht recht ein, wozu das wichtig sein soll, Commissario.«

»Ich habe Ihnen ja erklärt, warum ich es für wichtig halte. Wenn Sie mir die Anschrift nicht geben wollen, finde ich sicher andere Freunde Ihres Mannes, die es tun.«

Sie leierte einen Straßennamen herunter und erklärte, das sei in Berlin; dann wartete sie, während er seinen Stift zückte und über die Zettel hielt, die er noch in der Hand hatte. Als er soweit war, wiederholte sie das Ganze langsam, buchstabierte Wort für Wort, sogar »Straße«, was er als eine überflüssige Anspielung auf seine Dämlichkeit wertete.

»War's das dann?« fragte sie, als er fertig war.

»Ja, Signora. Danke. Kann ich jetzt mit Ihrer Haushälterin sprechen?«

»Ich bin nicht sicher, ob ich die Notwendigkeit einsehe.«

Er ignorierte ihren Einwand und fragte: »Ist sie noch da?«

Signora Wellauer antwortete nicht, sondern stand auf und ging quer durchs Zimmer, wo an der Seite eine Kordel von der Decke hing. Schweigend zog sie daran und trat dann ans Fenster, das einen Blick über die Dächer der Stadt bot.

Kurz danach ging die Tür auf, und die Haushälterin trat ein. Brunetti wartete, daß Signora Wellauer etwas sagte, aber sie blieb reglos am Fenster stehen und beachtete sie beide nicht. Brunetti, dem nichts anderes übrigblieb, sprach so, daß sie hören konnte, was er zu der Frau sagte.

»Signora Breddes, ich möchte gern kurz mit Ihnen reden, wenn ich darf.«

Die Frau nickte, sagte aber nichts.

»Vielleicht könnten wir dazu ins Arbeitszimmer gehen«, schlug er vor, doch die Witwe war unnachgiebig und drehte sich nicht um. Er ging zur Tür und bedeutete der Haushälterin vorauszugehen. Dann folgte er ihr durch den Flur zum Arbeitszimmer. Drinnen schloß er die Tür und deutete auf einen Stuhl. Er selbst ging zum Schreibtisch und setzte sich auf den Platz, auf dem er vorhin bei Durchsicht der Papiere gesessen hatte.

Sie war eine unscheinbare Frau Mitte Fünfzig in einem dunklen Kleid, das ebenso Zeichen ihrer Stellung wie ihrer Trauer sein konnte. Die Länge bis zur Wade entsprach nicht der Mode, und der Schnitt unterstrich ihre knochige Figur, die schmalen Schultern und die flache Brust. Ihr Gesicht paßte zum Körper, die Augen standen etwas zu eng beieinander, und die Nase war mehr als nur ein bißchen zu lang. Wie sie da so aufrecht auf der Stuhlkante saß, erinnerte sie ihn an einen der Seevögel mit langen Beinen und langem Hals, wie sie auf den Pfählen längs der Kanäle hockten.

»Ich möchte Ihnen einige Fragen stellen, Signora Breddes.«

»Signorina«, verbesserte sie automatisch.

»Ich hoffe, es ist Ihnen recht, wenn wir italienisch sprechen«, sagte er.

»Natürlich. Ich lebe seit zehn Jahren hier.« Ihre Antwort klang etwas beleidigt.

»Wie lange haben Sie für den Maestro gearbeitet, Signorina?«

»Zwanzig Jahre. Zehn in Deutschland und die letzten zehn hier. Als der Maestro die Wohnung hier gekauft hat, bat er mich, herzukommen und mich darum zu kümmern. Ich habe eingewilligt. Ich wäre überallhin gegangen für den Maestro.« Aus der Art, wie sie das sagte, entnahm Brunetti, daß sie das Leben in einer Zehnzimmerwohnung in Venedig als eine Form des Leidens betrachtete, das sie nur aus Ergebenheit für ihren Arbeitgeber auf sich nahm.

»Haben Sie die Verantwortung für den Haushalt?«

»Ja. Ich bin, kurz nachdem er die Wohnung gekauft hatte, hergekommen. Dann kam er selbst und hat seine Anweisungen für die Möblierung und die Malerarbeiten gegeben. Ich habe dafür gesorgt, daß alles organisiert und dann in seiner Abwesenheit in Ordnung gehalten wurde.«

»Und wenn er hier war?«

»Dann auch.«

»Wie oft kam er nach Venedig?«

»Zwei- oder dreimal im Jahr. Selten häufiger.«

»Kam er zum Arbeiten? Zum Dirigieren?«

»Manchmal. Aber auch, um Freunde zu besuchen oder zur Biennale.« Das klang aus ihrem Mund alles wie ein Katalog irdischer Eitelkeiten.

»Und was hatten Sie zu tun, wenn er hier war?«

»Ich habe gekocht, obwohl wir für Parties einen italienischen Koch hatten. Ich habe die Blumen ausgesucht. Die Arbeit der Mädchen überwacht. Es sind alles Italienerinnen.« Das erklärte wohl die Notwendigkeit, sie zu überwachen, nahm er an.

»Wer hat für den Haushalt eingekauft? Lebensmittel? Wein?«

»Wenn der Maestro hier war, habe ich den Speiseplan gemacht und die Mädchen jeden Morgen zum Rialtomarkt geschickt, um frisches Gemüse zu holen.«

Brunetti dachte, daß sie jetzt vielleicht soweit sei, die Fragen zu beantworten, die ihn wirklich interessierten. »Dann hat der Maestro also geheiratet, als Sie schon bei ihm gearbeitet haben?«

»Ja.«

»Hat sich dadurch etwas verändert? Wenn er nach Venedig kam, meine ich.«

»Ich weiß nicht, wie Sie das meinen«, sagte sie, obwohl sie es eindeutig wußte.

»In der Haushaltsführung. Hat sich an Ihren Pflichten etwas geändert, nachdem der Maestro verheiratet war?«

»Nein. Manchmal hat die Signora gekocht, aber nicht oft.«

»Und sonst?«

»Nichts.«

»Hatten Sie durch die Tochter der Signora irgendwelche Probleme?«

»Nein. Sie hat viel Obst gegessen. Aber Probleme gab es keine mit ihr.«

»Ich verstehe«, sagte Brunetti, nahm ein Blatt Papier aus der Tasche und malte irgendwelche x-beliebigen Wörter darauf. »Sagen Sie, Signorina Breddes, ist Ihnen in diesen letzten Wochen, die der Maestro hier war, irgend etwas, ich meine eine Veränderung in seinem Verhalten, aufgefallen, etwas, das Ihnen merkwürdig vorkam?«

Sie schwieg; ihre Hände ruhten fest ineinandergelegt auf ihrem Schoß. Schließlich meinte sie: »Ich verstehe nicht.«

»Kam er Ihnen irgendwie seltsam vor?« Schweigen. »Gut, wenn nicht seltsam«, sagte er mit einem Lächeln, das um Verständnis für seine Schwierigkeiten warb, »dann vielleicht ungewöhnlich, anders als sonst?« Und als sie immer noch nichts sagte, fügte er hinzu: »Sie hätten doch sicher jede Veränderung bemerkt, da Sie so lange bei ihm waren und ihn bestimmt besser kannten als alle anderen im Hause.« Damit schmeichelte er schamlos ihrer Eitelkeit, aber das hieß ja nicht, daß es seinen Zweck nicht erfüllen konnte.

»Meinen Sie in bezug auf seine Arbeit?«

»Nun«, sagte er und warf ihr ein Komplizenlächeln zu, »es könnte mit seiner Arbeit zu tun haben, aber es könnte auch alles mögliche sein, vielleicht etwas ganz Persönliches, das mit seinem Beruf und seiner Musik nichts zu tun hatte. Wie gesagt, ich bin sicher, daß Sie durch Ihre langjährige Vertrautheit mit dem Maestro für so etwas besonders sensibel waren.«

Er beobachtete, wie der Köder näher zu ihr hintrieb, und zupfte an der Leine, um ihn noch näher zu bringen. »Da Sie ihn schon so lange kannten, hätten Sie wahrscheinlich Dinge bemerkt, die andere übersehen hätten.«

»Ja, das stimmt«, gab sie zu. Sie fuhr sich nervös mit der Zunge über die Lippen, näherte sich dem Köder. Er blieb schweigend und reglos sitzen, wollte das Wasser nicht aufrühren. Sie fingerte abwesend an einem Knopf vorn an ihrem Kleid herum, drehte ihn abwechselnd zur einen und zur anderen Seite. Endlich sagte sie: »Mir ist etwas aufgefallen, aber ich weiß nicht, ob es wichtig ist.«

»Vielleicht ist es wichtig. Denken Sie daran, Signorina, alles, was Sie mir sagen können, hilft dem Maestro.« Aus irgendeinem Grund wußte er, daß sie blind war für die kolossale Idiotie dieser Aussage. Er legte seinen Stift weg, faltete die Hände wie ein Priester und wartete.

»Es waren zwei Dinge. Seit er diesmal hergekommen war, wirkte er immer abwesender, als sei er mit den Gedanken woanders. Nein, das ist es nicht, nicht ganz. Es war eher so, als ob es ihn nicht mehr interessierte, was um ihn herum vorging.« Sie ließ die Worte verklingen, unzufrieden mit sich.

»Vielleicht könnten Sie mir ein Beispiel nennen«, bohrte er.

Sie schüttelte den Kopf; das gefiel ihr ganz und gar nicht. »Nein, ich habe es nicht richtig beschrieben. Ich weiß nicht, wie ich es erklären soll. Früher hat er mich immer gefragt, was während seiner Abwesenheit passiert ist, hier im Haus und bei den Mädchen, und was ich so gemacht habe.« Errötete sie etwa? »Der Maestro wußte, daß ich Musik liebe, daß ich in Konzerte und in die Oper ging, wenn er nicht hier war, und er hat sich immer die Zeit genommen, danach zu fragen. Aber diesmal nichts davon. Als er ankam, hat er mich begrüßt und gefragt, wie es mir geht, ja, aber meine Antworten schienen ihn gar nicht zu interessieren. Ein paarmal, nein, einmal mußte ich in sein Arbeitszimmer gehen, um zu fragen, wann er essen wollte. Er hatte eine Probe an dem Nachmittag, und ich wußte nicht, wie lange sie dauern würde, also bin ich zu ihm gegangen, um mich zu erkundigen. Ich habe geklopft und bin hineingegangen wie immer. Aber er hat mich gar nicht beachtet, tat so, als sei ich nicht da, ließ mich minutenlang warten, während er etwas schrieb. Ich weiß nicht, warum er das tat, aber er ließ mich warten wie einen Dienstboten. Schließlich war es mir so peinlich, daß ich schon gehen wollte. Nach zwanzig Jahren würde er mir das doch nicht antun, mich warten lassen wie einen Verbrecher vor dem Richter.« Brunetti sah, wie sich noch in der Erinnerung die Pein auf ihrem Gesicht spiegelte.

»Endlich, als ich mich schon umgedreht hatte und wieder gehen wollte, sah er auf und tat so, als hätte er mich eben erst bemerkt. Als wäre ich aus dem Nichts aufgetaucht, um ihn etwas zu fragen. Ich habe dann gefragt, wann er wohl zurück sein werde. Leider ließ ich mir meinen Ärger anmerken. Zum ersten Mal in zwanzig Jahren bin ich ihm gegenüber laut geworden. Aber er hat es ignoriert und mir nur gesagt, wann er zurück sein wollte. Und dann war er wohl etwas verlegen, weil er mich so behandelt hatte, denn er sagte, wie schön die Blumen seien. Er hatte immer gern Blumen im Haus, wenn er da war.« Sie blickte an Brunetti vorbei ins Leere und fügte unsinnigerweise hinzu: »Sie werden von Biancat gebracht. Den ganzen Weg über den Canal Grande.«

Brunetti hatte keine Ahnung, ob diese Mitteilungen ihrem Zorn entsprangen oder ihrem Schmerz, oder beidem. Zwanzig Jahre als Dienstbote geben einem sicherlich das Recht, nicht wie ein Dienstbote behandelt zu werden.

»Es gab noch andere Dinge, aber ich habe mir damals nichts weiter dabei gedacht.«

»Was für Dinge?«

»Er kam mir …«, begann sie und überlegte beim Sprechen offenbar, wie sie etwas sagen und gleichzeitig doch nicht sagen konnte. »Er kam mir älter vor. Natürlich war ein Jahr vergangen, seit ich ihn zuletzt gesehen hatte, aber der Unterschied war größer. Er hatte immer so jugendlich gewirkt, so voller Leben. Aber diesmal kam er mir vor wie ein alter Mann.« Um das zu belegen, fügte sie hinzu: »Er hatte angefangen, eine Brille zu tragen. Aber nicht zum Lesen.«

»Kam Ihnen das merkwürdig vor, Signorina?«

»Ja, Leute in meinem Alter brauchen normalerweise eine zum Lesen, für die Nähe, aber er hat sie nicht zum Lesen getragen.«

»Woher wissen Sie das?«

»Weil er manchmal, wenn ich ihm seinen Nachmittagstee brachte, beim Lesen war, aber dabei hatte er die Brille nicht auf. Wenn er mich sah, nahm er sie und setzte sie auf die Nase, oder er bedeutete mir nur, das Tablett hinzustellen, als wollte er nicht gestört werden.« Sie hielt inne.

»Sie sagten, es wären zwei Dinge, Signorina. Darf ich fragen, was das andere war?«

»Ich glaube, das sollte ich lieber nicht sagen«, antwortete sie nervös.

»Wenn es nicht wichtig ist, dann spielt es keine Rolle. Aber wenn es wichtig ist, könnte es dazu beitragen, denjenigen zu finden, der dieses Verbrechen begangen hat.«

»Ich bin nicht ganz sicher, es ist nichts, dessen ich mir ganz sicher wäre«, meinte sie, schon nachgiebiger. »Es ist etwas, das ich eigentlich eher gespürt habe. Zwischen den beiden.« Die Art und Weise, wie sie das letzte Wort aussprach, machte klar, wer der andere Teil von »beiden« war. Brunetti sagte nichts, zum Warten entschlossen.

»Dieses Mal waren sie anders. Sonst waren sie immer so … ich weiß nicht, wie ich es sagen soll. Sie waren sich nah, waren immer zusammen, redeten, taten Dinge gemeinsam, faßten sich an.« Ihr Tonfall enthüllte, wie ungehörig solches Benehmen in ihren Augen für ein verheiratetes Paar war. »Aber als sie diesmal kamen, gingen sie anders miteinander um. Außenstehende hätten das gar nicht gemerkt. Sie waren immer noch sehr höflich zueinander, aber sie berührten sich nie mehr wie sonst immer, wenn es keiner sah.« Außer ihr. Sie sah Brunetti an. »Ich weiß nicht recht, ob das irgendeinen Sinn ergibt.«

»Ja, ich glaube schon, Signorina. Können Sie sich vorstellen, wie es zu dieser Abkühlung zwischen den beiden gekommen sein könnte?«

Er sah die Antwort, oder zumindest die Ahnung einer Antwort, in ihren Augen aufblitzen und ebensoschnell wieder verlöschen. Obwohl er es gesehen hatte, konnte er nicht sicher sein, daß sie selbst gemerkt hatte, was da eben passiert war. »Irgendeine Vorstellung?« bohrte er weiter und sah schon beim Sprechen, daß er zu weit gegangen war.

»Nein, gar keine.« Sie schüttelte energisch den Kopf, als wollte sie sich von etwas frei machen.

»Wissen Sie, ob die anderen Hausangestellten das vielleicht beobachtet haben?«

Sie richtete sich kerzengerade auf. »So etwas würde ich nicht mit Dienstboten besprechen.«

»Natürlich, natürlich«, murmelte er. »Das habe ich damit bestimmt nicht sagen wollen.« Er merkte, daß es ihr schon leid tat, ihm auch nur das wenige erzählt zu haben. Am besten spielte er es herunter, damit sie keine Skrupel bekam, es zu wiederholen, sollte das je nötig werden, oder zu ergänzen, sollte das je möglich sein. »Ich weiß zu schätzen, was Sie mir erzählt haben, Signorina. Es bestätigt, was wir aus anderen Quellen schon gehört haben. Ich muß Ihnen wohl kaum sagen, daß alles streng vertraulich behandelt wird. Wenn Ihnen noch irgend etwas einfallen sollte, rufen Sie mich bitte im Präsidium an.«

»Ich möchte nicht, daß Sie denken, ich …«, fing sie an, konnte sich aber nicht dazu durchringen auszusprechen, was er von ihr denken könnte.

»Ich versichere Ihnen, ich denke nur, daß Ihre Loyalität dem Maestro gegenüber ungebrochen ist.« Da es stimmte, war es das mindeste, was er ihr sagen konnte. Daraufhin entspannte sich ihr Gesicht etwas. Er stand auf und streckte ihr die Hand hin. Die ihre war klein und überraschend zerbrechlich, wie ein Vögelchen. Sie brachte ihn durch den Korridor zur Tür, verschwand kurz und kam mit seinem Mantel zurück. »Sagen Sie, Signorina«, fragte er, »was haben Sie jetzt für Pläne? Werden Sie in Venedig bleiben?«

Sie sah ihn an, als sei er ein Irrer, der sie auf der Straße angehalten hatte. »Nein, ich will so schnell wie möglich nach Gent zurück.«

»Wissen Sie schon, wann das sein wird?«

»Die Signora muß entscheiden, was sie mit der Wohnung machen will. Bis dahin bleibe ich noch hier, dann fahre ich nach Hause, wo ich hingehöre.« Während sie das sagte, öffnete sie die Tür, ließ ihn hinaus und schloß sie leise hinter ihm. Auf dem Weg nach unten blieb Brunetti auf dem ersten Treppenabsatz stehen und schaute aus dem Fenster. Nicht weit entfernt breitete der Engel auf dem Glockenturm segnend die Flügel über die Stadt und alle, die darin lebten. Selbst wenn das Exil in der schönsten Stadt der Welt liegt, dachte Brunetti, bleibt es doch Exil.

16

Da er schon ganz in der Nähe war, ging Brunetti direkt zum Theater, aß unterwegs nur rasch ein Sandwich und trank ein Bier dazu, nicht weil er richtig Hunger hatte, sondern um das vage Unwohlsein loszuwerden, das ihn immer überkam, wenn er längere Zeit nichts gegessen hatte.

Am Bühneneingang zeigte er seinen Ausweis und fragte, ob Signor Traverso schon da sei. Der Portier sagte ihm, Signor Traverso sei vor einer Viertelstunde gekommen und erwarte den Commissario in der Theaterbar. Dort angelangt, sah er sich einem großen, ausgemergelten Mann gegenüber, der tatsächlich eine gewisse Familienähnlichkeit mit Brunettis Zahnarzt hatte. Der Lärm und die Unruhe durch das ständige Kommen und Gehen von Ensemblemitgliedern, manche schon im Kostüm, machte eine Unterhaltung schwierig, und Brunetti fragte, ob es nicht irgendwo ein ruhigeres Plätzchen gebe.

»Tut mir leid«, sagte der Musiker. »Daran hätte ich denken sollen. Wir könnten höchstens in eine der Garderoben gehen, die im Moment nicht benutzt werden.« Er legte einen Schein auf den Tresen und nahm seinen Violinkasten auf. Dann ging er voraus durchs Theater und die Treppe hinauf, die Brunetti am ersten Abend benutzt hatte. Oben kam eine stämmige Frau im blauen Kittel auf sie zu und fragte, was sie wollten.

Traverso sprach kurz mit ihr, erklärte, wer Brunetti war und was sie suchten. Sie nickte und ging ihnen durch einen schmalen Gang voraus. An einer Tür zog sie einen gewaltigen Schlüsselbund aus der Tasche, schloß auf und trat zur Seite, um sie an sich vorbei in ein kleines Zimmerchen zu lassen. Kein Theaterglanz in dieser Kammer, nur zwei Stühle links und rechts von einem niedrigen Tisch sowie eine Bank vor einem Spiegel. Sie setzten sich einander gegenüber auf die Stühle.

»Ist Ihnen bei den Proben irgend etwas Ungewöhnliches aufgefallen?« fragte Brunetti. Da er nicht schon durch die Fragestellung darauf hinweisen wollte, was er suchte, hatte er sie ganz allgemein formuliert – wie er merkte, so allgemein, daß sie buchstäblich keinen Sinn ergab.

»Meinen Sie an der Aufführung oder am Maestro?«

»An beiden.«

»Die Vorstellung? Derselbe alte Kram. Bühnenbild und Inszenierung waren neu, aber die Kostüme haben wir schon zweimal benutzt. Die Sänger sind allerdings gut, bis auf den Tenor. Den sollte man erschießen. Ist aber nicht sein Fehler. Schlechte Anleitung vom Maestro. Keiner von uns wußte so recht, was er eigentlich machen sollte. Also, das war nicht von Anfang an so, aber ab der zweiten Woche. Ich glaube, wir haben aus dem Gedächtnis gespielt. Ich weiß nicht, ob Sie das verstehen.«

»Könnten Sie es etwas genauer sagen?«

»Es lag an Wellauer. Als hätte ihn plötzlich sein Alter ereilt. Ich habe schon früher unter ihm gespielt. Zweimal. Der beste Dirigent, mit dem ich je gearbeitet habe. Es gibt heute keinen wie ihn, obwohl viele ihn imitieren. Letztes Mal haben wir *Così* gespielt. Wir waren noch nie so gut. Aber diesmal nicht. Er war plötzlich ein alter Mann. Es war, als ob er gar nicht darauf achtete, was er tat. Manchmal, wenn wir zu einem Crescendo kamen, horchte er und deutete dann mit dem Stab auf jeden, der auch nur eine Achtelnote nachhinkte. Das war phantastisch. Aber sonst war es einfach nicht gut. Allerdings hat keiner etwas gesagt. Wir waren uns offenbar stillschweigend einig, so zu spielen, wie es in der Partitur stand, und uns ansonsten nach unserem Konzertmeister zu richten. Das hat wohl einigermaßen geklappt. Der Maestro war's offenbar zufrieden. Aber es war nicht wie die anderen Male.«

»Glauben Sie, daß der Maestro es gemerkt hat?«

»Meinen Sie, ob er wußte, wie schlecht wir geklungen haben?«

»Ja.«

»Muß er wohl. Man wird nicht der Welt bester Dirigent und hört nicht, was sein Orchester macht, oder? Aber es war eher so, als ob er die meiste Zeit an etwas anderes dächte. Als wäre er gar nicht richtig da, als paßte er einfach nicht auf.«

»Und am Abend der Vorstellung, ist Ihnen da etwas Ungewöhnliches aufgefallen?«

»Nein, eigentlich nicht. Wir waren alle so damit beschäftigt, im Takt zu bleiben, damit es nicht noch schlechter klang.«

»Also nichts? Und er hat auch nichts Eigenartiges zu irgend jemandem gesagt?«

»Er hat an dem Abend mit keinem von uns gesprochen. Wir haben ihn erst gesehen, als er in den Orchestergraben kam und ans Pult trat.« Er dachte ein Weilchen nach. »Eine Sache fällt mir noch ein, eigentlich kaum der Rede wert.«

»Ja?«

»Es war am Ende des zweiten Aktes, nach der großen Szene, in der Alfredo sein beim Spiel gewonnenes Geld Violetta vor die Füße wirft. Ich weiß nicht, wie die Sänger das Ganze durchgestanden haben. Wir im Orchester waren jedenfalls völlig durch den Wind. Aber es ging zu Ende, und das Publikum – die Leute haben keine Ohren – fing an zu applaudieren, und der Maestro, er lächelte so ein komisches kleines Lächeln, als hätte ihm gerade jemand einen Witz erzählt. Dann legte er den Stab weg. Er warf ihn nicht hin wie sonst. Er legte ihn ganz vorsichtig ab und lächelte wieder. Dann stieg er von seinem Podium und ging hinter die Bühne. Das war das letzte Mal, daß ich ihn gesehen habe. Ich dachte, er lächelte, weil der zweite Akt vorbei war und der Rest vielleicht einfach sein würde. Und dann haben sie uns zum dritten Akt einen neuen Dirigenten geschickt.« Er warf einen Blick auf seine Armbanduhr. »Ich weiß nicht, ob das die Dinge sind, nach denen Sie gesucht haben.«

Er griff nach seinem Violinkasten, und Brunetti sagte: »Noch eines. Ist das den anderen Orchestermusikern auch aufgefallen? Nicht das Lächeln, aber die Veränderung?«

»Einigen ja, denen von uns, die früher schon mit ihm gearbeitet hatten. Bei den übrigen kann ich es nicht sagen. Wir kriegen hier so viele schlechte Dirigenten, da bin ich mir nicht sicher, ob sie den Unterschied überhaupt merken. Aber vielleicht bin ich ja besonders empfindlich, weil es mich an meinen Vater erinnert.« Er sah Brunettis fragenden Blick und erklärte: »Mein Vater ist siebenundachtzig. Er macht es genauso, schaut uns über seine Brille an, als würden wir ihm etwas verheimlichen, und will wissen, was es ist.« Wieder sah er auf die Uhr. »Ich muß los. In zehn Minuten geht der Vorhang auf.«

»Vielen Dank für Ihre Hilfe«, sagte Brunetti, obwohl er nicht recht wußte, wie er das eben Gehörte einordnen sollte.

»Klang für mich alles wie unnützer Klatsch. Weiter nichts. Aber ich hoffe, es hilft Ihnen«, meinte der andere.

»Kann ich vielleicht während der Vorstellung hier im Theater bleiben, oder gibt es da Schwierigkeiten?« fragte Brunetti.

»Nein, ich glaube nicht. Sagen Sie nur Lucia Bescheid, wenn Sie gehen, damit sie hier wieder abschließen kann.« Dann eilig: »Jetzt muß ich aber gehen.«

»Nochmals vielen Dank.«

»Keine Ursache.« Sie gaben sich die Hand, und der Musiker ging.

Brunetti blieb in dem Zimmerchen sitzen und plante bereits, daß er die Gelegenheit nutzen würde, um zu sehen, wie viele Leute während einer Vorstellung und in den Pausen hinter der Bühne herumliefen und wie leicht man unbemerkt in der Garderobe des Dirigenten ein und aus gehen konnte.

Er wartete eine Viertelstunde, dankbar für die Gelegenheit, an einem ruhigen Ort allein sein zu können. Nach und nach verebbten die vielen Geräusche von draußen, und ihm wurde klar, daß die Sänger nach unten gegangen waren, um ihre Plätze auf der Bühne einzunehmen. Trotzdem verweilte er noch etwas in der beruhigenden Stille.

Als dann, durch Treppenhaus und Wände gefiltert, die Ouvertüre zu ihm heraufdrang, hielt er es für an der Zeit, die Garderobe des Dirigenten zu suchen. Er trat in den Gang und sah sich nach der Frau um, die ihnen aufgeschlossen hatte, aber sie war nirgends zu sehen. Da er versprochen hatte, dafür zu sorgen, daß wieder abgeschlossen wurde, ging er durch den Flur bis zur Treppe und schaute nach unten. »Signora Lucia?« rief er, aber niemand antwortete. Er klopfte an die erste Garderobe, nichts. Ebenso bei der zweiten. Bei der dritten rief von drinnen eine Stimme: *»Avanti!«*, und er stieß die Tür auf, um zu erklären, daß er die Garderobe nicht mehr brauche und sie abgeschlossen werden könne.

»Signora Lucia«, fing er an und hielt abrupt inne, als er in einem Sessel ausgestreckt Brett Lynch sah, auf dem Schoß ein aufgeschlagenes Buch, in der Hand ein Glas Rotwein.

Sie war ebenso verblüfft wie er, erholte sich aber schneller. »Guten Abend, Commissario. Kann ich Ihnen irgendwie helfen?« Sie setzte das Glas auf dem Tisch neben ihrem Sessel ab, klappte das Buch zu und lächelte.

»Ich wollte Signora Lucia sagen, daß sie die andere Garderobe jetzt abschließen kann«, erklärte er.

»Sie ist wahrscheinlich unten und sieht aus den Kulissen zu. Sie ist eine große Verehrerin von Flavia. Wenn sie wiederkommt, sage ich ihr, daß sie abschließen soll. Keine Sorge, das geht schon in Ordnung.«

»Sehr nett von Ihnen. Sehen Sie sich die Vorstellung nicht an?«

»Nein«, antwortete sie, und als sie sein Gesicht sah, fragte sie: »Überrascht Sie das?«

»Ich weiß es nicht genau. Aber da ich Sie gefragt habe, überrascht es mich wohl.«

Ihr Grinsen gefiel ihm, einmal, weil er es nicht von ihr erwartet hätte, und zum anderen, weil es ihr kantiges Gesicht weicher machte.

»Wenn Sie versprechen, es Flavia nicht zu erzählen, gestehe

ich Ihnen hiermit, daß ich Verdi nicht sonderlich mag und die *Traviata* auch nicht.«

»Warum nicht?« fragte er, erstaunt zu hören, daß die Sekretärin und Freundin – dabei beließ er es – der berühmtesten Verdi-Sopranistin zugab, diese Musik nicht zu mögen.

»Setzen Sie sich doch, Commissario«, sagte sie und deutete auf den Sessel ihr gegenüber. »In den nächsten«, sie sah auf die Uhr, »vierundzwanzig Minuten passiert nicht viel.« Er setzte sich, drehte den Sessel so, daß er sie besser sehen konnte, und fragte: »Warum mögen Sie Verdi nicht?«

»So kann man es eigentlich nicht sagen. Ich mag einiges von ihm, *Othello* zum Beispiel. Aber das Jahrhundert ist nichts für mich.«

»Welches ist denn nach Ihrem Geschmack?« wollte er wissen, obwohl er ziemlich sicher war, was sie antworten würde. Als reiche und aufgeschlossene Amerikanerin würde sie die Musik ihres Jahrhunderts bevorzugen, des Jahrhunderts, das sie hervorgebracht hatte.

»Das achtzehnte«, antwortete sie überraschenderweise. »Mozart und Händel, die Flavia leider beide nicht so gern singt.«

»Haben Sie versucht, sie zu bekehren?«

Sie nahm ihr Glas, trank einen Schluck und stellte es wieder ab. »Ich habe sie zu einigen Dingen bekehrt, aber von Verdi kann ich sie offenbar nicht weglocken.«

»Ich glaube, das muß man als unser großes Glück bezeichnen«, antwortete er, indem er locker ihren Ton übernahm, der viel mehr ausdrückte als die Worte. »Das andere ist dann wohl Ihres.«

Sie überraschte ihn aufs neue, als sie kicherte, und er überraschte sich selbst, als er mitlachte. »Gut, das hätten wir also. Ich habe gestanden. Jetzt können wir uns wie menschliche Wesen unterhalten und nicht wie die Protagonisten eines billigen Romans.«

»Sehr gern, Signorina.«

»Ich heiße Brett, und ich weiß, daß Sie Guido heißen«, sagte sie und tat damit den ersten Schritt zu einem vertrauteren Umgangston. Sie stand auf und ging zu einem kleinen Spülbecken in der Ecke. Daneben stand eine Flasche Wein. Sie goß Wein in ein zweites Glas, brachte es zusammen mit der Flasche herüber und reichte es ihm.

»Sind Sie gekommen, um noch einmal mit Flavia zu sprechen?« fragte sie.

»Nein, das hatte ich nicht vor. Aber früher oder später muß ich noch einmal mit ihr reden.«

»Warum?«

»Um sie zu fragen, was sie neulich nach dem ersten Akt in Wellauers Garderobe zu suchen hatte.« Falls sie das überraschte, ließ sie es sich nicht anmerken. »Haben Sie eine Ahnung?«

»Wie kommen Sie darauf, daß sie bei ihm war?«

»Weil mindestens zwei Leute gesehen haben, wie sie hineinging. Nach dem ersten Akt.«

»Aber nicht nach dem zweiten?«

»Nein, nicht nach dem zweiten.«

»Nach dem zweiten war sie hier oben bei mir.«

»Bei unserer letzten Unterhaltung haben Sie gesagt, daß sie nach dem ersten Akt auch hier oben bei Ihnen war, Brett. Aber es war nicht so. Können Sie einen Grund nennen, warum ich glauben sollte, daß Sie jetzt die Wahrheit sagen, nachdem Sie neulich gelogen haben?« Er trank von dem Wein. Es war ein Barolo, sehr gut.

»Es ist die Wahrheit.«

»Warum sollte ich das glauben?«

»Dafür gibt es wohl keinen plausiblen Grund.« Sie nippte wieder an ihrem Glas, als hätten sie noch den ganzen Abend für ihre Unterhaltung vor sich. »Aber sie war hier.« Sie trank aus, goß sich nach und sagte: »Sie ist nach dem ersten Akt bei ihm gewesen. Sie hat es mir erzählt. Seit Tagen hatte er Katz und Maus mit ihr gespielt, hatte gedroht, ihrem Exmann zu schreiben. Da ist sie schließlich zu ihm gegangen, um mit ihm zu reden.«

»Das scheint mir ein merkwürdiger Zeitpunkt zu sein, während einer Vorstellung.«

»So ist Flavia eben. Sie denkt nicht viel darüber nach, was sie tut. Sie tut es einfach, tut, was sie will. Einer der Gründe, warum sie eine große Sängerin ist.«

»Ich könnte mir vorstellen, daß es sich damit gar nicht so leicht leben läßt.«

»Ja, stimmt«, grinste sie. »Aber dafür gibt's Entschädigungen.«

»Was hat sie Ihnen gesagt?« Als sie ihn nicht gleich verstand, fügte er hinzu: »Über ihr Gespräch mit ihm.«

»Daß sie eine Auseinandersetzung hatten. Er wollte ihr nicht eindeutig sagen, ob er an ihren Mann geschrieben hatte oder nicht. Viel mehr hat sie nicht gesagt, aber sie zitterte noch vor Wut, als sie hier ankam. Ich weiß nicht, wie sie überhaupt singen konnte.«

»Und hatte er dem Ehemann geschrieben?«

»Ich weiß es nicht. Sie hat seit neulich abend nicht mehr darüber gesprochen.« Sie sah sein erstauntes Gesicht. »Wie ich schon sagte, so ist sie eben. Wenn sie singen muß, redet sie nicht gern über Dinge, die sie beunruhigen.« Und bedauernd fügte sie hinzu: »Sie tut es auch sonst nicht gern, aber sie sagt, es stört ihre Konzentration, wenn sie sich mit anderen Dingen als ihrer Musik befassen muß. Und ich nehme an, alle haben ihr das immer durchgehen lassen. Weiß Gott, ich tue es jedenfalls.«

»War er dazu fähig, ihrem Exmann zu schreiben, meine ich.«

»Der Mann war zu allem fähig. Glauben Sie mir. Er sah sich als eine Art Hüter menschlicher Moral. Er ertrug es nicht, daß jemand seiner Definition von richtig und falsch zuwiderlebte. Es machte ihn fuchsteufelswild, wenn jemand das wagte. Er meinte, so etwas wie ein gottgegebenes Recht zu haben, ihn dann der Gerechtigkeit zuzuführen, seiner Gerechtigkeit.«

»Und wozu war sie fähig?«

»Flavia?«

»Ja.«

Die Frage überraschte sie nicht. »Ich weiß es nicht, ich glaube nicht, daß sie es auf diese Weise tun könnte, nicht so kaltblütig. Sie würde alles mögliche tun, um ihre Kinder zu behalten, aber ich glaube nicht... nein, nicht mit solchen Mitteln. Außerdem würde sie wohl kaum Gift mit sich herumtragen, oder?« Sie schien erleichtert, daß ihr dieser Gedanke gekommen war. »Die Sache ist aber noch nicht ausgestanden. Wenn es eine Verhandlung oder so etwas wie eine Anhörung gibt, kommt doch heraus, worum es in ihrer Auseinandersetzung ging, oder?« Brunetti nickte. »Und mehr braucht ihr Mann nicht.«

»Da bin ich nicht so sicher«, meinte Brunetti.

»Ach, hören Sie auf«, schnauzte sie. »Wir sind hier in Italien, dem Land der glücklichen Familie, der geheiligten Familie. Liebhaber könnte sie haben, so viele sie wollte, solange es Männer sind. Das bringt den Vater, oder etwas Ähnliches wie einen Vater, wieder ins Haus. Aber sobald dieses publik würde, hätte sie keine Chance gegen ihn.«

»Glauben Sie nicht, daß Sie da übertreiben?«

»Was übertreiben?« wollte sie wissen. »Mein Leben war nie ein Geheimnis. Ich war immer zu reich, als daß es eine Rolle gespielt hätte, was die Leute über mich sagten oder dachten. Das hat sie aber nicht davon abgehalten, es auszusprechen. Selbst wenn uns also nichts bewiesen werden könnte, denken Sie nur einmal daran, was ein gerissener Anwalt daraus machen würde – ›Die Sopranistin mit der millionenschweren Sekretärin‹. Nein, man würde genau die richtigen Schlüsse daraus ziehen.«

»Sie könnte ja lügen«, sagte Brunetti, obwohl das auf Meineid hinauslief.

»Für einen italienischen Richter würde das keinen Unterschied machen. Außerdem glaube ich nicht, daß sie lügen würde. Nein, das täte sie bestimmt nicht. Nicht, was uns betrifft. Flavia ist wirklich überzeugt, daß sie über dem Gesetz steht.« Es schien ihr gleich wieder leid zu tun, daß sie das gesagt hatte. »Aber es sind alles nur Worte, Gerede, wie auf der Bühne. Sie schreit und wütet herum, aber das sind nur Gesten. Ich habe nie erlebt, daß sie gewalttätig geworden wäre, niemandem gegenüber. Nur Worte.«

Brunetti war Italiener genug, um zu glauben, daß Worte sich leicht zu etwas anderem auswachsen konnten, wenn es einer Frau um ihre Kinder ging, aber das behielt er für sich. »Darf ich Ihnen ein paar persönliche Fragen stellen?«

Sie seufzte resigniert, schon ahnend, was kommen würde, und schüttelte den Kopf.

»Hat man je versucht, Sie beide oder eine von Ihnen zu erpressen?«

Das war eindeutig nicht die Frage, die sie befürchtet hatte. »Nein, nie. Weder mich noch Flavia, oder jedenfalls hat sie nie etwas erzählt.«

»Und die Kinder? Wie kommen Sie mit Ihnen zurecht?«

»Recht gut. Paolo ist dreizehn, und Vittoria ist acht, er zumindest könnte also ahnen, was los ist. Aber andererseits hat Flavia nie etwas gesagt, es ist überhaupt nie darüber gesprochen worden.« Sie hob die Schultern und spreizte die Finger, womit sie alles Italienische ablegte und wieder ganz Amerikanerin wurde.

»Und die Zukunft?«

»Sie meinen das Alter? Nachmittags zusammen im Florian Tee trinken?«

Es war ein etwas milderes Bild, als er es vielleicht gezeichnet hätte, aber es entsprach ungefähr dem, was er meinte. Er nickte.

»Ich habe nicht die leiseste Ahnung. Solange ich mit ihr zusammen bin, kann ich nicht arbeiten, also muß ich darüber entscheiden, darüber, was ich will.«

»Was arbeiten Sie denn?«

»Ich bin Archäologin. China. Dadurch habe ich Flavia kennengelernt. Ich habe vor drei Jahren bei der Ausstellung chinesischer Kunst im Dogenpalast geholfen. Da haben irgendwelche Honoratioren sie mitgebracht; sie sang zu der Zeit gerade die *Lucia* an der Scala. Und nach der Eröffnung war sie beim Empfang. Dann mußte ich wieder nach Xian, dort ist das Ausgrabungsfeld. Wir sind dort nur zu dritt, drei aus dem Westen. Und ich bin jetzt schon seit drei Monaten weg, ich muß zurück, sonst bekommt jemand anderes meinen Platz.«

»Die Soldaten?« fragte er. Die Terrakottastatuen, die er in jener Ausstellung gesehen hatte, waren ihm noch lebhaft im Gedächtnis. Jede einzelne hatte etwas ganz Individuelles und wirkte wie das Porträt eines Mannes.

»Das ist nur der Anfang«, sagte sie. »Es sind Tausende, viel mehr, als wir uns vorstellen können. Wir haben noch nicht einmal angefangen, die Schätze im Hauptgrab auszugraben. Es gibt derart viel amtlichen Papierkram. Aber im vergangenen Herbst haben wir die Erlaubnis bekommen, mit den Arbeiten am Schatzgewölbe zu beginnen. Nach dem wenigen, was ich bisher gesehen habe, wird dies der bedeutendste archäologische Fund seit Tutanchamun. Genaugenommen wird Tut zu einem Nichts, wenn wir erst angefangen haben herauszuholen, was da begraben liegt.«

Er hatte immer angenommen, die Leidenschaft von Wissenschaftlern sei eine Erfindung der Leute, die Bücher schrieben, der Versuch, sie etwas menschenähnlicher darzustellen. Aber wenn er ihr so zuhörte, wurde ihm klar, daß er sich da geirrt hatte.

»Selbst ihre Werkzeuge sind wunderschön, selbst die kleinen Eßschalen der Arbeiter.«

»Und wenn Sie nicht zurückgehen?«

»Wenn ich nicht zurückgehe, geht mir alles verloren. Ich meine nicht den Ruhm. Der gebührt den Chinesen. Aber die Möglichkeit, diese Dinge zu sehen, zu berühren, ein Gefühl dafür zu bekommen, was es für Menschen waren, die alle diese

Dinge gemacht haben. Das alles verliere ich, wenn ich nicht zurückgehe.«

»Und ist Ihnen das wichtiger als dieses hier?« fragte er, mit seiner Geste den Garderobenraum umfassend.

»Das ist keine faire Frage.« Sie machte ihrerseits eine ausladende Geste, die das Make-up auf dem Frisiertisch, die Kostüme hinter der Tür und die Perücken auf ihren Ständern mit einschloß. »Dies hier ist nicht meine Zukunft. Meine besteht aus Tongefäßen und Scherben und Stückchen einer Zivilisation, die Tausende von Jahren alt ist. Und Flavias ist hier, inmitten all dieser Dinge. In fünf Jahren wird sie die berühmteste Verdi-Sängerin der Welt sein. Ich glaube nicht, daß es für mich dann noch einen Platz gibt. Sie hat das noch nicht erkannt, aber ich habe Ihnen ja gesagt, wie sie ist. Sie weigert sich einfach, daran zu denken, bis es soweit ist.«

»Aber Sie haben schon daran gedacht?«

»Natürlich.«

»Und was werden Sie tun?«

»Sehen, was hier passiert, mit alldem.« Sie machte wieder eine Bewegung, die diesmal den Tod miteinbezog, der sich vor vier Tagen in diesem Theater ereignet hatte. »Und dann gehe ich zurück nach China. Das glaube ich wenigstens.«

»Einfach so?«

»Nein, nicht ›einfach so‹, aber ich werde trotzdem gehen.«

»Lohnt es sich?«

»Lohnt sich was?«

»China.«

Sie zuckte wieder die Achseln. »Es ist mein Beruf. Meine Arbeit. Und es ist wohl auch das, was ich liebe. Ich kann nicht mein Leben damit verbringen, in Garderoben herumzusitzen, chinesische Gedichte zu lesen und zu warten, daß die Oper aus ist, damit ich mit meinem eigenen Leben anfangen kann.«

»Haben Sie ihr das gesagt?«

»Ob sie mir was gesagt hat?« wollte Flavia Petrelli wissen und schlug nach einem vollendet theatralischen Auftritt die Tür hinter sich zu. Sie rauschte durchs Zimmer und zog dabei die Schleppe eines blaßblauen Kleides hinter sich her. Sie war völlig verwandelt, strahlend und so schön, wie Brunetti nur je eine Frau gesehen hatte. Und der Wandel hatte nichts mit Kostüm oder Make-up zu tun; sie war als das gekleidet, was sie war und was sie tat. Das hatte sie verändert. Sie ließ den Blick im Zimmer umherschweifen, bemerkte die beiden Gläser und die freundliche Atmosphäre. »Ob sie mir was gesagt hat?« fragte sie zum zweiten Mal.

»Daß sie die *Traviata* nicht leiden kann«, sagte Brunetti. »Ich habe mich gewundert, daß sie hier sitzt und liest, während Sie singen, und sie erklärte mir, die *Traviata* sei nicht gerade ihre Lieblingsoper.«

»Und ich wundere mich, Sie hier zu sehen, Commissario. Und daß es nicht ihre Lieblingsoper ist, weiß ich.« Falls sie ihm seine Erklärung nicht abnahm, ließ sie es sich nicht anmerken. Er war bei ihrem Eintritt aufgestanden. Jetzt ging sie an ihm vorbei, nahm sich ein Glas von der Spüle, füllte es mit Mineralwasser und trank es in vier großen Schlucken aus. Dann füllte sie es wieder und trank die Hälfte. »Es ist die reinste Sauna da draußen, mit all den Scheinwerfern.« Sie trank aus und stellte das Glas ab. »Worüber habt ihr beide geredet?«

»Er hat es schon gesagt, Flavia, über die *Traviata*.«

»Das ist gelogen«, fuhr die Sängerin auf. »Aber ich habe keine Zeit, weiter darüber zu reden.« Sie wandte sich an Brunetti und sagte mit zorngepreßter Stimme, die wie immer bei Sängern, wenn sie gesungen haben, ganz hoch war: »Wenn Sie so freundlich wären, jetzt meine Garderobe zu verlassen, ich würde mich gern für den nächsten Akt umziehen.«

»Aber sicher, Signora«, sagte er, ganz Höflichkeit und Entschuldigung. Er nickte Brett Lynch zu, die mit einem kurzen Lächeln antwortete, aber sitzen blieb. Dann ging er rasch hinaus. Draußen blieb er stehen und lauschte, ein Ohr dicht an der

Tür, nicht im mindesten beschämt über sein Tun. Aber was immer sie sich zu sagen hatten, wurde mit leiser Stimme gesagt.

An der Treppe tauchte die Frau im blauen Kittel auf. Brunetti riß sich von der Tür los und ging auf sie zu, um ihr zu sagen, daß er die Garderobe nicht mehr brauche. Dann stieg er über die Treppe nach unten in den Bereich hinter der Bühne, wo ein verblüffendes Chaos herrschte. Kostümierte Gestalten lehnten rauchend und lachend an den Wänden. Männer im Smoking unterhielten sich über Fußball. Bühnenarbeiter liefen mit Farnen aus Papier hin und her und trugen Tabletts vorbei, auf denen Champagnergläser festgeklebt waren.

Im Korridor lag rechts vor ihm die Garderobe des Maestro, deren Tür jetzt hinter dem neuen Dirigenten geschlossen war. Brunetti stand mindestens zehn Minuten am Ende des Flurs, und niemand kümmerte sich darum, wer er war oder was er hier zu suchen hatte. Schließlich ertönte eine Klingel, und ein bärtiger Mann in Jackett und Krawatte ging von einer Gruppe zur anderen, deutete in die verschiedensten Richtungen und schickte sie alle fort – sie sollten tun, was immer sie zu tun hatten.

Der Dirigent kam aus seiner Garderobe, machte die Tür hinter sich zu und ging an Brunetti vorbei, ohne auf ihn zu achten. Sobald er außer Sicht war, ging Brunetti ganz beiläufig den Gang hinunter und in die Garderobe. Niemand sah ihn hineingehen, und wenn doch, so interessierte es keinen, was er dort wollte.

Das Zimmer sah weitgehend noch so aus wie neulich abends, nur daß eine kleine Tasse mit Untertasse auf dem Tisch stand und nicht auf dem Boden lag. Er blieb nur einen Moment, dann ging er wieder. Sein Abgang wurde ebensowenig bemerkt wie sein Auftritt, und das nur vier Tage nachdem in dem Zimmer ein Mensch gestorben war.

17

Als er nach Hause kam, war es zu spät, um noch Paola und die Kinder zum Essen auszuführen, wie er versprochen hatte. Außerdem erschnupperte er schon auf der Treppe die vermischten Düfte von Knoblauch und Rosmarin.

Er trat in die Wohnung und erlebte einen Augenblick völliger Orientierungslosigkeit; denn aus seinem Wohnzimmer tönte ihm die Stimme von Flavia Petrelli entgegen, die er noch vor zwanzig Minuten im Theater hatte singen hören – inzwischen war es das Ende des zweiten Aktes. Er machte unwillkürlich ein paar Schritte nach vorn, bevor ihm einfiel, daß die heutige Vorstellung live übertragen wurde. Paola war nicht besonders opernbegeistert und sah sich die Übertragung wahrscheinlich nur an, um herauszufinden, wer von den Sängern ein Mörder sein könnte. Diese Neugier teilten sicher Millionen in Italien mit ihr.

Aus dem Wohnzimmer hörte er die Stimme seiner Tochter Chiara rufen: »*Papà* ist da«, während gleichzeitig Violetta Alfredo bat, sie für immer zu verlassen.

Er trat ein, als der Tenor gerade eine Handvoll Papiergeld in Flavia Petrellis Gesicht warf. Sie sank anmutig zu Boden, weinte, und Alfredos Vater eilte über die Bühne, um seinen Sohn zurechtzuweisen. Chiara fragte: »Warum hat er das getan, *Papà*? Ich dachte, er liebt sie.« Sie blickte ihn fragend über ihren Papierwust hinweg an, der nach Mathematikhausaufgaben aussah, und als sie keine Antwort bekam, wiederholte sie: »Warum hat er das getan?«

»Er dachte, sie geht mit einem anderen Mann aus«, war das Beste, was Brunetti als Erklärung einfiel.

»Aber was soll das? Sie sind ja schließlich nicht verheiratet oder so was.«

»*Ciao,* Guido«, rief Paola aus der Küche.

»Also«, beharrte Chiara, »warum ist er so sauer?«

Brunetti stellte den Fernseher leiser und überlegte, was es wohl sein könnte, das alle Teenager taub machte. Daran, wie sie ihren Stift hochhielt und in der Luft damit herumwackelte, sah er, daß sie nicht vorhatte, das Thema fallenzulassen. Er entschloß sich, ihr entgegenzukommen. »Sie haben immerhin zusammengelebt, oder?«

»Ja, und?«

»Also, wenn zwei Leute zusammenleben, gehen sie gewöhnlich nicht mit anderen aus.«

»Aber sie ist nicht mit einem anderen ausgegangen. Sie hat doch alles bloß getan, damit er glauben soll, daß sie es tut.«

»Wahrscheinlich hat er es wirklich geglaubt und ist eifersüchtig geworden.«

»Er hat aber gar keinen Grund, eifersüchtig zu sein, sie liebt ihn echt. Das sieht doch jeder. Er ist ein Blödmann. Außerdem ist es ihr Geld, oder?«

»Hmm«, machte er, während er verzweifelt versuchte, sich an die Einzelheiten der Handlung von *La Traviata* zu erinnern.

»Warum hat er sich nicht einfach einen Job gesucht? Solange sie alles bezahlt, hat sie auch das Recht zu tun, was sie will.« Vom Bildschirm ertönte donnernder Applaus.

»Das ist nicht immer so, mein Schätzchen.«

»Gut, aber manchmal doch, stimmt's, *Papà*? Warum auch nicht? Bei den meisten meiner Freunde ist es so; wenn ihre Mütter nicht arbeiten wie *Mamma*, dann entscheiden die Väter alles, wo sie in den Ferien hinfahren und alles. Und manche haben sogar eine Geliebte.« Das letzte kam zaghaft, war mehr Frage als Feststellung. »Und sie können es tun, weil sie das Geld verdienen, also können sie bestimmen, was gemacht wird.« Nicht einmal Paola hätte wohl das patriarchalische System so genau zusammenfassen können. Genaugenommen hörte er aus Chiaras Rede die Stimme seiner Frau heraus.

»Ganz so einfach ist das alles nicht, Liebes.« Er zog an seiner Krawatte. »Chiara, sei ein Engel und hol deinem armen alten Vater ein Glas Wein aus der Küche, ja?«

»Klar.« Sie warf ihren Stift hin, bereit, das Thema jetzt auf sich beruhen zu lassen. »Weiß oder rot?«

»Sieh mal nach, ob noch etwas von dem Prosecco da ist. Wenn nicht, dann bring mir irgendeinen, von dem du meinst, daß er mir schmeckt.« In der Sprachregelung der Familie hieß das, sie konnte den Wein nehmen, von dem sie am liebsten probieren wollte.

Er ließ sich aufs Sofa fallen, streifte die Schuhe ab und legte die Füße auf den Couchtisch. Im Fernsehen informierte ein Sprecher die Zuschauer ganz unnötigerweise über die Ereignisse der letzten Tage. Sein eifriger, düsterer Tonfall ließ das Ganze klingen wie die Inhaltsangabe zu einer Oper aus dem eher blutig-veristischen Repertoire.

Chiara kam zurück. Sie war groß und ohne jede körperliche Anmut. Wenn sie mit dem Abwasch dran war, konnte man es noch zwei Zimmer weiter an dem Geklapper und Gebummer hören. Aber sie war hübsch, würde sich vielleicht zu einer Schönheit entwickeln, mit ihren weit auseinanderstehenden Augen und dem zarten Flaum unter den Ohren, der jedesmal sein Herz schmelzen ließ, wenn er ihn gegen das Licht schimmern sah.

»Fragolino«, sagte sie hinter ihm und gab ihm das Glas, wobei sie tatsächlich nur einen einzigen Tropfen verschüttete, und der fiel auf den Fußboden. »Kann ich mal probieren? Mamma wollte ihn nicht aufmachen. Sie sagte, es wäre dann nur noch eine Flasche da, aber ich habe ihr erklärt, daß du sehr müde bist, da war sie einverstanden.« Noch bevor er einwilligen konnte, nahm sie ihm das Glas wieder ab und nippte daran. »Wie kann ein Wein nach Erdbeeren schmecken, *Papà*?« Wie kam es, daß man allwissend war, wenn seine Kinder einen liebten, und gar nichts mehr wußte, wenn sie böse auf einen waren?

»Es ist die Traube. Sie riecht nach Erdbeeren, das überträgt sich auf den Wein.« Er roch und schmeckte die Wahrheit dieser Aussage. »Machst du gerade Hausaufgaben?«

»Ja, Mathe«, sagte sie, und daraus klang eine Begeisterung, die ihn völlig verwirrte. Aber richtig, dieses Kind erklärte ihm ja alle drei Monate seine Kontoauszüge und wollte im Mai seine Steuerformulare für ihn ausfüllen.

»Was für Mathe?« fragte er mit vorgetäuschtem Interesse.

»Ach, das verstehst du doch nicht, *Papà.*« Und blitzschnell: »Wann kaufst du mir einen Computer?«

»Wenn ich in der Lotterie gewinne.« Er hatte guten Grund anzunehmen, daß sein Schwiegervater ihr zu Weihnachten einen Laptop schenken würde, und es mißfiel ihm, daß ihm das mißfiel.

»Ach, das sagst du immer.« Sie setzte sich ihm gegenüber, knallte ihre Füße auf den Tisch und legte ihre Fußsohlen gegen die seinen. Dann gab sie ihm mit dem einen Fuß einen sanften Stoß. »Maria Rinaldi hat einen, und Fabrizio auch. Ich werde in der Schule nie gut sein, nicht richtig gut, solange ich keinen habe.«

»Es sieht aus, als ob du es ganz gut mit dem Bleistift könntest.«

»Sicher kann ich es, aber es dauert Ewigkeiten.«

»Ist es nicht besser, wenn du dein Gehirn trainierst, statt alles die Maschine machen zu lassen?«

»Das ist Quatsch, *Papà.* Unser Gehirn ist kein Muskel. Das haben wir in Biologie gelernt. Außerdem läufst du doch auch nicht in der Stadt herum, um Informationen zu kriegen, wenn du's telefonisch erledigen kannst, oder?« Er drückte gegen ihren Fuß, antwortete aber nicht. »Stimmt doch, *Papà*, nicht?«

»Was würdest du denn mit der ganzen Zeit anfangen, die du sparen würdest, wenn du so ein Ding hättest?«

»Ich würde mir kompliziertere Probleme vornehmen. Der Computer löst sie ja nicht für mich, weißt du. Er macht es nur schneller. Das ist alles, eine Maschine, die eine Million Mal schneller addiert und subtrahiert, als wir das können.«

»Hast du eine Ahnung, was diese Dinger kosten?«

»Klar, der kleine Toshiba, den ich haben möchte, kostet zwei Millionen.«

Glücklicherweise kam Paola ins Zimmer, sonst hätte er seiner Tochter sagen müssen, welche Aussichten sie hatte, von ihm einen Computer zu kriegen. Und dann wäre sie vielleicht auf die Idee gekommen, ihren Großvater zu erwähnen, darum war er doppelt froh, Paola zu sehen. Sie brachte die Flasche Fragolino und ein zweites Glas. Gleichzeitig verebbten die Stimmen im Fernseher, und das Vorspiel zum dritten Akt begann.

Paola stellte die Flasche hin und setzte sich neben ihn auf die Sofalehne. Auf dem Bildschirm enthüllte der Vorhang ein karges Zimmer. Es war schwer, in der zerbrechlichen Frau, die dort unter einem Schal auf dem Diwan hingestreckt lag und eine Hand schlaff auf den Boden hängen ließ, Flavia Petrelli wiederzuerkennen, die er vor noch nicht einmal einer Stunde im vollen Glanz ihrer Schönheit gesehen hatte. Sie glich eher Signora Santina als einer berühmten Kurtisane. Die dunklen Ringe unter den Augen und das Elend in den heruntergezogenen Mundwinkeln sprachen überzeugend von Krankheit und Verzweiflung. Selbst die Stimme, mit der sie Annina bat, das bißchen Geld, das sie noch hatte, den Armen zu geben, war schwach und klang nach Schmerz und Entsagung.

»Sie ist sehr gut«, sagte Paola.

Brunetti machte: »Psst.« Sie sahen zu.

»Und er ist dumm«, fügte Chiara hinzu, als Alfredo ins Zimmer gestürmt kam und sie in die Arme schloß.

»Psst«, zischten sie beide.

Chiara wandte sich wieder ihren Zahlen zu und murmelte »Blödmann«, gerade so laut, daß ihre Eltern es hören konnten.

Er beobachtete, wie sich das Gesicht der Petrelli in der Ekstase der Wiedervereinigung verwandelte, wie es in echter Freude errötete. Gemeinsam planten sie eine Zukunft, die es nie geben würde, und ihre Stimme veränderte sich; er hörte, wie sie wieder Kraft und Klarheit gewann.

Die Freude brachte sie auf die Beine und ließ sie die Hände zum Himmel erheben. »Ich fühle mich wie neu geboren«, rief sie, und da es eine Oper war, brach sie danach prompt zusammen und starb.

»Ich finde immer noch, daß er ein Blödmann ist«, beharrte Chiara über Alfredos Klagen und dem wilden Applaus des Publikums. »Selbst wenn sie noch leben würde, wovon sollten sie denn leben? Soll sie vielleicht wieder das tun, was sie getan hat, bevor sie sich kennenlernten?« Brunetti wollte lieber nicht wissen, wieviel seine Tochter von solchen Dingen wußte. Nachdem sie ihre Meinung kundgetan hatte, kritzelte Chiara eine lange Zahlenreihe unten auf ihr Blatt, steckte es in ihr Mathematikbuch und klappte das Buch zu.

»Ich hatte keine Ahnung, daß sie so gut ist«, sagte Paola respektvoll und ohne die Kommentare ihrer Tochter zu beachten. »Was ist sie denn für ein Mensch?« Es war typisch für sie: Daß diese Frau in einen Mordfall verwickelt war, hatte nicht ausgereicht, um sie für Paola interessant zu machen, sie mußte erst sehen, wie gut sie war.

»Nichts weiter als eine Sängerin«, meinte er achselzuckend.

»Ja, ja, und Reagan war nichts weiter als ein Schauspieler«, sagte Paola. »Was ist sie für ein Mensch?«

»Sie ist arrogant, hat Angst, ihre Kinder zu verlieren, und trägt viel Braun.«

»Wollen wir nicht essen?« sagte Chiara. »Ich sterbe vor Hunger.«

»Dann geh schon mal den Tisch decken. Wir kommen gleich.«

Chiara erhob sich äußerst widerwillig und ging in die Küche, nicht ohne vorher erklärt zu haben: »Und jetzt läßt du dir wahrscheinlich von *Papà* erzählen, wie sie wirklich ist, und ich verpasse wieder das Interessanteste. Wie immer.« Zu ihren größten

Kümmernissen gehörte es, daß sie ihrem Vater nie irgendwelche Informationen entlocken konnte, die sich in Schulhofpopularität ummünzen ließen.

»Ich frage mich«, sagte Paola, während sie ihre Gläser nachfüllte, »wie sie so gut spielen gelernt hat. Ich hatte eine Tante, die an Tb gestorben ist, als ich noch ein Kind war, und ich kann mich noch gut erinnern, wie sie immer so nervös ihre Hände bewegt hat, genau wie die Petrelli auf der Bühne; immerzu waren sie auf ihrem Schoß in Bewegung, und eine griff nach der anderen.« Und dann, mit der ihr eigenen Sprunghaftigkeit: »Glaubst du, sie hat es getan?«

Er zuckte die Achseln. »Möglicherweise. Alle wollen mir einreden, sie sei ein südländischer Hitzkopf, ganz Leidenschaft, Messer in die Rippen, sobald das beleidigende Wort heraus ist. Aber du hast ja gesehen, was für eine Schauspielerin sie ist, sie könnte ebensogut kalt und berechnend und durchaus in der Lage sein, die Tat so auszuführen, wie sie ausgeführt wurde. Zudem ist sie intelligent.«

»Und ihre Freundin?«

»Die Amerikanerin?«

»Ja.«

»Bei ihr weiß ich nicht recht. Sie hat mir erzählt, daß die Petrelli nach dem ersten Akt bei ihm war, aber nur, um mit ihm herumzustreiten.«

»Worüber?«

»Er hatte gedroht, ihren Exmann über die Affäre mit Brett zu informieren.«

Wenn Paola erstaunt war, daß er den Vornamen benutzte, ließ sie es sich nicht anmerken.

»Sind Kinder da?«

»Ja. Zwei.«

»Dann ist es eine ernste Drohung. Aber was ist mit *ihr*, Brett, wie du sie nennst, könnte sie es gewesen sein?«

»Nein, ich glaube nicht. Die Affäre ist für sie nicht so tiefgreifend. Oder sie läßt es nicht zu. Nein, das halte ich für unwahrscheinlich.«

»Du hast mir immer noch nicht geantwortet, was mit der Petrelli ist.«

»Ach komm, Paola, du weißt doch, daß ich mich immer irre, wenn ich es mit Intuition versuche, wenn ich zuviel Verdacht hege oder zu früh. Ich weiß nicht, was ich von ihr halten soll. Ich weiß nur eins, die ganze Sache muß etwas mit seiner Vergangenheit zu tun haben.«

»Also gut«, sagte sie, bereit, es dabei bewenden zu lassen, »essen wir. Es gibt Huhn und Artischocken, und eine Flasche Merlot.«

»Gott sei Dank«, meinte er, stand auf und zog sie von der Sofalehne hoch. Zusammen gingen sie in die Küche.

Wie immer erschien in dem Moment, da das Essen auf dem Tisch stand, Raffaele, Brunettis Erstgeborener und Erbe, aus seinem Zimmer. Er war fünfzehn und groß für sein Alter. In Erscheinung und Gebärden ähnelte er seinem Vater. Ansonsten ähnelte er niemandem aus der Familie und hätte sicher energisch bestritten, daß sein Gehabe irgendwem ähnelte, ob tot oder lebendig. Er hatte ganz von selbst erkannt, daß die Welt korrupt und das System ungerecht war und die Mächtigen nur an der Macht interessiert waren und an nichts sonst. Weil er der erste Mensch war, den diese Erkenntnis je mit solcher Macht und Reinheit überkommen hatte, bestand er darauf, all denen seine Verachtung zu zeigen, die noch nicht mit seiner klaren Sicht gesegnet waren. Das schloß natürlich seine Familie ein, ausgenommen vielleicht Chiara, die er von sozialer Schuld freisprach, weil sie noch so jung war und weil er sich darauf verlassen konnte, daß sie ihm die Hälfte ihres Taschengeldes abgab. Auch sein Großvater war offenbar irgendwie durchs Nadelöhr geschlüpft, wie er das geschafft hatte, verstand keiner.

Er besuchte das humanistische Gymnasium, das ihn auf die Universität vorbereiten sollte, aber im letzten Jahr waren seine

Leistungen schlechter geworden, und seit kurzem redete er davon, abzugehen, denn: »Bildung ist auch nur ein Teil des Systems, das die Arbeiter unterdrückt.« Auch hatte er nicht vor, sich dann eine Arbeit zu suchen, denn das würde ihn abhängig machen von »dem System, das die Arbeiter unterdrückt«. Folglich weigerte er sich also, Bildung anzunehmen, um nicht zum Unterdrücker zu werden, und um nicht unterdrückt zu werden, weigerte er sich, eine Arbeit anzunehmen. Brunetti fand Raffaeles Argumentation in ihrer Schlichtheit geradezu jesuitisch.

Raffaele lümmelte mit aufgestützten Ellbogen am Tisch, und Brunetti fragte ihn nach seinem Befinden, ein Thema, das man immer noch gefahrlos anschneiden konnte.

»Okay.«

Darauf Chiara: »Raffi, gib mal das Brot rüber.«

Und Paola: »Iß diese Knoblauchzehe nicht mit, Chiara. Den Gestank wirst du tagelang nicht los.«

Und Brunetti: »Schmeckt prima. Soll ich die zweite Flasche Wein aufmachen?«

»Ja, bitte«, zwitscherte Chiara, die ihr Glas hochhielt. »Ich hatte noch gar keinen.«

Brunetti holte die Flasche aus dem Kühlschrank und entkorkte sie. Dann ging er um den Tisch herum und goß allen ein. Als er zu seinem Sohn kam, legte er ihm beim Eingießen die Hand auf die Schulter. Raffaele schüttelte sie ab und tat, als wollte er nach den Artischocken greifen, die er nie aß.

»Was gibt's zum Nachtisch?« fragte Chiara.

»Obst.«

»Keinen Kuchen?«

»Gierschlund«, sagte Raffaele, aber das sollte eine Feststellung sein, keine Kritik.

»Hat jemand Lust, nach dem Essen Monopoly zu spielen?« fragte Paola, legte aber, bevor die Kinder zustimmen konnten, die Bedingungen fest. »Nur, wenn die Hausaufgaben erledigt sind.«

»Ich habe meine fertig«, sagte Chiara.

»Ich meine auch«, log Raffaele.

»Ich übernehme die Bank«, sagte Chiara.

»Bürgerlicher Gierschlund«, war Raffaeles Kommentar.

»Ihr beide wascht ab«, bestimmte Paola, »dann können wir spielen.« Beim ersten Protestgejaule fuhr sie auf. »An diesem Tisch wird nicht Monopoly gespielt, bevor das Geschirr nicht abgeräumt, abgewaschen und im Schrank ist.« Und als Raffaele den Mund öffnete, um etwas zu entgegnen, meinte sie zu ihm gewandt: »Und wenn du das für eine bürgerliche Sichtweise hältst, hast du eben Pech gehabt. Hühnchen essen ist auch ganz schön bürgerlich, aber ich habe keine Beschwerden über das Essen gehört. Also, wasch ab, dann spielen wir.«

Brunetti war immer wieder verblüfft darüber, daß sie in diesem Ton mit Raffaele reden konnte und damit durchkam. Jedesmal, wenn er seinen Sohn auch nur andeutungsweise zurechtweisen wollte, endete die Szene mit zugeschlagenen Türen und tagelangem Beleidigtsein. Raffaele wußte, daß er verloren hatte, und machte seinem Ärger Luft, indem er die Teller vom Tisch riß und sie auf den Tresen neben der Spüle knallte. Brunetti dem seinen, indem er die Flasche und sein Glas mit ins Wohnzimmer nahm, um dort abzuwarten, bis das unvermeidliche Gebummer und Geklapper widerwilligen Gehorsams verklungen war.

»Wenigstens baut er keine Bomben in seinem Zimmer«, meinte Paola tröstend, als sie sich zu ihm setzte. Aus der Küche hörten sie die gedämpften Töne, die ihnen sagten, daß Raffaele abwusch, und die hellen Klapperlaute, die davon sprachen, daß Chiara abtrocknete und wegräumte. Gelegentlich war ein Ausbruch plötzlichen Gelächters zu vernehmen.

»Glaubst du, er macht sich noch?« fragte er.

»Solange sie ihn zum Lachen bringen kann, müssen wir uns wohl keine Sorgen machen. Er würde Chiara nie etwas Böses tun, und ich kann mir nicht vorstellen, daß er jemanden in die Luft jagen würde.« Brunetti war nicht sicher, ob das die Sorgen, die er sich um seinen Sohn machte, schon hinreichend beschwichtigte, aber fürs erste wollte er es so hinnehmen.

Chiara streckte den Kopf durch die Tür und rief: »Raffi hat das Brett geholt. Kommt, laßt uns anfangen.«

Als er und Paola in die Küche kamen, war das Monopoly-Brett auf dem Küchentisch aufgebaut, und Chiara als Bankhalterin verteilte schon das Spielgeld. Paola durfte die Bank schon lange nicht mehr übernehmen, denn allzuoft war sie im Lauf der Jahre dabei erwischt worden, wie sie sich an der Kasse vergriff. Raffaele hatte zweifellos Bedenken, daß man ihm Geldgier nachsagen könnte, wenn er den Posten übernahm, und weigerte sich. Brunetti hatte schon so viel damit zu tun, sich aufs Spiel zu konzentrieren, daß er nicht auch noch den Bankhalter machen konnte, und so überließen sie es immer Chiara, der das Zählen und Einsammeln, das Auszahlen und Wechseln Spaß machte.

Sie würfelten, wer anfangen durfte. Raffaele verlor und mußte als letzter ziehen, genug, um die anderen drei von Anfang an kribbelig zu machen. Brunetti fand es beängstigend, daß der Junge unbedingt gewinnen mußte, und er spielte oft bewußt schlecht, um seinem Sohn alle Vorteile einzuräumen.

Nach einer halben Stunde besaß Chiara alle Grünen: Via Roma, Corso Impero und Largo Augusto. Raffaele hatte zwei rote Straßen und brauchte, um seinen Grundbesitz zu vervollständigen, nur noch die Via Marco Polo, die Brunetti besaß. Nach vier weiteren Runden ließ Brunetti sich beschwatzen, Raffaele das fehlende rote Grundstück für das Aquädukt und fünfzigtausend Lire zu verkaufen. Die Familienregel verbot jeglichen Kommentar, was Chiara nicht davon abhielt, ihrem Bruder unter dem Tisch einen kräftigen Tritt zu versetzen.

Raffaele protestierte, wie nicht anders zu erwarten: »Hör auf, Chiara. Wenn er unbedingt ein schlechtes Geschäft machen will, dann laß ihn doch.« Und das von dem Jungen, der das kapitalistische System zum Einsturz bringen wollte.

Brunetti händigte ihm die Karte aus und sah zu, wie unverzüglich Hotels auf alle drei Straßen gesetzt wurden. Während Raffaele damit beschäftigt war und aufpaßte, daß Chiara ihm richtig herausgab, sah Brunetti, wie Paola heimlich, still und leise einen Stapel Zehntausendlirescheine von der Bank zu sich hinschob. Sie blickte auf, merkte, daß ihr Mann beobachtet hatte, wie sie ihre eigenen Kinder bestahl, und bedachte ihn mit einem strahlenden Lächeln. Ein Polizist, der mit einer Diebin verheiratet war, ein Computermonster zur Tochter und einen Anarchisten zum Sohn hatte.

In der nächsten Runde landete er auf einem von Raffaeles neuen Hotels und mußte ihm alles aushändigen, was er besaß. Paola entdeckte plötzlich, daß sie noch genug Geld hatte, um sechs Hotels zu bauen, besaß aber immerhin so viel Anstand, seinem Blick auszuweichen, als sie der Bank das Geld gab.

Brunetti lehnte sich zurück und beobachtete, wie das Spiel seinen Lauf nahm, bis zu dem durch seine Verluste an Raffaele unausweichlich gewordenen Ende. Paolas Ellbogen näherte sich erneut den Zehntausendlirescheinen, aber diesmal gebot ein eisiger Blick von Chiara ihr Einhalt. Chiara indessen konnte Raffaele nicht dazu überreden, ihr den Parco della Vittoria zu verkaufen, landete zweimal hintereinander auf den roten Hotels und machte Bankrott. Paola hielt noch zwei Runden lang durch, bis sie auf dem Hotel in der Viale Costantino landete und nicht mehr zahlen konnte.

Das Spiel war zu Ende; Raffaele verwandelte sich im Handumdrehen vom erfolgreichen Wirtschaftskapitän in den verdrießlichen Feind der herrschenden Klasse; Chiara ging den Kühlschrank räubern, und Paola gähnte und meinte, es sei Zeit, ins Bett zu gehen. Brunetti folgte ihr über den Flur und dachte, daß der Polizeikommissar der Serenissima schon wieder einen Abend mit der unerbittlichen Verfolgung der Person verbracht hatte, die für den Tod des berühmtesten Musikers der Zeit verantwortlich war.

18

Micheles Anruf kam um eins und riß Brunetti aus einem wirren, unruhigen Schlaf. Beim vierten Klingeln nahm er ab und meldete sich.

»Guido, hier ist Michele.«

»Michele«, wiederholte Brunetti dämlich und versuchte sich zu erinnern, ob er jemanden mit Namen Michele kannte. Er öffnete unter gewaltiger Willensanstrengung die Augen, und es fiel ihm wieder ein. »Michele, Michele, gut. Fein, daß du anrufst.« Er knipste die Nachttischlampe an und setzte sich auf. Paola schlief neben ihm wie ein Stein.

»Ich habe mit meinem Vater gesprochen. Er konnte sich an alles erinnern.«

»Und?«

»Genau, wie du gesagt hast: wenn es etwas zu wissen gibt, weiß er es.«

»Spar dir das Triumphgeheul, und leg los.«

»Es gab Gerüchte über Wellauer und die Schwester, die Opernsängerin war, Clemenza. *Papà* wußte nicht mehr genau, wo, aber es fing wohl in Deutschland an, wo sie unter ihm gesungen hat. Einmal ist es offenbar zu einer Szene zwischen der Ehefrau Wellauers und La Santina gekommen, bei einer Premierenfeier. Sie haben sich gegenseitig Beleidigungen an den Kopf geworfen, und Wellauer ist dann gegangen.« Michele machte eine Kunstpause. »Mit der Santina. Nach diesen Gastspielen – mein Vater glaubt, daß es 1937 oder 38 gewesen sein muß – kam die Santina dann hierher, nach Rom, und Wellauer fuhr nach Hause, um sich den Marsch blasen zu lassen.« Michele lachte über seinen eigenen Witz, auch wenn er nicht besonders gut war. Brunetti lachte nicht.

»Offenbar ist es ihm gelungen, seine Frau zu besänftigen.

Papà meinte, da habe er ziemlich viel Besänftigungsarbeit leisten müssen, auch später.«

»War er so einer?« wollte Brunetti wissen.

»Sieht so aus. *Papà* sagt, einer der schlimmsten. Oder der besten, wie man's nimmt. Nach dem Krieg haben sie sich dann scheiden lassen.«

»Aus diesen Gründen?«

»Da war er sich nicht ganz sicher. Man kann wohl davon ausgehen. Vielleicht aber auch, weil er die falsche Seite unterstützt hat.«

»Und dann, als die Santina wieder in Italien war?«

»Er kam, um eine Aufführung von *Norma* zu dirigieren, das war die, bei der sie sich geweigert hat zu singen. Kennst du die Geschichte?«

»Ja.« Er hatte sie inzwischen in der Mappe gelesen, die Miotti ihm zusammengestellt hatte, Fotokopien jahrzehntealter Zeitungsausschnitte aus römischen und venezianischen Zeitungen.

»Sie haben eine andere Sopranistin gefunden, und Wellauer feierte einen Triumph.«

»Und sie, hatte sie weiterhin Kontakt zu ihm?«

»An diesem Punkt wird die Sache etwas undurchsichtig, meint *Papà*. Manche sagten, sie seien danach noch eine Weile zusammengeblieben, während andere meinten, er habe die Beziehung abgebrochen, als sie nicht mehr sang.«

»Und was ist mit den Schwestern?«

»Es sieht aus, als habe Wellauer eine nach der anderen aufgerissen, nachdem Clemenza nicht mehr sang.« Michele war nicht gerade für feine Ausdrucksweise bekannt, besonders, wenn er über Frauen redete.

»Und dann?«

»Das ging so eine Weile. Und dann kam es zu dem, was man eine ›illegale Operation‹ nannte. Kein Problem, selbst zu der Zeit nicht, wenn man die richtigen Leute kannte. Und Wellauer kannte sie. Niemand hat damals etwas Genaues erfahren, aber sie ist gestorben. Vielleicht war das Kind gar nicht von ihm, aber die meisten haben es offenbar damals angenommen.«

»Und weiter?«

»Na ja, sie ist gestorben, wie ich schon sagte. Natürlich wurde nichts darüber geschrieben. Man konnte über solche Dinge damals nicht schreiben. Als Todesursache wurde in den Zeitungen eine ›plötzliche Erkrankung‹ angegeben. Na ja, das war es wohl gewissermaßen auch.«

»Und die andere Schwester?«

»*Papà* meint, die sei nach Argentinien gegangen, entweder direkt nach dem Krieg oder bald danach. Er glaubt, daß sie dort gestorben ist, aber erst Jahre später. Soll ich *Papà* noch mal fragen, ob er darüber etwas herausfinden kann?«

»Nein, Michele. Sie ist nicht wichtig. Was ist mit Clemenza?«

»Sie versuchte ein Comeback nach dem Krieg, aber ihre Stimme war nicht mehr dieselbe. Also hörte sie auf zu singen. *Papà* glaubt zu wissen, daß sie in Venedig wohnt. Stimmt das?«

»Ja. Ich habe mit ihr gesprochen. Konnte dein Vater sich an noch etwas erinnern?«

»Nur, daß er Wellauer einmal vor etwa fünfzehn Jahren begegnet ist. Er mochte ihn nicht, konnte aber nicht direkt sagen, warum. Er mochte ihn einfach nicht.«

Brunetti hörte an Micheles Tonfall den Wechsel vom Freund zum Journalisten. »Hilft dir das irgendwie weiter, Guido?«

»Ich weiß es noch nicht, Michele. Ich wollte mir einfach ein Bild von dem Mann machen, und ich wollte wissen, wie das mit der Santina war.«

»Gut, das weißt du nun.« Micheles Antwort klang kurz angebunden. Er hatte aus dem letzten Satz den Polizisten herausgehört.

»Michele, hör mal, es könnte mir durchaus weiterhelfen, aber ich weiß es einfach noch nicht.«

»Gut, gut. Wenn es so ist, dann ist es ja gut.« Er konnte sich nicht dazu durchringen, um den Gefallen zu bitten.

»Wenn sich etwas daraus ergibt, rufe ich dich an, Michele.«

»Klar, tu das, Guido. Es ist spät, und du willst sicher wieder schlafen. Sag mir Bescheid, wenn du noch was brauchst, ja?«

»Versprochen. Und vielen Dank, Michele. Sag auch deinem Vater vielen Dank von mir.«

»Er dankt dir. Er konnte sich dadurch wieder nützlich und wichtig vorkommen. Gute Nacht, Guido.«

Bevor Brunetti noch etwas antworten konnte, wurde am anderen Ende aufgelegt. Er machte das Licht aus und schlüpfte wieder unter die Decke, erst jetzt merkte er, wie kalt es im Zimmer war. Im Dunkeln sah er das Foto in Clemenza Santinas Behausung vor sich, das sorgfältig arrangierte Dreieck, in dem die drei Schwestern posierten. Eine war seinetwegen gestorben, die andere hatte sich durch ihre Liaison mit ihm womöglich die Karriere verdorben. Nur die jüngste war ihm entkommen, und dazu hatte sie nach Argentinien gehen müssen.

19

Am nächsten Morgen, noch bevor Paola wach war, tapste Brunetti in die Küche, wo er ziemlich verschlafen Kaffee aufsetzte. Anschließend ging er ins Bad und spritzte sich Wasser ins Gesicht. Beim Abtrocknen mied er den Blick des Mannes im Spiegel. Vor der ersten Tasse Kaffee traute er keinem.

Er kam genau in dem Augenblick in die Küche zurück, als der Kaffee überkochte. Er hielt sich nicht einmal damit auf zu schimpfen, riß nur den Topf von der Flamme und drehte das Gas ab. Dann goß er sich Kaffee in eine Tasse, löffelte drei Stück Zucker hinein und trat mit der Tasse in der Hand auf die Terrasse, die nach Westen ging. Vielleicht gelang es der morgendlichen Kühle, ihn wach zu machen, falls der Kaffee es nicht schaffte.

Stoppelbärtig und zerknittert stand er draußen und blickte zu der Stelle am Horizont, wo die Dolomiten anfingen. Es mußte nachts ziemlich geregnet haben, denn die Berge waren aufgetaucht, hatten sich über Nacht herangeschlichen und standen wie hingezaubert in der klaren Morgenluft. Noch vor dem Abend würden sie wieder verschwunden sein, dem Blick entzogen durch die Rauchwolken, die ständig von den Fabriken auf dem Festland hochstiegen, oder durch die Dunstschleier, die von der Lagune hereindrifteten.

Von links riefen die Glocken von San Polo zur Frühmesse. Unter ihm, in dem Haus auf der gegenüberliegenden Straßenseite, wurden die Vorhänge zurückgezogen, und ein nackter Mann erschien am Fenster. Er merkte nicht, daß Brunetti ihn von oben beobachtete. Plötzlich wuchsen dem Mann noch ein Paar Hände mit roten Fingernägeln, die sich von hinten um ihn schlangen. Er lächelte, trat vom Fenster zurück, und die Vorhänge schlossen sich hinter ihm.

Die Morgenkühle wurde langsam beißend und trieb Brunetti in die Küche zurück, wo er die Wärme ebenso genüßlich wahrnahm wie die Tatsache, daß Paola inzwischen am Tisch saß und weit attraktiver aussah, als jemand morgens vor neun eigentlich aussehen durfte.

Sie wünschte ihm fröhlich guten Morgen; er antwortete mit einem Grunzen. Dann stellte er seine leere Kaffeetasse in den Spülstein und griff nach einer zweiten mit heißer Milch, die Paola für ihn bereitgestellt hatte. Nachdem die erste ihn dem Wachzustand etwas näher gebracht hatte, gelang es dieser zweiten vielleicht ganz.

»War das Michele, der heute nacht angerufen hat?«

»Hm.« Er fuhr sich übers Gesicht, trank von seinem Kaffee. Sie zog sich vom Ende des Tisches eine Zeitschrift heran und blätterte darin herum, während sie an ihrem eigenen Kaffee nippte. Noch nicht mal sieben, und sie sah sich Armani-Jacketts an. Sie blätterte weiter. Er kratzte sich an der Schulter. Die Zeit verrann.

»War das Michele heute nacht?«

»Ja.« Sie war froh, ihm ein richtiges Wort entlockt zu haben, und fragte nicht weiter. »Er hat mir die Sache mit Wellauer und der Santina erzählt.«

»Wie lange ist das alles her?«

»Ungefähr vierzig Jahre. Es war kurz nach dem Krieg, nein kurz vorher, dann wären es eher fünfzig Jahre.«

»Und was ist passiert?«

»Er hat ihre Schwester geschwängert, und nach einer Abtreibung ist sie dann gestorben.«

»Hat die alte Frau dir davon auch erzählt?«

»Kein Wort.«

»Was willst du machen?«

»Ich muß noch mal mit ihr reden.«

»Heute vormittag?«

»Nein, ich muß erst ins Büro. Heute nachmittag. Morgen.«

Er merkte, wie wenig Lust er hatte, noch einmal in diese Kälte und dieses Elend zu gehen.

»Wenn du gehst, zieh deine braunen Schuhe an.« Sie würden ihn gegen die Kälte schützen; aber gegen das Elend konnte ihn nichts schützen.

»Ja, danke«, sagte er. »Willst du zuerst duschen?« fragte er dann, weil ihm eben eingefallen war, daß sie heute schon früh unterrichten mußte.

»Nein, geh nur. Ich lese das hier fertig und mache frischen Kaffee.«

Im Vorbeigehen küßte er sie aufs Haar und fragte sich, wie sie es fertigbrachte, so zivilisiert, ja sogar freundlich mit diesem Brummbär umzugehen, der er morgens war. Der Duft ihres Shampoos stieg ihm in die Nase, und er sah, daß ihr Haar über der Schläfe schon etwas grau wurde. Das war ihm noch nie aufgefallen, und er küßte sie noch einmal auf die Stelle, gerührt ob der Zerbrechlichkeit dieser Frau.

Als er ins Büro kam, nahm er sich alle Zeitungen und Berichte zum Tod des Dirigenten vor, die sich angesammelt hatten, und las sie durch, manche zum dritten oder vierten Mal. Die Übersetzungen der deutschen Berichte machten ihn ungeduldig. In ihrer erschöpfenden Detailgenauigkeit – etwa bei den Listen der Dinge, die bei zwei Einbrüchen aus Wellauers Wohnung gestohlen wurden – waren sie Monumente deutscher Gewissenhaftigkeit. Und durch die fast völlig fehlenden Informationen über die Aktivitäten des Dirigenten während der Kriegsjahre, sei es privater oder beruflicher Natur, waren sie ein Beispiel für die ebenso deutsche Fähigkeit, eine Wahrheit durch schlichtes Ignorieren zu beseitigen. Wenn man an einen gewissen österreichischen Präsidenten dachte, war diese Taktik bemerkenswert erfolgreich, wie Brunetti zugeben mußte.

Wellauer selbst hatte die Leiche seiner zweiten Frau gefunden. Kurz bevor sie in den Keller gegangen war, um sich zu erhängen, hatte sie noch eine Freundin angerufen und zum Kaffee eingeladen, eine Mischung aus Makabrem und Prosaischem, die Brunetti jedesmal erschütterte, wenn er den Bericht las. Die Freundin war aufgehalten worden und erst angekommen, als Wellauer seine Frau bereits gefunden und die Polizei verständigt hatte. Das hieß, er hätte eine Nachricht oder einen Brief von ihr inzwischen gefunden und vernichtet haben können.

Paola hatte ihm beim Frühstück Padovanis Telefonnummer gegeben und ihm gesagt, daß der Journalist am nächsten Tag nach Rom zurückfahren wollte. Da Brunetti das Essen als »Befragung eines Zeugen« auf sein Spesenkonto setzen konnte, rief er Padovani an und lud ihn zum Mittagessen ins Galleggiante ein, das er schätzte, sich aber selten leisten konnte. Sie verabredeten, sich um eins in dem Restaurant zu treffen.

Danach rief er im Büro der Übersetzer unten im Präsidium an und bat, ihm die Deutschübersetzerin heraufzuschicken. Als sie kam – eine junge Frau, der er schon oft auf der Treppe zugenickt hatte –, erklärte er ihr, er wolle mit Berlin telefonieren und brauche vielleicht ihre Hilfe, falls die Person am anderen Ende weder Englisch noch Italienisch spreche.

Er wählte die Nummer, die ihm Signora Wellauer gegeben hatte. Beim vierten Klingeln wurde der Hörer abgenommen, und eine Frauenstimme sagte harsch – Deutsch klang in seinen Ohren immer harsch – »Steinbrunner«. Er gab den Hörer an die Übersetzerin weiter und bekam genügend mit, um daraus zu schließen, daß der Doktor derzeit in seiner Praxis war und nicht zu Hause, nämlich der Nummer, die er hatte. Er bedeutete der Übersetzerin, die neue Nummer anzurufen, und hörte zu, während sie erklärte, wer sie war und worum es ging. Sie hielt die Hand hoch, zum Zeichen, daß sie wartete, und nickte. Dann reichte sie ihm den Hörer, und er dachte schon, ein Wunder sei geschehen und Dr. Steinbrunner habe auf italienisch geantwortet. Statt dessen tönte auf Kosten der Stadt Venedig sanfte, fade Musik über die Alpen. Er gab ihr den Hörer zurück und sah zu, wie sie beim Warten mit der Hand den Takt schlug.

Plötzlich drückte sie den Hörer fester ans Ohr und sagte etwas auf deutsch. Nach einigen weiteren Sätzen erklärte sie Brunetti: »Seine Sekretärin verbindet gerade. Sie sagt, er spricht Englisch. Wollen Sie dann übernehmen?«

Er nickte, nahm ihr den Hörer ab, bedeutete ihr aber, zu bleiben. »Warten wir ab, ob sein Englisch so gut ist wie Ihr Deutsch.«

Bevor er seinen Satz noch beendet hatte, hörte er am anderen Ende eine tiefe Stimme sagen: »Hier ist Dr. Erich Steinbrunner. Mit wem spreche ich bitte?«

Brunetti stellte sich vor und signalisierte der Übersetzerin, daß sie gehen könne. Bevor sie das tat, beugte sie sich über seinen Schreibtisch und schob ihm Block und Bleistift hin.

»Ja, Commissario, was kann ich für Sie tun?«

»Ich untersuche den Tod von Maestro Wellauer und habe von seiner Witwe erfahren, daß Sie eng mit ihm befreundet waren.«

»Ja, das stimmt. Meine Frau und ich waren viele Jahre mit ihm befreundet. Sein Tod hat uns beide tief getroffen.«

»Das kann ich mir vorstellen, Doktor.«

»Ich wollte zur Beerdigung kommen, aber meiner Frau geht es gesundheitlich nicht gut, und ich wollte sie nicht allein lassen.«

»Signora Wellauer wird dafür sicher Verständnis haben«, sagte er, überrascht, wie international Platitüden waren.

»Ich habe mit Elisabeth gesprochen«, sagte der Arzt. »Sie schien mir sehr gefaßt.«

Angestachelt durch irgend etwas an seinem Tonfall, sagte Brunetti: »Sie schien etwas ... ich weiß nicht recht, wie ich es ausdrücken soll ... sie schien nicht ganz damit einverstanden, daß ich Sie anrufe, Doktor.« Und als er darauf keine Antwort bekam, fügte er hinzu: »Vielleicht ist es noch zu früh, als daß sie sich glücklicherer Zeiten erinnern möchte.«

»Ja, das wäre möglich«, antwortete der Doktor trocken, ließ aber keinen Zweifel daran, daß er nicht so dachte.

»Doktor, darf ich Ihnen ein paar Fragen stellen?«

»Aber sicher.«

»Ich habe mir den Terminkalender des Maestro angesehen, dabei fiel mir auf, daß er Sie und Ihre Frau in den letzten Monaten seines Lebens regelmäßig getroffen hat.«

»Ja, wir haben drei- oder viermal zusammen gegessen.«

»Aber es gab auch andere Eintragungen, Doktor, nur Ihr Name und früh am Morgen. Die Tageszeit brachte mich darauf, daß es sich um einen offiziellen Besuch gehandelt haben könnte, mit anderen Worten, daß er Sie als Arzt aufgesucht hat und nicht als Freund.« Mit einiger Verzögerung fragte er: »Darf ich fragen, ob Sie ein…«, er hielt inne, wollte den anderen nicht kränken, indem er fragte, ob er praktischer Arzt sei, und meinte schließlich: »Tut mir leid, ich habe den englischen Ausdruck vergessen. Könnten Sie mir Ihr Spezialgebiet nennen?«

»Hals-Nasen-Ohren. Aber besonders Hals. So habe ich Helmut vor Jahren kennengelernt. Vor vielen Jahren.« Seine Stimme klang wärmer, als er das sagte. »Ich bin hier in Deutschland als der ›Sängerdoktor‹ bekannt.« Überraschte es ihn, das tatsächlich jemandem erklären zu müssen?

»Hat er Sie aufgesucht, weil einer seiner Sänger Sie brauchte? Oder hatte er Schwierigkeiten mit der Stimme?«

»Nein, sein Hals beziehungsweise seine Stimme war völlig in Ordnung. Einmal bat er mich zum Frühstück und wollte mit mir über eine Sängerin sprechen.«

»Und danach, Doktor? Es waren noch weitere Morgentermine in seinem Kalender eingetragen.«

»Ja, er war zweimal bei mir. Das erste Mal sollte ich ihn untersuchen. Und eine Woche später habe ich ihm die Ergebnisse mitgeteilt.«

»Würden Sie mir diese Ergebnisse sagen?«

»Bevor ich das tue, hätte ich gern gewußt, warum Sie das für wichtig halten.«

»Es hat den Anschein, als ob irgend etwas den Maestro sehr beschäftigt oder besorgt gemacht hätte. Das habe ich aus Gesprächen mit Leuten hier erfahren. Deshalb versuche ich herauszufinden, was es gewesen sein könnte – alles, was seinen Gemütszustand beeinflußt haben könnte.«

»Es tut mir leid, aber ich verstehe nicht recht, was das damit zu tun haben könnte«, sagte der Doktor.

»Wissen Sie, ich versuche so viel wie möglich über seinen Gesundheitszustand zu erfahren. Denken Sie bitte daran, daß mir jeder Hinweis helfen könnte, den an seinem Tod Schuldigen zu finden und zur Rechenschaft zu ziehen.« Paola hatte ihm oft gesagt, daß man von einem Deutschen nur etwas bekommen konnte, wenn man ihm mit Recht und Gesetz kam. Die schnelle Reaktion seines Gesprächspartners zeigte ihm, daß sie offenbar recht hatte.

»In dem Fall helfe ich Ihnen gern.«

»Was war das für eine Untersuchung?«

»Wie gesagt, Stimme und Hals waren völlig in Ordnung. Seine Augen bestens. Allerdings bestand ein geringfügiger Hörverlust, und das war es auch, was ihn eigentlich zu mir geführt hatte.«

»Und Ihre Ergebnisse, Doktor?«

»Wie ich schon sagte, ein leichter Hörverlust. Minimal. Wie in seinem Alter nicht anders zu erwarten.« Er korrigierte sich rasch. »In unserem Alter.«

»Wann haben Sie die Untersuchung durchgeführt? Die Termine, die ich habe, sind für Oktober eingetragen.«

»Ja, irgendwann im Oktober. Ich müßte in meinen Unterlagen nachsehen, wenn Sie die genauen Daten haben wollen, aber so ungefähr stimmt es.«

»Und erinnern Sie sich an die exakten Ergebnisse, Doktor?«

»Nein, das nicht. Aber der Verlust des Hörvermögens betrug sicher weniger als zehn Prozent, sonst würde ich mich bestimmt erinnern.«

»Ist das ein erheblicher Verlust?«

»Nein.«

»Würde man es merken?«

»Merken?«

»Hätte es ihn beim Dirigieren behindert?«

»Genau das wollte Helmut wissen. Ich habe ihm gesagt, es fiele nicht ins Gewicht, die Beeinträchtigung sei kaum meßbar. Er glaubte mir. Aber ich hatte ihm am selben Tag noch ein anderes Untersuchungsergebnis mitzuteilen, und das machte ihn besorgt.«

»Was war das?«

»Er hatte eine junge Sängerin zu mir geschickt, die Probleme mit ihrer Stimme hatte. Bei ihr hatte ich Stimmbandknötchen festgestellt, die operativ entfernt werden mußten. Ich sagte Helmut, daß sie frühestens in einem halben Jahr wieder singen könnte. Er hatte geplant, sie im Frühjahr in München einzusetzen, aber das war unmöglich.«

»Erinnern Sie sich sonst noch an etwas, Doktor?«

»Nein, an nichts weiter. Helmut sagte, er würde sich nach seiner Rückkehr aus Venedig wieder melden, aber ich nahm an, er meinte das eher auf geselliger Ebene, wir vier.«

Brunetti hörte das fast unmerkliche Zögern am anderen Ende und fragte: »Noch etwas, Doktor?«

»Er fragte mich, ob ich ihm in Venedig einen Arzt empfehlen könne. Ich sagte ihm, er solle nicht albern sein, er habe eine Roßnatur. Im Falle einer Krankheit würde die Oper ihm den besten Arzt besorgen, den es gebe. Aber er bestand darauf, von mir eine Empfehlung mitzubekommen.«

»Einen Spezialisten?«

»Ja. Schließlich nannte ich ihm den Namen eines Kollegen, mit dem ich einige Male zu tun hatte. Er lehrt an der Universität von Padua.«

»Und wie heißt er?«

»Valerio Treponti. Er hat eine Privatpraxis in der Stadt, aber die Nummer habe ich nicht. Helmut fragte nicht danach, er schien ganz zufrieden damit, bloß den Namen zu haben.«

»Erinnern Sie sich, ob er sich den Namen notiert hat?«

»Nein, das hat er nicht. Ehrlich gesagt dachte ich damals, er sei nur starrköpfig. Außerdem galt unsere Unterhaltung ja eigentlich der Sängerin.«

»Eine letzte Frage noch, Doktor.«

»Ja?«

»Ist Ihnen in den letzten Monaten eine Veränderung an ihm aufgefallen, irgendein Anzeichen, daß ihn etwas besonders beschäftigte oder ängstigte?«

Die Antwort des Doktors kam nach einer langen Pause. »Vielleicht war da etwas, aber ich weiß nicht, was es war.«

»Haben Sie ihn danach gefragt?«

»Solche Fragen stellte man Helmut nicht.«

Brunetti unterließ es, zu erwidern, daß Männer nach über vierzig Jahren Freundschaft manchmal durchaus so etwas taten. Statt dessen fragte er: »Können Sie sich vorstellen, was es gewesen sein könnte?«

Wieder eine lange Pause. »Ich dachte, es könnte etwas mit Elisabeth zu tun haben. Aus dem Grunde habe ich es Helmut gegenüber nicht erwähnt. Er war immer sehr empfindlich, wenn es um sie ging, um den großen Altersunterschied zwischen ihnen. Aber vielleicht könnten Sie mit ihr selbst darüber reden, Commissario?«

»Ja, Doktor, das habe ich vor.«

»Gut. War das dann alles? Ich sollte wieder zu meinen Patienten zurück.«

»Ja, Doktor, das war alles. Sie haben mir sehr geholfen, und ich danke Ihnen für das Gespräch.«

»Keine Ursache. Ich hoffe, Sie finden den Schuldigen und bringen ihn vor Gericht.«

»Ich werde tun, was ich kann, Doktor«, sagte Brunetti höflich und verschwieg, daß er hauptsächlich an ersterem interessiert war und nicht im geringsten an dem letzteren.

Sobald der andere aufgelegt hatte, wählte Brunetti die Auskunft und ließ sich die Nummer von Dr. Valerio Treponti in Padua geben. Als er in der Praxis des Arztes anrief, sagte man ihm, der Dottore habe einen Patienten und könne nicht ans Telefon kommen. Brunetti erklärte der Sekretärin, wer er war und daß es dringend sei, er werde warten.

Während er wartete, blätterte er die Morgenzeitungen durch. Wellauers Tod war aus den wichtigsten nationalen Blättern verschwunden und erschien nur auf der zweiten Seite des Lokalteils des *Gazzettino*, und dort auch nur, weil am Konservatorium ein Stipendium auf seinen Namen eingerichtet worden war.

Ein Klicken tönte aus dem Apparat, und eine sonore Stimme sagte: »Treponti.«

»Dottore, hier spricht Commissario Brunetti von der venezianischen Polizei.«

»Das sagte mir meine Sprechstundenhilfe schon. Worum geht es?«

»Ich möchte gern wissen, ob Sie im letzten Monat einen älteren, hochgewachsenen Mann als Patienten hatten, der sehr gut Italienisch sprach, allerdings mit deutschem Akzent.«

»Wie alt?«

»Um die Siebzig.«

»Sie meinen den Österreicher? Wie hieß er noch? Doerr? Ja, genau, Hilmar Doerr. Aber er war nicht Deutscher, sondern Österreicher. Mehr oder weniger dasselbe. Was möchten Sie über ihn wissen?«

»Könnten Sie ihn mir beschreiben, Dottore?«

»Halten Sie das wirklich für so wichtig? Ich habe sechs Patienten im Wartezimmer und muß in einer Stunde in der Klinik sein.«

»Könnten Sie ihn mir beschreiben, Dottore?«

»Habe ich das nicht schon? Groß, blaue Augen, Mitte Sechzig.«

»Wann war er bei Ihnen, Dottore?«

Im Hintergrund hörte Brunetti eine andere Stimme etwas sagen. Dann hielt der Doktor offenbar die Hand über die Sprechmuschel, denn es wurde still am anderen Ende. Eine Minute verging, dann war Treponti wieder da, noch eiliger und ungeduldiger als vorher.

»Commissario, ich kann jetzt nicht mit Ihnen sprechen. Ich muß wichtige Dinge erledigen.«

Brunetti ließ das durchgehen und fragte: »Könnten Sie mit mir sprechen, wenn ich heute noch in Ihre Praxis käme, Dottore?«

»Heute nachmittag, fünf Uhr. Ich kann Ihnen zwanzig Minuten reservieren. Hier.« Er hatte aufgelegt, bevor Brunetti nach der Adresse fragen konnte. Geduldig und bemüht, gelassen zu bleiben, wählte er noch einmal und bat die Sprechstundenhilfe um die Anschrift. Er bedankte sich mit ausgesuchter Höflichkeit und legte auf.

Dann saß er da und überlegte, wie er am besten nach Padua kam. Patta würde sich garantiert einen Wagen mit Fahrer bestellen, und vielleicht noch eine Motorradeskorte, falls an dem Tag besonders viele Terroristen auf der Autobahn unterwegs sein sollten. Brunetti stand dem Rang nach ein Wagen zu, aber er wollte Zeit sparen, und so rief er beim Bahnhof an, um sich nach den Nachmittagszügen in Richtung Padua zu erkundigen. Er erfuhr, daß der Eilzug nach Mailand ihn so günstig nach Padua bringen würde, daß er rechtzeitig um fünf in Trepontis Praxis sein konnte. Er müßte also nach dem Essen mit Padovani direkt zum Bahnhof gehen.

20

Als Brunetti ankam, wartete Padovani schon im Restaurant. Der Journalist stand zwischen der Bar und einer Vitrine mit verschiedenen Vorspeisen: Tintenfisch, Strandschnecken, Krabben. Sie schüttelten sich kurz die Hand und wurden von Signora Antonia, der junohaften Bedienung, die hier das Kommando hatte, zu ihrem Tisch gebracht. Nachdem sie saßen, verschoben sie erst einmal ihr Gespräch über Verbrechen und Klatsch und berieten sich mit Signora Antonia über das Essen. Es gab zwar eine Speisekarte, aber die meisten Stammkunden hielten sich nicht damit auf; die wenigsten hatten sie je gesehen. Die Gerichte und Spezialitäten des Tages hatte Antonia im Kopf. Rasch ging sie die Liste durch, aber Brunetti wußte, daß es reine Formsache war. Sie entschied schnell, daß sie den Antipasto di Mare essen wollten, dann den Risotto mit Scampi und den gegrillten Seebarsch, der am Morgen frisch vom Fischmarkt gekommen war, wie sie versicherte. Padovani fragte, ob er vielleicht, wenn die Signora es für angeraten hielt, noch einen grünen Salat haben könnte. Sie widmete seinem Wunsch die gebührende Aufmerksamkeit, erklärte ihn für gerechtfertigt, meinte dann, eine Flasche des weißen Hausweins sei das richtige dazu, und ging sie holen.

Als der Wein auf dem Tisch stand und das erste Glas eingegossen war, eröffnete Brunetti das Gespräch und fragte Padovani, ob er in Venedig noch viel zu tun hätte. Der Kritiker erklärte, er müsse noch über zwei Vernissagen schreiben, eine in Treviso und eine in Mailand, aber wahrscheinlich würde er das telefonisch erledigen.

»Sie per Telefon an die Redaktion nach Rom durchgeben?« fragte Brunetti.

»Nein, wo denkst du hin«, entgegnete Padovani, während er

ein Grissino durchbrach und die Hälfte in den Mund steckte, »ich mache die Kritiken telefonisch.«

»Kunstkritiken?« wollte Brunetti wissen. »Über Bilder?«

»Sicher«, antwortete Padovani, »du glaubst doch nicht, daß ich meine Zeit damit verschwende, mir diesen Mist anzusehen.« Als er Brunettis Verwirrung sah, erklärte er: »Ich kenne die Arbeiten von beiden Malern, und sie sind nicht die Leinwand wert, auf der sie gemalt sind. Beide haben die Galerien gemietet, und beide werden Freunde und Bekannte hinschicken, die ihre Bilder kaufen. Die eine ist die Frau eines Anwalts in Mailand, der andere der Sohn eines Neurochirurgen aus Treviso, dem die teuerste Privatklinik der Gegend gehört. Beide haben zuviel Zeit und nichts zu tun, da haben sie beschlossen, Künstler zu werden.« Das letzte äußerte er mit unverhohlener Verachtung.

Padovani unterbrach sich und lehnte sich breit lächelnd zurück, während Signora Antonia die ovalen Platten mit der Vorspeise vor sie hinstellte.

»Und wie sehen deine Kritiken dann aus?«

»Das kommt darauf an«, sagte Padovani und spießte ein Stück Tintenfisch auf seine Gabel. »Dem Arztsohn bescheinige ich ›totale Ignoranz in der Farbgebung und Linienführung‹. Aber der Anwalt ist mit einem unserer Direktoren befreundet, darum werde ich der Frau andichten, sie sei ›ein Phänomen in der Beherrschung von Komposition und Technik‹. Dabei kann sie nicht mal ein Rechteck malen, ohne daß es aussieht wie ein Dreieck.«

»Macht dir das zu schaffen?«

»Was? Wenn ich schreibe, was ich nicht empfinde?« fragte Padovani und brach ein weiteres Grissino durch.

»Ja.«

»Zu Anfang hat es mich schon belastet. Aber dann wurde mir irgendwann klar, daß ich nur so dazu komme, die Kritiken zu schreiben, an denen mir wirklich liegt.« Er sah Brunettis Blick und lächelte. »Komm schon, Guido, erzähl mir nicht, du hättest noch nie ein Indiz unbeachtet gelassen oder einen Bericht so formuliert, daß er in eine andere Richtung wies, als es dieses Indiz nahelegte.«

Bevor Brunetti antworten konnte, kam Antonia an ihren Tisch. Padovani aß die letzte Krabbe und hob lächelnd den Kopf. »Hervorragend, Signora.« Sie nahm seinen Teller weg, dann Brunettis.

Gleich darauf kam sie mit dem dampfenden, appetitlichen Risotto zurück. Als sie sah, daß Padovani die Hand nach dem Salz ausstreckte, sagte sie: »Es ist genug Salz drin.« Er zog die Hand zurück, als hätte er sich verbrannt, und griff nach seiner Gabel.

»Aber sag mal, Guido, du hast mich doch nicht hierher zum Essen eingeladen – ich hoffe auf Kosten der Stadtkasse –, um über meine Karriere zu plaudern oder mein Gewissen zu erforschen. Du sagtest, du wolltest mehr Informationen.«

»Ich wüßte gern, was du noch über Signora Santina erfahren konntest.«

Anmutig klaubte sich Padovani ein Stückchen Scampischale aus dem Mund, legte es auf seinen Tellerrand und meinte: »Dann muß ich mein Essen leider selbst bezahlen.«

»Warum?«

»Weil ich dir nichts weiter über sie sagen kann. Narciso mußte gerade weg, als ich anrief, und konnte mir nur noch die Adresse geben. Ich weiß nicht mehr, als ich dir neulich abend gesagt habe. Tut mir leid.«

Brunetti fand die Bemerkung, er wolle sein Essen selbst bezahlen, geschmacklos. »Na, vielleicht kannst du mir dann stattdessen etwas über ein paar andere Leute erzählen.«

»Ich gebe zu, daß ich nicht ganz untätig gewesen bin, Guido. Ich habe einige Freunde hier und in Mailand und Rom angerufen; du brauchst nur einen Namen zu nennen, und ich werde sprudeln wie eine Quelle.«

»Flavia Petrelli?«

»Ah, die göttliche Flavia.« Er steckte eine Gabel voll Reis in den Mund, und seine Aussprache war hervorragend, als er sagte: »Zweifellos möchtest du auch alles über die ebenso göttliche Miss Lynch wissen?«

»Alles, was du über die eine und die andere weißt.«

Padovani aß noch etwas Risotto und schob dann seinen Teller weg. »Willst du bestimmte Fragen stellen, oder soll ich einfach drauflosplaudern?«

»Drauflosplaudern wäre wahrscheinlich am besten.«

»Ja. Sicher. Das hat man mir schon oft gesagt.« Er trank einen Schluck Wein und fing an. »Ich habe vergessen, wo Flavia studiert hat. Wahrscheinlich in Rom. Jedenfalls geschah das Unerwartete, und sie konnte in letzter Minute für die ewig kränkelnde Caballé einspringen. Die Kritiker überschlugen sich, und über Nacht war sie berühmt.« Er beugte sich vor und berührte Brunettis Handrücken mit einem Finger. »Ich dachte, vielleicht teile ich die Geschichte um der Dramatik willen in zwei Teile: den beruflichen und den privaten.« Brunetti nickte.

»Soviel zum Beruflichen. Sie war berühmt und blieb es. Bleibt es.« Er trank wieder von seinem Wein und goß sich nach.

»Jetzt also zum Privaten. Auftritt des Ehemannes. Sie sang in Barcelona, zwei oder drei Jahre nach ihrem Erfolg in Rom. Er war irgend etwas Bedeutendes in Spanien. Kunststoffe, Fabriken, glaube ich; jedenfalls etwas ebenso Langweiliges wie Einträgliches. Auf alle Fälle viel Geld, Freunde mit großen Häusern und wichtigen Namen. Romanze wie aus dem Märchen, Blumengirlanden, Geschenke lastwagenweise, wo immer sie auftrat, Schmuck, all die üblichen Versuchungen; und La Petrelli, nebenbei bemerkt nur ein einfaches kleines Mädchen vom Lande, aus einer Kleinstadt bei Trento, ging hin und verliebte sich und heiratete ihn. Mitsamt seinen Kunststoffen und Fabriken und wichtigen Freunden.«

Antonia kam und nahm ihre Teller mit, offensichtlich nicht begeistert, daß Padovanis noch halb voll war.

»Sie sang weiter, sie wurde noch berühmter. Und er genoß es offenbar, mit ihr zu reisen, genoß die Rolle des Ehemannes einer berühmten Diva, genoß es, noch mehr berühmte Leute kennenzulernen, sein Bild in den Zeitungen zu sehen – all die Dinge, die Leute aus seiner Schicht brauchen. Dann kamen die Kinder, aber sie sang weiter, wurde immer noch berühmter. Doch bald wurde klar, daß der Honigmond vorbei war. Sie sagte eine Vorstellung ab, dann noch eine. Bald danach hörte sie für ein Jahr auf zu singen, ging mit ihm nach Spanien zurück. Und sang nicht.«

Antonia kam mit einem großen Metalltablett, auf dem ihr Seebarsch lag. Sie stellte es auf einen kleinen Serviertisch neben ihnen und löste geschickt zwei Portionen des zarten weißen Fisches von den Gräten. Sie stellte die Teller vor sie hin. »Ich hoffe, es wird Ihnen schmecken.« Die Männer tauschten einen Blick und nahmen die Herausforderung schweigend an.

»Vielen Dank, Signora«, sagte Padovani. »Darf ich Sie an den grünen Salat erinnern?«

»Wenn Sie den Fisch aufgegessen haben«, erwiderte sie und ging ab in Richtung Küche. Und das ist eines der besten Restaurants in dieser Stadt, dachte Brunetti.

Padovani aß ein paar Bissen von seinem Fisch. »Und dann war sie so plötzlich wieder da, wie sie verschwunden war, und ihre Stimme war gereift in diesem Jahr, in dem sie nicht öffentlich aufgetreten war, und war zu der großen, klaren Stimme geworden, die sie heute hat. Aber den Ehemann sah man nicht mehr, und dann gab es eine stille Trennung und eine noch stillere Scheidung, die sie zuerst hier bekam und dann auch in Spanien, nachdem das möglich wurde.«

»Was waren die Gründe für die Scheidung?« wollte Brunetti wissen.

Padovani hielt abwehrend die Hand hoch. »Alles zu seiner Zeit, ich möchte dem Ganzen gern Ton und Tempo eines Romans aus dem neunzehnten Jahrhundert geben. Sie sang also wieder, unsere Flavia, und wie ich schon sagte, sie war wunderbarer denn je. Aber wir sahen sie nie. Nicht bei offiziellen Essen, nicht bei Parties, nicht bei den Vorstellungen anderer Sänger. Sie war so etwas wie eine Einsiedlerin geworden, lebte zurückgezogen mit ihren Kindern in Mailand, wo sie regelmäßig sang.« Er beugte sich über den Tisch. »Wächst die Spannung?«

»Ins Unerträgliche«, sagte Brunetti und steckte sich einen Bissen Fisch in den Mund. »Und die Scheidung?«

Padovani lachte. »Paola hat mich gewarnt, du seist ein Spürhund. Gut, gut, ich will dir die Wahrheit nicht vorenthalten. Aber leider ist die Wahrheit, wie so oft, ziemlich vulgär. Er hat sie geprügelt, ziemlich regelmäßig und ziemlich brutal. Wahrscheinlich hatte nach seinem Begriff ein rechter Mann seine Frau so zu behandeln.« Er zuckte die Achseln. »Das entzieht sich meiner Kenntnis.«

»Aber sie hat ihn verlassen?« fragte Brunetti.

»Erst als er sie krankenhausreif geschlagen hatte. Selbst in Spanien gibt es Leute, für die das die Grenze ist. Sie ist mit ihren Kindern in die italienische Botschaft geflüchtet. Ohne Geld und Papiere. Unser damaliger Botschafter war ein Speichellecker, wie alle, und wollte sie zu ihrem Mann zurückschicken. Aber seine Frau, eine Sizilianerin – und man sage ja nichts gegen Sizilianerinnen –, stürmte ins Büro der Botschaft und blieb da, bis drei Pässe ausgestellt waren. Dann fuhr sie Flavia und ihre Kinder zum Flughafen, wo sie auf Kosten der Botschaft drei Erster-Klasse-Tickets nach Mailand ausstellen ließ und so lange wartete, bis die Maschine gestartet war. Offenbar hatte sie Flavia drei Jahre zuvor als Dorabella gehört und meinte, ihr zumindest so viel schuldig zu sein.«

Brunetti fragte sich langsam, inwieweit das alles mit Wellauers Tod zu tun hatte und – durch Padovanis ironischen Tonfall mißtrauisch geworden – wieviel davon wahr sein mochte.

Als hätte der andere seine Gedanken gelesen, beugte Padovani sich vor und sagte: »Die reine Wahrheit. Glaub mir.«

»Woher weißt du das alles?«

»Guido, du bist doch lange genug bei der Polizei, um zu wissen, daß nichts mehr geheim ist, wenn jemand einen bestimmten Grad von Berühmtheit erreicht hat.« Brunetti lächelte zustimmend, und Padovani nahm den Faden wieder auf. »Jetzt kommt der interessante Teil: die Rückkehr unserer Heldin ins Leben. Und der Grund ist, wie stets in solchen Geschichten, die Liebe. Oder auf jeden Fall«, fügte er nach kurzem Überlegen hinzu, »die Lust.«

Brunetti, der merkte, wie sehr der andere seine Geschichte genoß, war versucht, Rache zu üben, indem er Antonia verriet, daß Padovani seinen Fisch nicht aufgegessen, sondern in der Serviette versteckt hatte.

»Ihr Einsiedlerleben währte fast drei Jahre. Dann folgte eine Reihe von – nun ja, Liaisons. Erst ein Tenor, mit dem sie zufälligerweise sang. Ein schlechter Tenor, aber zu ihrem Glück ein netter Mann. Zu ihrem Unglück hatte er aber eine ebenso nette Frau, zu der er bald zurückkehrte. Dann kamen kurz hintereinander« – er zählte sie an den Fingern ab, während er sie nannte – »ein Bariton, ein weiterer Tenor, ein Tänzer, oder war das vielleicht der Regisseur, ein Arzt, der irgendwie versehentlich mit reingerutscht sein muß, und, Wunder über Wunder, ein Kontratenor. Und dann brach das Ganze ebenso plötzlich ab, wie es angefangen hatte.« Auch er brach ab, während Antonia ihm seinen Salat hinstellte. Er machte ihn sich zurecht, viel zuviel Essig für Brunettis Geschmack. »Ungefähr ein Jahr lang sah man sie mit niemandem. Dann erschien plötzlich *l'Americana* auf der Bildfläche und hatte die göttliche Flavia offenbar erobert.« Er spürte Brunettis Interesse und fragte: »Kennst du sie?«

»Ja.«

»Und was hältst du von ihr?«

»Ich mag sie.«

»Ich auch«, stimmte Padovani zu. »Diese Geschichte zwischen ihr und Flavia ergibt absolut keinen Sinn.«

Brunetti hatte Hemmungen, ein direktes Interesse an dem Thema zu zeigen, und ermunterte Padovani nicht, ausführlicher darauf einzugehen.

Das war allerdings kaum nötig. »Sie lernten sich vor etwa drei Jahren bei der China-Ausstellung kennen. Danach sah man sie ein paarmal zusammen beim Essen oder im Theater, aber dann mußte *l'Americana* nach China zurück.«

Alles Neckische wich aus Padovanis Stimme. »Ich habe ihre Bücher über chinesische Kunst gelesen, die beiden ins Italienische übersetzten und das kurze in Englisch. Wenn sie nicht schon die bedeutendste Archäologin auf dem Gebiet ist, wird sie es bald sein. Ich verstehe nicht, was sie in Flavia sieht, denn Flavia ist, so genial sie auch sein mag, im Grunde ein ziemliches Miststück.«

»Aber was ist mit der Liebe?« fragte Brunetti und ergänzte dann, wie Padovani vorhin: »Oder der Lust?«

»Das mag für Menschen wie Flavia richtig sein; es entzieht sie ihrer Arbeit nicht. Aber die andere hält eine der wichtigsten archäologischen Entdeckungen unserer Zeit in Händen, und ich glaube, sie hat die Urteilsgabe und die Fähigkeit...« Padovani hielt plötzlich inne, hob sein Glas und leerte es in einem Zug. »Entschuldige, ich lasse mich selten so hinreißen. Das muß der Einfluß der imposanten Antonia sein.«

Auch wenn es nichts mit den Ermittlungen zu tun hatte, konnte Brunetti doch nicht umhin zu fragen: »Ist sie die erste, äh, lesbische Beziehung der Petrelli?«

»Ich glaube nicht, aber alles andere war vorübergehendes Geplänkel.«

»Und dies? Ist es etwas anderes?«

»Für welche?«

»Beide.«

»Da es schon über drei Jahre währt, würde ich sagen, ja, es ist ernst. Für beide.«

Padovani klaubte das letzte grüne Blatt aus seiner Salatschüssel und sagte: »Vielleicht bin ich ja nicht ganz fair Flavia gegenüber. Diese Affäre kostet sie einiges.«

»Inwiefern?«

»Es gibt viele lesbische Sängerinnen«, erklärte er. »Seltsamerweise sind das meist Mezzosoprane. Aber das gehört nicht zur Sache. Die Schwierigkeit ist, daß man ihnen weit weniger Toleranz entgegenbringt als ihren schwulen männlichen Kollegen. Darum wagen sie es nicht, offen zu ihrer Veranlagung zu stehen, und die meisten verkleiden ihre Geliebten diskret als Sekretärin oder Agentin. Aber Flavia kann Brett kaum als irgend etwas verkleiden. Also gibt es Gerede und sicher auch schiefe Blicke und Geflüster, wenn die beiden irgendwo zusammen auftauchen.«

Brunetti brauchte nur an den Tonfall des Portiers zu denken, um zu wissen, wie sehr das zutraf. »Bist du mal in ihrer Wohnung hier gewesen?«

»Diese Oberlichter«, sagte Padovani, und beide lachten.

»Wie hat sie das nur geschafft?« fragte Brunetti, dem man die Erlaubnis verweigert hatte, Thermopanescheiben einsetzen zu lassen.

»Sie stammt aus einer von diesen alten amerikanischen Familien, die sich ihr Geld vor mehr als hundert Jahren zusammengestohlen haben und darum als ehrenwert gelten. Die Wohnung hat sie von einem Onkel geerbt, der sie, soviel ich weiß, vor etwa fünfzig Jahren beim Kartenspiel gewonnen hat. Und was die Fenster angeht, erzählt man sich, sie habe versucht, Handwerker dafür zu bekommen, aber keiner habe es ohne die Genehmigung machen wollen. Da sei sie schließlich einfach selbst aufs Dach gestiegen, habe die Ziegel heruntergenommen, Löcher geschnitten und die Rahmen gebaut.«

»Ist sie denn nicht beobachtet worden?« In Venedig mußte man nur einen Hammer an der Außenseite eines Hauses heben, schon wurden im ganzen Umkreis die Telefonhörer abgenommen. »Hat niemand die Polizei angerufen?«

»Du hast ja gesehen, wie hoch sie wohnt. Wer sie da oben sah, konnte nicht erkennen, was sie wirklich machte, und nahm wohl an, sie wolle nur ihr Dach inspizieren. Oder einen Ziegel auswechseln.«

»Und dann?«

»Als die Fenster eingebaut waren, hat sie beim Stadtplanungsamt angerufen und denen erzählt, was sie getan hatte. Sie bat, jemanden vorbeizuschicken, um die Höhe der Strafe festzusetzen.«

»Und?« fragte Brunetti, verblüfft darüber, daß eine Ausländerin sich eine so perfekt italienische Lösung ausdenken konnte.

»Ein paar Monate später kamen sie dann tatsächlich. Aber als sie sahen, wie ordentlich es gemacht war, wollten sie ihr nicht glauben, daß sie es selbst bewerkstelligt hatte, und bestanden darauf, die Namen ihrer ›Komplizen‹ zu erfahren. Sie wiederholte, sie habe es allein gemacht, aber sie glaubten ihr immer noch nicht. Schließlich ging sie ans Telefon, rief im Büro des Bürgermeisters an und verlangte ›Lucio‹ zu sprechen. Und das, während zwei Architekten vom Stadtplanungsamt mit ihren Meßlatten in der Hand neben ihr standen. Sie wechselte ein paar Worte mit ›Lucio‹, gab den Hörer an einen der beiden weiter und sagte, der Bürgermeister wolle ihn kurz sprechen.« Padovani, der die ganze Szene nachspielte, reichte einen unsichtbaren Telefonhörer über den Tisch.

»Der Bürgermeister sprach also kurz mit ihm, worauf die beiden aufs Dach stiegen, die Oberlichter ausmaßen, die Strafe berechneten und sich dann mit einem Scheck von ihr ins Büro zurückschicken ließen.« Brunetti warf den Kopf zurück und lachte so laut, daß die Gäste an den anderen Tischen sich nach ihnen umdrehten.

»Warte, es kommt noch schöner«, sagte Padovani, »der Scheck war ein Barscheck, und sie bekam nie eine Bestätigung, daß die Strafe bezahlt sei. Wie ich gehört habe, sind die Blaupausen im Grundbuchamt geändert und die Oberlichter eingezeichnet.«

Sie freuten sich gemeinsam an diesem Sieg der Findigkeit über die Vorschrift.

»Woher hat sie denn ihr vieles Geld?« erkundigte sich Brunetti.

»Das weiß der Himmel. Woher kommt amerikanisches Geld? Stahl. Eisenbahnen. Du weißt ja, wie das da drüben ist. Es spielt keine Rolle, ob du raubst oder mordest, um es zu kriegen. Der Trick besteht darin, es hundert Jahre lang zu behalten, dann gehörst du zur Aristokratie.«

»Ist das so wesentlich anders als hier?« fragte Brunetti.

»Natürlich«, erklärte Padovani lächelnd. »Hier muß man es fünfhundert Jahre behalten, bevor man zur Aristokratie gehört. Und noch ein Unterschied. In Italien mußt du gut angezogen sein. In Amerika ist es schwer, Millionäre und Dienstboten auseinanderzuhalten.« Brunetti dachte an Bretts Stiefel und wollte Einspruch erheben. Aber Padovani war schon wieder in Fahrt und nicht zu bremsen. »Es gibt eine Zeitschrift drüben, ich habe vergessen, welche es ist, darin wird jedes Jahr eine Liste der reichsten Leute Amerikas veröffentlicht. Nur die Namen und woher ihr Geld stammt. Ich glaube, sie scheuen sich davor, von allen auch noch ein Foto zu bringen. Bei den wenigen, wo sie es doch tun, könnte man leicht auf den Gedanken kommen, daß Geld wirklich die Wurzel allen Übels ist, zumindest allen schlechten Geschmacks. Die Frauen sehen samt und sonders aus wie am offenen Feuer geräuchert. Und die Männer, guter Gott, die Männer! Himmel, wer die bloß einkleidet? Glaubst du, die *essen* auch noch Kunststoff?«

Brunetti kam nicht mehr zu einer Antwort, denn Antonia trat an ihren Tisch und fragte, ob sie Obst oder Kuchen zum Nachtisch wollten. Kleinmütig antworteten beide, sie wollten aufs Dessert verzichten und lieber einen Kaffee trinken. Sie war nicht einverstanden, räumte aber den Tisch ab.

»Aber um deine Frage zu beantworten«, sagte Padovani, als sie wieder allein waren, »ich habe keine Ahnung, woher ihr

Geld kommt, doch die Quelle scheint unversiegbar. Ihr Onkel war sehr großzügig gegenüber verschiedenen Krankenhäusern und karitativen Einrichtungen der Stadt, und sie setzt das offenbar fort, obwohl sie das meiste gezielt für Restaurierungsarbeiten spendet.«

»Das würde die Hilfe von ›Lucio‹ erklären.«

»Genau.«

»Und ihr Privatleben?«

Padovani warf ihm einen seltsamen Blick zu. Er hatte längst erkannt, wie wenig das alles mit den Ermittlungen zu Wellauers Tod zu tun hatte. Aber das konnte ihn kaum davon abhalten, sein Wissen weiterzugeben. Schließlich lag der größte Charme allen Klatsches darin, daß er völlig überflüssig war. »Sehr undurchsichtig. Das heißt, keiner weiß etwas Genaues. Sie scheint schon immer dieser Überzeugung gewesen zu sein, aber man weiß wenig über ihr Privatleben, bevor sie hierherkam.«

»Und wann war das?«

»Vor etwa sieben Jahren, jedenfalls wurde Venedig damals ihr fester Wohnsitz. Sie hat aber als Kind Jahre mit ihrem Onkel hier verbracht.«

»Daher also ihr *Veneziano*.«

Padovani lachte. »Schon seltsam, jemanden so reden zu hören, der gar nicht von hier ist, was?«

»Ja.«

In dem Moment kam Antonia mit dem Kaffee und zwei Gläschen Grappa, einer Aufmerksamkeit des Hauses, wie sie sagte. Obwohl keiner von ihnen Lust auf den scharfen Schnaps hatte, nippten sie demonstrativ daran und lobten seine vorzügliche Qualität. Antonia entfernte sich mißtrauisch, und Brunetti sah, wie sie von der Küchentür zu ihnen herüberblickte, als rechnete sie damit, daß sie sich den Grappa in die Schuhe kippten.

»Also, wie steht es mit ihrem Privatleben?« fragte Brunetti, ohne seine Neugierde zu verbergen.

»Ich glaube, sie hält es ziemlich unter Verschluß. Ich habe

einen Freund in New York, der mit ihr studiert hat. Harvard natürlich. Dann Yale. Und danach hat sie erst in Taiwan und später auf dem Festland gearbeitet. Sie gehörte zu den ersten westlichen Archäologen, die dahin gingen. 1983 oder 1984 muß das gewesen sein. Da hatte sie schon ihr erstes Buch geschrieben, als sie noch in Taiwan war.«

»Ist sie nicht sehr jung für das alles?«

»Wahrscheinlich schon. Aber sie ist auch sehr gut.«

Antonia segelte mit einem Kaffeetablett für den Nebentisch an ihnen vorbei, und Brunetti machte ihr ein Zeichen, mimte das Ausstellen der Rechnung. Sie nickte.

»Ich hoffe, daß einiges hilfreich für dich ist«, sagte Padovani aufrichtig.

»Ich auch«, antwortete Brunetti, der nicht gern zugeben mochte, daß dem nicht so war, und ebenso ungern zugab, daß ihn schlicht die beiden Frauen interessierten.

»Wenn ich dir sonst noch irgendwie behilflich sein kann, ruf mich bitte an«, sagte Padovani, dann fügte er hinzu: »Wir könnten uns wieder hier treffen. Aber dann bestehe ich darauf, daß du zwei deiner stärksten Polizisten mitbringst, die mich beschützen gegen – ah, Signora Antonia«, sagte er übergangslos, als sie an den Tisch trat und Brunetti die Rechnung hinlegte, »wir haben hervorragend gegessen und hoffen, so bald als möglich wiederkommen zu dürfen.« Das Ergebnis dieser Schmeichelei überraschte Brunetti. Antonia lächelte sie zum erstenmal an, auf ihrem Gesicht erblühte ein Strahlen reinster Freude, das tiefe Grübchen auf beiden Seiten ihres Mundes zutage treten ließ, dazu eine Reihe makelloser, blitzender Zähne. Brunetti beneidete Padovani um diese Gabe; sie wäre bei der Befragung von Verdächtigen unbezahlbar.

21

Der Intercity nach Mailand fuhr langsam über den Damm, der Venedig mit dem Festland verbindet, und bald darauf rechts an dem Industriemoloch von Marghera vorbei. Wie einer, der es nicht lassen kann, mit der Zunge einen schmerzenden Zahn zu betasten, konnte Brunetti den Blick nicht von dem Wald aus Kränen und Schornsteinen wenden, den Schwaden verdreckter Luft, die übers Wasser der Lagune auf die Stadt zutrieben, aus der er gerade kam.

Hinter Mestre fiel der Blick auf öde winterliche Felder statt der industriellen Pestbeulen, aber im großen und ganzen war der Eindruck nicht wesentlich besser. Nach der vernichtenden Dürre des Sommers stand auf den meisten Feldern noch das Korn. Eine Bewässerung wäre zu kostspielig gewesen, und die Halme waren für die Ernte zu ausgetrocknet.

Der Zug hatte nur zehn Minuten Verspätung, so daß er rechtzeitig zu seiner Verabredung mit Treponti kam, dessen Praxis in einem modernen Gebäude nicht weit von der Universität lag. Als Venezianer kam Brunetti nicht auf die Idee, den Fahrstuhl zu benutzen, sondern ging die Treppe zum dritten Stock hinauf. Als er die Praxistür öffnete, war das Wartezimmer leer, bis auf eine Frau in weißem Kittel hinter einem Schreibtisch. »Der Dottore kann gleich mit Ihnen sprechen«, sagte sie, als er eintrat, ohne erst zu fragen, wer er war. Sah man das etwa? überlegte Brunetti.

Dottore Treponti war ein kleiner, adretter Mann mit kurzgestutztem, dunklem Bart und braunen Augen, die durch seine dicken Brillengläser leicht vergrößert wurden. Seine Wangen waren rund und prall wie bei einem Streifenhörnchen, und er schob einen beutelähnlichen Bauchansatz vor sich her. Er lächelte nicht, als Brunetti hereinkam, streckte aber die Hand aus. Dann deutete er auf den Stuhl vor seinem Schreibtisch, wartete, bis Brunetti sich gesetzt hatte, bevor er seinen Platz wieder einnahm, und fragte: »Was wollten Sie denn wissen?«

Brunetti zog ein kleines Porträtfoto des Dirigenten aus seiner Brieftasche und hielt es dem Arzt hin. »Ist das der Mann, der bei Ihnen war? Der, von dem Sie sagten, er sei Österreicher?«

Der Arzt nahm das Foto, betrachtete es kurz und reichte es Brunetti zurück. »Ja, das ist der Mann.«

»Aus welchem Grund war er bei Ihnen, Dottore?«

»Wollen Sie mir nicht sagen, wer er ist? Wenn die Polizei ermittelt und er gar nicht Hilmar Doerr heißt?«

Brunetti konnte es kaum fassen, wie jemand in Italien leben und nichts vom Tode des Dirigenten wissen konnte, aber er sagte nur: »Das erzähle ich Ihnen, wenn Sie mir alles über Ihren Patienten berichtet haben, Dottore.« Und bevor der andere noch etwas einwenden konnte, fügte er hinzu: »Ich möchte nicht, daß Sie durch die Information beeinflußt werden.«

»Es geht doch wohl nicht um etwas Politisches, oder?« fragte der Arzt mit jenem tiefen Mißtrauen, das nur ein Italiener in diese Frage legen kann.

»Nein, es hat nichts mit Politik zu tun. Darauf gebe ich Ihnen mein Wort.«

Wie zweifelhaft der Wert dieser Versicherung dem Doktor auch erscheinen mochte, er erklärte sich einverstanden. »Also gut.« Er schlug die Patientenmappe vor sich auf und sagte: »Meine Sprechstundenhilfe gibt Ihnen nachher eine Kopie hiervon.«

»Vielen Dank, Dottore.«

»Wie ich Ihnen schon sagte, hat er sich mir als Hilmar Doerr vorgestellt und mir erzählt, er sei Österreicher und lebe in Venedig. Da er nicht unter die italienische Gesundheitsfürsorge falle, käme er als Privatpatient. Ich hatte keinen Anlaß, ihm nicht zu glauben.« Während er sprach, las der Doktor die Notizen auf dem linierten Papier vor sich. Brunetti fiel auf, wie fein säuberlich sie geschrieben waren, obwohl er sie verkehrt herum sah.

»Er sagte, er höre seit einiger Zeit schlechter, und bat mich um eine Untersuchung. Das war«, er drehte die Karteikarte um und schaute auf das Datum, »am dritten November. Ich habe die üblichen Tests gemacht und festgestellt, daß er, wie er selbst sagte, einen deutlichen Hörverlust erlitten hatte.« Er nahm Brunettis Frage vorweg und beantwortete sie gleich. »Meiner Schätzung nach hatte er noch sechzig bis siebzig Prozent des normalen Hörvermögens. Was mich etwas bestürzte, war seine Äußerung, er habe vorher keinerlei Hörprobleme gehabt; sie seien ganz plötzlich im vergangenen Monat aufgetreten.«

»Wäre das bei einem Mann seines Alters normal?«

»Er sagte, er sei zweiundsechzig. Das ist wohl auch nicht richtig? Wenn Sie mir sein wahres Alter nennen, könnte ich Ihre Frage besser beantworten.«

»Er war vierundsiebzig.«

Als er das hörte, drehte Treponti die Karte um, strich etwas aus und schrieb eine neue Zahl darüber. »Ich glaube nicht, daß es etwas ändern würde«, sagte er, als er damit fertig war, »zumindest nichts Wesentliches. Der Schaden trat plötzlich auf, und da er das Nervengewebe betraf, war er irreversibel.«

»Sind Sie da ganz sicher, Dottore?«

Brunettis Gegenüber machte sich nicht einmal die Mühe, darauf zu antworten. »Da mir das Ganze doch recht schwerwiegend erschien, schlug ich ihm vor, in vierzehn Tagen wiederzukommen. Das tat er, ich wiederholte meine Untersuchungen, und das Gehör war noch schlechter geworden, der Schaden hatte sich vergrößert. Auch dies irreversibel.«

»Wieviel mehr war es denn?«

»Schätzungsweise«, der andere studierte wieder die Zahlen und Aufzeichnungen auf dem Karteiblatt, »noch einmal zehn Prozent. Vielleicht etwas mehr.«

»Konnten Sie ihm auf irgendeine Weise helfen?«

»Ich schlug ihm eines der neuen Hörgeräte vor. Ich hoffte –

wenn ich es auch nicht ernsthaft glaubte –, daß es ihm helfen würde.«

»Und?«

»Ich weiß es nicht.«

»Das verstehe ich nicht ganz.«

»Er ist nicht wieder erschienen.«

Brunetti rechnete kurz nach. Der zweite Besuch hatte stattgefunden, als die Proben für die Oper schon längst angefangen hatten. »Können Sie mir mehr über dieses Hörgerät sagen?«

»Es ist sehr klein und wird auf eine ganz normal aussehende Brille mit Fensterglas oder geschliffenen Gläsern gesetzt. Es funktioniert nach dem Prinzip eines...« Er unterbrach sich. »Ich weiß nicht, warum das hier eine Rolle spielt.«

Anstatt das zu erklären, fragte Brunetti: »Hätte es ihm denn helfen können?«

»Das ist schwer zu sagen. Vieles, was wir hören, nehmen wir gar nicht mit den Ohren auf.« Als er Brunettis fragenden Blick sah, erklärte er: »Wir lesen vieles von den Lippen ab und fügen fehlende Wörter automatisch aus dem Zusammenhang dessen ein, was wir tatsächlich gehört haben. Wenn also jemand so eine Hörbrille trägt, hat er endlich akzeptiert, daß etwas mit seinem Gehör nicht stimmt. Alle anderen Sinnesorgane fangen dann sozusagen an, Überstunden zu machen, versuchen die fehlenden Botschaften und Signale einzufügen, und weil das einzig Neue das Hörgerät ist, glauben die Leute, es sei dieses Gerät, das ihnen hilft, während im Grunde eigentlich nur ihre anderen Sinne alle Kapazitäten ausschöpfen, um den Verlust des Hörens auszugleichen.«

»War das hier der Fall?«

»Wie gesagt, ich weiß es nicht genau. Als ich ihm das Gerät bei seinem zweiten Besuch anpaßte, beharrte er darauf, jetzt besser zu hören. Er reagierte genauer auf meine Fragen, aber das tun alle, egal, ob eine physische Verbesserung eingetreten ist oder nicht. Allerdings sitze ich dann direkt vor ihnen, stelle ihnen meine Fragen direkt, sehe sie an und werde von ihnen gesehen. Bei den Tests, bei denen die Stimme über Kopfhörer kommt, ist dann selten eine Verbesserung festzustellen, jedenfalls nicht in Fällen wie diesem.«

Brunetti ließ sich das durch den Kopf gehen, dann fragte er: »Dottore, Sie sagten, bei seinem zweiten Besuch hätte sich der Hörverlust noch verstärkt. Haben Sie eine Vorstellung, was einen solchen Verlust bewirken könnte, so plötzlich?«

An Trepontis Lächeln war leicht zu erkennen, daß er die Frage erwartet hatte. Er faltete die Hände auf seinen Unterlagen wie ein Fernseharzt in einer Seifenoper. »Es könnte das Alter sein, aber daraus ließe sich ein derart plötzlicher Hörverlust kaum befriedigend erklären. Es könnte sich auch um eine Infektion handeln, aber die geht meist mit Schmerzen einher, und er hatte keine, oder mit Gleichgewichtsstörungen, die er auch nicht hatte. Dann käme noch die fortgesetzte Einnahme von Diuretika in Frage, aber er sagte, daß er keine nehme.«

»Über all das haben Sie mit ihm gesprochen, Dottore?«

»Selbstverständlich. Er war so besorgt darüber, wie ich noch nie einen Patienten erlebt habe, und als Patient hatte er das Recht, alles zu erfahren.«

»Natürlich.«

Versöhnt fuhr der Arzt fort. »Eine andere Möglichkeit, die ich angesprochen habe, war die Einnahme von Antibiotika. Das schien ihn sehr zu interessieren, so erklärte ich ihm, daß die Dosierung sehr hoch gewesen sein müßte.«

»Antibiotika?« fragte Brunetti.

»Ja. Eine Nebenwirkung – durchaus nicht üblich, aber möglich – ist die Schädigung des Hörnervs. Allerdings müßte die Dosis, wie gesagt, schon massiv sein. Ich fragte ihn, ob er welche nehme, aber er verneinte. So blieb, nach Ausschluß all dieser Möglichkeiten, nur sein fortgeschrittenes Alter als vernünftige Erklärung. Als Arzt war ich damit nicht zufrieden und bin es immer noch nicht.« Er warf einen Blick auf seinen Kalender.

»Wenn ich ihn jetzt noch einmal untersuchen könnte – es ist genügend Zeit vergangen. Ich könnte wenigstens den Grad der Verschlechterung überprüfen. Wenn sie mit derselben Geschwindigkeit fortgeschritten ist wie zwischen der ersten und der zweiten Untersuchung, müßte er inzwischen beinah taub sein. Es sei denn, ich hätte mich geirrt, und es war eine Infektion, die ich nicht bemerkt habe oder die sich bei den von mir durchgeführten Tests nicht gezeigt hat.« Er klappte die Mappe zu und fragte: »Besteht die Möglichkeit, daß er noch einmal zu einer Untersuchung herkommt?«

»Der Mann ist tot«, sagte Brunetti mit ausdrucksloser Stimme.

Im Gesicht des Arztes war keine Reaktion auszumachen. »Darf ich nach der Todesursache fragen?« fragte er und erklärte dann hastig: »Ich würde es gern wissen, falls ich irgendeine Infektion übersehen habe.«

»Er wurde vergiftet.«

»Vergiftet«, wiederholte Treponti, dann fügte er hinzu: »Ich verstehe, ich verstehe.« Er dachte nach und fragte dann merkwürdig zaghaft, weil er merkte, daß Brunetti jetzt die besseren Karten hatte: »Und mit welchem Gift, wenn ich fragen darf?«

»Zyankali.«

»Oh«, das klang enttäuscht.

»Ist das wichtig, Dottore?«

»Wenn es Arsen gewesen wäre, hätte es einen Hörverlust der Art auslösen können, wie er ihn offenbar hatte. Das heißt, wenn es ihm über einen längeren Zeitraum verabreicht worden wäre. Aber Zyankali. Nein, ich glaube nicht.« Er überlegte einen Moment, öffnete die Karte, machte eine kurze Notiz und zog dann einen dicken Strich darunter. »Ist eine Autopsie durchgeführt worden? Das ist in solchen Fällen ja wohl obligatorisch.«

»Ja.«

»Und ist über das Gehör etwas vermerkt?«

»Ich glaube nicht, daß darauf besonders geachtet wurde.«

»Das ist sehr schade«, meinte der Doktor, korrigierte sich

aber gleich: »Es hätte wahrscheinlich sowieso nichts ergeben.« Er schloß die Augen, und Brunetti sah ihn im Geiste Lehrbücher durchblättern und den einen oder anderen Absatz mit besonderer Aufmerksamkeit lesen. Schließlich öffnete er die Augen wieder und sah Brunetti über den Schreibtisch hinweg an. »Nein, es wäre nicht erkennbar gewesen.«

Brunetti stand auf. »Wenn ich jetzt noch eine Kopie des Krankenblatts haben könnte, Dottore, dann werde ich Ihre Zeit nicht länger in Anspruch nehmen.«

»Ja, sicher«, sagte der andere, stand auf und folgte Brunetti zur Tür. Draußen gab er seiner Sprechstundenhilfe die Unterlagen und bat sie, eine Kopie für den Commissario zu machen, dann wandte er sich einer Patientin zu, die inzwischen hereingekommen war, und sagte: »Signora Mosca, Sie können jetzt mitkommen.« Er nickte Brunetti zu, ging hinter der Frau in sein Behandlungszimmer und schloß die Tür.

Die Arzthelferin kam zurück und händigte Brunetti eine Kopie der Unterlagen aus; das Papier war noch warm vom Fotokopierer. Er dankte ihr und ging. Im Fahrstuhl, den er diesmal nahm, sah er sich das Blatt an und las die letzte Eintragung. »Tod durch Zyankalivergiftung. Ergebnisse der vorgeschlagenen Behandlung unbekannt.«

22

Er war vor acht wieder zu Hause, wo er feststellen mußte, daß Paola mit den Kindern ins Kino gegangen war. Sie hatte ihm einen Zettel hingelegt mit der Notiz, eine Frau habe im Laufe des Nachmittags zweimal versucht, ihn zu erreichen, ohne jedoch einen Namen zu hinterlassen. Er durchstöberte den Kühlschrank, fand allerdings nur Salami und Käse und eine Plastiktüte mit schwarzen Oliven. Er nahm alles heraus und legte es auf den Tisch, dann holte er sich eine Flasche Wein und ein Glas. Er steckte eine Olive in den Mund, goß sich Wein ein, spuckte den Olivenkern in seine Hand und trank. Er sah sich um, wo er den Kern hinlegen konnte, während er an der nächsten kaute. Dann nahm er noch eine. Schließlich warf er die Kerne in den Plastiksack unter der Spüle.

Er schnitt zwei Scheiben Brot ab, legte Salamischeiben dazwischen und goß sich Wein nach. Auf dem Tisch lag die neue Ausgabe von *Epoca*, in der Paola offenbar gelesen hatte. Er setzte sich hin, schlug die Zeitschrift auf, biß von seinem Sandwich ab. Da klingelte das Telefon.

Kauend trottete er ins Wohnzimmer, in der Hoffnung, das Klingeln würde aufhören, bevor er zum Telefon kam. Beim siebten Mal nahm er ab und meldete sich mit Namen.

»Hallo, hier ist Brett«, sagte sie eilig. »Tut mir leid, daß ich Sie zu Hause störe, Guido, aber ich würde gern mit Ihnen reden. Wenn es geht.«

»Ist es wichtig?« fragte er, wohl wissend, daß sie sonst wahrscheinlich nicht anrufen würde, aber gleichzeitig in der Hoffnung, daß er sich irrte.

»Ja. Es geht um Flavia.« Auch das war ihm klar. »Sie hat einen Brief von seinem Anwalt bekommen.« Er brauchte nicht zu fragen, von wessen Anwalt. »Und wir haben über die Auseinandersetzung gesprochen, die sie mit ihm hatte.« Das mußte wohl Wellauer sein. Brunetti wußte, daß er ihr eigentlich anbieten sollte, sich mit ihr zu treffen, aber ihm fehlte der rechte Wille.

»Guido, sind Sie noch da?« Er hörte an ihrer Stimme, wie angespannt sie war, auch wenn sie versuchte, sich nichts anmerken zu lassen.

»Ja. Wo sind Sie?«

»Ich bin bei mir zu Hause. Aber da können wir uns nicht treffen.« Sie stockte, und plötzlich wollte er mit ihr reden.

»Brett, passen Sie auf. Kennen Sie die Giro-Bar, am Campo Santa Marina?«

»Ja.«

»Ich bin in einer Viertelstunde da.«

»Danke, Guido.«

»Also, in einer Viertelstunde dann«, wiederholte er und legte auf. Er kritzelte ein paar Zeilen für Paola und aß den Rest seines Brotes, während er die Treppe hinunterlief.

Das Giro war eine verrauchte, trostlose Kneipe, eine der wenigen Bars in der Stadt, die nach zehn noch aufhatten. Vor ein paar Monaten hatte der Besitzer gewechselt, und der neue hatte sein Bestes getan, das Lokal mit weißen Vorhängen und flotter Musik aufzumöbeln. Doch dadurch war es nicht zur Szenekneipe geworden, hatte aber aufgehört, ein Treff für die Einheimischen zu sein, wo Freunde auf einen Kaffee oder Drink zusammenkamen. Es konnte weder mit Stil noch mit Charme aufwarten, dafür mit überteuerten Weinen und rauchgeschwängerter Luft.

Beim Eintreten sah er sie, den Blick auf die Tür gerichtet, an einem Tisch im Hintergrund sitzen. Dabei wurde sie ihrerseits von den drei oder vier jungen Männern beäugt, die, an der Bar stehend, Rotwein aus kleinen Gläsern tranken und mit ihrer extralauten Unterhaltung versuchten, ihr zu imponieren. Er spürte die Blicke im Rücken, während er zu ihrem Tisch ging. Als er ihr herzliches Lächeln sah, war er froh, daß er gekommen war.

»Danke«, sagte sie schlicht.

»Erzählen Sie mir von dem Brief.«

Sie blickte auf den Tisch, wo ihre Hände mit den Handflächen nach unten lagen, und bewegte sie nicht, während sie mit ihm sprach. »Er ist von einem Anwalt in Mailand, demselben, der ihn bei der Scheidung vertreten hat. Er schreibt, er habe Informationen, daß Flavia ein ›unmoralisches und widernatürliches Leben‹ führe – das waren seine Worte. Sie hat mir den Brief gezeigt. ›Ein unmoralisches und widernatürliches Leben.‹« Sie sah zu ihm hoch und versuchte zu lächeln. »Das soll wohl ich sein, was?« Sie hob in einer ohnmächtigen Geste die Hand. »Ich kann es nicht glauben«, meinte sie kopfschüttelnd. »Er schreibt, daß sie Anklage gegen sie erheben und darum bitten... vielmehr verlangen würden, daß der Vater wieder das Sorgerecht bekommt. Das war eine amtliche Absichtserklärung.« Sie hielt inne und bedeckte mit einer Hand ihre Augen. »Sie teilen es uns offiziell mit.« Ihre Hand fuhr unwillkürlich zum Mund, als wollte sie die Wörter zurückdrängen. »Nein, nicht uns, nur Flavia. Gegen sie soll das Verfahren wiederaufgenommen werden.«

Brunetti merkte, daß sich ein Ober näherte, und winkte ihn energisch weg. Als der Mann außer Hörweite war, fragte er: »Und was noch?« Sie versuchte die Worte herauszubringen, das sah man förmlich, aber sie schaffte es nicht. Sie blickte auf und grinste nervös, genau wie Chiara, wenn sie etwas angestellt hatte und es ihm beichten mußte.

Dann murmelte sie etwas Unverständliches und senkte den Kopf.

»Was war das, Brett? Ich habe Sie nicht verstanden.«

Ihr Blick war auf die Tischplatte gerichtet. »Mußte mit jemandem darüber reden. Hab sonst niemand.«

»Sonst niemand?« Sie hatte einen Großteil ihres Lebens in dieser Stadt verbracht, und da gab es niemanden, mit dem sie darüber reden konnte? Nur den Polizeibeamten, dessen Aufgabe es war, herauszufinden, ob sie eine Mörderin liebte?

»Niemanden?«

»Ich habe keinem Menschen von Flavia erzählt«, sagte sie, und diesmal sah sie ihn an. »Sie wollte kein Gerede, meinte, es sei nicht gut für ihre Karriere. Ich habe nie mit jemandem über sie gesprochen. Über uns.« Er mußte plötzlich daran denken, was Padovani über Paolas erste Verliebtheit erzählt hatte, wie sie es allen ihren Freunden berichtet und nichts anderes im Kopf gehabt hatte. Die Welt hatte ihr nicht nur die Freude zugestanden, sondern auch das Recht, sie öffentlich zu zeigen. Und diese Frau war seit zwei Jahren verliebt, keine Frage, und hatte es keinem Menschen erzählt. Außer ihm. Dem Polizeibeamten.

»Wird Ihr Name in dem Brief genannt?«

Sie schüttelte den Kopf.

»Und Flavia? Was sagt sie dazu?«

Sie biß sich auf die Lippen, hob eine Hand und deutete auf ihr Herz.

»Sie gibt Ihnen die Schuld?«

Sie nickte, genau wie Chiara es getan hätte, und fuhr sich mit dem Handrücken unter der Nase entlang. Danach glänzte er feucht. Brunetti zog sein Taschentuch heraus und drückte es ihr in die Hand. Sie nahm es, offenbar ohne zu wissen, was sie damit anfangen sollte, hielt es fest und saß da, während ihr die Tränen übers Gesicht liefen und ihre Nase tropfte. Ohne die geringste Verlegenheit, nur mit dem Gedanken daran, daß er ja auch Vater war, nahm er das Taschentuch und tupfte ihr damit das Gesicht ab. Sie wich zurück und nahm es ihm aus der Hand, wischte sich übers Gesicht, schneuzte sich die Nase und steckte das Tuch ein, das zweite, das er innerhalb einer Woche loswurde.

»Sie sagt, es sei meine Schuld, das alles wäre ohne mich nicht passiert.« Ihre Stimme klang angespannt und rauh. Sie schnitt eine Grimasse. »Das Schlimme ist, daß es stimmt. Ich weiß, es stimmt nicht wirklich, aber so, wie sie es sagt, kann ich es nicht widerlegen.«

»Stand in dem Brief, woher die Information kam?«

»Nein. Aber es muß Wellauer gewesen sein.«

»Gut.«

Sie sah ihn erstaunt an. »Wieso soll das gut sein? Der Anwalt schreibt, daß sie Klage erheben wollen. Dann käme alles an die Öffentlichkeit.«

»Brett«, sagte er mit ruhiger, fast ausdrucksloser Stimme. »Denken Sie doch mal nach. Falls Wellauer der Zeuge war, müßte er aussagen. Und selbst wenn er noch lebte, würde er sich niemals in eine solche Sache verwickeln lassen. Das Ganze ist nur eine Drohung.«

»Aber trotzdem, wenn sie Anklage erheben...«

»Man will Ihnen nur Angst einjagen. Und das ist ja, wie man sieht, gelungen. Kein Gericht, nicht einmal ein italienisches, würde nur nach dem Hörensagen urteilen, und mehr ist der Brief ja nicht, solange der Schreiber keine Aussage macht.« Er beobachtete sie, während sie darüber nachdachte. »Es gibt doch keine Beweise, oder?«

»Was meinen Sie damit?«

»Briefe zum Beispiel. Ich weiß nicht. Gespräche.«

»Nein, es gibt nichts Derartiges. Ich habe nie geschrieben, nicht einmal aus China. Und Flavia ist immer viel zu beschäftigt, um zu schreiben.«

»Und Signora Petrellis Freunde? Wissen die etwas?«

»Keine Ahnung. Die Leute reden nicht gern über solche Dinge.«

»Dann glaube ich nicht, daß Sie sich Sorgen machen müssen.«

Sie versuchte zu lächeln, versuchte sich einzureden, daß es ihm gelungen sei, sie aus ihrer Verzweiflung zu erlösen. »Wirklich?«

»Ja, wirklich«, bestätigte er lächelnd. »Ich habe viel mit Anwälten zu tun, und dieser hier will Sie mit seiner Drohung nur einschüchtern.«

»Also«, begann sie mit einem Lachen, das sich in einen

Schluckauf verwandelte, »das ist ihm jedenfalls gelungen.« Dann fügte sie leise hinzu: »Dem Mistkerl.«

Nun hielt Brunetti es für angebracht, zwei Cognacs zu bestellen, die der Ober auch unverzüglich brachte.

Als die Gläser vor ihnen standen, sagte sie: »Flavia war abscheulich.«

Er nahm einen Schluck und wartete.

»Sie hat schreckliche Sachen gesagt.«

»Das tun wir alle manchmal.«

»Ich nicht«, entgegnete sie ohne Zögern, und er vermutete, daß es stimmte. Sie würde Sprache als Werkzeug benutzen, nicht als Waffe.

»Sie wird es vergessen, Brett. Wer solche Sachen sagt, vergißt es meist schnell wieder.«

Sie zuckte die Achseln, tat es als unwichtig ab. Sie würde es nicht vergessen, das war klar.

»Was wollen Sie jetzt tun?« fragte er, ernsthaft an ihrer Antwort interessiert.

»Nach Hause gehen. Sehen, ob sie da ist. Sehen, was passiert.«

Als er das hörte, merkte er, daß er sich nicht einmal dafür interessiert hatte, ob Flavia Petrelli eine eigene Wohnung in der Stadt besaß, daß er gar nicht auf die Idee gekommen war, ihr Verhalten sowohl vor wie nach Wellauers Tod zu untersuchen. Konnte man ihn so leicht hinters Licht führen? Unterschied er sich überhaupt von allen anderen Männern – ein hübsches Gesicht, ein paar Tränen, der Anschein von Intelligenz und Aufrichtigkeit, und schon verwarf er die Möglichkeit, daß ein solches Wesen jemanden umgebracht haben könnte oder jemanden liebte, der das getan hatte?

Es gab ihm zu denken, wie leicht er sich von dieser Frau hatte entwaffnen lassen. Er zog ein paar Scheine aus der Tasche und legte sie auf den Tisch. »Ja, das ist eine gute Idee«, sagte er schließlich, schob seinen Stuhl zurück und stand auf.

Er spürte, daß sie plötzlich unsicher geworden war, als sie sah, wie er so unvermittelt vom Freund zum Fremden wurde. Er konnte es noch nicht einmal besonders gut. »Kommen Sie, ich begleite Sie bis San Giovanni e Paolo.« Draußen schob er, da es Nacht und für ihn Gewohnheit war, beim Gehen seinen Arm unter den ihren. Sie schwiegen beide. Ihm wurde bewußt, wie weiblich sie sich anfühlte, wie ihre Hüfte sich wölbte, wie angenehm es war, wenn sie sich enger an ihn drückte, um Entgegenkommenden auf den schmalen Straßen auszuweichen. All das bemerkte er, während er sie nach Hause begleitete zu ihrer Geliebten.

Unter dem Reiterstandbild Colleonis sagten sie sich gute Nacht, nichts weiter, nur ein schlichtes ›Gute Nacht‹.

23

Brunetti ging durch die stille Stadt nach Hause, aufgewühlt durch das, was er eben gehört hatte. Er hatte immer geglaubt, von Liebe etwas zu verstehen, schon durch sein Leben mit Paola. War er denn so konventionell, daß die Liebe dieser Frau – denn Liebe war es zweifellos – ihm derart fremd bleiben mußte, nur weil sie nicht mit seinen Vorstellungen übereinstimmte? Dann verwarf er das alles als Sentimentalität übelster Sorte und konzentrierte sich auf die Frage, die er sich schon in der Bar gestellt hatte: ob seine Sympathie für diese Frau, die Tatsache, daß er sich durch irgend etwas zu ihr hingezogen fühlte, ihn blind gemacht hatte für seine eigentliche Aufgabe. Flavia Petrelli schien ihm einfach nicht der Mensch zu sein, der kaltblütig jemanden umbringen würde. Er zweifelte nicht daran, daß sie in einem Augenblick der Erregung oder Leidenschaft fähig sein würde, jemanden zu töten; das sind die meisten Menschen. Aber bei ihr wäre es wohl eher ein Messer zwischen die Rippen oder ein Stoß die Treppe hinunter, nicht Gift, das man kühl, fast leidenschaftslos verabreichte.

Wer dann? Die Schwester in Argentinien? War sie zurückgekehrt und hatte Rache für den Tod ihrer älteren Schwester genommen? Nach fast einem halben Jahrhundert? Der Gedanke war absurd.

Wer also? Nicht Santore, der Regisseur. Nicht eines Freundes wegen, dessen Vertrag nicht zustande kam. Santore hatte nach so vielen Jahren des Theaterlebens sicher genug Verbindungen, um seinem Freund eine Rolle zu verschaffen, selbst wenn dessen Talent noch so bescheiden war. Selbst wenn er überhaupt kein Talent hatte.

Blieb die Witwe, aber sein Instinkt sagte Brunetti, daß ihre Trauer echt war und ihr mangelndes Interesse an der Ermittlung des Täters nichts mit Selbstschutz zu tun hatte. Überhaupt schien sie allenfalls den Toten schützen zu wollen, und das führte Brunetti wieder an den Anfang zurück, daß er nämlich mehr über die Vergangenheit dieses Mannes erfahren wollte und mußte, über seinen Charakter, über den Riß in seiner sorgsamen Pose moralischer Redlichkeit, der jemanden dazu gebracht haben könnte, ihm Gift in den Kaffee zu tun.

Es machte Brunetti zu schaffen, daß Wellauer ihm nicht sonderlich sympathisch war und er nicht das Mitgefühl und den Zorn aufbringen konnte, die er sonst für den empfand, dem man das Leben genommen hatte. Er konnte sich nicht davon frei machen, daß Wellauer – viel deutlicher vermochte er es nicht auszudrücken – auf irgendeine Weise in seinen eigenen Tod verwickelt war. Er schnaubte wütend; jeder ist in seinen eigenen Tod verwickelt. Aber sosehr er sich auch bemühte, der Gedanke ließ sich weder vertreiben noch klarer fassen, und so suchte er weiter nach dem Detail, das diesen Tod provoziert haben konnte – und fand es nicht.

Der nächste Morgen war so trübe wie seine Stimmung. Im Lauf der Nacht war dichter Nebel aufgekommen, der von dem Wasser hochstieg, auf das die Stadt gebaut war, nicht vom Meer. Als er aus dem Haus trat, schlugen ihm die kalten Schwaden ins Gesicht und krochen in seinen Kragen. Er konnte nur ein paar Meter weit sehen, dann wurde alles undeutlich; Häuser erschienen und verschwanden wieder, als wären sie in Bewegung und nicht der Nebel. Phantome, in schimmerndes Grau gekleidet, begegneten ihm auf der Straße und glitten wie körperlos an ihm vorbei. Wenn er sich umdrehte und ihnen mit dem Blick folgte, sah er sie verschwinden, verschluckt von dem dichten Vorhang, der in den engen Gassen und über dem Wasser hing wie ein Fluch. Instinkt und langjährige Erfahrung sagten ihm, daß der Bootsverkehr auf dem Canal Grande eingestellt war, der Nebel war einfach zu dicht. Blind ging er weiter, verließ sich auf seine Füße und die jahrelange Vertrautheit mit Brücken, Straßen und

Biegungen, bis er zur Haltestelle Zattere kam, wo die Boote der Linien acht und fünf auf ihrem Weg zur Giudecca hielten.

Der Bootsverkehr war eingeschränkt, und die Vaporetti mit ihren rotierenden Radarantennen tauchten wahllos aus dem Nebel auf, von jeglichem Fahrplan entbunden. Er wartete eine Viertelstunde, bevor eine Fünf kam und den Steg so heftig rammte, daß die wenigen Wartenden durcheinanderpurzelten. Nur das Radar sah die Überfahrt, die Passagiere drängten sich in der Kabine zusammen, blind wie Maulwürfe im Sand.

Als er das Boot verlassen hatte, blieb Brunetti keine Wahl, als geradeaus zu gehen, bis er beinah die Wände der Häuser entlang des Wassers berührte. So tastete er sich weiter bis zu der Stelle, wo seiner Erinnerung nach der Durchgang sein mußte. Als die Reihe der Fassaden durch eine Öffnung unterbrochen wurde, bog er ein, unsicher, ob dies tatsächlich die Corte Mosca war. Der Nebel war zu dicht, als daß er den Namen hätte lesen können, obwohl er nur zwei Handbreit über seinem Kopf an der Mauer stand.

In der feuchtkalten Luft war der Katzengeruch noch intensiver und stieg noch beißender in die Nase. Die toten Pflanzen im Hof lagen jetzt unter einer Nebeldecke. Er klopfte an die Tür, klopfte noch einmal lauter und hörte sie von der anderen Seite rufen: »Wer ist da?«

»Commissario Brunetti.«

Wieder hörte er das langsame, ärgerliche Knirschen von Metall auf Metall, als sie die schweren Riegel zurückschob. Dann zog sie die Tür auf. Weil es so feucht war, mußte sie in der Mitte kräftig rucken und sie etwas anheben, um die Unebenheiten des Bodens zu überwinden. Sie trug denselben Mantel, diesmal allerdings bis oben zugeknöpft, und fragte nicht einmal, was er wollte. Sie trat gerade so weit zurück, daß er eintreten konnte, dann knallte sie die Tür hinter ihm zu. Wieder schob sie sorgsam alle Riegel an ihren Platz, bevor sie sich umdrehte und ihn den engen Flur entlangführte. In der Küche setzte er sich an den Ofen, und sie schob mit dem Fuß die Rolle wieder an die Tür.

Dann schlurfte sie zu ihrem Sessel und ließ sich hineinsinken, um sogleich von den wartenden Tüchern und Schals eingehüllt zu werden.

»Sie sind wieder da.«

»Ja.«

»Was wollen Sie?«

»Was ich letztes Mal auch wollte.«

»Und was wäre das? Ich bin eine alte Frau und habe kein gutes Gedächtnis mehr.« Die Intelligenz in ihren Augen strafte ihre Aussagen Lügen.

»Ich möchte gern etwas über Ihre Schwester wissen.«

Ohne erst zu fragen, welche er meinte, sagte sie: »Was wollen Sie wissen?«

»Ich möchte Sie nicht an Ihren Kummer erinnern, Signora, aber ich muß mehr über Wellauer wissen, damit ich verstehen kann, warum er gestorben ist.«

»Und ob er es verdient hat zu sterben?«

»Signora, wir alle verdienen es zu sterben, aber niemand sollte für uns entscheiden dürfen, wann.«

»Ach, du liebe Güte.« Sie lachte trocken. »Sie sind ja ein richtiger Jesuit, was? Und wer hat entschieden, wann meine Schwester sterben sollte? Und wie?« So plötzlich ihr Ärger aufgeflammt war, erstarb er wieder, und sie fragte: »Was wollen Sie wissen?«

»Ich weiß von Ihrer Beziehung zu ihm. Ich weiß, daß er als Vater des Kindes galt, das Ihre Schwester erwartete. Und ich weiß, daß sie 1939 in Rom gestorben ist.«

»Sie ist nicht einfach gestorben. Sie ist verblutet«, sagte sie in einem Ton, so düster wie der Tod. »Sie ist in dem Hotelzimmer verblutet, in das er sie nach der Abtreibung gebracht und in dem er sie nicht besucht hat.« Der Schmerz des Alters kämpfte in ihrer Stimme mit dem Schmerz der Erinnerung. »Als man sie fand, war sie schon einen Tag tot, vielleicht auch zwei. Und es dauerte noch einen Tag, bevor ich davon erfuhr. Ich stand unter Hausarrest, aber Freunde kamen und erzählten es mir. Ich bin aus dem Haus gegangen. Ich mußte erst einen Polizisten schlagen, ihn niederschlagen und ins Gesicht treten, um hinauszukommen. Aber ich bin gegangen. Und keiner, keiner von denen, die gesehen haben, wie ich ihn trat, keiner hat ihm geholfen.

Ich bin mit meinen Freunden hingegangen. Zum Hotel. Alles Nötige war schon getan, und wir haben sie noch am selben Tag beerdigt. Kein Priester kam, wegen der Art ihres Todes, also haben wir sie einfach beerdigt. Das Grab war sehr klein.« Ihre Stimme verebbte, von der Macht der Erinnerung fortgespült.

Er hatte das schon oft erlebt und war darum klug genug, sich ruhig zu verhalten. Sie hatte angefangen zu erzählen und würde nicht aufhören können, bis sie alles gesagt und sich davon befreit hatte. Er wartete geduldig, ging mit ihr in die Vergangenheit zurück.

»Wir haben sie ganz in Weiß gekleidet. Und dann haben wir sie in diesem kleinen Grab beerdigt. In diesem winzigen Loch. Nach der Beerdigung bin ich in meine Wohnung zurückgegangen, und sie haben mich verhaftet. Aber da ich sowieso schon verhaftet war, spielte es keine Rolle. Ich habe mich nach dem Polizisten erkundigt, und man hat mir gesagt, daß er nicht weiter verletzt sei. Ich habe mich bei ihm entschuldigt, als ich ihn später wiedersah. Nach dem Krieg, als die Alliierten in der Stadt waren, hat er sich einen Monat in meinem Keller versteckt, bis seine Mutter ihn holte. Ich hatte keinen Grund, ihn zu verabscheuen oder ihm etwas antun zu wollen.«

»Wie ist es dazu gekommen?«

Sie sah ihn verwirrt an, diesmal verstand sie wirklich nicht.

»Ihre Schwester und Wellauer?«

Sie fuhr sich über die Lippen und blickte auf ihre verkrüppelten Hände zwischen den Schals. »Ich habe sie bekannt gemacht. Er hatte gehört, wie meine Laufbahn angefangen hatte, und als sie nach Deutschland kamen, um mich singen zu hören, bat er mich, sie ihm vorzustellen, Clara und die kleine Camilla.«

»Waren Sie zu dem Zeitpunkt mit ihm zusammen?«

»Meinen Sie, ob er mein Liebhaber war?«

»Ja.«

»Das war er. Es begann, fast unmittelbar nachdem ich hinkam, um dort zu singen.«

»Und seine Affäre mit Ihrer Schwester?« fragte er.

Ihr Kopf flog zurück, als hätte er sie geohrfeigt. Sie beugte sich vor, und Brunetti dachte schon, sie wolle nach ihm schlagen. Statt dessen spuckte sie. Ein dünnes, wäßriges Tröpfchen landete auf seinem Oberschenkel und versickerte langsam im Stoff seiner Hose. Er war zu verblüfft, um es wegzuwischen.

»Verdammtes Pack. Ihr seid alle gleich. Immer noch alle gleich«, schrie sie mit wütender, krächzender Stimme. »Ihr seht etwas und findet den Dreck, den ihr sucht.« Ihre Stimme wurde lauter, und sie wiederholte höhnisch seine Worte: »Seine Affäre mit meiner Schwester. Seine Affäre.« Sie beugte sich näher zu ihm, die Augen haßerfüllt zusammengekniffen, und flüsterte: »Meine Schwester war zwölf. Zwölf Jahre alt. Wir haben sie in ihrem Kommunionkleid begraben, so klein war sie noch. Sie war ein Kind. Er hat sie vergewaltigt, Signor Commissario. Er hatte keine Affäre mit meiner kleinen Schwester. Er hat sie vergewaltigt. Beim ersten Mal, und all die anderen Male, hat er ihr gedroht, er würde mir erzählen, was sie für ein schlechtes Mädchen sei. Und dann, als sie schwanger war, hat er uns beide nach Rom zurückgeschickt. Und ich wußte nichts davon. Denn er war immer noch mein Liebhaber. Mit mir ins Bett gehen und dann meine kleine Schwester vergewaltigen. Verstehen Sie jetzt, Commissario, warum ich froh bin, daß er tot ist, und warum ich sage, daß er es verdient hat?« Ihr Gesicht war verzerrt von der Wut, die sie ein halbes Jahrhundert mit sich herumgetragen hatte.

»Wollen Sie alles wissen, Commissario, ja?«

Brunetti nickte, verstand.

»Er kam nach Rom zurück, um jene Aufführung von *Norma* zu dirigieren. Und sie sagte ihm, daß sie schwanger sei. Uns hatte sie aus lauter Angst nichts davon erzählt. Angst, wir würden ihr sagen, was sie für ein schlechtes Mädchen sei. Er arrangierte also die Abtreibung und brachte sie hin und anschließend in das Hotel. Und da hat er sie allein gelassen, und sie ist verblutet. Und als sie starb, war sie immer noch erst zwölf.«

Er sah ihre Hand aus dem Wust der Schals und Tücher hervorkommen, sah sie zu ihm emporfahren. Er nahm nur den Kopf ein wenig zurück, und der Schlag verfehlte ihn. Das machte sie so wütend, daß sie mit ihrer verkrüppelten Hand auf die hölzerne Armlehne ihres Sessels hieb und vor Schmerz aufschrie.

Sie stemmte sich aus ihrem Sessel hoch, und die Schals und Decken glitten zu Boden. »Verschwinde aus meinem Haus, du Schwein. Du Schwein.«

Brunetti sprang von ihr weg, stolperte über ein Stuhlbein und taumelte vor ihr her durch den Flur. Sie hatte noch immer den Arm erhoben, und er floh vor diesem wilden Zorn. Sie hielt keuchend inne, während er an den Riegeln rüttelte und sie zurückschob. Im Hof draußen hörte er sie immer noch kreischen, wütend auf ihn, auf Wellauer, auf die ganze Welt. Sie knallte die Tür zu und verriegelte sie, aber sie wütete weiter. Er stand fröstelnd im Nebel, erschüttert von der Wut, die er in ihr entfacht hatte. Er zwang sich, tief durchzuatmen und den Moment zu vergessen, als er wirklich Angst vor der Frau gehabt hatte, Angst vor der enormen Wucht der Erinnerung, die sie aus ihrem Sessel gerissen und dazu getrieben hatte, auf ihn loszugehen.

24

Er mußte fast eine halbe Stunde auf das Boot warten, und als Nummer fünf endlich angetuckert kam, war er gründlich durchgefroren. Der Nebel hatte sich nicht gelichtet, so saß er auf der Rückfahrt über die Lagune nach Zattere fröstelnd in der nur mäßig warmen Kabine und starrte auf das feuchte Weiß, das um die beschlagenen Fenster waberte. In der Questura angelangt, ging er die Treppe hinauf in sein Büro, ohne Notiz von den paar Leuten zu nehmen, die ihn grüßten. Er machte die Tür hinter sich zu, behielt aber den Mantel an und wartete, daß die Kälte aus seinem Körper wich. Bilder drängten sich ihm auf. Er sah die alte Frau wie eine wilde Furie kreischend den feuchten Flur entlanghumpeln; er sah die drei Mädchen zum kunstvollen Dreieck formiert, er sah die jüngste tot in ihrem Kommunionkleidchen. Und alles war ihm klar, das ganze Muster, das ganze Schema.

Er zog endlich den Mantel aus und warf ihn über eine Stuhllehne. Dann wühlte er in den Papierstapeln herum, die sich auf seinem Schreibtisch angesammelt hatten, schob Akten und Mappen beiseite, bis er den grünen Aktendeckel mit dem Autopsiebericht gefunden hatte.

Auf der zweiten Seite stand, wonach er suchte: Rizzardi beschrieb die kleinen Wunden an Arm und Gesäß. Er bezeichnete sie als »Spuren subkutaner Blutung, Ursache unbekannt«.

Keiner der beiden Ärzte hatte im Gespräch mit Brunetti erwähnt, daß er Wellauer eine Spritze gegeben habe. Aber wenn man mit einer Ärztin verheiratet war, mußte man einer Spritze wegen wohl kaum einen Termin bei einem anderen Arzt haben. Ebenso war Brunetti sicher, daß er auch keinen Termin vereinbaren mußte, um mit dieser Ärztin zu sprechen.

Er suchte noch einmal in dem Papierwust herum, fand den Bericht der deutschen Polizei und las darin, bis er auf eine Stelle stieß, die sein Gedächtnis geplagt hatte. Elisabeth Wellauers erster Mann, Alexandras Vater, lehrte nicht nur an der Universität Heidelberg, sondern war auch Leiter des pharmakologischen Instituts. Sie hatte ihn auf dem Weg nach Venedig besucht.

»Ja?« sagte Elisabeth Wellauer, als sie ihm die Tür aufmachte.

»Ich muß mich schon wieder für eine Störung entschuldigen, Signora, aber ich habe neue Informationen und würde Ihnen dazu gern einige Fragen stellen.«

»Worum geht es?« fragte sie, ohne Anstalten zu machen, die Tür auch nur einen Zentimeter weiter zu öffnen.

»Um die Ergebnisse der Autopsie an Ihrem Mann«, erklärte er in der Gewißheit, sich dadurch Zutritt zu verschaffen. Mit einer abrupten, ungraziösen Bewegung zog sie die Tür auf und trat beiseite. Schweigend ging sie voraus in das Zimmer, in dem sie sich schon zweimal gegenübergesessen hatten, und deutete auf den Sessel, den er inzwischen langsam als seinen betrachtete. Er wartete, während sie sich eine Zigarette anzündete, eine für sie so typische Geste, daß er kaum mehr darauf achtete.

»Nach der Autopsie« – begann er ohne Umschweife – »sagte mir der Pathologe, er habe Spuren subkutaner Blutung am Körper Ihres Mannes festgestellt, die von Injektionen stammen könnten. Das steht auch in seinem Bericht.« Er wartete einen Moment, um ihr Gelegenheit zu einer Erklärung zu geben. Als keine kam, fuhr er fort: »Dr. Rizzardi meinte, es hätte alles mögliche sein können: Drogen, Vitamine, Antibiotika. Er sagte, so wie die Einstichstellen lagen, habe Ihr Mann sich diese Injektionen nicht selbst geben können – er war doch Rechtshänder, oder?«

»Ja.«

»Die Stellen am Arm waren auch rechts, also konnte er sich nicht selbst gespritzt haben.« Er gestattete sich eine winzige Pause. »Falls es Injektionen waren.« Wieder eine Pause. »Signora, haben Sie Ihrem Mann diese Spritzen gegeben?«

Sie antwortete nicht, also wiederholte er die Frage: »Haben Sie Ihrem Mann diese Injektionen gegeben, Signora?« Keine Reaktion. »Signora, verstehen Sie meine Frage? Haben Sie Ihrem Mann diese Spritzen gegeben?«

»Es waren Vitaminspritzen«, sagte sie endlich.

»Was für welche?«

»B-12.«

»Woher hatten Sie das Mittel? Von Ihrem Exmann?«

Die Frage überraschte sie offensichtlich. Sie schüttelte heftig den Kopf. »Nein, er hat nichts damit zu tun. Ich habe das Rezept ausgestellt, als wir noch in Berlin waren. Helmut klagte über Müdigkeit, und ich schlug ihm vor, es mit einer B-12-Spritzenkur zu versuchen. Er hatte das früher schon gemacht, und es hatte ihm geholfen.«

»Wann haben Sie mit den Injektionen angefangen, Signora?«

»Ich weiß es nicht mehr genau. Vor sechs Wochen etwa.«

»Wurde es besser?«

»Was?«

»Mit Ihrem Mann. Haben die Spritzen sein Befinden verbessert? Hatten sie die Wirkung, die Sie sich erhofften?«

Sie sah ihn scharf an bei dieser zweiten Frage, antwortete aber gelassen. »Nein, sie schienen ihm nicht zu helfen. Darum habe ich nach sechs oder sieben beschlossen, die Behandlung abzubrechen.«

»Haben Sie das beschlossen, Signora, oder Ihr Mann?«

»Was ist da für ein Unterschied? Es hat nicht geholfen, also hat er sie nicht mehr bekommen.«

»Ich glaube, es ist ein großer Unterschied, wer entschieden hat, die Behandlung nicht fortzusetzen, Signora. Und ich glaube, Sie wissen das.«

»Dann war er es wohl, der entschieden hat.«

»Wo haben Sie das Rezept eingereicht? Hier in Italien?«

»Nein, ich habe ja hier keine Zulassung. In Berlin, vor unserer Abfahrt.«

»Aha. Der Apotheker müßte es also überprüfen können.«

»Ja, wahrscheinlich schon. Aber ich weiß nicht mehr, wo ich es geholt habe.«

»Wollen Sie damit sagen, daß Sie ein Rezept ausgestellt haben und es einfach in irgendeiner beliebigen Apotheke eingereicht haben?«

»Ja.«

»Wie lange haben Sie in Berlin gewohnt, Signora?«

»Zehn Jahre. Aber was hat das damit zu tun?«

»Es kommt mir eigenartig vor, daß ein Arzt zehn Jahre in einer Stadt lebt und keine Stammapotheke hat. Oder daß der Maestro nicht eine hatte, wo er immer hinging.«

Ihre Antwort ließ einen Moment zu lange auf sich warten. »Das hatte er. Wir beide. Aber an dem Tag, als ich das Rezept ausschrieb, war ich nicht zu Hause und bin in die erstbeste Apotheke gegangen, die gerade am Weg lag.«

»Sie wissen aber sicher noch, wo das war. So lange ist es ja noch nicht her.«

Sie blickte aus dem Fenster, konzentrierte sich und versuchte sich zu erinnern. Schließlich wandte sie sich ihm zu und sagte: »Es tut mir leid, aber ich weiß es nicht mehr.«

»Das ist nicht weiter schlimm, Signora«, meinte er leichthin, »die Berliner Polizei wird das sicher für uns herausfinden.« Sie sah auf, überrascht, vielleicht auch mehr als das. »Und ich bin sicher, sie werden auch feststellen, worum es sich gehandelt hat, um welche Art von« – er hielt nur ganz kurz inne, bevor er das letzte Wort aussprach – »Vitamin.«

Obwohl ihre Zigarette noch brennend im Aschenbecher lag, griff sie nach dem Päckchen, änderte aber dann ihre Bewegung und schob die Schachtel mit einem Finger im Kreis herum, jedesmal genau eine Vierteldrehung. »Sollen wir langsam damit aufhören?« fragte sie mit ausdrucksloser Stimme. »Ich mochte solche Spiele noch nie, und Ihre Stärke sind sie auch nicht gerade.«

Er hatte im Laufe der Jahre unzählige Male miterlebt, wie Menschen an den Punkt kamen, an dem sie nicht mehr weiterkonnten, den Punkt, an dem sie, wie widerstrebend auch immer, die Wahrheit sagten. Wie eine belagerte Stadt: zuerst fielen die äußeren Verteidigungsstellungen, dann kam der erste Rückzug, das erste Zugeständnis an den nahenden Feind. Es hing vom Verteidiger ab, ob der Kampf schnell oder langsam weiterging, an diesem oder jenem Schutzwall ins Stocken geriet; vielleicht gab es einen Gegenangriff, vielleicht auch nicht. Aber die erste Reaktion war immer dieselbe: der fast erleichterte Verzicht auf die Lüge, der am Ende der Wahrheit das Tor öffnete.

»Es waren keine Vitaminspritzen. Das wissen Sie, nicht wahr?« fragte sie.

Er nickte.

»Und wissen Sie, was es war?«

»Nein, nicht genau. Aber ich glaube, es war ein Antibiotikum. Welches, weiß ich nicht, aber das ist wohl nicht so wichtig.«

»Nein, es ist nicht wichtig.« Sie sah mit einem winzigen Lächeln zu ihm auf, dessen Traurigkeit an ihren Augen abzulesen war. »Netilmicina. Ich glaube, unter diesem Namen wird es hier in Italien verkauft. Das Rezept habe ich in der Ritter-Apotheke abgegeben, drei Querstraßen vom Eingang zum Zoo. Nicht schwer zu finden.«

»Was haben Sie Ihrem Mann gesagt?«

»Was ich Ihnen gesagt habe, B-12.«

»Wie viele haben Sie ihm gegeben?«

»Sechs, jeweils im Abstand von sechs Tagen.«

»Wie lange hat es gedauert, bis er die Wirkung spürte?«

»Ein paar Wochen. Wir haben nicht viel miteinander gesprochen damals, aber als seine Ärztin hat er mich noch konsultiert, erst seiner Müdigkeit wegen und dann wegen des Gehörs.«

»Und was haben Sie ihm gesagt?«

»Ich gab ihm sein Alter zu bedenken, und dann sagte ich, daß es eine vorübergehende Nebenwirkung des Vitamins sein könnte. Das war dumm von mir. Ich habe medizinische Fachliteratur im Haus, und er hätte jederzeit nachprüfen können, ob meine Angaben stimmten.«

»Hat er es getan?«

»Nein. Er vertraute mir. Ich war ja seine Ärztin.«

»Wie hat er es dann erfahren? Oder wodurch ist ihm der Verdacht gekommen?«

»Er ist zu Erich gegangen deswegen. Sie wissen das, sonst wären Sie nicht gekommen, um diese Fragen zu stellen. Und als wir hier in Venedig waren, hat er plötzlich diese Hörbrille getragen, daher wußte ich, daß er bei einem anderen Arzt gewesen sein mußte. Als ich ihm die nächste Spritze geben wollte, lehnte er ab. Da wußte er natürlich schon Bescheid, aber wie er darauf gekommen ist, weiß ich nicht. Durch den anderen Arzt?« fragte sie.

Er nickte wieder.

Sie lächelte wieder ihr trauriges Lächeln.

»Und dann, Signora?«

»Wir waren während der Behandlung nach Venedig gekommen. Ich habe ihm tatsächlich hier in diesem Zimmer die letzte Spritze gegeben. Vielleicht hat er es da schon gewußt und wollte nur nicht glauben, was er wußte.« Sie schloß die Augen und rieb mit den Händen darüber. »Eine sehr komplizierte Frage, ab wann er alles wußte.«

»Und wann war Ihnen schließlich klar, daß er es wußte?«

»Das muß vor etwa zwei Wochen gewesen sein. Einerseits überrascht es mich, daß er so lange dazu gebraucht hat, aber wir liebten uns eben so sehr.« Sie sah zu ihm hinüber, als sie das sagte. »Er wußte, wie sehr ich ihn liebte, und konnte nicht glauben, daß ich ihm so etwas antun würde.« Sie lächelte schmerzlich bei diesen Worten. »Als ich damit begonnen hatte, gab es Zeiten, da konnte ich es selbst nicht glauben, wenn ich daran dachte, wie sehr ich ihn liebte.«

»Wann ist Ihnen klargeworden, daß er wußte, was Sie ihm gespritzt hatten?«

»Eines Abends saß ich hier und las. Ich war an dem Tag nicht wie sonst mit zur Probe gegangen. Das Zuhören tat zu weh, all die falschen Töne, die Einsätze, die zu früh oder zu spät kamen, und das Bewußtsein, daß ich dafür verantwortlich war, so eindeutig, als hätte ich ihm den Stab aus der Hand genommen und würde ihn wie wild in der Luft herumschwenken.« Sie hielt inne, als lauschte sie der dissonanten Musik in jenen Proben.

»Ich habe also gelesen oder versucht zu lesen, und da hörte ich –« Beim Klang des Wortes sah sie auf und sagte, wie ein Schauspieler, der im vollen Theater ein *»Beiseite«* einstreut: »Mein Gott, man kann das Wort kaum umgehen, nicht?«, und glitt wieder zurück in ihre Rolle. »Er kam früh, war früh aus dem Theater zurückgekommen. Ich hörte, wie er durch den Flur kam und die Tür aufmachte. Er war noch im Mantel und hatte die Partitur von *La Traviata* unter dem Arm. Es war eine seiner Lieblingsopern. Er dirigierte sie sehr gern. Er kam also herein und stand da, dort drüben«, sie deutete in die Leere, wo jetzt niemand stand. »Er sah mich an und fragte: ›Das hast *du* getan, nicht wahr?‹« Sie blickte immer noch zur Tür, als erwartete sie, diese Worte noch einmal zu hören.

»Haben Sie ihm geantwortet?«

»Das war ich ihm wohl schuldig, nicht?« meinte sie ruhig und sachlich. »Ja, ich habe ihm gesagt, daß ich es war.«

»Wie reagierte er darauf?«

»Er ging. Nicht aus dem Haus, nur aus dem Zimmer. Und dann haben wir es so eingerichtet, daß wir uns bis zum Premierenabend nicht sahen.«

»Hat er Ihnen irgendwie gedroht? Wollte er die Polizei einschalten? Sie bestrafen?«

Sie schien aufrichtig erstaunt über die Frage. »Was hätte das geändert? Wenn Sie mit dem Arzt gesprochen haben, dann wissen Sie, daß der Schaden irreversibel ist. Die Polizei hätte nichts tun können, niemand konnte etwas tun, um ihm das Gehör wiederzugeben. Und er konnte mich nicht bestrafen.« Sie hielt inne, bis sie sich eine Zigarette angezündet hatte. »Außer durch das, was er getan hat«, sagte sie dann.

»Und was war das?« fragte Brunetti.

Ihre Antwort war eine offene Zurechtweisung. »Wenn Sie soviel wissen, wie es den Anschein hat, dann wissen Sie ja wohl auch das.«

Er erwiderte ihren Blick mit möglichst ausdrucksloser Miene. »Ich habe noch zwei Fragen, Signora. Die erste stelle ich wirklich aus Unwissenheit. Die zweite ist einfacher, und ich glaube, die Antwort schon zu kennen.«

»Dann fangen Sie mit der zweiten an«, sagte sie.

»Sie betrifft Ihren Mann. Warum sollte er versuchen, Sie auf diese Weise zu bestrafen?«

»Meinen Sie, indem er es so hinstellte, als ob ich ihn umgebracht hätte?«

»Ja.«

Er beobachtete, wie sie versuchte zu antworten, sah, wie sie die Worte formte und wieder fallenließ, vergaß. Endlich sagte sie leise: »Er sah sich als über dem Gesetz stehend, über dem Gesetz, das wir anderen zu befolgen haben. Ich glaube, er dachte, sein Genie gebe ihm diese Macht, dieses Recht. Und weiß Gott, wir haben ihn alle darin bestärkt. Wir haben einen Gott der Musik aus ihm gemacht, sind vor ihm auf die Knie gefallen und haben ihn angebetet.« Sie hielt inne und sah zu ihm hinüber. »Tut mir leid, das ist keine Antwort auf Ihre Frage. Sie wollten wissen, ob er fähig gewesen wäre, mir die Schuld in die Schuhe zu schieben. Aber –« sagte sie und streckte ihm wie um Verständnis werbend die Hände entgegen, »ich war ja die Schuldige. Er hatte also ein Recht, mir das anzutun. Es wäre weniger schrecklich gewesen, wenn ich den Menschen umgebracht hätte; das hätte den Gott unangetastet gelassen.« Sie brach ab, aber Brunetti sagte nichts.

»Ich versuche es Ihnen aus seiner Sicht zu erzählen. Ich kannte ihn so gut, ich wußte, wie er fühlte, was er dachte.« Wieder hielt sie inne, dann nahm sie ihren Versuch, ihm die Sache verständlich zu machen, erneut auf. »Etwas Seltsames ist mir aufgegangen, nachdem er tot war und ich langsam merkte, wie sorgsam er alles geplant hatte, indem er mich hinter die Bühne bat und mich in seine Garderobe ließ. Ich fand – und finde immer noch –, daß er das Recht hatte, zu tun, was er tat, mich zu bestrafen. Er war gewissermaßen seine Musik. Und sie habe ich statt seiner getötet. Er war tot. Er war schon tot, bevor er starb. Ich hatte seinen Geist getötet. Ich sah es bei den Proben, wenn er über diese Brille schaute und versuchte, mit diesem nutzlosen Hörgerät zu hören, was mit der Musik geschah. Und er konnte nichts hören. Er konnte nichts hören.« Sie schüttelte den Kopf über etwas, das sie nicht verstand. »Er mußte mich nicht mehr bestrafen, Signor Brunetti. Das war schon geschehen. Ich habe meine Hölle hinter mir.«

Sie faltete die Hände auf dem Schoß und sprach weiter: »Am Premierenabend hat er mir gesagt, was er vorhatte.« Als sie Brunettis Überraschung sah, erklärte sie: »Nein, er hat es nicht gesagt, nicht direkt, nicht in Worten. Ich habe es zu dem Zeitpunkt nicht verstanden.«

»War das, als Sie hinter die Bühne gegangen sind?« fragte Brunetti.

»Ja.«

»Was hat sich da abgespielt?«

»Zuerst sagte er gar nichts, als er mich an der Tür stehen sah, blickte nur zu mir auf. Aber dann muß er hinter mir im Korridor etwas gesehen haben. Vielleicht dachte er, es wollte jemand zu ihm.« Sie ließ müde den Kopf sinken. »Ich weiß es nicht. Was er sagte, klang einstudiert: Das, was Tosca sagt, als sie Cavaradossis Leiche sieht: ›Finire così? Così!‹ Ich verstand es in dem Moment nicht – ›So zu enden? So!‹ –, aber ich hätte es verstehen müssen. Sie sagt es, kurz bevor sie sich umbringt, aber ich verstand es nicht. Nicht in dem Moment.« Brunetti sah erstaunt, wie ein fast amüsiertes Grinsen über ihr Gesicht huschte. »Das war so typisch für ihn, im letzten Augenblick noch dramatisch zu sein. Oder eher melodramatisch. Später habe ich mich gewundert, daß er seine letzten Worte aus einer Oper von Puccini wählte.« Sie sah auf, wieder ernst. »Hoffentlich klingt das jetzt nicht seltsam. Aber ich dachte, er würde lieber mit einem Zitat aus einer Mozart-Oper in Erinnerung bleiben. Oder Wagner.« Er sah sie gegen die aufsteigende Hysterie ankämpfen und stand auf, ging zu einem Schränkchen zwischen den beiden Fenstern und goß ihr etwas Cognac in ein kleines Glas. Er blieb einen Augenblick stehen, das Glas in der Hand, und schaute hinüber zum Glockenturm von San Marco. Dann drehte er sich um, ging zu ihr und gab es ihr.

Sie nahm es wie in Trance und nippte daran. Er ging ans Fenster zurück und betrachtete erneut den Glockenturm. Als er sicher war, daß er noch genauso aussah wie immer, trat er zurück und nahm seinen Platz ihr gegenüber wieder ein.

»Sagen Sie mir, warum Sie es getan haben, Signora?«

Ihre Verwunderung war echt. »Wenn Sie so klug waren, herauszufinden, wie ich es getan habe, dann wissen Sie doch sicher auch, warum.«

Er schüttelte den Kopf. »Ich möchte nicht sagen, was ich denke, denn wenn ich mich irre, entehre ich damit den Mann.« Schon beim Sprechen merkte er, daß auch seine Worte verdächtig nach dem Libretto einer Puccini-Oper klangen.

»Das heißt, Sie verstehen es, nicht wahr?« fragte sie und beugte sich vor, um das fast volle Glas neben die Zigarettenschachtel zu stellen.

»Ihre Tochter, Signora?«

Sie biß sich auf die Oberlippe und nickte kaum wahrnehmbar. Als sie die Lippe losließ, sah er die weißen Stellen, die ihre Zähne hinterlassen hatten. Sie streckte eine Hand nach den Zigaretten aus, zog sie wieder zurück, hielt sie mit der anderen fest und sagte so leise, daß er sich vorbeugen mußte, um sie zu verstehen: »Ich hatte keine Ahnung.« Dabei schüttelte sie den Kopf angesichts der Widerwärtigkeit. »Alex ist kein musikalisches Kind. Zu Beginn unserer Bekanntschaft wußte sie nicht einmal, wer er war. Als ich ihr sagte, daß ich ihn heiraten wollte, schien sie interessiert. Und als ich ihr dann erzählte, daß er einen Bauernhof und Pferde besaß, war sie sehr interessiert. Sie hatte nur ein Interesse: Pferde. Wie die Heldin in einem englischen Kinderbuch. Pferde und Bücher über Pferde. Sie war elf, als wir geheiratet haben. Die beiden verstanden sich gut. Nachdem sie erfahren hatte, wer er war – ich nehme an, ihre Klassenkameraden haben es ihr gesagt –, hat sie sich, glaube ich, ein bißchen vor ihm gefürchtet, aber das ging vorbei. Helmut konnte sehr gut mit Kindern umgehen.« Sie hielt abrupt inne und verzog angesichts der grotesken Ironie ihrer Worte das Gesicht.

»Und dann. Und dann. Und dann«, wiederholte sie, unfähig, sich aus den Furchen der Erinnerung zu befreien. »Im Sommer dieses Jahres mußte ich nach Budapest. Meiner Mutter ging es nicht gut. Helmut versicherte mir, ich könne beruhigt fahren. Ich nahm ein Taxi und fuhr zum Flughafen. Aber der Flugverkehr war eingestellt worden. Aus welchem Grund, weiß ich nicht mehr. Ein Streik. Oder Schwierigkeiten mit dem Zoll.« Sie blickte auf. »Es spielt keine Rolle, warum der Flughafen geschlossen war, oder?«

»Nein, Signora.«

»Man hielt uns über eine Stunde hin, dann hieß es, bis zum nächsten Vormittag seien alle Flüge gestrichen. Also nahm ich mir wieder ein Taxi und fuhr nach Hause. Es war noch nicht sehr spät, nicht einmal Mitternacht, darum rief ich gar nicht erst an, um zu sagen, daß ich käme. Ich fuhr heim und schloß die Haustür auf. Es brannte nirgends Licht, und ich ging nach oben. Alex hatte schon immer einen unruhigen Schlaf, darum wollte ich als erstes nach ihr sehen. Nach ihr sehen.« Sie blickte zu ihm hinüber, ihr Gesicht war ausdruckslos.

»Als ich oben an der Treppe war, hörte ich sie. Ich dachte, sie hätte einen Alptraum. Es war kein Schreien, nur ein Geräusch. Wie von einem Tier. Nur dieses Geräusch. Nur das. Ich ging in ihr Zimmer. Er war da. Bei ihr. Es ist eigenartig«, sagte sie ganz ruhig, als hätte sie eine rätselhafte Geschichte vor ihm ausgebreitet und wollte nun seine Meinung dazu wissen, »aber ich kann mich nicht mehr erinnern, was dann geschah. Nein, nein, ich weiß schon noch, daß er gegangen ist, aber ich weiß nicht mehr, was ich zu ihm gesagt habe oder er zu mir. Ich bin in dieser Nacht bei Alex geblieben. Später, ein paar Tage später, erklärte er, Alex habe schlecht geträumt.« Sie lachte angewidert und ungläubig. »Das war alles, was er dazu gesagt hat. Wir haben nie darüber gesprochen. Ich habe Alex zu ihren Großeltern geschickt. In die Schule dort. Und wir haben nie darüber gesprochen. Ach, wie modern wir doch waren, wie zivilisiert. Natürlich haben wir aufgehört, miteinander zu schlafen und zusammenzusein. Und Alex war weg.«

»Wissen die Großeltern, was geschehen ist?«

Ein rasches Kopfschütteln. »Nein, ich habe ihnen gesagt, was ich allen gesagt habe, daß ich sie nicht aus der Schule nehmen wollte, als wir nach Venedig gingen.«

»Wann haben Sie sich entschlossen zu tun, was Sie getan haben?« wollte Brunetti wissen.

Sie hob die Schultern. »Ich weiß es nicht. Eines Tages war der Gedanke einfach da. Das einzige, was ihm wirklich wichtig war, das einzige, was er wirklich liebte, war seine Musik, also beschloß ich, ihm das wegzunehmen. Damals erschien es mir gerecht.«

»Und heute?«

Sie dachte lange nach, bevor sie antwortete: »Ja, es scheint mir immer noch gerecht. Alles, was passiert ist, kommt mir gerecht vor. Aber darum geht es ja nicht, oder?«

Brunetti wußte nicht mehr, worum es überhaupt noch ging. In alldem lag kein Sinn, keine Botschaft und keine Lehre. Es bestand nur noch aus menschlicher Schlechtigkeit und dem schrecklichen Unheil, das daraus erwächst.

Ihre Stimme klang plötzlich sehr müde. »Was geschieht jetzt?«

»Das weiß ich auch nicht«, antwortete er aufrichtig. »Haben Sie eine Ahnung, woher er das Zyankali hatte?«

Sie zuckte die Achseln, als fände sie die Frage unwichtig. »Da gibt es viele Möglichkeiten«, meinte sie. »Er hat einen Freund, der Chemiker ist, oder er könnte es auch von einem seiner früheren Freunde haben.« Als sie Brunettis verständnisloses Gesicht sah, erklärte sie: »Aus dem Krieg. Er hatte viele einflußreiche Freunde damals, und viele sind heute wieder einflußreich.«

»Dann sind die Gerüchte über ihn wahr?«

»Ich weiß es nicht. Vor unserer Heirat hat er einmal gesagt, es seien alles Lügen, und ich habe ihm geglaubt. Inzwischen glaube ich es nicht mehr.« Das klang verbittert, aber dann zwang sie sich, ihren ursprünglichen Gedanken zu Ende zu führen. »Ich weiß nicht, woher er es hat, aber er hätte es sich problemlos beschaffen können.« Ihr trauriges Lächeln war wieder da. »Ich hatte natürlich Zugang. Und das wußte er.«

»Zugang? Wie?«

»Wir sind nicht zusammen hergefahren. Wir wollten nicht gemeinsam reisen. Ich habe zwei Tage in Heidelberg Station gemacht, um meinen Exmann zu besuchen.« Der Pharmakologe war, wie Brunetti wußte.

»Wußte der Maestro davon?«

Sie nickte. »Mein erster Mann und ich sind Freunde geblieben und haben noch gemeinsames Vermögen.«

»Haben Sie ihm von dem Vorgefallenen erzählt?«

»Natürlich nicht«, sagte sie und hob dabei zum ersten Mal die Stimme.

»Wo haben Sie sich getroffen?«

»In der Universität. Ich bin in seinem Labor gewesen. Er arbeitet an einem neuen Medikament, das die Auswirkungen der Parkinsonschen Krankheit lindern soll. Er hat mich in seinem Labor herumgeführt, und danach sind wir zusammen essen gegangen.«

»Wußte der Maestro davon?«

»Ich weiß es nicht. Wahrscheinlich habe ich es ihm erzählt. Wir fanden nur mit Mühe Gesprächsstoff. Und dies war ein neutrales Thema, über das wir sicher froh waren.«

»Und über die andere Sache haben Sie wirklich nie mehr ein Wort verloren?«

Sie schluckte. Sie wußte natürlich, was er mit der ›anderen Sache‹ meinte. »Nein.«

»Haben Sie je über die Zukunft gesprochen? Was Sie tun wollten?«

»Nein, nicht direkt.«

»Was heißt das?«

»Eines Tages, als ich gerade hereinkam und er zur Probe gehen wollte, sagte er: ›Warte nur, bis die *Traviata* vorbei ist.‹ Damit meinte er wohl, daß wir dann entscheiden könnten, was zu tun sei. Aber ich hatte mich schon entschlossen, ihn zu verlassen. Ich hatte mich bei zwei Krankenhäusern beworben, einem in Budapest und einem in Augsburg, und ich hatte mit meinem ersten Mann gesprochen, ob er mir eventuell behilflich sein könnte, eine Stelle in einem Krankenhaus zu finden.«

Wie man es auch betrachtete, sie saß in der Falle, dachte Brunetti. Es gab Beweise, daß sie schon eine eigene Zukunft geplant hatte, noch bevor Wellauer gestorben war. Und nun war sie Witwe und sagenhaft reich. Und selbst wenn die Sache mit ihrer Tochter bekannt würde, gäbe es Beweise dafür, daß sie auf dem Weg nach Venedig mit dem Vater des Mädchens gesprochen hatte, einem Mann, der auf jeden Fall an das Gift herankam, das den Maestro getötet hatte.

Kein italienischer Richter würde eine Frau für das verurteilen, was sie getan hatte, nicht, wenn sie die Sache mit ihrer Tochter erklärte. Angesichts der Beweise, die Brunetti hatte – Signora Santinas Aussage über ihre Schwester, die Gespräche mit den Ärzten, sogar der Selbstmord seiner zweiten Frau zu der Zeit, als ihre Tochter zwölf war –, würde kein Gericht in Italien sie unter Mordanklage stellen. Aber alles hing von der Aussage des Mädchens ab, dieses großen Mädchens, Alex, das Pferde liebte und noch ein Kind war.

Brunetti wußte, daß diese Frau eine solche Aussage niemals zulassen würde, ungeachtet aller Folgen. Außerdem wußte er, daß auch er es nicht zulassen würde.

Und ohne die Aussage der Tochter? Die offensichtliche Abkühlung zwischen ihnen, ihr leichter Zugang zu dem Gift, ihre Anwesenheit in seiner Garderobe an jenem Abend, die so ganz aus dem Rahmen fiel, das alles hatte den Anschein der Wahrheit. Wenn sie nur angeklagt wurde, ihm die Spritzen gegeben zu haben, die sein Gehör zerstörten, würde die Mordanklage hinfällig, aber das konnte nur klappen, wenn der Name ihrer Tochter fiel. Und das war unmöglich, wie er wußte.

»Hat Ihr Mann vor seinem Tod, bevor all das geschah«, sagte Brunetti, wobei er es ihr überließ, sich auf »all das« einen Reim zu machen, »irgendwann einmal über sein Alter gesprochen? Hatte er Angst vor dem körperlichen Verfall?«

Sie überlegte eine Weile, offensichtlich erstaunt darüber, wie er auf diese Frage kam. »Ja«, sagte sie dann, »wir haben darüber gesprochen. Nicht oft, aber ein- oder zweimal. Einmal, als wir alle mehr als genug getrunken hatten, haben wir mit Erich und Hedwig darüber gesprochen.«

»Und was hat er da gesagt?«

»Es war Erich, wenn ich mich recht erinnere. Er sagte, wenn er jemals nicht mehr arbeiten könnte – nicht nur nicht mehr operieren, sondern, na ja, nicht mehr er selbst wäre, kein Arzt mehr sein könnte –, dann werde er als Arzt wissen, wie dem ein Ende zu machen sei.

Es war schon spät, und wir waren alle sehr müde, das hat vielleicht dazu beigetragen, daß dieses Gespräch ernster war, als es sonst gewesen wäre. Jedenfalls hatte Erich das gesagt, und Helmut meinte, er verstehe ihn sehr gut und würde genau dasselbe tun.«

»Würde sich Dr. Steinbrunner an dieses Gespräch erinnern?«

»Ich glaube schon. Es war ja erst in diesem Sommer. Wir feierten unseren zweiten Hochzeitstag.«

»Hat Ihr Mann sich jemals deutlicher geäußert?« Bevor sie antworten konnte, vervollständigte er seine Frage: »Wenn andere dabei waren?«

»Sie meinen, vor Zeugen?«

Er nickte.

»Nein, nicht daß ich wüßte. Aber in jener Nacht war das Gespräch so ernst, daß wir alle wußten, was gemeint war.«

»Glauben Sie, daß Ihre Freunde es genauso in Erinnerung haben? Daß sie es auch so sehen?«

»Ja, das glaube ich schon. Sie sind nicht mit mir einverstanden, jedenfalls nicht als Frau für Helmut.« Als sie das ausgesprochen hatte, sah sie ihn plötzlich mit schreckgeweiteten Augen an. »Meinen Sie, die wußten es?«

Brunetti schüttelte den Kopf, hoffte sie beruhigen zu können, nein, sie hätten nichts gewußt, sie könnten so etwas über ihn nicht gewußt und dazu geschwiegen haben. Aber er hatte keinen Grund, das zu glauben. Er ließ das Thema lieber fallen und fragte: »Können Sie sich an andere Gelegenheiten erinnern, bei denen Ihr Mann so etwas erwähnt hat?«

»In den Briefen, die er mir vor unserer Hochzeit geschrieben hat.«

»Wie hat er sich da geäußert?«

»Es war mehr scherzhaft. Er versuchte, den Altersunterschied zwischen uns herunterzuspielen. Er schrieb, ich würde nie einen gebrechlichen, hilflosen alten Mann am Hals haben, er werde schon dafür sorgen, daß es dazu nie komme.«

»Haben Sie diese Briefe noch?«

Sie senkte den Kopf und sagte leise: »Ja, ich habe noch alles von ihm, alle Briefe, die er mir geschrieben hat.«

»Ich verstehe immer noch nicht, wie Sie es tun konnten«, sagte er, nicht schockiert oder wütend, nur einfach erstaunt.

»Ich weiß es auch nicht mehr. Ich habe so viel darüber gegrübelt, daß ich wahrscheinlich neue Gründe erfunden habe, neue Rechtfertigungen. Um ihn zu bestrafen? Oder vielleicht wollte ich ihn so schwach machen, daß er völlig von mir abhängig würde. Oder vielleicht habe ich auch gewußt, daß es ihn zu dem zwingen würde, was er dann getan hat. Ich weiß es schlicht nicht mehr, und ich glaube nicht, daß ich je verstehen werde, warum.« Er dachte, sie sei fertig, aber sie fügte mit eisiger Stimme hinzu: »Aber ich bin froh, daß ich es getan habe, und ich würde es wieder tun.«

Brunetti wandte den Blick von ihr ab. Er war kein Anwalt und wußte nicht genau, wie man ihr Verbrechen bezeichnen würde. Körperverletzung? Diebstahl? Wenn man das Gehör eines Menschen stiehlt, was nimmt man ihm dann? Und ist es ein schlimmeres Verbrechen, wenn dem Opfer sein Gehör wichtiger ist als anderen Menschen das ihre?

»Signora, glauben Sie, er hat Sie hinter die Bühne gebeten, damit es aussieht, als hätten Sie ihn umgebracht?«

»Das kann ich nicht sagen, möglich wäre es. Er glaubte an Gerechtigkeit. Aber wenn er es wollte, hätte er dafür sorgen können, daß es viel schlechter für mich aussähe. Ich habe inzwischen viel darüber nachgedacht. Vielleicht hat er es dabei belassen, damit ich nie ganz sicher sein sollte, welche Absicht er hatte. So wäre er dann nicht schuldig an dem, was auch immer deswegen mit mir geschieht.« Sie lächelte schwach. »Er war ein sehr komplizierter Mensch.«

Brunetti beugte sich vor und legte ihr die Hand auf den Arm. »Signora, bitte hören Sie jetzt einmal ganz genau zu.« Er dachte an Chiara, entschied sich und sprach weiter. »Wir haben darüber gesprochen, wie Ihr Mann Ihnen seine Ängste wegen seiner zunehmenden Taubheit anvertraut hat.«

Erschrocken wollte sie protestieren: »Aber ...«

Er unterbrach sie, bevor sie weiterreden konnte. »Wie er Ihnen von seiner Taubheit erzählt hat, wie er sie fürchtete. Daß er in Deutschland bei seinem Freund Erich gewesen sei und dann bei einem anderen Arzt in Padua und beide ihm sagten, daß er taub werde. Daß dies sein Verhalten hier erklärt, seine offensichtliche Depression. Und daß Sie mir gesagt haben, Sie fürchteten, er habe sich umgebracht, als ihm klar wurde, daß seine Karriere vorbei war, daß er als Musiker keine Zukunft mehr hatte.« Seine Stimme klang so müde, wie er sich fühlte.

Als sie widersprechen wollte, sagte er nur: »Signora, die einzige, die wegen der Wahrheit leiden würde, ist die einzig Unschuldige.«

Diese Wahrheit brachte sie zum Schweigen. Nach einer Pause meinte sie: »Wie mache ich das alles?«

Er hatte nicht die geringste Ahnung, was er ihr raten sollte. Er hatte noch nie einem Verbrecher geholfen, ein Alibi zu erfinden oder Beweise für sein Verbrechen in Abrede zu stellen. »Das Wichtigste ist, daß Sie mir von seiner Taubheit erzählt haben. Daraus ergibt sich alles andere.« Sie sah ihn an, noch immer erstaunt, und er redete mit ihr wie mit einem begriffsstutzigen Kind, das eine Lektion nicht begreifen wollte. »Das haben Sie mir bei unserem zweiten Zusammentreffen gesagt, an dem Morgen, als ich hier in der Wohnung war. Sie haben mir erzählt, daß er ernsthafte Probleme mit dem Gehör hatte und seinen Freund Erich deswegen aufgesucht hätte.« Sie wollte wieder protestieren, und er hätte sie für ihre Begriffsstutzigkeit schütteln mögen. »Außerdem hat er Ihnen gesagt, daß er noch bei einem anderen Arzt war. Das alles wird in meinem Bericht über unser Gespräch stehen.«

»Warum tun Sie das?« fragte sie endlich.

Er tat die Frage mit einer Handbewegung ab.

»Warum tun Sie das?« fragte sie noch einmal.

»Weil Sie ihn nicht umgebracht haben.«

»Und das andere? Was ich ihm angetan habe?«

»Es gibt keine Möglichkeit, Sie dafür zu bestrafen, ohne Ihre Tochter noch mehr zu strafen.«

Angesichts dieser Wahrheit zuckte sie schmerzlich zusammen. »Was muß ich noch tun?« fragte sie, jetzt gehorsam.

»Das weiß ich noch nicht so genau. Denken Sie vorerst nur daran, daß wir bei meinem ersten Besuch darüber gesprochen haben.«

Sie wollte etwas sagen, hielt aber dann inne.

»Was ist?« wollte er wissen.

»Nichts, nichts.«

Er stand abrupt auf. Ihm war nicht wohl dabei, hier zu sitzen und ein Komplott zu schmieden. »Das wäre dann alles. Wahrscheinlich werden Sie bei der Verhandlung aussagen müssen, sollte es dazu kommen.«

»Werden Sie da sein?«

»Ja. Bis dahin habe ich meinen Bericht geschrieben und meine Meinung abgegeben.«

»Und wie wird die sein?«

»Es wird die Wahrheit sein, Signora.«

Ihre Stimme klang ruhig. »Ich weiß nicht mehr, was die Wahrheit ist.«

»Ich werde dem *procuratore* sagen, nach meinen Ermittlungen habe Ihr Mann Selbstmord verübt, als er merkte, daß er taub wurde. Genau so, wie es war.«

»Ja«, echote sie. »Genau so, wie es war.«

Dann ließ er sie allein in dem Zimmer zurück, in dem sie ihrem Mann die letzte Spritze gegeben hatte.

25

Am nächsten Morgen legte Brunetti wie befohlen um acht seinen Bericht auf den Schreibtisch von Vice-Questore Patta, wo er liegenblieb, bis sein Vorgesetzter kurz nach elf in seinem Büro erschien. Als dieser sich, nachdem er drei Privatgespräche geführt und den Wirtschaftsteil der Zeitung gelesen hatte, schließlich dazu durchrang, den Bericht zu lesen, fand er ihn ebenso interessant wie erhellend.

»Die Ergebnisse meiner Ermittlungen lassen mich zu dem Schluß kommen, daß Maestro Helmut Wellauer sich infolge seiner zunehmenden Schwerhörigkeit das Leben genommen hat.

1. In den letzten Monaten hatte sich sein Gehör in einem Maße verschlechtert, daß er über weniger als 40% des normalen Hörvermögens verfügte. (Siehe beiliegende Gesprächsprotokolle mit den Doctores Steinbrunner und Treponti sowie ebenfalls beiliegende medizinische Berichte.)

2. Dieser Gehörverlust führte dazu, daß er zunehmend seinen Beruf als Dirigent nicht mehr ausüben konnte. (Siehe anliegende Gesprächsprotokolle mit Professore Rezzonico und Signor Traverso.)

3. Der Maestro befand sich in einer depressiven Stimmungslage. (Siehe anliegende Gesprächsprotokolle mit Signora Wellauer und Signorina Breddes.)

4. Er hatte Zugang zu dem benutzten Gift. (Siehe anliegende Gesprächsprotokolle mit Signora Wellauer und Dr. Steinbrunner.)

5. Es war bekannt, daß er die Vorstellung vom Freitod vertrat, falls er ein Stadium erreichen sollte, in dem er als Musiker nicht mehr einsatzfähig wäre. (Siehe anliegendes Proto-

koll des Telefongesprächs mit Dr. Steinbrunner. Privatkorrespondenz aus Deutschland wird nachgereicht.)

Aufgrund des überwältigenden Gewichtes dieser Informationen sowie der Tatsache, daß Verdächtige, die ein Motiv oder eine Gelegenheit zu einem Verbrechen gehabt haben könnten, eindeutig auszuschließen sind, kann ich nur den Schluß ziehen, daß der Maestro den Suizid als Alternative zur Taubheit vorgezogen hat.

Hochachtungsvoll
Guido Brunetti
Commissario della Polizia

»Ich hatte natürlich von Anfang an diesen Verdacht«, sagte Patta zu Brunetti, nachdem letzterer der Aufforderung seines Vorgesetzten gefolgt war, in dessen Büro den Fall zu besprechen. »Aber ich wollte nicht gleich zu Anfang etwas sagen und so Ihre Ermittlungen beeinflussen.«

»Das war sehr großzügig von Ihnen, Signore«, sagte Brunetti. »Und sehr klug.« Er studierte die Fassade von San Lorenzo, von der er einen Teil hinter der Schulter seines Vorgesetzten sehen konnte.

»Es war einfach undenkbar, daß jemand, der Musik liebte, so etwas hätte tun können.« Ganz offensichtlich zählte Patta sich dazu. »Seine Frau sagt hier...«, begann er, indem er den Blick auf den Bericht heftete. Diesmal studierte Brunetti die kleine diamantbesetzte Krawattennadel in Form einer Rose, die Patta in seiner roten Krawatte trug. »... daß er sichtlich verstört war.« Dieses Zitat überzeugte Brunetti, daß Patta den Bericht wirklich gelesen hatte, ein Ereignis von unübertroffener Seltenheit. »Und so empörend das Benehmen dieser beiden Frauen auch ist«, fuhr Patta mit einer kleinen Geste des Ekels über etwas fort, was gar nicht im Bericht stand, »ist es doch unwahrscheinlich, daß eine von ihnen das psychologische Profil eines Mörders hat.« Was immer das heißen sollte.

»Und die Witwe – unmöglich – auch wenn sie Ausländerin ist.« Dann gab Patta, obwohl Brunetti nicht danach gefragt hatte, die Erklärung zu dieser Bemerkung. »Keine Frau, die Mutter ist, könnte etwas so Kaltblütiges tun. Sie haben einen Instinkt, der solche Dinge verhindert.« Er lächelte über sein brillantes Einfühlungsvermögen, und Brunetti, entzückt, das zu hören, lächelte auch.

»Ich esse heute mit dem Bürgermeister zu Mittag«, sagte Patta mit einer einstudierten Nebensächlichkeit, die diese Tatsache zu den Alltäglichkeiten verwies, »und ich werde ihm die Ergebnisse unserer Ermittlungen darlegen.« Als Brunetti diesen Plural hörte, zweifelte er nicht daran, daß die Ermittlungen bis zum Mittagessen wieder im Singular erscheinen würden, allerdings nicht in der dritten Person.

»Ist das alles?« fragte er höflich.

Patta blickte von dem Bericht auf, den er offenbar auswendig lernen wollte. »Ja, ja. Das ist alles.«

»Und der *procuratore*? Wollen Sie ihn auch informieren?« fragte Brunetti in der Hoffnung, daß Patta auch darauf bestehen und bei seiner Empfehlung an den leitenden Staatsanwalt das Gewicht seines Amtes zugunsten einer Nichtverfolgung in die Waagschale werfen würde.

»Ja, dafür sorge ich auch.«

Brunetti beobachtete, wie Patta überlegte, ob er den Staatsanwalt zum Essen mit dem Bürgermeister einladen sollte, den Gedanken aber wieder verwarf. »Ich kümmere mich darum, wenn ich vom Essen mit dem hohen Herrn zurück bin.« Das, überlegte Brunetti, gab ihm Gelegenheit zu gleich zwei Auftritten.

Brunetti stand auf. »Ich gehe dann in mein Büro.«

»Ja, ja«, murmelte Patta abwesend, noch immer in den Bericht vertieft.

»Ach, Commissario«, sagte er da hinter ihm.

»Ja?« antwortete Brunetti, während er sich umdrehte und

lächeln mußte, als er die Bedingungen für seine heutige Wette aufstellte.

»Vielen Dank für Ihre Hilfe.«

»Nichts zu danken«, sagte er und dachte, daß ein Dutzend rote Rosen ausreichen würde.

Sieben Monate später bekam Brunetti einen Brief in die Questura geschickt. Die Briefmarken fielen ihm als erstes ins Auge, zwei lila Rechtecke mit einem Flechtwerk aus zierlichen Schriftzeichen an den Seiten. Darunter stand: »People's Republic of China«. Er kannte niemanden in China.

Auf dem Umschlag stand kein Absender. Er riß ihn auf, und heraus fiel das Polaroidfoto einer juwelenbesetzten Krone. Ein Größenverhältnis war nicht festzustellen, aber wenn das Stück für einen menschlichen Kopf entworfen war, mußten die Edelsteine um das Juwel in der Mitte etwa so groß wie Taubeneier sein. Rubine? Ihm fiel kein anderer Edelstein ein, der so an Blut erinnerte. Der in der Mitte, massiv und rechteckig geschnitten, konnte nur ein Diamant sein.

Er drehte das Foto um und las: »Hier ist ein Stück der Schönheit, zu der ich zurückgekehrt bin.« Darunter: »B. Lynch«. Keine weitere Mitteilung. Sonst war nichts in dem Umschlag.

DONNA LEON

Endstation Venedig

Roman

Aus dem Amerikanischen
von Monika Elwenspoek

Weltbild

Volgi intorno lo sguardo, o sire, e vedi qual strage orrenda nel tuo nobil regno, fa il crudo mostro. Ah mira allagate di sangue quelle pubbliche vie. Ad ogni passo vedrai chi geme, e l'alma gonfia d'atro velen dal corpo esala.

Blick umher, o König, und sieh, welche Verwüstung das wilde Ungeheuer in deinem stolzen Reich anrichtet! Sieh die offenen Straßen vom Blut überschwemmt! Bei jedem Schritt findest du einen, der stöhnend aus dem vom scheußlichen Gift geschwollenen Leib die Seele aushaucht!

IDOMENEO

I

Die Leiche trieb mit dem Gesicht nach unten im dunklen Wasser des Kanals. Sanft zog die zurückgehende Flut sie zur offenen Lagune hin, die am Ende des Kanals begann. Der Kopf schlug ein paarmal gegen die bemoosten Stufen am Ufer vor der Basilika SS. Giovanni e Paolo, verfing sich dort einen Augenblick und drehte ab, als die Beine in elegant tänzerischem Bogen herumschwangen, den Körper mit sich fortzogen und ihn weiter aufs offene Wasser und die Freiheit zudriften ließen.

Von der nahen Kirche schlug es vier Uhr morgens, und der Sog des Wassers verlangsamte sich wie auf Befehl der Glocke.

Er ließ immer mehr nach, bis der Moment völliger Ruhe zwischen den Gezeiten erreicht war, wenn das Wasser darauf wartet, daß die neue Tide ihr Tagwerk übernimmt. Gefangen in dieser Ruhe schaukelte das leblose Ding auf dem Wasser, dunkel gekleidet und unsichtbar. Die Zeit verstrich im Schweigen, das kurz darauf von zwei vorbeigehenden Männern gebrochen wurde, die sich leise in dem an Zischlauten reichen venezianischen Dialekt unterhielten. Einer schob einen flachen, mit Zeitungen beladenen Wagen und war auf dem Weg zu seinem Kiosk, der andere zu seiner Arbeit im Krankenhaus, das eine ganze Seite des großen, offenen Campo einnahm.

Draußen in der Lagune tuckerte ein kleines Boot vorbei, und kleine, kurze Wellen kräuselten den Kanal, spielten mit der Leiche und drückten sie gegen die Mauer.

Als die Glocken fünf schlugen, stieß in einem der Häuser am Kanal eine Frau die dunkelgrünen Läden ihres Küchenfensters auf, drehte sich um und stellte die Gasflamme unter ihrem Kaffeetopf kleiner. Verschlafen löffelte sie Zucker in eine kleine Tasse, drehte mit geübter Handbewegung das Gas ab und goß mit dickem Strahl den Kaffee in ihre Tasse. Dann umfaßte sie mit beiden Händen die Tasse und trat ans offene Fenster, wo sie, wie jeden Morgen seit Jahrzehnten, zum großen Reiterstandbild des Condottiere Colleoni hinübersah, einst der gefürchtetste aller venezianischen Heerführer, jetzt ein guter Nachbar. Für Bianca Pianaro war dies der friedlichste Augenblick des Tages, und der in ewiges bronzenes Schweigen gegossene Colleoni war der ideale Genosse für diese kostbare, heimliche und stille Viertelstunde.

Sie schlürfte ihren Kaffee, freute sich an dessen Wärme und beobachtete die Tauben, die sich bereits pickend dem Sockel der Statue näherten. Beiläufig schaute sie nach unten, wo das kleine Boot ihres Mannes im dunkelgrünen Wasser dümpelte. Es hatte in der Nacht geregnet, und sie wollte sehen, ob die Plane über dem Boot noch da war. Wenn der Wind sie gelöst hatte, mußte Nino hinuntergehen und das Boot ausschöpfen, bevor er zur Arbeit fuhr. Sie beugte sich vor, um besser sehen zu können.

Zuerst dachte sie, es sei ein Müllsack, den die nächtliche Flut vom Ufer herübergeschwemmt hatte. Aber die Form war seltsam symmetrisch, länglich, mit zwei Ästen, die an den Seiten herausragten, beinah als ob…

»*Oh, Dio*«, japste sie und ließ ihre Kaffeetasse ins Wasser unter sich fallen, nicht weit entfernt von der seltsamen Form, die bäuchlings im Kanal trieb. »Nino, Nino«, schrie sie, während sie sich zum Schlafzimmer umdrehte. »Im Kanal treibt eine Leiche.«

Dieselbe Nachricht, »Im Kanal treibt eine Leiche«, weckte zwanzig Minuten später Guido Brunetti. Er stützte sich auf die linke Schulter und zog das Telefon zu sich aufs Bett. »Wo?«

»Santi Giovanni e Paolo. Vor dem Krankenhaus, Commissario«, antwortete der Polizist, der ihn sofort angerufen hatte, nachdem die Meldung bei der Questura eingegangen war.

»Was ist passiert? Wer hat sie gefunden?« fragte Brunetti, während er die Beine unter der Decke hervorschwang und sich auf die Bettkante setzte.

»Ich weiß nicht, Commissario. Ein Mann namens Pianaro hat es telefonisch gemeldet.«

»Und warum rufen Sie mich an?« wollte Brunetti wissen, wobei er gar nicht erst versuchte, seine Verärgerung zu verbergen, die eindeutig ausgelöst war durch einen Blick auf das leuchtende Zifferblatt des Weckers: fünf Uhr einunddreißig. »Was ist mit der Nachtschicht? Ist denn keiner da?«

»Sie sind alle nach Hause gegangen, Commissario. Ich habe Bozzetti angerufen, aber seine Frau sagt, er ist noch nicht zu Hause.« Die Stimme des jungen Mannes wurde immer unsicherer, während er sprach. »Da habe ich Sie angerufen, weil ich wußte, daß Sie Tagschicht haben.«

Und die begann, wie Brunetti sich sagte, in zweieinhalb Stunden. Er schwieg.

»Sind Sie noch da, Commissario?«

»Ja, ich bin da. Und es ist halb sechs.«

»Ich weiß«, greinte der junge Mann. »Aber ich konnte sonst niemanden erreichen.«

»Schon gut, schon gut. Ich gehe hin und sehe mir die Sache an. Schicken Sie mir ein Boot. Sofort.« Angesichts der Uhrzeit und der Tatsache, daß die Nachtschicht schon weg war, fragte er: »Ist jemand da, der es herbringen kann?«

»Ja, Commissario. Bonsuan ist eben gekommen. Soll ich ihn schicken?«

»Ja, und zwar sofort. Und rufen Sie die anderen von der Tagschicht an. Sie sollen mich dort treffen.«

»Ja, Commissario«, antwortete der junge Mann, dem man die Erleichterung darüber anhörte, daß jemand die Sache übernahm. »Und benachrichtigen Sie Dottore Rizzardi. Bitten Sie ihn, so schnell wie möglich hinzukommen.«

»Ja, Commissario. Noch etwas, Commissario?«

»Nein, nichts weiter. Aber schicken Sie das Boot. Sofort. Und sagen Sie den anderen, wenn sie vor mir da sind, sollen sie absperren. Niemand darf in die Nähe der Leiche.« Wie viele Beweise wurden schon vernichtet, während er jetzt sprach, wie viele Zigarettenkippen weggeworfen, wie viele Paar Schuhe waren übers Pflaster geschlurft? Ohne ein weiteres Wort legte Brunetti auf.

Neben ihm im Bett regte sich Paola und sah mit einem Auge zu ihm auf, das andere war von ihrem schützend gegen das Licht erhobenen nackten Arm verdeckt. Sie gab einen Laut von sich, den er aus langer Erfahrung als Frage erkannte.

»Eine Leiche im Kanal. Sie kommen mich abholen. Ich rufe dich an.«

Der Laut, mit dem sie das aufnahm, klang zustimmend. Sie drehte sich auf den Bauch und schlief schon wieder, sicher der einzige Mensch in der ganzen Stadt, den es nicht interessierte, daß in einem der Kanäle eine Leiche trieb.

Er zog sich rasch an, beschloß aufs Rasieren zu verzichten und ging in die Küche, um zu sehen, ob noch Kaffee da war. Er öffnete den Deckel der Caffettiera und stellte fest, daß noch ein kleiner Rest vom Abend übrig war. Obwohl er aufgewärmten Kaffee verabscheute, schüttete er ihn in einen Topf und drehte die Gasflamme hoch, während er dabeistand und wartete, daß es kochte. Als es soweit war, goß er das dickflüssige Gebräu in eine Tasse, löffelte drei Stück Zucker hinein und trank schnell aus.

Das Klingeln der Türglocke zeigte die Ankunft des Polizeiboots an. Er warf einen Blick auf seine Armbanduhr. Acht Minuten vor sechs. Das mußte Bonsuan sein, kein anderer war in der Lage, ein Boot so schnell hierherzubringen. Er holte ein wollenes Jackett aus dem Schrank neben der Wohnungstür. Septembermorgen konnten kalt sein, und womöglich war es auch noch windig bei SS. Giovanni e Paolo, so nah am offenen Wasser der Lagune.

Am Fuß der fünf Treppen angelangt, öffnete er die Haustür und stand Puccetti gegenüber, einem Rekruten, der noch keine fünf Monate bei der Polizei war.

»*Buon giorno,* Signor Commissario«, sagte Puccetti fröhlich und salutierte. Viel mehr Lärm und Bewegung, als Brunetti zu dieser Stunde für angemessen hielt.

Er antwortete mit einer Handbewegung und eilte die schmale Calle entlang, in der er wohnte. Auf dem Wasser sah er das Polizeiboot mit seinem rhythmisch blinkenden Blaulicht am Landesteg liegen. Am Steuer erkannte er Bonsuan, einen Polizeibootführer, in dessen Adern das Blut zahlloser Generationen von Buranofischern floß – Blut, das sich inzwischen mit Lagunenwasser gemischt haben mußte – und der ein instinktives Wissen über Gezeiten und Strömungen in sich trug, das es ihm erlaubt hätte, die Kanäle der Stadt mit geschlossenen Augen zu durchfahren.

Bonsuan, vierschrötig und vollbärtig, quittierte Brunettis Ankunft mit einem Nicken, ebenso ein Zugeständnis an die Tageszeit wie an seinen Vorgesetzten. Puccetti sprang an Deck zu zwei dort wartenden, uniformierten Polizisten. Einer von ihnen machte die Leine los, und Bonsuan lenkte das Boot rasch rückwärts hinaus in den Canal Grande, wo er es scharf herumschwang und zurück in Richtung Rialto-Brücke fuhr. Sie glitten unter der Brücke hindurch und in einen Einbahnkanal zur Rechten. Kurz darauf bogen sie nach links ab, dann wieder rechts. Brunetti stand an Deck, den Kragen gegen den Wind und die morgendliche Kühle hochgeschlagen. Die Boote auf beiden Seiten des Kanals schaukelten in ihrem Kielwasser, und andere, die mit frischem Obst und Gemüse von Sant' Erasmo hereinkamen, wichen beim Anblick des Blaulichts seitlich in den Schutz der Häuser aus.

Endlich bogen sie in den Rio dei Mendicanti, den Kanal, der neben dem Krankenhaus und dann hinaus in die Lagune floß, genau gegenüber dem Friedhof. Die Nähe des Friedhofs war höchstwahrscheinlich Zufall, doch die meisten Venezianer, die eine Behandlung im Krankenhaus überlebt hatten, sahen in der Lage des Friedhofs einen stummen Kommentar zur Tüchtigkeit des Krankenhauspersonals.

Auf halbem Weg sah Brunetti zur Rechten eine kleine Menschengruppe zusammengedrängt am Ufer stehen. Bonsuan brachte das Boot fünfzig Meter weiter vorne zum Halten, ein in Brunettis Augen absolut nutzloser Versuch, irgendwelche Spuren am Fundort der Leiche durch ihre Ankunft nicht zu zerstören.

Einer der Polizisten kam zum Boot und streckte Brunetti die Hand entgegen, um ihm beim Aussteigen behilflich zu sein. »*Buon giorno,* Signor Commissario. Wir haben ihn herausgeholt, aber wie Sie sehen, haben wir schon Gesellschaft bekommen.« Er deutete auf die neun oder zehn Leute, die sich um etwas auf dem Boden scharten und mit ihren Körpern Brunettis Blick darauf verdeckten.

Der Polizist wandte sich wieder den Leuten zu und sagte im Gehen: »Polizei. Zurücktreten, bitte.« Das Nahen der beiden Männer, nicht der Befehl, bewog die Leute Platz zu machen.

Auf dem Boden sah Brunetti den Körper eines jungen Mannes auf dem Rücken liegen, dessen offene Augen ins Morgenlicht starrten. Neben ihm standen zwei Polizisten, die Uniformen bis an die Achseln durchnäßt. Beide salutierten, als sie Brunetti sahen. Sowie sie die Hände wieder an die Hose legten, tropfte neben ihnen Wasser auf den Boden. Er erkannte sie. Luciani und Rossi, beides gute Leute.

»Und?« fragte Brunetti, während er auf den Toten hinuntersah.

Luciani, der Dienstältere, antwortete: »Er trieb im Kanal, als wir ankamen, Dottore. Ein Mann in dem Haus da drüben«, er deutete auf ein ockerfarbenes Haus auf der gegenüberliegenden Seite des Kanals, »hat uns angerufen. Seine Frau hat ihn entdeckt.«

Brunetti drehte sich um und schaute zu dem Haus hinüber. »Vierter Stock«, erklärte Luciani. Brunetti hob den Blick und sah gerade noch eine Gestalt vom Fenster zurückweichen. Während er sich das Gebäude und die Nachbarhäuser genauer ansah, bemerkte er eine ganze Reihe dunkler Schatten an den Fenstern. Einige zogen sich zurück, als er hinschaute, andere nicht.

Brunetti wandte sich wieder Luciani zu und bedeutete ihm mit einem Kopfnicken fortzufahren. »Er trieb in der Nähe der Treppe, aber wir mußten ins Wasser, um ihn herauszubekommen. Ich habe ihn auf den Rücken gelegt. Zur Wiederbelebung. Aber es war hoffnungslos, Commissario. Wie es aussieht, ist er schon lange tot.« Seine Stimme klang abbittend, beinah als würde der erfolglose Versuch, dem jungen Mann wieder Leben einzuhauchen, die Endgültigkeit seines Todes noch unterstreichen.

»Haben Sie die Leiche durchsucht?« fragte Brunetti.

»Nein. Als wir sahen, daß wir nichts tun konnten, hielten wir es für das beste, ihn für den Arzt so liegenzulassen.«

»Gut, gut«, murmelte Brunetti. Luciani erschauerte, entweder vor Kälte oder in Erkenntnis seines Mißerfolgs, und kleine Wassertropfen fielen unter ihm zu Boden.

»Sie beide gehen jetzt nach Hause. Nehmen Sie ein Bad, essen Sie was. Und trinken Sie etwas gegen die Kälte.« Beide Männer lächelten bei diesen Worten, dankbar für den Vorschlag. »Und nehmen Sie das Boot. Bonsuan bringt Sie heim. Beide.«

Die Männer bedankten sich und drängten sich durch die Menschentraube, die in den letzten Minuten seit Brunettis Ankunft größer geworden war. Er wandte sich an einen der beiden Uniformierten, die mit ihm gekommen waren. »Drängen Sie die Leute zurück, dann lassen Sie sich Namen und Adressen geben, von allen«, ordnete er an. »Fragen Sie, wann sie hier angekommen sind und ob sie heute morgen irgend etwas Ungewöhnliches gesehen oder gehört haben. Danach schicken Sie sie nach Hause.« Er verabscheute diese Leichenfledderer, die sich stets an Orten des Todes einfanden, und hatte nie verstanden, welche Faszination der Tod für viele hatte, besonders in seiner gewaltsamen Form.

Er sah sich wieder das Gesicht des jungen Mannes auf dem

Boden an, das jetzt Gegenstand so vieler mitleidloser Blicke war. Ein gutaussehender Mann mit kurzem, blondem Haar, das dunkler wirkte durch die Nässe, die eine Pfütze rings um ihn bildete. Seine Augen waren von einem klaren, durchsichtigen Blau, sein Gesicht wirkte symmetrisch, die Nase schmal und wohlgeformt.

Hinter sich hörte Brunetti die Stimmen der Polizisten, die begannen, die Menge zurückzudrängen. Er rief Puccetti zu sich und ignorierte das erneute Salutieren des jungen Mannes. »Puccetti, gehen Sie zu den Häusern da drüben auf der anderen Seite des Kanals, und fragen Sie, ob jemand etwas gehört oder gesehen hat.«

»In welcher Zeit, Commissario?«

Brunetti überlegte kurz und bedachte den Mondstand. Vor zwei Nächten hatten sie Neumond gehabt; die Flut war demnach nicht stark genug gewesen, um die Leiche sehr weit zu tragen. Er würde Bonsuan danach fragen. Die Hände des Toten waren seltsam runzlig und weiß, ein sicheres Zeichen, daß er lange im Wasser gelegen hatte. Wenn er erst wußte, wie lange der junge Mann schon tot war, würde er es Bonsuan überlassen, auszurechnen, wie weit es ihn abgetrieben haben konnte. Und von woher. Inzwischen mußte er Puccetti eine Antwort geben. »Fragen Sie nach der ganzen vergangenen Nacht. Und sperren Sie die Stelle ab. Schicken Sie die Leute nach Hause, wenn möglich.« – Kaum möglich, wie er wußte. Venedig hatte seinen Bürgern wenige Ereignisse dieser Art zu bieten; sie würden nur widerwillig gehen.

Er hörte ein weiteres Boot kommen. Eine zweite weiße Polizeibarkasse bog mit blinkendem Blaulicht in den Kanal ein und hielt an derselben Landestelle, die Bonsuan benutzt hatte. Auch auf diesem Boot waren drei Uniformierte und ein Mann in Zivil. Wie Sonnenblumen wandten die Gesichter der Menge sich vom Gegenstand ihrer bisherigen Aufmerksamkeit zu den Männern, die aus dem Boot sprangen und auf sie zukamen.

Voran ging Dr. Ettore Rizzardi, der Leichenbeschauer der Stadt. Unberührt von den Blicken, die auf ihm lagen, trat er auf Brunetti zu und streckte freundlich die Hand aus. »*Buon di*, Guido. Was ist los?«

Brunetti trat zur Seite, so daß Rizzardi sehen konnte, was zu ihren Füßen lag. »Er war im Kanal. Luciani und Rossi haben ihn herausgezogen, aber sie konnten nichts mehr tun. Luciani hat es versucht, aber es war zu spät.«

Rizzardi nickte und grunzte etwas dazu. Die verschrumpelte Haut an den Händen sagte ihm, daß es für jede Hilfe zu spät gewesen war.

»Sieht aus, als ob er lange da drin gelegen hätte, Ettore. Aber Sie können es mir sicher genauer sagen.«

Rizzardi nahm dieses Kompliment nur als recht und billig entgegen und wandte seine Aufmerksamkeit der Leiche zu. Als er sich darüberbeugte, wurde das Zischeln in der Menge noch lebhafter. Er beachtete es nicht, stellte seine Tasche sorgsam auf ein trockenes Fleckchen neben dem Toten und bückte sich.

Brunetti machte kehrt und trat auf die vorderste Reihe der Leute zu, die inzwischen dichtgedrängt standen.

»Wenn Sie Ihre Personalien angegeben haben, können Sie gehen. Es gibt nichts weiter zu sehen. Sie können also ruhig gehen, alle.« Ein alter Mann mit grauem Bart neigte sich energisch nach links, um an Brunetti vorbei sehen zu können, was der Arzt an der Leiche machte. »Ich sagte, Sie können gehen.« Brunetti sprach den Alten direkt an. Der richtete sich auf, warf Brunetti einen völlig abwesenden Blick zu und beugte sich wieder zur Seite, nur am Tun des Arztes interessiert. Eine alte Frau riß ärgerlich an der Leine ihres Terriers, sichtlich in Wut über diesen neuerlichen Beweis polizeilicher Brutalität. Die Uniformierten gingen langsam an der Menge entlang und bewegten sie sanft mit einem Wort oder dem Druck einer Hand gegen eine Schulter zum Gehen. Der letzte war der alte Mann mit dem Bart, der nur bis zu dem Eisengeländer zurückging, das die Statue von Colleoni umgab, sich dagegen lehnte und sich weigerte, den Campo zu verlassen oder seine Rechte als Bürger preiszugeben.

»Guido, kommen Sie doch mal einen Augenblick her«, rief Rizzardi von hinten.

Brunetti drehte sich um und trat neben den knienden Arzt, der das Hemd des Toten hochgeschoben hatte. Etwa fünfzehn Zentimeter oberhalb der Taille sah Brunetti auf der linken Seite einen horizontalen Strich, an dessen ausgefransten Rändern das Fleisch merkwürdig graublau aussah. Er kniete sich neben Rizzardi in eine kalte Pfütze, um besser sehen zu können. Der Schnitt war etwa so lang wie sein Daumen und klaffte, wahrscheinlich weil die Leiche so lange im Wasser gelegen hatte, seltsam blutlos auseinander.

»Das ist nicht irgendein Tourist, der zuviel getrunken hat und dann in den Kanal gefallen ist, Guido.«

Brunetti nickte in stillschweigender Übereinstimmung. »Was könnte so etwas verursachen?« fragte er mit einer Kopfbewegung zu der Wunde hin.

»Ein Messer mit breiter Klinge. Und wer immer das getan hat, war entweder sehr gut oder hatte sehr viel Glück.«

»Wie meinen Sie das?« fragte Brunetti.

»Ich will jetzt nicht allzuviel darin herumstochern, bevor ich ihn nicht aufmachen und mir das genau ansehen kann«, sagte Rizzardi. »Aber wenn der Winkel stimmt, und soweit ich sehen kann, deutet alles darauf hin, dann hatte er einen geraden Weg zum Herzen. Keine Rippen dazwischen, gar nichts. Schon der geringste Schub, das kleinste bißchen Druck, und der andere ist tot.« Rizzardi wiederholte: »Entweder sehr gut, oder sehr viel Glück.«

Brunetti sah nur die Breite der Wunde; er hatte keine Ahnung von dem Verlauf, den sie innerhalb des Körpers nahm. »Hätte es auch etwas anderes sein können? Ich meine, etwas anderes als ein Messer?«

»Ganz sicher kann ich nicht sein, bevor ich mir das innere Gewebe genauer angesehen habe, aber ich glaube nicht.«

»Und Ertrinken? Wenn der Stich sein Herz nicht erreicht hätte, könnte er dann trotzdem ertrunken sein?«

Rizzardi ging in die Hocke, wobei er vorsichtig die Schöße seines Regenmantels zusammenraffte, um ihn vor der Nässe zu bewahren. »Nein, kaum. Wenn das Herz verfehlt wurde, wäre er nicht schwer genug verletzt gewesen, um sich nicht noch selbst aus dem Wasser zu retten. Sehen Sie nur, wie blaß er ist. Ich glaube, so ist es passiert: Ein einziger Stich. Und der richtige Winkel. Dann wäre der Tod fast augenblicklich eingetreten.« Er richtete sich auf und sagte: »Armer Teufel.« Von allem, was an diesem Morgen über den jungen Mann gesprochen wurde, kam das wohl einem Totengebet am nächsten. »Ein gutaussehender Junge, und seine Kondition war hervorragend. Ich würde sagen, er war Sportler, oder zumindest jemand, der sehr auf sich achtete.« Er beugte sich wieder über die Leiche und strich mit einer seltsam väterlich anmutenden Geste über die Augen des Toten, um sie zu schließen. Eines wollte nicht zugehen, das andere schloß sich für einen Moment, öffnete sich dann wieder und starrte gen Himmel. Rizzardi murmelte etwas vor sich hin, nahm ein Taschentuch aus seiner Brusttasche und legte es dem jungen Mann übers Gesicht.

»Bedecke sein Antlitz. Er starb jung«, murmelte Brunetti.

»Wie bitte?«

Brunetti zuckte die Achseln. »Ach, nichts. Etwas, was Paola immer sagt.« Er wandte den Blick von dem jungen Mann ab, betrachtete einen Moment die Fassade der Basilika und ließ ihre Symmetrie beruhigend auf sich einwirken. »Wann können Sie mir Genaueres sagen, Ettore?«

Rizzardi warf einen kurzen Blick auf seine Armbanduhr. »Wenn Ihre Leute ihn gleich zur Friedhofsinsel rausbringen, kann ich ihn mir heute vormittag noch vornehmen. Rufen Sie mich nach dem Mittagessen an, dann weiß ich mehr. Aber ich glaube nicht, daß es Zweifel gibt, Guido.« Der Arzt zögerte etwas, weil er Brunetti nicht gern in seine Arbeit hineinreden wollte, dann fragte er: »Sehen Sie nicht seine Taschen durch?«

Auch wenn er das in seinem Beruf schon viele Male getan hatte, widerstrebte Brunetti dieses allererste Eindringen in die Intimsphäre eines Toten immer noch, diese erste schreckliche Machtausübung des Staates gegenüber denen, die dahingegangen waren. Er haßte es, in ihren Tagebüchern und Schubladen herumstöbern, ihre Briefe durchlesen und ihre Kleidung befingern zu müssen.

Aber da sich die Leiche ohnehin nicht mehr am Fundort befand, bestand kein Grund, sie unberührt zu lassen, bis der Fotograf die genaue Lage beim Tod festgehalten hätte. Er hockte sich neben den jungen Mann und schob seine Hand in dessen Hosentasche. Er fand ein paar Münzen und legte sie neben ihn. In der anderen Tasche war ein einfacher Metallring mit vier Schlüsseln. Unaufgefordert beugte Rizzardi sich herunter und half, den Toten auf die Seite zu drehen, damit Brunetti in die Gesäßtaschen fassen konnte. In einer steckte ein durchnäßtes gelbes Stück Papier, eindeutig eine Fahrkarte, in der anderen eine Papierserviette, ebenso durchweicht. Er nickte Rizzardi zu, und sie ließen den Körper auf den Boden zurückgleiten.

Brunetti hob eine der Münzen auf und hielt sie dem Arzt hin.

»Was ist das?« wollte Rizzardi wissen.

»Amerikanisches Geld. Fünfundzwanzig Cents.« In Venedig schien das ein seltsamer Fund in der Tasche eines Toten.

»Ah, das könnte es sein«, meinte der Arzt. »Ein Amerikaner.«

»Was?«

»Warum er in so guter Verfassung ist«, antwortete Rizzardi, ohne sich der traurigen Ungereimtheit der Gegenwartsform bewußt zu sein. »Das könnte die Erklärung sein. Die sind immer so fit, so gesund.« Gemeinsam sahen sie den Körper an, die schmale Taille unter dem noch immer offenen Hemd.

»Wenn er Amerikaner ist, erkenne ich es an den Zähnen«, sagte Rizzardi.

»Wieso?«

»An der zahnärztlichen Arbeit. Sie benutzen andere Techniken, besseres Material. Wenn an den Zähnen etwas gemacht worden ist, kann ich Ihnen heute nachmittag sagen, ob er Amerikaner ist.«

Wäre er nicht Brunetti gewesen, er hätte Rizzardi vielleicht gebeten, sofort nachzusehen, aber er sah keinen Grund zur Eile und wollte auch dieses junge Gesicht nicht noch einmal stören. »Danke, Ettore. Ich schicke einen Fotografen zu Ihnen hinaus, um ein paar Aufnahmen zu machen. Ob Sie wohl seine Augen schließen können?«

»Aber sicher. Ich sorge dafür, daß er so natürlich aussieht wie möglich. Aber für die Fotos wollen Sie die Augen doch wohl offen haben, oder?«

Um ein Haar hätte Brunetti gesagt, er wolle diese Augen nie wieder offen sehen, aber er hielt sich zurück und sagte statt dessen: »Ja, ja natürlich.«

»Und schicken Sie jemanden für die Fingerabdrücke, Guido.«

»Ja.«

»Gut. Dann rufen Sie mich gegen drei Uhr an.« Sie gaben sich kurz die Hand, und Dr. Rizzardi nahm seine Tasche vom Boden. Ohne sich zu verabschieden, ging er über den Platz auf das riesige, offene Portal des Krankenhauses zu, zwei Stunden zu früh bei der Arbeit.

Während sie die Leiche inspiziert hatten, waren weitere Polizisten gekommen, es mußten inzwischen acht sein, die jetzt in etwa drei Meter Entfernung den Toten in einem Halbkreis abriegelten. »Sergente Vianello«, rief Brunetti, und einer von ihnen trat aus der Reihe und kam zu ihm.

»Nehmen Sie zwei Ihrer Leute, bringen Sie ihn zum Boot, und schaffen Sie ihn nach San Michele hinüber.«

Während das geschah, nahm Brunetti seine Betrachtung der

Basilika wieder auf und ließ den Blick über die hochragenden Türmchen gleiten. Dann schaute er über den Campo zur Statue von Colleoni hinüber, die vielleicht Zeuge des Verbrechens gewesen war.

Vianello trat zu ihm. »Ich habe ihn nach San Michele bringen lassen, Commissario. Noch etwas?«

»Ja. Gibt es hier in der Nähe eine Bar?«

»Da drüben, Commissario, hinter der Statue. Sie macht um sechs Uhr auf.«

»Gut. Ich brauche einen Kaffee.« Während sie zu der Bar hinübergingen, begann Brunetti, Anordnungen zu geben. »Wir brauchen Taucher, zwei. Sie sollen da anfangen, wo die Leiche gefunden wurde. Ich möchte alles haben, was wie eine Waffe aussieht: ein Messer, Klinge etwa zwei Zentimeter breit. Aber es kann auch etwas anderes gewesen sein, sogar ein einfaches Stück Metall. Lassen Sie also alles herausholen, was eine derartige Wunde verursacht haben könnte. Werkzeug, alles.«

»Ja, Commissario«, sagte Vianello, während er im Gehen versuchte, sich alles zu notieren.

»Dottor Rizzardi teilt uns heute nachmittag den Zeitpunkt des Todes mit. Sobald wir den haben, möchte ich mit Bonsuan sprechen.«

»Wegen der Gezeiten, Commissario?« fragte Vianello, der gleich verstand.

»Ja. Und fangen Sie schon mal an, sich bei den Hotels zu erkundigen. Ob jemand vermißt wird, besonders Amerikaner.« Er wußte, daß die Männer das nicht gern machten, diese endlosen Anrufe in den Hotels, deren bei der Polizei aufliegende Liste Seiten umfaßte. Und nach den Hotels kamen die Pensionen und Gästehäuser, noch mehr Seiten voller Namen und Telefonnummern.

Die dumpfige Wärme der Bar war tröstlich und vertraut, wie auch der Geruch nach Kaffee und Gebäck. Ein Mann und eine Frau standen am Tresen, warfen einen Blick auf den Uniformierten und wandten sich wieder ihrem Gespräch zu. Brunetti bestellte einen Espresso, Vianello einen *caffè corretto*, schwarzen Kaffee mit einem kräftigen Schuß Grappa. Als der Barmann die Tassen vor sie hinstellte, tat sich jeder der beiden zwei Löffel Zucker hinein und nahm die warme Tasse einen Augenblick zwischen die Hände.

Vianello trank seinen Kaffee mit einem Schluck, stellte die Tasse auf den Tresen zurück und fragte: »Noch etwas, Commissario?«

»Erkundigen Sie sich nach der Drogenszene in der Umgebung. Wer wo dealt. Stellen Sie fest, ob in der Gegend schon jemand im Zusammenhang mit Drogen oder Straßenkriminalität polizeilich aufgefallen ist: Dealen, Fixen, Klauen, alles. Und bringen Sie in Erfahrung, wo die zum Drücken hingehen, in welche dieser Calli, die als Sackgassen am Kanal enden; ob es eine Stelle gibt, wo morgens Spritzen herumliegen.«

»Glauben Sie, daß es um Drogen geht, Commissario?«

Brunetti trank seinen Espresso aus und bedeutete dem Barmann, ihm einen zweiten zu bringen. Ohne die Antwort abzuwarten, schüttelte Vianello rasch verneinend den Kopf, aber Brunetti sagte: »Ich weiß nicht, möglich wäre es. Überprüfen wir das also als erstes.«

Vianello nickte und schrieb in sein Notizbuch, bevor er es in die Brusttasche steckte und nach seinem Portemonnaie griff.

»Nein, nein«, meinte Brunetti. »Das übernehme ich. Gehen Sie zum Boot und rufen Sie wegen der Taucher an. Und lassen Sie Ihre Leute Sperren aufstellen. Die Zugänge zum Kanal müssen abgesperrt werden, solange die Taucher arbeiten.«

Vianello bedankte sich mit einem Kopfnicken für den Kaffee und ging. Durch die beschlagenen Fenster der Bar sah Brunetti dem Treiben auf dem Campo draußen zu. Er beobachtete, wie die Leute von der Hauptbrücke kamen, die zum Krankenhaus führte, die Polizei zu ihrer Rechten sahen und dann die Umstehenden fragten, was los sei. Die meisten blieben stehen und schauten von den dunkel Uniformierten, die immer noch herumliefen, zu der Polizeibarkasse, die am Rand des Kanals schaukelte. Dann, nachdem sie absolut nichts Besonderes feststellen konnten, gingen sie weiter ihren Beschäftigungen nach. Der alte Mann lehnte immer noch an dem eisernen Geländer. Selbst nach all den Jahren Polizeiarbeit konnte Brunetti nicht verstehen, wie Menschen sich so willig in die Nähe des Todes ihrer Artgenossen begaben. Es war ein Rätsel, das er nie hatte lösen können, diese schreckliche Faszination der Endlichkeit des Lebens, besonders wenn sie gewaltsam war wie hier.

Er wandte sich wieder seinem zweiten Espresso zu und trank ihn rasch. »Wieviel?« fragte er.

»Fünftausend Lire.«

Brunetti zahlte mit einem Zehner und wartete auf sein Wechselgeld. Als der Barmann es ihm reichte, fragte er: »Etwas Schlimmes?«

»Ja, etwas Schlimmes«, antwortete Brunetti. »Etwas sehr Schlimmes.«

2

Die Questura lag so nah, daß es für Brunetti einfacher war, zu Fuß zu gehen, als mit den Uniformierten in der Polizeibarkasse zurückzufahren. Er ging hintenherum, an der evangelischen Kirche vorbei, und näherte sich von rechts dem Gebäude der Questura. Der Polizist am Haupteingang öffnete die schwere Glastür, sobald er ihn sah, und Brunetti ging zu der Treppe, die zu seinem Büro im vierten Stock führte, vorbei an der Schlange von Ausländern, die um eine Aufenthaltsgenehmigung oder Arbeitserlaubnis anstanden. Die Schlange reichte durch die halbe Halle.

In seinem Büro angelangt, fand er seinen Schreibtisch so vor, wie er ihn tags zuvor verlassen hatte, bedeckt mit Papieren und Akten in nicht erkennbarer Ordnung. Der nächstliegende Stapel enthielt Personalbeurteilungen, die er als Teil des byzantinischen Verfahrens, das alle Staatsdiener zwecks Beförderung zu durchlaufen hatten, sämtlich lesen und kommentieren mußte. Ein anderer Stapel enthielt die Unterlagen zum letzten Mordfall in der Stadt, diesem brutalen, irrwitzigen Totschlag an einem jungen Mann, der sich vor einem Monat an der Uferbefestigung Le Zattere ereignet hatte. Das Opfer war so brutal zusammengeschlagen worden, daß die Polizei es erst für das Werk einer Gang gehalten hatte. Statt dessen hatten sie nach nur einem Tag herausgefunden, daß der Mörder ein schmächtiges Bürschchen von sechzehn Jahren war. Das Opfer war homosexuell gewesen, und der Vater des Mörders ein bekannter Faschist, der seinem Sohn eingetrichtert hatte, daß Kommunisten und Schwule ein Ungeziefer seien, das nur den Tod verdiente. So waren diese beiden jungen Männer in der Frühe eines strahlenden Sommermorgens am Ufer des Giudecca-Kanals in einer tödlichen Flugbahn aufeinandergetroffen. Niemand wußte, was zwischen ihnen vorgefallen war, aber das Opfer war derart zugerichtet, daß man der Familie das Recht verweigerte, die Leiche zu sehen, die ihnen in einem versiegelten Sarg übergeben wurde. Das Stück Holz, mit dem er zu Tode geprügelt und gestochen worden war, lag in einem Plastikkasten in einem Aktenschrank im zweiten Stock der Questura. Es blieb wenig zu tun, außer darauf zu achten, daß die psychiatrische Behandlung des Mörders fortgeführt wurde und er bis zur Verhandlung unter Hausarrest blieb. Eine psychiatrische Behandlung für die Familie des Opfers sah der Staat nicht vor.

Statt sich an seinen Schreibtisch zu setzen, zog Brunetti eine Schublade auf und nahm einen elektrischen Rasierapparat heraus. Beim Rasieren stand er am Fenster und blickte hinaus auf die Fassade von San Lorenzo, die immer noch, wie in den vergangenen fünf Jahren, mit einem Gerüst umgeben war, hinter dem angeblich eine umfassende Restaurierung stattfand. Er hatte keinen Beweis, daß dies geschah, denn nichts hatte sich in all den Jahren verändert, und das Hauptportal der Kirche blieb ewig geschlossen.

Sein Telefon klingelte, die direkte Leitung nach draußen. Er sah auf die Uhr. Neun Uhr dreißig. Das waren sicher die Aasgeier. Er schaltete den Rasierapparat aus und ging an seinen Schreibtisch hinüber, um den Anruf entgegenzunehmen.

»Brunetti.«

»*Buon giorno*, Commissario. Hier ist Carlon«, sagte eine tiefe Stimme, um sich dann noch unnötigerweise als Polizeireporter des *Gazzettino* vorzustellen.

»*Buon giorno*, Signor Carlon.« Brunetti wußte, was Carlon wollte, ließ ihn aber fragen. Dank Carlons Berichterstattung über den letzten Mordfall war das Privatleben des Opfers bloßgestellt worden, und Brunetti war immer noch sehr erbittert darüber.

»Sagen Sie mir etwas über den Amerikaner, den Sie heute früh aus dem Rio dei Mendicanti gezogen haben.«

»Herausgezogen hat ihn der Kollege Luciani, und wir haben keinen Beweis dafür, daß es ein Amerikaner war.«

»Ich nehme alles zurück, Dottore«, sagte Carlon mit einem Sarkasmus, der aus der Entschuldigung eine Beleidigung machte. Als Brunetti nicht reagierte, fragte er: »Er wurde ermordet, oder?« Dabei machte er keinen Hehl aus seiner Freude über diese Möglichkeit.

»Es sieht so aus.«

»Erstochen?«

Wie kamen die nur zu ihren Informationen? Und auch noch derart schnell. »Ja.«

»Ermordet?« wiederholte Carlon in bemüht geduldigem Ton.

»Das letzte Wort darüber kann erst gesprochen werden, wenn wir die Ergebnisse der Autopsie haben, die Dottor Rizzardi heute nachmittag vornehmen wird.«

»Hatte die Leiche eine Stichwunde?«

»Ja.«

»Aber Sie sind nicht sicher, ob diese Stichwunde die Todesursache war?« Carlons Frage endete mit einem ungläubigen Schnauben.

»Nein, das sind wir nicht«, antwortete Brunetti ausdruckslos. »Wie schon gesagt, nichts ist sicher, bevor wir das Ergebnis der Autopsie haben.«

»Gab es andere Anzeichen für Gewalt?« fragte Carlon, unzufrieden mit den dürftigen Auskünften.

»Nicht vor dem Autopsiebericht«, wiederholte Brunetti.

»Wollen Sie mir als nächstes erzählen, daß er auch ertrunken sein könnte, Commissario?«

»Signor Carlon«, sagte Brunetti, dem es langsam reichte, »wie Sie sehr wohl wissen, würde er, wenn er auch nur kurz im Wasser eines unserer Kanäle gewesen wäre, eher an einer Seuche gestorben als ertrunken sein.« Am anderen Ende herrschte Schweigen. »Wenn Sie mich bitte heute nachmittag anrufen würden, gegen vier. Dann gebe ich Ihnen gern etwas genauere Informationen.«

»Vielen Dank, Commissario. Das tue ich bestimmt. Ach ja – wie hieß dieser Kollege noch?«

»Luciani, Mario Luciani, ein vorbildlicher Polizist.« Das waren sie alle, wenn Brunetti der Presse gegenüber von ihnen sprach.

»Vielen Dank, Commissario. Ich werde es erwähnen. Und ganz bestimmt erwähne ich in meinem Artikel Ihre Kooperation.«

Ohne weitere Umstände legte Carlon auf.

Früher war Brunettis Verhältnis zur Presse relativ freundlich gewesen, manchmal sogar mehr als das, und zuweilen hatte er die Presse sogar eingespannt, um Informationen über ein Verbrechen herauszukitzeln. Aber in den letzten Jahren hatte die immer höher schlagende Welle von Sensationsjournalismus jeden Umgang mit Reportern verhindert, der mehr als rein formal war; denn jede Vermutung, die er äußerte, wurde anderntags garantiert als mehr oder weniger direkte Schuldzuweisung veröffentlicht. Darum war Brunetti vorsichtig geworden und gab nur noch sehr begrenzt Auskunft, wobei die Reporter immer sicher sein konnten, daß diese stimmte.

Er merkte, daß er eigentlich nichts weiter tun konnte, bevor er nicht etwas über die Herkunft der Fahrkarte in der Tasche des Toten gehört oder den Autopsiebericht bekommen hatte. Die Leute in den Büros unten waren damit beschäftigt, die Hotels durchzutelefonieren, und würden ihm Bescheid sagen, wenn sie irgend etwas in Erfahrung brachten. Demnach konnte er nichts tun, als weiter Personalbeurteilungen zu lesen und abzuzeichnen.

Eine Stunde später, kurz vor elf, summte seine Gegensprechanlage. Schon als er den Hörer abnahm, wußte er nur allzugut, wer es war. »Ja, Vice-Questore?«

Etwas überrumpelt ob der direkten Anrede, oder vielleicht

auch, weil er gehofft hatte, Brunetti sei nicht da oder schlafe, brauchte sein Chef, Vice-Questore Patta, einen Moment, bevor er antworten konnte. »Was ist das für eine Geschichte mit einem toten Amerikaner, Brunetti? Warum bin ich nicht informiert worden? Können Sie sich vorstellen, was das für den Tourismus bedeutet?«

Brunetti vermutete, daß die dritte Frage die einzige war, die Patta wirklich interessierte. »Was für ein Amerikaner?« fragte Brunetti mit gespielter Neugier.

»Der Amerikaner, den Sie heute morgen aus dem Wasser gezogen haben.«

»Oh«, sagte Brunetti, diesmal die höfliche Überraschung selbst. »Ist der Bericht schon da? Dann war er also wirklich Amerikaner?«

»Kommen Sie mir nicht so oberschlau, Brunetti«, sagte Patta ärgerlich. »Der Bericht ist noch nicht da, aber der Mann hatte amerikanisches Geld in der Tasche, also muß er Amerikaner sein.«

»Oder Numismatiker«, erklärte Brunetti freundlich.

Es folgte eine lange Pause, die Brunetti sagte, daß der Vice-Questore nicht wußte, was das hieß.

»Ich habe Ihnen gesagt, Sie sollen mir nicht so oberschlau kommen, Brunetti. Wir gehen davon aus, daß er Amerikaner ist. Wir können es nicht brauchen, daß in dieser Stadt Amerikaner ermordet werden, wo es in diesem Jahr schon so schlimm um den Tourismus steht. Verstehen Sie das?«

Brunetti verkniff sich die Gegenfrage, ob es denn in Ordnung sei, Menschen anderer Nationalitäten umzubringen – Albaner vielleicht? –, und sagte nur: »Ja, Vice-Questore.«

»Und?«

»Und was?«

»Was haben Sie unternommen?«

»Taucher untersuchen den Kanal an der Stelle, an der er gefunden wurde. Wenn wir wissen, wann er gestorben ist, lassen wir die Stellen untersuchen, von denen aus er abgetrieben sein könnte, ausgehend von der Annahme, daß er irgendwo anders getötet worden ist. Vianello überprüft die Drogenszene in der Umgebung, und das Labor arbeitet an den Sachen, die wir in seinen Taschen gefunden haben.«

»Diese Münzen?«

»Ich bin nicht sicher, ob wir uns vom Labor bestätigen lassen müssen, daß es amerikanische sind.«

Nach einem langen Schweigen, das Brunetti anzeigte, wie wenig klug es wäre, seinen Vorgesetzten weiter auf die Schippe zu nehmen, fragte Patta: »Was ist mit Rizzardi?«

»Er sagt, er schickt mir seinen Bericht heute nachmittag.«

»Sorgen Sie dafür, daß ich eine Kopie bekomme«, befahl Patta.

»Gut. Noch etwas?«

»Nein, das ist alles.« Patta legte auf, und Brunetti widmete sich wieder seinen Beurteilungen.

Als er sie fertig hatte, war es nach eins. Da er nicht wußte, wann Rizzardi ihn anrufen würde, und den Bericht so rasch wie möglich haben wollte, beschloß er, zum Mittagessen weder nach Hause noch in ein Restaurant zu gehen, obwohl er nach dem langen Vormittag hungrig war. Statt dessen entschied er sich für cin paar *tramezzini* und ging zu der Bar am Ponte dei Greci.

Als er das Lokal betrat, begrüßte ihn Arianna, die Besitzerin, mit Namen und stellte automatisch ein Weinglas vor ihn auf den Tresen. Orso, ihr alter deutscher Schäferhund, der im Lauf der Jahre eine besondere Zuneigung zu Brunetti entwickelt hatte, erhob sich arthritisch von seinem üblichen Platz neben der Eistruhe und tapste zu ihm hin. Er wartete, bis Brunetti ihm den Kopf getätschelt und ihn sanft an den Ohren gezaust hatte, dann ließ er sich zu seinen Füßen nieder. Die vielen Stammkunden der Bar waren daran gewöhnt, über Orso hinwegzusteigen und ihm kleine Bissen zuzuwerfen. Er hatte eine besondere Vorliebe für Spargel.

»Welche hätten Sie gern, Guido?« fragte Arianna, womit sie die *tramezzini* meinte, und goß dabei unaufgefordert Rotwein in sein Glas.

»Ich hätte gern eines mit Schinken und Artischocken, und eines mit Shrimps.« Zu seinen Füßen begann Orsos Schwanz wie ein Ventilator gegen sein Fußgelenk zu wedeln. »Und eins mit Spargel.« Als die Sandwichs kamen, bat er um ein weiteres Glas Wein und trank langsam, während er daran dachte, wie sich die Dinge komplizieren würden, wenn der Tote tatsächlich ein Amerikaner war. Er wußte nicht, ob es Probleme wegen der Zuständigkeit geben würde, und beschloß, darüber nicht nachzudenken.

Als wollte sie genau das verhindern, sagte Arianna: »Schlimm, das mit dem Amerikaner.«

»Wir sind nicht sicher, ob es einer ist, noch nicht.«

»Also, wenn es einer ist, schreit garantiert bald einer ›Terrorismus!‹, und das ist für keinen gut.« Obwohl sie gebürtige Jugoslawin war, dachte sie ganz venezianisch: das Geschäft geht vor.

»In dieser Gegend spielt sich einiges mit Drogen ab«, fügte sie hinzu, als könnte schon die bloße Erwähnung die Sache zu einem Drogenfall machen. Brunetti fiel ein, daß sie auch ein Hotel besaß und allein schon der Gedanke an Terrorismus sie deshalb mit berechtigter Panik erfüllen mußte.

»Ja, wir überprüfen das, Arianna. Danke.« Während er sprach, löste sich ein Stück Spargel von seinem Sandwich und fiel direkt vor Orsos Nase auf den Boden. Und als das verschwunden war, ein weiteres. Der Hund hatte Schwierigkeiten, auf die Beine zu kommen; warum ihm sein Essen also nicht servieren?

Brunetti legte einen Zehntausendlireschein auf den Tresen und steckte das Wechselgeld ein, als Arianna es ihm gab. Sie hatte sich nicht die Mühe gemacht, den Betrag in die Kasse zu tippen, so daß die Summe unregistriert und also auch unversteuert blieb. Brunetti hatte schon vor Jahren aufgehört, sich Gedanken um diesen ständigen Betrug am Staat zu machen.

Sollten die Beamten der Finanzbehörde sich damit befassen. Nach dem Gesetz mußte sie den Betrag eintippen und ihm eine Quittung aushändigen; wenn er ohne den Beleg die Bar verließ, konnten sie beide zu Geldstrafen in Höhe von Hunderttausenden von Lire verurteilt werden. Oft warteten die Beamten der Finanzbehörde vor Bars, Geschäften und Restaurants und beobachteten den Gang der Dinge durch die Fenster, um dann die Herauskommenden anzuhalten und ihre Quittung zu verlangen. Aber Venedig war eine kleine Stadt, und alle von der Finanzbehörde kannten ihn; er würde also nie angehalten werden, es sei denn, sie holten sich Hilfe von außerhalb und veranstalteten, was die Presse einen »Blitzkrieg« nannte, indem sie im gesamten Geschäftsviertel der Stadt herumpirschten und Millionen Lire an Bußgeldern an einem Tag einnahmen. Und wenn sie ihn anhielten? Dann würde er seinen Ausweis zücken und sagen, er habe nur die Toilette benutzt. Aus denselben Steuern wurde sein Gehalt bezahlt; das stimmte. Aber das hatte für ihn und vermutlich auch für die Mehrheit seiner Mitbürger schon lange nichts mehr zu bedeuten. In einem Land, in dem die Mafia morden konnte, wann und wen sie wollte, sah Brunetti es kaum als großes Verbrechen an, wenn jemand für eine Tasse Kaffe keine Quittung vorzeigen konnte.

Wieder an seinem Schreibtisch, fand er einen Zettel, auf dem er gebeten wurde, Dr. Rizzardi anzurufen. Als Brunetti das tat, erreichte er den Arzt noch in seinem Büro auf der Friedhofsinsel.

»*Ciao*, Ettore. Hier ist Guido. Was haben Sie herausgefunden?«

»Ich habe mir sein Gebiß angesehen. Alles amerikanische Arbeit. Er hatte sechs Füllungen und eine Wurzelbehandlung, alles über mehrere Jahre verteilt, und was die Technik angeht, gibt es keinen Zweifel. Alles amerikanisch.«

Brunetti wußte, daß er nicht zu fragen brauchte, ob Rizzardi ganz sicher sei.

»Und sonst?«

»Die Klinge war zwei Zentimter breit und mindestens fünfzehn lang. Die Spitze hat das Herz durchbohrt, genau wie ich dachte. Sie ist glatt zwischen den Rippen durchgeglitten, hat sie nicht mal angekratzt; wer immer das getan hat, verstand genug davon, um die Klinge horizontal zu halten. Und der Winkel war perfekt.« Er hielt einen Augenblick inne, dann fügte er hinzu: »Da es auf der linken Seite war, würde ich sagen, der Täter war Rechtshänder oder hat zumindest die rechte Hand benutzt.«

»Und seine Größe? Können Sie darüber etwas sagen?«

»Nein, nichts Definitives. Aber er muß dem Toten ziemlich nahe gekommen sein, wahrscheinlich hat er ihm direkt gegenübergestanden.«

»Gibt es Anzeichen für einen Kampf? Irgendwas unter seinen Fingernägeln?«

»Nein. Nichts. Aber er hat fünf bis sechs Stunden im Wasser gelegen, wenn also überhaupt etwas da war, ist es wahrscheinlich abgespült worden.

»Fünf bis sechs Stunden?«

»Ja. Ich schätze, er ist so zwischen Mitternacht und ein Uhr gestorben.«

»Noch etwas?«

»Nichts Besonderes. Er war in sehr guter körperlicher Verfassung, sehr muskulös.«

»Und der Mageninhalt?«

»Er hat ein paar Stunden vor seinem Tod etwas gegessen. Wahrscheinlich ein Sandwich. Schinken und Tomate. Aber getrunken hat er nichts, jedenfalls nichts Alkoholisches. Er hatte keinen Alkohol im Blut, und so wie seine Leber aussieht, würde ich sagen, er hat sehr wenig getrunken, wenn überhaupt.«

»Narben? Operationen?«

»Eine kleine Narbe hatte er«, begann Rizzardi, dann hielt er inne, und Brunetti hörte Papier rascheln. »Am linken Handgelenk, halbmondförmig. Könnte alles mögliche sein. Keinerlei Operationen. Er hatte noch seine Mandeln, und den Blinddarm auch. Vollkommen gesund.« Brunetti hörte an der Stimme, daß Rizzardi ihm mehr nicht sagen konnte.

»Danke, Ettore. Schicken Sie mir einen Bericht?«

»Möchte Seine Obrigkeit ihn sehen?«

Brunetti grinste über Rizzardis Titel für Patta. »Er möchte ihn haben. Ich bin nicht sicher, ob er ihn lesen wird.«

»Na, wenn er es tut, wird er feststellen, daß er so von medizinischer Fachterminologie strotzt, daß er mich zum Übersetzen braucht.« Vor drei Jahren hatte Patta versucht, Rizzardis Einstellung als Leichenbeschauer zu hintertreiben, weil der Neffe eines Freundes von ihm gerade sein Medizinstudium abgeschlossen hatte und einen Posten beim Staat suchte. Aber Rizzardi mit seiner fünfzehnjährigen Erfahrung als Pathologe war eingestellt worden, und seitdem führten er und Patta einen Guerillakrieg gegeneinander.

»Also, dann freue ich mich auf die Lektüre«, sagte Brunetti.

»Oh, Sie werden kein Wort verstehen. Versuchen Sie es erst gar nicht, Guido. Wenn Sie Fragen haben, rufen Sie mich an, und ich erkläre es Ihnen.«

»Was ist mit seiner Kleidung?« fragte Brunetti, obwohl er wußte, daß dies nicht in Rizzardis Aufgabenbereich gehörte.

»Er hatte Jeans an, Levi's. Und einen Turnschuh Marke Reebok, Größe 44.« Bevor Brunetti etwas sagen konnte, fuhr Rizzardi fort: »Ich weiß, ich weiß. Das heißt noch nicht, daß er Amerikaner war. Levi's und Reeboks kann man heute überall kaufen. Aber seine Unterwäsche war amerikanisch. Die Etiketten waren in Englisch, und es stand ›Made in USA‹ drauf.« Die Stimme des Arztes veränderte sich, und ein für ihn ungewöhnliches Interesse kam durch. »Haben Ihre Jungs bei den Hotels etwas in Erfahrung bringen können? Irgendeinen Hinweis darauf, wer er war?«

»Ich habe noch nichts gehört, deshalb nehme ich an, daß sie immer noch telefonieren.«

»Ich hoffe, Sie finden heraus, wer er ist, damit Sie ihn nach Hause schicken können. Es ist nicht schön, in der Fremde zu sterben.«

»Danke, Ettore. Ich werde mein Bestes tun, um herauszufinden, wer er ist. Und ihn nach Hause schicken.«

Er legte auf. Ein Amerikaner. Er hatte keine Brieftasche bei sich gehabt, keinen Paß, keinen Ausweis, kein Geld, bis auf die paar Münzen. All das deutete auf Straßenraub hin, einer, der schrecklich danebengegangen war und mit Mord geendet hatte statt mit Raub. Und der Dieb besaß ein Messer und hatte es entweder mit Glück oder mit Geschick eingesetzt. Straßenkriminelle in Venedig hatten manchmal Glück, aber sie besaßen selten Geschick. Sie griffen zu und rannten. In jeder anderen Stadt hätte dies für einen Raubüberfall mit tödlichem Ausgang gehalten werden können, aber hier in Venedig passierte so etwas einfach nicht. Geschick oder Glück? Und wenn es Geschick war, wessen Geschicklichkeit war es dann, und warum war es nötig gewesen, Geschick einzusetzen?

Er rief unten im Hauptbüro an und fragte, ob es schon irgendeinen Erfolg bei den Hotels gäbe. Die Hotels erster und zweiter Klasse vermißten nur einen Gast, einen etwa Fünfzigjährigen, der vergangene Nacht nicht in sein Zimmer im Gabrielli Sandwirth zurückgekehrt war. Die Männer hatten begonnen, die kleineren Hotels zu überprüfen, von denen eines einen Amerikaner hatte, der vergangene Nacht abgereist war, dessen Beschreibung aber nicht paßte.

Brunetti war klar, daß er auch eine Wohnung in der Stadt gemietet haben konnte; in dem Fall mochten Tage vergehen, bevor er als vermißt gemeldet wurde; oder er wurde womöglich gar nicht vermißt.

Er rief im Labor an und verlangte Enzo Bocchese, den Leiter. Als dieser an den Apparat kam, fragte Brunetti: »Bocchese, haben Sie irgendwelche Erkenntnisse aus dem Tascheninhalt gewinnen können?« Er mußte nicht dazusagen, wessen Tascheninhalt.

»Wir haben die Fahrkarte mit dem Infrarot geprüft. Sie war so durchweicht, daß ich nicht geglaubt habe, wir würden etwas erkennen. Haben wir aber.«

Bocchese, der so schrecklich stolz war auf seine technischen Geräte und was er alles damit machen konnte, wollte immer erst gebeten und dann gelobt werden. »Sehr gut. Ich weiß nicht, wie Sie das machen, aber Sie finden ja immer etwas.« Wenn das nur annähernd wahr wäre! »Woher stammte sie?«

»Aus Vicenza. Rückfahrkarte nach Venedig. Gestern gekauft und für die Hinfahrt entwertet. Ich habe einen Mann vom Bahnhof herbestellt, um zu sehen, ob der an der Entwertung feststellen kann, welcher Zug es war, aber ich glaub's nicht.«

»Für welche Klasse war sie? Erste oder zweite?«

»Zweite.«

»Noch etwas? Socken, Gürtel?«

»Hat Rizzardi Ihnen etwas über die Kleidung gesagt?«

»Ja. Daß die Unterwäsche amerikanisch ist.«

»Genau. Keine Frage. Der Gürtel – den hätte er überall kaufen können. Schwarzes Leder mit einer Messingschnalle. Die Socken sind Synthetik. Hergestellt in Taiwan oder Korea. Werden überall verkauft.«

»Noch was?«

»Nein, nichts.«

»Gute Arbeit, Bocchese, aber ich glaube nicht, daß wir mehr als die Fahrkarte brauchen, um Gewißheit zu haben.«

»Gewißheit, Commissario?« fragte Bocchese.

»Daß er Amerikaner ist.«

»Warum?« fragte der Laborleiter, eindeutig verwirrt.

»Weil dort die Amerikaner sind«, erklärte Brunetti. Jeder Italiener in der Gegend wußte von dem Stützpunkt in Vicenza. Caserma irgendwas, der Stützpunkt, wo Tausende von Amerikanern mit ihren Familien wohnten, auch heute noch, fast fünfzig Jahre nach Kriegsende. Ja, das würde ganz bestimmt das Schreckgespenst Terrorismus heraufbeschwören, und es gab sicher Probleme wegen der Zuständigkeit. Die Amerikaner hatten ihre eigene Polizei da draußen, und sobald jemand das Wort »Terrorismus« auch nur flüsterte, konnte sehr wohl die NATO mit ins Spiel kommen, und möglicherweise Interpol. Oder sogar die CIA, eine Vorstellung, bei der Brunetti das Gesicht verzog, wenn er nur daran dachte, wie Patta im Blitzlichtgewitter baden würde, in der Berühmtheit, die deren Ankunft mit sich brächte. Brunetti hatte keine Ahnung, wie Terrorakte sich anfühlten, aber für sein Gefühl war dies hier keiner. Ein Messer war eine allzu gewöhnliche Waffe; es sicherte dem Verbrechen keine Aufmerksamkeit. Und es hatte keinen Bekenneranruf gegeben. Der könnte vielleicht noch kommen, aber das wäre dann zu spät, zu passend.

»Natürlich, natürlich«, sagte Bocchese. »Daran hätte ich denken sollen.« Er wartete, ob Brunetti noch etwas sagen wollte, und als nichts kam, fragte er: »Sonst noch etwas, Commissario?«

»Ja. Wenn Sie mit dem Mann von der Bahn gesprochen haben, lassen Sie mich bitte wissen, ob er Ihnen etwas über den Zug sagen konnte, den er genommen hat.«

»Ich bezweifle, daß er das kann, Commissario. Es ist nur eine Ausstanzung auf der Fahrkarte. Wir können daraus nichts entnehmen, was auf einen bestimmten Zug hindeutet. Aber ich rufe Sie an, wenn er es uns sagen kann. Noch etwas?«

»Nein, nichts weiter. Und vielen Dank, Bocchese.«

Nachdem sie aufgelegt hatten, saß Brunetti an seinem Schreibtisch, starrte an die Wand und überdachte diese Information und die sich daraus ergebenden Möglichkeiten. Ein junger Mann, körperlich fit, kommt nach Venedig mit einer Rückfahrkarte aus einer Stadt, in der ein amerikanischer Militärstützpunkt ist. Die zahntechnischen Arbeiten in seinem Mund sind amerikanischer Machart, und er hat amerikanische Münzen in der Tasche.

Brunetti griff zum Telefon und wählte die Vermittlung. »Verbinden Sie mich bitte mit dem amerikanischen Militärstützpunkt in Vicenza.«

3

Während er auf die Verbindung wartete, kam das Bild dieses jungen Gesichtes mit den im Tod offenen Augen ihm wieder ins Gedächtnis. Es hätte irgendeines der Gesichter sein können, die er auf den Fotos von amerikanischen Soldaten im Golfkrieg gesehen hatte: frisch, glattrasiert, unschuldig, strotzend von jener außergewöhnlichen Gesundheit, die so charakteristisch für Amerikaner war. Aber das Gesicht des jungen Amerikaners am Kanalufer war seltsam ernst gewesen, von seinen Kameraden abgehoben durch das Mysterium des Todes.

»Brunetti«, meldete er sich auf das Summen seiner Sprechanlage.

»Sie sind schwer zu finden, diese Amerikaner«, erklärte der junge Mann von der Vermittlung. »Im Telefonbuch von Vicenza ist der Stützpunkt nicht verzeichnet, auch nicht unter NATO oder unter Vereinigte Staaten von Amerika. Aber unter Militärpolizei habe ich eine Nummer gefunden. Wenn Sie einen Augenblick warten, Commissario, stelle ich die Verbindung her.«

Wie merkwürdig, dachte Brunetti, daß eine Macht, die so präsent war, im Telefonbuch so gut wie unauffindbar sein sollte. Er lauschte den normalen Klickgeräuschen eines Ferngesprächs, hörte es am anderen Ende klingeln und dann eine männliche Stimme sagen: »M.P. Station, kann ich Ihnen helfen, Sir oder Madam?«

»Guten Tag«, sagte Brunetti auf englisch. »Hier spricht Commissario Guido Brunetti von der venezianischen Polizei. Ich hätte gern mit dem Mann gesprochen, dem bei Ihnen die Polizei untersteht.«

»Darf ich fragen, in welcher Angelegenheit, Sir?«

»In einer polizeilichen. Können Sie mich mit dem verbinden, der dafür zuständig ist?«

»Einen Moment bitte, Sir.«

Es folgte eine lange Pause, in der man am anderen Ende gedämpfte Stimmen hörte, dann sagte eine neue Stimme: »Hier ist Sergeant Frolich. Kann ich Ihnen helfen?«

»Guten Tag, Sergeant. Hier ist Commissario Brunetti von der venezianischen Polizei. Ich möchte gern mit Ihrem vorgesetzten Offizier sprechen.«

»Darf ich fragen, in welcher Angelegenheit, Sir?«

»Wie ich Ihrem Kollegen schon erklärt habe, in einer polizeilichen«, antwortete Brunetti in unverändertem Ton, »und ich möchte mit Ihrem vorgesetzten Offizier sprechen.« Wie lange würde er wohl noch weiter dieselbe Formel wiederholen müssen?

»Es tut mir leid, Sir, aber er ist im Augenblick nicht hier.«

»Wann erwarten Sie ihn zurück?«

»Das kann ich nicht sagen, Sir. Könnten Sie mir einen Anhaltspunkt geben, worum es geht?«

»Um einen vermißten Soldaten.«

»Entschuldigung, Sir?«

»Ich wüßte gern, ob bei Ihnen ein Soldat vermißt gemeldet ist.«

Die Stimme wurde plötzlich ernst. »Wer, sagten Sie, spricht da?«

»Commissario Brunetti. Venezianische Polizei.«

»Können Sie mir bitte Ihre Telefonnummer geben?«

»Sie können mich bei der Questura in Venedig erreichen. Die Nummer ist 5203 222, und die Vorwahl für Venedig ist 041, aber Sie wollen die Nummer wahrscheinlich im Telefonbuch nachprüfen. Ich warte auf Ihren Anruf. Brunetti.« Er legte auf, überzeugt, daß sie nun die Nummer prüfen und ihn zurückrufen würden. Die Veränderung in der Stimme des Sergeants hatte Interesse angedeutet, nicht Beunruhigung, demnach gab es wahrscheinlich noch keine Vermißtenmeldung.

Etwa zehn Minuten später klingelte das Telefon, und die Vermittlung sagte, es sei der amerikanische Stützpunkt in Vicenza. »Brunetti«, meldete er sich.

»Commissario Brunetti«, sagte wieder eine andere Stimme, »hier spricht Captain Duncan von der Militärpolizei in Vicenza. Könnten Sie mir bitte sagen, was Sie wissen wollten?«

»Ich möchte gern wissen, ob bei Ihnen ein Soldat vermißt gemeldet wurde. Ein junger Mann, etwa Mitte Zwanzig. Blond, blaue Augen.« Er brauchte einen Moment, um die 1,75 Meter in Fuß und Zoll umzurechnen. »Ungefähr fünf Fuß neun.«

»Könnten Sie mir sagen, warum die venezianische Polizei das wissen möchte? Ist er bei Ihnen in Schwierigkeiten geraten?«

»So könnte man es nennen, Captain. Wir haben heute morgen die Leiche eines jungen Mannes in einem Kanal gefunden. Er hatte eine Rückfahrkarte von Vicenza nach Venedig in der Tasche, und seine Kleidung und die zahntechnischen Arbeiten an seinem Gebiß sind amerikanisch, da haben wir an den Stützpunkt gedacht und überlegt, ob er wohl von dort gekommen ist.«

»Ist er ertrunken?«

Brunetti schwieg darauf so lange, daß der andere seine Frage wiederholte. »Ist er ertrunken?«

»Nein, Captain. Er ist nicht ertrunken. Es gibt Anzeichen für Gewaltanwendung.«

»Was heißt das?«

»Er wurde erstochen.«

»Ausgeraubt?«

»Es hat den Anschein, Captain.«

»Das klingt, als hätten Sie da Zweifel.«

»Es sieht aus wie ein Raubüberfall. Er hatte keine Brieftasche mehr, und alle seine Papiere fehlen.« Brunetti kam wieder auf seine ursprüngliche Frage zurück: »Könnten Sie mir sagen, ob bei Ihnen eine Vermißtenmeldung vorliegt oder ob jemand nicht bei seiner Arbeit erschienen ist?«

Es folgte eine lange Pause, bevor der Captain antwortete: »Kann ich Sie in einer Stunde wieder anrufen?«

»Gewiß.«

»Wir müssen die einzelnen Dienstposten anrufen und sehen, ob jemand an seinem Arbeitsplatz oder in seinem Quartier fehlt. Könnten Sie die Beschreibung bitte noch einmal wiederholen?«

»Der Mann, den wir gefunden haben, ist etwa Mitte Zwanzig, hat blaue Augen und blondes Haar und ist etwa fünf Fuß neun groß.«

»Danke, Commissario. Ich setze meine Leute sofort darauf an, und wir rufen zurück, sobald wir etwas erfahren haben.«

»Danke, Captain«, sagte Brunetti und legte auf.

Wenn sich herausstellte, daß der junge Mann tatsächlich Amerikaner war, würde Patta sich überschlagen, damit der Mörder möglichst schnell gefunden wurde. Wie Brunetti wußte, war Patta unfähig, hier die Vernichtung eines Menschenlebens zu sehen. Für ihn war das Ganze nicht mehr und nicht weniger als ein Schlag gegen den Tourismus, und um dieses öffentliche Gut zu schützen, würde Patta sicher verrückt spielen.

Er stand auf und ging die Treppe zu den größeren Büroräumen hinunter, in denen die uniformierten Polizisten arbeiteten. Beim Eintreten sah er Luciani, dem von seinem morgendlichen Bad im Kanal nichts mehr anzumerken war. Brunetti schauderte bei der Vorstellung, mit dem Wasser eines der Kanäle in Berührung zu kommen, nicht der Kälte wegen, sondern wegen der Verschmutzung. Er hatte oft gewitzelt, daß er es lieber nicht überleben wolle, sollte er einmal in einen Kanal fallen. Und doch war er als Junge im Canal Grande geschwommen, und ältere Leute, die er kannte, hatten ihm erzählt, daß sie früher das Salzwasser der Kanäle und der Lagune zum Kochen nehmen mußten, damals, als Salz zu den teuren und hochbesteuerten Gütern gehörte und die Venezianer arme Leute waren, weil es noch keine Tourismusindustrie gab.

Vianello war gerade am Telefon, als Brunetti hereinkam, und winkte ihn an seinen Schreibtisch. »Ja, Onkel, das weiß ich«, sagte er. »Aber was ist mit seinem Sohn? Nein, nicht der, der letztes Jahr den Ärger in Mestrino hatte.«

Während er der Antwort seines Onkels lauschte, nickte er Brunetti zu und bedeutete ihm mit einer Handbewegung, zu warten, bis er sein Gespräch beendet hatte. Brunetti setzte sich und hörte den Rest des Telefonats mit an. »Wann hat er zuletzt gearbeitet? In Breda? Komm schon, Onkel, du weißt, daß er nicht in der Lage ist, irgendeine Arbeit so lange zu behalten.« Vianello verstummte und hörte lange zu, dann sagte er: »Nein, nein, wenn du etwas von ihm hörst, vielleicht, daß er plötzlich viel Geld hat, dann laß es mich wissen. Ja, ja, Onkel, und gib Tante Luisa einen Kuß von mir.« Es folgte eine lange Reihe jener zweisilbigen »*ciaos*«, ohne die ein Venezianer offenbar kein Gespräch beenden konnte.

Als er aufgelegt hatte, wandte Vianello sich an Brunetti und sagte: »Das war mein Onkel Carlo. Er wohnt in der Nähe von Fondamenta Nuove, bei Santi Giovanni e Paolo. Ich habe ihn über die Gegend befragt – wer dort Drogen verkauft, wer welche nimmt. Der einzige, den er kennt, ist dieser Vittorio Argenti.« Brunetti nickte bei dem Namen. »Wir hatten ihn schon x-mal hier. Aber mein Onkel sagt, vor einem halben Jahr hätte er eine Arbeit in Breda angenommen, und wenn ich es mir recht überlege, haben wir ihn genau so lange nicht mehr hier gehabt. Ich kann in den Unterlagen nachsehen, aber ich glaube, ich würde mich erinnern, wenn wir ihn aus irgendeinem Grund aufgegriffen hätten. Mein Onkel kennt die Familie und schwört, alle seien überzeugt, daß Vittorio sich verändert hat.« Vianello zündete sich eine Zigarette an und blies das Streichholz aus. »So wie mein Onkel redet, klingt es, als sei er auch überzeugt.«

»Gibt es außer Argenti noch jemanden in der Gegend?«

»Offenbar war es vor allem er. Es hat in dem Teil der Stadt nie viel Probleme mit Drogen gegeben. Ich kenne Noe, den Müllmann, und er hat sich nie beklagt, daß er morgens Spritzen auf der Straße gefunden hat, nicht wie in San Maurizio«, sagte er. San Maurizio war ein für Drogen berüchtigter Stadtteil.

»Was ist mit Rossi? Hat er etwas in Erfahrung gebracht?«

»Weitgehend dasselbe, Commissario. Die Gegend ist eigentlich ruhig. Gelegentlich gibt es mal einen Raub oder einen Einbruch, aber mit Drogen war da nie viel los, und Gewalt hat es nie gegeben«, sagte er und fügte hinzu: »Vor diesem Fall.«

»Und die Leute in den umliegenden Häusern? Haben sie etwas gehört oder gesehen?«

»Nein, Commissario. Wir haben mit allen gesprochen, die heute morgen auf dem Campo waren, aber niemand hat etwas Verdächtiges gehört oder gesehen. Dasselbe gilt für die Leute in den Häusern.« Er ahnte Brunettis nächste Frage. »Puccetti sagt dasselbe, Commissario.«

»Wo ist Rossi?«

Ohne das geringste Zögern antwortete Vianello: »Er ist einen Kaffee trinken gegangen. Müßte eigentlich gleich zurück sein, wenn Sie mit ihm sprechen wollen.«

»Was ist mit den Tauchern?«

»Sie waren über eine Stunde im Wasser. Aber sie haben nichts zutage gefördert, was man als Waffe bezeichnen könnte. Den üblichen Mist: Flaschen, Tassen, sogar einen Kühlschrank und einen Schraubenzieher, aber nichts, das auch nur annähernd eine Waffe sein könnte.«

»Und Bonsuan? Hat einer mit ihm über die Gezeiten gesprochen?«

»Nein, Commissario. Noch nicht. Wir haben noch keine Todeszeit.«

»Gegen Mitternacht«, erklärte Brunetti.

Vianello schlug ein Dienstbuch auf, das auf seinem Schreibtisch lag, und fuhr mit dickem Finger über die Reihen mit Namen. »Er ist gerade mit einem Boot zum Bahnhof unterwegs. Bringt zwei Gefangene zum Zug nach Mailand. Soll er zu Ihnen ins Büro kommen, wenn er zurück ist?«

Brunetti nickte und wurde dann durch Rossis Rückkehr unterbrochen. Sein Bericht war nicht viel anders als Vianellos: Niemand auf dem Campo oder in den Häusern ringsum hatte an dem Morgen etwas Ungewöhnliches gesehen oder gehört.

In jeder anderen italienischen Stadt wäre die Tatsache, daß niemand etwas gesehen oder gehört hatte, nichts weiter als ein Beweis für das Mißtrauen der Leute gegenüber der Polizei und ihrer allgemeinen Unlust, ihr zu helfen. Hier jedoch, wo die Bürger im allgemeinen gesetzestreu und die meisten Polizisten selbst Venezianer waren, hieß es nichts anderes, als daß sie nichts gehört oder gesehen hatten. Wenn es in der Gegend irgendwelche ernsthaften Verbindungen zu Drogen gab, würden sie es früher oder später erfahren. Jemand würde einen Vetter oder einen Freund oder eine Schwiegermutter haben, der oder die mit einem Freund telefonieren würde, der zufällig einen Vetter, einen Freund oder eine Schwiegermutter bei der Polizei hatte, und so würde die Kunde zu ihm gelangen. Bis dahin würde er es als gegeben hinnehmen müssen, daß es in jenem Teil der Stadt wenig Beziehungen zu Drogen gab, daß es nicht der Ort war, wo jemand hingehen würde, um Drogen zu nehmen oder zu kaufen, schon gar kein Ausländer. All das schien auszuschließen, daß Drogen bei diesem Verbrechen im Spiel waren, jedenfalls wenn es irgendwie mit dieser Gegend zusammenhing.

»Schickt Bonsuan bitte zu mir hoch, wenn er zurückkommt«, ordnete Brunetti an und ging wieder in sein Büro, wobei er mit Bedacht das Treppenhaus im hinteren Teil des Gebäudes benutzte, um Pattas Büro weiträumig zu umgehen. Je länger er es vermeiden konnte, mit seinem Vorgesetzten zu reden, desto besser.

In seinem Büro fiel ihm endlich ein, Paola anzurufen. Er hatte vergessen, ihr zu sagen, daß er zum Mittagessen nicht zu Hause sein würde, aber es war schon Jahre her, daß sie darüber beunruhigt oder überrascht gewesen war. Statt sich mit ihm zu unterhalten, las sie dann beim Essen ein Buch, es sei denn, die Kinder waren da. Genaugenommen hatte er allmählich den Verdacht, daß sie solche ruhigen Mittagspausen genoß, allein mit ihren Autoren, über die sie an der Universität lehrte; denn sie hatte nie etwas dagegen, wenn er sich verspätete oder gar nicht kommen konnte.

Sie nahm beim dritten Klingeln ab. »*Pronto*.«

»*Ciao*, Paola. Ich bin's.«

»Dachte ich mir schon. Wie läuft es so?« Sie stellte nie direkte Fragen nach seiner Arbeit oder warum er nicht zum Essen kommen konnte. Das lag nicht daran, daß sie kein Interesse daran hatte, sie fand es nur besser, zu warten, bis er von selbst darüber redete. Irgendwann bekam sie es doch alles zu hören.

»Tut mir leid mit dem Essen, aber ich mußte telefonieren.«

»Schon gut. Ich habe mit William Faulkner gespeist. Ein sehr interessanter Mann.« Im Lauf der Jahre hatten sie sich angewöhnt, ihre Mittagsbesucher wie richtige Gäste zu behandeln, und machten Witze über die Tischmanieren von Dr. Johnson (schockierend), die Konversation von Melville (skurril) und die Mengen, die Jane Austen trank (gigantisch).

»Ich komme aber zum Abendessen. Ich muß nur noch mit ein paar Leuten hier reden und ein Telefongespräch aus Vicenza abwarten.« Als sie nichts darauf sagte, fügte er hinzu: »Vom dortigen Militärstützpunkt.«

»Ach, dann stimmt es also?« fragte sie, womit sie zu erkennen gab, daß sie schon von dem Verbrechen und der vermutlichen Identität des Opfers gehört hatte. Der Barmann erzählte es dem Postboten, der erzählte es der Frau im zweiten Stock, die rief ihre Schwester an, und bald wußte jedermann in der Stadt, was passiert war, lange vor jeder Verlautbarung in den Zeitungen oder den Abendnachrichten.

»Ja, es stimmt«, bestätigte er.

»Wann meinst du, daß du hier sein kannst?«

»Vor sieben.«

»Gut. Dann gehe ich mal aus der Leitung, falls dein Gespräch kommt.«

Er liebte Paola aus vielerlei Gründen, nicht zuletzt weil er wußte, daß dies der wirkliche Grund für sie war, das Gespräch zu beenden. Es lag keine verschlüsselte Botschaft, keine versteckte Kritik in ihren Worten. »Danke, Paola. Dann bis gegen sieben.«

»*Ciao*, Guido«, und weg war sie, wieder bei William Faulkner, und gab ihn frei für seine Arbeit, gab ihn frei, ohne daß er Schuldgefühle wegen der Anforderungen dieser Arbeit haben mußte.

Es war fast fünf, und immer noch hatten die Amerikaner sich nicht wieder gemeldet. Einen Moment lang war er versucht anzurufen, aber er verkniff es sich. Wenn einer ihrer Leute vermißt wurde, mußten sie mit ihm Kontakt aufnehmen. Schließlich hatte er, um es deutlich zu sagen, die Leiche. Er suchte zwischen den Personalbeurteilungen, die immer noch vor ihm lagen, bis er die von Luciani und Rossi fand. Bei beiden fügte er eine Bemerkung hinzu, daß sie weit über ihre normalen Pflichten hinausgegangen seien, indem sie in den Kanal gestiegen waren, um die Leiche herauszuholen. Sie hätten auf ein Boot warten oder Stangen benutzen können, aber sie hatten etwas getan, wovon er nicht wußte, ob er dazu mutig genug oder willens gewesen wäre.

Das Telefon klingelte. »Brunetti.«

»Hier ist Captain Duncan. Wir haben alle Dienstposten überprüft und festgestellt, daß ein Mann heute nicht zur Arbeit erschienen ist. Ihre Beschreibung paßt auf ihn. Ich habe jemanden zu seiner Wohnung geschickt, aber da ist er nicht, deshalb würde ich Ihnen gern jemanden schicken, der ihn sich ansieht.«

»Wann, Captain?«

»Heute abend, wenn es geht.«

»Natürlich. Wie schicken Sie ihn?«

»Entschuldigung, ich verstehe nicht ganz.«

»Ich wüßte gern, auf welchem Weg er kommt, mit dem Zug oder mit dem Auto, damit ich ihn abholen lassen kann.«

»Ach so«, antwortete Duncan. »Mit dem Auto.«

»Dann schicke ich jemanden zum Piazzale Roma. Dort ist eine Carabinieristation, wenn man auf den Platz kommt, rechts.«

»Gut. Der Wagen ist in etwa fünfzehn Minuten hier, sie müßten dann in einer knappen Stunde da sein, ungefähr Viertel vor sieben.«

»Wir stellen ein Boot bereit. Er muß zur Friedhofsinsel fahren, um die Leiche zu identifizieren. Ist es jemand, der den Mann kannte, Captain?« Brunetti wußte aus langer Erfahrung, wie schwierig es war, einen Toten nach einem Foto zu identifizieren.

»Ja, es ist sein vorgesetzter Offizier im Krankenhaus.«

»Krankenhaus?«

»Der Vermißte ist unser Inspektor für das Gesundheitswesen, Sergeant Foster.«

»Sagen Sie mir bitte noch den Namen des Mannes, der kommt.«

»Captain Peters. Terry Peters. Und, Commissario«, fügte Duncan hinzu, »der Captain ist eine Frau.« Es lag mehr als nur eine Spur Hinterhältigkeit in seinem Ton, als er dann noch hinzufügte: »Und Captain Peters ist auch noch Doctor Peters.«

Was wurde von ihm erwartet, fragte sich Brunetti. Sollte er sich darüber entsetzen, daß die Amerikaner Frauen in ihre Armee aufnahmen? Oder daß sie ihnen sogar gestatteten, Ärztinnen zu sein? Statt dessen beschloß er, den klassischen Italiener zu mimen, der einer Versuchung nicht widerstehen konnte, solange sie in einem Rock daherkam, auch wenn es der Rock einer Militäruniform war. »Sehr gut, Captain. In dem Fall werde ich Captain Peters selbst in Empfang nehmen. Doctor Peters.« Er wolle außerdem mit Fosters Kompaniechef sprechen.

Duncans Antwort kam mit ein paar Sekunden Verzögerung, aber er sagte nur: »Das ist sehr entgegenkommend von Ihnen,

Commissario Brunetti. Ich sage Captain Peters, sie soll nach Ihnen fragen.«

»Ja, tun Sie das«, antwortete Brunetti und legte auf, ohne zu warten, daß der andere sich verabschiedete. Sein Ton war, wie er ohne Bedauern feststellte, etwas zu harsch gewesen; es passierte ihm oft, daß er sich durch das, was er zwischen den Worten herauszuhören glaubte, zu Überempfindlichkeiten hinreißen ließ. Früher, bei Interpol-Seminaren mit amerikanischer Beteiligung und während einer dreimonatigen Ausbildung in Washington, war er oft auf dieses nationale Bewußtsein moralischer Überlegenheit gestoßen, diesen unter Amerikanern so verbreiteten Glauben, daß es ihnen irgendwie aufgegeben sei, einer von Irrtümern verdunkelten Welt als strahlendes moralisches Licht zu leuchten. Vielleicht traf das hier gar nicht zu, vielleicht mißdeutete er Duncans Ton, und der Captain hatte Brunetti nur eine Peinlichkeit ersparen wollen. Wenn das so war, hatte er mit seiner Reaktion sicher alles dazu getan, sämtliche Klischees über die heißblütigen und dünnhäutigen Italiener zu bestätigen.

Er schüttelte verdrießlich den Kopf, wählte eine Leitung nach draußen an und dann seine eigene Nummer.

»*Pronto*«, antwortete Paola nach dreimaligem Klingeln.

»Nochmal ich«, sagte er ohne Einleitung.

»Das heißt, du kommst später.«

»Ich muß zum Piazzale Roma und einen amerikanischen Captain abholen, der aus Vicenza kommt, um die Leiche zu identifizieren. Es dürfte nicht allzu spät werden, nicht später als neun. Sie soll um sieben hiersein.«

»Sie?«

»Ja, sie«, sagte Brunetti. »Ich habe genauso reagiert. Sie ist auch noch Ärztin.«

»Wir leben in einer Welt voller Wunder«, sagte Paola. »Nicht nur Captain, auch noch Doctor. Hoffentlich ist sie in beiden Rollen gut, denn ihretwegen verpaßt du Polenta und Leber.«

Das war eines seiner Leibgerichte, und sie hatte es wahrscheinlich vorbereitet, weil er kein Mittagessen bekommen hatte.

»Ich esse, wenn ich komme.«

»Gut. Ich füttere die Kinder ab und warte auf dich.«

»Danke, Paola. Ich werde mich beeilen.«

»Ich warte«, sage sie und legte auf.

Sobald die Leitung frei war, rief er unten im zweiten Stock an und fragte, ob Bonsuan inzwischen zurück sei. Der Bootsführer war gerade gekommen, und Brunetti bat, ihn zu ihm heraufzuschicken.

Ein paar Minuten später trat Danilo Bonsuan in Brunettis Büro. Mit seiner robusten, vierschrötigen Figur sah er genauso aus wie einer, der auf dem Wasser lebt, aber nie auf die Idee käme, das Zeug zu trinken. Brunetti deutete auf den Stuhl vor seinem Schreibtisch. Bonsuan ließ sich darauf nieder, steifgliedrig nach Jahrzehnten auf schwankenden Decks. Brunetti kannte ihn gut genug, um zu wissen, daß er keine freiwilligen Informationen von ihm erwarten konnte, nicht weil Bonsuan nicht wollte, sondern weil er es gewöhnt war, nur dann zu reden, wenn damit ein praktischer Zweck erfüllt wurde.

»Danilo, die Frau hat ihn gegen halb sechs entdeckt, bei tiefster Ebbe. Dottor Rizzardi sagt, er war etwa fünf bis sechs Stunden im Wasser; so lange war er schon tot.« Brunetti hielt inne, um dem Mann Gelegenheit zu geben, sich die Wasserwege ums Krankenhaus vorzustellen. »In dem Kanal, in dem wir ihn gefunden haben, ist keine Spur von einer Waffe zu entdecken.«

Bonsuan machte sich nicht die Mühe, die Bemerkung zu kommentieren. Niemand würde ein gutes Messer wegwerfen.

Brunetti betrachtete es als gesagt und fuhr fort: »Er könnte woanders umgebracht worden sein.«

»Wahrscheinlich«, brach Bonsuan jetzt sein Schweigen.

»Wo?«

»Fünf, sechs Stunden?« fragte Bonsuan. Als Brunetti nickte, legte der Bootsführer den Kopf in den Nacken und schloß die

Augen. Brunetti konnte den Gezeitenplan der Lagune, den er studierte, fast selbst sehen. Bonsuan blieb einige Minuten so sitzen. Einmal schüttelte er rasch den Kopf, um eine Möglichkeit zu verwerfen, von der Brunetti nie erfahren würde. Schließlich öffnete er die Augen und sagte: »Es gibt zwei Stellen, an denen es passiert sein könnte. Hinter Santa Marina. Sie kennen die Sackgasse, die zum Rio Santa Marina hinunterführt, hinter dem neuen Hotel?«

Brunetti nickte. Es war ein stiller Winkel, eine Sackgasse.

»Die andere ist Calle Cocco.« Als Brunetti überrascht schien, erklärte Bonsuan: »Es ist eine von diesen beiden Sackgassen, die von der Calle Lunga abgehen, wo sie den Campo Santa Maria Formosa verläßt. Führt direkt zum Wasser.«

Obwohl er durch Bonsuans Beschreibung wußte, wo diese Calle war, sich sogar den Eingang dazu ins Gedächtnis rufen konnte, an dem er Hunderte von Malen vorbeigegangen sein mußte, konnte Brunetti sich nicht erinnern, sie je tatsächlich entlanggegangen zu sein. Das würde auch niemand tun, es sei denn, er wohnte dort, denn es war, wie Bonsuan erklärt hatte, eine Sackgasse, die ans Wasser führte und dort endete.

»Beide Stellen wären ideal«, meinte Bonsuan. »An beiden kommt nie jemand vorbei, nicht um diese Zeit.«

»Und die Gezeiten?«

»Vergangene Nacht waren sie sehr schwach. Kein richtiger Sog. Und eine Leiche bleibt an allerlei Dingen hängen; das macht sie langsamer. Es hätte jede der beiden Stellen sein können.«

»Und sonst?«

»Vielleicht eine der anderen Calli, die zum Rio Santa Marina führen, aber die beiden Stellen sind die wahrscheinlichsten, wenn er nur fünf bis sechs Stunden im Wasser getrieben ist.« Bonsuan schien fertig zu sein, aber dann meinte er noch: »Es sei denn, er hatte ein Boot«, wobei er es Brunetti überließ, sich zusammenzureimen, daß er mit »er« den Mörder meinte.

»Möglich wär's, oder?« pflichtete Brunetti ihm bei, obwohl er es für unwahrscheinlich hielt. Ein Boot hieß Motorenlärm, und mitten in der Nacht bedeutete das wütende Gesichter an den Fenstern, die sehen wollten, was da soviel Krach machte.

»Danke, Danilo. Sagen Sie bitte den Tauchern, sie sollen an diesen beiden Stellen suchen – es hat Zeit bis morgen. Und bitten Sie Vianello, ein Team hinzuschicken, um die beiden Stellen zu überprüfen und zu sehen, ob es irgendein Anzeichen dafür gibt, daß es dort passiert ist.«

Bonsuan erhob sich mühsam, mit hörbar knackenden Kniegelenken. Er nickte.

»Wer ist unten, der mich zum Piazzale Roma und dann zur Friedhofsinsel fahren kann?«

»Monetti«, nannte Bonsuan einen der anderen Bootsführer.

»Könnten Sie ihm sagen, daß ich in etwa zehn Minuten losfahren möchte?«

Mit einem Nicken und einem gemurmelten »Ja, Commissario«, ging Bonsuan.

Brunetti merkte plötzlich, wie hungrig er war. Er hatte seit dem Morgen nur drei Sandwichs gegessen, weniger sogar, denn eines hatte Orso verschlungen. Er zog die unterste Schublade seines Schreibtischs auf, ob er nicht irgend etwas fand, vielleicht eine Tüte *buranei*, diese S-förmigen Kekse, die er so mochte und gewöhnlich seinen Kindern abjagen mußte, einen alten Schokoriegel, irgend etwas, aber die Schublade war genauso leer wie das letzte Mal, als er dort nach etwas Eßbarem gesucht hatte.

Dann also Kaffee. Aber das würde heißen, daß Monetti einen Halt einlegen müßte. Daß dieses simple Problem ihn so ärgerlich machte, war ein Gradmesser für seinen Hunger. Doch dann fielen ihm die Damen unten im Ufficio Stranieri ein; sie hatten eigentlich immer etwas für ihn, wenn er betteln kam.

Er ging über die Hintertreppe ins Erdgeschoß, durch die großen Doppeltüren und in das Büro. Sylvia, klein und dunkel, und Anita, groß, blond und attraktiv, saßen sich an ihren Schreibtischen gegenüber und blätterten in Papierstapeln, die offenbar nie abnahmen.

»*Buona sera*«, sagten beide, als er hereinkam, und beugten sich wieder über die grünen Aktendeckel, die vor ihnen ausgebreitet lagen.

»Habt ihr irgendwas zu essen?« fragte er, mehr hungrig als charmant.

Sylvia lächelte und schüttelte stumm den Kopf; er kam nur zu ihnen ins Büro, wenn er um etwas Eßbares betteln oder ihnen sagen wollte, daß einer ihrer Bewerber um eine Arbeits- oder Aufenthaltserlaubnis festgenommen worden war und aus ihren Listen und Akten gestrichen werden konnte.

»Kriegen Sie denn zu Hause nichts zu essen?« fragte Anita, doch gleichzeitig zog sie eine Schublade ihres Schreibtischs auf und nahm eine braune Papiertüte heraus. Sie öffnete sie und holte erst eine, dann zwei, dann drei reife Birnen heraus, die sie für ihn gut erreichbar auf ihren Schreibtisch legte.

Vor drei Jahren hatte einmal ein Algerier, dem die Aufenthaltsgenehmigung verweigert worden war, bei dieser Mitteilung durchgedreht und Anita an den Schultern gepackt und über den Schreibtisch gezogen. Während er sie festhielt und sie auf arabisch wütend beschimpfte, war Brunetti hereingekommen, um sich einen Ordner zu holen. Ohne viel Federlesens hatte er dem Mann einen Arm um den Hals gelegt und ihn gewürgt, bis er Anita losließ, die verschreckt und schluchzend auf ihrem Schreibtisch zusammensackte. Niemand hatte je ein Wort über den Zwischenfall verloren, aber Brunetti wußte, daß in ihrem Schreibtisch immer etwas zu essen für ihn war.

»*Grazie*, Anita«, sagte er und nahm eine der Birnen. Er entfernte den Stiel und biß hinein. Sie war reif und süß. Mit fünf raschen Bissen hatte er sie vertilgt und griff nach der zweiten. Ein bißchen weniger reif, aber immer noch süß und weich. Die beiden feuchten Kerngehäuse in der Hand, nahm er sich die dritte Frucht, bedankte sich noch einmal und ging, gestärkt für die Fahrt zum Piazzale Roma und seinem Treffen mit Doctor Peters. Captain Peters.

4

Er kam zwanzig Minuten vor sieben bei der Carabinierista-tion am Piazzale Roma an und ließ Monetti in der Polizeibar-kasse zurück, um auf ihn und die Ärztin zu warten. Auch wenn es zweifellos etwas über seine Vorurteile aussagte, fand er es an-genehmer, sie als Ärztin zu sehen statt als Captain. Er hatte vorher angerufen, so daß die Carabinieri ihn schon erwarteten. Es war der übliche Haufen, die meisten aus dem Süden, und nie schienen sie die verräucherte Wache zu verlassen, deren Sinn und Zweck Brunetti sowieso nicht verstand. Carabinieri hat-ten nichts mit dem Verkehr zu tun, und Verkehr war das ein-zige, was es hier auf dem Piazzale Roma gab: Autos, Taxis, Wohnwagen und besonders im Sommer endlose Reihen von Bussen, die hier gerade lange genug parkten, um ihre Touri-stenladungen auszuspucken. Erst im vergangenen Sommer war eine neue Art von Vehikel dazugekommen, nämlich die diesel-betriebenen, qualmenden Busse, die über Nacht aus einem frisch befreiten Osteuropa angerumpelt kamen. Ihnen ent-stiegen, von langer Fahrt und Schlafmangel gezeichnet, Tau-sende sehr höflicher, sehr armer und sehr stämmiger Touristen, um einen einzigen Tag in Venedig zu verbringen und dann betäubt von der Schönheit, die sie an diesem einen Tag gesehen hatten, wieder abzufahren. Hier gewannen sie ihren ersten Ein-druck vom Triumph des Kapitalismus und waren viel zu sehr davon bewegt, um zu merken, daß vieles nichts weiter war als Papiermachémasken aus Taiwan und Spitzendeckchen aus Korea.

Er betrat die Wache und tauschte freundliche Begrüßungs-worte mit den beiden Diensthabenden aus. »Noch nichts zu sehen von *La Capitana*«, sagte der eine und lachte hämisch bei der Vorstellung, daß eine Frau Offizier sein sollte. Daraufhin beschloß Brunetti, sie wenigstens in Hörweite dieser beiden mit ihrem Dienstgrad anzureden und ihr alle Zeichen des Respekts zu erweisen, auf die sie ein Anrecht hatte. Nicht zum ersten Mal zuckte er innerlich zusammen, wenn er seine eigenen Vorurteile bei anderen wiederfand.

Er tauschte mit den Carabinieri ein paar Nichtigkeiten aus. Welche Siegchancen hatte Neapel an diesem Wochenende? Würde Maradona spielen? Die Regierung stürzen? Er stand an der Glastür und sah den Verkehr in Wellen über den Piazzale Roma schwappen. Fußgänger tänzelten im Zickzack zwischen Autos und Bussen hindurch. Niemand kümmerte sich auch nur einen Deut um die Zebrastreifen oder die weißen Linien, die zur Trennung der Fahrbahnen gedacht waren. Und doch floß der Verkehr reibungslos und rasch dahin.

Eine hellgrüne Limousine überquerte die Busspur und hielt hinter den beiden blau-weißen Carabinieriwagen. Es war ein neutrales Auto ohne Markierungen oder Blaulicht, das einzig Auffällige daran war das Kennzeichen mit der Aufschrift »AFI Official«. Die Fahrertür ging auf, und ein uniformierter Soldat wurde sichtbar. Er stieg aus und öffnete den Verschlag für eine junge Frau in dunkelgrüner Uniform. Sobald sie neben dem Wagen stand, setzte sie ihre Mütze auf und blickte zuerst um sich, dann zur Carabinieristation hinüber.

Ohne sich groß von den Männern zu verabschieden, verließ Brunetti die Station und ging auf das Auto zu. »Doctor Peters?« fragte er im Näherkommen.

Sie sah hoch, als sie ihren Namen hörte, und machte einen Schritt auf ihn zu. Dann streckte sie die Hand aus, drückte die seine kurz und stellte sich als Terry Peters vor. Sie sah aus wie Ende Zwanzig und hatte lockiges braunes Haar, das sich dem Druck ihrer Kopfbedeckung widersetzte. Ihre Augen waren dunkelbraun, die Haut noch vom Sommer getönt. Wenn sie gelächelt hätte, wäre sie noch hübscher gewesen. Statt dessen sah sie ihm direkt in die Augen, den Mund zu einer geraden

Linie zusammengekniffen, und fragte: »Sind Sie der Inspektor von der Polizei?«

»Commissario Brunetti. Ich habe ein Boot hier, das uns nach San Michele hinausbringen wird.« Als er ihre Verwirrung sah, erklärte er: »Das ist die Friedhofsinsel. Dorthin ist die Leiche gebracht worden.«

Ohne auf ihre Antwort zu warten, zeigte er zum Anleger und ging über die Straße voraus. Sie sagte noch irgend etwas zu ihrem Fahrer und folgte ihm dann. Am Wasser angelangt, deutete er auf die blau-weiße Polizeibarkasse, die dort lag. »Hierher, Doctor«, sagte er, indem er vom Ufer an Deck sprang. Sie war dicht hinter ihm und ergriff ohne Zögern seine Hand, um sich an Bord helfen zu lassen. Ihr Uniformrock bedeckte gerade ihre Knie. Sie hatte hübsche Beine, gebräunt und muskulös, mit schmalen Fesseln. Sobald sie in der Kabine Platz genommen hatten, lenkte Monetti das Boot in den Canal Grande. Rasch ging es mit rotierendem Blaulicht am Bahnhof vorbei und links in den Canale della Misericordia, dessen Auslauf direkt gegenüber der Friedhofsinsel lag.

Wenn Brunetti einen Besucher von auswärts auf einem Polizeiboot mitnehmen mußte, machte er es sich normalerweise zur Aufgabe, ihn auf Sehenswürdigkeiten und andere interessante Punkte hinzuweisen. Diesmal begnügte er sich mit einer Förmlichkeit. »Sie haben hoffentlich gut hierhergefunden, Doctor.«

Sie blickte auf den schmalen grünen Teppichstreifen zwischen ihnen und murmelte etwas, das er als »ja« verstand, aber weiter sagte sie nichts. Er merkte, daß sie von Zeit zu Zeit tief durchatmete, um sich zur Ruhe zu zwingen, eine seltsame Reaktion, da sie ja immerhin Ärztin war.

Als hätte sie seine Gedanken gelesen, blickte sie zu ihm auf, lächelte ein sehr hübsches Lächeln und sagte: »Es ist etwas anderes, wenn man den Menschen kennt. Beim Medizinstudium sind es Fremde, da ist es leicht, den professionellen Abstand zu wahren.« Sie machte eine lange Pause. »Und Leute in meinem Alter sterben normalerweise nicht.«

Da hatte sie sicher recht. »Haben Sie lange zusammen gearbeitet?« fragte Brunetti.

Sie nickte und wollte antworten, aber bevor sie noch etwas sagen konnte, ruckte das Boot heftig. Sie hielt sich mit beiden Händen an ihrem Sitz fest und warf ihm einen ängstlichen Blick zu.

»Wir sind gerade in die Lagune hinausgefahren, hier ist mehr Wellengang. Keine Sorge, es ist nichts Beängstigendes.«

»Ich bin kein guter Seemann. Ich stamme aus North Dakota, und da gibt es nicht viel Wasser. Ich habe noch nicht einmal schwimmen gelernt.« Ihr Lächeln war schwach, aber es war wieder da.

»Haben Sie und Mr. Foster lange zusammen gearbeitet?«

»Sergeant Foster«, korrigierte sie ihn automatisch. »Ja. Seit ich vor etwa einem Jahr nach Vicenza kam. Er macht eigentlich alles allein. Die brauchen nur einen Offizier, der die Verantwortung trägt. Und Papiere unterschreibt.«

»Dem man die Schuld geben kann?« fragte er mit einem Lächeln.

»Ja, ja, so könnte man vielleicht sagen. Aber es ist nie etwas schiefgegangen. Nicht bei Sergeant Foster. Er macht seine Arbeit sehr gut.« Ihre Stimme klang herzlich. Lob? Zuneigung?

Das Motorengeräusch unter ihnen wurde zu einem langsamen, gleichmäßigen Schnurren, und dann kam der schwere, dumpfe Schlag, als sie an die Anlegestelle des Friedhofs glitten. Er stand auf und stieg über die schmale Treppe aufs offene Deck, wo er stehenblieb, um die eine Hälfte der Schwingtür für die Ärztin aufzuhalten. Monetti war damit beschäftigt, die Leinen um einen der hölzernen Pfähle zu schlingen, die in absurdem Winkel aus dem Wasser der Lagune ragten.

Brunetti sprang an Land und hielt ihr seinen Arm hin. Sie

legte die Hand darauf und war mit einem großen Schritt neben ihm. Er stellte fest, daß sie weder eine Handtasche noch eine Aktenmappe bei sich hatte. Vielleicht im Auto oder im Boot gelassen.

Der Friedhof wurde um vier Uhr geschlossen, so daß Brunetti auf die Klingel rechts von den großen Holztoren drücken mußte. Kurz darauf wurde das rechte Tor von einem Mann in dunkelblauer Uniform geöffnet, und Brunetti nannte seinen Namen. Der Mann hielt ihnen die Tür auf und schloß sie hinter ihnen. Brunetti ging durch die Haupteinfahrt voraus und blieb am Fenster des Wachmanns stehen, um seinen Namen zu nennen und seinen Dienstausweis vorzuzeigen. Der Wachmann bedeutete ihnen, rechts durch die offene Arkade weiterzugehen. Brunetti nickte. Er kannte den Weg.

Als sie das Gebäude betraten, in dem die Leichenhalle war, spürte Brunetti den plötzlichen Temperaturunterschied. Dr. Peters bemerkte ihn offensichtlich auch, denn sie kreuzte die Arme über der Brust und senkte den Kopf. An einem einfachen Holztisch am Ende des langen Korridors saß ein weißgekleideter Wärter. Er stand auf, als er sie kommen sah, und legte bedachtsam sein Buch vor sich hin, die aufgeklappten Seiten nach unten. »Commissario Brunetti?« fragte er.

»Das ist die Ärztin vom amerikanischen Stützpunkt«, erklärte Brunetti mit einer Kopfbewegung zu der jungen Frau an seiner Seite. Für jemanden, der dem Tod so oft ins Gesicht sah, war der Anblick einer jungen Frau in Militäruniform wohl kaum bemerkenswert, denn der Wärter ging rasch vor ihnen vorbei und öffnete die schwere Holztür zu seiner Linken.

»Ich wußte, daß Sie kommen, und habe ihn schon herausgeholt«, sagte der Mann, während er sie zu einer metallenen Bahre führte, die an einer Seitenwand stand. Alle drei erkannten, was unter dem weißen Tuch lag. Als sie neben der Leiche standen, sah der junge Mann Dr. Peters an. Sie nickte. Er schlug das Tuch zurück, und sie blickte in das Gesicht des Toten. Brunetti beobachtete ihr Gesicht. Die ersten paar Sekunden blieb es völlig ruhig und ausdruckslos, dann schloß sie die Augen und zog die Oberlippe zwischen die Zähne. Falls sie die Tränen zurückzuhalten versuchte, gelang es ihr nicht; sie stiegen hoch und quollen aus ihren Augen. »Mike, Mike«, flüsterte sie, dann wandte sie sich ab.

Brunetti nickte dem Wärter zu, der das Tuch wieder übers Gesicht des jungen Mannes breitete.

Brunetti fühlte ihre Hand auf seinem Arm, ihr Griff war erstaunlich fest. »Woran ist er gestorben?«

Er wollte sich umdrehen und sie nach draußen führen, aber sie packte seinen Arm noch fester und wiederholte eindringlich: »Woran ist er gestorben?«

Brunetti legte seine Hand auf die ihre und sagte: »Kommen Sie nach draußen.«

Bevor er recht wußte, was sie vorhatte, drängte sie sich an ihm vorbei, griff nach dem Tuch und riß es weg, so daß der Körper des jungen Mannes bis zur Taille entblößt war. Der große Y-Schnitt von der Autopsie, der vom Nabel bis zum Hals reichte, war mit Riesenstichen zusammengenäht. Nicht zugenäht und im Vergleich dazu scheinbar harmlos war der kleine horizontale Schnitt, durch den er ums Leben gekommen war.

Ein leises Ächzen entrang sich ihr, und sie wiederholte den Namen: »Mike, Mike.« Es hörte sich an wie ein langgezogener, durchdringender Klagelaut. Dabei stand sie merkwürdig aufrecht und starr neben der Leiche, und der wehklagende Ton wollte nicht aufhören.

Der Wärter trat rasch vor sie und zog taktvoll das Tuch wieder über die Leiche, das zuerst die beiden Wunden und dann das Gesicht zudeckte.

Sie drehte sich zu Brunetti um, und er sah, daß ihre Augen voller Tränen waren, aber er sah auch noch etwas anderes darin: Angst, nackte, animalische Angst.

»Geht's wieder, Doctor?« fragte er leise, wobei er darauf achtete, sie nur ja nicht zu berühren oder ihr sonst irgendwie zu nahe zu kommen.

Sie nickte, und der seltsame Ausdruck verschwand aus ihren Augen. Abrupt drehte sie sich um und ging auf die Tür zu. Ein paar Schritte davor blieb sie plötzlich stehen und sah sich um, als wäre sie überrascht, da zu sein, wo sie war, dann rannte sie zu einem Waschbecken am anderen Ende der Wand. Sie übergab sich heftig in das Becken und würgte immer wieder, bis sie schließlich halb gebückt, die Arme aufs Becken gestützt, keuchend stehenblieb.

Der Wärter erschien plötzlich neben ihr und reichte ihr ein weißes Handtuch. Sie nahm es mit einem Nicken und wischte sich das Gesicht ab. Sanft nahm der Mann sie beim Arm und führte sie zu einem anderen Becken ein paar Meter weiter an derselben Wand. Er drehte den Heißwasserhahn auf, dann den kalten, und hielt die Hand darunter, bis es die richtige Temperatur hatte. Dann nahm er ihr das Handtuch ab und hielt es, während Doktor Peters sich das Gesicht wusch und den Mund ausspülte. Als sie fertig war, gab er ihr das Handtuch wieder, drehte das Wasser ab und verließ den Raum durch die gegenüberliegende Tür.

Sie faltete das Handtuch zusammen und legte es über den Rand des Beckens. Auf ihrem Weg zurück zu Brunetti vermied sie es, nach links zu sehen, wo die Leiche, jetzt zugedeckt, immer noch auf der Bahre lag.

Als sie bei ihm war, drehte Brunetti sich um und ging zur Tür, hielt sie ihr auf, und sie traten hinaus in die wärmere Abendluft. Während sie unter den langen Arkaden entlanggingen, sagte sie: »Es tut mir leid. Ich weiß auch nicht, warum mir das passiert ist. Ich habe schon öfter Autopsien gesehen. Ich habe sogar welche gemacht.« Sie schüttelte im Gehen ein paarmal den Kopf. Er sah die Bewegung nur aus den Augenwinkeln.

Er fragte, wenn auch nur noch der Form halber: »Ist es Sergeant Foster?«

»Ja, er ist es«, antwortete sie ohne Zögern, aber er merkte, daß sie Mühe hatte, ruhig und gelassen zu sprechen. Selbst ihr Gang war steifer als beim Hineingehen, als ließe sie sich ihre Bewegungen nur noch von der Uniform vorschreiben.

Sie verließen den Friedhof durchs Tor, und Brunetti führte sie hinüber zum Landesteg, wo Monetti das Boot festgemacht hatte. Er saß in der Kabine und las Zeitung. Als er sie kommen sah, faltete er diese zusammen und ging zum Heck, wo er an der Anlegeleine zog, um das Boot so nah ans Ufer zu bringen, daß sie leicht an Bord konnten.

Diesmal sprang sie zuerst aufs Boot und ging sofort die Treppe hinunter in die Kabine. Brunetti blieb nur lange genug stehen, um Monetti zuzuflüstern: »Lassen Sie sich soviel Zeit wie möglich für den Rückweg«, dann folgte er ihr.

Sie saß jetzt weiter vorn, mit Blick aus den vorderen Fenstern der Kabine. Die Sonne war schon untergegangen, und der Himmel war kaum mehr hell genug, um noch viel von der Silhouette der Stadt zu ihrer Linken erkennen zu können. Er setzte sich ihr gegenüber und sah, wie aufrecht und starr sie dasaß.

»Es sind noch etliche Formalitäten zu erledigen, aber ich nehme an, daß wir die Leiche morgen freigeben können.«

Sie nickte, um anzuzeigen, daß sie ihn gehört hatte.

»Was wird die Army tun?«

»Wie bitte?«

»Was tut die Army in so einem Fall?« wiederholte er.

»Wir schicken die Leiche nach Hause, zu seiner Familie.«

»Nein, das meine ich nicht. Ich meine die Untersuchung des Falles.«

Bei diesen Worten drehte sie sich um und sah ihm in die Augen. Er hielt ihre Verwirrung für gespielt. »Ich verstehe nicht. Was für eine Untersuchung?«

»Um herauszufinden, warum er umgebracht wurde.«

»Aber ich dachte, es war Raubmord«, sagte sie.

»Vielleicht«, meinte er. »Aber ich bezweifle es.«

Sie wandte den Kopf ab, als er das sagte, und starrte aus dem Fenster, doch die Nacht hatte das Panorama von Venedig verschluckt, und sie sah nur ihr eigenes Spiegelbild.

»Darüber weiß ich nichts«, sagte sie mit Nachdruck.

Für Brunetti klang es so, als glaubte sie, wenn sie es nur oft und eindringlich genug wiederholte, würde es wahr. »Was war er für ein Mensch?« fragte er.

Einen Augenblick antwortete sie nicht, aber als sie es dann tat, fand Brunetti ihre Antwort eigenartig. »Aufrichtig. Er war ein aufrichtiger Mensch.«

Es war eine merkwürdige Aussage über einen so jungen Mann. Er wartete, ob sie noch mehr sagen würde. Als sie es nicht tat, fragte er: »Wie gut haben Sie ihn gekannt?«

Er beobachtete ihr Gesicht nicht direkt, sondern dessen Spiegelbild in der Fensterscheibe des Bootes. Sie weinte nicht mehr, doch in ihren Zügen hatte sich eine tiefe Traurigkeit eingenistet. Sie holte tief Luft und antwortete: »Ich kannte ihn sehr gut.« Doch dann veränderte sich ihr Ton, wurde lässiger und beiläufiger. »Wir haben ein Jahr lang zusammen gearbeitet.« Und mehr sagte sie nicht.

»Worin bestand denn seine Arbeit? Captain Duncan sagte, er war Gesundheitsinspektor, aber ich habe eigentlich keine Ahnung, was das heißen soll.«

Sie sah, daß ihre Blicke sich im Fensterglas trafen, und drehte sich zu ihm um. »Er mußte unsere Wohnungen inspizieren. Die, in denen wir Amerikaner wohnen, meine ich. Oder wenn es irgendwelche Beschwerden von Vermietern über die Mieter gab, mußte er ihnen nachgehen.«

»Und sonst?«

»Er mußte zu den Botschaften fahren, für die unser Krankenhaus zuständig ist. Nach Kairo, Warschau und Belgrad, um die Küchen zu überprüfen, ob sie sauber sind.«

»Dann war er also viel auf Reisen?«

»Ziemlich viel, ja.«

»Hat er seine Arbeit gern gemacht?«

Ohne Zögern und mit großem Nachdruck sagte sie: »O ja. Er fand sie sehr wichtig.«

»Und Sie waren seine Vorgesetzte?«

Ihr Lächeln war kaum erkennbar. »So könnte man es wohl nennen. Ich bin eigentlich Kinderärztin; sie haben mir diese Stellung im Gesundheitswesen nur übertragen, um bei Bedarf über die Unterschrift eines Offiziers und eines Arztes zu verfügen. Er hat das Büro fast ganz allein geführt. Gelegentlich gab er mir etwas zu unterschreiben oder bat mich, irgendwelche Dinge zu bestellen. Vieles wird schneller erledigt, wenn ein Offizier es anfordert.«

»Sind Sie je zusammen zu den Botschaften gereist?«

Ob sie seine Frage seltsam fand, konnte er nicht erkennen, denn sie wandte sich ab und starrte wieder aus dem Fenster. »Nein, Sergeant Foster ist immer allein gefahren.« Unvermittelt stand sie auf und ging zur Treppe im hinteren Teil der Kabine. »Kennt Ihr Fahrer, oder wie man ihn nennt, eigentlich den Weg? Ich habe das Gefühl, wir brauchen eine Ewigkeit für die Rückfahrt.« Sie drückte eine Hälfte der Schwingtür auf und blickte aufmerksam hinaus, aber die Gebäude zu beiden Seiten des Kanals sagten ihr nichts.

»Ja, zurück dauert es länger«, log Brunetti ohne schlechtes Gewissen. »Viele Kanäle dürfen nur in einer Richtung befahren werden, so daß wir ganz um den Bahnhof herum müssen, um zum Piazzale Roma zu kommen.« Er sah, daß sie gerade in den Canale di Cannareggio einfuhren. In knapp fünf Minuten würden sie da sein.

Sie drängte sich durch die Schwingtür nach draußen und stellte sich aufs Deck. Ein plötzlicher Windstoß zerrte an ihrer Mütze, und sie drückte sie mit der einen Hand auf den Kopf, nahm sie dann ab und hielt sie in der Hand. Ohne die steife Kopfbedeckung war sie mehr als hübsch.

Er ging hinauf und trat neben sie. Sie bogen gerade nach

rechts in den Canal Grande ein. »Es ist sehr schön hier«, sagte sie. Dann fragte sie in anderem Ton: »Woher sprechen Sie so gut Englisch?«

»Ich habe es in der Schule und auf der Universität gelernt, außerdem war ich eine Zeitlang in den Staaten.«

»Aber Sie sprechen sehr gut.«

»Danke. Sprechen Sie Italienisch?«

»*Un poco*«, antwortete sie, lächelte dann und fügte hinzu: »*Molto poco.*«

Vor ihnen tauchte der Anleger des Piazzale Roma auf. Er trat an ihr vorbei und griff nach der Leine, um sie bereit zu haben, während Monetti den nächsten Pfahl anlief. Er warf das Seil über den Pfahl und befestigte es fachmännisch mit einem Seemannsknoten. Monetti stellte den Motor ab, und Brunetti sprang auf den Anlegesteg. Dr. Peters nahm wie selbstverständlich seinen Arm, als sie von Bord ging. Dann ließ sie ihn los, und sie gingen nebeneinander zu dem Wagen, der immer noch vor der Carabinieriwache stand.

Der Fahrer stieg aus, als er sie kommen sah, salutierte und öffnete ihr die hintere Tür. Sie zog den Rock ihrer Uniform zurecht und glitt auf den Rücksitz. Brunetti hob die Hand, um zu verhindern, daß der Fahrer die Tür hinter ihr zuschlug. »Danke, daß Sie gekommen sind, Doctor«, sagte er, wobei er seine Hand aufs Wagendach legte und sich zum Sprechen hinunterbeugte.

»Keine Ursache«, antwortete sie, ohne sich groß dafür zu bedanken, daß er sie nach San Michele gebracht hatte.

»Ich freue mich darauf, Sie in Vicenza wiederzusehen«, sagte er, gespannt auf ihre Reaktion.

Diese kam plötzlich und ausdrucksstark, und er sah kurz wieder dieselbe Angst aufblitzen wie in dem Moment, als sie die Wunde gesehen hatte, an der Foster gestorben war. »Warum?«

Er lächelte nichtssagend. »Vielleicht kann ich mehr darüber herausfinden, warum er umgebracht wurde.«

Sie beugte sich vor und zog am Türgriff. Ihm blieb nichts

übrig, als dem Gewicht der zufallenden Tür auszuweichen. Er sah, wie sie sich vorbeugte und etwas zum Fahrer sagte, dann fuhr das Auto davon. Brunetti blieb stehen und sah zu, wie es sich in den fließenden Verkehr des Piazzale Roma einordnete und die ansteigende Straße hinauf in Richtung Brücke fuhr. Oben verlor er es aus den Augen, ein neutrales, hellgrünes Fahrzeug, das von einem Ausflug nach Venedig zum Festland zurückkehrte.

5

Brunetti machte sich nicht die Mühe, noch einmal in die Carabinieristation hineinzusehen, ob man seine Rückkehr mit dem Captain auch registriert hatte, sondern ging direkt zum Boot zurück, wo er Monetti wieder bei seiner Zeitung fand. Vor Jahren hatte einmal irgendein Ausländer – wer, wußte er nicht mehr – etwas darüber gesagt, wie langsam Italiener lasen. Daran mußte Brunetti seither jedesmal denken, wenn er beobachtete, wie sich jemand auf der ganzen Strecke von Venedig bis Mailand mit einer einzigen Zeitung beschäftigte; Monetti hatte bestimmt reichlich Zeit gehabt, aber er schien immer noch auf den ersten Seiten zu sein. Vielleicht hatte die Langeweile ihn gezwungen, noch einmal von vorn anzufangen.

»Danke, Monetti«, sagte er, als er an Deck trat.

Der junge Mann blickte auf und lächelte. »Ich habe versucht, so langsam wie möglich zu fahren, Commissario. Aber es ist die Pest mit all diesen Irren, die sich einem ans Hinterteil heften und viel zu dicht auffahren.«

Brunetti teilte seine Meinung über italienische Fahrer. Er war schon Anfang Dreißig gewesen, als er Auto fahren gelernt hatte, zwangsweise, weil er für drei Jahre nach Neapel versetzt war. Er fuhr ängstlich und schlecht, langsam aus Vorsicht, und regte sich allzu oft über dieselben Irren auf, die Sorte, die Autos lenkte, nicht Boote.

»Würde es Ihnen etwas ausmachen, mich nach San Silvestro zu bringen?« fragte er.

»Ich lasse Sie direkt am Ende der Calle aussteigen, Commissario, wenn Sie wollen.«

»Danke, Monetti, gern.«

Brunetti zog die Leine mit einem Ruck über den Pfahl und legte sie sorgfältig um den Metallpfosten an der Seite des Bootes.

Dann ging er nach vorn und stellte sich neben Monetti, während sie den Canal Grande hinauffuhren. Wenig von dem, was an diesem Ende der Stadt zu sehen war, interessierte Brunetti. Sie ließen den Bahnhof hinter sich, ein Gebäude, das durch seine Trostlosigkeit überraschte.

Wie viele Venezianer hatte Brunetti stets ein Auge für seine Stadt. Oft fiel ihm ein Fenster auf, das er noch nie bemerkt hatte, oder die Sonne erhellte einen Bogengang, und dann zog sich ihm richtiggehend das Herz zusammen, als Reaktion auf etwas, das weit vielschichtiger war als bloße Schönheit. Wenn er darüber nachdachte, kam er zu dem Schluß, daß es etwas mit dem Dialekt zu tun haben mußte, den man hier sprach, mit der Tatsache, daß nicht einmal achtzigtausend Menschen in dieser Stadt lebten, und vielleicht damit, daß er in einem Palazzo aus dem fünfzehnten Jahrhundert in den Kindergarten gegangen war. Wenn er woanders war, fehlte die Stadt ihm auf dieselbe Weise, wie ihm Paola fehlte, und er fühlte sich nur vollständig und ganz, wenn er hier war. Während sie den Kanal hinaufbrausten, genügte ein Blick in die Runde, um den tieferen Sinn all dessen zu beweisen. Er hatte nie mit jemandem darüber gesprochen. Kein Fremder würde es verstehen; und jeder Venezianer würde es überflüssig finden.

Kurz nachdem sie unter der Rialtobrücke durchgefahren waren, lenkte Monetti das Boot nach rechts. Am Ende der langen Calle, die zu Brunettis Haus führte, schaltete er in den Leerlauf und hielt das Boot kurz am Ufer an, um Brunetti an Land springen zu lassen. Noch bevor Brunetti sich umdrehen und dankend die Hand heben konnte, war Monetti schon wieder davon und schwenkte das Boot mit blinkendem Blaulicht in die Richtung, aus der sie gekommen waren, auf dem Weg nach Hause zum Essen.

Brunetti ging mit müden Beinen die Calle entlang; er hatte das Gefühl, den ganzen Tag von einem Boot aufs andere gesprungen zu sein, seit ihn vor zwölf Stunden das erste hier abgeholt hatte. Er öffnete die große Tür des Hauses und schloß sie leise hinter sich. Das schmale Treppenhaus, das sich in Haarnadelkurven bis oben wand, wirkte wie ein perfekter Schalltrichter, und man hörte noch vier Treppen höher, wenn die Haustür zufiel. Vier Treppen. Der Gedanke machte ihm zu schaffen.

Als er die letzte Biegung des Treppenhauses erreicht hatte, roch er die Zwiebeln, was ihm das Erklimmen der restlichen Stufen sehr erleichterte. Er warf einen Blick auf seine Armbanduhr, bevor er den Schlüssel ins Schloß steckte. Halb zehn. Chiara würde noch wach sein, so daß er ihr wenigstens einen Gutenachtkuß geben und sie fragen konnte, ob sie ihre Hausaufgaben gemacht hatte. Bei Raffaele, falls er da war, konnte er ersteres kaum riskieren, und letzteres wäre sinnlos.

»*Ciao, papà*«, rief Chiara aus dem Wohnzimmer. Er hängte sein Jackett in den Schrank und durchquerte den Flur. Chiara lümmelte in einem Sessel und blickte von einem Buch hoch, das aufgeschlagen auf ihrem Schoß lag.

Beim Eintreten knipste er automatisch den Strahler über ihr an. »Willst du blind werden?« fragte er zum siebenhundertsten Mal.

»Ach, *papà*, ich sehe genug zum Lesen.«

Er beugte sich über sie und küßte sie auf die Wange, die sie ihm hinhielt. »Was liest du denn da, mein Engel?«

»*Mamma* hat es mir gegeben. Es ist fabelhaft. Es handelt von einer Gouvernante, die bei einem Mann arbeitet, und dann verlieben sie sich, aber er hat diese verrückte Frau, die auf dem Dachboden eingesperrt ist, und kann sie nicht heiraten, obwohl sie sich echt lieben. Ich bin gerade an der Stelle, als ein Feuer ausbricht. Ich hoffe, sie verbrennt.«

»Wer, Chiara?« fragte er. »Die Gouvernante oder die Ehefrau?«

»Die Ehefrau natürlich, Dummerjan.«

»Warum?«

»Damit Jane Eyre«, sagte sie, wobei aus dem Namen Haschee

wurde, »endlich Mr. Rochester heiraten kann«, dessen Namen sie ebenso Gewalt antat.

Er wollte weiter fragen, aber sie war schon wieder bei ihrem Feuer, also ging er in die Küche, wo er Paola über die offene Tür der Waschmaschine gebeugt fand.

»*Ciao*, Guido«, sagte sie und richtete sich auf. »In zehn Minuten können wir essen.« Sie küßte ihn, bevor sie sich dem Herd zuwandte, auf dem Zwiebeln in Öl vor sich hin brutzelten.

»Ich hatte eben eine literarische Diskussion mit unserer Tochter«, sagte er. »Sie hat mir die Handlung eines großen Klassikers der englischen Literatur erklärt. Ich glaube, es ist besser, wenn wir sie zwingen, die brasilianischen Seifenopern im Fernsehen anzusehen. Sie will doch unbedingt, daß Mrs. Rochester verbrennt.«

»Ach, komm, Guido, das will jeder unbedingt, wenn er *Jane Eyre* liest.« Sie schob die Zwiebeln in der Pfanne hin und her und fügte hinzu: »Jedenfalls beim erstenmal. Was für ein gerissenes, selbstgerechtes Biest diese Jane Eyre wirklich ist, merkt man erst später.«

»Erzählst du das deinen Studenten?« fragte er, während er den Schrank aufmachte und eine Flasche Pinot Noir herausholte.

Die Leber wartete fertig geschnitten auf einem Teller neben der Pfanne. Paola schob eine mit Schlitzen versehene Bratschaufel darunter und ließ die Hälfte der Leber in die Pfanne gleiten, dann trat sie zurück, um keine Ölspritzer abzubekommen. Sie zuckte die Achseln. Das Semester hatte gerade wieder begonnen, und sie hatte offensichtlich keine Lust, in ihrer Freizeit an Studenten zu denken.

Sie rüttelte die Pfanne und fragte: »Wie war die Frau Captain-Doctor?«

Er nahm zwei Gläser aus dem Regal und goß Wein in beide. Dann lehnte er sich gegen den Schrank, gab ihr eins und trank einen Schluck aus seinem, bevor er antwortete: »Sehr jung, und sehr nervös.« Als er sah, daß Paola weiter die Pfanne rüttelte, fügte er hinzu: »Und sehr hübsch.«

Als sie das hörte, nippte sie an ihrem Glas, das sie in der einen Hand hielt, und sah ihn an.

»Nervös? Warum?« Sie trank noch ein Schlückchen Wein, hielt das Glas gegen das Licht, und meinte: »Der hier ist nicht so gut wie der von Mario, oder?«

»Nein«, pflichtete er ihr bei. »Aber dein Vetter Mario ist so sehr damit beschäftigt, sich einen Namen im internationalen Weinhandel zu machen, daß er keine Zeit für so kleine Bestellungen wie unsere hat.«

»Hätte er schon, wenn wir pünktlich bezahlen würden«, blaffte sie.

»Paola, komm. Das war vor sechs Monaten.«

»Und wir haben ihn sechs Monate auf sein Geld warten lassen.«

»Paola, es tut mir leid. Ich dachte, ich hätte die Rechnung bezahlt, und dann habe ich es vergessen. Ich habe mich bei ihm entschuldigt.«

Sie stellte ihr Glas ab und versetzte der Leber einen raschen Stoß.

»Paola, es waren nur zweihunderttausend Lire. Das bringt deinen Vetter Mario nicht ins Armenhaus.«

»Warum sagst du immer ›dein Vetter Mario‹?«

Brunetti hätte beinah gesagt: »Weil er dein Vetter ist und Mario heißt«, statt dessen stellte er sein Glas auf die Arbeitsplatte und legte die Arme um Paola. Lange blieb sie starr und abweisend. Er verstärkte den Druck seiner Arme, bis sie lockerer wurde, sich gegen ihn lehnte und den Kopf an seine Brust legte.

So standen sie, bis sie ihm schließlich mit der Bratschaufel einen kleinen Rippenstoß gab und sagte: »Die Leber brennt an.«

Er ließ sie los und nahm sein Glas wieder auf.

»Ich weiß nicht, warum sie nervös war, aber der Anblick der Leiche hat sie ziemlich mitgenommen.«

»Würde der Anblick einer Leiche nicht jeden mitnehmen, besonders, wenn man den Menschen gekannt hat?«

»Nein, es war mehr als das. Ich bin sicher, zwischen ihnen war etwas.«

»Was denn?«

»Das Übliche.«

»Na ja, du hast gesagt, sie ist hübsch.«

Er lächelte. »Sehr hübsch.«

Sie lächelte.

»Und sehr«, fing er an und suchte nach dem richtigen Wort. Das richtige Wort ergab keinen Sinn. »Und sehr verängstigt.«

»Warum verängstigt?« fragte Paola, während sie die Pfanne zum Tisch trug und auf eine Kachel stellte. »Wovor hat sie Angst? Daß man sie verdächtigen würde, ihn umgebracht zu haben?«

Er holte das große hölzerne Schneidebrett, das neben dem Herd stand, und trug es zum Tisch. Dann setzte er sich hin, schlug das darübergebreitete Küchentuch zurück und deckte den Halbkreis goldfarbener, noch warmer Polenta auf, die gerade fest wurde. Paola brachte einen Salat und die Weinflasche und goß ihnen beiden nach, bevor sie sich zu ihm setzte.

»Nein, ich glaube, das ist es nicht«, sagte er, während er sich Leber und Zwiebeln auf den Teller tat, dazu ein großes Stück Polenta. Er spießte ein Stück Leber auf seine Gabel, schob mit dem Messer Zwiebeln darauf und begann zu essen. Wie es seine Angewohnheit war, sprach er nicht, bis sein Teller leer war. Als die Leber aufgegessen war und er mit dem Rest seiner zweiten Portion Polenta die Soße auftunkte, sagte er: »Ich glaube, sie weiß oder ahnt vielleicht, wer ihn umgebracht hat. Oder warum er umgebracht wurde.«

»Wie kommst du darauf?«

»Wenn du ihr Gesicht gesehen hättest, als sie ihn sah. Nein, nicht als sie sah, daß er tot war, und daß es wirklich Foster war, sondern als sie sah, was ihn umgebracht hatte – sie war einer Panik nah. Das war zuviel.«

»Zuviel?«

»Sie hat sich übergeben.«

»An Ort und Stelle?«

»Ja. Komisch, nicht?«

Paola dachte ein Weilchen nach, bevor sie antwortete. Sie trank ihren Wein aus und goß sich noch ein halbes Glas nach. »Ja. Das ist eine komische Reaktion auf den Tod. Und sie ist doch Ärztin?«

Er nickte.

»Das paßt nicht zusammen. Wovor könnte sie Angst haben?« fragte sie.

»Gibt es Nachtisch?«

»Feigen.«

»Ich liebe dich.«

»Du meinst, du liebst Feigen«, sagte sie und lächelte.

Es waren sechs, vollkommen und feucht vor reifer Süße. Er nahm sein Messer und fing an, eine zu schälen. Als er fertig war und der Saft ihm über die Finger rann, schnitt er sie durch und reichte ihr das größere Stück.

Er steckte das meiste von seiner Hälfte auf einmal in den Mund und wischte sich den Saft vom Kinn. Dann aß er den Rest und noch zwei weitere Feigen, wischte sich wieder über den Mund, trocknete seine Hände an der Serviette ab und sagte: »Wenn du mir jetzt noch ein Gläschen Port gibst, sterbe ich als glücklicher Mann.«

Paola stand auf und fragte: »Wovor könnte sie sonst noch Angst haben?«

»Wie du gesagt hast – davor, daß sie verdächtigt werden könnte, etwas mit seinem Tod zu tun zu haben. Oder weil sie tatsächlich etwas damit zu tun hatte.«

Sie griff nach einer gedrungenen Portweinflasche im Regal, aber bevor sie etwas davon in zwei winzige Gläser goß, stellte sie die Teller in die Spüle. Dann goß sie den Portwein ein und brachte die Gläser zum Tisch.

Die Süße vermischte sich mit dem Nachgeschmack der Feigen. Ein glücklicher Mann. »Aber ich glaube, es ist weder das eine noch das andere.«

»Warum?«

Er hob die Schultern. »Sie kommt mir nicht vor wie eine Mörderin.«

»Weil sie hübsch ist?« fragte Paola und nippte an ihrem Port.

Er wollte schon sagen, weil sie Ärztin sei, aber da fielen ihm Rizzardis Worte ein, daß der Mörder des jungen Mannes gewußt haben mußte, wo man das Messer ansetzt. Ein Arzt würde das wissen. »Vielleicht«, sagte er, dann wechselte er das Thema und fragte: »Ist Raffi zuhause?« Er sah auf die Uhr. Nach zehn. Sein Sohn wußte, daß er um zehn zu Hause sein mußte, wenn er anderntags Schule hatte.

»Wenn er nicht gekommen ist, während wir gegessen haben, dann nicht«, antwortete Paola.

»Nein, ist er nicht«, sagte Brunetti, der sich zwar seiner Antwort sicher war, nicht aber, warum er es wußte.

Es war spät, sie hatten eine Flasche Wein getrunken, herrliche Feigen gegessen und perfekten Portwein genossen. Sie wollten beide nicht über ihren Sohn reden. Er würde auch am Morgen noch da und noch immer ihr Sohn sein.

»Soll ich für dich abräumen?« Er meinte das Geschirr, aber die Frage war nicht ernst gemeint.

»Nein, das mache ich schon. Geh du Chiara ins Bett schikken.«

Abräumen wäre weniger schwierig gewesen. »Na, ist das Feuer gelöscht?« fragte er, als er ins Wohnzimmer trat.

Sie hörte ihn nicht. Sie war viele Kilometer und viele Jahre von ihm entfernt. Sie saß tief in den Sessel gekuschelt, die Beine weit von sich gestreckt. Auf der Armlehne lagen die Kerngehäuse zweier Äpfel, auf dem Boden neben ihr stand eine Tüte Kekse.

»Chiara«, sagte er, dann lauter: »Chiara.«

Sie blickte kurz auf, sah ihn zuerst nicht und merkte dann, daß es ihr Vater war. Sofort versenkte sie sich wieder in ihr Buch und vergaß ihn.

»Chiara, Zeit, ins Bett zu gehen.«

Sie blätterte eine Seite um.

»Chiara, hast du mich gehört? Zeit fürs Bett.«

Immer noch lesend stieß sie sich mit einer Hand aus dem Sessel hoch. Am Ende der Seite hielt sie gerade lange genug inne, um aufzusehen und ihm einen Kuß zu geben, dann verschwand sie, einen Finger zwischen den Seiten. Er hatte nicht den Mut, ihr zu sagen, sie solle das Buch dalassen. Wenn er in der Nacht aufstand, konnte er ja ihr Licht ausmachen.

Paola kam ins Wohnzimmer. Sie beugte sich vor, knipste die Lampe neben dem Sessel aus, nahm die Apfelreste, hob die Tüte mit den Keksen auf und brachte sie in die Küche.

Brunetti machte das Licht aus und ging über den Flur zum Schlafzimmer.

6

Brunetti kam am nächsten Morgen um acht in die Questura, nachdem er unterwegs noch die Zeitungen gekauft hatte. Der Mord hatte es auf Seite elf des *Corriere* geschafft, der allerdings nur zwei Absätze dafür übrig hatte, in *La Repubblica* wurde er nicht erwähnt, verständlich am Jahrestag eines blutigen Bombenanschlags der sechziger Jahre, aber er war auf der ersten Seite des zweiten Teils von *Il Gazzettino* gelandet, gleich links neben einem Bericht – dieser mit Foto – über den tödlichen Unfall dreier junger Männer, die mit ihrem Auto auf der Autobahn zwischen Dolo und Mestre in einen Baum gerast waren.

In dem Artikel stand, daß der junge Mann, dessen Name mit Michele Foster angegeben war, offensichtlich Opfer eines Raubüberfalls geworden sei. Es wurde die Vermutung ausgesprochen, daß Drogen im Spiel wären, obwohl der Verfasser des Artikels, ganz nach Art des *Gazzettino*, sich nicht die Mühe machte, Genaueres über die Art des Spiels zu sagen. Brunetti dachte manchmal, welch ein Glück es doch für Italien war, daß eine verantwortungsvolle Presse nicht zu den Voraussetzungen für den Beitritt zum Gemeinsamen Markt gehörte.

Im Flur der Questura hatte sich die übliche Menschenschlange vor dem *Ufficio Stranieri* gebildet, mit vielen schlecht gekleideten und armselig beschuhten Emigranten aus Nordafrika und dem frisch befreiten Osteuropa. Brunetti betrachtete diese Schlange nie, ohne sich einer gewissen historischen Ironie bewußt zu sein: Drei Generationen seiner eigenen Familie waren aus Italien geflohen oder hatten es verlassen, um ihr Glück in so weit entfernten Ländern wie Australien oder Argentinien zu suchen. Und in einem durch die Ereignisse der letzten Jahre verwandelten Europa war nun Italien das Eldorado neuer Wellen noch ärmerer, noch dunkelhäutigerer Emigranten. Viele seiner

Freunde sprachen von diesen Menschen mit Verachtung, Abscheu, sogar Wut, aber Brunetti sah in ihnen immer auch seine eigenen Vorfahren, wie sie in ähnlichen Schlangen gestanden hatten, auch sie schlecht gekleidet, miserabel beschuht und kaum der Sprache mächtig. Dabei bereit, jedem den Dreck wegzuputzen und die Kinder großzuziehen, der sie dafür bezahlte – genau wie diese armen Teufel hier.

Er ging die Treppen zu seinem Büro im vierten Stock hinauf und begrüßte dabei ein oder zwei Leute mit einem Guten Morgen, andere mit einem Nicken. Im Büro angelangt, sah er nach, ob irgendwelche neuen Papiere auf seinem Schreibtisch lagen. Es war noch nichts gekommen, also fühlte er sich frei, mit dem Tag anzufangen, was er für richtig hielt. Und das war, nach dem Telefon zu greifen und sich mit der Carabinieristation auf dem amerikanischen Stützpunkt in Vicenza verbinden zu lassen.

Wie sich herausstellte, war diese Nummer erheblich einfacher herauszufinden als die des Stützpunkts, und innerhalb weniger Minuten sprach er mit Maggior Ambrogiani, der Brunetti informierte, daß ihm der italienische Teil der Untersuchung von Fosters Tod übertragen worden sei. Ambrogianis tiefe Stimme hatte diesen melodiösen Singsang, dem Brunetti entnahm, daß der Maggiore aus dem Veneto stammte, wenn auch nicht aus Venedig.

»Italienischer Teil?« fragte Brunetti.

»Nun ja, soweit er sich von den Ermittlungen unterscheidet, die von den Amerikanern selbst durchgeführt werden.«

»Heißt das, es gibt Probleme wegen der Zuständigkeit?« wollte Brunetti wissen.

»Nein, das glaube ich nicht«, antwortete der Maggiore. »Ihr in Venedig, die Staatspolizei, habt die Ermittlungen dort in der Hand. Aber ihr braucht die Erlaubnis oder Hilfe der Amerikaner für alles, was ihr eventuell hier unternehmen wollt.«

»In Vicenza?«

Ambrogiani lachte. »Nein, diesen Eindruck wollte ich nicht

erwecken. Nur hier, auf dem Stützpunkt. Solange Sie in Vicenza sind, in der Stadt, sind wir zuständig, die Carabinieri. Aber sobald Sie den Stützpunkt betreten, übernehmen die Amerikaner, und die helfen Ihnen dann auch.«

»Das klingt, als ob Sie da gewisse Zweifel hätten, Maggiore«, sagte Brunetti.

»Nein, keinerlei Zweifel. Nicht im mindesten.«

»Dann habe ich Ihren Ton fehlgedeutet.« Aber er glaubte nicht, daß er das hatte. Ganz und gar nicht. »Ich würde gern hinkommen und mit den Leuten reden, die den jungen Mann gekannt und mit ihm gearbeitet haben.«

»Das sind alles Amerikaner, oder die meisten«, sagte Ambrogiani und überließ es Brunetti, daraus mögliche Schwierigkeiten mit der Verständigung abzuleiten.

»Mein Englisch ist ganz gut.«

»Dann dürfte es kein Problem sein, sich mit ihnen zu unterhalten.«

»Wann könnte ich denn kommen?«

»Heute vormittag? Heute nachmittag? Wann Sie wollen, Commissario.«

Brunetti holte rasch aus der untersten Schublade seines Schreibtischs einen Fahrplan hervor und suchte die Strecke Venedig-Mailand heraus. Ein Zug fuhr in einer Stunde. »Ich kann den Zug um neun Uhr fünfundzwanzig nehmen.«

»Gut. Ich schicke Ihnen einen Wagen zum Bahnhof.«

»Vielen Dank, Maggiore.«

»Keine Ursache, Commissario. Keine Ursache. Ich freue mich darauf, Sie kennenzulernen.«

Nachdem Brunetti aufgelegt hatte, ging er als erstes durchs Zimmer zu dem Schrank an der gegenüberliegenden Wand. Er öffnete die Tür und begann in den Sachen herumzuwühlen, die sich im unteren Fach angesammelt hatten: ein Paar Stiefel, drei einzeln verpackte Glühbirnen, ein Verlängerungskabel, ein paar alte Zeitschriften und eine braunlederne Aktentasche. Er nahm die Aktentasche heraus und wischte mit der Hand den Staub ab. Dann trug er sie zu seinem Schreibtisch hinüber, steckte dort die Zeitungen hinein und fügte noch ein paar Akten hinzu, die er lesen mußte. Schließlich warf er aus der vorderen Schublade noch ein mit Eselsohren verziertes Bändchen Herodot mit hinein.

Die Bahnstrecke in Richtung Mailand war ihm vertraut, vorbei an dem Schachbrettmuster aus Maisfeldern, die unter der sommerlichen Dürre zu unschönem Dunkelbraun verbrannt waren. Er saß auf der rechten Seite des Zuges, um der tiefstehenden Sonne zu entgehen, die immer noch brannte, obwohl es September und die Sommerglut gewichen war. In Padua, dem zweiten Halt, drängten sich etliche Dutzend Studenten aus dem Zug, ihre neuen Bücher unter dem Arm, als wären es Talismane, die ihnen zu einer sicheren, besseren Zukunft verhelfen könnten. Er erinnerte sich an dieses Gefühl, diesen alljährlich erneuerten Optimismus, aus seiner eigenen Studienzeit, als trügen die jungfräulichen Hefte das Versprechen eines besseren Jahres, eines freundlicheren Schicksals in sich.

In Vicenza stieg er aus und sah sich auf dem Bahnsteig nach einem Uniformierten um. Als er keinen sah, ging er die Treppe hinunter und durch den Tunnel unter den Gleisen ins Bahnhofsgebäude. Davor stand, arrogant und unnötig diagonal geparkt, eine dunkelblaue Limousine mit der Aufschrift *Carabinieri.* Der Fahrer war gleichermaßen mit seiner Zigarette und den rosafarbenen Seiten des *Gazzettino dello Sport* beschäftigt.

Brunetti klopfte an die Heckscheibe. Der Fahrer wandte lustlos den Kopf, drückte seine Zigarette aus und griff hinter sich, um die Tür zu entriegeln. Als er die Wagentür öffnete, dachte Brunetti, wie anders doch hier im Norden alles war. In Süditalien hätte jeder Carabiniere, der ein unerwartetes Geräusch hinter sich hörte, sofort mit gezogener Waffe auf dem Boden des Autos oder daneben auf dem Asphalt gelegen, vielleicht sogar schon auf die Quelle des Geräuschs gefeuert. Aber hier, im verschlafenen Vicenza, griff er nur, ohne zu fragen, hinter sich und ließ den Fremden einsteigen.

»Ispettore Bonnini?« fragte der Fahrer.

»Commissario Brunetti.«

»Aus Venedig?«

»Ja.«

»Guten Morgen. Ich bringe Sie zum Stützpunkt.«

»Ist es weit?«

»Ein paar Minuten.« Damit legte der Fahrer die Zeitung neben sich, in der ein fußballbegeistertes Publikum alles über Schilaccis letzten Triumph lesen konnte, und startete den Motor. Ohne sich die Mühe zu machen, nach rechts oder links zu schauen, lenkte er den Wagen vom Parkplatz und fädelte sich in den fließenden Verkehr ein. Er umfuhr die Stadt in östlicher Richtung, aus der Brunetti gekommen war.

Brunetti war mindestens zehn Jahre nicht in Vicenza gewesen, hatte die Stadt aber als eine der reizvollsten Italiens in Erinnerung, mit schmalen, gewundenen Sträßchen im Zentrum, an denen sich Renaissance- und Barockbauten ohne Rücksicht auf Symmetrie, Chronologie oder Plan drängten. Statt dessen fuhren sie an einem riesigen Fußballstadion mit viel Beton vorbei, über eine hohe Eisenbahnbrücke und dann auf eine dieser Schnellstraßen, die überall auf dem italienischen Festland aus dem Boden gestampft worden waren; ein Zugeständnis an den endgültigen Triumph des Automobils.

Ohne zu blinken, bog der Fahrer plötzlich nach links in eine schmale Straße ein, die auf der rechten Seite von einer stacheldrahtbewehrten Mauer begrenzt wurde. Dahinter sah Brunetti eine riesige, schüsselförmige Fernmeldeantenne. Der Wagen glitt in einer weiten Kurve nach rechts, und vor ihnen lag ein offenes Tor, neben dem bewaffnete Wachen standen. Es waren zwei uniformierte Carabinieri mit lässig an der Seite hängenden Maschinenpistolen und ein amerikanischer Soldat im Kampfanzug. Der Fahrer nahm den Fuß vom Gas und winkte flüchtig in Richtung der Maschinenpistolen, deren Träger den Gruß erwiderten, indem sie die Mündungen senkten und dem Wagen dann mit den Läufen in den Stützpunkt folgten. Der Amerikaner folgte ihnen, wie Brunetti feststellte, nur mit Blicken, machte aber keine Anstalten, sie anzuhalten. Ein rascher Rechtsschwenk und noch einer, dann hielten sie vor einem niedrigen Betongebäude. »Hier ist unsere Station«, sagte der Fahrer. »Maggior Ambrogianis Büro ist das vierte rechts.«

Brunetti bedankte sich und ging hinein. Der Fußboden war offenbar aus Beton, und an den Wänden hingen Anschlagtafeln mit angehefteten Zetteln in englischer und italienischer Sprache. Links wies ein Zeichen zur ›M.P. Station‹. Ein Stück weiter entdeckte er neben einer Tür den Namen ›Ambrogiani‹ auf einer Karte. Kein Dienstgrad, nur der Name. Er klopfte, wartete auf das laute *»Avanti«* von drinnen und trat ein. Ein Schreibtisch, zwei Fenster, eine Topfpflanze, die dringend Wasser brauchte, ein Kalender und hinter dem Schreibtisch ein Bulle von einem Mann, dessen Hals sich offen gegen den engen Kragen seines Uniformhemdes auflehnte. Seine breiten Schultern drängten gegen den Stoff seiner Uniformjacke; sogar die Handgelenke schienen allzu eng in den Manschetten eingezwängt. Auf der Schulter erkannte Brunetti den gedrungenen Turm und den einzelnen Stern eines Maggiore. Er stand bei Brunettis Eintreten auf, warf einen Blick auf die Uhr, die sein Handgelenk umspannte, und sagte: »Commissario Brunetti?«

»Ja.«

Das Lächeln, das sich auf dem Gesicht des Carabiniere ausbreitete, glich in seiner schlichten Herzlichkeit fast dem eines Engels. Mein Gott, der Mann hat ja Grübchen, dachte Brunetti bei sich.

»Ich bin froh, daß Sie in dieser Sache extra aus Venedig kommen konnten.« Er kam mit erstaunlicher Anmut um den Schreibtisch herum und zog einen Stuhl heran. »Hier, nehmen Sie bitte

Platz. Möchten Sie einen Kaffee? Legen Sie Ihre Tasche doch auf den Tisch.« Er wartete auf Brunettis Antwort.

»Ja, ein Kaffee täte gut.«

Der Maggiore ging zur Tür, öffnete sie und sagte zu jemandem im Flur: »Pino, bring uns zwei Tassen Kaffee und eine Flasche Mineralwasser.«

Er kam zurück und nahm seinen Platz hinter dem Schreibtisch wieder ein. »Tut mir leid, daß wir keinen Wagen direkt nach Venedig schicken konnten, aber es ist schwierig, heutzutage eine Genehmigung für Fahrten außerhalb der Provinzgrenzen zu bekommen. Ich hoffe, Sie hatten eine angenehme Fahrt.«

Wie Brunetti aus langer Erfahrung wußte, war es notwendig, solchen Dingen eine angemessene Zeit zu widmen und ein bißchen zu sondieren und herumzustochern, um sein Gegenüber richtig einschätzen zu können, und das ging nur über den Austausch freundlicher Nichtigkeiten und höflicher Fragen.

»Mit dem Zug gab's gar kein Problem. Ganz pünktlich. Padua voller Studenten.«

»Mein Sohn studiert dort«, erklärte Ambrogiani.

»Ach ja? Welche Fakultät?«

»Medizin«, antwortete Ambrogiani kopfschüttelnd.

»Ist die nicht gut?« fragte Brunetti ehrlich erstaunt. Er hatte sich immer sagen lassen, daß die Universität von Padua die beste medizinische Fakultät des ganzen Landes habe.

»Nein, das ist es nicht«, antwortete der Maggiore mit einem Lächeln. »Ich bin nicht sehr glücklich über seine Berufswahl als Mediziner.«

»Wie?« entfuhr es Brunetti. Das war doch der Traum jedes Italieners: ein Polizist, dessen Sohn Medizin studierte. »Warum nicht?«

»Ich wollte, daß er Maler wird.« Wieder schüttelte er traurig den Kopf. »Aber er will Arzt werden.«

»Maler?«

»Ja«, antwortete Ambrogiani, und mit einem erneuten Grübchenlächeln fügte er hinzu: »Aber kein Anstreicher.« Er deutete zu der Wand hinter sich, und Brunetti nahm die Gelegenheit wahr, sich die zahllosen kleinen Bilder näher anzusehen, die dort hingen. Viele waren Seestücke, einige zeigten Burgruinen, alle im zarten Stil der neapolitanischen Schule des achtzehnten Jahrhunderts.

»Hat Ihr Sohn die gemalt?«

»Nein«, sagte Ambrogiani, »das dort drüben.« Er deutete auf die Wand links neben der Tür, und Brunetti sah das Portrait einer alten Frau, die einen halbgeschälten Apfel zwischen den Händen hielt und den Betrachter frech anstarrte. Der Darstellung fehlte die Empfindsamkeit der anderen, obwohl sie auf eine hübsche, konventionelle Weise gut war.

Wären die anderen von dem Sohn gewesen, hätte Brunetti das Bedauern des Mannes verstanden, daß sein Filius Medizin studieren wollte. Aber so hatte der Junge eindeutig die richtige Wahl getroffen. »Sehr gut«, log er. »Und die anderen?«

»Ach, die habe ich gemalt. Aber das war vor Jahren, als Student.« Erst die Grübchen, und nun diese sanften, zarten Bilder. Vielleicht sollte dieser amerikanische Stützpunkt ein Ort der Überraschungen werden.

Es klopfte leise, und die Tür ging auf, noch bevor Ambrogiani antworten konnte. Ein Uniformierter kam mit einem Tablett herein, auf dem zwei Tassen Kaffee, Gläser und eine Flasche Mineralwasser standen. Er stellte das Tablett auf Ambrogianis Schreibtisch ab und ging wieder.

»Es ist immer noch sommerlich heiß«, sagte Ambrogiani. »Man soll viel Wasser trinken.«

Er beugte sich vor und reichte Brunetti eine Tasse, dann nahm er sich die andere. Als sie den Kaffee getrunken hatten und jeder mit einem Glas Wasser in der Hand dasaß, hielt Brunetti die Zeit für gekommen, mit dem eigentlichen Gespräch zu beginnen. »Ist irgend etwas bekannt über diesen Amerikaner, Sergeant Foster?«

Ambrogiani tippte mit dickem Finger auf einen dünnen Ordner, der am Rande seines Schreibtischs lag, offenbar die Akte über den toten Amerikaner. »Gar nichts. Jedenfalls nicht bei uns. Natürlich geben die Amerikaner uns nicht die Akten, die sie über ihn haben. Das heißt«, ergänzte er rasch, »wenn sie eine über ihn haben.«

»Warum nicht?«

»Das ist eine lange Geschichte«, sagte Ambrogiani und machte durch sein leichtes Zögern deutlich, daß er gebeten werden wollte.

Wie immer gewillt, dem nachzukommen, fragte Brunetti: »Warum?«

Ambrogiani rutschte auf seinem Stuhl herum, der eindeutig zu schmal für seinen großen Körper war. Er tippte auf den Ordner, trank einen Schluck Wasser, setzte sein Glas ab, tippte wieder auf den Ordner. »Wissen Sie, die Amerikaner sind seit Kriegsende hier. Sie haben diesen Stützpunkt, und er ist ständig gewachsen und wächst weiter. Zu Tausenden sind sie hier, mit ihren Familien.« Brunetti überlegte, worauf diese lange Einleitung wohl hinauslaufen würde. »Und weil sie schon so lange hier sind, vielleicht auch, weil sie so viele sind, neigen sie dazu – also, sie neigen dazu, diesen Stützpunkt als ihren Besitz anzusehen, auch wenn er laut Vertrag immer noch italienisches Territorium ist. Noch. Ein Teil Italiens.« Er rutschte wieder herum.

»Gibt es Schwierigkeiten?« wollte Brunetti wissen. »Mit ihnen?«

Nach einer langen Pause antwortete Ambrogiani: »Nein. Nicht direkt. Sie wissen ja, wie Amerikaner sind.«

Brunetti hatte das schon oft gehört, über Deutsche, Slawen, Briten. Jeder nahm an, daß andere immer irgendwie waren, obwohl nie jemand zu wissen schien, was dieses »irgendwie« eigentlich war. Er hob fragend das Kinn, um den Maggiore zum Weiterreden anzuregen.

»Es ist keine Arroganz, nicht direkt. Ich glaube, für echte Arroganz haben sie nicht das nötige Selbstbewußtsein, wie beispielsweise die Deutschen. Es ist mehr so etwas wie Besitzdenken, als wäre das Ganze hier, ganz Italien ihr Eigentum. Als glaubten sie, indem sie es schützen, sei es ihres.«

»Schützen sie es wirklich?« fragte Brunetti.

Ambrogiani lachte. »Wahrscheinlich haben sie das getan, nach dem Krieg. Aber ich bin nicht sicher, ob es auf ein paar Tausend Fallschirmjäger in Norditalien noch ankommt, so wie die Welt sich entwickelt hat.«

»Sind diese Ansichten verbreitet?« fragte Brunetti. »Ich meine, beim Militär, bei den Carabinieri?«

»Ja. Ich glaube schon. Aber Sie müssen auch verstehen, wie die Amerikaner die Dinge sehen.«

Für Brunetti war es eine Offenbarung, den Mann so reden zu hören. In einem Land, in dem die meisten öffentlichen Institutionen keinen Respekt mehr verdienten, hatten nur die Carabinieri sich heraushalten können und galten noch immer als immun gegen Korruption. Sobald das feststand, hatte die öffentliche Meinung nichts Besseres zu tun, als es ins Lächerliche zu ziehen und ebendiese Carabinieri zum Volksgespött zu machen, die klassischen Hanswurste, die nie etwas verstanden und deren sprichwörtliche Dummheit die ganze Nation ergötzte. Und doch saß hier einer, der versuchte, die Sichtweise anderer Menschen zu erklären. Und der sie anscheinend verstand. Bemerkenswert.

»Was haben wir denn für ein Militär hier in Italien?« fragte Ambrogiani. Eine eindeutig rhetorische Frage. »Wir bei den Carabinieri sind alle Freiwillige. Aber bei der Armee – die sind alle eingezogen, bis auf die wenigen, die es als Beruf gewählt haben. Es sind Kinder, achtzehn-, neunzehnjährig, und sie wollen ebensowenig Soldaten sein wie…« Er hielt inne und suchte nach einem passenden Vergleich. »So wenig wie abwaschen und selbst ihre Betten machen, was sie beim Militär tun müssen, wahrscheinlich zum erstenmal in ihrem Leben. Das sind anderthalb verlorene, weggeworfene Jahre, in denen sie arbeiten oder studieren könnten. Sie durchlaufen eine brutale, stupide Ausbildung und verbringen ein brutales, stupides Jahr in schäbigen Uniformen, wobei sie nicht einmal genügend Geld bekommen, um ihre Zigaretten zu bezahlen.«

Brunetti wußte das alles. Er hatte seine achtzehn Monate abgeleistet.

Ambrogiani bemerkte rasch Brunettis erlahmendes Interesse. »Ich sage das, weil es eine Erklärung dafür ist, wie die Amerikaner uns sehen. Ihre jungen Männer – und Frauen wohl auch – melden sich wahrscheinlich alle freiwillig. Es ist für sie ein Beruf. Sie machen das gern. Sie bekommen Geld, genug Geld, um davon leben zu können. Und viele sind stolz auf ihren Beruf. Und was sehen sie dann hier? Junge Männer, die lieber Fußball spielen oder ins Kino gehen würden, aber statt dessen etwas machen müssen, was sie verachten und darum schlecht machen. Also denken sie, wir seien alle faul.«

»Und?« warf Brunetti rasch ein.

»Und deshalb verstehen sie uns nicht und denken schlecht von uns, aus Gründen, die wir nicht verstehen können.«

»Sie sollten sie verstehen. Sie gehören zum Militär«, sagte Brunetti.

Ambrogiani zuckte die Achseln, als wollte er sagen, daß er in allererster Linie Italiener sei.

»Ist es denn ungewöhnlich, daß man Sie die Akte nicht einsehen läßt, wenn es eine gibt?«

»Nein. In solchen Dingen sind sie uns normalerweise nicht so gern behilflich.«

»Ich weiß nicht recht, was Sie mit ›solchen Dingen‹ meinen, Maggiore.«

»Verbrechen, in die Amerikaner außerhalb des Stützpunkts verwickelt werden.«

Das konnte man von dem jungen Mann, der tot in Venedig

lag, sicher sagen, aber Brunetti fand die Wortwahl merkwürdig. »Kommt das häufig vor?«

»Nein, eigentlich nicht. Vor ein paar Jahren waren mal ein paar Amerikaner in einen Mordfall verwickelt. Ein Afrikaner. Sie haben ihn mit Brettern zu Tode geprügelt. Sie waren betrunken. Der Afrikaner hatte mit einer weißen Frau getanzt.«

»Wollten sie ihre Frauen schützen?« fragte Brunetti, ohne seinen Sarkasmus zu verbergen.

»Nein«, sagte Ambrogiani. »Es waren Schwarze. Die Männer, die ihn erschlagen haben, waren Schwarze.«

»Was wurde aus ihnen?«

»Zwei haben zwölf Jahre bekommen. Einer wurde freigesprochen.«

»Wer hat sie vor Gericht gestellt? Die Amerikaner oder wir?« wollte Brunetti wissen.

»Wir, zu ihrem Glück.«

»Warum zu ihrem Glück?«

»Weil sie von einem Zivilgericht verurteilt wurden. Da sind die Strafen viel niedriger. Und die Anklage lautete auf Totschlag. Er hatte sie provoziert, hat auf ihrem Auto herumgeschlagen und sie angeschrieen. Daraufhin haben die Richter entschieden, daß sie auf eine Bedrohung reagiert haben.«

»Wie viele waren es denn?«

»Drei Soldaten und ein Zivilist.«

»Schöne Bedrohung«, sagte Brunetti.

»Die Richter haben entschieden, daß es eine war. Und haben es berücksichtigt. Die Amerikaner hätten sie für zwanzig bis dreißig Jahre eingelocht. Militärgerichte lassen nicht mit sich spaßen. Außerdem waren sie schwarz.«

»Spielt das immer noch eine Rolle?«

Achselzucken. Eine hochgezogene Augenbraue. Wieder Achselzucken. »Die Amerikaner werden Ihnen sagen, nein.« Ambrogiani trank noch einen Schluck Wasser. »Wie lange bleiben Sie?«

»Heute. Morgen. Gibt es noch anderes in dieser Art?«

»Gelegentlich. Normalerweise werden Straftaten auf dem Stützpunkt abgehandelt. Sie machen das selbst, es sei denn, es wächst ihnen über den Kopf oder ein italienisches Gesetz wurde verletzt. Dann bekommen wir einen Teil davon.«

»Wie bei der Sache mit dem Schulleiter?« fragte Brunetti; er erinnerte sich an einen Fall, der vor einigen Jahren Schlagzeilen gemacht hatte, irgend etwas mit dem Direktor ihrer Grundschule, den man wegen Kindesmißbrauch angeklagt und verurteilt hatte, die Einzelheiten waren Brunetti nicht mehr gegenwärtig.

»Ja, wie bei dieser Sache damals. Aber normalerweise handeln sie die Dinge selbst ab.«

»Diesmal nicht«, meinte Brunetti trocken.

»Nein, diesmal nicht. Da er in Venedig umgebracht wurde, gehört er Ihnen, es ist Ihr Fall. Aber sie werden mitmischen wollen.«

»Warum?«

»Public Relations«, antwortete Ambrogiani mit dem englischen Begriff. »Und weil alles im Wandel ist. Wahrscheinlich vermuten sie, daß sie nicht mehr lange hierbleiben werden, hier nicht und nirgends in Europa, und da wollen sie nicht, daß etwas passiert, wodurch ihr Bleiben noch mehr abgekürzt werden könnte. Sie wollen keine negative Propaganda.«

»Es sieht nach Raub aus«, sagte Brunetti.

Ambrogiani sah Brunetti lange und fest an. »Wann ist denn in Venedig zuletzt jemand bei einem Raubüberfall umgebracht worden?«

Wenn Ambrogiani die Frage so stellen konnte, dann kannte er die Antwort.

»Ehrenhändel?« schlug Brunetti als Motiv vor.

Ambrogiani lächelte wieder. »Wenn man jemanden wegen eines Ehrenhandels umbringt, tut man es nicht hundert Kilometer von zu Hause entfernt. Man tut es im Schlafzimmer oder in der Bar, aber man fährt dazu nicht nach Venedig. Wenn es hier passiert wäre, hätte man als Motiv Sex oder Geld annehmen können. Aber es ist nicht hier passiert, also muß der Grund ein anderer sein.«

»Ein deplazierter Mord?« fragte Brunetti.

»Ja, deplaziert«, wiederholte Ambrogiani, dem die Formulierung offensichtlich gefiel. »Und darum sehr interessant.«

7

Der Maggiore schob Brunetti mit der Spitze seines dicken Fingers die dünne Akte hin und goß sich noch ein Glas Mineralwasser ein. »Hier, das haben sie uns gegeben. Eine Übersetzung liegt bei, wenn Sie die brauchen.«

Brunetti schüttelte den Kopf und nahm sich die Akte vor. Auf dem Deckel stand in roten Buchstaben gedruckt: ›Foster, Michael, b. 09/28/62, SSN 651 34 1054.‹ Er schlug ihn auf, und sein Blick fiel als erstes auf die Fotokopie eines Paßbildes, die an die Innenseite des Deckels geheftet war. Der Tote war darauf nicht wiederzuerkennen. Diese scharfen Konturen in Schwarz-Weiß hatten nichts mit dem gelblichen Gesicht des Toten zu tun, das Brunetti gestern am Ufer des Kanals gesehen hatte. Es waren zwei getippte Seiten, aus denen hervorging, daß Sergeant Foster für das Office of Public Health gearbeitet hatte, daß er einmal einen Strafzettel bekommen hatte, als er innerhalb des Stützpunkts ein Stopschild überfuhr, daß er vor einem Jahr zum Sergeant befördert worden war und daß seine Familie in Biddeford Pool in Maine lebte.

Das zweite Blatt enthielt die Zusammenfassung eines Gesprächs mit einem italienischen Zivilisten, der im Büro des Gesundheitsdienstes beschäftigt war und angab, daß Foster gut mit seinen Kollegen auskam, viel arbeitete und höflich und freundlich mit den italienischen Zivilangestellten im Büro umging. »Nicht gerade viel, oder?« meinte Brunetti, während er die Akte zuklappte und dem Maggiore über den Schreibtisch zurückschob. »Der vollkommene Soldat. Arbeitsam. Gehorsam. Freundlich.«

»Aber jemand hat ihm ein Messer zwischen die Rippen gestoßen.«

Brunetti dachte an Dr. Peters und fragte: »Keine Frauen?«

»Soweit wir wissen, nicht«, antwortete Ambrogiani. »Aber das heißt nicht, daß es keine gegeben hat. Er war jung und sprach ganz passabel italienisch. Es wäre also durchaus möglich.« Ambrogiani hielt einen Augenblick inne und fügte hinzu: »Es sei denn, er hat sich dessen bedient, was man vor dem Bahnhof für Geld haben kann.«

»Stehen sie da?«

Ambrogiani nickte. »Und in Venedig?«

Brunetti schüttelte den Kopf. »Seit die Puffs von der Regierung geschlossen wurden, ist es damit vorbei. Es gibt ein paar, aber die arbeiten in den Hotels und machen uns keinen Ärger.«

»Hier haben wir sie vor dem Bahnhof, aber ich glaube, die Zeiten sind schlecht geworden für einige von ihnen. Es gibt zu viele Frauen, die es umsonst machen«, meinte Ambrogiani und ergänzte: »aus Liebe.«

Brunettis Tochter war gerade dreizehn geworden, und er wollte nicht daran denken, was junge Frauen aus Liebe umsonst machten. »Kann ich mit den Amerikanern reden?« fragte er.

»Ja, ich denke schon«, antwortete Ambrogiani und griff nach dem Telefonhörer. »Wir sagen ihnen, daß Sie der Polizeichef von Venedig sind. Der Rang wird ihnen gefallen, und sie werden mit Ihnen reden.« Er wählte eine offensichtlich vertraute Nummer und zog sich, während er wartete, den Ordner heran. Penibel schob er die paar Blätter zurecht und legte das Ganze direkt vor sich.

Unvermittelt sprach er in korrektem Englisch, wenn auch mit starkem Akzent, in den Hörer. »*Good afternoon, Tiffany. This is major Ambrogiani. Is the major there? What? Yes, I'll wait.*« Er legte die Hand über die Sprechmuschel und hielt den Hörer von seinem Ohr weg. »Er ist in einer Konferenz. Amerikaner leben anscheinend in Konferenzen.«

»Könnte es sein, daß ...« begann Brunetti und brach ab, als Ambrogiani die Hand wegnahm.

»Ja, danke. Guten Morgen, Major Butterworth.« Der Name

hatte in den Unterlagen gestanden, aber aus Ambrogianis Mund klang er wie »Badderword.«

»Ja, Major. Ich habe den Chef der venezianischen Polizei hier bei mir. Ja, wir haben ihn mit dem Hubschrauber hergeholt.« Es folgte eine lange Pause. »Nein, er hat nur heute Zeit für uns.« Er sah auf seine Uhr. »In zwanzig Minuten? Nein, ich selbst kann leider nicht mitkommen, Major, ich muß zu einer Konferenz. Ja, vielen Dank.« Er legte auf, plazierte seinen Stift genau diagonal auf dem Ordner und sagte: »Er wird Sie in zwanzig Minuten empfangen.«

»Und Ihre Konferenz?« fragte Brunetti.

Ambrogiani machte eine wegwerfende Handbewegung. »Das wird die reine Zeitverschwendung. Wenn die etwas wissen, sagen sie es einem nicht, und wenn sie nichts wissen, können sie einem nichts sagen. Also, warum sollte ich meine Zeit damit verschwenden hinzugehen?« Er wechselte das Thema und fragte: »Wie steht's mit Ihrem Englisch?«

»In Ordnung.«

»Gut. Das macht es einfacher.«

»Wer ist dieser Major?«

Ambrogiani wiederholte den Namen, wobei er mit elegantem Schwung über alle harten Konsonanten hinwegglitt. »Er ist ihr Verbindungsoffizier. Er ›verbindungt‹ zwischen ihnen und uns.« Beide grinsten darüber, wie Ambrogiani sich über die amerikanische Art lustig machte, Substantive einfach in Verben zu verwandeln. Die italienische Sprache ließ so etwas nicht zu.

»Und worin besteht dieses ›verbindungen‹?«

»Wenn wir Probleme haben, kommt er zu uns, und wenn sie Probleme haben, zu ihnen.«

»Was für Probleme?«

»Zum Beispiel, wenn jemand versucht, ohne ordnungsgemäßen Ausweis durchs Tor zu kommen. Oder wenn wir gegen ihre Verkehrsregeln verstoßen. Oder wenn sie einen Carabiniere fragen, warum er zehn Kilo Rindfleisch in ihrem Supermarkt kauft.«

»Supermarkt?« fragte Brunetti, ehrlich überrascht.

»Ja, Supermarkt. Und Bowlingbahn und Kino und sogar ein Burger King.« Das letzte sagte er ohne eine Spur von Akzent.

Fasziniert wiederholte Brunetti die Worte »Burger King« im gleichen Ton, in dem ein Kind vielleicht »Pony« sagen würde, wenn es eines versprochen bekäme.

Ambrogiani lachte. »Bemerkenswert, nicht? Das ist eine ganz eigene kleine Welt hier, die nichts mit Italien zu tun hat.« Er wies mit der Hand aus dem Fenster. »Da draußen liegt Amerika, Commissario. Ich glaube, so werden wir alle irgendwann.« Nach einer kurzen Pause wiederholte er: »Amerika.«

Genau das erwartete Brunetti eine Viertelstunde später, als er die Türen zum Hauptquartier des NATO-Kommandos aufstieß und die drei Stufen in die Halle hinaufging. An der Wand hingen Poster von namenlosen Städten, die, nach der Höhe und Gleichförmigkeit ihrer Wolkenkratzer zu schließen, in Amerika liegen mußten. Ebenso eindeutig tat sich diese Nation in den vielen Schildern kund, die das Rauchen verboten, und in den vielen Notizen an den schwarzen Brettern entlang der Wände. Der Marmorboden war die einzige italienische Note. Wie angewiesen, stieg Brunetti die Treppe hinauf, wandte sich oben nach rechts und trat in das zweite Büro auf der linken Seite. Der Raum, den er vor sich hatte, war durch mannshohe Stellwände unterteilt, und überall hingen, wie einen Stock tiefer auch, Anschlagtafeln und Schilder. In einer Ecke standen zwei Sessel, dem Anschein nach mit dickem grauem Plastik bezogen. Gleich neben der Tür saß an einem Schreibtisch eine junge Frau, die nur Amerikanerin sein konnte. Ihr blondes, über den grünen Augen kurzgeschnittenes Haar reichte ihr den Rücken hinunter bis zur Taille. Quer über ihre Nase tanzten Sommersprossen, und ihre Zähne waren so ebenmäßig wie bei den meisten Amerikanern und nur den reichsten Italienern. Sie wandte sich ihm mit einem strahlenden Lächeln zu; ihr Mund bog sich in den Winkeln nach oben, aber ihre Augen blieben seltsam ausdruckslos.

»Guten Morgen«, sagte er, wobei er das Lächeln erwiderte. »Mein Name ist Brunetti. Ich glaube, Ihr Major erwartet mich.«

Sie kam hinter ihrem Schreibtisch hervor, wobei sich ihr Körper als ebenso perfekt erwies wie ihre Zähne, und ging durch eine Öffnung zwischen den Stellwänden, obwohl sie ebensogut hätte telefonieren oder hinüberrufen können. Von der anderen Seite hörte er, wie eine tiefere Stimme der ihren antwortete. Nach ein paar Sekunden erschien sie in der Öffnung und winkte Brunetti. »Hier herein bitte, Sir.«

Hinter dem Schreibtisch saß ein blonder junger Mann, der kaum über zwanzig zu sein schien. Brunetti sah ihn an und schaute ebenso schnell wieder weg, denn der Mann schien zu leuchten, zu strahlen. Als er dann wieder hinsah, merkte Brunetti, daß es keine Strahlung war, sondern nur Jugend, Gesundheit und gute Uniformpflege, die jemand anders ihm abnahm.

»Chief Brunetti?« sagte er und erhob sich. Er wirkte, als wäre er gerade der Dusche oder dem Bad entstiegen: seine Haut war straff und glänzte, als hätte er eben den Rasierapparat aus der Hand gelegt, um Brunetti zu begrüßen. Seine Augen waren von dem gleichen durchsichtigen Blau, das vor zwanzig Jahren die Lagune gehabt hatte.

»Ich freue mich, daß Sie von Venedig herkommen konnten, um mit uns zu reden, Chief Brunetti, oder Questore?«

»Vice-Questore«, sagte Brunetti, womit er sich selbst beförderte, weil er so leichter an Informationen zu kommen hoffte. Er sah, daß Major Butterworth auf seinem Schreibtisch zwei Körbe für den Posteingang und -ausgang stehen hatte. Der Eingangskorb war leer, der Ausgangskorb voll.

»Nehmen Sie bitte Platz«, sagte Butterworth und wartete, bis Brunetti saß, bevor er selbst seinen Platz wieder einnahm. Der Amerikaner holte einen Ordner aus der obersten Schreibtischschublade, der nur wenig dicker war als der von Ambrogiani. »Sie sind wegen Sergeant Foster gekommen, nicht?«

»Ja.«

»Was möchten Sie wissen?«

»Ich möchte gern wissen, wer ihn umgebracht hat«, sagte Brunetti ausdruckslos.

Butterworth zögerte einen Moment, weil er nicht wußte, wie er die Bemerkung einordnen sollte, und beschloß dann, sie als Scherz aufzufassen. »Ja«, sagte er mit einem verhaltenen Lachen, das kaum über seine Lippen kam, »das wüßten wir alle gern. Aber ich bin nicht sicher, ob unsere Informationen ausreichen, um herauszubekommen, wer es war.«

»Was für Informationen haben Sie denn?«

Er schob Brunetti den Ordner hin. Obwohl er wußte, daß er dasselbe Material enthalten würde, das er eben schon gesehen hatte, klappte Brunetti den Ordner auf und las alles noch einmal. Die Unterlagen enthielten ein anderes Foto, und Brunetti bekam nach dem toten Gesicht und dem nackten Körper zum ersten Mal einen Eindruck, wie der junge Mann wirklich ausgesehen hatte. Auf diesem Foto sah Foster attraktiver aus und trug einen kurzen Schnurrbart.

»Wann ist das Bild aufgenommen worden?«

»Wahrscheinlich, als er zum Militär kam.«

»Wie lange ist das her?«

»Sieben Jahre.«

»Wie lange war er hier in Italien?«

»Vier Jahre. Genaugenommen hat er sich gerade für weitere drei Jahre verpflichtet, um hierbleiben zu können.«

»Und er wäre hiergeblieben?«

»Ja.«

Brunetti fiel eine Notiz in der Akte ein, und er fragte: »Wie hat er Italienisch gelernt?«

»Ich verstehe nicht ganz«, sagte Butterworth.

»Wenn er ganztags hier gearbeitet hat, blieb ihm ja kaum genügend Zeit, um auch noch eine neue Sprache zu erlernen«, erklärte Brunetti.

»*Tanti di noi parliamo Italiano*«, antwortete Butterworth.

»Ja, natürlich«, sagte Brunetti und lächelte, wie es angesichts der Sprachkenntnisse des Majors offenbar von ihm erwartet wurde. »Hat er hier gewohnt? Sie haben doch Truppenunterkünfte?«

»Ja sicher«, antwortete Butterworth. »Aber Sergeant Foster hatte seine eigene Wohnung in Vicenza.«

Brunetti war klar, daß man sie durchsucht hatte, deshalb fragte er gar nicht erst danach. »Haben Sie etwas gefunden?«

»Nein.«

»Könnte ich sie mir vielleicht einmal ansehen?«

»Ich weiß nicht, ob das nötig ist«, sagte Butterworth rasch.

»Ich weiß auch nicht, ob es nötig ist«, meinte Brunetti mit einem winzigen Lächeln, »aber ich würde gern sehen, wo er gewohnt hat.«

»Es entspricht nicht dem Dienstweg, daß Sie einfach hingehen und sich dort umsehen.«

»Mir war gar nicht klar, daß es in diesem Fall einen Dienstweg einzuhalten gibt«, erwiderte Brunetti. Er wußte, daß entweder die Carabinieri oder die Polizei von Vicenza leicht durchsetzen konnten, daß er sich die Wohnung ansah, aber er wollte sich, zumindest in diesem Stadium der Ermittlungen, mit allen beteiligten Behörden so gut wie möglich stellen.

»Ich denke, es könnte sich arrangieren lassen«, räumte Butterworth ein. »Wann möchten Sie hinfahren?«

»Es hat keine Eile. Heute nachmittag. Morgen.«

»Ich wußte nicht, daß Sie morgen noch einmal wiederkommen wollen, Vice-Questore.«

»Nur wenn ich heute nicht fertig werde, Major.«

»Was wollten Sie denn noch tun?«

»Ich würde gern mit einigen Leuten sprechen, die ihn gekannt haben, die mit ihm zusammen gearbeitet haben.« Brunetti hatte in den Unterlagen gesehen, daß der Tote auf dem Stützpunkt Universitätskurse belegt hatte. Diese neuen Weltreich-Gründer nahmen ihre Schulen überallhin mit, wie die Römer. »Vielleicht auch mit solchen, die mit ihm studiert haben.«

»Das läßt sich bestimmt machen, obwohl ich zugeben muß, daß ich den Grund dafür nicht sehe. Wir kümmern uns um diesen Teil der Ermittlungen.« Er hielt inne, als wartete er, daß Brunetti ihm widersprechen würde. Als dieser nichts sagte, fragte Butterworth: »Wann wollen Sie die Wohnung ansehen?«

Bevor er antwortete, sah Brunetti auf die Uhr. Es war fast Mittag. »Irgendwann heute nachmittag vielleicht. Wenn Sie mir die Adresse sagen, könnte mein Fahrer mich auf dem Rückweg zum Bahnhof hinbringen.«

»Möchten Sie, daß ich mitfahre, Vice-Questore?«

»Das ist sehr freundlich, Major, aber ich glaube nicht, daß es nötig ist. Wenn Sie mir nur die Adresse geben.«

Major Butterworth nahm einen Block und schrieb, ohne in den Unterlagen nachzusehen, eine Adresse darauf, die er Brunetti aushändigte. »Es ist nicht weit von hier. Ich bin sicher, Ihr Fahrer findet es ohne Schwierigkeiten.«

»Danke, Major«, sagte Brunetti und stand auf. »Haben Sie etwas dagegen, wenn ich mich noch ein wenig hier auf dem Stützpunkt aufhalte?«

»Posten«, korrigierte Butterworth sofort.

»Wie bitte?«

»Posten. Das hier ist ein Posten. Stützpunkte hat die Luftwaffe. Wir beim Heer haben Posten.«

»Ah, ich verstehe. Auf italienisch heißt beides Stützpunkt. Könnte ich noch ein Weilchen hierbleiben?«

Nach einem höchstens momentanen Zögern meinte Butterworth: »Ich wüßte nicht, was dagegen einzuwenden wäre.«

»Und die Wohnung, Major? Wie komme ich hinein?«

Major Butterworth stand auf und kam um seinen Schreibtisch herum. »Wir haben zwei Leute dort. Ich rufe an und sage ihnen, daß Sie kommen.«

»Vielen Dank, Major.« Brunetti streckte ihm die Hand hin.

»Keine Ursache. Es freut mich, daß ich Ihnen helfen konnte.« Butterworth hatte einen kräftigen Händedruck. Aber Brunetti stellte fest, daß der Amerikaner nicht gebeten hatte, informiert zu werden, falls er etwas über den Toten herausfinden sollte.

Die Blonde saß nicht mehr an ihrem Schreibtisch im Vorzimmer. Der Bildschirm ihres Computers glänzte so leer, wie ihr Gesichtsausdruck gewesen war.

»Wohin, Commissario?« fragte der Fahrer, als Brunetti einstieg.

Brunetti gab ihm den Zettel mit Fosters Anschrift. »Da würde ich gern heute nachmittag hinfahren«, sagte er. »Wissen Sie, wo das ist?«

»Borgo Casale? Ja, Commissario. Das ist direkt hinter dem Fußballstadion.«

»Sind wir da vorhin vorbeigefahren?«

»Ja. Wollen Sie gleich hin?«

»Nein. Ich möchte erst etwas essen.«

»Waren Sie noch nie hier, Commissario?«

»Nein. Sind Sie schon lange hier?«

»Seit sechs Jahren. Aber ich kann froh sein, daß ich hierher abkommandiert worden bin. Meine Familie stammt aus Schio«, erklärte er. Da hatte er wohl recht, denn die Stadt lag etwa eine halbe Stunde entfernt.

»Es ist schon eigenartig, nicht?« meinte Brunetti, indem er auf die Gebäude ringsum zeigte.

Der Fahrer nickte, ließ sich aber nichts weiter entlocken.

»Wie groß ist das hier?« fragte Brunetti.

»Das Ganze umfaßt etwa zwei Kilometer im Quadrat.«

»Was gibt es denn noch, außer den Büros? Maggior Ambrogiani sprach von einem Supermarkt.«

»Ein Kino und ein Schwimmbad, eine Bibliothek, Schulen. Es ist eine richtige Stadt. Sie haben sogar ihr eigenes Krankenhaus.«

»Wie viele Amerikaner sind denn hier?« wollte Brunetti wissen.

»Ich weiß es nicht genau. Fünftausend vielleicht, aber das ist dann mit Frauen und Kindern.«

»Kommen Sie gut mit ihnen aus?«

»Warum nicht? Sie sind freundlich.« Es klang nicht gerade nach überschwenglicher Begeisterung. Der Fahrer wechselte das Thema und fragte: »Was ist mit dem Essen? Würden Sie lieber hier essen oder außerhalb des Stützpunkts?«

»Ich weiß nicht recht. Was empfehlen Sie denn?«

»Am besten ist die italienische *Mensa*. Da bekommt man was zu essen.« Als er das hörte, fragte sich Brunetti, was die Amerikaner dann wohl in ihren Restaurants servierten. Schuhnägel? »Aber die ist heute geschlossen. Wegen Streik.« Na also, damit war bewiesen, daß sie wahrhaftig italienisch war, obwohl sie sich innerhalb einer amerikanischen Militäreinrichtung befand.

»Gibt es sonst noch was?«

Ohne zu antworten, ließ der Fahrer den Motor an und fuhr los. Unvermittelt wendete er den Wagen scharf und hielt auf die Hauptstraße zu, die den Stützpunkt teilte. Dann umfuhr er einige Gebäude und Autos, lauter Manöver, die Brunetti ziemlich unsinnig erschienen, und hielt kurz darauf vor einem weiteren niedrigen Betonbau.

Brunetti blickte aus dem hinteren Fenster des Wagens und sah, daß sie schräg gegenüber einer von zwei Ladenfronten gebildeten Ecke standen. Über einer Glastür las er: FOOD MALL. *Mall*, war das nicht, was Löwen mit ihrer Beute machten? Auf dem anderen Schild stand BASKIN-ROBBINS. Nicht im mindesten optimistisch fragte Brunetti: »Kaffee?«

Der Fahrer deutete mit dem Kopf zu der zweiten Tür. Offenbar wollte er, daß Brunetti ausstieg. Als er das tat, lehnte der Fahrer sich über den Beifahrersitz und sagte: »Ich komme in zehn Minuten wieder«, worauf er die Tür zuzog, abrupt anfuhr und Brunetti, der sich seltsam verloren und fremd vorkam, am Randstein stehenließ. Rechts von der zweiten Tür sah er jetzt ein Schild: CAPUCHINO BAR. Der Schilderschreiber war eindeutig Amerikaner.

Drinnen bestellte er bei der Frau hinter dem Tresen einen Kaffee, und weil er wußte, daß er sein Mittagessen abschreiben konnte, gleich noch eine Brioche. Was er bekam, sah aus wie Gebäck, fühlte sich an wie Gebäck, schmeckte aber wie Pappe. Er legte drei Tausendlirescheine auf den Tresen. Die Frau sah die Scheine an, sah ihn an, nahm das Geld und legte dann die gleichen Münzen auf den Tresen, die er in der Tasche des toten jungen Mannes gefunden hatte. Einen Moment überlegte Brunetti, ob sie ihm womöglich ein heimliches Zeichen geben wollte, aber ein genauerer Blick in ihr Gesicht sagte ihm, daß sie ihm lediglich das richtige Wechselgeld herausgab.

Er ging nach draußen und begnügte sich damit, die Atmosphäre dieses Ortes auf sich wirken zu lassen, während er auf die Rückkehr seines Fahrers wartete. Er setzte sich auf eine Bank vor den Geschäften und beobachtete die Vorbeigehenden. Einige sahen kurz zu dem Mann hin, der dort in Anzug und Krawatte saß und so eindeutig nicht zu ihnen gehörte. Viele waren in Uniform, ob Männer oder Frauen. Die meisten anderen trugen Shorts und Tennisschuhe, und viele Frauen, allzuoft solche, die es nicht hätten tun sollen, rückenfreie Oberteile. Sie schienen entweder für den Krieg oder für den Strand ausstaffiert. Die meisten Männer wirkten fit und kräftig, viele der Frauen waren unglaublich, ja erschreckend fett.

Autos fuhren langsam vorbei, deren Fahrer nach Parkplätzen Ausschau hielten: große Wagen, japanische Wagen, Wagen mit dem AFI-Nummernschild. Die meisten hatten die Fenster geschlossen, und aus dem klimatisierten Inneren dröhnte Rock-Musik in unterschiedlicher Lautstärke.

Sie schlenderten vorbei, begrüßten sich gegenseitig und tauschten Nettigkeiten aus, so recht zu Hause in ihrer kleinen amerikanischen Stadt hier in Italien.

Zehn Minuten später kam sein Fahrer und hielt neben ihm.

Brunetti stieg auf den Rücksitz. »Wollen Sie jetzt zu dieser Adresse fahren, Commissario?« fragte der Fahrer.

»Ja«, sagte Brunetti, etwas amerikamüde.

Schneller als die anderen Wagen auf dem Stützpunkt fuhren sie aufs Tor zu und nach draußen. Dann bogen sie rechts ab in Richtung Stadt, wieder über die Eisenbahnbrücke. An deren Ende ging es nach links, dann wieder nach rechts, bis der Wagen vor einem mehrgeschossigen Gebäude hielt, das etwas von der Straße zurückversetzt war. Gegenüber dem Eingang stand ein dunkelgrüner Jeep, auf dessen Vordersitz zwei Soldaten in amerikanischer Uniform saßen. Brunetti ging zu ihnen hin. Einer der beiden stieg aus. »Ich bin Commissario Brunetti aus Venedig«, stellte er sich vor, diesmal wieder mit seinem richtigen Dienstgrad. »Major Butterworth schickt mich, Fosters Wohnung anzusehen.« Vielleicht nicht ganz die Wahrheit, aber im weiteren Sinne schon.

Der Soldat deutete so etwas wie einen Salut an, griff in die Tasche und gab Brunetti ein Schlüsselbund. »Der rote ist für die Eingangstür, Sir«, sagte er. »Apartment 3B im dritten Stock. Der Fahrstuhl ist rechts, wenn Sie reinkommen.«

Drinnen nahm Brunetti den Fahrstuhl, in dessen Enge er sich eingeschlossen und unbehaglich fühlte. Die Tür zu 3B lag direkt gegenüber dem Fahrstuhl und ließ sich mit dem Schlüssel leicht öffnen.

Er ging hinein und bemerkte als erstes den üblichen Marmorfußboden. Von einem Flur gingen Türen ab, die letzte stand halb offen. Rechts war das Bad, links eine kleine Küche, beide Räume waren sauber und aufgeräumt. In der Küche fiel ihm ein überdimensionaler Kühlschrank und ein Herd mit vier Platten auf, neben dem eine ebenso riesige Waschmaschine stand. Beide Elektrogeräte waren an einen Transformator angeschlossen, der die in Italien üblichen 220 Volt auf die amerikanischen 110 brachte. Schafften sie diese Geräte den ganzen Weg von Amerika herüber? Es blieb gerade noch Platz für einen kleinen, quadratischen Tisch und zwei Stühle. An der Wand war ein Gasboiler angebracht, der die Wohnung offenbar mit heißem Wasser und Wärme zugleich versorgte.

Die nächsten Türen führten in zwei Schlafzimmer. In einem stand ein Doppelbett und ein großer Schrank. Das andere war als Arbeitszimmer eingerichtet, mit einem Schreibtisch, auf dem eine Computertastatur nebst Bildschirm an einen Drucker angeschlossen war. In Regalen standen Bücher und eine Stereoanlage, darunter eine ordentliche Reihe CDs. Er sah sich die Bücher an: die meisten offenbar Lehrbücher, der Rest Literatur über Reisen und – tatsächlich – Religion. Er nahm ein paar davon aus dem Regal und betrachtete sie etwas näher. *Christliches Leben im Zeitalter des Zweifels*, *Spirituelle Transzendenz* und *Jesus: Das ideale Leben*. Autor des letzten war Rev. Michael Foster. Sein Vater?

Die Musik war vermutlich Rock. Einige Namen kannte er, weil Raffaele und Chiara sie schon erwähnt hatten; er bezweifelte, ob er die Musik erkennen würde.

Er schaltete den CD-Player ein und drückte auf die »Open«-Taste. Wie ein Patient, der dem Arzt seine Zunge zeigt, glitt die Disc-Lade heraus. Leer. Er drückte die »Close«-Taste und schaltete den Apparat aus. Dann probierte er es mit dem Verstärker und dem Kassettenrecorder. Die Armaturenbeleuchtung ging an, ein Zeichen, daß beides funktionierte. Schließlich schaltete er den Computer ein, wartete, bis Zeichen auf dem Bildschirm erschienen, und schaltete ihn wieder aus.

Die Kleidungsstücke im Schrank boten nicht viel mehr. Er fand drei komplette Uniformen, die Jacken noch in den Plastiküberzügen von der Reinigung, alles sorgsam neben einer grünen Hose aufgehängt. Es waren auch einige Jeans dabei, ordentlich gefaltet und auf Bügeln, drei oder vier Hemden und ein dunkelblauer Anzug aus irgendeinem Synthetikstoff. Automatisch griff Brunetti in die Taschen aller Jacken und Hosen, aber er fand nichts; kein Kleingeld, keine Papiere, keinen Kamm. Entweder war Sergeant Foster ein sehr ordentlicher junger Mann, oder die Amerikaner waren vor ihm hiergewesen.

Er ging ins Bad, hob den Deckel vom Wasserbehälter der Toilette und schaute in den leeren Tank. Er legte den Deckel zurück, öffnete die Spiegeltür des Medizinschränkchens und schraubte ein oder zwei Fläschchen auf.

In der Küche sah er ins Tiefkühlfach des übergroßen Kühlschranks. Eis. Sonst nichts. Weiter unten ein paar Äpfel, eine geöffnete Flasche Wein und ein älteres Stück Käse im Plastikbeutel. Im Backofen standen nur drei saubere Töpfe; die Waschmaschine war leer. Er lehnte sich mit dem Rücken an die Arbeitsplatte und ließ den Blick langsam umherschweifen. Schließlich nahm er aus der obersten Schublade des Schrankes ein Messer, zog sich einen der Holzstühle vom Tisch heran und stellte ihn unter den Durchlauferhitzer. Er stieg auf den Stuhl und lockerte mit dem Messer die Schrauben am Vorderteil des Geräts. Als er sie gelöst hatte, ließ er sie in seine Tasche gleiten. Nachdem er die letzte herausgeschraubt hatte, steckte er das Messer ebenfalls in die Tasche und schob den Deckel vorsichtig hin und her, bis er sich löste. Er nahm ihn ab und lehnte ihn auf dem Stuhl gegen sein Bein.

An die Innenwand des Boilers waren zwei Plastikbeutel geklebt. Sie enthielten ein feines, weißes Pulver, seiner Schätzung nach etwa ein Kilo. Er zog sein Taschentuch heraus, wickelte es sich um die Hand und löste erst den einen Beutel, dann den anderen. Nur um sich zu vergewissern, öffnete er den Reißverschluß des einen, befeuchtete seinen Zeigefinger mit Spucke und stippte ihn in das Pulver. Als er daran leckte, schmeckte er den leicht metallischen, unverkennbaren Geschmack von Kokain.

Er bückte sich und stellte die beiden Beutel auf die Arbeitsplatte. Dann hob er den Boilerdeckel wieder an seinen Platz, wobei er darauf achtete, daß die Löcher genau über ihre Pendants im Gerät an der Wand kamen. Vorsichtig setzte er die vier

Schrauben ein und drehte sie fest. Sorgsam brachte er die Schlitze bei den oberen Schrauben genau in die Horizontale, die unteren ebenso genau in die Vertikale.

Dann sah er auf die Uhr. Er war jetzt eine Viertelstunde in der Wohnung. Die Amerikaner hatten einen Tag zur Verfügung gehabt, um alles zu durchsuchen; die italienische Polizei ebenso lange. Und doch hatte Brunetti die beiden Päckchen innerhalb einer knappen Viertelstunde gefunden.

Er machte die Tür eines Hängeschrankes auf und sah nur drei oder vier Teller. Er schaute unter die Spüle und fand, was er suchte, zwei Plastiktüten. Die Hand noch immer mit seinem Taschentuch umwickelt, steckte er in jede der großen Plastiktüten einen Beutel Kokain und verstaute sie in den Innentaschen seines Jacketts. Er wischte das Messer an seinem Jackenärmel ab und legte es wieder in die Schublade, dann wischte er mit dem Taschentuch alle Fingerabdrücke von der Oberfläche des Boilers.

Er verließ die Wohnung und schloß die Tür hinter sich ab.

Draußen ging er zu den amerikanischen Soldaten in ihrem Jeep und lächelte ihnen freundlich zu. »Vielen Dank.« Damit gab er dem einen die Schlüssel zurück.

»Na?« fragte der Soldat.

»Nichts. Ich wollte nur sehen, wie er gewohnt hat.«

Wenn Brunettis Antwort den Soldaten überraschte, so ließ er es sich jedenfalls nicht anmerken.

Brunetti ging zu seinem Wagen zurück, stieg ein und bat den Fahrer, ihn zum Bahnhof zu bringen. Er erreichte um Viertel nach drei den Intercity aus Mailand und wollte die Rückfahrt eigentlich ebenso verbringen wie die Hinfahrt, nämlich dasitzen und aus dem Fenster schauen und darüber nachdenken, warum ein junger amerikanischer Soldat umgebracht worden war. Aber jetzt mußte er sich zusätzlich mit einem neuen Gedanken befassen: Warum hatte man nach seinem Tod Rauschgift in seiner Wohnung deponiert? Und wer hatte das getan?

8

Als sie den Bahnhof von Vicenza verließen, ging Brunetti durch den Zug nach vorn, auf der Suche nach einem leeren Abteil der ersten Klasse. Die beiden Plastiktüten wogen schwer in seinen Taschen, und er ging etwas vorgebeugt, um die Ausbeulungen zu kaschieren. Schließlich fand er im ersten Wagen ein leeres Abteil und ließ sich am Fenster nieder, dann stand er wieder auf und schob die Tür zu. Er stellte seine Aktenmappe neben sich und überlegte hin und her, ob er die Tüten hineinpacken sollte oder nicht. Während er noch damit beschäftigt war, wurde die Tür zu seinem Abteil abrupt aufgerissen, und ein Mann in Uniform stand vor ihm. Einen wahnwitzigen Augenblick lang sah Brunetti seine Karriere in Trümmern und sich selbst im Gefängnis, doch dann fragte der Mann nach seiner Fahrkarte, und Brunetti war gerettet.

Als der Schaffner gegangen war, verwandte Brunetti seine ganze Konzentration darauf, nicht in seine Jacke zu fassen oder mit den Ellbogen zu prüfen, ob die beiden Päckchen noch da waren. Er hatte bei seiner Arbeit selten mit Drogen zu tun, aber er wußte genug, um sich darüber im klaren zu sein, daß er ein paar hundert Millionen Lire in jeder Tasche trug: eine neue Wohnung in der einen und vorzeitigen Ruhestand in der anderen. Der Gedanke reizte ihn wenig. Er hätte liebend gern beide Päckchen dafür gegeben zu erfahren, wer sie dahin praktiziert hatte, wo er sie gefunden hatte. Wenn er auch nicht wußte, wer, so war das Warum doch ziemlich klar: Welch besseres Motiv gab es für einen Mord als Drogen und Drogenhandel und welch besseren Beweis für Drogenhandel als ein Kilo Kokain, versteckt in der Wohnung eines Mannes? Und wer war besser als Finder geeignet als der Polizist aus Venedig, der, wenn auch nur aus geographischen Gründen, mit dem Verbrechen oder dem

Toten nichts zu tun haben konnte? Und in was für eine Sache war dieser junge Soldat wohl verwickelt gewesen, daß man ein Kilo Kokain opferte, um die Aufmerksamkeit davon abzulenken? Brunetti machte seine Aktentasche auf und holte das Buch heraus, aber selbst sein Lieblingshistoriker konnte ihn nicht von diesen Fragen ablenken.

In Padua kam eine ältere Frau in sein Abteil und blieb, in eine Zeitschrift vertieft, bis Mestre sitzen, wo sie ausstieg, ohne Brunetti auch nur angesehen oder ein Wort mit ihm gewechselt zu haben. Als der Zug in Venedig einfuhr, packte er sein Buch weg und stieg aus, wobei er sich vergewisserte, daß von den Leuten, die in Vicenza mit ihm eingestiegen waren, keiner hier mit ausstieg. Vor dem Bahnhof wandte er sich nach rechts zum Anlegesteg der Nummer Eins, blieb kurz davor stehen, drehte sich um und sah zur Uhr am Bahnhof hinüber. Dann änderte er unvermittelt die Richtung und ging zum Anlegesteg der Nummer Zwei auf der anderen Seite des Bahnhofsvorplatzes. Niemand folgte ihm.

Ein paar Minuten später kam das Boot, und er stieg als einziger zu. Um halb fünf war es nur schwach besetzt. Er ging die Treppe hinunter und durch die Kabine aufs Achterdeck, wo er allein war. Das Boot legte ab, fuhr unter der Scalzibrücke hindurch und den Canal Grande hinauf Richtung Rialto.

Durch die Glastüren sah Brunetti, daß die vier Leute in der Kabine alle Zeitung lasen. Er stellte seine Aktentasche auf den Stuhl neben sich und öffnete sie, dann fuhr er mit der Hand in seine innere Jackentasche und zog den einen Beutel heraus. Vorsichtig faßte er ihn an den Ecken und nestelte ihn auf. Zur Seite gewandt, um die Fassade des Museo di Storia Naturale besser sehen zu können, schob er seine Hand unter der Reling durch und schüttete das weiße Pulver ins Wasser des Kanals. Den leeren Beutel ließ er in seiner Aktentasche verschwinden und machte mit dem zweiten dieselbe Prozedur. Im goldenen Zeitalter der Serenissima hatte der Doge alljährlich eine umständliche Zeremonie veranstaltet. Er warf einen goldenen Ring ins Wasser des Canal Grande, um die Vermählung der Stadt mit dem Wasser zu vollziehen, das ihr Leben, Reichtum und Macht gab. Doch nie war dem Wasser bewußt so ein großer Reichtum dargeboten worden, dachte Brunetti.

Von der Anlegestelle Rialto ging er zur Questura und dort direkt ins Labor. Bocchese war da und schliff eine Schere an einer der Maschinen, die offenbar nur er bedienen konnte. Er stellte sie ab, als er Brunetti sah, und legte die Schere vor sich auf den Tisch.

Brunetti stellte seine Aktentasche daneben, öffnete sie und zog, sorgsam darauf bedacht, sie nur an den Ecken zu berühren, die beiden Plastikbeutel heraus, die er ebenfalls neben die Schere legte. »Könnten Sie feststellen, ob Fingerabdrücke des Amerikaners darauf sind?« fragte er. Bocchese nickte. »Ich komme nachher runter, und Sie sagen es mir dann, ja?«

Der Laborleiter nickte wieder. »So etwas also?«

»Ja.«

»Soll ich die Beutel verlieren, wenn ich die Fingerabdrücke habe?« fragte Bocchese.

»Welche Beutel?«

Bocchese griff nach der Schere. »Sobald ich die hier fertig habe«, meinte er und drückte auf den Schalter, worauf die Maschine wieder zu rotieren begann. Brunettis gemurmelter Dank ging in dem schrillen Geräusch von Metall auf Metall unter, als Bocchese sich wieder dem Schleifen der Schere zuwandte.

Brunetti überlegte, daß es besser wäre, von sich aus zu Patta zu gehen und mit ihm zu reden, nahm die Haupttreppe und blieb vor der Tür seines Vorgesetzten stehen. Er klopfte, hörte etwas und trat ein, wobei er verspätet feststellen mußte, daß der Laut, den er vernommen hatte, keine Aufforderung zum Eintreten gewesen war.

Das Bild war die klassische Witzblattszene und der Alptraum

jedes Bürokraten: Vor dem Fenster stand, die obersten Knöpfe ihrer Bluse offen, Anita aus dem Ufficio Stranieri; einen Schritt vor ihr und gerade auf dem Rückzug ein rotgesichtiger Vice-Questore Patta. Brunetti erfaßte die Situation mit einem Blick und ließ seine Aktenmappe fallen, um Anita Zeit zu geben, den beiden Männern den Rücken zu kehren und ihre Bluse zu schließen. Während sie das tat, bückte Brunetti sich, um die herausgefallenen Papiere aufzuheben, und Patta setzte sich hinter seinen Schreibtisch. Anita brauchte genau so lange, um ihre Bluse in Ordnung zu bringen, wie Brunetti brauchte, um die Papiere wieder in die Mappe zurückzustecken.

Als alles wieder da war, wo es hingehörte, sagte Patta förmlich: »Danke, Signorina. Ich lasse Ihnen die Papiere nach unten bringen, sobald ich sie unterschrieben habe.«

Sie nickte und ging zur Tür. Im Vorbeigehen blinzelte sie Brunetti zu und bedachte ihn mit einem strahlenden Lächeln. Er ignorierte beides.

Als sie draußen war, trat Brunetti an Pattas Schreibtisch. »Ich komme gerade aus Vicenza. Vom amerikanischen Stützpunkt.«

»Ja? Und was haben Sie erfahren?« fragte Patta, dessen Gesicht immer noch ein bißchen rot war, was Brunetti nur mit Mühe ignorieren konnte.

»Nicht viel. Ich habe mir seine Wohnung angesehen.«

»Haben Sie etwas gefunden?«

»Nein. Nichts. Aber ich würde morgen gern noch einmal hinfahren.«

»Warum?«

»Um mit einigen Leuten zu reden, die ihn kannten.«

»Was versprechen Sie sich davon? Es war doch eindeutig ein Raubüberfall, der zu weit gegangen ist. Wen interessiert es denn, wer ihn gekannt hat oder was diese Leute über ihn zu sagen haben?«

Brunetti erkannte die Anzeichen von Pattas aufkommender Ungehaltenheit. Wenn sie kein Ventil fand, würde sein Vorgesetzter sich so hineinsteigern, daß er ihm untersagte, die Ermittlungen in Vicenza fortzusetzen. Da ein schlichter Raubüberfall die passendste Erklärung war, würde Patta seine Hoffnungen darauf richten und auch die Ermittlungen entsprechend steuern wollen.

»Sie haben völlig recht. Aber ich dachte, bis wir den Täter gefunden haben, könnte es nicht schaden, wenn wir den Eindruck erwecken, daß die Quelle für das Verbrechen außerhalb der Stadt liegt. Sie wissen ja, wie Touristen sind. Schon die geringste Kleinigkeit erschreckt sie, und dann bleiben sie weg.«

Schwand daraufhin merklich die Röte in Pattas Gesicht, oder bildete Brunetti es sich nur ein? »Ich bin froh, daß wir da einer Meinung sind, Commissario.« Und nach einer Pause, die man nur als bedeutungsvoll bezeichnen konnte, fügte Patta hinzu: »Ausnahmsweise.« Er streckte eine wohlmaniküüte Hand aus und strich damit über den Ordner, der vor ihm lag. »Glauben Sie, es gibt eine Verbindung mit Vicenza?«

Brunetti nahm sich Zeit für seine Antwort, hocherfreut darüber, wie leicht Patta ihm die Verantwortung dieser Entscheidung überließ. »Ich weiß es nicht, Vice-Questore. Aber ich finde, es könnte uns hier nicht schaden, wenn wir den Eindruck erwecken, daß dem so ist.«

Die Pause, mit der sein Vorgesetzter dies begrüßte, war gekonnt, als er seine Bedenken gegen jedes irreguläre Vorgehen sorgsam abwog gegen seinen Wunsch, bei der Suche nach der Wahrheit keine Möglichkeit außer acht zu lassen. Er zog sein Montblanc-Meisterstück aus der Brusttasche, klappte die Mappe auf und unterschrieb drei Schriftstücke, wobei es ihm gelang, seinen Namenszug jedesmal bedachtsamer und zugleich entschlossener zu Papier zu bringen. »Also gut, Brunetti, wenn Sie der Meinung sind, daß wir die Sache am besten so handhaben sollten, fahren Sie noch einmal nach Vicenza. Wir können nicht zulassen, daß die Leute sich fürchten, nach Venedig zu kommen, nicht wahr?«

»Nein, Vice-Questore«, antwortete Brunetti mit musterhaftem Ernst in der Stimme, »das können wir wahrhaftig nicht.« Und im selben Ton fragte er: »Wäre das dann alles?«

»Ja, das ist alles, Brunetti. Und Sie erstatten mir dann ausführlich Bericht, ja?«

»Natürlich«, sagte Brunetti, schon auf dem Weg zur Tür und sehr gespannt, welchen Gemeinplatz ihm Patta diesmal hinterherschleudern würde.

»Wir werden den Mann vor Gericht bringen«, sagte Patta.

»Bestimmt, Vice-Questore«, antwortete Brunetti, erfreut, daß sein Vorgesetzter im Plural sprach, und nur allzu bereit, ihn darin zu bestärken.

Er ging in sein eigenes Büro und blätterte die Papiere durch, die er in seiner Aktenmappe gehabt hatte, um Bocchese noch eine halbe Stunde Zeit für die Fingerabdrücke zu geben. Als die halbe Stunde um war, ging er wieder ins Labor hinunter, wo er Bocchese diesmal mit einem Brotmesser an der rotierenden Scheibe der Maschine fand. Als Bocchese ihn kommen sah, stellte er die Maschine ab, behielt das Brotmesser aber in der Hand und fuhr prüfend mit dem Daumen über die Schneide.

»Haben Sie eine Nebentätigkeit angenommen?« fragte Brunetti.

»Nein. Meine Frau bittet mich alle paar Monate, ihre Messer zu schleifen, und so geht es am besten. Wenn Ihre Frau irgend etwas zu schleifen hat, mache ich das gern für sie.«

Brunetti nickte. »Danke. Haben Sie etwas gefunden?«

»Ja. Auf dem einen Beutel ist ein guter Satz Abdrücke.«

»Seine?«

»Ja.«

»Noch andere?«

»Ein oder zwei andere, wahrscheinlich von einer Frau.«

»Und der zweite?«

»Sauber, entweder abgewischt oder nur mit Handschuhen angefaßt.« Bocchese nahm ein Stück Papier und rasierte mit dem

Brotmesser ein Stückchen davon ab. Zufrieden legte er es auf den Tisch und drehte sich zu Brunetti um. »Ich glaube, der erste Beutel ist vorher für etwas anderes benutzt worden, bevor das...« Bocchese unterbrach sich, unsicher, was er sagen sollte. »...bevor die andere Substanz hineingefüllt wurde.«

»Und wofür wurde er ursprünglich benutzt?«

»Ganz genau kann ich das nicht sagen, aber es könnte Käse gewesen sein. An der Innenseite war eine Spur von irgendeiner öligen Substanz. Und dieser Beutel ist eindeutig öfter angefaßt worden als der andere, er hatte mehr Falten, so daß ich sagen würde, es war etwas anderes darin, bevor das – äh – Pulver eingefüllt wurde.«

Als Brunetti darauf nichts sagte, fragte Bocchese: »Sind Sie nicht überrascht?«

»Nein, bin ich nicht.«

Bocchese zog aus einer Papiertüte links neben der Maschine ein Steakmesser mit Holzgriff und prüfte die Klinge mit dem Daumen. »Also, wenn ich sonst noch etwas tun kann, lassen Sie es mich wissen. Und sagen Sie Ihrer Frau das mit den Messern.«

»Ja, danke, Bocchese«, sagte Brunetti. »Was haben Sie mit den Beuteln gemacht?«

Bocchese schaltete seine Maschine ein, hob das Messer und sah zu Brunetti auf. »Welche Beutel?«

9

Er sah keinen Anlaß, noch in der Questura zu bleiben, da wenig Aussicht auf irgendwelche neuen Informationen bestand, bevor er wieder nach Vicenza fuhr. So stellte er die Aktentasche in den Schrank zurück und verließ sein Büro. Vor der Eingangstür blickte er rasch nach beiden Seiten, ob ihm jemand Verdächtiges auffiel. Dann wandte er sich nach links in Richtung Santa Maria Formosa und weiter zur Rialtobrücke, wobei er schmale Seitengäßchen benutzte, die es ihm nicht nur erlaubten, einem möglichen Verfolger aus dem Weg zu gehen, sondern auch den Batallionen wildgewordener Touristen, die ihre Attacken ausnahmslos auf die Gegend um San Marco konzentrierten. Jedes Jahr wurde es schwieriger, Geduld mit ihnen zu üben, ihr Stop-and-Go und die Hartnäckigkeit zu ertragen, mit der sie selbst in der engsten Calle darauf bestanden, zu dritt nebeneinander zu gehen. Manchmal hätte er sie am liebsten angebrüllt oder sogar beiseite geschubst, aber er begnügte sich damit, seine Aggressionen dadurch abzureagieren, daß er sich weigerte, anzuhalten oder seinen Kurs zu ändern, damit sie fotografieren konnten. Darum war er sicher, daß sein Rücken, sein Gesicht, sein Ellbogen auf Hunderten von Fotos und Videos zu sehen waren; manchmal stellte er sich die enttäuschten Deutschen vor, wie sie während eines tobenden Nordseesturms ihre Sommervideos anschauten, auf denen dann eine italienische Gestalt im dunklen Anzug zielbewußt vor Tante Gerda oder Onkel Fritz einherschritt und zwischendurch den Blick auf lederbehoste, stramme Oberschenkel verdeckte, die auf der Rialto-Brücke, vor dem Portal von San Marco oder neben einer besonders charmanten Katze posierten. Er wohnte hier, zum Donner, und sie konnten mit ihren dämlichen Fotos warten, bis er vorbei war, oder sie sollten das Bild eines echten Venezianers mit nach Hause nehmen; wahrscheinlich war das sowieso der engste Kontakt, den sie je zu der Stadt haben würden. Ach ja, welch einen gutgelaunten Menschen brachte er jetzt heim zu Paola! Und das, nachdem gerade ihr Semester wieder angefangen hatte.

Um das zu vermeiden, machte er einen Abstecher zu Do Mori, seiner Lieblingsbar, nur ein paar Schritte von der Rialtobrücke entfernt, um Roberto, dem grauhaarigen Besitzer, guten Tag zu sagen. Sie wechselten ein paar Worte, und Brunetti bestellte ein Glas Cabernet, das einzige, was er im Augenblick trinken mochte. Dazu aß er ein paar von den am Tresen stets vorrätigen gerösteten Shrimps, wonach er beschloß, sich ein dick mit Schinken und Artischocken belegtes *tramezzino* zu gönnen. Danach trank er noch ein Glas Wein und fühlte sich zum erstenmal an diesem Tag wieder wie ein Mensch. Paola warf ihm immer vor, er werde unleidlich, wenn er zu lange nichts gegessen habe, und allmählich glaubte er, daß sie recht hatte. Er zahlte, ging hinaus und setzte seinen Heimweg fort.

Bei Biancat blieb er stehen, um die Blumen im Schaufenster zu betrachten. Signor Biancat erkannte ihn durch die riesige Glasscheibe, lächelte und nickte, woraufhin Brunetti hineinging und zehn blaue Iris verlangte. Während Biancat sie einwickelte, erzählte er von Thailand, wo er gerade eine Woche zu einer Konferenz von Orchideenzüchtern gewesen war. Merkwürdig, mit so etwas eine Woche zuzubringen, fand Brunetti, aber dann überlegte er, daß er schon in Dallas und Los Angeles gewesen war, um an Polizeiseminaren teilzunehmen. Wie konnte er darüber urteilen, ob es merkwürdiger war, eine Woche über Orchideen zu reden als über die Häufigkeit von Sodomie bei Serienmördern oder die verschiedenen Gegenstände, die bei Vergewaltigungen benutzt wurden?

Nun, Wein und Essen hatten offenbar einiges dazu beigetragen, seine Stimmung zu heben.

Die Treppen zu seiner Wohnung waren gewöhnlich ein genauer Gradmesser für seinen Seelenzustand. Wenn er sich gut fühlte, schienen sie kaum vorhanden; wenn er müde war, zählten seine Beine jede einzelne der vierundneunzig Stufen. Heute abend hatte offenbar jemand welche dazugemogelt.

Er schloß die Tür auf und freute sich schon auf die heimeligen Gerüche, nach Essen oder den vielen verschiedenen Düften, die er im Lauf der Zeit mit dieser Wohnung zu verbinden gelernt hatte. Statt dessen roch es nur nach frischem Kaffee, wohl kaum die Sehnsucht eines Mannes, der den ganzen Tag beruflich in – ja – in Amerika gewesen war.

»Paola?« rief er und blickte suchend durch den Flur zur Küche. Ihre Stimme antwortete ihm aus der anderen Richtung, aus dem Bad, und gleichzeitig stieg ihm der süße Duft von Badesalz in die Nase, der ihm mit einem Schwall feuchtwarmer Luft entgegenschlug. Kurz vor acht Uhr abends, und sie nahm ein Bad?

Er ging den Flur entlang und blieb vor der halboffenen Badezimmertür stehen. »Bist du da drin?« fragte er und merkte dann, wie dumm die Frage war, so dumm, daß Paola nicht einmal darauf antwortete. Statt dessen fragte sie zurück: »Ziehst du deinen grauen Anzug an?«

»Grauen Anzug?« wiederholte er, wobei er in das dampferfüllte Bad trat. Er sah ihren mit einem Handtuch umwickelten Kopf körperlos auf einer Wolke aus Seifenschaum schweben, als wäre er von dem, der sie enthauptet hatte, sorgsam darauf plaziert worden. »Grauen Anzug?« fragte er noch einmal und dachte dabei, welch seltsames Paar sie abgeben würden, er im grauen Anzug, sie in ihrem Schaumkleid.

Sie öffnete die Augen, drehte den Kopf zu ihm und bedachte ihn mit *dem Blick*, diesem ganz bestimmten, bei dem er sich immer fragte, ob sie durch ihn hindurch zum Speicher sah, wo sein Koffer lag, und dabei überlegte, wie lange sie wohl brauchen würde, diesen für ihn zu packen. *Der Blick* jedenfalls genügte, um ihn daran zu erinnern, daß heute der Abend war, an dem sie ins Casinò mußten, zusammen mit ihren Eltern, eingeladen von einem alten Freund der Familie. Das bedeutete ein spätes Abendessen, sündhaft teuer, was dadurch noch schlimmer – oder besser? Da konnte er sich nie so recht entscheiden – wurde, daß dieser Freund der Familie mit seiner goldenen Kreditkarte bezahlte, oder war sie aus Platin? Danach wurde dann immer noch ein Stündchen gespielt oder, schlimmer noch, anderen beim Spiel zugeschaut.

Seit er in den beiden Fällen, in denen Angestellte des Casinò bei diversen Betrügereien erwischt worden waren, nicht nur ermittelt, sondern auch beide Male die Festnahme durchgeführt hatte, verabscheute Brunetti die salbungsvolle Höflichkeit, mit der Direktor und Angestellte ihn behandelten. Wenn er spielte und gewann, fragte er sich jedesmal, ob das Spiel zu seinen Gunsten manipuliert worden war; verlor er, mußte er mit der Möglichkeit rechnen, daß Rache geübt worden war. So oder so machte Brunetti sich nicht die Mühe, über die Natur des Glücks zu spekulieren.

»Ich hatte an den dunkelblauen gedacht«, sagte er, indem er ihr die Blumen hinstreckte und sich über die Badewanne beugte. »Die habe ich dir mitgebracht.«

Der Blick verwandelte sich in *das Lächeln*, das ihm auch nach zwanzig Jahren des Zusammenlebens noch gelegentlich die Knie weich werden ließ. Eine Hand tauchte aus dem Wasser auf, dann ein Arm. Sie berührte seinen Handrücken, ließ ihn feucht und warm zurück und zog den Arm wieder unter die Schaumdecke. »Ich bin in fünf Minuten fertig.« Ihr Blick begegnete seinem und hielt ihn fest. »Wenn du früher gekommen wärest, hättest du auch ein Bad nehmen können.«

Er lachte, und das machte die Stimmung zunichte. »Aber dann wären wir zu spät zum Essen gekommen.« Sehr wahr. Sehr wahr. Doch er verfluchte die Zeit, die er vertan hatte, indem er bei Do Mori eingekehrt war. Er verließ das Bad, ging den langen Flur entlang in die Küche und legte die Blumen in den

Ausguß, stöpselte ihn zu und ließ Wasser einlaufen, bis die Stiele bedeckt waren.

Im Schlafzimmer sah er, daß sie ein langes rotes Kleid auf dem Bett ausgebreitet hatte. Er erinnerte sich nicht, es schon einmal gesehen zu haben, aber das tat er selten und hielt es für das beste, es nicht zu erwähnen. Wenn sich herausstellte, daß es neu war, und er eine Bemerkung darüber machte, klang es womöglich so, als fände er, daß sie zu viele Kleider kaufte, und wenn sie es schon einmal getragen hatte, würde es so klingen, als beachtete er sie zuwenig. Er seufzte über die ewige Ungerechtigkeit des Ehelebens, machte den Schrank auf und fand, daß der graue Anzug doch passender war. Er zog Hose und Jackett aus, band die Krawatte ab, betrachtete im Spiegel sein Hemd und überlegte, ob er es anbehalten sollte. Er entschied sich dagegen, zog es aus und warf es über die Lehne eines Stuhls. Dann holte er sich ein frisches heraus, obwohl er es irgendwie lästig fand, aber er war viel zu sehr Italiener, um etwas anderes überhaupt in Erwägung zu ziehen.

Kurz darauf kam Paola ins Schlafzimmer, das goldblonde Haar offen, ihr Handtuch jetzt um den Körper geschlungen, und ging zur Kommode, in der sie ihre Unterwäsche und Pullover aufbewahrte. Lässig, sorglos warf sie das Handtuch aufs Bett und bückte sich, um eine Schublade aufzuziehen. Während er eine neue Krawatte unter seinen Kragen schob, sah er zu, wie sie einen schwarzen Slip anzog und dann einen BH umlegte und zuhakte. Um sich abzulenken, dachte er an Physik, eines seiner Studienfächer an der Universität. Er bezweifelte, ob er je Dynamik und Zugkräfte der weiblichen Unterwäsche verstehen würde; so vieles war da zu halten, zu unterstützen und einzudämmen. Er knotete die Krawatte fertig und nahm sein Jackett aus dem Schrank. Als er es anhatte, zog sie den Reißverschluß an ihrem Kleid zu und stieg in ein Paar schwarze Pumps. Seine Freunde klagten oft, sie müßten Ewigkeiten warten, während ihre Frauen sich anzogen oder ihr Make-up auflegten; Paola war immer einen Schritt vor ihm an der Tür.

Sie griff in ihren Teil des Schrankes und zog einen bodenlangen Mantel heraus, der aussah, als wäre er aus Fischschuppen gemacht. Er erwischte sie dabei, wie sie einen Augenblick ihren Nerzmantel musterte, der am Ende der Kleiderstange hing, aber sie ließ ihn hängen und machte die Schranktür zu. Ihr Vater hatte ihr den Nerz vor einigen Jahren zu Weihnachten geschenkt, aber sie hatte ihn die letzten zwei Jahre nicht getragen. Brunetti wußte nicht, ob es mit der Mode zusammenhing – er nahm an, auch Pelze kamen aus der Mode; jedenfalls war das bei allen anderen Kleidungsstücken so, die seine Frau oder seine Tochter trugen – oder mit der wachsenden Ablehnung von Pelzen, die sich in der Presse wie auch an seinem häuslichen Eßtisch bemerkbar machte.

Vor zwei Monaten war eine friedliche Familienmahlzeit in eine hitzige Debatte ausgeartet, bei der seine Kinder darauf beharrten, daß es nicht richtig sei, Pelze zu tragen, daß Tiere dieselben Rechte hätten wie Menschen, und ihnen diese zu verweigern sei »Gattungsegoismus«, ein Wort, das sie sich Brunettis Meinung nach nur ausgedacht hatten, um es ihm an den Kopf zu werfen. Er hörte zehn Minuten zu, während der Streit zwischen den beiden und Paola hin und her ging, Chiara und Raffi für alle Arten auf der Erde gleiche Rechte forderten und Paola versuchte, zwischen vernunftbegabten Tieren und anderen zu unterscheiden. Schließlich war seine Geduld mit Paola, die es in einem ihm idiotisch erscheinenden Streit mit Vernunft versuchte, am Ende gewesen, und er hatte mit der Gabel quer über den Tisch auf die Hühnerknochen am Tellerrand seiner Tochter gezeigt. »Anziehen dürfen wir sie nicht, aber essen schon, ja?« Damit war er aufgestanden und ins Wohnzimmer gegangen, um die Zeitung zu lesen und einen Grappa zu trinken.

Auf jeden Fall blieb der Nerz im Schrank, und sie machten sich auf den Weg zum Casinò.

An der Anlegestelle San Marcuola stiegen sie aus dem Vaporetto und gingen durch die engen Straßen und über die geschwungene Brücke auf die Eisentore des Casinò zu, die jetzt alle mit offenen Armen empfingen, die hineinwollten. Auf der äußeren, dem Canal Grande zugewandten Mauer standen noch die Worte NON NOBIS, nicht für uns, die das Casinò zu Zeiten der Republik für Venezianer zum verbotenen Territorium erklärt hatten. Nur Ausländer sollten geschröpft werden; Venezianer sollten ihr Geld klug anlegen und es nicht beim Würfeln und anderen Spielen verplempern. Wie wünschte er doch angesichts dieses endlosen Abends, der sich wie ein gähnender Schlund vor ihm auftat, daß die Regeln jener Republik noch gelten und ihm die nächsten Stunden ersparen würden.

Sie betraten die marmorgeflieste Halle, und sofort eilte von der Rezeption ein Geschäftsführer im Smoking herbei und begrüßte ihn mit Namen: »Dottor Brunetti, Signora«, und das mit einer Verbeugung, die eine akkurate, horizontale Falte in seinen roten Kummerbund machte. »Es ist uns eine Ehre, Sie bei uns begrüßen zu dürfen. Sie werden im Restaurant erwartet.« Mit einer Handbewegung, die ebenso anmutig war wie seine Verbeugung, deutete er nach rechts zum Fahrstuhl, der offen auf sie wartete. »Wenn Sie bitte mitkommen wollen, ich bringe Sie hin.«

Paolas Hand griff nach der seinen und verhinderte mit festem Druck seine Antwort, er kenne den Weg. Statt dessen quetschten sie sich alle drei in die winzige Kabine des Fahrstuhls und lächelten einander höflich zu, während sie langsam ins oberste Stockwerk fuhren.

Der Fahrstuhl hielt knirschend an, und der Geschäftsführer öffnete die Doppeltüren und hielt sie fest, während Brunetti und Paola ausstiegen, dann führte er sie in das hell erleuchtete Restaurant. Brunetti sah sich automatisch nach dem nächsten Ausgang sowie nach potentiellen Gewalttätern um, eine Inspektion, die er ohne nachzudenken jedem öffentlichen Raum zuteil werden ließ, den er betrat. In einer Ecke am Fenster, mit Blick auf den Canal Grande, saßen seine Schwiegereltern und ihre Freunde, die Pastores, ein älteres Ehepaar aus Mailand. Sie waren Paolas Paten und die ältesten Freunde ihrer Eltern und darum von jeder Kritik und jedem Tadel strikt ausgenommen.

Als er und Paola sich dem runden Tisch näherten, erhoben sich die beiden älteren Männer in ihren dunklen Anzügen, die von gleicher Qualität, wenn auch von verschiedener Farbe waren. Paolas Vater küßte sie auf die Wange und schüttelte dann Brunettis Hand, während Dr. Pastore Paolas Hand küßte und anschließend Brunetti umarmte und auf beide Wangen küßte. Weil er dem Mann nie ganz entspannt gegenübertreten konnte, fühlte Brunetti sich bei dieser Demonstration von Vertrautheit immer etwas unwohl.

Was ihm dieses Essen vermieste, dieses alljährliche Ritual, das Paola mit in die Ehe gebracht hatte, war unter anderem, daß Dr. Pastore jedesmal schon das Menü bestellt hatte, wenn Brunetti ankam. Natürlich war der Dottore höchst fürsorglich und betonte immer wieder, daß doch hoffentlich niemand etwas dagegen habe, wenn er sich die Freiheit nehme, schon einmal zu bestellen; es sei gerade die Saison für dieses oder jenes, Trüffeln seien jetzt am besten, die ersten Wiesenchampignons kämen gerade auf den Markt. Und er hatte immer recht, das Mahl war immer köstlich, aber Brunetti konnte es nicht leiden, wenn er nicht bestellen durfte, worauf er Appetit hatte, selbst wenn das sich dann als weniger köstlich herausstellte als das, was man ihm vorsetzte. Und jedes Jahr schimpfte er sich selbst dumm und eigensinnig und konnte doch kaum den Anflug von Ärger überwinden, den er empfand, wenn er jedes Jahr aufs neue feststellen mußte, daß schon alles geplant und bestellt war, ohne daß man ihn gefragt und mit einbezogen hatte. Männliches Ego gegen männliches Ego? Sicher war es nicht mehr als das. Fragen des Gaumens und der Küche hatten nicht das geringste damit zu tun.

Die üblichen Komplimente wurden ausgetauscht, dann kam die Platzverteilung. Brunetti saß schließlich mit dem Rücken zum Fenster, zu seiner Rechten Dr. Pastore, und Paolas Vater ihm gegenüber.

»Wie schön, Sie wiederzusehen, Guido«, sagte Dr. Pastore. »Orazio und ich sprachen gerade von Ihnen.«

»Hoffentlich nur schlecht«, warf Paola lachend ein, aber dann widmete sie ihre Aufmerksamkeit ihrer Mutter, die den Stoff ihres Kleides befingerte, ein Zeichen, daß es doch neu war, und Signora Pastore, die noch immer Paolas Hand festhielt.

Der Dottore sah Brunetti höflich fragend an. »Wir sprachen von diesem Amerikaner. Sie leiten doch die Ermittlungen, nicht wahr?«

»Ja, Dottore, so ist es.«

»Warum sollte jemand einen Amerikaner umbringen wollen? Er war Soldat, nicht? Raub? Rache? Eifersucht?« Weil der Dottore Italiener war, fielen ihm keine anderen Motive ein.

»Wer weiß«, sagte Brunetti, womit er alle fünf Fragen gleichzeitig beantwortete. Er hielt inne, als zwei Ober große Vorspeisenplatten mit Meeresfrüchten an den Tisch brachten und allen nacheinander davon vorlegten. Der Dottore wartete, momentan mehr an dem Mord interessiert als an dem Essen, bis alle bedient und die angemessenen Komplimente über die Wahl ausgesprochen waren, und nahm dann das ursprüngliche Thema wieder auf.

»Haben Sie irgendwelche Vorstellungen?«

»Nichts Bestimmtes«, antwortete Brunetti und aß eine Garnele.

»Drogen?« fragte Paolas Vater, womit er eine größere Weltläufigkeit an den Tag legte als sein Freund.

Brunetti wiederholte sein »wer weiß« und aß noch ein paar Garnelen, die zu seinem Entzücken frisch und köstlich waren.

Bei dem Wort »Drogen« mischte sich Paolas Mutter ein und wollte wissen, worüber sie redeten.

»Über Guidos neuesten Mord«, sagte ihr Mann, was so klang, als hätte Brunetti ihn begangen, statt ihn aufklären zu sollen.

»Er wird sich bestimmt als Raubüberfall herausstellen. Wie nennt man das in Amerika? Mugging?« Erstaunlich, wie sich das nach Patta anhörte.

Da Signora Pastore noch nichts von dem Mord gehört hatte, mußte ihr Mann die ganze Geschichte noch einmal erzählen, wobei er sich hin und wieder an Brunetti wandte, um nach Einzelheiten zu fragen oder sich Tatsachen bestätigen zu lassen. Brunetti störte das ganz und gar nicht, denn dadurch ging das Essen schneller vorbei als sonst. Und so aßen sie sich beim Gespräch über Mord und Totschlag durch Risotto, gegrillten Fisch, vier Gemüsesorten, Salat und Tiramisù bis zum Kaffee.

Während die Männer an ihrem Grappa nippten, fragte Dr. Pastore die Damen wie jedes Jahr, ob sie Lust auf ein Spielchen unten im Casinò hätten. Als sie ja sagten, reagierte er mit alljährlich neu aufgelegtem Entzücken und zog drei kleine Lederbeutel aus seiner Jackentasche, die er vor sie hinstellte.

Und wie jedes Jahr protestierte Paola: »Oh, *Zio Ernesto*, das sollst du doch nicht«, während sie eifrig den Beutel aufnestelte, in dem die alljährlichen Chips fürs Casinò waren. Brunetti stellte fest, daß es die gleiche Stückelung war wie jedes Jahr, insgesamt zweihunderttausend Lire für jede der Damen, genug, um sie zu beschäftigen, während Dr. Pastore ein oder zwei Stunden beim Blackjack verbrachte und gewöhnlich weit mehr gewann, als er fürs Amüsement der Damen zur Verfügung gestellt hatte.

Die drei Männer standen auf, hielten den Damen die Stühle, und alle sechs machten sich auf den Weg nach unten in die Spielsäle des Casinò.

Da sie nicht alle in den Fahrstuhl paßten, wurden die Frauen hineinkomplimentiert, und die Männer beschlossen, über die Treppe nach unten in den großen Spielsaal zu gehen. Brunetti hatte Conte Orazio zu seiner Rechten und überlegte, was er zu seinem Schwiegervater sagen könnte.

»Wußtest du, daß Wagner hier gestorben ist?« fragte er und

überlegte im selben Moment, wie er darauf kam, da Wagner nicht gerade ein Komponist war, den er besonders schätzte.

»Ja«, antwortete der Conte. »Nicht zu früh.«

Dann waren sie zum Glück unten; Conte Orazio gesellte sich zu seiner Frau, um ihr beim Roulette zuzusehen, und trennte sich mit einem freundlichen Lächeln und einer angedeuteten Verbeugung von Brunetti.

Brunettis erster Besuch in einem Spielkasino hatte nicht in seiner Geburtsstadt Venedig stattgefunden, wo außer besessenen oder professionellen Spielern niemand den Tischen große Aufmerksamkeit schenkte, sondern in Las Vegas, wo er vor Jahren auf einer Fahrt durch Amerika Halt gemacht hatte. Und weil er seine erste Erfahrung mit dem Spiel dort gemacht hatte, verband er es mit heller Beleuchtung, lauter Musik und dem schrillen Gekreisch derer, die gewonnen oder verloren hatten. Er erinnerte sich an eine Bühnenshow, heliumgefüllte Ballons, die zur Decke flogen, Menschen in T-Shirts, Jeans und Shorts. Darum war er, obwohl er jedes Jahr hierherkam, immer wieder überrascht, daß hier eine Atmosphäre zwischen Museum und, schlimmer noch, Kirche herrschte. Nur wenige Leute lächelten, es wurde höchstens geflüstert, und niemand schien sich zu amüsieren. Inmitten dieser ganzen Feierlichkeit fehlten ihm die ehrlichen Ausbrüche der Freude oder Enttäuschung, die wilden Gefühlsäußerungen, die das wechselnde Glück begleiteten.

Nichts von alledem hier. Männer und Frauen, alle gut angezogen, umringten in ehrfuchtsvollem Schweigen den Roulette-Tisch und plazierten ihre Chips auf der Filzbespannung. Schweigen, Pause, dann gab der Croupier dem Rad einen kräftigen Schwung, warf die Kugel, und alle Blicke hefteten sich auf das schwirrende Gemisch aus Farben und Metall, blieben daran hängen, wenn es langsamer und noch langsamer wurde und zum Stehen kam. Schlangengleich glitt der Rechen des Croupiers auf dem Tisch hin und her, sammelte die Chips der Verlierer ein und schob den Gewinnern einige wenige zu. Und dann dieselben Bewegungen, die Unruhe, das Rotieren, die starren Augen, wie festgenagelt auf dem sich drehenden Rad. Warum trugen wohl so viele dieser Männer einen Ring am kleinen Finger?

Er ließ sich in den nächsten Raum treiben, sich vage bewußt, daß er die anderen verloren hatte, neugierig auf weitere Beobachtungen. In einem Nebenzimmer kam er zu den Blackjacktischen und sah, daß Dr. Pastore schon dort saß, vor sich einen mit chirurgischer Präzision aufgestapelten, mittelhohen Turm aus Chips. Während Brunetti zusah, verlangte er eine Karte, zog eine sechs, wartete, bis die anderen Spieler gezogen hatten, um dann seine Karten umzudrehen und zu der sechs eine sieben und eine acht aufzudecken. Sein Turm aus Chips wuchs und Brunetti wandte sich ab.

Anscheinend rauchten hier alle. Beim Baccarat hatte ein Spieler zwei brennende Zigaretten vor sich auf einem Aschenbecher liegen, eine dritte hing von seiner Unterlippe. Der Rauch war überall, in Brunettis Augen, Haaren, Kleidern; er bildete eine Wolke, die man hätte zerschneiden oder mit der Hand wegdrücken können. Brunetti ging weiter zur Bar und bestellte sich, obwohl er eigentlich gar keinen Appetit darauf hatte, einen Grappa, nur weil es ihn langweilte, dem Spiel zuzusehen.

Er setzte sich auf ein plüschiges Samtsofa, beobachtete die Spieler und nippte gelegentlich an seinem Glas. Schließlich machte er die Augen zu und ließ sich ein paar Minuten davontreiben. Da fühlte er, wie sich das Polster neben ihm bewegte, und ohne die Augen zu öffnen oder den Kopf von der Rückenlehne zu heben, wußte er, daß es Paola war. Sie nahm ihm das Glas aus der Hand, trank ein Schlückchen und gab es ihm wieder. »Müde?« fragte sie.

Er nickte. Plötzlich war er zu müde, um zu sprechen.

»Also gut. Komm mit, wir spielen noch eine Runde Roulette, dann können wir nach Hause gehen.«

Er drehte den Kopf zu ihr, öffnete die Augen und lächelte sie an. »Ich liebe dich, Paola«, sagte er, dann senkte er den Kopf und nippte an seinem Grappa. Fast schüchtern blickte er zu ihr auf. Sie grinste, beugte sich herüber und küßte ihn auf den Mund. »Na komm«, sagte sie, indem sie aufstand und ihm die Hand reichte, um ihn hochzuziehen. »Laß uns noch dieses Geld verspielen, dann können wir heimgehen.« Sie hielt fünf Chips zu je fünfzigtausend Lire in der Hand, hatte also gewonnen. Sie gab ihm zwei und behielt die anderen für sich.

Als sie in den Hauptsaal zurückkamen, mußten sie ein paar Minuten warten, bevor sie sich zum Roulette durchdrängen konnten, und als sie einen Platz hatten, wartete er aus irgendeinem Grund zwei Spiele ab, bis ihm der richtige Zeitpunkt zum Einsatz gekommen schien. Er legte die beiden Chips in seiner Hand übereinander und plazierte sie blind auf irgendeine Zahl. Als er hinsah, war es die Achtundzwanzig, eine Zahl, die absolut keine Bedeutung für ihn hatte. Paola legte ihre Chips auf Rot.

Drehung, zusehen, warten, und wie er gewußt hatte, fiel die Kugel an ihren rechtmäßigen Platz auf der Achtundzwanzig, und er gewann über drei Millionen Lire. Fast ein Monatsgehalt, eine Urlaubsreise, ein Computer für Chiara. Er beobachtete, wie der Rechen des Croupiers auf ihn zuglitt und dabei die Chips über die Filzdecke schob, bis sie vor ihm lagen. Er sammelte sie ein, lächelte Paola zu und rief so laut, wie man im Casinò seit Jahren niemanden hatte rufen hören, auf englisch: »*Hot damn*!«

10

Er hielt es für unsinnig, am nächsten Morgen erst noch in die Questura zu gehen, und blieb zu Hause, bis es Zeit für den Zug nach Vicenza war. Allerdings rief er noch Maggior Ambrogiani an und bat ihn, den Fahrer zum Bahnhof zu schicken.

Als der Zug den Damm überquerte und die Stadt hinter sich ließ, konnte Brunetti in der Ferne die Berge erkennen, die man heutzutage nur selten sah; noch nicht schneebedeckt, aber er hoffte, sie würden es sehr bald sein. Dies war nun schon das dritte Jahr mit wenig Regen im Frühjahr, gar keinem im Sommer und einer schlechten Ernte im Herbst. Die Bauern hatten ihre Hoffnungen nun auf Schneefälle im Winter gesetzt, und ihm fiel ein Sprichwort der Landbevölkerung des Friaul ein, eines zähen, arbeitsamen Völkchens: »*Sotto la neve, pane; sotto la pioggia, fame*«. Ja, Schnee im Winter würde für Brot sorgen, wenn er sein eingefrorenes Wasser in der Wachstumsperiode langsam freigab, während Regen, der rasch wegfloß, nur Hunger brachte.

Er hatte seine Aktentasche heute nicht mitgenommen, denn es war unwahrscheinlich, daß er an zwei Tagen hintereinander Beutel mit Kokain finden würde, aber er hatte auf dem Bahnhof eine Zeitung gekauft und schlug sie auf, während der Zug ihn durch die Ebene in Richtung Vicenza trug. Der tote Amerikaner wurde heute nicht erwähnt; seinen Platz hatte ein Mord aus Leidenschaft in Modena eingenommen: Ein Zahnarzt hatte eine Frau, die ihn nicht heiraten wollte, erdrosselt und sich anschließend erschossen. Die restliche Fahrt verbrachte er damit, die politischen Nachrichten zu lesen, und als er in Vicenza ankam, wußte er genausoviel wie bei seiner Abfahrt in Venedig.

Derselbe Fahrer wartete vor dem Bahnhof auf ihn, aber diesmal stieg er aus, um Brunetti die Wagentür zu öffnen. Am Tor zum Stützpunkt hielt er ohne Befehl und wartete, während der Carabiniere einen Passierschein für Brunetti ausstellte. »Wohin soll ich Sie bringen, Commissario?«

»Wo ist der Gesundheitsdienst?«

»Im Krankenhaus.«

»Dann fahren wir dahin.«

Sie fuhren die lange Hauptstraße des Stützpunkts entlang, und wieder fühlte sich Brunetti in ein fremdes Land versetzt. Pinien säumten zu beiden Seiten die Straße. Der Wagen fuhr an Männern und Frauen in Shorts vorbei, die auf Fahrrädern unterwegs waren oder Kinderwagen schoben. Jogger kamen mit federnden Schritten gelaufen, und sie sahen sogar ein noch mit Wasser gefülltes Schwimmbecken, aber keine Schwimmer darin.

Der Fahrer hielt vor einem weiteren nichtssagenden Betonbau. VICENZA FIELD HOSPITAL las Brunetti. »Da drin, Commissario«, sagte der Fahrer, während er sich auf einen Behindertenparkplatz stellte und den Motor ausschaltete.

Drinnen sah Brunetti sich vor einem niedrigen, geschwungenen Empfangstresen. Eine junge Frau blickte auf, lächelte und fragte: »Ja, Sir, kann ich Ihnen helfen?«

»Ich suche den Gesundheitsdienst.«

»Den Gang hinter mir entlang, dann rechts und die dritte Tür links«, sagte sie und wandte sich dann einer jungen Schwangeren in Uniform zu, die nach ihm hereingekommen war. Brunetti schlug die angegebene Richtung ein, ohne sich, was er sich hoch anrechnete, noch einmal nach der Schwangeren in Uniform umzusehen.

Vor der dritten Tür mit der deutlichen Aufschrift ›Public Health‹ blieb er stehen und klopfte. Keine Antwort, also klopfte er noch einmal. Da immer noch keine Antwort kam, versuchte er es mit dem Türgriff, registrierte, daß es keine Klinke, sondern ein Knauf war, öffnete die Tür und trat ein. In dem kleinen Zimmer standen drei Schreibtische aus Metall, ein Stuhl vor jedem, und zwei Aktenschränke, von denen ein paar Topfpflanzen, die dringend gegossen und abgestaubt werden mußten, müde die langen Blätter herunterhängen ließen. An der Wand hing das nun schon sattsam bekannte schwarze Brett, das hier gespickt war mit Notizzetteln und Dienstplänen. Zwei der Schreibtische waren mit dem normalen Wust der Büroarbeit bedeckt: Papiere, Formulare, Ordner, Kugelschreiber, Bleistifte. Auf dem dritten standen ein Computerterminal und eine Tastatur, aber sonst war er verdächtig leer. Brunetti setzte sich auf den Stuhl, der offenkundig für Besucher gedacht war. Ein Telefon – auf jedem Schreibtisch stand eines – klingelte, siebenmal zählte Brunetti, dann verstummte es. Er wartete noch ein paar Minuten, stand auf und trat auf den Flur hinaus. Eine Schwester kam vorbei, und Brunetti fragte sie, ob sie wisse, wo die Leute aus dem Büro seien.

»Müßten eigentlich jeden Moment zurück sein«, antwortete sie mit der international anerkannten Formel, mit der Kollegen einander gegenüber Fremden decken, die jemand geschickt haben könnte, um zu sehen, wer bei der Arbeit war und wer nicht. Er ging zurück ins Zimmer und machte die Tür hinter sich zu.

Wie in jedem Büro waren zwischen Aktennotizen auch hier die üblichen Karikaturen, Urlaubspostkarten und handgeschriebenen Notizzettel aufgehängt. Die Karikaturen hatten alle entweder Soldaten oder Ärzte zum Gegenstand, viele der Postkarten entweder Minarette oder archäologische Ausgrabungsstätten. Er löste die erste vom Brett und las Bobs Grüße von der Blauen Moschee. Die zweite Karte informierte ihn, daß Bob das Kolosseum toll fand. Aber die dritte, auf der ein Kamel vor den Pyramiden zu sehen war, enthüllte viel Interessantes, nämlich daß M und T die Inspektion der Küchen beendet hatten und am Dienstag zurückkommen würden. Er steckte sie wieder an ihren Platz und trat von dem Anschlagbrett zurück.

»Kann ich Ihnen helfen?« fragte eine Stimme hinter ihm.

Er erkannte die Stimme, drehte sich um, und sie erkannte ihn.

»Mr. Brunetti, was machen Sie denn hier?« Ihre Überraschung war echt und groß.

»Guten Morgen, Doctor Peters. Ich habe Ihnen doch gesagt, daß ich kommen würde, um mehr über Sergeant Foster zu erfahren. Man hat mir gesagt, hier habe der Gesundheitsdienst sein Büro, und ich hatte eigentlich gehofft, jemanden anzutreffen, der mit Foster gearbeitet hat. Aber wie Sie sehen«, er machte eine ausholende Bewegung und gleichzeitig zwei Schritte von dem schwarzen Brett weg, »ist keiner da.«

»Die sind alle in einer Besprechung«, erklärte sie. »Sie wollen die Arbeit neu aufteilen, bis Ersatz kommt.«

»Und Sie sind nicht in dieser Besprechung?« fragte er.

Zur Antwort zog sie ein Stethoskop aus der Brusttasche ihres weißen Kittels und meinte dann: »Wissen Sie nicht mehr? Ich habe Ihnen doch erzählt, daß ich Kinderärztin bin.«

»Ach so.«

»Sie müßten aber bald zurück sein«, erklärte sie. »Mit wem wollten Sie denn sprechen?«

»Ich weiß nicht. Mit dem, der am engsten mit ihm zusammengearbeitet hat.«

»Wie ich Ihnen schon sagte, hat er das Büro hier ziemlich selbständig geführt.«

»Es würde mir also nicht weiterhelfen, wenn ich mit den anderen rede?«

»Das kann ich nicht für Sie entscheiden, Mr. Brunetti, da ich nicht weiß, was Sie in Erfahrung bringen wollen.«

Brunetti nahm an, daß ihre Kratzbürstigkeit eine Folge ihrer Nervosität war, darum ließ er das Thema fallen und fragte stattdessen: »Wissen Sie vielleicht, ob Sergeant Foster getrunken hat?«

»Getrunken?«

»Alkohol.«

»Sehr wenig.«

»Und wie steht's mit Drogen?«

»Was für Drogen?«

»Illegale.«

»Nein.« Ihre Stimme war fest und entschieden.

»Das klingt, als wären Sie sich da sehr sicher.«

»Ich bin sicher, weil ich ihn kannte, und auch sicher, weil ich seine Vorgesetzte war, außerdem kenne ich seine medizinischen Daten.«

»Würde so etwas normalerweise darin erwähnt werden?« wollte Brunetti wissen.

Sie nickte. »Wir können in der Army alle jederzeit auf Drogen untersucht werden. Die meisten müssen einmal im Jahr einen Urintest machen.«

»Sogar Offiziere?«

»Sogar Offiziere.«

»Sogar Ärzte?«

»Sogar Ärzte.«

»Und Sie haben seine Befunde gesehen?«

»Ja.«

»Wann war der letzte Test?«

»Ich weiß es nicht mehr genau. Irgendwann in diesem Sommer, glaube ich.« Sie nahm ein paar Mappen von einer Hand in die andere. »Ich weiß gar nicht, warum Sie das wissen wollen. Er hat nie Drogen genommen. Im Gegenteil. Er war absolut dagegen. Wir haben oft darüber gestritten.«

»Wie? Warum?«

»Ich sehe da kein Problem. Ich selbst bin nicht scharf darauf, aber wenn jemand Drogen nehmen will, sollte er das dürfen.« Als Brunetti nichts sagte, fuhr sie fort: »Sehen Sie, ich soll mich hier eigentlich um die Kinder kümmern, aber wir sind unterbesetzt, und darum kommen auch viele Mütter zu mir und bitten mich, ihre Rezepte für Valium oder Librium zu erneuern. Wenn ich das ablehne, weil ich finde, daß sie zuviel davon nehmen, warten sie einfach ein oder zwei Tage und vereinbaren dann einen Termin mit einem anderen Arzt, und früher oder später gibt einer ihnen, was sie haben wollen. Vielen ginge es besser, wenn sie einfach dann und wann einen Joint rauchen könnten.«

Brunetti fragte sich, wie diese Meinung wohl bei den medizinischen und militärischen Vorgesetzten ankam, aber er fand es besser, seine Überlegung für sich zu behalten. Schließlich interessierte ihn nicht Dr. Peters' Meinung zum Drogengebrauch, sondern ob Sergeant Foster welche genommen hatte oder nicht. Außerdem – und gar nicht nebenbei – warum sie ihn angelogen und behauptet hatte, sie habe Foster nie auf einer seiner Reisen begleitet.

Hinter ihr ging die Tür auf, und ein vierschrötiger Mann mittleren Alters in grüner Uniform kam herein. Er schien überrascht, Brunetti zu sehen, aber Dr. Peters kannte er offensichtlich.

»Ist die Besprechung vorbei, Ron?« fragte sie.

»Ja«, sagte er, stockte, sah Brunetti an, und da er nicht recht wußte, wer das war, fügte er hinzu: »Ma'am.«

Dr. Peters wandte sich Brunetti zu. »Das ist First Sergeant Wolf«, sagte sie. »Sergeant, das ist Commissario Brunetti von der venezianischen Polizei. Er ist gekommen, um einige Fragen nach Sergeant Foster zu stellen.«

Nachdem die beiden Männer sich die Hand gegeben und Höflichkeitsfloskeln ausgetauscht hatten, sagte Dr. Peters: »Vielleicht kann Sergeant Wolf Ihnen einen besseren Eindruck von Sergeant Fosters Aufgaben vermitteln, Mr. Brunetti. Er ist zuständig für alle unsere Kontakte außerhalb des Stützpunkts.« Sie drehte sich zur Tür um. »Ich lasse Sie jetzt allein und gehe wieder zu meinen Patienten.« Brunetti nickte ihr zu, aber sie hatte sich schon abgewandt und verließ rasch das Büro.

»Was wollten Sie denn wissen, Commissario?« fragte Sergeant Wolf und setzte dann etwas weniger förmlich hinzu: »Wollen wir in mein Büro gehen?«

»Arbeiten Sie nicht hier?«

»Nein. Ich gehöre zur Krankenhausverwaltung. Unsere Büros liegen in einem anderen Teil des Gebäudes.«

»Wer arbeitet dann noch hier?« wollte Brunetti wissen, indem er auf die drei Schreibtische wies.

»Das hier ist Mikes Schreibtisch. Ich meine, es war Mikes«, berichtigte er sich. »Der andere gehört Sergeant Dostie, aber der ist gerade in Warschau.« Er zeigte zu dem Computer auf dem dritten Schreibtisch. »Den da haben sie sich geteilt.«

Wie weit dieser amerikanische Adler doch seine Flügel ausbreitete. »Wann kommt er zurück?« fragte Brunetti.

»Irgendwann nächste Woche«, antwortete Wolf.

»Und wie lange ist er schon weg?« Brunetti fand seine Frage in dieser Form weniger direkt, als wenn er gefragt hätte, wann Dostie abgefahren war.

»Schon länger, noch bevor das passiert ist«, beantwortete Wolf erschöpfend Brunettis Frage und schloß Dostie damit als Verdächtigen aus.

»Möchten Sie mit in mein Büro kommen?«

Brunetti folgte ihm durch die Gänge des Krankenhauses und versuchte sich dabei den Weg zu merken. Sie gingen durch doppelte Schwingtüren, makellos saubere Korridore und weitere Türen, bis Wolf schließlich vor einer offenen Zimmertür stehenblieb.

»Nichts Großartiges, aber mein Zuhause«, sagte er mit überraschender Herzlichkeit. Er trat beiseite, um Brunetti den Vortritt zu lassen, kam dann nach und machte die Tür hinter ihnen zu. »Wir wollen ja nicht gestört werden«, bemerkte er dazu und lächelte. Dann ging er zum Schreibtisch und setzte sich in den mit Lederimitat bezogenen Drehsessel. Ein riesiger Terminplaner nahm den größten Teil der Schreibtischplatte ein, darauf verteilt Ablagemappen, ein Eingangs- und ein Ausgangskorb und ein Telefon. Rechts stand in einem Messingrahmen das Bild einer orientalischen Frau mit drei kleinen Kindern, offensichtlich die Sprößlinge aus dieser Mischehe.

»Ihre Frau?« fragte Brunetti, als er vor dem Schreibtisch Platz nahm.

»Ja, ist sie nicht schön?«

»Sehr«, bestätigte Brunetti.

»Und das sind unsere drei Kinder. Joshua ist zehn, Melissa sechs und Aurora erst ein Jahr alt.«

»Eine sehr ansehnliche Familie«, meinte Brunetti.

»Ja, das finde ich auch. Ich wüßte nicht, was ich ohne sie täte. Ich habe oft zu Mike gesagt, das sei es, was er brauche, eine Frau und ein Heim.«

»Brauchte er denn ein Heim?« fragte Brunetti, der es interessant fand, daß es immer verheiratete Männer mit mehreren Kindern waren, die alleinstehenden Männern solches wünschten.

»Tja, ich weiß es nicht.« Wolf beugte sich vor und stützte die Ellbogen auf seinen Schreibtisch. »Er war immerhin schon über Dreißig. Da wird es Zeit, eine Familie zu gründen.«

»Hatte er denn eine Freundin, mit der er eine hätte gründen können?« fragte Brunetti freundlich.

Wolf sah ihn an, dann blickte er auf seinen Schreibtisch. »Nicht daß ich wüßte.«

»Mochte er Frauen?« Wenn Wolf klar war, daß damit gefragt werden sollte, ob Foster vielleicht Männer mochte, so ließ er es sich jedenfalls nicht anmerken.

»Ich glaube schon. Aber so gut habe ich ihn dann auch wieder nicht gekannt. Nur hier bei der Arbeit.«

»Gibt es hier jemanden, mit dem er besonders befreundet war?« Als Wolf den Kopf schüttelte, setzte Brunetti hinzu: »Dr. Peters war ziemlich außer Fassung, als sie die Leiche sah.«

»Na ja, sie haben ein Jahr lang zusammen gearbeitet. Meinen Sie nicht, daß es da nur normal ist, wenn sie beim Anblick seiner Leiche außer Fassung gerät?«

»Doch, wahrscheinlich«, antwortete Brunetti, ohne weiter darauf einzugehen. »Sonst jemand?«

»Nein, mir fällt niemand ein.«

»Vielleicht könnte ich Mr. Dostie fragen, wenn er zurückkommt.«

»Sergeant Dostie«, korrigierte Wolf automatisch.

»Kannte er Sergeant Foster gut?«

»Das weiß ich wirklich nicht, Commissario.« Brunetti hatte den Eindruck, daß dieser Mann überhaupt nicht viel wußte, jedenfalls nicht über jemanden, der schon seit... »Wie lange hat Sergeant Foster für Sie gearbeitet?« fragte er.

Wolf ließ sich in seinen Sessel zurücksinken, sah das Foto vor sich an, als könnte seine Frau es ihm sagen, und antwortete dann: »Vier Jahre. Seit er hier ist.«

»Aha. Und wie lange ist Sergeant Dostie hier?«

»Etwa vier Jahre.«

»Was war Sergeant Foster für ein Mensch, Sergeant Wolf?« fragte Brunetti, um das Gespräch wieder auf den Toten zu bringen.

Diesmal sah Wolf erst seine Kinder an, bevor er antwortete. »Er war ein hervorragender Soldat. Das können Sie seiner Akte entnehmen. Er neigte dazu, sich abzuschotten, aber das mag daran gelegen haben, daß er noch studierte, und das nahm er sehr ernst.« Wolf hielt inne, als überlegte er, was er noch Wesentlicheres sagen könnte. »Er war ein sehr besorgter Mensch.«

»Wie?« fragte Brunetti, den diese Äußerung ein wenig überrumpelte. Besorgt? Worum sollte Foster sich gesorgt haben? Was meinte der Mann damit? »Ich fürchte, das verstehe ich nicht ganz.«

Wolf beeilte sich, es ihm zu erklären. »Was ihr Italiener als ›*simpatico*‹ bezeichnet, wissen Sie?«

»Oh«, murmelte Brunetti. Foster war also ein *mitfühlender* Mensch. Was für eine merkwürdige Sprache diese Leute doch hatten. Er fragte etwas direkter: »Mochten Sie ihn?«

Die Frage überraschte Wolf offensichtlich. »Also, ja sicher, ich glaube schon. Allerdings waren wir nicht befreundet oder so etwas, aber er war ein netter Kerl.«

»Was hatte er denn genau zu tun?« fragte Brunetti, indem er sein Notizbuch zückte.

»Tja.« Sergeant Wolf verschränkte die Hände hinter dem Kopf und machte es sich auf seinem Stuhl etwas bequemer. »Er hatte sich um die Wohnungen zu kümmern, daß die Vermieter einen gewissen Standard einhielten. Genug heißes Wasser, ausreichende Heizung im Winter. Und dann mußte er darauf achten, daß wir als Mieter keine Schäden in den Häusern oder Wohnungen anrichten. Wenn uns ein Vermieter anruft und sagt, daß seine Mieter eine Gefahr für die Gesundheit sind, gehen wir das nachprüfen.«

»Was für Gesundheitsgefahren?« wollte Brunetti wissen.

»Ach, mancherlei. Es gibt beispielsweise Leute, die ihren Müll nicht wegbringen oder ihn zu nah am Haus deponieren, oder die Hinterlassenschaften ihrer Haustiere nicht beseitigen. So etwas haben wir oft.«

»Und was tun Sie dann?«

»Wir haben die Erlaubnis, nein, das Recht, ihre Wohnungen zu betreten.«

»Auch, wenn sie nicht einverstanden sind?«

»Gerade dann«, meinte Wolf mit einem Lachen. »Meist ist das ein sicheres Zeichen dafür, daß es bei ihnen schlimm aussieht.«

»Und was unternehmen Sie dann?«

»Wir inspizieren die Wohnung, um zu sehen, ob dort Gefahr für die Gesundheit besteht.«

»Kommt das oft vor?«

Wolf wollte antworten, hielt sich aber dann zurück, und Brunetti merkte, daß er überlegte, wieviel von solchen Dingen er wohl einem Italiener erzählen durfte und wie dieser auf solche Geschichten über Amerikaner reagieren mochte. »Gelegentlich«, antwortete er neutral.

»Und dann?«

»Wir weisen die Leute an, den Unrat zu beseitigen, melden es dem jeweiligen Commander und setzen ihnen eine Frist, um die Sache zu erledigen.«

»Und wenn sie das nicht tun?«

»Dann kommt Artikel fünfzehn zur Anwendung.«

Brunetti lächelte wieder ratlos. »Artikel fünfzehn?«

»Das ist eine Art offizielle Rüge. Es wird in ihrer Akte vermerkt und kann viel Ärger machen.«

»Wie zum Beispiel?«

»Es kann zu Geldstrafen oder zur Degradierung führen, manchmal sogar bis zur Entlassung aus der Armee.«

»Wegen einer schmutzigen Wohnung?« fragte Brunetti, der seine Verwunderung nicht verbergen konnte.

»Mr. Brunetti, wenn Sie einige dieser Wohnungen gesehen hätten, würden Sie die Leute am liebsten des Landes verweisen.« Er hielt kurz inne, dann knüpfte er wieder ans Thema an: »Außerdem mußte er die Küchen in unseren Botschaften überprüfen, besonders wenn dort jemand erkrankte, oder noch schlimmer, wenn viele krank wurden. Letztes Jahr hatten wir die Hepatitis in Belgrad, und er mußte hinfahren und die Sache untersuchen.«

»Noch etwas?« erkundigte sich Brunetti.

»Nein, nichts von Bedeutung.«

Brunetti lächelte. »Ich bin mir im Augenblick noch nicht sicher, was von Bedeutung ist und was nicht, Sergeant Wolf, aber ich möchte mir ein klares Bild über seine Aufgaben machen.«

Sergeant Wolf erwiderte das Lächeln. »Natürlich. Das verstehe ich. Er hatte auch darauf zu achten, daß die Schulkinder alle nötigen Impfungen bekommen. Zum Beispiel gegen Masern und Windpocken und dergleichen. Außerdem war er dafür zuständig, daß die Strahlung ordnungsgemäß entsorgt wurde sowie anderes Zeug, das wir nicht auf normalem Weg beseitigen können. Und es gab bestimmte Gesundheitsinformationen, für die er zuständig war.« Er sah auf. »Das ist, glaube ich, so ungefähr alles«, meinte er abschließend.

»Strahlung?« fragte Brunetti.

»Ja, Röntgenstrahlung aus der Zahnklinik und auch hier aus dem Krankenhaus. So was muß gesondert entsorgt werden. Wir können es nicht einfach zum normalen Abfall tun.«

»Und wie wird das gehandhabt?«

»Wir haben einen Vertrag mit einem italienischen Transportunternehmer, der das Zeug einmal im Monat abholt. Das mußte Mike überwachen, dafür sorgen, daß die Container abgeholt wurden.« Wolf lächelte. »Das wär's dann wohl.«

Brunetti lächelte ebenfalls und stand auf. »Vielen Dank, Sergeant Wolf. Sie haben mir sehr geholfen.«

»Na, ich hoffe, es nützt Ihnen etwas. Wir alle hier hatten Mike sehr gern und würden es begrüßen, wenn Sie den kriegten, der das getan hat.«

»Ja, natürlich«, sagte Brunetti und streckte die Hand aus. »Ich möchte Sie nicht länger von Ihrer Arbeit abhalten, Sergeant.«

Der Amerikaner stand auf, um Brunetti die Hand zu schütteln. Sein Händedruck war fest und selbstbewußt. »Ich freue mich, daß ich Ihnen behilflich sein konnte, Sir. Sollten Sie noch mehr Fragen haben, dürfen Sie gern wiederkommen.«

»Vielen Dank, Sergeant. Es könnte durchaus sein.«

Auf dem Korridor draußen suchte Brunetti sich seinen Weg zurück zum Gesundheitsdienst und klopfte an die Tür. Er wartete ein paar Sekunden, und als er nichts hörte, ging er hinein. Wie er erwartet hatte, waren Blaue Moschee und Kolosseum noch da. Die Pyramiden waren verschwunden.

11

Draußen auf dem Flur fragte er eine dunkelhäutige junge Frau in Schwesterntracht, die gerade vorbeiging, wo er Dr. Peters finden könne. Sie meinte, sie sei gerade auf dem Weg zu Station B, wo Dr. Peters arbeite, und würde ihn hinbringen. Diesmal gingen sie in die entgegengesetzte Richtung, durch andere Doppeltüren, aber hier waren die Leute, die ihnen entgegenkamen, weiß gekleidet, oder sie trugen hellgrüne OP-Anzüge, nicht das dunklere Grün der Militäruniformen. Sie kamen an einem Raum mit dem Schild ›Aufwachzimmer‹ vorbei, dann hörte er von rechts Babygeschrei. Er warf der Schwester neben sich einen Blick zu, sie lächelte und nickte. »Drei, alle diese Woche geboren.«

Brunetti konnte sich des Eindrucks nicht erwehren, daß Babies hier nicht geboren werden sollten, in einer militärischen Einrichtung, umgeben von Waffen, Uniformen und dem Geschäft des Tötens. Dann fiel ihm ein, daß er bis jetzt in dieser militärischen Einrichtung schon eine Bibliothek, eine Kapelle, ein Schwimmbad und eine Baskin-Robbins-Eisdiele gesehen hatte, also ergab es vielleicht doch einen Sinn, daß auch Babies hier geboren wurden. Im Grunde genommen hatte wenig von dem, was er gesehen hatte, irgend etwas mit dem Geschäft des Krieges oder des Tötens oder der Streitkräfte zu tun. Er fragte sich, ob den Amerikanern klar war, wohin ihr Geld floß. Erkannten sie die Verschwendungssucht, mit der es ausgegeben wurde? Weil er Italiener war, ging er davon aus, daß seine Regierung sich wirklich ernsthaft nur damit beschäftigte, Geld hinauszuwerfen, gewöhnlich in Richtung ihrer Freunde, aber es war ihm nie in den Sinn gekommen, daß die amerikanische Regierung denselben Ehrgeiz haben könnte.

»Hier ist Dr. Peters' Sprechzimmer, Sir. Ich glaube, sie ist gerade bei einem Patienten, aber sie müßte bald zurück sein.« Sie lächelte und ließ ihn stehen, ohne auch nur einmal gefragt zu haben, wer er war oder was er wollte.

Drinnen sah es aus wie in jedem Arztzimmer, in dem Brunetti bisher gewesen war. Eine Wand wurde von dicken Büchern mit hochtrabenden Titeln eingenommen, und in einer Ecke stand eine Waage mit integriertem Längenmaß. Er trat auf die Waage und bewegte das Gewicht auf der horizontalen Skala hin und her, bis es bei 193 einrastete. Dann teilte er im Kopf durch 2,2 und seufzte beim Ergebnis. Knapp 88 Kilo. Danach maß er seine Größe, 5 Fuß, 10 Zoll, aber diese Umrechnung hatte er ohne Papier und Beistift nie geschafft. Allerdings ging er davon aus, daß seine Einsachtundsiebzig ihm wohl kaum so leicht einen Streich spielen würden wie sein Gewicht.

An der Wand hingen Poster: eines davon mit Fulvio Roiters üblichen Karnevalsfotos, eines mit den Mosaiken von San Vitale in Ravenna und ein vergrößertes Foto mit Bergen, die aussahen wie die zackigen Zahnreihen der Dolomiten. Die Wand rechts davon war, wie Brunetti es schon in vielen Arztpraxen gesehen hatte, mit gerahmten Diplomen bestückt, als ob Ärzte fürchteten, man vertraue ihnen nicht, wenn die Wände nicht mit greifbaren Beweisen ihrer Ausbildung tapeziert waren. *Emory University*. Das sagte ihm nichts. *Phi Beta Kappa*. Dies ebensowenig. *Summa Cum Laude*. Das schon eher.

Auf dem Tisch lag eine Zeitschrift. *Family Practice Journal*. Er nahm sie, setzte sich und blätterte darin herum, bis er zu einem Artikel kam, der mit Farbfotos illustriert war, die er für menschliche Füße hielt, aber es waren derart verstümmelte Füße, daß man sie kaum als solche erkennen konnte, Füße, bei denen die Zehen sich nach oben zum Spann hin bogen oder nach unten zu den Fußsohlen hin. Er betrachtete die Fotos ein Weilchen, und als er gerade anfangen wollte, den Artikel zu lesen, spürte er neben sich eine Bewegung und sah auf. Dr. Peters stand in der Tür. Wortlos nahm sie ihm die Zeitschrift aus der

Hand, klappte sie zu und legte sie auf die entfernte Seite ihres Schreibtischs.

»Was machen Sie denn hier?« fragte sie, weder ihre Überraschung noch ihren Ärger verbergend.

Er stand auf. »Entschuldigen Sie bitte, wenn ich Ihre Sachen durcheinandergebracht habe, Doctor. Ich wollte eigentlich mit Ihnen sprechen, wenn Sie Zeit haben. Beim Warten sah ich die Zeitschrift da liegen und habe darin herumgeblättert. Es stört Sie hoffentlich nicht.«

Offenbar merkte sie, daß ihre Reaktion unangemessen gewesen war. Er beobachtete sie, wie sie versuchte, sich zu fangen. Schließlich setzte sie sich auf ihren Schreibtischstuhl und meinte mit einem angedeuteten Lächeln: »Besser das als meine Post.« Danach wirkte ihr Lächeln wieder aufrichtig. Sie deutete auf die nun zugeschlagene Zeitschrift. »Das passiert bei alten Leuten. Sie werden zu steif, um sich noch bücken und ihre Nägel schneiden zu können, aber die Nägel wachsen weiter, und schließlich sind die Füße, wie Sie gesehen haben, schrecklich entstellt.«

»Dann lieber Kinderärztin«, sagte er.

Sie lächelte wieder. »Ja, viel lieber. Ich finde es besser, seine Zeit in Kinder zu investieren.« Sie legte ihr Stethoskop auf die Zeitschrift und sagte: »Aber wahrscheinlich sind Sie nicht gekommen, um mit mir über meine Berufswahl zu sprechen, Commissario. Was möchten Sie gern wissen?«

»Ich möchte wissen, warum Sie mir Ihre Reise mit Sergeant Foster nach Kairo verheimlicht haben.«

Er sah ihr an, daß sie nicht überrascht war, vielleicht sogar damit gerechnet hatte. Sie schlug die Beine übereinander, so daß der Uniformrock, den sie unter ihrem weißen Kittel trug, ihre Knie entblößte. »Sie haben also doch meine Post gelesen?« fragte sie. Und als er nicht antwortete, fuhr sie fort: »Es sollte keiner hier erfahren, was los ist.«

»Aber, Doctor Peters, Sie haben eine Postkarte hierher geschickt, mit Ihrer beider Namen, das heißt, den Initialen. Es kann also für die Leute hier kaum ein Geheimnis gewesen sein, daß Sie zusammen in Kairo waren.«

»Bitte«, sagte sie müde, »Sie wissen doch, was ich meine. Ich möchte nicht, daß hier jemand erfährt, was los ist. Sie waren doch dabei, als ich seine Leiche gesehen habe. Sie wissen es also.«

»Warum möchten Sie das nicht? Sind Sie mit einem anderen verheiratet?«

»Nein«, antwortete sie und schüttelte entnervt den Kopf, weil er sie nicht verstand. »Es wäre nicht so schlimm, wenn es nur das wäre. Aber ich bin Offizier, und Mike war nur Unteroffizier.« Sie sah seine Verwirrung. »Das ist Fraternisierung und gehört zu den Dingen, die uns verboten sind.« Sie schwieg lange. »Zu den vielen Dingen.«

»Was würde denn passieren, wenn die es herausbekämen?« fragte er, wobei er es nicht für nötig hielt, näher zu definieren, wer »die« waren.

Sie zuckte die Achseln. »Keine Ahnung. Einer von uns wäre vielleicht zum Rapport bestellt, womöglich bestraft worden. Vielleicht sogar versetzt. Aber das ist ja wohl kaum noch von Belang, oder?« meinte sie und sah ihm direkt ins Gesicht.

»Nein, leider nicht. Könnte es trotzdem Ihrer Karriere schaden?«

»In sechs Monaten scheide ich aus der Army aus, Mr. Brunetti. Sie würden sich jetzt nicht mehr dafür interessieren, und wenn doch, glaube ich nicht, daß es mir viel anhaben könnte. Ich will nicht Karriere machen, jedenfalls nicht in der Armee, aber sie sollen es trotzdem nicht erfahren. Ich will einfach raus und zurück zu meinem Leben.« Sie hielt kurz inne, blickte ihn prüfend an und fuhr dann fort: »Die Armee hat mich Medizin studieren lassen. Das hätte ich selbst nicht finanzieren können, und meine Familie auch nicht. Sie haben mir also vier Jahre Ausbildung bezahlt, und jetzt habe ich es ihnen mit vier Jahren Arbeit zurückbezahlt. Das sind acht Jahre, Mr. Brunetti, acht Jahre.

Wahrscheinlich sollte ich nicht sagen, daß ich zu meinem Leben zurückwill. Ich will erst mal eines anfangen.«

»Was wollen Sie tun? Mit diesem Leben, meine ich.«

Sie schürzte die Lippen und zog die Augenbrauen hoch. »Ich weiß es noch nicht. Ich habe mich bei einigen Krankenhäusern beworben. Und es gibt immer noch die Möglichkeit, eine eigene Praxis aufzumachen. Oder ich könnte weiterstudieren. Ich denke nicht weiter darüber nach.«

»Hängt das mit Sergeant Fosters Tod zusammen?«

Sie schob mit dem Finger ihr Stethoskop hin und her, sah ihn an, dann wieder auf ihre Hand.

»Doctor Peters«, begann er, nicht sicher, wie sich eine solche Rede auf englisch anhören würde. »Ich weiß nicht genau, was hier eigentlich vorgeht, aber ich weiß, daß Sergeant Foster nicht von einem Straßenräuber mehr oder weniger versehentlich umgebracht wurde. Er wurde ermordet, und wer immer der Täter ist, er hat etwas mit dem amerikanischen Militär zu tun oder mit der italienischen Polizei. Und ich glaube, Sie wissen etwas über die Hintergründe, die zu seinem Tod geführt haben. Ich möchte gern, daß Sie mir sagen, was Sie wissen oder vermuten. Oder wovor Sie Angst haben.« Die Worte klangen in seinen eigenen Ohren bleischwer und gekünstelt.

Sie blickte zu ihm herüber, während er sprach, und in ihren Augen sah er einen Schatten dessen, was er an dem Abend auf San Michele gesehen hatte. Sie wollte etwas sagen, hielt inne und blickte wieder auf ihr Stethoskop. Nach einer langen Pause schüttelte sie den Kopf und meinte: »Ich glaube, Sie messen meiner Reaktion zuviel Gewicht bei, Mr. Brunetti. Ich weiß nicht, wovon Sie sprechen, wenn Sie meinen, ich hätte vor irgend etwas Angst.« Und dann, wie um sie beide zu überzeugen: »Ich habe keine Ahnung, warum Mike umgebracht wurde oder wer ihn hätte umbringen wollen.«

Er blickte auf ihre Hand und sah, daß sie den schwarzen Gummischlauch, der zu der flachen Scheibe am Ende des Instruments führte, so fest umgebogen hatte, daß er ganz grau aussah. Sie merkte, wo er hinsah, und folgte seinem Blick bis zu ihrer Hand, deren Griff sie daraufhin langsam lockerte, bis der Schlauch wieder gerade und das Gummi schwarz war. »Und jetzt müssen Sie mich bitte entschuldigen. Ich habe noch einen Patienten.«

»Aber sicher, Doctor«, sagte er und mußte einsehen, daß er verloren hatte. »Wenn Ihnen noch etwas einfällt, was Sie mir sagen wollen, oder Sie mich sonst sprechen wollen, können Sie mich in der Questura in Venedig erreichen.«

»Danke«, sagte sie, stand auf und ging zur Tür. »Wollen Sie den Artikel fertig lesen?«

»Nein.« Er erhob sich und ging ebenfalls zur Tür, wo er ihr die Hand hinstreckte. »Wie gesagt, wenn Ihnen noch irgend etwas einfällt.«

Sie nahm seine Hand, lächelte und sagte nichts. Er sah ihr nach, als sie nach links den Flur hinunterging und im angrenzenden Zimmer verschwand, aus dem die Stimme einer Frau zu hören war, die leise und beruhigend auf jemanden einredete, wahrscheinlich auf ein krankes Kind.

Draußen wartete der Fahrer, in eine Zeitschrift vertieft. Er sah auf, als Brunetti die hintere Wagentür öffnete. »Wohin jetzt, Commissario?«

»Hat diese *Mensa* heute geöffnet?« Er hatte ziemlichen Hunger und stellte erst jetzt fest, daß es schon nach eins war.

»Ja, Commissario. Der Streik ist beendet.«

»Wer hatte denn da gestreikt?«

»Die CGL«, erklärte der Fahrer, also die größte kommunistische Gewerkschaft.

»Die CGL?« wiederholte Brunetti erstaunt. »Auf einem amerikanischen Stützpunkt?«

»Ja«, sagte der Fahrer und lachte. »Nach dem Krieg haben sie erst mal Leute eingestellt, die etwas Englisch konnten, und die Gewerkschaften zugelassen, ohne sich groß darum zu kümmern. Als ihnen dann aufging, daß die CGL kommunistisch war, haben sie keine Leute mehr eingestellt, die darin Mitglied waren. Aber die es immer noch sind, können sie nicht so leicht loswerden. Viele arbeiten in der *Mensa*. Das Essen ist tadellos.«

»Also gut, bringen Sie mich hin. Es ist doch nicht weit?«

»Etwa zwei Minuten«, antwortete der Fahrer und fuhr schon los, indem er den Wagen erneut scharf wendete und zurück auf eine Straße lenkte, die Brunettis Meinung nach eine Einbahnstraße war.

Linkerhand kamen sie an zwei überlebensgroßen Statuen vorbei, die er vorher nicht bemerkt hatte. »Wer sind die beiden?« wollte er wissen.

»Wer der Engel mit dem Schwert ist, weiß ich nicht, aber das andere ist die heilige Barbara.«

»Die heilige Barbara? Was macht die denn hier?«

»Das ist doch die Schutzpatronin der Artilleristen. Ihr Vater wurde vom Blitz getroffen, als er sie enthaupten wollte, wissen Sie nicht mehr?«

Obwohl er katholisch erzogen worden war, hatte Brunetti sich nie sehr für Religion interessiert und konnte die verschiedenen Heiligen nur mit Mühe auseinanderhalten, etwa so, wie es den Heiden seiner Ansicht nach schwergefallen sein mußte, immer zu wissen, welche Gottheit wofür zuständig war. Außerdem hatte er stets den Eindruck gehabt, daß die Heiligen einfach zu viel Zeit damit vertaten, die verschiedensten Körperteile zu verlieren: Augen, Brüste, Arme, und jetzt bei der heiligen Barbara den Kopf. »Nein, ich kenne die Legende nicht. Was war denn mit ihr?«

Der Fahrer überfuhr ein Stoppschild und schwenkte um eine Kurve, sah Brunetti über die Schulter an und erklärte: »Ihr Vater war Heide und sie Christin. Er wollte, daß sie einen Heiden heiratete, aber sie wollte Jungfrau bleiben.« Leise fügte er hinzu: »Dämliches Frauenzimmer.« Dann heftete er den Blick wieder auf die Straße, gerade rechtzeitig, um durch scharfes Bremsen einen Zusammenstoß mit einem Laster zu vermeiden. »Da beschloß der Vater, sie zu bestrafen, indem er sie enthauptete. Er hob das Schwert, gab ihr eine letzte Möglichkeit, ihm doch noch zu gehorchen, und Zack! schlug ein Blitz in sein Schwert ein und tötete ihn.«

»Was wurde aus ihr?«

»Ach, das sagen sie einem in diesen Geschichten doch nie. Jedenfalls ist sie seitdem die Schutzpatronin der Artilleristen, wegen Blitz und Donner.« Er fuhr an ein weiteres niedriges Gebäude heran. »Hier wären wir, Commissario.« Dann meinte er noch etwas erstaunt: »Komisch, daß Sie die Geschichte nicht kannten. Ich meine, die mit der heiligen Barbara.«

»Ich war nicht mit dem Fall betraut«, sagte Brunetti.

Nach dem Essen ließ er sich noch einmal zu Fosters Wohnung fahren. Dieselben beiden Soldaten saßen vor dem Haus in ihrem Jeep. Sie stiegen beide aus, als Brunetti zu ihnen kam, und warteten.

»Guten Tag«, sagte er mit freundlichem Lächeln. »Ich möchte mich gern noch einmal in der Wohnung umsehen, wenn es geht.«

»Haben Sie darüber mit Major Butterworth gesprochen, Sir?«

»Nein, heute nicht. Aber er hat mir die Erlaubnis gestern gegeben.«

»Könnten Sie mir sagen, warum Sie noch einmal in die Wohnung wollen, Sir?«

»Mein Notizbuch. Ich habe mir gestern die Titel einiger seiner Bücher notiert und muß es dabei wohl auf dem Bücherregal liegengelassen haben. Ich habe es erst vermißt, als ich im Zug saß, und davor war ich zuletzt hier.« Er sah, daß der Soldat gleich nein sagen würde, und fügte hinzu: »Sie können gern mit hineingehen, wenn Sie möchten. Ich will wirklich nur mein Notizbuch holen, falls es da ist. Ich glaube nicht, daß die Wohnung selbst mir sehr weiterhilft, aber in meinem Notizbuch habe ich Aufzeichnungen zu anderen Dingen, die für mich wichtig sind.« Er merkte, daß er zuviel redete.

Die beiden Soldaten wechselten Blicke, und offenbar entschied der eine, daß es in Ordnung wäre. Der, den Brunetti angesprochen hatte, übergab dem anderen sein Gewehr und sagte: »Wenn Sie mitkommen, Sir. Ich lasse Sie in die Wohnung.«

Mit dankbarem Lächeln folgte Brunetti ihm zum Eingang und in den Fahrstuhl. Sie schwiegen beide auf der kurzen Fahrt in den dritten Stock. Der Soldat schloß die Tür auf, trat zurück, um Brunetti an sich vorbei in die Wohnung zu lassen, und machte die Tür dann hinter ihnen zu.

Brunetti ging ins Wohnzimmer und dort zum Bücherregal. Er suchte demonstrativ nach dem Notizbuch, das in seiner Jackentasche steckte, und bückte sich sogar, um unter einem Sessel neben dem Regal nachzusehen. »Komisch. Ich bin ganz sicher, daß ich es hier noch hatte.« Er zog ein paar Bücher heraus und schaute dahinter. Nichts. Er blieb stehen, um zu überlegen, wo er es sonst noch hingelegt haben könnte. »Ich habe in der Küche einen Schluck Wasser getrunken«, sagte er dann zu dem Soldaten. »Vielleicht habe ich es da irgendwo hingelegt.« Und dann, als sei ihm das gerade erst eingefallen: »Könnte es sein, daß jemand hier war und es gefunden hat?«

»Nein, Sir. Seit Sie weggegangen sind, ist niemand hier drin gewesen.«

»Gut«, meinte Brunetti mit seinem freundlichsten Lächeln. »Dann muß es hier sein.« Er ging vor dem Soldaten her in die Küche und zu der Arbeitsplatte neben der Spüle. Er sah sich überall um, bückte sich unter den Küchentisch und blieb dann stehen. Dabei baute er sich direkt vor dem Boiler auf. Die Schraubenschlitze, die er gestern so sorgfältig horizontal und vertikal ausgerichtet hatte, waren alle leicht aus dem Lot. Es hatte also jemand nachgesehen und festgestellt, daß die Beutel verschwunden waren.

»Scheint nicht hier zu sein, Sir.«

»Nein, allerdings nicht«, pflichtete Brunetti ihm mit echter Bestürzung in der Stimme bei. »Sehr merkwürdig. Ich bin ganz sicher, daß ich es noch hatte, als ich hier war.«

»Sie könnten es in Ihrem Auto verloren haben«, meinte der Soldat.

»Das hätte der Fahrer mir sicher gesagt«, entgegnete Brunetti, und dann, als wäre ihm der Gedanke eben erst gekommen: »Falls er es gefunden hat.«

»Sie sollten lieber mal nachsehen, Sir.«

Gemeinsam verließen sie die Wohnung, die der Soldat sorgfältig abschloß. Im Fahrstuhl nach unten entschied Brunetti, daß es viel zu sehr nach Zufall aussehen würde, wenn er das Notizbuch hinter dem Rücksitz des Autos fände. Also bedankte er sich bei dem Soldaten, als sie aus dem Gebäude traten, und ging zu seinem Wagen zurück.

Da er nicht sicher war, ob der Amerikaner noch in Hörweite war und Italienisch verstand, spielte er das Spiel weiter und fragte seinen Fahrer, ob er ein Notizbuch im Auto gefunden hätte. Natürlich hatte er nicht. Brunetti öffnete die hintere Tür, fuhr mit der Hand hinter den Rücksitz und tastete in der Leere herum. Er fand nichts, was ihn ja auch nicht weiter verwunderte. Also richtete er sich auf, drehte sich zu dem Jeep um und hielt mit vielsagender Geste seine leeren Hände hoch. Nachdem er so signalisiert hatte, daß seine Suche ergebnislos verlaufen war, stieg er ein und bat den Fahrer, ihn zum Bahnhof zu bringen.

12

Der einzige Zug, der um diese Zeit von Vicenza nach Venedig fuhr, war ein Bummelzug, der an jedem Bahnhof hielt. Da der Intercity aus Mailand aber erst in vierzig Minuten kam, entschied Brunetti sich für den Regionalzug, auch wenn er dieses ständige Anhalten und wieder Anfahren verabscheute, mit den häufig wechselnden Fahrgästen und der Menge von Studenten, die in Padua immer ein- und ausstiegen.

Beim Mittagessen hatte er eine englischsprachige Zeitung mitgenommen, die jemand auf seinem Tisch hatte liegenlassen. Jetzt zog er sie aus der Brusttasche und begann zu lesen. *The Stars and Stripes* nannte sich das Blatt in roten Buchstaben, offensichtlich vom amerikanischen Militär in Europa herausgegeben. Auf der Titelseite stand ein Artikel über einen Hurrikan, der eine Stadt namens Biloxi heimgesucht hatte, die er in Bangladesch gesucht hätte. Nein, sie lag doch in Amerika, aber wie erklärte sich dann der Name? Ein großes Foto zeigte verwüstete Häuser, umgestürzte Autos und entwurzelte, wild sich türmende Bäume. Er blätterte um und las, daß in Detroit ein Pitbull einem schlafenden Kind die Hand abgebissen hatte. Bei Detroit war er ganz sicher, daß die Stadt in Amerika lag. Zu dieser Meldung gab es kein Foto. Der Verteidigungsminister hatte dem Kongreß versichert, daß alle Unternehmer, die den Staat betrogen hatten, unnachsichtig vom Gesetz verfolgt würden. Bemerkenswert, diese Ähnlichkeit in der Rhetorik amerikanischer und italienischer Politiker. Er zweifelte nicht daran, daß diese Versicherung in beiden Ländern auch gleichermaßen illusorisch war.

Drei Seiten waren mit Cartoons gefüllt, von denen er keinen einzigen verstand, und sechs Seiten mit Sport, wovon er noch weniger verstand. In einem der Cartoons schwang ein

Höhlenmensch eine Keule, und auf einer der Sportseiten tat ein Mann in gestreiftem Trikot dasselbe. Darüber hinaus verstand Brunetti nur Bahnhof. Auf der letzten Seite wurde der Bericht über den Hurrikan fortgesetzt, aber da fuhr der Zug schon in Venedig ein, und er ließ die Sturmschäden Sturmschäden sein. Die Zeitung legte er auf den Nebensitz, vielleicht konnte jemand anderes mehr damit anfangen als er.

Es war schon nach sieben, aber der Himmel noch hell. Das würde an diesem Wochenende vorbei sein, dachte er, wenn die Uhren eine Stunde zurückgestellt wurden und es früher dunkelte. Oder war es andersherum, und es blieb länger hell? Er hoffte, die meisten Leute brauchten jedes Jahr genau so lange wie er, um das herauszufinden. Er überquerte die Scalzibrücke und betrat das Gassengewirr, das zu seiner Wohnung führte. Selbst um diese Zeit begegneten ihm nur wenige Menschen, da die meisten mit dem Boot zum Bahnhof oder Busbahnhof am Piazzale Roma fuhren. Beim Gehen betrachtete er aufmerksam die Häuserfronten mit ihren Fenstern und sah sich die engen Gäßchen an, ob ihm irgend etwas auffiel, was ihm bis dahin entgangen war. Wie vielen anderen Venezianern machte es Brunetti immer wieder Spaß, etwas zu entdecken, was er noch nie gesehen hatte. Im Lauf der Jahre hatte er ein System ausgearbeitet, das ihm für jede Neuentdeckung eine Belohnung versprach: Ein Fenster brachte ihm einen Kaffee ein; die Statue eines Heiligen, mochte sie auch noch so unscheinbar sein, ein Glas Wein; und einmal, vor Jahren, hatte er an einer Mauer, an der er seit seiner Kindheit mindestens fünfmal die Woche vorbeiging, eine Steintafel entdeckt, die an den Sitz des Verlages Aldine erinnerte, des ältesten italienischen Verlagshauses, gegründet im vierzehnten Jahrhundert. Damals war er schnurstracks in eine Bar am Campo San Luca gegangen und hatte sich einen Brandy Alexander bestellt, obwohl es erst zehn Uhr morgens war und der Barmann ihn sehr merkwürdig angesehen hatte, als er ihm das Glas hinstellte.

Heute abend war er jedoch in Gedanken immmer noch in Vicenza und sah die Schlitze der Schrauben an dem Boiler in Fosters Wohnung vor sich, die alle leicht von der sorgsamen Geraden abwichen, in der Brunetti sie tags zuvor hinterlassen hatte; eine jede strafte die Behauptung des Soldaten, daß nach Brunetti niemand die Wohnung betreten habe, Lügen. Jetzt wußten sie – wer immer »sie« waren –, daß Brunetti das Kokain aus der Wohnung mitgenommen und kein Wort darüber verloren hatte.

Er schloß die Haustür auf und hatte schon den Briefkasten aufgemacht, bevor ihm einfiel, daß Paola seit Stunden zu Hause war und sicher schon nach der Post gesehen hatte. Er begann den Aufstieg zu seinem Heim, dankbar für den ersten Treppenabschnitt mit den flachen, sanften Stufen, einem Überbleibsel des ursprünglichen Palazzo aus dem fünfzehnten Jahrhundert. Danach machte das Treppenhaus eine Wendung nach links, und zwei steile Treppenteile führten zum nächsten Stockwerk. Dort erwartete ihn eine Tür, die er auf- und hinter sich wieder zuschloß. Dann eine weitere Treppe, diese steil und gefährlich. Fast wie eine Wendeltreppe schraubten diese letzten fünfundzwanzig Stufen sich zu seiner Wohnungstür hinauf. Er schloß auf und trat ein, endlich zu Hause.

Essensdüfte begrüßten ihn, mehrere durcheinander. Heute erkannte er den feinen Geruch nach Kürbis, das bedeutete, daß Paola *risotto con zucca* machte, erhältlich nur um diese Jahreszeit, wenn aus Chioggia die dunkelgrünen, gedrungenen *barucche* über die Lagune kamen. Und danach? Kalbshaxe? Geschmort mit Oliven und Weißwein?

Er hängte sein Jackett in den Schrank und ging durch den Flur zur Küche. Dort war es heißer als sonst, das hieß, die Bratröhre war an. Die große Pfanne auf dem Herd enthüllte ihm, als er den Deckel hob, dunkelorangefarbene Zuccastücke, die zusammen mit kleingeschnittenen Zwiebeln vor sich hin brutzelten. Er holte sich ein Glas aus dem Regal und nahm eine Flasche Ribolla aus dem Kühlschrank. Er goß sich etwas mehr als einen Schluck ein, probierte, trank aus und füllte das Glas, bevor er die Flasche zurückstellte. Die Wärme der Küche beengte ihn. Er lockerte seine Krawatte und trat wieder in den Flur. »Paola?«

»Ich bin hier hinten«, hörte er sie rufen.

Er antwortete nicht, sondern ging in das langgestreckte Wohnzimmer und von dort auf die Dachterrasse hinaus. Brunetti liebte sie zu dieser Tageszeit besonders, weil man den Sonnenuntergang beobachten konnte. An sehr klaren Tagen sah man vom kleinen Fenster in der Küche aus die Dolomiten, aber jetzt war es dafür zu spät, um diese Stunde lagen sie schon im Dunst verborgen. Er blieb, wo er war, die Unterarme aufs Geländer gestützt, und blickte über die Dächer und Türme, die ihn immer wieder entzückten. Er hörte Paola durch den Flur in die Küche zurückgehen, hörte das dumpfe Geräusch von hin- und hergeschobenen Töpfen, aber er blieb stehen, lauschte dem Acht-Uhr-Läuten von San Polo, dann der Antwort von San Marco, die wie immer ein paar Sekunden zu spät über die Stadt dröhnte. Als alle Glocken wieder schwiegen, ging er zurück in die Wohnung und schloß die Tür gegen die abendliche Kühle.

In der Küche stand Paola am Herd und rührte im Reis, wobei sie hin und wieder innehielt, um kochende Brühe nachzugießen. »Ein Glas Wein?« fragte er. Sie schüttelte den Kopf und rührte weiter. Er ging hinter ihr vorbei, küßte sie dabei auf den Nacken und goß sich ein weiteres Glas Wein ein.

»Wie war's in Vicenza?« fragte sie.

»Du solltest lieber fragen, wie war's in Amerika.«

»Ja, ich weiß«, sagte sie. »Es ist unglaublich, nicht?«

»Bist du schon mal dort gewesen?«

»Vor Jahren. Mit den Alvises.« Sie bemerkte seinen fragenden Blick und erklärte: »Der Colonnello, als er in Padua stationiert war. Es war irgendeine Party im Offiziersclub, für italienische und amerikanische Offiziere. Vor etwa zehn Jahren.«

»Daran erinnere ich mich gar nicht.«

»Kannst du auch nicht, du warst nicht dabei. Das war, als du in Neapel warst, glaube ich. Ist es immer noch genauso?«

»Kommt drauf an, wie es damals war«, sagte er lächelnd.

»Ach, hör auf, Guido. Wie war es?«

»Es war sehr sauber, und alle haben viel gelächelt.«

»Gut«, meinte sie und rührte weiter. »Dann hat sich nichts verändert.«

»Ich frage mich, warum sie immer soviel lächeln.« Das war ihm auch bei seinen USA-Besuchen aufgefallen.

Sie drehte ihrem Risotto den Rücken zu und sah ihn an. »Warum sollten sie nicht lächeln, Guido? Denk doch mal nach. Sie sind das reichste Volk der Erde. In der Politik müssen alle anderen sich ihnen unterordnen, und irgendwie haben sie sich eingeredet, daß alles, was sie in ihrer ziemlich kurzen Geschichte je getan haben, keinem anderen Zweck diente als dem allgemeinen Wohl der Menschheit. Warum sollten sie also nicht lächeln?« Sie wandte sich wieder dem Herd zu und knurrte ärgerlich, als sie merkte, daß der Reis anbackte. Sie goß etwas Brühe dazu und rührte einige Sekunden kräftig.

»Sind wir hier auf einer Versammlung der roten Zellen?« fragte er höflich. Obwohl sie politisch im allgemeinen einer Meinung waren, wählte Brunetti immer die Sozialisten, während Paola eisern die Kommunisten wählte. Aber seit dem Ableben des Systems und dem Tod der Partei hatte er angefangen, sie ein bißchen auf die Hörner zu nehmen.

Sie würdigte ihn keiner Antwort.

Er holte Teller aus dem Regal, um den Tisch zu decken. »Wo sind die Kinder?«

»Beide bei Freunden.« Und bevor er noch fragen konnte, erklärte sie: »Ja, beide haben angerufen und um Erlaubnis gefragt.« Sie stellte das Gas unter dem Reis ab, fügte ein ordentliches Stück Butter hinzu und schüttete ein Tellerchen fein geriebenen Parmigiano Reggiano hinein. Dann rührte sie, bis beides sich im Reis aufgelöst hatte und tat ihn in eine Schüssel, die sie auf den Tisch stellte. Schließlich zog sie ihren Stuhl hervor, setzte sich und drehte den Vorlegelöffel zu ihm. »*Mangia, ti fa bene*«, sagte sie, eine Aufforderung, die Brunetti schon immer mit Freude erfüllt hatte.

Er nahm sich reichlich. Er hatte viel gearbeitet und den ganzen Tag in einem fremden Land verbracht, warum sollte er sich also den Risotto nicht schmecken lassen? Von der Tellermitte aus bearbeitete er den Reis in konzentrischen Kreisen mit seiner Gabel und schob ihn zum schnelleren Abkühlen an den Tellerrand. Er führte die Gabel zweimal zum Mund, seufzte anerkennend und aß weiter.

Als Paola sah, daß er nicht mehr aus Hunger, sondern nur noch zum Genuß aß, sagte sie: »Du hast mir noch gar nicht erzählt, wie dein Ausflug nach Amerika war.«

Den Mund voll Reis, antwortete er: »Verwirrend. Die Amerikaner sind sehr höflich und behaupten, mir helfen zu wollen, aber niemand scheint etwas zu wissen, was mir weiterhelfen könnte.«

»Und die Ärztin?«

»Die hübsche?« fragte er grinsend.

»Ja, Guido, die hübsche.«

Als er merkte, daß er damit nicht mehr ankam, meinte er nur: »Ich glaube immer noch, daß sie diejenige ist, die mir sagen kann, was ich wissen will. Aber sie will nicht reden. Ihre Militärzeit ist in sechs Monaten vorbei, dann ist sie wieder in Amerika, und alles liegt hinter ihr.«

»Und er war ihr Geliebter?« fragte Paola mit einem Schnauben, das demonstrieren sollte, für wie unwahrscheinlich sie es hielt, daß die Ärztin nicht helfen würde, wenn sie könnte.

»Scheint so.«

»Dann bin ich nicht so sicher, daß sie einfach ihre Sachen packen und ihn vergessen wird.«

»Vielleicht ist es ja etwas, was sie nicht wissen will.«

»Was zum Beispiel?«

»Nichts. Oder sagen wir, nichts, was ich erklären könnte.« Er hatte beschlossen, ihr nichts von den beiden Plastikbeuteln zu erzählen, die er in Fosters Wohnung gefunden hatte; das war etwas, was niemand wissen sollte. Außer demjenigen, der den Boiler aufgeschraubt, das Verschwinden der Tüten festgestellt und dann die Schrauben wieder eingesetzt hatte. Er zog die Reisschüssel zu sich heran. »Soll ich das aufessen?« fragte er, obwohl er kein Detektiv sein mußte, um die Antwort zu kennen.

»Nur zu. Mir ist es ganz lieb, wenn nichts übrigbleibt, und dir doch auch.«

Während er den Risotto aufaß, nahm sie die Schüssel vom Tisch und stellte sie in den Ausguß. Er schob zwei Bastmatten auf dem Tisch zurecht, damit Paola den Bratentopf aus dem Herd nehmen und daraufstellen konnte.

»Was hast du jetzt vor?«

»Ich weiß es noch nicht. Abwarten, was Patta macht«, sagte er, während er ein Stück Kalbshaxe abschnitt und auf ihren Teller legte. Mit einer Handbewegung bedeutete sie ihm, daß es genug für sie sei. Er schnitt zwei große Stücke für sich ab, griff nach dem Brot und begann zu essen.

»Was hat denn Pattas Reaktion damit zu tun?« fragte sie.

»Ach, du süße Unschuld du«, scherzte er. »Wenn Patta mich von diesem Fall abzubringen versucht, kann ich sicher sein, daß jemand die Sache vertuscht haben möchte. Und da unser Vice-Questore nur auf Stimmen von ganz oben hört – je weiter oben, desto schneller seine Reaktion –, weiß ich dann auch, daß derjenige, der die Akte geschlossen haben möchte, über eine gewisse Macht verfügt.«

»Wer zum Beispiel?«

Er nahm sich noch ein Stück Brot und stippte damit den Bratensaft von seinem Teller. »Da weiß ich nicht mehr als du, aber mir wird ganz unbehaglich bei dem Gedanken, wer es sein könnte.«

»Wer denn?«

»Ich weiß es nicht, nicht genau. Aber wenn das amerikanische Militär beteiligt ist, kannst du sicher sein, daß es einen politischen Hintergrund hat, und das heißt, die Regierung. Deren Regierung. Was wiederum bedeutet, die unsere auch.«

»Und darum ein Anruf bei Patta?«

»Ja.«

»Und folglich Ärger?«

Es war nicht Brunettis Sache, auf etwas zu antworten, was sich von selbst verstand.

»Und wenn Patta nicht versucht, dich abzuhalten?«

Brunetti zuckte die Achseln. Dann würde er abwarten.

Paola räumte die Teller ab. »Nachtisch?«

Er schüttelte den Kopf. »Wann kommen die Kinder?«

»Chiara kommt um neun«, sagte Paola, während sie in der Küche hantierte. »Raffaele habe ich gesagt, er soll um zehn hier sein.« Die unterschiedlichen Formulierungen, die sie gebrauchte, sprachen Bände.

»Hast du mit seinen Lehrern gesprochen?« fragte Brunetti.

»Nein. Es ist noch zu früh im Schuljahr.«

»Wann ist der erste Elternabend?«

»Ich weiß es nicht. Der Schrieb von der Schule muß hier irgendwo herumliegen. Ich glaube, im Oktober.«

»Was macht er denn so?« Noch während er das fragte, hoffte er, sie würde die Frage einfach beantworten und nicht zurückfragen, wie er das meinte, denn das wußte er selbst nicht.

»Keine Ahnung, Guido. Er redet nie mit mir, nicht über die Schule, nicht über seine Freunde, nicht über das, was er macht. Warst du in seinem Alter auch so?«

Er überlegte, wie es gewesen war mit Siebzehn. »Ich weiß nicht, wahrscheinlich war ich auch so. Aber dann habe ich die Mädchen entdeckt und alles vergessen, was mit Wut und Unverstandensein zu tun hatte, oder was es gerade war. Sie sollten mich nur mögen. Das war das einzig Wichtige für mich.«

»Waren es viele?« wollte sie wissen.

Er hob die Schultern.

»Und haben sie dich gemocht?«

Er grinste.

»Ach, hör auf, Guido, beschäftige dich mit irgendwas. Geh fernsehen.«

»Ich hasse Fernsehen.«

»Dann hilf mir beim Abwasch.«

»Ich liebe Fernsehen.«

»Guido«, wiederholte sie, noch nicht ärgerlich, aber kurz davor, »steh jetzt auf und geh mir aus dem Weg.«

Beide hörten einen Schlüssel im Schloß. Es war Chiara, die geräuschvoll die Tür aufstieß und beim Hereinkommen ein Schulbuch fallen ließ. Sie kam durch den Flur in die Küche, küßte ihre Eltern und stellte sich dann neben Brunetti, den Arm auf seine Schulter gelegt. »Gibt's hier irgendwas zu essen, *mamma*?« wollte sie wissen.

»Hat Luisas Mutter euch nichts gegeben?«

»Doch, aber das ist Stunden her. Ich bin halb verhungert.«

Brunetti legte den Arm um sie und zog sie auf seinen Schoß. Dann knurrte er mit heiserer Böse-Bullen-Stimme: »So, jetzt hab ich dich. Gestehe. Wohin läßt du's verschwinden?«

»Oh, *papà*, hör auf«, quietschte sie vergnügt. »Ich esse es nur. Aber dann kriege ich wieder Hunger. Du nicht?«

»Dein Vater wartet damit normalerweise mindestens eine Stunde, Chiara«, warf Paola ein, und etwas freundlicher fragte sie: »Obst? Ein Sandwich?«

»Beides«, bat Chiara.

Bis ihre Tochter ein Sandwich – ein dickes Ding, gefüllt mit Schinken, Tomate und Mayonnaise – gegessen und noch zwei Äpfel verdrückt hatte, war es Zeit, ins Bett zu gehen. Raffaele war um halb zwölf noch nicht da, aber als Brunetti nachts einmal aufwachte, hörte er die Wohnungstür auf- und wieder zugehen und seinen Sohn durch den Flur schleichen. Danach schlief er tief und fest.

13

Normalerweise ging Brunetti samstags nicht in die Questura, aber an diesem Morgen tat er es, und das eigentlich auch nur, um zu sehen, wer sonst noch da war. Er bemühte sich nicht, pünktlich zu sein, trödelte über den Campo San Luca und trank bei Rosa Salva, wo es nach Paolas Ansicht den besten Kaffee in der Stadt gab, einen Cappuccino.

Dann setzte er seinen Weg zur Questura fort, wobei er die Piazza San Marco auf einem Schleichweg umging. Dort angekommen, begab er sich in den zweiten Stock hinauf, wo Rossi sich gerade mit Riverre unterhielt, einem Kollegen, der seiner Erinnerung nach krank gemeldet war.

Als Brunetti hereinkam, winkte Rossi ihn an seinen Schreibtisch.

»Gut, daß Sie kommen, Commissario. Wir haben etwas Neues.«

»Was denn?«

»Einen Einbruch. Am Canal Grande. In dem großen Palazzo, der gerade renoviert worden ist, bei San Stae.«

»Der diesem Mailänder gehört?«

»Ja, Commissario. Als er gestern abend nach Hause kam, hat er zwei Männer überrascht, vielleicht waren es auch drei, das konnte er nicht so genau sagen.«

»Und was ist passiert?«

»Vianello ist im Krankenhaus und spricht gerade mit ihm. Was ich weiß, das habe ich von unseren Leuten, die nach dem Anruf hingefahren sind und ihn dann ins Krankenhaus gebracht haben.«

»Und, was sagen sie?«

»Er hat noch hinauszukommen versucht, aber sie haben ihn sich gegriffen und ihm eine Abreibung verpaßt. Er mußte ins

Krankenhaus, aber es ist wohl nicht weiter schlimm. Platz- und Schürfwunden.«

»Und die drei Männer? Oder zwei?«

»Keine Spur von ihnen. Die Kollegen sind noch mal hingefahren, nachdem sie ihn im Krankenhaus abgeliefert hatten. Wie es aussieht, haben die Einbrecher ein paar Bilder und Schmuck von der Ehefrau mitgehen lassen.«

»Haben wir eine Beschreibung der Täter?«

»Er hat sie nicht richtig gesehen und konnte keine näheren Angaben machen, nur daß der eine sehr groß war und einer anscheinend einen Bart hatte. Aber«, fügte Rossi hinzu, wobei er aufsah und grinste, »vor dem Palazzo am Kanal saß ein belgisches Touristenpärchen, und die beiden haben drei Männer herauskommen sehen. Einen mit einem Koffer. Sie saßen noch da, als unsere Leute ankamen, und konnten eine Beschreibung geben.« Er hielt inne und lächelte, als ob er sicher wäre, daß Brunetti sich über das Kommende amüsieren würde. »Einer könnte Ruffolo sein.«

Brunettis Antwort kam wie aus der Pistole geschossen. »Ich denke, der sitzt im Gefängnis.«

»Da war er auch, bis vor zwei Wochen.«

»Haben Sie den Leuten Fotos gezeigt?«

»Ja, Commissario. Und sie glauben, daß er es war. Die großen Ohren sind ihnen aufgefallen.«

»Und der Besitzer? Haben Sie ihm das Foto auch gezeigt?«

»Noch nicht. Ich bin eben erst von meiner Unterhaltung mit diesem belgischen Pärchen zurück. Für mich hört sich alles nach Ruffolo an.«

»Und die anderen beiden Männer? Stimmen die Beschreibungen, die Ihnen die Belgier gegeben haben, mit denen von ihm überein?«

»Nun, es war dunkel, Commissario. Und sie haben ja nicht weiter darauf geachtet.«

»Aber?«

»Aber sie sind ziemlich sicher, daß keiner einen Bart hatte.«

Brunetti überlegte einen Moment, dann sagte er zu Rossi: »Nehmen Sie das Foto mit ins Krankenhaus, und sehen Sie mal, ob er ihn erkennt. Ist der Mailänder vernehmungsfähig?«

»O ja, Commissario. Ihm ist nichts weiter passiert. Ein paar Beulen, ein blaues Auge, aber sonst geht's ihm gut. Sein Besitz ist rundherum versichert.«

Wie kam es eigentlich, daß ein Verbrechen nie ganz so schlimm zu sein schien, wenn der Besitz versichert war?

»Wenn er Ruffolo eindeutig identifizieren kann, lassen Sie's mich wissen. Dann gehe ich mal bei seiner Mutter vorbei und versuche herauszubekommen, ob sie weiß, wo er ist.«

Rossi schnaubte verächtlich.

»Ich weiß, ich weiß. Sie würde sogar den Papst anlügen, um ihren kleinen Peppino zu retten. Aber wer kann es ihr verdenken? Er ist nun mal ihr einziger Sohn. Außerdem würde ich den alten Drachen gern mal wiedersehen; ich glaube, ich habe sie höchstens zweimal gesehen, seit ich ihn zuletzt verhaftet habe.«

»Damals ist sie doch mit einer Schere auf Sie losgegangen, nicht?« meinte Rossi.

»Na ja, aber richtig ernst war ihr das nicht, und außerdem war Peppino ja da, um sie abzuhalten.« Er mußte richtig grinsen bei dieser Erinnerung, die sicher zu den absurdesten in seiner ganzen Laufbahn gehörte. »Außerdem war es nur eine Zickzackschere.«

»Sie ist schon eine Marke, diese Signora Concetta.«

»Das kann mal wohl sagen«, pflichtete Brunetti ihm bei. »Und sorgen Sie dafür, daß jemand ein Auge auf seine Freundin hat, wie heißt sie noch?«

»Ivana Soundso.«

»Ja, auf die.«

»Sollen wir mit ihr reden, Commissario?«

»Nein, sie würde nur sagen, daß sie ihn nicht gesehen hat. Reden Sie lieber mit den Leuten, die unter ihr wohnen. Sie haben

Ruffolo letztes Mal angezeigt. Vielleicht erlauben sie uns, jemanden in ihrer Wohnung zu postieren, bis er auftaucht. Fragen Sie mal.«

»Ja, Commissario.«

»Noch etwas?«

»Nein, nichts.«

»Ich bin jetzt etwa eine Stunde hier. Lassen Sie mich wissen, was sich im Krankenhaus tut, ob es Ruffolo ist.« Er wollte schon gehen, aber Rossi hielt ihn zurück.

»Noch eins, Commissario. Gestern abend hat jemand für Sie angerufen.«

»Wer?«

»Ich weiß es nicht. Der Kollege in der Vermittlung sagt, das Gespräch sei so gegen elf gekommen. Eine Frau. Sie hat namentlich nach Ihnen gefragt, aber sie sprach kein Italienisch, oder nur sehr wenig. Er hat noch etwas gesagt, aber das habe ich vergessen.«

»Ich rede auf dem Weg nach oben mit ihm«, sagte Brunetti und ging. Statt die Treppe zu nehmen, trat er am Ende des Korridors in den kleinen Verschlag, in dem die Telefonvermittlung saß. Es war ein junger Rekrut mit frischem Gesicht, wahrscheinlich gerade achtzehn. Brunetti fiel sein Name nicht ein.

Als der Junge Brunetti sah, sprang er auf und zog dabei das Kabel mit, das seine Kopfhörer mit der Schalttafel verband. »Guten Morgen, Commissario.«

»Guten Morgen. Setzen Sie sich doch.«

Der junge Mann leistete der Aufforderung Folge, saß aber sichtlich nervös auf der Stuhlkante.

»Rossi sagt, daß gestern abend jemand für mich angerufen hat?«

»Jawohl, Commissario«, sagte der Rekrut, der offensichtlich Mühe hatte, nicht aufzuspringen, wenn er mit einem Vorgesetzten sprach.

»Haben Sie das Gespräch entgegengenommen?«

»Ja, Commissario.« Und um Brunettis Frage zuvorzukommen, warum er dann zwölf Stunden später immer noch Dienst tat, erklärte er rasch: »Ich habe Monicos Schicht übernommen, Commissario. Er ist krank.«

Brunetti interessierte dieses Detail nicht. »Was hat sie gesagt?« wollte er wissen.

»Sie hat nach Ihnen gefragt, Commissario. Namentlich. Aber sie sprach nur sehr wenig Italienisch.«

»Wissen Sie noch genau, was sie gesagt hat?«

»Ja.« Er wühlte in den Papieren auf seinem Tisch vor dem Schaltbrett. »Hier habe ich es notiert.« Er zog ein Blatt unter den anderen hervor und las: »Sie fragte nach Ihnen, gab aber ihren Namen nicht an. Ich fragte nach ihrem Namen, aber sie antwortete nicht, oder sie verstand mich nicht. Ich sagte ihr, daß Sie nicht da sind, aber sie wiederholte, daß sie mit Ihnen sprechen wolle.«

»Hat sie englisch gesprochen?«

»Ich glaube ja, aber sie hat nur ganz wenig gesagt, und ich konnte sie nicht verstehen. Ich habe ihr gesagt, sie soll italienisch reden.«

»Was hat sie noch gesagt?«

»Irgend etwas, das klang wie ›*basta*‹ oder ›*pasta*‹«, vielleicht auch ›*posta*‹.«

»Noch etwas?«

»Nein, Commissario. Nur das. ›*Basta*‹ oder ›*pasta*‹. Dann hat sie aufgelegt.«

»Wie hat es sich angehört?«

»Angehört?«

»Ja, fröhlich oder traurig oder nervös?«

Der junge Mann dachte ein Weilchen nach und antwortete schließlich: »Es hat sich weder so noch so angehört, Commissario. Höchstens enttäuscht, daß Sie nicht da waren, würde ich sagen.«

»Na gut. Wenn sie wieder anruft, stellen Sie das Gespräch zu mir durch, oder zu Rossi. Er spricht Englisch.«

»Ja, Commissario«, sagte der Junge. Als Brunetti sich umdrehte, um hinauszugehen, wurde die Versuchung übermächtig, und der Rekrut sprang auf und salutierte Brunettis Rücken.

Eine Frau, die sehr wenig Italienisch sprach. »*Molto poco*«, hatte Doctor Peters gesagt. Ihm fiel etwas ein, was sein Vater einmal übers Angeln gesagt hatte, als man in der Lagune noch fischen konnte. Es sei schlecht, den Köder zu hastig zu werfen, weil es die Fische verschrecke. Er würde also warten. Sie war ja noch sechs Monate da, und er hatte auch nichts weiter vor. Wenn sie sich nicht wieder meldete, würde er sie am Montag in ihrem Krankenhaus anrufen.

Und Ruffolo war also draußen und wieder im Geschäft. Als Gelegenheitsdieb und Einbrecher hatte er in den letzten zehn Jahren immer wieder im Gefängnis gesessen, zweimal mit Brunettis Zutun. Seine Eltern waren vor Jahren aus Neapel hergezogen und hatten dieses Früchtchen mitgebracht. Sein Vater hatte sich zu Tode gesoffen, nicht ohne seinem einzigen Sohn vorher eingetrichtert zu haben, daß etwas so Gewöhnliches wie Arbeiten oder Handel treiben nicht Sache der Ruffolos war, nicht einmal Studieren. Und als echter Apfel vom väterlichen Stamm hatte Giuseppe nie gearbeitet, gehandelt höchstens mit Diebesgut und nur studiert, wie man Schlösser knackte und in anderer Leute Häuser kam. Wenn er so kurz nach seiner Entlassung schon wieder bei der Arbeit war, konnten seine zwei Jahre Gefängnis keine vergeudete Zeit gewesen sein.

Aber ob Brunetti wollte oder nicht, er mochte die beiden, Mutter und Sohn. Peppino schien es ihm nicht persönlich übelzunehmen, daß er ihn festgenommen hatte, und Signora Concetta war, nachdem der Zwischenfall mit der Zickzackschere einmal vergessen war, Brunetti dankbar für seine Aussage im Prozeß gegen ihren Sohn, daß Ruffolo bei seinen Taten nämlich stets auf Gewalt oder die Androhung von Gewalt verzichtet habe. Seine Verurteilung wegen Einbruchs hatte wahrscheinlich darum nur auf zwei Jahre gelautet.

Brunetti brauchte sich Ruffolos Akte nicht aus dem Archiv kommen zu lassen. Er würde früher oder später bei seiner Mutter auftauchen, oder bei Ivana, und bald würde Giuseppe wieder im Knast sitzen, um dort ein noch versierterer Verbrecher zu werden, noch sicherer auf der schiefen Bahn zu bleiben.

Sowie Brunetti in seinem Büro war, suchte er Rizzardis Autopsiebericht über den jungen Amerikaner. Bei ihrem Gespräch hatte der Pathologe nichts über Spuren von Drogen im Blut gesagt, und Brunetti hatte zu dem Zeitpunkt nicht direkt danach gefragt. Er fand den Bericht, öffnete den Umschlag und blätterte ihn durch. Wie Rizzardi angedroht hatte, war die Sprache nahezu unentwirrbar. Auf der zweiten Seite fand er, was seiner Ansicht nach die Antwort sein konnte, obwohl es schwer zu sagen war bei all den langen lateinischen Fachbegriffen und dem vergewaltigten Satzbau. Er las es dreimal durch, und am Ende glaubte er einigermaßen sicher daraus entnommen zu haben, daß im Blut des Toten keinerlei Spuren von Drogen gefunden worden waren. Er wäre auch überrascht gewesen, wenn die Autopsie etwas anderes ergeben hätte.

Seine Gegensprechanlage summte. Er antwortete prompt mit: »Ja, Vice-Questore?«

Patta machte sich nicht die Mühe nachzufragen, woher er wußte, wer am Apparat war – ein sicheres Zeichen dafür, daß er in einer wichtigen Angelegenheit anrief. »Ich möchte mit Ihnen sprechen, Commissario.« Auch die Anrede mit seinem Dienstgrad unter Weglassung des Namens unterstrich die Wichtigkeit.

Brunetti widerstand der Versuchung, Patta darauf hinzuweisen, daß er bereits mit ihm sprach, und sagte statt dessen, er werde sofort ins Büro des Vice-Questore herunterkommen. Patta war ein Mann, der nur eine begrenzte Auswahl an Stimmungen zur Verfügung hatte, die man ihm vom Gesicht ablesen konnte, und hier mußte Brunetti sehr genau lesen.

Als er in Pattas Büro trat, fand Brunetti seinen Vorgesetzten mit vor sich gefalteten Händen hinter einem leeren Schreibtisch sitzen. Gewöhnlich gab Patta sich gern geschäftig, und wenn er nur einen leeren Ordner vor sich liegen hatte. Heute nichts von alledem, nur ein ernstes, ja sogar feierliches Gesicht und die gefalteten Hände. Dazu entströmte ihm der herbe Duft eines Eau de Cologne, das sich keinem Geschlecht zuordnen ließ, und sein Gesicht wirkte an diesem Morgen eher eingeölt als rasiert. Brunetti ging zum Schreibtisch und blieb davor stehen, wobei er überlegte, wie lange Patta wohl sein Schweigen ausdehnen würde, eine Technik, die er oft anwandte, wenn er die Wichtigkeit dessen, was er zu sagen hatte, besonders betonen wollte.

Endlich sagte Patta: »Setzen Sie sich, Commissario.« Die erneute Anrede mit seinem Dienstgrad sagte Brunetti, daß er etwas in irgendeiner Weise Unangenehmes zu hören bekommen würde und daß Patta dies auch wußte.

»Ich möchte über diesen Raubüberfall mit Ihnen sprechen«, begann Patta ohne weitere Vorrede, sowie Brunetti saß.

Brunetti hatte den Verdacht, daß er nicht den jüngsten Einbruch am Canal Grande meinte, auch wenn das Opfer ein Industrieller aus Mailand war. Normalerweise würde der Angriff auf eine so bedeutende Persönlichkeit Patta zu wahren Orgien scheinbarer Geschäftigkeit treiben.

»Ja, Vice-Questore«, sagte Brunetti.

»Wie ich heute gehört habe, waren Sie ein weiteres Mal in Vicenza.«

»So ist es.«

»Warum war das nötig? Haben Sie hier in Venedig nicht genug zu tun?«

»Ich wollte mit ein paar Leuten sprechen, die ihn gekannt haben.«

»Haben Sie das bei Ihrem ersten Besuch nicht schon getan?«

»Nein, dazu war keine Zeit.«

»Davon haben Sie mir nichts gesagt, als Sie nachmittags zurückkamen.« Als Brunetti nicht antwortete, fragte Patta wieder: »Warum haben Sie das nicht am ersten Tag getan?«

»Es blieb keine Zeit, Vice-Questore.«

»Sie waren um sechs Uhr wieder hier. Es wäre genug Zeit gewesen, noch so lange in Vicenza zu bleiben, um alles abzuschließen.«

Nur mit Mühe konnte Brunetti sein Erstaunen darüber unterdrücken, daß Patta sich solcher Details, nämlich wann Brunetti aus Vicenza zurückgekehrt war, überhaupt noch erinnerte. Schließlich kannte dieser Mann höchstens zwei oder drei seiner uniformierten Polizisten mit Namen.

»Ich bin nicht dazu gekommen.«

»Und was war, als Sie dann noch einmal hingefahren sind?«

»Ich habe mit seinem Vorgesetzten gesprochen, und mit einem der Männer, die mit ihm zusammengearbeitet haben.«

»Und was haben Sie erfahren?«

»Nichts Wesentliches, Vice-Questore.«

Patta funkelte ihn über den Schreibtisch hinweg an. »Was soll das heißen?«

»Ich habe nichts darüber erfahren, warum ihn jemand hätte umbringen sollen.«

Patta hob die Hände und stieß einen aufgebrachten Seufzer aus. »Das ist genau der Punkt, Brunetti. Es *gibt* keinen Grund, warum ihn jemand hätte umbringen sollen, darum haben Sie auch keinen gefunden. Und darum werden Sie, wenn ich mir die Bemerkung erlauben darf, auch keinen finden. Weil es keinen gibt. Er wurde seines Geldes wegen umgebracht, und der Beweis dafür ist, daß seine Brieftasche nicht bei ihm gefunden wurde.« Er hatte, als man ihn fand, auch nur einen Schuh angehabt, dachte Brunetti. War damit bewiesen, daß er wegen eines Reebok Größe 44 umgebracht worden war?

Patta zog die oberste Schublade seines Schreibtischs auf und nahm einige Bogen Papier heraus. »Ich glaube, Sie haben mehr als genug Zeit damit verschwendet, in Vicenza herumzujagen,

Brunetti. Es gefällt mir nicht, daß Sie die Amerikaner damit behelligen. Das Verbrechen ist hier passiert, und der Mörder wird hier gefunden werden.« Der letzte Satz klang entschieden und endgültig. Patta nahm einen der Bogen und warf einen Blick darauf. »Ich möchte gern, daß Sie Ihre Zeit von jetzt an besser nutzen.«

»Und wie könnte ich das tun, Vice-Questore?«

Patta linste zu ihm herüber, als suchte er etwas an dem Ton zu entdecken, den Brunetti eben angeschlagen hatte, dann blickte er wieder aufs Papier. »Ich übertrage Ihnen die Untersuchung des Einbruchs am Canal Grande.« Brunetti war sicher, daß der Ort des Verbrechens und der finanzielle Hintergrund des Opfers die Sache in Pattas Augen viel wichtiger erscheinen ließen als ein bloßer Mord, bei dem das Opfer nicht einmal Offizier war.

»Und was ist mit dem Amerikaner?«

»Da gehen wir wie üblich vor. Wir warten, ob einer von unseren alten Bekannten etwas verlauten läßt oder plötzlich mehr Geld hat, als er haben dürfte.«

»Und wenn nicht?«

»Die Amerikaner kümmern sich ja auch darum«, sagte Patta, als ob das der Sache ein Ende machte.

»Ich verstehe nicht ganz. Wie können die Amerikaner sich um etwas kümmern, was hier in Venedig passiert ist?«

Patta kniff die Augen zusammen und bemühte sich, allwissend auszusehen, wirkte dabei aber bestenfalls kurzsichtig. »Die haben ihre Methoden, Brunetti. Die haben ihre Methoden.«

Daran zweifelte Brunetti nicht, allerdings hegte er durchaus Zweifel, ob diese Methoden unbedingt darauf gerichtet waren, den Mörder zu finden. »Ich würde die Sache lieber selbst weiterverfolgen, Vice-Questore. Ich glaube nicht an einen Raubüberfall.«

»Ich bin zu dem Schluß gekommen, daß es einer war, Commissario, und wir werden den Fall auch so behandeln.«

»Was heißt das, bitte?«

Patta versuchte es mit Erstaunen. »Das heißt, Commissario – und ich möchte Sie bitten, genau zuzuhören – es heißt genau das, was ich gesagt habe, nämlich daß wir es als einen Mord behandeln, der bei einem versuchten Raubüberfall passiert ist.«

»Offiziell?«

»Offiziell«, wiederholte Patta und fügte mit übertriebener Betonung hinzu: »Und inoffiziell.«

Brunetti brauchte nicht nachzufragen, was das bedeutete.

Großmütig im Sieg sagte Patta: »Natürlich wissen die Amerikaner Ihr Interesse und Ihren Eifer zu schätzen.«

Brunetti dachte, es wäre sinnvoller, wenn sie Erfolg zu schätzen wüßten, aber diese Ansicht konnte er jetzt nicht zum besten geben, nicht zu diesem Zeitpunkt, da Patta sich gerade am lächerlichsten aufführte und mit größter Vorsicht behandelt werden mußte.

»Ich bin trotz allem noch nicht ganz überzeugt«, begann Brunetti, der Zweifel und Resignation heftig und hörbar miteinander kämpfen ließ. »Aber möglich wäre es. Ich habe jedenfalls nichts gefunden, was auf etwas anderes hindeuten würde.« Das hieß, wenn er die paar hundert Millionen in Kokain nicht mitrechnete.

Patta hatte den Anstand, nicht offen zu triumphieren, konnte sich aber nicht enthalten, den Gönnerhaften zu spielen. »Ich bin froh, daß Sie es so sehen, Brunetti. Ich glaube, das ist ein Zeichen dafür, daß Sie die Polizeiarbeit langsam etwas realistischer betrachten.« Er sah wieder auf seine Papiere. »Sie hatten einen Guardi.«

Brunetti, der den überraschenden Sprüngen seines Vorgesetzten von einem Thema zum anderen nicht zu folgen vermochte, konnte nur fragen: »Einen was?«

Patta schürzte doch sogar die Lippen bei diesem neuerlichen Beweis für das angeborene Banausentum der unteren Ränge.

»Einen Guardi, Commissario. Francesco Guardi. Ich dachte,

Sie würden wenigstens den Namen kennen: Er ist einer unserer berühmtesten venezianischen Maler.«

»Ach, tut mir leid. Ich dachte, das wäre ein neuer Quizmaster im Fernsehen.«

Patta antwortete mit einem energischen, mißbilligenden »Nein«, bevor er sich fing, hüstelte und auf die Papiere vor sich auf dem Schreibtisch blickte. »Ich habe lediglich eine Liste von Signor Viscardi. Ein Guardi, ein Monet und ein Gauguin.« Man sah ihm an, wie schwer es ihm fiel, nicht zu erklären, daß die anderen beiden ebenfalls Maler waren, wenn auch keine venezianischen.

»Ist er noch im Krankenhaus, dieser Signor Viscardi?« erkundigte sich Brunetti.

»Ja, ich glaube schon. Warum?«

»Er scheint ja genau zu wissen, welche Bilder gestohlen wurden, auch wenn er die Männer, die sie gestohlen haben, nicht gesehen hat.«

»Was wollen Sie damit sagen?«

»Ich will gar nichts sagen, Vice-Questore«, antwortete Brunetti. »Vielleicht hatte er nur drei Bilder.« In diesem Fall würde er sich wohl erinnern, welche es waren. Aber wenn er nur drei Bilder besaß, hätte dieser Fall nicht so rasch die Spitze auf Pattas Liste erklommen. »Was tut Signor Viscardi in Mailand, wenn ich fragen darf?«

»Er ist Direktor einer Reihe von Fabriken.«

»Direktor, oder Besitzer und Direktor?«

Patta versuchte nicht, seine Verärgerung zu verbergen. »Ich weiß nicht, was das damit zu tun hat, Brunetti. Er ist ein bedeutender Bürger unserer Stadt, und er hat sehr viel Geld in die Restauration dieses Palazzo gesteckt. Er ist ein Gewinn für diese Stadt, und ich finde, wir sollten dafür sorgen, daß der Mann wenigstens sicher ist, solange er sich hier aufhält.«

»Er und sein Besitz«, ergänzte Brunetti trocken.

»Ja, er und sein Besitz.« Patta wiederholte die Worte, aber

nicht im selben Ton. »Sorgen Sie bitte dafür, Commissario. Und ich erwarte, daß Signor Viscardi während dieser Untersuchung mit allem gebührenden Respekt behandelt wird.«

»Natürlich.« Brunetti stand auf, um zu gehen. »Wissen Sie, was das für Fabriken sind, die er hat?«

»Ich glaube, sie stellen Rüstungsgüter her.«

»Danke.«

»Und ich möchte nicht, daß Sie die Amerikaner noch weiter belästigen, Brunetti. Ist das klar?«

»Ja, Vice-Questore.« Das war ganz eindeutig klar, nicht aber der wahre Grund.

»Gut. Dann nehmen Sie sich dieser Einbruchsgeschichte an. Ich möchte sie so bald als möglich aufgeklärt wissen.«

Brunetti lächelte und überlegte im Gehen, was da wohl für Fäden gezogen worden sein mochten und von wem. Bei Viscardi war das leicht zu durchschauen: Rüstungsindustrie, genug Geld, um einen Palazzo am Canal Grande zu kaufen und zu restaurieren – die vermischten Düfte von Geld und Macht hatten ihn aus jedem Satz angeweht, den Patta geäußert hatte. Bei dem Amerikaner waren die Düfte weniger leicht zu ihrer Quelle zurückzuverfolgen, aber das machte sie nicht weniger real als die anderen. Es war klar, daß Patta eine Anweisung bekommen hatte: der Tod des Amerikaners sollte als ein tödlich verlaufener Raubversuch behandelt werden, nichts weiter. Aber von wem war diese Anweisung gekommen? Von wem?

Statt in sein Büro, ging Brunetti die Treppe hinunter ins Hauptbüro. Vianello war aus dem Krankenhaus zurück und saß an seinem Schreibtisch, wo er in seinen Stuhl zurückgelehnt telefonierte. Als er Brunetti hereinkommen sah, brach er das Gespräch ab und legte auf.

»Ja, Commissario?« sagte er.

Brunetti lehnte sich an den Schreibtisch. »Dieser Viscardi, was hat er für einen Eindruck gemacht, als Sie mit ihm gesprochen haben?«

»Aufgebracht. Er war die ganze Nacht in einem Mehrbettzimmer und hatte sich gerade erst ein Einzelzimmer besorgen können.«

Brunetti unterbrach ihn. »Wie hat er denn das geschafft?«

Vianello zuckte die Achseln. Das Casinò war nicht die einzige öffentliche Einrichtung in der Stadt, auf der stand: NON NOBIS. Im Krankenhaus galt dieser Hinweis nicht weniger, wenn er auch nur für die Reichen sichtbar war. »Ich nehme an, er kennt jemanden dort, der jemanden kennt, den man anrufen kann. Leute wie er kennen immer jemanden.« Vianellos Ton klang nicht so, als hätte Viscardi sich bei ihm beliebt gemacht.

»Wie ist er denn?« wollte Brunetti wissen.

Vianello lächelte, dann verzog er das Gesicht. »Sie wissen schon. Typischer Mailänder. Wollte kein R sprechen, und wenn sein Mund randvoll damit gewesen wäre«, sagte er, wobei er alle R in seinem Satz ausließ und perfekt den etwas affektierten mailändischen Tonfall imitierte, der so beliebt war bei arrivierten Politikern sowie bei den Komikern, die sich mit Wonne über sie lustig machten. »Als erstes hat er mir gesagt, wie wichtig diese Bilder sind, was wahrscheinlich heißen sollte, wie wichtig er ist. Dann hat er sich darüber beschwert, daß er die Nacht in einem Mehrbettzimmer verbringen mußte. Das sollte wohl heißen, daß er Angst hatte, sich mit irgendeiner Krankheit der niederen Kasten anzustecken.«

»Hat er die Männer beschreiben können?«

»Er sagte, einer sei sehr groß gewesen, größer als ich.« Vianello war einer der größten Männer bei der Polizei. »Und der andere habe einen Bart gehabt.«

»Wie viele waren es denn? Zwei oder drei?«

»Er war sich nicht sicher. Sie haben ihn gepackt, als er hineinging, und er war so überrascht, daß er nichts gesehen hat, oder er erinnert sich nicht.«

»Wie schwer sind seine Verletzungen?«

»Nicht schwer genug für ein Einzelzimmer«, antwortete

Vianello, der gar nicht erst versuchte, sein Mißfallen zu verbergen.

»Könnten Sie das etwas genauer beschreiben?« fragte Brunetti mit einem Lächeln.

»Er hat ein schönes Veilchen. Das wird im Laufe des Tages schlimmer. Da hat jemand wirklich gut getroffen. Und die Lippe ist aufgeplatzt, dann noch blaue Flecken an den Armen.«

»Ist das alles?«

»Ja, Commissario.«

»Da bin ich Ihrer Meinung; kaum genug für ein Einzelzimmer. Oder überhaupt fürs Krankenhaus.«

Vianello ging sofort auf Brunettis Ton ein. »Denken Sie jetzt, was ich glaube, daß Sie denken, Commissario?«

»Vice-Questore Patta kennt die drei fehlenden Bilder.«

Vianello schob den Ärmel seiner Uniformjacke hoch und sah auf die Uhr, schüttelte das Handgelenk, um die Zeit besser erkennen zu können, und sah wieder darauf. »Fast Mittag. Bald Zeit zum Essen.«

»Wann ist der Notruf gekommen?«

»Kurz nach Mitternacht, Commissario.«

Brunetti sah seinerseits auf die Uhr. »Zwölf Stunden. Und wir haben schon einen Bericht, daß es Bilder von Guardi, Monet und Gauguin sind.«

»Tut mir leid, aber davon verstehe ich nichts. Bedeuten die Namen Geld?«

Brunetti nickte nachdrücklich. »Rossi sagte mir, das Anwesen sei versichert. Woher weiß er das?«

»Der Vertreter hat gegen zehn hier angerufen und gefragt, ob er sich den Palazzo ansehen könnte.« Und das alles in weniger als zwölf Stunden. Interessant.

Vianello nahm ein Päckchen Zigaretten von seinem Schreibtisch und zündete sich eine an. »Rossi sagt, diese belgischen Jugendlichen glauben, Ruffolo erkannt zu haben.« Brunetti nickte. »Ruffolo ist doch nur ein kleiner Hüpfer, oder? Gar nicht besonders groß.« Er blies eine dünne Rauchfahne aus und wedelte sie dann fort.

»Und ganz sicher hat er sich keinen Bart stehen lassen, während er im Gefängnis war, nicht wenn seine Mutter ihn besucht hat«, bemerkte Brunetti.

»Das heißt also, keiner der Männer, die Viscardi gesehen haben will, kann Ruffolo gewesen sein, oder?«

»Hat ganz den Anschein«, sagte Brunetti. »Ich habe Rossi gebeten, ins Krankenhaus zu gehen und Viscardi zu fragen, ob er Ruffolo auf einem Foto wiedererkennt.«

»Wird er wahrscheinlich nicht«, bemerkte Vianello lakonisch.

Brunetti stieß sich vom Schreibtisch ab. »Ich glaube, ich muß ein paar Telefongespräche führen. Entschuldigen Sie mich, Sergente.«

»Natürlich, Commissario«, sagte Vianello und fügte hinzu: »Null Zwo.« Das war die Vorwahl für Mailand.

14

In seinem Büro holte Brunetti ein spiralgebundenes Notizbuch aus dem Schreibtisch und begann darin herumzublättern. Seit Jahren nahm er sich immer wieder fest vor, die Namen und Telefonnummern in diesem Büchlein irgendwie zu ordnen. Und jedesmal, wenn er auf der Jagd nach einer Nummer, die er seit Monaten oder Jahren nicht angerufen hatte, wieder einmal darin blätterte, erneuerte er seinen Vorsatz. In gewisser Weise ähnelte dieses Blättern dem Schlendern durch ein Museum, in dem er viele vertraute Bilder sah und jedem Gelegenheit gab, eine Erinnerung zu wecken, bevor er seine Suche nach dem fortsetzte, was er eigentlich sehen wollte. Schließlich fand er, was er suchte, die Privatnummer von Riccardo Fosco, dem Wirtschaftsredakteur einer der wichtigsten Wochenzeitschriften des Landes.

Bis vor wenigen Jahren war Fosco der Star der Nachrichtenmedien gewesen und hatte Finanzskandale an den unwahrscheinlichsten Stellen aufgedeckt. Als einer der ersten hatte er Fragen zur Banco Ambrosiano gestellt. Sein Büro war zum Zentrum eines Informationsnetzes über die wahre Natur des italienischen Geschäftslebens geworden, und in seinen Kolumnen erwartete man die ersten Hinweise darauf, daß bei einer Firma, einem Aufkauf oder einer Übernahme etwas faul war. Als er vor zwei Jahren gegen fünf Uhr nachmittags sein Büro verließ, um sich mit Freunden auf einen Drink zu treffen, hatte aus einem geparkten Wagen jemand mit einer Maschinenpistole das Feuer auf ihn eröffnet, dabei sorgfältig auf die Knie gezielt und beide zertrümmert; nun war Foscos Wohnung sein Büro, und gehen konnte er nur mit Hilfe zweier Krücken, weil ein Knie völlig steif war und das andere nur noch eine Bewegungsfreiheit von dreißig Grad hatte. Eine Festnahme hatte es nach diesem Anschlag nicht gegeben.

»Fosco«, meldete er sich, wie immer.

»*Ciao*, Riccardo. Hier ist Guido Brunetti.«

»*Ciao*, Guido. Lange nichts von dir gehört. Versuchst du immer noch die Sache mit dem Geld zu klären, das Venedig retten sollte?«

Es war ein alter Witz zwischen ihnen, diese Leichtigkeit, mit der Millionen Dollar – niemand hatte je erfahren, wie viele es wirklich waren –, aufgebracht von der UNESCO zur »Rettung« Venedigs, sich in den Ämtern und den tiefen Taschen jener »Planer« verkrümelt hatten, die nach der verheerenden Flut von 1966 mit ihren Plänen und Programmen vorgeprescht waren. Es gab eine Stiftung mit vollzeitbeschäftigten Angestellten, ein Archiv voller Blaupausen, sogar Wohltätigkeitsgalas und Bälle, aber kein Geld mehr, und die Fluten konnten ungehindert mit der Stadt machen, was sie wollten. Diese Geschichte, deren Fäden bis zur UN, dem Gemeinsamen Markt und verschiedenen Regierungen und Geldinstituten reichten, hatte sich sogar für Fosco als zu verwickelt erwiesen. Er hatte nie darüber geschrieben, weil er fürchten mußte, daß seine Leser ihm vorwerfen würden, er habe sich aufs Romaneschreiben verlegt. Brunetti für seinen Teil war immer davon ausgegangen, daß – da die meisten der an den Projekten Beteiligten Venezianer waren – das Geld tatsächlich zur Rettung der Stadt benutzt worden war, wenn vielleicht auch nicht so, wie ursprünglich gedacht.

»Nein, Riccardo, es geht um einen der Euren, einen Mailänder. Viscardi. Ich weiß nicht einmal seinen Vornamen, aber er ist im Rüstungsgeschäft und hat gerade ein Vermögen für die Restaurierung eines Palazzo hier ausgegeben.«

»Augusto«, antwortete Fosco sofort, dann wiederholte er den Namen allein um seiner Schönheit willen: »Augusto Viscardi.«

»Das kam ja unheimlich schnell«, meinte Brunetti.

»O ja. Signor Viscardis Namen höre ich oft.«

»Und was hörst du da so?«

»Seine Munitionsfabriken sind in Monza. Es sind vier. Angeblich hatte er umfangreiche Verträge mit dem Irak, genaugenommen mit einer ganzen Reihe von Ländern im Nahen Osten. Irgendwie ist es ihm gelungen, sogar noch während des Krieges zu liefern, ich glaube, über den Jemen.« Fosco hielt kurz inne und fuhr dann fort: »Aber ich habe auch gehört, daß er im Krieg Schwierigkeiten hatte.«

»Was für Schwierigkeiten?« fragte Brunetti.

»Na ja, keine, die ihm ernsthaft weh getan hätten, jedenfalls nach meinen Informationen nicht. Keine dieser Fabriken hat während des Krieges zugemacht, und ich meine nicht nur seine. Wie ich gehört habe, lief die Produktion in dem ganzen Bereich auf vollen Touren weiter. Es gibt immer Käufer für das, was die herstellen.«

»Aber was für Schwierigkeiten hatte er?«

»Ich bin nicht sicher. Da muß ich erst ein paar Telefonate führen. Aber den Gerüchten zufolge muß es ihn ziemlich hart getroffen haben. Die meisten sorgen vor der Lieferung dafür, daß die Zahlungen über sichere Länder wie Panama oder Liechtenstein erfolgen, aber Viscardis Geschäftsbeziehungen waren schon so alt – ich glaube, er ist sogar ein paarmal dort gewesen, um Gespräche mit dem Oberboß zu führen –, daß er diese Sicherheitsmaßnahme unterlassen hat, in der Gewißheit, als guter alter Geschäftspartner behandelt zu werden.«

»Und das ist dann nicht geschehen?«

»Nein, das ist nicht geschehen. Ein Großteil von dem Zeug ist hochgegangen, bevor es geliefert werden konnte. Ich glaube, eine ganze Schiffsladung wurde im Golf gekapert. Laß mich mal rumtelefonieren, Guido. Ich rufe bald zurück, in der nächsten Stunde.«

»Und in seinem Privatleben, gibt es da irgend etwas?«

»Nicht daß ich wüßte, aber ich erkundige mich.«

»Danke, Riccardo.«

»Kannst du mir sagen, worum es geht?«

Brunetti sah keinen Grund, warum nicht. »Letzte Nacht

wurde in seinem Haus eingebrochen, und er überraschte die Täter. Er konnte die drei Männer nicht beschreiben, aber er wußte, welche drei Bilder sie mitgenommen haben.«

»Klingt ganz nach Viscardi«, sagte Fosco.

»Ist er so dumm?«

»Nein, dumm ist er nicht. Ganz und gar nicht. Aber er ist arrogant, und er ist risikobereit. Diese beiden Eigenschaften haben ihm zu seinem Vermögen verholfen.« Foscos Stimme veränderte sich. »Tut mir leid, Guido, ich bekomme gerade einen Anruf auf der anderen Leitung. Ich rufe dich nachher wieder an, ja?«

»Danke, Riccardo«, sagte Brunetti, und bevor er noch hinzufügen konnte: »Das ist sehr nett von dir«, war die Leitung tot.

Das Geheimnis polizeilicher Erfolge gründete sich, wie Brunetti wußte, nicht auf brillantes Kombinieren oder die psychologische Manipulation von Verdächtigen, sondern auf die schlichte Tatsache, daß Menschen dazu neigten, ihren eigenen Intelligenzgrad für die Norm zu halten. Darum wurden die Dummen immer schnell gefaßt, denn ihre Vorstellung von Schlauheit war so jämmerlich verkümmert, daß sie die geborene Beute für die Greifer waren. Dummerweise machte dieselbe Regel seine Arbeit nur noch schwerer, wenn er es mit Kriminellen zu tun hatte, die Intelligenz oder Mut besaßen.

In der folgenden Stunde rief Brunetti unten bei Rossi an und ließ sich den Namen des Versicherungsvertreters geben, der gebeten hatte, den Schauplatz des Einbruchs besichtigen zu dürfen. Als er den Mann schließlich in seinem Büro erreichte, bestätigte er Brunetti, daß die Bilder alle echt und alle bei dem Einbruch verschwunden seien. Kopien der Echtheitszertifikate lägen in diesem Augenblick auf seinem Tisch. Der Marktwert der drei Bilder? Also, sie seien für drei Milliarden Lire versichert, aber der reale Marktwert habe sich innerhalb des letzten Jahres womöglich noch erhöht, beim derzeitigen Preisanstieg für Impressionisten. Nein, es sei vorher noch nie dort eingebrochen worden. Ja, Schmuck sei ebenfalls gestohlen worden, aber verglichen mit den Bildern sei das unerheblich, ein paar hundert Millionen Lire. Aha, dachte Brunetti, was für eine reizende Welt, in der ein paar hundert Millionen Lire als unerheblich galten.

Als Brunetti sein Gespräch mit dem Versicherungsvertreter beendet hatte, kam gerade Rossi aus dem Krankenhaus zurück und erzählte ihm, Signor Viscardi sei höchst überrascht gewesen, als er das Foto von Ruffolo sah. Er habe sich allerdings schnell wieder gefaßt und erklärt, der Mann auf dem Bild habe keine Ähnlichkeit mit einem der beiden Männer, die er gesehen habe, wobei er inzwischen darauf beharrte, es seien nach reiflicher Überlegung doch nur zwei gewesen.

»Was halten Sie davon?« fragte Brunetti.

»Er lügt. Ich weiß nicht, was er sich sonst noch alles zusammenlügt, aber wenn er behauptet, Ruffolo nicht zu kennen, dann lügt er. Er hätte nicht verblüffter sein können, wenn ich ihm ein Foto seiner eigenen Mutter unter die Nase gehalten hätte.«

»Das heißt dann wohl, daß ich mich mal mit Ruffolos Mutter unterhalten muß«, sagte Brunetti.

»Soll ich Ihnen eine kugelsichere Weste aus der Kleiderkammer holen?« fragte Rossi grinsend.

»Nein, Rossi, die Witwe Ruffolo und ich, wir kommen jetzt bestens miteinander aus. Nachdem ich beim Prozeß ein gutes Wort für ihren Sohn eingelegt habe, hat sie sich entschlossen, zu vergeben und zu vergessen. Sie lächelt sogar, wenn sie mich auf der Straße sieht.« Er verschwieg, daß er sie in den letzten beiden Jahren ein paarmal besucht hatte, offenbar als einziger Mensch in der ganzen Stadt.

»Sie Glücklicher. Spricht sie auch mit Ihnen?«

»Ja.«

»*Siciliano*?«

»Ich glaube, sie kann gar nichts anderes.«

»Wieviel davon verstehen Sie denn?«

»Etwa die Hälfte«, antwortete Brunetti, und um der Wahrheit willen fügte er hinzu: »Aber nur, wenn sie ganz langsam spricht.« Obwohl man nicht sagen konnte, daß Signora Ruffolo sich an das Leben in Venedig angepaßt hatte, auf ihre Weise hatte sie doch zur Polizeigeschichte der Stadt beigetragen, eine Frau, die einen Commissario angegriffen hatte, um ihren Sohn zu schützen.

Kurz nachdem Rossi gegangen war, rief Fosco zurück.

»Guido, ich habe mit ein paar Leuten hier gesprochen. Es heißt, er habe bei seinen Golfgeschäften ein Vermögen verloren. Ein vollbeladenes Schiff, dessen Ladung niemand kannte, ist verschwunden, wahrscheinlich von Piraten gekapert. Und wegen des Embargos hatte er es nicht versichern können.«

»Er hat also alles verloren?«

»Ja.«

»Hast du eine Ahnung, um welche Summen es geht?«

»Da ist niemand sicher. Ich habe Schätzungen zwischen fünf und fünfzehn Milliarden gehört, aber keiner konnte mir eine genaue Summe nennen. Jedenfalls heißt es, daß er eine Zeitlang alles noch zusammenhalten konnte, jetzt aber offenbar ernsthafte Liquiditätsprobleme hat. Ein Freund von mir, der beim *Corriere* arbeitet, sagt, Viscardi habe eigentlich nichts zu befürchten, weil er seine Finger in irgendeinem Regierungsvertrag mit drin hat. Und er hat Beteiligungen in anderen Ländern. Mein Kontaktmann war sich nicht ganz sicher, in welchen. Soll ich versuchen, mehr herauszufinden?«

Brunetti hatte allmählich den Eindruck, daß dieser Signor Viscardi einer aus jener aufkommenden Generation von Geschäftsleuten war, die harte Arbeit durch Frechheit ersetzten und Ehrlichkeit durch Beziehungen. »Nein, ich glaube nicht, Riccardo. Ich wollte mir nur einen Eindruck verschaffen, ob er so etwas probieren würde.«

»Und?«

»Tja, es sieht so aus, als wäre er durchaus dazu fähig.«

Obwohl Brunetti nicht danach gefragt hatte, wartete Fosco mit einer weiteren Information auf. »Er soll sehr gute Beziehungen haben, aber Genaueres wußte mein Informant nicht. Soll ich noch ein bißchen herumfragen?«

»Klang es nach Mafia?« wollte Brunetti wissen.

»Könnte man sagen.« Foscos Lachen hatte einen resignierten Unterton. »Aber wann klingt es nicht danach? Es scheint allerdings, als hätte er auch einen Draht zu Regierungsmitgliedern.«

Brunetti widerstand seinerseits der Versuchung, zu fragen, wann es danach nicht klang, statt dessen fragte er: »Und sein Privatleben?«

»Er hat eine Frau und Kinder hier in Mailand. Sie ist so eine Art Patenfee für die Malteser – Wohltätigkeitsbälle und Besuche in Krankenhäusern, weißt du. Außerdem hat er eine Geliebte in Verona; ich glaube, es war Verona. Irgendwo bei dir in der Gegend.«

»Du hast gesagt, er sei arrogant?«

»Ja. Einige Leute, mit denen ich gesprochen habe, meinen sogar, noch mehr als das.«

»Was heißt das?« erkundigte Brunetti sich.

»Zwei sagen, er könnte gefährlich sein.«

»Er persönlich?«

»Du meinst, ob er ein Messer ziehen würde?« fragte Fosco lachend.

»So etwas in der Richtung.«

»Nein, ich hatte nicht den Eindruck, daß sie das meinten. Jedenfalls würde er es wohl nicht persönlich tun. Aber er geht gern Risiken ein; zumindest steht er hier in diesem Ruf. Und wie ich schon sagte, er ist gut geschützt und zögert nicht, seine einflußreichen Freunde um Hilfe zu bitten.« Fosco hielt einen Moment inne, dann sagte er: »Einer meiner Gesprächspartner ging sogar noch weiter, wollte mir aber nichts Genaueres sagen.

Er meinte nur, wer mit Viscardi zu tun habe, solle sehr vorsichtig sein.«

Brunetti beschloß, den letzten Satz auf die leichte Schulter zu nehmen, und erklärte: »Ich habe keine Angst vor Messern.«

Foscos Antwort kam wie aus der Pistole geschossen. »Ich hatte auch nie Angst vor Maschinenpistolen, Guido.« Dann war ihm seine Bemerkung offenbar peinlich, denn er fügte hinzu: »Ich meine es ernst, Guido, nimm dich vor ihm in acht.«

»Schon gut, ich werde daran denken. Und vielen Dank, Riccardo.« Dann sagte er noch: »Ich habe immer noch nichts in Erfahrung bringen können, aber wenn ich etwas höre, lasse ich es dich wissen.« Viele Polizisten, die Fosco kannten, hatten verbreitet, daß sie an Hinweisen darauf interessiert seien, wer damals geschossen hatte und wer die Drahtzieher waren, aber wer es auch gewesen sein mochte, war sehr vorsichtig zu Werke gegangen, denn Foscos Beliebtheit bei der Polizei war allgemein bekannt, und das Schweigen dauerte nun schon Jahre. Brunetti hielt die Sache für aussichtslos, trotzdem fragte er gelegentlich nach, ließ hier und dort einen Hinweis fallen und sprach mit Verdächtigen in ganz allgemeiner Form über die Möglichkeit eines Kuhhandels im Tausch gegen die Information, die er haben wollte. Doch in all den Jahren war er der Lösung nicht näher gekommen.

»Ich weiß es zu schätzen, Guido. Aber ich bin mir nicht sicher, ob es noch so wichtig ist.« War das Weisheit oder Resignation, was man da heraushörte?

»Warum?«

»Ich heirate.« Liebe also, besser als beides.

»Herzlichen Glückwunsch, Riccardo. Wer ist es denn?«

»Ich glaube nicht, daß du sie kennst, Guido. Sie arbeitet für die Zeitschrift, aber sie ist erst ein gutes Jahr dabei.«

»Wann?«

»Im nächsten Monat.«

Brunetti machte gar nicht erst falsche Versprechungen, daß er versuchen würde, dabeizusein, aber es kam von Herzen, als er sagte: »Ich hoffe, ihr werdet beide glücklich, Riccardo.«

»Danke, Guido. Und wenn ich noch irgend etwas über diesen Kerl höre, rufe ich dich an, ja?«

»Danke. Das wäre nett.«

Mit weiteren guten Wünschen verabschiedete sich Brunetti und legte auf. Konnte es so einfach sein? Konnten geschäftliche Verluste Viscardi dazu getrieben haben, etwas so Überstürztes wie einen bestellten Einbruch zu organisieren? Nur jemand, der fremd in Venedig war, konnte auf Ruffolo verfallen, einen jungen Mann, der sich ungleich besser aufs Geschnapptwerden verstand als auf sein kriminelles Handwerk. Aber vielleicht hatte die Tatsache, daß er erst kürzlich aus dem Gefängnis entlassen worden war, als Empfehlung genügt.

Er konnte heute nichts weiter hier tun, und Patta war garantiert der erste, der von polizeilicher Brutalität reden würde, wenn ein Millionär am selben Tag von drei verschiedenen Polizisten vernommen wurde, vor allem während der Mann auch noch im Krankenhaus war. Es hatte ebenfalls keinen Sinn, an einem Tag nach Vicenza zu fahren, an dem die Büros der Amerikaner geschlossen waren, obwohl es vielleicht einfacher war, sich über Pattas Befehl hinwegzusetzen, wenn er es in seiner Freizeit tat. Aber nein, Doctor Peters sollte ruhig bis zur nächsten Woche um den Köder herumschwimmen, dann konnte er immer noch einmal sanft an der Schnur rucken. Heute würde er seine Angel in venezianischen Gewässern auswerfen und sich eine andere Beute vornehmen.

Während der kurzen Perioden, in denen er nicht im Gefängnis saß, wohnte Giuseppe Ruffolo bei seiner Mutter in einer Zweizimmerwohnung beim Campo San Boldo, einer Gegend, die von der Nähe zu dem Turmstumpf dieser Kirche geprägt war, wo es keine bequem erreichbare Vaporettoanlegestelle gab, und, wenn man die »Nähe« auf die Kirche San Simeone Piccolo ausdehnen wollte, auch durch diese, wo die sonntägliche Messe noch in Latein gehalten wurde, in offener Verhöhnung aller Vorstellungen von Modernität oder Zweckdienlichkeit. Die Witwe Ruffolo hatte die Wohnung von einer öffentlichen Stiftung, die ihre diversen Unterkünfte an Leute vermietete, die als ausreichend bedürftig eingestuft waren, zugeteilt bekommen. Normalerweise waren das Venezianer; wie Signora Ruffolo daran gekommen war, blieb ein Geheimnis, obwohl ihre eindeutige Bedürftigkeit von keinerlei Geheimnis umgeben war.

Brunetti überquerte die Rialto-Brücke und ging an San Cassiano vorbei, dann links, bis er zu seiner Rechten den gedrungenen Turm von San Boldo sah. Er bog in eine enge Calle ein und blieb vor einem niedrigen Haus stehen. Der Name »Ruffolo« war in zierlicher Schrift rechts von der Klingel auf einem metallenen Schild eingraviert; Roststreifen verfärbten unter beiden den Verputz, der schon von der Hauswand blätterte. Er klingelte, wartete einen Augenblick, klingelte wieder, wartete und klingelte ein drittes Mal.

Ganze zwei Minuten nach seinem letzten Klingeln hörte er eine Stimme von drinnen fragen: »*Si, chi è*?«

»Ich bin's, Signora Concetta, Brunetti.«

Als sie die Tür aufmachte, hatte er wie jedesmal den Eindruck, statt einer Frau ein Faß vor sich zu sehen. Signora Concetta war vor vierzig Jahren einmal die herausragende Schönheit von Caltanisetta gewesen. Der Überlieferung nach waren junge Männer stundenlang in der Nähe ihres Hauses herumspaziert, nur um vielleicht einen Blick auf die schöne Concetta zu erhaschen. Sie hätte jeden haben können, vom Sohn des Bürgermeisters bis zum jüngeren Bruder des Arztes, sie aber wählte den dritten Sohn der Familie, die einst die ganze Provinz mit eiserner Faust regiert hatte. Sie war eine angeheiratete Ruffolo, und als Annunziatos Schulden sie aus Sizilien vertrieben, war sie zu einer Fremden in dieser kalten und ungastlichen Stadt geworden. Bald darauf war sie verwitwet und lebte nun von einer Rente, die aus dem Staatssäckel und der Mildtätigkeit der

Familie ihres Mannes stammte, und noch bevor Giuseppe die Schule beenden konnte, war sie zur Mutter eines Kriminellen geworden.

Seit dem Tag, an dem ihr Mann gestorben war, ging sie ganz in Schwarz: Kleid, Schuhe, Strümpfe, sogar das Tuch, das sie trug, sowie sie das Haus verließ. Auch wenn sie mit den Jahren immer runder wurde und ihr Gesicht vor Kummer über den Lebenswandel ihres Sohnes immer faltiger, das Schwarz blieb, und sie würde es bis ins Grab tragen, vielleicht noch darüber hinaus.

»*Buon giorno*, Signora Concetta«, begrüßte Brunetti sie lächelnd und reichte ihr die Hand.

Er beobachtete ihr Gesicht und las dessen Ausdruck wie einen Comic mit schnell wechselnden Bildern. Zuerst kam das Erkennen und der instinktive Abscheu vor dem, was er repräsentierte, dann die Erinnerung daran, wie gut er zu ihrem Sohn gewesen war, ihrem Stern, ihrer Sonne, und dann sah er, wie sich ihre Züge glätteten und ihr Mund sich zu einem Lächeln aufrichtiger Freude verzog. »Ah, *Dottore*, Sie kommen mich mal wieder besuchen. Wie nett. Aber Sie hätten anrufen sollen, dann hätte ich gründlich saubergemacht und Ihnen etwas Leckeres gebacken.« Er hatte »anrufen«, »saubergemacht« und »gebacken« verstanden und sich das Übrige daraus zusammengereimt.

»Signora, eine Tasse von Ihrem hervorragenden Kaffee wäre schon mehr, als ich zu hoffen wagte.«

»Kommen Sie, kommen Sie herein«, sagte sie, schob ihre Hand unter seinen Arm und zog ihn mit. Dann trat sie rückwärts durch die offene Tür ihrer Wohnung, wobei sie seinen Arm festhielt, als hätte sie Angst, daß er ihr weglaufen könnte.

Als sie drinnen standen, drückte sie mit der einen Hand die Tür zu und zog ihn mit der anderen weiter. Die Wohnung war so klein, daß wahrhaftig niemand darin verlorengehen konnte, und doch behielt sie die Hand an seinem Arm und geleitete ihn so in das kleine Wohnzimmer. »Nehmen Sie diesen Sessel hier, *Dottore*«, sagte sie und führte ihn zu einem prallen Sessel, der mit glänzendem, orangefarbenem Stoff bezogen war. Jetzt ließ sie ihn endlich los. Als er zögerte, drängte sie: »Setzen Sie sich. Ich mache uns einen Kaffee.«

Er tat wie ihm befohlen und versank in dem Sessel, bis seine Knie auf gleicher Höhe mit seinem Kinn waren. Sie knipste die Lampe neben dem Sessel an; die Ruffolos lebten in dem ewigen Zwielicht derer, die zu ebener Erde wohnen, aber selbst eine Lampe um die Mittagszeit konnte nichts gegen die Muffigkeit ausrichten.

»Bleiben Sie schön sitzen«, kommandierte sie und ging zur anderen Seite des Zimmers, wo sie einen geblümten Vorhang beiseite schob, hinter dem sich eine Spüle und ein Herd verbargen. Von seinem Platz aus sah Brunetti, daß die Wasserhähne glänzten und der Herd in seinem Weiß fast strahlte. Sie öffnete ein Schränkchen und holte das zylindrische Espressokännchen heraus, das er immer mit dem Süden in Verbindung brachte, ohne zu wissen warum. Sie schraubte es auseinander, spülte es sorgfältig aus, spülte nach, und füllte es mit Wasser. Dann löffelte sie mit geübten, rhythmischen Bewegungen Kaffeemehl aus einem Vorratsglas hinein, entzündete das Gas und stellte die Kanne auf die Flamme.

In dem Zimmer hatte sich seit seinem letzten Besuch nichts verändert. Vor der Gipsstatue der Madonna standen gelbe Plastikblumen; Spitzendeckchen in ovaler, rechteckiger und runder Form lagen auf jeder Fläche; darauf standen reihenweise Familienfotos, und auf allen war Peppino zu sehen: Peppino als kleiner Seemann, Peppino im strahlenden Weiß seiner ersten Kommunion, Peppino auf dem Rücken eines Esels, grinsend trotz seiner Angst. Auf allen Bildern waren die übergroßen Ohren des Kindes sichtbar, mit denen er fast wie eine Karikatur wirkte. In einer Ecke befand sich so etwas Ähnliches wie ein Altar für ihren verstorbenen Mann: ihr Hochzeitsbild, auf dem Brunetti ihre längst verblaßte Schönheit sah; in die Ecke gelehnt der Spazierstock ihres Mannes, dessen elfenbeinerner Knauf selbst in diesem trüben Licht glänzte; seine *lupara*, die tödlichen kurzen Läufe mehr als zehn Jahre nach seinem Tod noch poliert und geölt, als hätte selbst der Tod ihn nicht von der Notwendigkeit befreit, dem sizilianischen Männerklischee nachzukommen, das ihm gebot, jedem Angriff auf seine Ehre oder seine Familie mit dem Gewehr entgegenzutreten.

Brunetti sah weiter zu, wie sie, scheinbar ohne ihn zu beachten, zuerst ein Tablett und Teller herunterholte, dann aus einem anderen Schränkchen eine Blechdose, deren Deckel sie mit einem Messer abhob. Daraus schichtete sie Massen von Gebäck auf den einen Teller. Aus einer weiteren Dose lud sie bunt umwickelte Pralinen auf einen anderen Teller. Der Kaffee kochte auf, und sie griff rasch zu und drehte das Kännchen mit einer flinken Bewegung um, trug dann das Tablett zu dem großen Tisch, der fast eine ganze Seite des Zimmers einnahm. Wie ein Kartenspieler verteilte sie Teller und Unterteller, Löffel und Tassen, die sie vorsichtig auf die Tischdecke aus Plastik setzte. Dann holte sie den Kaffee. Als alles fertig war, wandte sie sich ihm zu und winkte ihn zu Tisch.

Brunetti mußte sich aus dem tiefen Sessel hochstemmen. Als er an den Tisch kam, zog sie einen Stuhl für ihn darunter hervor, und als er Platz genommen hatte, setzte sie sich ihm gegenüber. Die Capodimonte-Untertassen hatten beide feine Risse, die vom Rand nach innen verliefen wie die Runzeln auf den papierenen Wangen seiner Großmutter, die ihm noch gut in Erinnerung waren. Die Löffel glänzten, und neben seinem Teller lag eine Leinenserviette, gebügelt und zu einem akkuraten Rechteck gefaltet.

Signora Ruffolo goß zwei Tassen Kaffee ein, stellte die eine vor Brunetti hin und reichte ihm dann die silberne Zuckerdose. Mit einer silbernen Gebäckzange legte sie ihm sechs Stücke Gebäck, jedes so groß wie eine Aprikose, auf den Teller, anschließend mit demselben Werkzeug vier der folienverpackten Pralinen.

Er süßte seinen Kaffee und nippte daran. »Das ist der beste

Kaffee in ganz Venedig, Signora. Wollen Sie mir das Geheimnis immer noch nicht verraten?«

Sie lächelte, und Brunetti sah, daß sie schon wieder einen Zahn verloren hatte, diesmal den rechten oberen Vorderzahn. Er biß in ein Gebäckstück und fühlte, wie der Zucker in seinen Mund geschwemmt wurde. Gemahlene Mandeln, Zucker, feinste Teigmasse und noch mehr Zucker. Im nächsten Stück waren gemahlene Pistazien. Im dritten Schokolade, und das vierte war mit Creme gefüllt. Er biß in das fünfte und legte den Rest wieder auf seinen Teller.

»Essen Sie, *Dottore*. Sie sind zu dünn. Essen Sie. Zucker gibt Energie. Und er ist gut fürs Blut.« Die Substantive übermittelten ihm die Botschaft.

»Das ist köstlich, Signora Concetta. Aber ich habe gerade zu Mittag gegessen, und wenn ich zuviel davon esse, schaffe ich mein Abendessen nicht, und meine Frau wird böse.«

Sie nickte. Sie hatte Verständnis dafür, wenn Ehefrauen böse wurden.

Er trank seinen Kaffee aus und stellte die Tasse hin. Keine drei Sekunden später stand sie auf, ging durchs Zimmer und kam mit einer geschliffenen Karaffe und zwei Gläsern, nicht größer als Oliven, zurück. »Marsala. Aus meiner Heimat«, sagte sie und goß ihm einen Fingerhutvoll ein. Er nahm ihr das Glas ab, wartete, während sie ein paar Tropfen in ihr eigenes goß, stieß mit ihr an und nippte. Es schmeckte nach Sonne und Meer, und nach Liedern von Liebe und Tod.

Er setzte sein Glas ab, sah sie über den Tisch hinweg an und sagte: »Signora Concetta, ich glaube, Sie wissen, warum ich hier bin.«

Sie nickte. »Peppino?«

»Ja, Signora.«

Sie hielt die Hand hoch, die Innenfläche ihm zugekehrt, als wollte sie seine Worte abwehren oder sich vor dem *malocchio* schützen.

»Signora, ich glaube, Peppino ist in etwas ziemlich Schlimmes verwickelt.«

»Aber dieses Mal...« fing sie an, bevor ihr einfiel, wer Brunetti war und sie nur noch sagte: »Er ist kein schlechter Junge.«

Brunetti wartete, bis er sicher war, daß sie nichts weiter sagen wollte, dann fuhr er fort: »Signora, ich habe heute mit einem Freund gesprochen. Er sagt, daß ein Mann, mit dem sich Peppino womöglich eingelassen hat, ein sehr schlechter Mensch ist. Wissen Sie etwas darüber? Ich meine, was Peppino macht und über die Leute, mit denen er zusammen ist, seit...« Er wußte nicht recht, wie er es formulieren sollte. »Seit er wieder zu Hause ist?«

Sie überlegte lange, bevor sie antwortete. »Peppino war mit ganz schlechten Leuten zusammen dort.« Selbst nach all den Jahren konnte sie sich nicht überwinden, den Ort zu nennen. »Er hat von diesen Leuten gesprochen.«

»Was hat er über sie gesagt, Signora?«

»Er hat gesagt, daß es bedeutende Leute sind und daß sich sein Glück jetzt wendet.« Ja, das wußte Brunetti von Peppino schon: Immer wollte sein Glück sich gerade wenden.

»Hat er Ihnen noch etwas gesagt, Signora?«

Sie schüttelte den Kopf. Es war eine Verneinung, aber er war sich nicht sicher, was sie verneinte. Brunetti war auch in der Vergangenheit nie sicher gewesen, wieviel Signora Concetta von dem wußte, was ihr Sohn trieb. Er konnte sich vorstellen, daß sie viel mehr wußte, als sie zu erkennen gab, aber er fürchtete, daß sie dieses Wissen wahrscheinlich sogar vor sich selbst geheimhielt.

»Haben Sie welche davon kennengelernt, Signora?«

Sie schüttelte entschieden den Kopf. »Er darf sie nicht mit hierherbringen, nicht in meine Wohnung.« Das war zweifellos die Wahrheit.

»Signora, wir suchen Peppino.«

Sie schloß die Augen und senkte den Kopf. Er war erst zwei Wochen von dort weg, und schon suchte die Polizei ihn.

»Was hat er getan, *Dottore?*«

»Wir wissen es nicht genau, Signora. Wir wollen mit ihm reden. Ein paar Leute sagen, daß sie ihn an einem Ort gesehen haben, wo ein Verbrechen passiert ist. Aber sie haben nur ein Foto von Peppino gesehen.«

»Dann war es vielleicht gar nicht mein Sohn?«

»Das ist noch unklar, Signora. Deshalb wollen wir ihn sprechen. Wissen Sie, wo er ist?«

Sie schüttelte den Kopf, aber auch jetzt wußte Brunetti nicht genau, ob das hieß, daß sie es nicht wußte oder daß sie es nicht sagen wollte.

»Signora, wenn Sie mit Peppino sprechen, würden Sie ihm zwei Dinge von mir ausrichten?«

»Ja, *Dottore*.«

»Sagen Sie ihm bitte, daß wir unbedingt mit ihm sprechen müssen. Und sagen Sie ihm, daß diese Leute schlechte Menschen sind, sie könnten gefährlich sein.«

»*Dottore*, Sie sind Gast in meinem Haus, darum sollte ich das nicht fragen.«

»Was, Signora?«

»Ist das die Wahrheit, oder ist es ein Trick?«

»Signora, sagen Sie mir, worauf ich schwören soll, und ich schwöre Ihnen, daß es die Wahrheit ist.«

Ohne zu zögern sagte sie: »Schwören Sie beim Herzen Ihrer Mutter?«

»Signora, ich schwöre beim Herzen meiner Mutter, daß dies die Wahrheit ist. Peppino soll zu uns kommen und mit uns reden. Und er sollte sich sehr vor diesen Leuten in acht nehmen.«

Sie stellte ihr Glas ab, ohne getrunken zu haben. »Ich will versuchen, mit ihm zu reden, *Dottore*. Aber vielleicht ist es diesmal doch anders?« Sie konnte die Hoffnung nicht aus ihrer Stimme bannen. Brunetti merkte, daß Peppino seiner Mutter ziemlich viel von seinen bedeutenden Freunden erzählt haben mußte, von seiner neuen Chance, wodurch sich alles ändern würde und wodurch sie endlich reich würden.

»Es tut mir leid, Signora«, sagte er aufrichtig. Er erhob sich. »Vielen Dank für den Kaffee und die süßen Köstlichkeiten. In ganz Venedig kann das niemand so wie Sie.«

Sie wuchtete sich hoch, nahm eine Handvoll Pralinen vom Teller und steckte sie ihm in die Jackentasche. »Für Ihre Kinder. Sie wachsen noch. Zucker ist gut für sie.«

»Sie sind sehr freundlich, Signora«, sagte er, wobei ihm schmerzlich klar war, wie sehr das stimmte.

Sie ging mit ihm zur Tür und führte ihn dabei wieder am Arm, als ob er blind wäre oder sich verlaufen könnte. An der Haustür verabschiedeten sie sich mit förmlichem Handschlag, und sie blieb noch stehen und sah ihm nach, wie er davonging.

15

Der nächste Morgen, ein Sonntag, war der Tag in der Woche, den Paola fürchtete, denn es war der Tag, an dem sie neben einem Fremden aufwachte. In den Jahren ihrer Ehe hatte sie sich daran gewöhnt, neben einem grimmigen, schlechtgelaunten Kerl aufzuwachen, der mindestens noch eine Stunde unfähig zu jeglicher Höflichkeit war, einer säuerlichen Kreatur, von der sie Grunzer und düstere Blicke erwartete. Vielleicht nicht gerade der fröhlichste Partner, aber immerhin beachtete er sie nicht und ließ sie schlafen. Doch am Sonntag wurde sein Platz von einem Menschen eingenommen, der – schon das Wort weckte ihren Abscheu – quietschvergnügt war. Befreit von Arbeit oder Verantwortung, kam ein ganz anderer Mann zum Vorschein: freundlich, verspielt, oft auch liebebedürftig. Sie konnte ihn nicht ausstehen.

An diesem Sonntag war er um sieben Uhr wach und überlegte, was er mit dem Geld anfangen könnte, das er im Casinò gewonnen hatte. Er konnte seinem Schwiegervater zuvorkommen und Chiara einen Computer kaufen. Er konnte sich selbst einen neuen Wintermantel kaufen. Sie konnten alle gemeinsam im Januar eine Woche in die Berge fahren. Eine halbe Stunde blieb er noch liegen und gab das Geld immer wieder aus, bis ihn schließlich Kaffeedurst aus dem Bett trieb.

Summend ging er in die Küche, nahm den größten Topf vom Bord, füllte ihn mit Wasser und setzte ihn auf den Herd, daneben einen mit Milch. Dann stapfte er ins Bad. Als er wieder herauskam, die Zähne geputzt, das Gesicht vom kalten Wasser gerötet, blubberte der Kaffee gerade auf und erfüllte die Wohnung mit seinem Duft. Er goß ihn in zwei große Tassen, tat Milch und Zucker dazu und trug sie ins Schlafzimmer. Dort stellte er sie auf das Tischchen neben ihrem Bett und kroch wieder unter die Decke, wo er mit den Kissen kämpfte, bis er sie so zurechtgeklopft hatte, daß er halbsitzend seinen Kaffee trinken konnte. Er schlürfte hörbar, rückte sich in eine bequemere Lage und flötete sanft: »Paola.«

Aus dem länglichen Paket neben ihm kam kein Laut.

»Paola«, wiederholte er etwas lauter.

Schweigen.

»Hmmmm, so guter Kaffee. Ich muß noch einen Schluck davon trinken.« Und das tat er dann auch ziemlich laut. Ein Geräusch drang aus dem Paket, ein recht bedrohliches. Er beachtete es nicht und nippte an seinem Kaffee. Dann stellte er die Tasse vorsichtig ab, damit er nichts verschüttete bei dem, was jetzt garantiert kommen würde. »Hmm«, machte er noch, bevor das Paket explodierte und Paola sich wie ein großer Fisch auf den Rücken warf, wobei sie den linken Arm quer über seine Brust streckte. Er drehte sich um, nahm die zweite Tasse vom Tischchen und gab sie ihr in die Hand, um sie ihr gleich wieder abzunehmen und festzuhalten, während seine Angetraute sich aufsetzte.

Diese Szene hatte zum erstenmal am zweiten Sonntag nach ihrer Heirat stattgefunden, als sie noch in den Flitterwochen waren und er sich über seine schlafende Eheliebste gebeugt hatte, um an ihrem Ohrläppchen zu knabbern. Da hatte ihn die stahlharte Stimme, mit der sie gesagt hatte: »Wenn du nicht sofort aufhörst, reiße ich dir die Leber raus und esse sie«, darüber aufgeklärt, daß ihre Flitterwochen vorbei waren.

Wie sehr er sich auch bemühte, was er allerdings nicht sehr ernsthaft tat, verstand er doch nie, weshalb sie so wenig Sympathie für das aufbrachte, was er gern als sein wahres Ich ansah. Sonntag war der einzige Tag, an dem er sich nicht unmittelbar mit Tod und Unglück abgeben mußte, weshalb er daran festhielt, daß der Mann, der da aufwachte, der echte war, der wahre Brunetti, und er darum den anderen, diesen Mr. Hyde, als nicht im mindesten typisch für sein inneres Ich abtun konnte. Paola wollte davon nichts wissen.

Während sie ihren Kaffee schlürfte und versuchte, die Augen aufzubekommen, stellte er das Radio an und hörte die Morgennachrichten, obwohl er wußte, daß sie ihm wahrscheinlich die Laune verderben würden, bis sie der ihren glich. Wieder drei Morde in Kalabrien, alles Mafiosi, davon einer ein gesuchter Killer (ein Punkt für uns, dachte er); Gerüchte über den bevorstehenden Zusammenbruch der Regierung (wann stand der nicht bevor?); eine Schiffsladung Giftmüll im Hafen von Genua, zurückgeschickt aus Afrika (warum auch nicht?); und ein in seinem Garten ermordeter Priester, achtmal in den Kopf geschossen (hatte er bei der Beichte eine allzu strenge Buße verhängt?). Er schaltete aus, solange noch Zeit war, seinen Tag zu retten, und wandte sich Paola zu. »Bist du wach?«

Sie nickte, sprechen konnte sie noch nicht.

»Was machen wir mit dem Geld?«

Sie schüttelte den Kopf, die Nase im Kaffeedunst.

»Möchtest du irgendwas haben?«

Sie trank ihren Kaffee aus, reichte ihm kommentarlos die Tasse und ließ sich in die Kissen zurückfallen. Wenn er sie so ansah, wußte er nicht, ob er mehr Kaffee holen oder sie künstlich beatmen sollte. »Brauchen die Kinder irgendwas?«

Sie schüttelte mit geschlossenen Augen den Kopf.

»Gibt es wirklich nichts, was du gern hättest?«

Es kostete sie übermenschliche Anstrengung, aber sie brachte die Worte heraus. »Verzieh dich für eine Stunde, dann bring mir eine Brioche und mehr Kaffee.« Damit warf sie sich auf den Bauch und war wieder eingeschlafen, bevor er noch das Zimmer verlassen hatte.

Er duschte lange und rasierte sich unter Strömen heißen Wassers, froh, daß er einmal nicht die Kommentare der anderen Haushaltsmitglieder fürchten mußte, die mit ihren diversen ökologischen Empfindlichkeiten stets bereit waren, alles anzuprangern, was sie als Vergeudung oder Umweltsünde betrachteten. Brunetti hatte den Verdacht, daß seine Familie sich immer gerade für solche Sachen begeisterte, die ihm unmittelbar das Leben unbequemer machten. Andere Männer brachten es ganz bestimmt fertig, Kinder zu haben, die sich um weit entfernte Dinge sorgten – den Regenwald, Atomtests, die Notlage der Kurden. Und ihm, einem städtischen Beamten, einem Mann, den die Presse sogar einmal gelobt hatte, verboten die eigenen Familienmitglieder, Mineralwasser in Plastikflaschen zu kaufen. Statt dessen mußte er Wasser in Glasflaschen kaufen und diese Flaschen dann vierundneunzig Stufen hinauf- und wieder hinunterschleppen. Und wenn er länger unter der Dusche blieb, als ein Durchschnittsmensch brauchte, um sich die Hände zu waschen, mußte er sich endlose Kritik über die Gedankenlosigkeit des Westens und seinen verschwenderischen Umgang mit den globalen Ressourcen anhören. In seiner Kindheit war Verschwendung verpönt gewesen, weil sie arm waren; heute war sie verpönt, weil sie reich waren. An diesem Punkt klappte er den Katalog seiner Kümmernisse zu und beendete seine Duschorgie.

Als er zwanzig Minuten später das Haus verließ, durchflutete ihn ein grenzenloses Wohlgefühl. Obwohl der Morgen kühl war, würde es ein warmer Tag werden, einer dieser herrlichen Sonnentage, mit denen die Stadt im Herbst gesegnet war. Die Luft war so trocken, daß man fast nicht glauben konnte, daß die Stadt auf Wasser gebaut war, obwohl ein Blick nach rechts, während er an verschiedenen Seitengassen vorbei Richtung Rialto ging, dies ausreichend belegte.

An der nächsten Kreuzung wandte er sich nach links zum Fischmarkt, der heute, am Sonntag, geschlossen war, aber dennoch den leichten Geruch nach dem Fisch verbreitete, der dort seit Jahrhunderten verkauft wurde. Er ging über eine Brücke, wandte sich nach links und trat in eine *Pasticceria*. Dort kaufte er ein Dutzend Gebäckstücke. Auch wenn sie die zum Frühstück nicht alle aufaßen, würde Chiara sie im Lauf des Tages bestimmt wegputzen. Wahrscheinlich schon vormittags. Das rechteckige Paket auf der Hand balancierend, ging er wieder

Richtung Rialto und dann nach rechts auf San Polo zu. Am Campo San Aponal hielt er beim Zeitungskiosk an und kaufte zwei Zeitungen, den *Corriere* und *Il Manifesto*, von denen er annahm, daß Paola sie heute lesen wollte. Als er zu Hause ankam, schienen die Treppenstufen zu seiner Wohnung fast nicht dazusein.

Er fand Paola in der Küche, wo der Kaffee gerade fertig war. Vom Ende des Flurs hörte er Raffaele durch die Badezimmertür seiner Schwester zurufen: »Komm schon, beeil dich. Du bist schon den ganzen Morgen da drin.« Aha, die Wasserschutzpolizei war wieder in Aktion.

Er stellte sein Paket auf den Tisch und schlug das weiße Papier zurück. Der Berg von Gebäckstücken glänzte von geschmolzenem Zucker, und etwas Puderzucker rieselte auf das dunkle Holz des Tisches. Er nahm sich ein Stück Apfelstrudel und biß hinein.

»Wo hast du das her?« fragte Paola, während sie Kaffee eingoß.

»Aus der *Pasticceria* bei Carampane.«

»So weit bist du gelaufen?«

»Es ist ein herrlicher Tag, Paola. Laß uns nach dem Frühstück einen Spaziergang machen. Wir könnten zum Mittagessen nach Burano fahren. Ach ja, machen wir das. Der Tag ist wie geschaffen für einen Ausflug.« Er dachte an die lange Bootsfahrt zur Insel hinaus und wie die Sonne das Flickenmuster der knallbunten Häuser beleuchten würde, auf die sie zufuhren, und seine Stimmung hob sich noch mehr.

»Gute Idee«, stimmte sie zu. »Und die Kinder?«

»Frag sie. Chiara will bestimmt mit.«

»Gut. Raffaele vielleicht auch.«

Vielleicht.

Paola schob ihm *Il Manifesto* zu und nahm sich den *Corriere*. Nichts würde geschehen, keine Anstalten zur Würdigung dieses herrlichen Tages getroffen werden, bevor sie mindestens zwei weitere Tassen Kaffee getrunken und die Zeitungen gelesen hatte. Er nahm seine Zeitung in die eine, seine Kaffeetasse in die andere Hand und ging durchs Wohnzimmer auf die Dachterrasse. Er ließ alles draußen und ging ins Wohnzimmer zurück, um sich einen Stuhl zu holen, den er genau in der richtigen Entfernung vom Geländer aufstellte. Er setzte sich, kippte mit dem Stuhl leicht nach hinten und legte die Füße aufs Geländer. Dann griff er sich die Zeitung und begann zu lesen.

Kirchenglocken läuteten, die Sonne schien warm auf sein Gesicht, und Brunetti erlebte einen Augenblick absoluten Friedens.

Paola sprach ihn von der Terrassentür aus an: »Guido, wie hieß diese Ärztin noch?«

»Die hübsche?« fragte er, ohne aufzusehen und ohne recht auf ihren Ton zu achten.

»Guido, wie hieß sie?«

Er ließ seine Zeitung sinken und drehte sich zu ihr um. Als er ihr Gesicht sah, kippte er den Stuhl nach vorn und nahm die Füße vom Geländer. »Peters.« Sie schloß einen Moment die Augen, bevor sie ihm den *Corriere* reichte, der in der Mitte aufgeschlagen war.

AMERIKANISCHE ÄRZTIN STIRBT AN ÜBERDOSIS, las er. Der Artikel war kurz und rasch überflogen. Die Leiche von Captain Terry Peters, Kinderärztin bei der US-Army, war am späten Samstagnachmittag in ihrer Wohnung in Due Ville in der Provinz Vicenza aufgefunden worden. Dr. Peters, die im Armeekrankenhaus in Caserme Ederle arbeitete, war von einem Freund gefunden worden, der herausfinden wollte, warum sie am Morgen nicht zur Arbeit erschienen war. Eine benutzte Spritze hatte neben der Leiche gelegen, und in der Wohnung fanden sich weitere Anzeichen von Drogengebrauch sowie Hinweise, daß die Ärztin getrunken hatte. Die Carabinieri und die amerikanische Militärpolizei führten die Untersuchung.

Er las den Artikel noch einmal, dann noch einmal. Er blätterte seine eigene Zeitung durch, aber *Il Manifesto* erwähnte den Vorfall nicht.

»Ist das möglich, Guido?«

Er schüttelte den Kopf. Nein, eine Überdosis war unmöglich, aber sie war tot; das bewies der Artikel.

»Was willst du unternehmen?«

Er sah hinüber zum Glockenturm von San Polo, der nächstliegenden Kirche. Er hatte keine Ahnung. Patta würde keinen Zusammenhang zwischen den Fällen sehen, oder falls ein solcher bestand, dann höchstens als Unfall, im schlimmsten Fall als Selbstmord. Da nur Brunetti wußte, daß sie die Postkarte aus Kairo hatte verschwinden lassen, und nur er ihre Reaktion auf die Leiche ihres Geliebten gesehen hatte, gab es zwischen den beiden keine Verbindung, außer daß sie Kollegen gewesen waren, und das war sicher kein Grund für einen Selbstmord. Drogen und Alkohol und eine alleinstehende Frau; das reichte aus, um die Reaktion der Presse vorhersagen zu können – es sei denn – es sei denn, ein ähnlicher Anruf, wie ihn Patta bekommen haben mußte, ging bei den Zeitungsredaktionen ein. In diesem Fall wäre es mit der Geschichte schnell aus und vorbei, wie mit so vielen Geschichten. Wie mit Dr. Peters.

»Ich weiß es nicht«, beantwortete er schließlich Paolas Frage. »Patta hat mir verboten, noch einmal nach Vicenza zu fahren.«

»Aber dadurch ändert sich doch sicher alles.«

»Nicht für Patta. Es war eine Überdosis. Die Polizei in Vicenza wird sich damit befassen. Sie werden eine Autopsie veranlassen, und dann schicken sie die Leiche nach Amerika zurück.«

»Genau wie den anderen«, sagte Paola, die damit aussprach, was er dachte. »Warum beide umbringen?«

Brunetti schüttelte den Kopf. »Ich habe keine Ahnung.« Aber er hatte eine. Sie war zum Schweigen gebracht worden. Ihre Bemerkung, daß sie nicht scharf auf Drogen sei, war keine Lüge gewesen: der Gedanke an eine Überdosis war absurd. Sie war umgebracht worden, weil sie irgend etwas über Foster wußte, etwas, das sie vor der Leiche ihres Liebhabers hatte erschrecken und quer durchs Zimmer torkeln lassen. Drogentod. Er überlegte, ob ihm damit eine Botschaft übermittelt werden sollte, verwarf den Gedanken aber als Größenwahn. Ihr Mörder hatte nicht die Zeit gehabt, einen Unfall zu arrangieren, und ein zweiter Mord wäre allzu auffällig gewesen, ein Selbstmord unerklärbar und daher verdächtig. Eine Überdosis war also die perfekte Lösung: Sie hatte es sich selbst angetan, man mußte nirgends anknüpfen; wieder eine Sackgasse. Und Brunetti wußte nicht einmal, ob sie es gewesen war, die »*basta*« gesagt hatte.

Paola kam zu ihm und legte ihm die Hand auf die Schulter. »Es tut mir leid, Guido. Leid für sie.«

»Sie kann noch keine Dreißig gewesen sein«, sagte er. »All die Jahre Studium, und all die Arbeit.« Es schien ihm, als wäre ihr Tod weniger unfair gewesen, wenn sie mehr Zeit gehabt hätte, ihr Leben zu genießen. »Ich hoffe, ihre Familie glaubt es nicht.«

Paola sprach seine Gedanken aus. »Wenn die Polizei und die Armee einem etwas sagt, glaubt man es wahrscheinlich. Und ich bin sicher, es hat sehr realistisch ausgesehen, sehr überzeugend.«

»Die armen Leute«, meinte er.

»Könntest du ...« Sie unterbrach sich, denn ihr fiel ein, daß Patta ihn angewiesen hatte, sich herauszuhalten.

»Wenn ich kann. Es ist schlimm genug, daß sie tot ist. Sie müssen nicht auch das noch glauben.«

»Daß sie ermordet wurde, ist auch nicht viel besser«, sagte Paola.

»Wenigstens hat sie es nicht selbst getan.«

Beide blieben in der herbstlichen Sonne stehen und dachten über Eltern und das Elternsein nach, und was Eltern über ihre Kinder wissen wollen und wissen müssen. Er hatte keine Ahnung, was hier besser oder schlechter war. Wenn einer wußte, daß sein Kind ermordet worden war, bestand für ihn immer noch die düstere Hoffnung, eines Tages den Menschen umbringen zu können, der es getan hatte, aber das schien kaum ein angemessener Trost.

»Ich hätte sie anrufen sollen.«

»Guido«, sagte sie energisch, »fang nicht so an. Das heißt doch, du hättest Gedankenleser sein müssen. Und das bist du nicht. Fang also gar nicht erst an, so etwas zu denken.« Der aufrichtige Zorn in ihrer Stimme überraschte ihn.

Er legte den Arm um ihre Taille und zog sie an sich. So verharrten sie, bis die Glocken von San Marco zehn schlugen.

»Was willst du machen? Nach Vicenza fahren?«

»Nein, noch nicht. Ich warte, bis jemand zu mir kommt.«

»Wie meinst du das?«

»Was immer die beiden wußten, das wußten sie durch ihre Arbeit. Die ist das Verbindungsglied. Es muß andere geben, die etwas wissen oder vermuten oder Zugang zu dem haben, was die beiden wußten. Ich werde also warten.«

»Guido, jetzt verlangst du von anderen, daß sie Gedanken lesen können. Woher wissen sie, daß sie zu dir kommen sollen?«

»Ich fahre ja hin, aber erst in einer Woche, und dann sorge ich dafür, daß ich auffalle. Ich rede mit dem Major, dem Sergeant, der mit ihnen gearbeitet hat, den anderen Ärzten. Es ist eine kleine Welt da draußen. Die Leute werden untereinander reden; sie werden irgend etwas wissen.« Und zum Teufel mit Patta.

»Vergessen wir Burano, Guido, ja?«

Er nickte und stand auf. »Ich glaube, ich gehe ein Stück spazieren. Zum Essen bin ich zurück.« Er drückte ihren Arm. »Ich muß nur ein Stückchen laufen.« Er warf einen Blick über die Dächer der Stadt. Wie seltsam; die Schönheit des Tages war ungetrübt. Vor ihm flogen hell zwitschernd vor Freude am Fliegen die Spatzen und spielten Haschmich. Und etwas weiter entfernt blitzte das Gold an den Flügeln des Engels auf dem Glockenturm von San Marco in der Sonne, und sein glitzernder Segen ergoß sich über die ganze Stadt.

16

Am Montag ging er morgens zur normalen Zeit in sein Büro und blieb über eine Stunde am Fenster stehen, um sich die Fassade von San Lorenzo anzusehen. Die ganze Zeit über war nicht das geringste Anzeichen einer Bewegung oder irgendeiner Aktivität zu erkennen, weder auf dem Gerüst noch auf dem Dach, das vollgepackt war mit Reihen neuer Terrakottaziegel. Zweimal hörte er Leute in sein Büro kommen, aber da sie keine Anstalten machten, ihn anzusprechen, drehte er sich nicht einmal um, und sie gingen wieder, wahrscheinlich nachdem sie ihm irgend etwas auf den Schreibtisch gelegt hatten.

Um halb elf klingelte das Telefon, und er wandte sich vom Fenster ab, um das Gespräch entgegenzunehmen.

»Guten Morgen, Commissario. Hier ist Maggior Ambrogiani.«

»Guten Morgen, Maggiore. Ich bin froh, daß Sie anrufen. Eigentlich wollte ich heute nachmittag bei Ihnen anrufen.«

»Sie wurde heute vormittag gemacht«, sagte Ambrogiani ohne Einleitung.

»Und?« fragte Brunetti, der wußte, was gemeint war.

»Eine Überdosis Heroin, ausreichend für jemanden, der doppelt so groß war wie sie.«

»Wer hat die Autopsie gemacht?«

»Dottor Francesco Urbani. Einer von uns.«

»Wo?«

»Hier im Krankenhaus Vicenza.«

»War jemand von den Amerikanern dabei?«

»Sie haben einen von ihren Ärzten geschickt. Extra aus Deutschland geholt. Ein Colonel, dieser Doktor.«

»Hat er assistiert oder nur zugeschaut?«

»Er hat bei der Autopsie nur zugesehen.«

»Wer ist Urbani?«

»Unser Pathologe.«

»Zuverlässig?«

»Sehr.«

Da die letzte Frage doppeldeutig sein konnte, formulierte Brunetti sie neu. »Glaubwürdig?«

»Ja.«

»Das heißt, es war tatsächlich eine Überdosis.«

»Ich fürchte, ja.«

»Was hat er noch gefunden?«

»Urbani?«

»Ja.«

»In der Wohnung gab es keine Spuren von Gewalt. Es wurden auch keine Anzeichen für einen früheren Drogengebrauch gefunden, aber sie hatte einen Bluterguß am rechten Oberarm und einen am linken Handgelenk. Dottor Urbani wurde darauf hingewiesen, daß diese Blutergüsse von einem Sturz herrühren könnten.«

»Wer hat ihn darauf hingewiesen?«

Die lange Pause, die Ambrogiani vor seiner Antwort machte, sollte offenbar ein Tadel dafür sein, daß Brunetti überhaupt gefragt hatte. »Der amerikanische Arzt. Der Colonel.«

»Und Dottor Urbanis Meinung?«

»Daß die Blutergüsse mit einem Sturz nicht unvereinbar sind.«

»Sonstige Einstichstellen?«

»Keine.«

»Sie hat sich also gleich beim ersten Mal eine Überdosis verpaßt?«

»Komischer Zufall, nicht?« meinte Ambrogiani.

»Kannten Sie Doctor Peters?«

»Nein. Aber einer meiner Leute arbeitet mit einem amerikanischen Polizisten zusammen, dessen Sohn ihr Patient war. Er sagt, sie sei sehr gut mit dem Jungen umgegangen. Er hatte sich letztes Jahr den Arm gebrochen und wurde danach ziemlich ungeschickt behandelt. Ärzte und Schwestern hatten es zu eilig, waren viel zu beschäftigt, um ihm zu erklären, was sie mit ihm machten; Sie kennen solche Geschichten wahrscheinlich; er hatte daraufhin Angst vor Ärzten und fürchtete immer, sie würden ihm wieder weh tun. Sie muß sehr lieb zu ihm gewesen sein und sich viel Zeit genommen haben. Offenbar hat sie extra immer einen Doppeltermin für den Jungen reserviert, um ihn nicht so schnell abfertigen zu müssen.«

»Das heißt noch nicht, daß sie keine Drogen genommen hat, Maggiore«, sagte Brunetti in einem Ton, als glaubte er es.

»Nein, das heißt es nicht«, stimmte Ambrogiani zu.

»Was stand noch in dem Bericht?«

»Ich weiß es nicht. Ich habe noch keine Kopie davon.«

»Woher wissen Sie dann, was Sie mir eben erzählt haben?«

»Ich habe Urbani angerufen.«

»Warum?«

»Dottor Brunetti. Ein amerikanischer Soldat wird in Venedig ermordet. Knapp eine Woche später stirbt seine Vorgesetzte unter mysteriösen Umständen. Ich müßte ja ein Idiot sein, wenn ich keine Verbindung zwischen den beiden Vorfällen vermuten würde.«

»Wann bekommen Sie den Autopsiebericht?«

»Wahrscheinlich heute nachmittag. Soll ich Sie dann noch einmal anrufen?«

»Ja, das wäre sehr nett, Maggiore.«

»Gibt es noch irgend etwas, was ich wissen sollte?« fragte Ambrogiani.

Ambrogiani war vor Ort und hatte täglich Kontakt mit den Amerikanern. Alles, was Brunetti ihm sagte, war sicher gut angelegt. »Die beiden waren ein Liebespaar, und sie hat einen bösen Schrecken bekommen, als sie seine Leiche sah.«

»Sie hat seine Leiche gesehen?«

»Ja. Sie wurde zur Identifizierung geschickt.«

Ambrogianis Schweigen ließ darauf schließen, daß auch er diese Wahl als einen ganz besonderen Zufall ansah. »Haben Sie danach mit ihr gesprochen?« fragte er endlich.

»Ja und nein. Ich bin im Boot mit ihr zurück in die Stadt gefahren, aber sie wollte nicht darüber reden. Zu dem Zeitpunkt hatte ich den Eindruck, daß sie Angst hatte. Genauso hat sie dann wieder reagiert, als ich in Vicenza mit ihr sprach.«

»War das, als Sie neulich hier waren?« wollte Ambrogiani wissen.

»Ja. Am Freitag.«

»Können Sie sich vorstellen, wovor sie Angst hatte?«

»Nein. Es könnte sein, daß sie versucht hat, mich am Freitagabend hier zu erreichen. Es war eine telefonische Nachricht für mich da, von einer Frau, die kein Italienisch sprach. Der Mann in der Vermittlung spricht kein Englisch und hat nur so etwas wie *basta* verstanden.«

»Meinen Sie, daß sie es war?«

»Könnte sein. Ich weiß es nicht. Aber die Nachricht ergibt keinen Sinn.« Brunetti dachte an Pattas Anweisung und fragte: »Was passiert jetzt bei Ihnen?«

»Die amerikanische Militärpolizei versucht herauszufinden, woher sie das Heroin hatte. Es wurden auch noch andere Hinweise auf Drogen bei ihr gefunden: die Enden von Marihuanazigaretten und etwas Hasch. Außerdem hatte sie der Autopsie zufolge Alkohol getrunken.«

»Die haben wirklich jeden Zweifel ausgeräumt, wie?« fragte Brunetti.

»Es gibt keine Anzeichen dafür, daß sie zu der Injektion gezwungen wurde.«

»Und diese Blutergüsse?«

»Sie ist gestürzt«, antwortete Ambrogiani.

»Wie es aussieht, hat sie es also selbst getan?«

»Ja.« Sie schwiegen beide ein Weilchen, dann fragte Ambrogiani: »Kommen Sie hierher?«

»Ich bin angewiesen worden, die Amerikaner nicht weiter zu belästigen.«

»Von wem?«

»Von unserem Vice-Questore hier in Venedig.«

»Und was werden Sie tun?«

»Ich warte erst einmal ein paar Tage, eine Woche vielleicht, dann würde ich gern kommen und mit Ihnen reden. Haben Ihre Leute Kontakt zu den Amerikanern?«

»Nicht viel. Wir bleiben unter uns. Aber ich will sehen, was ich über die Dottoressa herausfinden kann.«

»Haben Italiener mit ihnen zusammengearbeitet?«

»Das glaube ich nicht. Warum?«

»Ich bin mir nicht sicher. Aber beide, besonders Foster, mußten beruflich viel herumreisen, zum Beispiel nach Ägypten.«

»Drogen?« fragte Ambrogiani.

»Könnte sein. Oder auch etwas anderes.«

»Was?«

»Ich weiß es nicht. Irgendwie sieht mir das nicht nach Drogen aus.«

»Und wonach *sieht* es für Sie aus?«

»Das kann ich nicht sagen.« Er blickte auf und sah Vianello an der Tür stehen. »Hören Sie, Maggiore, ich habe jetzt jemanden hier. Ich rufe Sie in ein paar Tagen wieder an. Dann können wir überlegen, wann ich zu Ihnen komme.«

»Gut. Ich sehe inzwischen, was ich hier herausbekommen kann.«

Brunetti legte auf und winkte Vianello zu sich ins Büro. »Neues von Ruffolo?« fragte er.

»Ja, Commissario. Die Leute in der Wohnung unter seiner Freundin sagen, er war letzte Woche da. Sie haben ihn ein paarmal auf der Treppe gesehen, aber seit drei oder vier Tagen nicht mehr. Soll ich mal mit Ivana reden?«

»Ja, vielleicht sollten Sie das lieber doch tun. Sagen Sie ihr, daß es diesmal anders ist als sonst. Viscardi wurde tätlich angegriffen, das ändert die Lage, besonders wenn sie ihn versteckt hält oder weiß, wo er ist.«

»Meinen Sie, das hilft etwas?«

»Bei Ivana?« fragte Brunetti spöttisch.

»Na ja, wahrscheinlich nicht«, stimmte Vianello zu. »Aber ich versuche es trotzdem. Ich rede lieber mit ihr als mit seiner Mutter. Wenigstens verstehe ich, was sie sagt, auch wenn jedes Wort eine Lüge ist.«

Nachdem Vianello gegangen war, um mit Ivana zu sprechen, ging Brunetti wieder ans Fenster, doch nach einigen Minuten fand er das unbefriedigend und setzte sich an seinen Schreibtisch. Ohne die Akten anzusehen, die man ihm im Laufe des Morgens dort hingelegt hatte, grübelte er über die verschiedenen Möglichkeiten nach. Die erste, daß es tatsächlich eine Überdosis gewesen war, verwarf er unbesehen. Auch Selbstmord war unmöglich. Er hatte schon verzweifelte Liebende gesehen, die ohne den anderen keine Zukunft mehr sahen, aber zu denen gehörte sie nicht. Und wenn man diese beiden Möglichkeiten ausschloß, blieb nur die eine, daß es Mord war.

Dafür hätte es allerdings der Planung bedurft, denn Zufall schloß er in solchen Dingen aus. Da waren diese Blutergüsse – keine Sekunde glaubte er an einen Sturz –, jemand konnte sie festgehalten haben, während ihr die Spritze verpaßt wurde. Die Autopsie hatte ergeben, daß sie getrunken hatte; wieviel mußte jemand trinken, um so fest einzuschlafen, daß er einen Nadelstich nicht fühlte, oder um so beduselt zu sein, daß er sich nicht dagegen wehren konnte? Und noch wichtiger: Mit wem hatte sie getrunken, bei wem hätte sie sich so entspannt gefühlt? Kein Liebhaber, denn der ihre war gerade erst umgebracht worden. Ein Freund. Und wer waren die Freunde von Amerikanern im Ausland? Wem vertrauten sie, wenn nicht anderen Amerikanern? All das deutete auf den Stützpunkt und ihre Arbeit hin. Die Antwort, wie immer sie ausfallen mochte, lag dort.

17

Es vergingen drei Tage, an denen Brunetti so gut wie nichts tat. In der Questura unterzog er sich der Alltagsroutine seines Berufs: las Berichte, unterschrieb sie, stellte einen Personalplan fürs kommende Jahr auf, ohne auch nur einmal daran zu denken, daß dies eigentlich Pattas Aufgabe war. Zu Hause sprach er mit Paola und den Kindern, die alle viel zu sehr mit dem Beginn des neuen Schuljahrs beschäftigt waren, um zu merken, wie geistesabwesend er war. Selbst die Suche nach Ruffolo interessierte ihn nicht sonderlich, denn er war sicher, daß ein so leichtgläubiger und unbesonnener Kerl bald einen Fehler begehen und der Polizei wieder in die Hände fallen würde.

Er rief Ambrogiani nicht an, und bei seinen Besprechungen mit Patta erwähnte er die Morde nicht, weder den einen, der so rasch von der Presse vergessen, noch den anderen, der niemals Mord genannt worden war; auch den Stützpunkt in Vicenza nicht. Mit einer Regelmäßigkeit, die man schon fast Besessenheit nennen konnte, spielte er seine Begegnungen mit der jungen Ärztin durch und rief sich Einzelheiten ins Gedächtnis: Wie sie aus dem Boot sprang und ihm dabei die Hand reichte; wie sie sich im Leichenschauhaus aufs Waschbecken stützte und der Schock ihren Körper schüttelte; wie sie lächelte, als sie ihm erzählte, in sechs Monaten würde sie ihr Leben beginnen.

Es lag in der Natur der Polizeiarbeit, daß er nie die Opfer kannte, deren Tod er zu untersuchen hatte. Wenn er auch noch so genau über sie Bescheid wußte, ihre Arbeit, ihre Bettgeschichten und ihren Tod, hatte er doch keines von ihnen in diesem Leben gekannt, darum empfand er eine besondere Verbindung zu Dr. Peters und wegen dieser Verbindung auch eine besondere Verantwortung, ihren Mörder zu finden.

Als er am Donnerstagmorgen in die Questura kam, erkundigte er sich bei Vianello und Rossi, aber es gab immer noch keine Spur von Ruffolo. Viscardi war nach Mailand zurückgefahren, nachdem er eine schriftliche Beschreibung der beiden Männer, einer sehr groß und einer mit Bart, sowohl der Versicherung als auch der Polizei gegeben hatte. Anscheinend waren sie gewaltsam in den Palazzo eingedrungen, denn die Schlösser an der Seitentür waren geknackt und das Vorhängeschloß an einem Metallgitter durchgefeilt. Obwohl Brunetti nicht selbst mit Viscardi gesprochen hatte, war er nach seiner Unterhaltung mit Vianello und dem Telefonat mit Fosco überzeugt, daß da kein Diebstahl stattgefunden hatte oder, besser gesagt, höchstens am Geld der Versicherungsgesellschaft.

Kurz nach zehn verteilte eine Sekretärin die Post in den einzelnen Büros und legte Brunetti einige Briefe und einen großen Umschlag auf den Schreibtisch.

Die Briefe waren das übliche: Einladungen zu Konferenzen, Versuche, ihm spezielle Lebensversicherungen zu verkaufen, Antworten auf seine Anfragen bei verschiedenen Polizeirevieren in anderen Landesteilen. Nachdem er alles gelesen hatte, nahm er den großen Umschlag in Augenschein. Über die obere Hälfte lief ein schmales Band von Briefmarken, mindestens zwanzig. Sie sahen alle gleich aus, mit einer kleinen amerikanischen Flagge und der Wertbezeichnung neunundzwanzig Cents darauf. Der Umschlag war namentlich an ihn adressiert, aber darunter stand nur: »Questura, Venice, Italy«. Ihm fiel niemand in Amerika ein, der ihm schreiben würde. Ein Absender stand nicht darauf.

Er schlitzte den Umschlag auf, griff hinein und zog eine Zeitschrift heraus. Beim Blick auf den Titel erkannte er die medizinische Zeitschrift, die Dr. Peters ihm aus der Hand gerissen hatte, als sie ihn in ihrem Sprechzimmer überraschte. Er blätterte darin herum, hielt bei den grotesken Fotos inne und blätterte weiter. Ganz hinten fand er drei Blatt Papier, offensichtlich Fotokopien, zwischen den Seiten. Er nahm sie heraus und legte sie vor sich auf den Schreibtisch.

Oben las er: *Medical Report*, darunter waren Spalten für Namen, Alter und Rang des Patienten. Hier stand der Name Daniel Kayman, dessen Geburtsjahr mit 1984 angegeben war. Danach seine medizinische Vorgeschichte, die mit Masern 1989 begann, es folgten etliche blutige Nasen im Winter 1990, ein gebrochener Finger 1991, und auf den letzten beiden Seiten eine Reihe von Konsultationen wegen eines Hautausschlags am linken Arm, der zwei Monate zuvor begonnen hatte. Während Brunetti las, breitete dieser Ausschlag sich immer weiter aus und stürzte die drei behandelnden Ärzte in immer tiefere Verwirrung.

Am achten Juli war der Junge zum ersten Mal von Dr. Peters begutachtet worden. Ihre ordentliche, schräge Handschrift sagte, daß der Hautausschlag »unbekannter Herkunft« war, sich aber gezeigt hatte, nachdem der Junge von einem Picknick mit seinen Eltern zurückkam. Er bedeckte die Innenseite seines Arms vom Handgelenk bis zum Ellbogen, war dunkel purpurfarben, juckte aber nicht. Die verordnete Therapie war eine medizinische Hautcreme.

Drei Tage später war der Junge wieder da, der Ausschlag schlimmer. Er sonderte jetzt eine gelbe Flüssigkeit ab und tat weh, zudem hatte der Junge hohes Fieber. Dr. Peters riet, einen Dermatologen im örtlichen Krankenhaus in Vicenza zu konsultieren, aber die Eltern weigerten sich, das Kind einem italienischen Arzt vorzustellen. Sie verschrieb eine neue Creme, diesmal mit Kortison, und ein Antibiotikum zur Fiebersenkung.

Nach nur zwei Tagen wurde der Junge wieder ins Krankenhaus gebracht und von einem anderen Arzt namens Girrard behandelt, der im Bericht vermerkte, daß der Junge große Schmerzen habe. Der Ausschlag sah jetzt aus wie eine Verbrennung und hatte sich über den ganzen Arm bis zur Schulter ausgedehnt. Die Hand war geschwollen und tat weh. Das Fieber war nicht zurückgegangen.

Ein Dr. Grancheck, offenbar Dermatologe, hatte sich das Kind angesehen und empfohlen, es sofort ins Armeekrankenhaus Landstuhl in Deutschland zu überweisen.

Am Tag danach wurde der Junge mit einer Sondermaschine nach Deutschland gebracht. Weiter stand nichts in dem Bericht, aber Dr. Peters hatte neben die Bemerkung, daß der Ausschlag jetzt aussah wie eine Brandwunde, in ihrer ordentlichen Handschrift eine Notiz an den Rand geschrieben. »PCB« stand da, und dahinter: »FPJ, March«.

Er prüfte das Datum, aber er wußte es schon, bevor er es sah. *Family Practice Journal*, die Märzausgabe. Er schlug die Zeitschrift auf und fing an zu lesen. Ihm fiel auf, daß im Impressum fast nur Männernamen standen, daß Männer die meisten Artikel verfaßt hatten, und daß im Inhaltsverzeichnis Beiträge über alles mögliche aufgeführt waren, von jenem über die Füße, der ihn so abgestoßen hatte, bis zu einem über die Zunahme von Tuberkulose als Folge von Aids. Sogar etwas über die Übertragung von Parasiten durch Haustiere auf Kinder war dabei.

Da ihm das Inhaltsverzeichnis nicht weiterhalf, begann er auf der ersten Seite, einschließlich aller Anzeigen und Leserbriefe. Auf Seite 62 fand er dann eine kurze Notiz über einen Fall, der aus Newark in New Jersey gemeldet worden war. Ein sechsjähriges Mädchen hatte auf einem leeren Grundstück gespielt und war dabei in eine Pfütze getreten, die sie für Öl aus einem abgestellten Auto hielt. Die Flüssigkeit war ihr über den Schuh gelaufen und hatte ihr Söckchen durchtränkt. Am nächsten Tag hatte sie einen Ausschlag am Fuß bekommen, der sich bald zu so etwas wie einer Brandwunde entwickelte und sich langsam übers Bein bis zum Knie ausbreitete. Das Kind hatte hohes Fieber bekommen. Alle Therapien versagten, bis ein Mitarbeiter des Gesundheitsdienstes zu dem Platz ging und eine Probe von der Flüssigkeit nahm. Wie sich herausstellte, war sie stark mit PCB verseucht, die aus dort abgelagerten Fässern voller Giftmüll ausgelaufen waren. Obwohl der Ausschlag schließlich abheilte, sorgten die Ärzte sich wegen der neurologischen und genetischen Schäden, die im Tierexperiment bei Substanzen mit PCB oft beobachtet worden waren, um die Zukunft des Kindes.

Brunetti legte die Zeitschrift beiseite und las den medizinischen Bericht ein zweites Mal durch. Die Symptome waren dieselben, obwohl nicht erwähnt wurde, wie das Kind in Kontakt mit der Substanz gekommen war, die den Ausschlag verursacht hatte. »Nach einem Picknick mit seinen Eltern« war der einzige Hinweis. Außerdem wurde nichts über die Behandlung gesagt, der man das Kind in Deutschland unterzogen hatte.

Er nahm den Umschlag zur Hand und sah ihn sich genauer an. Die Briefmarken waren durch einen runden Stempel entwertet worden, in dem »*Army Postal System*« und das Datum vom Freitag stand. Also hatte sie dies irgendwann in der vergangenen Woche an ihn abgeschickt und dann versucht, ihn telefonisch zu erreichen. Nicht »*basta*« oder »*pasta*« hatte sie gesagt, sondern »*posta*«, um ihm die Sendung anzukündigen. Wodurch war sie gewarnt worden? Was war geschehen, daß sie ihm diese Unterlagen geschickt hatte?

Er erinnerte sich an etwas, was Wolf über Fosters Arbeit gesagt hatte: daß es zu seinen Aufgaben gehört habe, darauf zu achten, daß verbrauchtes Röntgenmaterial aus dem Krankenhaus weggeschafft wurde. Er hatte auch noch andere Gegenstände und Substanzen erwähnt, aber nicht gesagt, was es war oder wohin sie gebracht wurden. Bestimmt würden die Amerikaner das wissen.

Das mußte das Verbindungsglied zwischen den beiden Todesfällen sein, sonst hätte sie ihm nicht den Umschlag geschickt und ihn dann anzurufen versucht. Das Kind war ihr Patient gewesen, doch dann war es weggebracht und nach Deutschland geschickt worden, und da endete der medizinische Bericht. Er hatte den Familiennamen des Jungen, und Ambrogiani hatte sicher Zugang zu einer Liste aller Amerikaner, die auf dem

Stützpunkt stationiert waren, es war also relativ einfach, in Erfahrung zu bringen, ob die Familie des Jungen noch da war. Und wenn nicht?

Er nahm den Telefonhörer ab und bat die Vermittlung, ihn mit Maggiore Ambrogiani auf dem amerikanischen Stützpunkt in Vicenza zu verbinden. Während er wartete, überlegte er, wie sich all das in einen Zusammenhang bringen ließ, und hoffte, daß es ihn schließlich zu dem führen würde, der Doctor Peters die Nadel in den Arm gestochen hatte.

Ambrogiani meldete sich. Er war nicht überrascht, als Brunetti seinen Namen nannte, er blieb nur dran und ließ die Stille andauern.

»Gibt es irgendwelche Fortschritte bei Ihnen?« fragte Brunetti schließlich.

»Anscheinend hat man hier eine neue Drogentestreihe angeordnet. Jeder muß sich ihr unterziehen, sogar der Kommandeur des Krankenhauses. Es geht das Gerücht, daß er zur Toilette gehen mußte, um eine Urinprobe abzugeben, während einer der Ärzte vor der Tür wartete. Angeblich haben sie diese Woche schon über hundert getestet.«

»Mit welchem Ergebnis?«

»Es liegen noch keine vor. Alle Proben müssen nach Deutschland geschickt werden, in die dortigen Labors. Die Ergebnisse kommen dann vielleicht in einem Monat.«

»Und sind sie verläßlich?« fragte Brunetti, der sich nicht vorstellen konnte, daß irgendeine Organisation sich auf Proben verließ, die durch so viele Hände gegangen waren, und das über einen so langen Zeitraum.

»Die scheinen das zu glauben. Wenn ein Test positiv ist, werfen sie die Betreffenden einfach raus.«

»Wer wird getestet?«

»Es gibt kein Schema. Die einzigen, die sie in Ruhe lassen, sind die Rückkehrer aus Nahost.«

»Weil sie Helden sind?« fragte Brunetti.

»Nein, weil man fürchtet, es könnten zu viele Tests positiv ausfallen. In diesem Teil der Welt ist so leicht an Drogen zu kommen wie in Vietnam, und offensichtlich haben sie Angst, daß ihr Bild in der Öffentlichkeit leidet, wenn alle ihre Helden mit solchen Souvenirs im Blut zurückkommen.«

»Wird immer noch verbreitet, daß es eine Überdosis war?«

»Allerdings. Einer meiner Leute hat mir erzählt, daß ihre Familie nicht einmal kommen wollte, um die Leiche nach Amerika zurückzubegleiten.«

»Und was haben sie daraufhin gemacht?«

»Sie haben sie zurückgeschickt. Aber allein.«

Brunetti sagte sich, daß dies nicht weiter schlimm war. Die Toten kümmerte so etwas nicht; es war ihnen egal, wie sie behandelt wurden oder was die Lebenden von ihnen dachten. Aber er glaubte nicht daran.

»Können Sie versuchen, ein paar Informationen für mich zu bekommen, Maggiore?«

»Gern, wenn ich kann.«

»Ich möchte wissen, ob bei Ihnen ein Soldat namens Kayman stationiert ist.« Er buchstabierte den Namen für Ambrogiani. »Er hat einen kleinen Sohn, der Patient von Dr. Peters war. Der Junge wurde in ein Krankenhaus in Deutschland geschickt, nach Landstuhl. Ich wüßte gern, ob die Eltern noch da sind, und wenn ja, hätte ich gern Gelegenheit, mit ihnen zu sprechen.«

»Inoffiziell, das Ganze?«

»Sehr.«

»Können Sie mir sagen, worum es geht?«

»Ich weiß es noch nicht genau. Sie hat mir eine Kopie vom Patientenblatt des Jungen geschickt, dazu einen Artikel über PCB.«

»Worüber?«

»Giftige Chemikalien. Ich weiß auch nicht, woraus sie bestehen oder was sie bewirken können, aber ich weiß, daß es schwierig ist, sie zu entsorgen. Und sie zerfressen die Haut. Das Kind hatte einen Ausschlag am Arm, wahrscheinlich ist er irgendwie damit in Berührung gekommen.«

»Was hat das mit den Amerikanern zu tun?«

»Das weiß ich noch nicht. Darum möchte ich mit den Eltern des Jungen reden.«

»Also gut. Ich kümmere mich gleich darum und rufe Sie heute nachmittag wieder an.«

»Können Sie das herausbekommen, ohne daß die Amerikaner es merken?«

»Ich denke ja«, antwortete Ambrogiani. »Wir haben Kopien von den Verzeichnissen ihrer Autonummern, und da fast alle ein Auto haben, kann ich sehen, ob er noch hier ist, ohne irgendwelche Fragen stellen zu müssen.«

»Gut«, sagte Brunetti. »Ich glaube, es ist besser, wenn das unter uns bleibt.«

»Sie meinen, unter Ausschluß der Amerikaner?«

»Vorerst ja.«

»In Ordnung. Ich rufe Sie an, sobald ich mir die Listen angesehen habe.«

»Danke, Maggiore.«

»Giancarlo«, sagte der Carabiniere. »Ich glaube, wenn wir so etwas zusammen machen, können wir uns auch duzen.«

»Einverstanden«, sagte Brunetti, froh, einen Verbündeten gefunden zu haben. »Guido.«

Als er auflegte, wünschte Brunetti sich plötzlich, in Amerika zu sein. Eine der großen Entdeckungen bei seinem Aufenthalt dort war das System der öffentlichen Bibliotheken gewesen; da konnte man einfach hingehen und Fragen stellen, jedes Buch lesen, das man wollte, und problemlos ein Zeitschriftenverzeichnis einsehen. Hier in Italien mußte man das Buch entweder kaufen, oder man konnte es in einer Universitätsbibliothek ausleihen, aber selbst da war schwer heranzukommen ohne die richtigen Karten, Genehmigungen oder Ausweise. Wie sollte er also etwas über PCB in Erfahrung bringen? Was sie waren und was sie dem menschlichen Körper antun konnten?

Er sah auf seine Uhr. Wenn er sich beeilte, schaffte er es noch rechtzeitig in die Buchhandlung beim Campo San Luca; dort würde er wahrscheinlich die Bücher finden, die er brauchte.

Er kam eine Viertelstunde vor Ladenschluß an und erklärte dem Verkäufer, was er suchte. Er erfuhr, daß es zwei grundlegende Werke über toxische Substanzen und Umweltverschmutzung gab, wobei das eine mehr mit Emissionen zu tun hatte, die direkt in die Atmosphäre gingen. Dann gab es noch ein drittes, eine Art allgemeine Einführung in die Chemie für Laien. Nachdem er in allen herumgeblättert hatte, kaufte Brunetti das erste und das dritte und nahm noch ein schrill aufgemachtes Bändchen dazu, das von der Partei der Grünen herausgegeben worden war und den Titel »Globaler Selbstmord« trug. Er hoffte, das Thema würde etwas seriöser behandelt, als Titel und Umschlag versprachen.

Danach kehrte er in einem Restaurant ein und aß richtig zu Mittag, ging ins Büro zurück und schlug das erste Buch auf. Drei Stunden später erkannte er mit wachsendem Entsetzen das Ausmaß der Probleme, die der Mensch des Industriezeitalters für sich und, schlimmer noch, für die geschaffen hatte, die ihm auf diesem Planeten nachfolgen sollten.

Diese Chemikalien waren offenbar bei vielen Prozessen wichtig, von denen der moderne Mensch abhing, unter anderem als Kühlmittel für Gefrierschränke und Klimaanlagen. Sie wurden auch dem Öl für Transformatoren zugesetzt, aber die PCBs waren nur eine Blume in dem tödlichen Strauß, den die Industrie der Menschheit gebunden hatte. Er las die Namen der Chemikalien mit Mühe, die Formeln mit Unverständnis. Was blieb, waren die Zahlen für die Halbwertzeiten dieser Substanzen, die Zeit offenbar, die eine Substanz brauchte, um noch halb so tödlich zu sein wie zum Zeitpunkt der Messung. In einigen Fällen waren das Hunderte von Jahren, in anderen Tausende. Und diese Substanzen wurden von den Industrienationen in riesigen Mengen produziert, während die Erde in die Zukunft raste.

Jahrzehntelang hatte die Dritte Welt als Müllkippe der Industrieländer gedient und ihnen ganze Schiffsladungen von Giftmüll abgenommen, die im Austausch gegen momentanen Wohlstand über ihre Pampas, Savannen und Plateaus verteilt wurden, ohne einen Gedanken an den Preis zu verschwenden, den künftige Generationen zu zahlen hätten. Und nun, da einige Länder der Dritten Welt sich nicht mehr als Müllhalden für die Erste zur Verfügung stellen wollten, waren die Industrienationen gezwungen, Entsorgungssysteme zu entwickeln, viele davon ruinös teuer. Als Folge davon fuhren ganze Karawanen von Geisterlastzügen mit gefälschten Papieren auf der italienischen Halbinsel auf und ab und suchten und fanden Plätze, wo sie ihre tödlichen Ladungen loswerden konnten. Oder Schiffe liefen von Genua oder Tarent aus, die Laderäume voller Fässer mit Lösungsmitteln und anderen Chemikalien und weiß der Himmel was sonst noch, und wenn sie in ihrem Bestimmungshafen ankamen, waren die Fässer nicht mehr an Bord, als ob der Gott, der ihren Inhalt kannte, sich entschlossen hätte, sie zu sich zu nehmen. Gelegentlich wurden sie in Nordafrika oder Kalabrien an Land gespült, aber natürlich hatte niemand eine Ahnung, woher sie kamen, noch merkte jemand, wenn sie wieder den Wellen anvertraut wurden, die sie an die Strände gespült hatten.

Der Ton des Grünen-Buches verdroß Brunetti; die Tatsachen erschreckten ihn. Sie nannten die Transporteure und die Firmen, die sie bezahlten, mit Namen, und schlimmer noch, sie zeigten Fotos von den illegalen Müllkippen. Der Ton war anklagend, und schuld hatte nach Ansicht der Autoren die gesamte italienische Regierung, Hand in Hand mit den Firmen, die diese Produkte herstellten und nicht von Gesetzes wegen für die Entsorgung verantwortlich gemacht wurden. Das letzte Kapitel befaßte sich mit Vietnam und den inzwischen sichtbar werdenden genetischen Folgen all der Tonnen von Dioxin, die während des Krieges mit den Vereinigten Staaten über dem Land abgeworfen worden waren. Die Beschreibungen von Mißbildungen bei Neugeborenen, der zunehmenden Fehlgeburten und der Verseuchung von Fischen, Wasser und Boden waren klar und selbst dann noch erschütternd, wenn man die unvermeidlichen Übertreibungen der Autoren berücksichtigte. Und dieselben Chemikalien, so behaupteten die Autoren, wurden überall in Italien abgeladen, als wäre es das Normalste von der Welt.

Als Brunetti zu Ende gelesen hatte, merkte er, daß er sich hatte manipulieren lassen, daß die Argumentation in allen diesen Büchern schwere Mängel aufwies, daß sie Verbindungen unterstellten, wo keine aufgezeigt werden konnten, und Schuld zuwiesen, wo die Tatsachen dafür nicht ausreichten. Er sah aber auch, daß eine Grundannahme in allen Büchern wahrscheinlich stimmte: daß derart weitverbreitete und unbestrafte Gesetzesverstöße – und die Weigerung der Regierung, schärfere Gesetze zu formulieren – auf eine enge Beziehung zwischen den Tätern und der Regierung hinwiesen, deren Aufgabe es gewesen wäre, sie zu verhindern und zu bestrafen. Waren die beiden vom Stützpunkt in ihrer Naivität in diesen Strudel geraten, hatte ein Kind mit einem Ausschlag am Arm sie da hineingezogen?

18

Ambrogiani rief Brunetti gegen fünf zurück, um ihm zu sagen, daß der Vater des Jungen, ein Sergeant, der in der Beschaffungsstelle arbeitete, offenbar noch in Vicenza sei; zumindest war sein Auto noch da, dessen Zulassung erst vor zwei Wochen erneuert worden war. Und da diese Prozedur eine Unterschrift des Besitzers verlangte, konnte man daraus schließen, daß er tatsächlich noch in Vicenza war.

»Wo wohnt er?«

»Das weiß ich nicht«, antwortete Ambrogiani. »Im Verzeichnis steht nur seine Postanschrift, ein Postfach hier auf dem Stützpunkt, keine Wohnadresse.«

»Kannst du die in Erfahrung bringen?«

»Nicht ohne daß mein Interesse an ihm bekannt wird.«

»Nein, das möchte ich nicht«, sagte Brunetti. »Aber ich würde gern außerhalb des Stützpunkts mit ihm reden.«

»Gib mir einen Tag Zeit. Ich schicke einen meiner Leute in sein Büro, um festzustellen, wie er aussieht. Glücklicherweise tragen sie ja alle diese Namensschilder an ihren Uniformen. Dann sorge ich dafür, daß ihm jemand folgt. Das dürfte nicht allzu schwierig sein. Ich rufe dich morgen an, dann kannst du überlegen, wie man ein Treffen arrangieren könnte. Die meisten wohnen außerhalb des Stützpunkts. Wenn er Kinder hat, dann sowieso. Ich rufe dich morgen wieder an und lasse dich wissen, was ich erreicht habe, ja?«

Brunetti sah keinen besseren Weg. Er merkte, daß er am liebsten sofort in einen Zug nach Vicenza steigen und mit dem Vater des Jungen sprechen würde, um das Puzzle zusammensetzen zu können, wie das Picknick und der Hautausschlag und die Notiz am Rand eines Krankenblattes zum Mord an diesen beiden jungen Leuten geführt hatten. Einige der Puzzleteile hatte er schon, der Vater des Jungen mußte ein weiteres haben; früher oder später würde er dann, indem er die einzelnen Teile zusammenfügte, sie betrachtete und auf neue Plätze legte, das Muster erkennen, das ihm jetzt noch verborgen war.

Da er keine andere Lösung sah, mußte er wohl oder übel warten, bis Ambrogiani ihn am nächsten Tag anrief. Er schlug das Buch der Grünen wieder auf, nahm ein Blatt Papier aus seinem Schreibtisch und notierte sich alle Firmen, die im Verdacht standen, illegal Giftmüll zu transportieren, ebenso diejenigen, gegen die schon Anzeigen wegen illegalen Mülltransports liefen. Die meisten hatten ihren Standort im Norden, vorwiegend in der Lombardei, dem industriellen Herzen des Landes.

Er sah im Impressum nach und stellte fest, daß die Publikation erst ein Jahr alt war, die Liste also auf dem neuesten Stand. Er drehte das Buch um und fand auf der Rückseite eine nach Provinzen geordnete Karte mit allen Stellen, wo illegale Müllkippen gefunden worden waren. Die Provinzen Vicenza und Verona waren mit vielen Punkten versehen, besonders nördlich dieser beiden Städte, bis hin zu den Ausläufern der Alpen.

Er klappte das Buch zu und legte seine zusammengefaltete Liste hinein. Er konnte nichts weiter tun, bis er mit dem Vater des Jungen gesprochen hatte, aber er brannte immer noch darauf, gleich hinzufahren, auch wenn er wußte, daß der Ausflug aussichtslos wäre.

Seine Gegensprechanlage summte. »Brunetti«, meldete er sich, nachdem er den Hörer abgenommen hatte.

»Commissario«, sagte Pattas Stimme, »kommen Sie bitte unverzüglich zu mir herunter.«

Er ging sofort nach unten, klopfte und wurde hereingerufen. Patta saß an seinem Schreibtisch und sah aus, als käme er gerade von Probeaufnahmen zu einem Film – die er erfolgreich bestanden hatte. Bei Brunettis Eintreten war er damit beschäftigt, eine seiner russischen Zigaretten in seine Zigarettenspitze aus Onyx zu stecken, wobei er beide gewissenhaft von seinem

Schreibtisch weghielt, damit auch nicht das kleinste Krümelchen Tabak herunterfallen und die glänzende Vollkommenheit des Renaissancetisches trüben konnte, hinter dem er saß. Da die Zigarette sich als widerspenstig erwies, ließ er Brunetti warten, bis es ihm gelungen war, sie in dem goldgefaßten Rund des Halters zu befestigen. »Brunetti«, sagte er dann, während er sich die Zigarette anzündete und ein paarmal probeweise daran zog, vielleicht auf der Suche nach dem geschmacklichen Effekt des Goldes, »ich habe einen sehr unerfreulichen Anruf bekommen.«

»Hoffentlich nicht von Ihrer Frau«, sagte Brunetti in einem Ton, der untertänig klingen sollte.

Patta legte die Zigarette auf den Rand seines Malachitaschenbechers und griff hastig danach, als die schwere Spitze sie auf die Schreibtischplatte kippen ließ. Er legte sie zurück, diesmal das brennende Ende und das Mundstück der Spitze auf die gegenüberliegenden Seiten des runden Aschenbechers. Als er die Hand wegnahm, drückte das Gewicht der Spitze nach unten, und das Ende der Zigarette rutschte heraus, so daß sie zusammen mit der Spitze, letztere mit einem dumpfen Klappern, in den Aschenbecher fiel.

Brunetti verschränkte die Hände auf dem Rücken, blickte aus dem Fenster und wippte ein paarmal auf den Fußballen. Als er wieder hinsah, war die Zigarette ausgedrückt, die Spitze verschwunden.

»Setzen Sie sich, Brunetti.«

»Danke«, sagte er, höflich wie immer, und nahm seinen üblichen Platz auf dem Stuhl vor dem Schreibtisch ein.

»Ich habe einen Anruf bekommen.« Er hielt gerade lange genug inne, um Brunetti herauszufordern, seine Vermutung von vorhin zu wiederholen, dann fuhr er fort: »Von Signor Viscardi, aus Mailand.« Als Brunetti schwieg, fügte er hinzu: »Er sagte mir, daß Sie seinen Leumund in Zweifel ziehen.« Brunetti beeilte sich nicht, etwas zu seiner Verteidigung vorzubringen, so daß Patta erklärend fortfahren mußte: »Er sagt, sein Versicherungsagent sei angerufen worden, von Ihnen, wohlgemerkt, und Sie hätten gefragt, woher er so schnell gewußt habe, daß bestimmte Dinge aus dem Palazzo entwendet wurden.« Wäre Patta in die begehrenswerteste Frau der Welt verliebt gewesen, er hätte ihren Namen nicht ehrerbietiger flüstern können als das Wort »Palazzo«. »Außerdem hat Signor Viscardi erfahren, daß Riccardo Fosco, ein bekannter Linker« – was sollte das wohl heißen, fragte sich Brunetti, in einem Land, in dem der Präsident der Abgeordnetenkammer seit Jahren Kommunist war? – »vieldeutige Fragen nach Signor Viscardis Finanzlage gestellt hat.«

Hier legte Patta eine Pause ein, um Brunetti Gelegenheit zur Rechtfertigung zu geben, aber der schwieg weiter. »Signor Viscardi«, nahm Patta den Faden wieder auf, »hat mir diese Informationen nicht von sich aus gegeben, ich mußte ihn erst eingehend danach befragen, wie man hier mit ihm umgegangen ist. Aber er sagte, daß der Polizist, der zweite, wobei ich keine Veranlassung sehe, warum zwei hingeschickt werden mußten, daß dieser Polizist einige seiner Antworten nicht zu glauben schien. Natürlich fand Signor Viscardi, ein geachteter Geschäftsmann und Mit-Rotarier,« – überflüssig zu erklären, wessen Mit-Rotarier er war – »diese Behandlung unwürdig, insbesondere so kurz nach seiner brutalen Mißhandlung durch die Männer, die in seinen Palazzo eingebrochen waren und Gemälde und kostbaren Schmuck hatten mitgehen lassen. Hören Sie überhaupt zu, Brunetti?« fragte Patta unvermittelt.

»O ja, Vice-Questore.«

»Warum sagen Sie dann nichts?«

»Ich warte, was es mit dem unerfreulichen Anruf auf sich hat.«

»Verdammt noch mal«, schrie Patta und schlug mit beiden Händen auf den Tisch. »Das war der unerfreuliche Anruf. Signor Viscardi ist ein bedeutender Mann, hier wie in Mailand. Er hat beträchtlichen politischen Einfluß, und ich möchte nicht, daß er denkt – und weitererzählt –, er sei von der Polizei dieser Stadt schlecht behandelt worden.«

»Ich verstehe nicht, inwiefern er schlecht behandelt worden sein soll, Vice-Questore.«

»Sie verstehen gar nichts, Brunetti«, stieß Patta wütend hervor. »Sie rufen am selben Tag, an dem der Diebstahl gemeldet wird, den Versicherungsagenten des Mannes an, als ob Sie den Verdacht hätten, es sei etwas damit nicht in Ordnung. Und dann gehen nacheinander zwei Polizisten ins Krankenhaus, um den Mann zu vernehmen und ihm Fotos von Leuten zu zeigen, die gar nichts mit dem Verbrechen zu tun hatten.«

»Hat er Ihnen das gesagt?«

»Ja, nachdem wir uns eine Weile unterhalten hatten und ich ihm versichert hatte, daß ich volles Vertrauen zu ihm habe.«

»Was hat er genau gesagt, über das Foto, meine ich?«

»Daß der zweite Polizist ihm das Foto eines jungen Kriminellen gezeigt und ihm offenbar nicht geglaubt hat, als er sagte, er kenne ihn nicht.«

»Woher wußte er, daß der Mann auf dem Foto ein Krimineller war?«

»Wie bitte?«

Brunetti wiederholte: »Woher wußte er, daß dieses Foto, das ihm gezeigt wurde, das Foto eines Kriminellen war? Es hätte das Bild eines beliebigen Menschen sein können, vom Sohn des Polizisten beispielsweise.«

»Commissario, was für ein Bild hätte man ihm denn zeigen sollen, wenn nicht das eines Kriminellen?«

Als Brunetti nicht antwortete, seufzte Patta aufgebracht. »Sie machen sich lächerlich, Brunetti.«

Und als Brunetti etwas sagen wollte, schnitt Patta ihm das Wort ab. »Und versuchen Sie nicht, sich hinter Ihre Leute zu stellen, wenn Sie genau wissen, daß sie im Unrecht sind.« Da Patta so sehr darauf bestand, daß die unbotmäßigen Polizisten

»seine Leute« seien, stellte Brunetti sich vor, wie es wohl zwischen Patta und seiner Frau zuging, wenn sie die Erfolge und Mißerfolge ihrer beiden Söhne untereinander aufteilten. »Mein« Sohn würde dann in der Schule Preise gewinnen, während »deiner« sich mit Lehrern anlegte oder durch Prüfungen rasselte.

»Haben Sie dazu etwas zu sagen?« fragte Patta schließlich.

»Die Männer, die ihn überfallen haben, konnte er nicht beschreiben, aber er wußte genau, welche Bilder sie mitgenommen hatten.«

Wieder einmal erkannte Patta an Brunettis Argumentation nur die Dürftigkeit von dessen Herkunft. »Offensichtlich sind Sie es nicht gewöhnt, mit kostbaren Dingen zu leben, Brunetti. Wenn ein Mensch jahrelang mit wertvollen Dingen lebt, und damit meine ich ästhetische Werte, nicht nur materielle« – sein Ton nötigte Brunetti, alle Phantasie aufzubieten, um sich da hineinzudenken – »dann erkennt er sie wie seine Angehörigen. So würde Signor Viscardi diese Bilder selbst in einem kurzen Augenblick und unter Streß erkennen, wie er seine Frau erkennen würde.« Nach allem, was Brunetti von Fosco erfahren hatte, würde Viscardi wohl eher die Bilder erkennen.

Patta beugte sich väterlich vor und fragte: »Verstehen Sie das?«

»Ich werde viel mehr verstehen, wenn wir uns mit Ruffolo unterhalten haben.«

»Ruffolo? Wer ist das?«

»Der junge Kriminelle auf dem Foto.«

Patta sagte nichts weiter als Brunettis Namen, diesen aber so leise, daß eine Erklärung fällig war.

»Zwei Touristen haben auf einer Brücke gesessen und drei Männer mit einem Koffer aus dem Haus kommen sehen. Beide haben Ruffolo nach dem Foto erkannt.«

Da Patta sich nicht die Mühe gemacht hatte, den Bericht über den Fall zu lesen, hatte er gewisse Hemmungen, zu fragen, warum diese Information nicht darin stand. »Er hätte sich draußen versteckt haben können«, meinte er.

»Das ist durchaus möglich«, stimmte Brunetti zu, obwohl es ihm viel wahrscheinlicher erschien, daß Ruffolo drinnen gewesen war und sich nicht versteckt hatte.

»Und was ist mit diesem Fosco und seinen Telefonaten?«

»Ich weiß über Fosco nur, daß er Wirtschaftsredakteur einer der bedeutendsten Zeitschriften des Landes ist. Ich habe ihn angerufen, um mir ein Bild machen zu können, wie wichtig Signor Viscardi ist. Damit wir wissen, wie wir mit ihm umgehen sollen.« Das spiegelte so genau Pattas Denkweise wider, daß er unmöglich Brunettis Aufrichtigkeit anzweifeln konnte. Brunetti hielt es kaum für nötig, für die Nachdrücklichkeit, die seine Leute bei Viscardis Vernehmung für richtig gehalten hatten, eine Entschuldigung vorzubringen. Statt dessen sagte er: »Wir müssen nur Ruffolo in die Finger kriegen, dann erledigt sich alles von selbst. Signor Viscardi wird seine Bilder zurückbekommen, die Versicherungsgesellschaft wird sich bei uns bedanken, und ich kann mir vorstellen, daß der *Gazzettino* auf der Titelseite des Lokalteils darüber berichten wird. Schließlich ist Signor Viscardi ein bedeutender Mann, und je schneller diese Sache erledigt ist, desto besser für uns alle.« Plötzlich widerte es Brunetti regelrecht an, daß er jedesmal, wenn er mit Patta sprach, so eine alberne Scharade aufführen mußte. Er blickte zur Seite, dann wieder auf seinen Vorgesetzten.

Pattas Lächeln war breit und aufrichtig. Konnte es sein, daß Brunetti endlich zur Vernunft kam? Daß er politische Realitäten allmählich zur Kenntnis nahm? Wenn ja, dann war das Verdienst dafür nicht ganz zu Unrecht ihm anzurechnen, fand Patta. Sie waren eigensinnig, diese Venezianer, klammerten sich an ihre Denkweise, eine überholte Denkweise. Ein Glück, daß sie durch seine Berufung zum Vice-Questore mit der großen, moderneren Welt konfrontiert wurden, der Welt von morgen. Brunetti hatte recht. Sie mußten nur diesen Ruffolo finden und die Bilder zurückbekommen, dann würde Viscardi in seiner Schuld stehen.

»Also gut«, sagte er energisch, wie Polizisten in amerikanischen Filmen es immer taten, »verständigen Sie mich, sobald Sie diesen Ruffolo festgesetzt haben. Brauchen Sie noch mehr Leute für den Fall?«

»Nein, Vice-Questore«, sagte Brunetti nach kurzem Überlegen. »Ich glaube, wir haben genug im Moment. Es ist nur eine Frage des Abwartens, bis er einen falschen Schritt tut. Und das kann nicht mehr lange dauern.«

Patta interessierte sich nicht im geringsten dafür,was es für eine Frage war. Er wollte eine Festnahme, die Rückgabe der Gemälde und Viscardis Unterstützung für den Fall, daß er sich entschloß, für den Stadtrat zu kandidieren. »Bestens, geben Sie mir Bescheid, wenn Sie Näheres wissen«, sagte er und entließ Brunetti, wenn nicht durch seine Worte, dann durch seinen Ton. Er griff nach einer neuen Zigarette, und Brunetti, der keine Lust hatte, dieser Zeremonie noch einmal zuzusehen, entschuldigte sich und ging nach unten, um mit Vianello zu reden.

»Haben Sie etwas Neues über Ruffolo?« fragte Brunetti, als er in das Büro trat.

»Ja und nein«, antwortete Vianello, indem er sich vor seinem Vorgesetzten achtungsvoll ein paar Millimeter vom Stuhl erhob und sich wieder hinsetzte.

»Und das heißt?«

»Das heißt, er hat signalisiert, daß er reden will.«

»Woher haben Sie das?«

»Von jemandem, der einen kennt, der ihn kennt.«

»Und wer hat mit diesem Jemand gesprochen?«

»Ich selbst. Es ist einer von den Jungen draußen auf Burano. Sie wissen schon, die Jugendlichen, die letztes Jahr das Fischerboot gestohlen haben. Seit wir sie damals haben laufenlassen, dachte ich immer, daß er mir noch einen Gefallen schuldig ist, da bin ich gestern mal hingefahren und habe mit ihm gesprochen. Mir war nämlich eingefallen, daß er mit Ruffolo zusammen zur Schule gegangen ist. Und vor einer Stunde hat er mich angerufen. Keine großen Fragen. Nur, daß dieser andere mit einem gesprochen hat, der Ruffolo getroffen hat, und daß er mit uns reden will.«

»Mit einer bestimmten Person?«

»Nicht mit Ihnen, Commissario, könnte ich mir vorstellen. Sie haben ihn immerhin zweimal hinter Gitter gebracht.«

»Wollen Sie es machen, Vianello?«

Der Ältere zuckte die Achseln. »Warum nicht? Ich möchte es nur nicht gern zu umständlich haben. Er hatte die letzten beiden Jahre nichts anderes zu tun, als im Gefängnis herumzusitzen und sich amerikanische Krimis anzusehen, da wird er wahrscheinlich vorschlagen, daß wir uns um Mitternacht in einem Boot auf der Lagune treffen.«

»Oder bei Morgengrauen auf dem Friedhof, wenn die Vampire wieder in ihre Nester fliegen.«

»Warum kann er sich nicht einfach eine Bar aussuchen, dann können wir gemütlich ein Glas Wein trinken.«

»Also, egal wo, Sie gehen hin und treffen sich mit ihm.«

»Soll ich ihn festnehmen, wenn er kommt?«

»Nein, versuchen Sie das nicht. Fragen Sie ihn nur, was er uns sagen will, und finden Sie heraus, was für einen Handel er mit uns vorhat.«

»Soll ich jemanden mitnehmen, der ihn dann beschattet?«

»Nein. Damit rechnet er wahrscheinlich. Und wenn er das Gefühl hat, verfolgt zu werden, dreht er womöglich durch. Hören Sie nur, was er will. Und wenn er nicht zuviel verlangt, machen Sie das Geschäft mit ihm.«

»Glauben Sie, daß er uns etwas über die Sache Viscardi erzählen wird?«

»Es gibt keinen anderen Grund, warum er sonst mit uns würde reden wollen, oder?«

»Nein, ich wüßte nicht.«

Als Brunetti schon gehen wollte, fragte Vianello: »Und der Handel, den ich mit ihm abschließen soll? Halten wir unseren Teil ein?«

Bei diesen Worten drehte Brunetti sich um und sah Vianello durchdringend an. »Natürlich. Wenn Kriminelle nicht mehr an einen illegalen Handel mit der Polizei glauben können, woran denn dann?«

19

Am nächsten Tag hörte Brunetti nichts von Ambrogiani, und Vianello hatte kein Glück bei seinem Versuch, Kontakt mit dem Jungen auf Burano aufzunehmen. Am darauffolgenden Morgen war immer noch kein Anruf gekommen, und als er vom Mittagessen zurückkam, auch nicht. Gegen fünf Uhr kam Vianello zu ihm und sagte, daß der Junge angerufen habe und sie ein Treffen für Samstagnachmittag auf dem Piazzale Roma verabredet hätten. Ein Auto werde kommen, um Vianello, der keine Uniform tragen solle, abzuholen und an den Ort zu bringen, wo Ruffolo mit ihm reden wolle. Als Vianello soweit erzählt hatte, grinste er und fügte hinzu: »Hollywood.«

»Das heißt wahrscheinlich, daß sie auch noch ein Auto stehlen müssen«, meinte Brunetti.

»Und wohl auch, daß es nicht die geringste Aussicht auf einen Drink gibt«, sagte Vianello resigniert.

»Schade, daß sie die Pullman Bar abgerissen haben, dann hätten Sie sich wenigstens vorher noch einen genehmigen können.«

»Mein Pech. Ich soll an der Haltestelle des Fünferbusses stehen. Sie kommen, halten an, und ich soll einsteigen.«

»Und woran wollen die Sie erkennen?«

Wurde Vianello etwa rot? »Ich soll einen Strauß roter Nelken bei mir haben.«

Jetzt konnte Brunetti sich nicht mehr zurückhalten und brach in schallendes Gelächter aus. »Rote Nelken? Sie? Mein Gott, ich hoffe nur, es sieht Sie niemand an der Bushaltestelle stehen, auf dem Weg aus der Stadt, mit einem Strauß roter Nelken.«

»Ich habe es meiner Frau schon gesagt. Es gefällt ihr gar nicht, ganz und gar nicht, und am wenigsten gefällt ihr, daß ich meinen Samstagnachmittag dafür opfern muß. Wir wollten zum

Abendessen ausgehen, und ich werde in den nächsten Monaten nichts anderes zu hören kriegen.«

»Vianello, ich mache Ihnen ein Angebot. Tun Sie es – wir bezahlen sogar die Nelken, aber lassen Sie sich eine Quittung geben –, tun Sie es, und ich frisiere den Dienstplan, so daß Sie nächsten Freitag und Samstag frei haben, ja?« Es schien das mindeste, was er für den Mann tun konnte, der sich freiwillig in die Hände von bekannten Kriminellen begab und, noch mutiger, freiwillig bereit war, Ärger mit seiner Frau zu riskieren.

»Ist schon in Ordnung, Commissario, aber gefallen tut es mir nicht.«

»Hören Sie, Sie müssen es nicht machen, Vianello. Früher oder später fällt er uns auch so in die Hände.«

»Ist schon gut. Er war nie so dumm, einen von uns tätlich anzugreifen. Und ich kenne ihn vom letzten Mal.«

Brunetti fiel ein, daß Vianello zwei Kinder hatte und ein drittes unterwegs war. »Wenn die Sache klappt, ist es allein Ihr Verdienst. Das hilft bei der Beförderung.«

»Na wunderbar, und was sagt er dazu?« Vianello richtete den Blick auf die Decke und damit auf Pattas Büro über ihnen. »Was wird er dazu sagen, wenn wir seinen Freund verhaften, Seine Politische Wichtigkeit Signor Viscardi?«

»Ach, kommen Sie, Vianello, Sie wissen, was er tun wird. Wenn Viscardi erst hinter Gittern sitzt und der Fall sich zusehends klärt, wird Patta sagen, daß er schon von Anfang an einen Verdacht gehabt, aber gegenüber Viscardi freundlich getan hat, um ihn leichter in die von ihm selbst ersonnene Falle locken zu können.« Beide wußten aus langer Erfahrung, daß dies stimmte.

Weiteren Überlegungen zum Verhalten ihres gemeinsamen Vorgesetzten kam Vianellos Telefon zuvor. Er meldete sich, hörte einen Augenblick zu und gab den Hörer dann an Brunetti weiter. »Für Sie, Commissario.«

»Ja?« sagte der, und eine große Erregung packte ihn, als er Ambrogianis Stimme erkannte.

»Er ist noch hier. Einer meiner Leute ist ihm bis zu seinem Haus nachgefahren. Er wohnt in Grisignano, etwa zwanzig Minuten vom Stützpunkt.«

»Der Zug hält dort, wenn ich mich recht erinnere«, sagte Brunetti, der bereits plante.

»Nur der Bummelzug. Wann willst du mit ihm sprechen?«

»Morgen früh.«

»Moment mal, ich habe den Fahrplan hier.« Während Brunetti wartete, wurde am anderen Ende der Hörer beiseite gelegt, dann hörte er erneut Ambrogianis Stimme. »Einer fährt in Venedig um acht Uhr ab; acht Uhr dreiundvierzig ist er in Grisignano.«

»Und früher?«

»Sechs Uhr vierundzwanzig.«

»Kann mich da jemand abholen?«

»Guido, das wäre um halb acht!« flehte Ambrogiani fast.

»Ich möchte bei ihm zu Hause mit ihm reden, und ich will nicht, daß er weggeht, bevor ich dazu Gelegenheit hatte.«

»Guido, du kannst doch nicht morgens vor acht bei den Leuten hereinplatzen, nicht einmal bei Amerikanern.«

»Wenn du mir die Adresse gibst, kann ich vielleicht hier einen Wagen bekommen.« Aber schon während er es aussprach, wußte er, daß es unmöglich war; die Anforderung eines Dienstwagens würde garantiert Patta zu Ohren kommen, und das würde nichts als Ärger einbringen.

»Ein ganz schöner Dickschädel, was?« meinte Ambrogiani, aber es klang eher respektvoll als ärgerlich. »Also gut, ich komme selbst an den Zug. Ich nehme meinen eigenen Wagen, damit können wir in der Nähe des Hauses parken, ohne daß die gesamte Nachbarschaft zu spekulieren anfängt, was wir wohl da machen.« Brunetti, für den Autos fremdartige Dinger waren, hatte gar nicht weiter darüber nachgedacht, wieviel Aufsehen ein Auto, das eindeutig den Carabinieri oder der Polizei gehörte, in jeder Wohngegend erregen mußte.

»Danke, Giancarlo. Das finde ich wirklich nett.«

»Das will ich auch hoffen. Samstag morgen, um halb acht!« sagte Ambrogiani ungläubig, dann legte er auf, bevor Brunetti noch etwas erwidern konnte. Na, wenigstens mußte er kein Dutzend rote Nelken dabeihaben.

Am nächsten Morgen schaffte Brunetti es, so rechtzeitig am Bahnhof zu sein, daß er noch einen Kaffee trinken konnte, bevor der Zug abfuhr, und so war er in einigermaßen annehmbarer Verfassung, als Ambrogiani ihn an der kleinen Bahnstation von Grisignano abholte. Der Maggiore, der graue Cordhosen und einen dicken Pullover anhatte, wirkte erstaunlich frisch und munter, als ob er schon seit Stunden auf wäre, ein Umstand, den Brunetti in seinem derzeitigen Zustand etwas befremdlich fand. Gegenüber dem Bahnhof gingen sie in eine Kaffeebar und bestellten sich jeder einen Kaffee und eine Brioche. Ambrogiani bedeutete dem Barmann mit einer Kinnbewegung, daß er einen Schuß Grappa in seinen Kaffee wollte. »Es ist nicht weit von hier«, sagte er zu Brunetti. »Nur ein paar Kilometer. Sie wohnen in einer Doppelhaushälfte. In der anderen Hälfte wohnt der Besitzer mit seiner Familie.« Auf Brunettis fragenden Blick hin erklärte er: »Ich habe einen meiner Leute hingeschickt, um ein bißchen herumzufragen. Viel gibt es nicht zu berichten. Er hat drei Kinder. Sie wohnen seit über drei Jahren hier, haben immer pünktlich die Miete bezahlt und kommen gut mit dem Vermieter aus. Seine Frau ist Italienerin, das fördert das Verhältnis zu den Nachbarn.«

»Und der Junge?«

»Ist wieder hier. Zurück aus dem Krankenhaus in Deutschland.«

»Und wie geht es ihm?«

»Seit diesem Monat geht er wieder zur Schule. Es ist offenbar alles in Ordnung, aber eine Nachbarin sagt, daß er eine schlimme Narbe am Arm hat. Wie von einer Brandwunde.«

Brunetti trank seinen Kaffee aus, stellte die Tasse auf den Tresen und sagte: »Fahren wir also hin, und unterwegs erzähle ich dir, was ich weiß.«

Während Ambrogiani sie durch verschlafene Gassen und Alleen fuhr, berichtete Brunetti, was er aus den Büchern erfahren hatte, und erzählte von dem fotokopierten Krankenblatt von Kaymans Sohn und dem Artikel in der medizinischen Zeitschrift.

»Das klingt, als hätte die Dottoressa oder Foster zwei und zwei zusammengezählt. Aber es erklärt noch nicht, warum beide ermordet wurden.«

»Du glaubst das also auch?« fragte Brunetti.

Ambrogiani wandte den Blick von der Straße und sah Brunetti an. »Ich habe keine Sekunde geglaubt, daß Foster bei einem Raubüberfall umgebracht wurde, und an eine Überdosis glaube ich auch nicht. Egal wie gut sie beides hingedreht haben.«

Ambrogiani bog in eine noch kleinere Straße ein und hielt hundert Meter von einem weiß getünchten Haus, das etwas von der Straße zurückversetzt und von einem Drahtzaun umgeben war. Die Eingangstüren zu dem Doppelhaus befanden sich über den Toren einer Zweiergarage. In der Einfahrt lagen nebeneinander zwei Fahrräder, so ungezwungen, wie nur Fahrräder daliegen können.

»Erzähl mir mehr über diese Chemikalien«, sagte Ambrogiani, als er den Motor abstellte. »Ich habe gestern abend noch versucht, etwas darüber in Erfahrung zu bringen, aber niemand, den ich gefragt habe, schien Genaueres zu wissen, außer daß sie gefährlich sind.«

»Viel mehr habe ich bei meiner ganzen Lektüre auch nicht gelernt«, räumte Brunetti ein. »Es gibt da ein ganzes Spektrum, ein echter Todescocktail. Sie sind leicht herzustellen, und die meisten Fabriken brauchen offenbar einige davon, oder sie fallen bei dem, was sie herstellen, als Nebenprodukte ab. Die Probleme beginnen, wenn man sie loswerden will. Früher konnte man sie fast überall deponieren, aber das ist jetzt nicht mehr so einfach. Zu viele Leute haben sich beschwert, daß sie so etwas nicht vor ihrer Haustür haben wollen.«

»Stand nicht mal etwas in den Zeitungen über einen Frachter, ›Karen B‹ oder so ähnlich, der bis Afrika kam, dann umkehren mußte und schließlich in Genua landete?«

Als Ambrogiani es erwähnte, erinnerte auch Brunetti sich an die Schlagzeilen über den »Giftfrachter«, der versucht hatte, seine Ladung in einem afrikanischen Hafen zu löschen und keine Erlaubnis zum Anlegen erhalten hatte. So hatte das Schiff offenbar wochenlang auf dem Mittelmeer gekreuzt, und die Presse hatte sich der Sache ebenso begeistert angenommen wie jener verrückten Delphine, die alle paar Jahre versuchten, den Tiber hinaufzuschwimmen. Schließlich hatte die ›Karen B‹ Genua angelaufen, und das war das Ende der Geschichte gewesen. Als wäre sie in den Wellen des Mittelmeers versunken, war die ›Karen B‹ von den Seiten der Zeitungen und den Bildschirmen des italienischen Fernsehens verschwunden. Und die giftige Ladung, eine ganze Schiffsladung, war ebenso vollständig verschwunden, und niemand wußte oder fragte, wie. Oder wohin.

»Ja, aber ich weiß nicht mehr, was sie geladen hatte«, sagte Brunetti.

»Wir hatten hier noch nie einen solchen Fall«, sagte Ambrogiani, der es nicht für nötig hielt, zu erklären, daß er mit »wir« die Carabinieri und mit dem »Fall« eine illegale Müllkippe meinte. »Ich weiß nicht einmal, ob es unsere Aufgabe ist, danach zu suchen oder jemanden dafür zu verhaften.«

Keiner von beiden mochte das Schweigen brechen, das der Gedanke nach sich zog. Schließlich sagte Brunetti: »Interessant, nicht?«

»Daß offenbar niemand dafür verantwortlich ist, den Gesetzen Geltung zu verschaffen? Falls es Gesetze gibt.«

»Ja.«

Bevor sie dem noch weiter nachgehen konnten, öffnete sich die linke Eingangstür des Hauses, das sie beobachteten, und ein Mann trat heraus. Er kam die Treppe herunter, machte das Garagentor auf und bückte sich, um die beiden Fahrräder auf den Rasen neben der Auffahrt zu legen. Als er in der Garage verschwand, stiegen Brunetti und Ambrogiani zugleich aus dem Auto und gingen auf das Haus zu.

In dem Moment, als sie das Tor im Zaun erreicht hatten, kam langsam ein Auto aus der Garage. Es fuhr rückwärts auf das Tor zu, der Mann stieg bei laufendem Motor aus und wollte das Tor aufmachen. Entweder sah er die beiden Männer nicht, oder er hatte beschlossen, sie nicht zu beachten. Er entriegelte das Tor, schob es auf und ging auf die offene Tür seines Wagens zu.

»Sergeant Kayman?« rief Brunetti in den Motorenlärm.

Beim Klang seines Namens drehte der Mann sich um und sah zu ihnen herüber. Beide Polizisten traten vor, blieben aber am Tor stehen, um nur ja nicht unaufgefordert das Anwesen des Mannes zu betreten. Daraufhin winkte der Mann sie herein und griff in seinen Wagen, um den Motor abzustellen.

Er war groß und blond und ging leicht vornübergebeugt, eine Haltung, die vielleicht früher einmal seine Größe kaschieren sollte, inzwischen aber zur Gewohnheit geworden war. Er bewegte sich mit jener lässigen Leichtigkeit, die bei Amerikanern so häufig zu beobachten ist und die sie so gut in Freizeitkleidung aussehen läßt und so linkisch im offiziellen Anzug. Er kam mit offenem, fragendem Gesicht auf sie zu, ohne zu lächeln, aber auch keineswegs mißtrauisch.

»Ja?« fragte er auf englisch. »Suchen Sie mich?«

»Sergeant Edward Kayman?« fragte Ambrogiani.

»Ja. Was kann ich für Sie tun? Bißchen früh, nicht?«

Brunetti trat vor und streckte die Hand aus. »Guten Morgen, Sergeant. Ich bin Guido Brunetti von der Polizei in Venedig.«

Der Amerikaner begrüßte Brunetti mit kräftigem Händedruck. »Da sind Sie aber ein ganzes Ende weg von zu Hause, Mr. Brunetti, oder?« fragte er, wobei er aus den beiden T zwei D machte.

Es war freundlich gemeint, und Brunetti lächelte ihn an. »Das kann man sagen. Aber ich wollte Ihnen ein paar Fragen stellen, Sergeant.«

Ambrogiani lächelte nur und nickte, machte aber keine Anstalten, sich vorzustellen. Er überließ Brunetti die Unterhaltung.

»Na, dann fragen Sie mal«, sagte der Amerikaner und meinte dann: »Tut mir leid, daß ich Sie nicht auf einen Kaffee ins Haus bitten kann, aber meine Frau schläft noch, und sie bringt mich glatt um, wenn ich die Kinder wecke. Samstag ist der einzige Tag, an dem sie ausschlafen kann.«

»Das verstehe ich«, sagte Brunetti. »Bei mir zu Hause ist das ganz genauso. Ich mußte mich heute morgen wie ein Einbrecher aus der Wohnung schleichen.« Sie grinsten sich verständnisinnig an ob der unglaublichen Tyrannei schlafender Ehefrauen, und Brunetti begann: »Es geht um Ihren Sohn.«

»Daniel?« fragte der Amerikaner.

»Ja.«

»Das dachte ich mir.«

»Es scheint Sie nicht zu überraschen«, bemerkte Brunetti.

Der Sergeant stellte sich neben seinen Wagen und lehnte sich dagegen, bevor er antwortete. Brunetti nahm die Gelegenheit wahr, sich zu Ambrogiani umzudrehen und ihn auf italienisch zu fragen: »Kannst du folgen?«

Der Carabiniere nickte.

Der Amerikaner stellte die Beine überkreuz und zog eine Schachtel Zigaretten aus der Hemdtasche. Er hielt sie den Italienern hin, aber beide schüttelten den Kopf. Er zündete sich eine an, wobei er die Flamme des Feuerzeugs mit den Händen sorgsam vor nichtvorhandenem Wind schützte, dann verstaute er Zigarettenschachtel und Feuerzeug wieder in der Hemdtasche.

»Die Sache mit der Ärztin, ja?« fragte er, wobei er den Kopf in den Nacken legte und eine Rauchfahne in die Luft blies.

»Wie kommen Sie darauf, Sergeant?«

»Dazu muß man wohl kein Hellseher sein, oder? Sie war Dannys Ärztin, und sie war verdammt nochmal ganz schön von der Rolle, als sein Arm so schlimm wurde. Immer wieder hat sie ihn gefragt, was passiert ist, und dann kam dieser Freund von ihr, den es in Venedig erwischt hat, und hat mich geradezu bombardiert mit Fragen.«

»Sie wußten, daß die beiden befreundet waren?« Brunetti war ehrlich überrascht.

»Na ja, geredet haben die Leute darüber erst, als er tot war, aber ich nehme an, daß doch einige es vorher gewußt haben. Ich gehörte nicht dazu, aber ich habe ja auch nicht mit ihnen gearbeitet. Schließlich sind wir nur ein paar Tausend Leute hier, und wir leben und arbeiten praktisch auf Tuchfühlung. Da kann man nichts geheimhalten, jedenfalls nicht sehr lange.«

»Was für Fragen hat er Ihnen denn gestellt?«

»Vor allem wollte er die genaue Stelle wissen, wo Danny an dem Tag herumgelaufen ist. Und was wir da noch gesehen haben. So was alles.«

»Und was haben Sie ihm gesagt?«

»Ich habe ihm gesagt, daß ich es nicht mehr weiß.«

»Sie wußten es nicht mehr?«

»Jedenfalls nicht genau. Wir waren an dem Tag irgendwo über Aviano, in der Nähe vom Lago di Barcis. Aber auf dem Rückweg aus den Bergen haben wir noch woanders angehalten; da hatten wir unser Picknick. Und Danny ist ein Weilchen allein im Wald herumgestreift, aber er konnte sich nicht mehr erinnern, wo er hingefallen ist, ich meine an welcher Stelle. Das habe ich Foster gesagt und versucht, ihm zu beschreiben, wo das war, aber ich wußte nicht mehr genau, wo wir den Wagen geparkt hatten. Wenn man drei Kinder und einen Hund im Auge behalten muß, achtet man auf so etwas nicht weiter.«

»Wie hat er reagiert, als Sie sagten, daß Sie sich nicht genau erinnern können?«

»Himmel, er wollte, daß ich mit ihm hinfahre. Ich sollte an einem Samstag den ganzen Weg da mit ihm rauffahren und die Stelle suchen und sehen, ob ich den Parkplatz wiederfinde.«

»Und, haben Sie das getan?«

»Um Himmels willen, nein, nicht mal für Geld und gute Worte. Ich habe drei Kinder und eine Frau und, wenn ich Glück habe, einen freien Tag die Woche. Den werde ich doch nicht damit verbringen, in den Bergen herumzurennen und nach der Stelle zu suchen, wo ich mal irgendwann gepicknickt habe. Außerdem war das gerade in der Zeit, als Danny im Krankenhaus war, und da wollte ich meine Frau nicht unbedingt einen ganzen Tag allein lassen, nur um Gemseneier zu suchen.«

»Was hat er gemacht, als Sie ihm das sagten?«

»Also, man sah ihm an, daß er ziemlich wütend war, aber ich habe eben gesagt, daß ich nicht kann, und daraufhin hat er sich wohl beruhigt. Er hat dann nicht mehr gefragt, ob ich mitgehe, aber ich glaube, er ist allein hingefahren, vielleicht auch mit Dr. Peters.«

»Wie kommen Sie darauf?«

»Na ja, er ist zu einem Freund von mir gegangen, der in der Zahnklinik arbeitet. Der ist Röntgentechniker und hat mir erzählt, Foster sei an einem Freitagnachmittag zu ihm ins Labor gekommen und habe ihn gefragt, ob er ihm übers Wochenende seine Marke leiht.«

»Seine Marke?«

»Den Dosimeter. Die nennen das Ding ›Marke‹. Es ist so ein kleiner Anhänger, den alle tragen müssen, die mit Röntgenstrahlen zu tun haben. Wenn man zuviel Strahlung abkriegt, verfärbt er sich.« Brunetti nickte, er wußte Bescheid. »Also, jedenfalls hat mein Bekannter ihm das Ding übers Wochenende geliehen und am Montagmorgen zurückbekommen. Wie versprochen.«

»Und der Sensor?«

»Hatte sich nicht verändert. Das Ding hatte immer noch dieselbe Farbe wie vorher.«

»Warum glauben Sie, daß er es sich aus diesem Grund geliehen hatte?«

»Sie kannten ihn nicht, oder?« fragte er Brunetti, der den Kopf schüttelte. »Er war ein komischer Kauz. Richtig ernst. Ich meine, er hat seine Arbeit wirklich ernst genommen, oder eigentlich alles. Ich glaube, er war auch religiös, aber nicht so wie diese verrückten Wiedergeborenen. Wenn er einmal etwas als richtig erkannt hatte, konnte man ihn nicht davon abbringen, es auch zu tun. Und er hatte es sich in den Kopf gesetzt, daß...« Hier hielt er inne. »Ich weiß nicht genau, was er sich in den Kopf gesetzt hatte, aber er wollte herausfinden, wo Danny mit diesem Zeug in Berührung gekommen war, auf das er allergisch reagierte.«

»War es das? Eine Allergie?«

»Das haben sie uns gesagt, als er aus Deutschland zurückkam. Sein Arm sieht schrecklich aus, aber die Ärzte da oben meinen, daß es ziemlich gut verheilt. Könnte vielleicht ein Jahr dauern, aber die Narbe verschwindet, oder wenigstens verblaßt sie.«

Ambrogiani sprach zum erstenmal. »Hat man Ihnen gesagt, wogegen er allergisch ist?«

»Nein, das konnten sie nicht feststellen. Sie meinten, daß es wahrscheinlich der Saft von irgendeinem Baum war, der in den Bergen dort wächst. Alle möglichen Tests haben sie mit dem Jungen gemacht.« Sein Gesicht bekam einen weichen Ausdruck, und seine Augen leuchteten vor Stolz. »Hat nie geklagt, der Junge. Hat das Zeug zum richtigen Mann. Bin ganz schön stolz auf ihn.«

»Aber wogegen er allergisch ist, hat man Ihnen nicht gesagt?« wiederholte der Carabiniere.

»Nee. Und dann haben diese Knallköpfe auch noch Dannys Krankenblatt verschlampt, jedenfalls die Unterlagen aus Deutschland.«

Bei diesen Worten tauschten Brunetti und Ambrogiani einen Blick, und Brunetti fragte: »Wissen Sie, ob Foster die Stelle gefunden hat?«

»Nein. Er ist ja zwei Wochen nachdem er sich dieses Dosimeter-Dings ausgeliehen hatte, umgebracht worden, und ich hatte keine Gelegenheit mehr, noch mal mit ihm zu reden. Ich weiß es also nicht. Es tut mir leid, daß ihm das passiert ist. Er war ganz in Ordnung, und daß seine Freundin sich das alles so zu Herzen genommen hat, tut mir auch leid. Ich wußte ja nicht, daß die beiden so...« Ihm fehlte das richtige Wort, und er brach ab.

»Glauben die Leute hier, daß Dr. Peters sich wegen Foster eine Überdosis gespritzt hat?«

Diesmal war es der Sergeant, der überrascht war. »Sonst würde die ganze Geschichte ja keinen Sinn ergeben, oder? Sie war doch Ärztin. Wenn jemand wußte, wieviel von dem Zeug man sich spritzen muß, dann doch wohl sie.«

»Ich nehme es an«, sagte Brunetti, dem seine Worte wie Verrat vorkamen.

»Aber eine komische Sache ist es doch«, meinte der Amerikaner. »Wenn ich nicht so mit meinen Sorgen um Danny beschäftigt gewesen wäre, hätte ich Foster vielleicht doch noch etwas sagen können, was ihm geholfen hätte, die Stelle zu finden, die er suchte.«

»Und was ist das?« fragte Brunetti, bemüht, seine Frage ganz beiläufig klingen zu lassen.

»An dem Tag da oben in den Bergen habe ich zwei von den Lastwagen gesehen, die auch hierher kommen. Sie sind in eine Schotterstraße eingebogen, die ein Stück weiter unten von der Straße wegführte. Als Foster mich fragte, habe ich einfach nicht daran gedacht. Ich wünschte, es wäre mir eingefallen. Damit hätte ich ihm womöglich viel Mühe ersparen können. Er hätte nur Mr. Gamberetto fragen müssen, wo seine Laster an dem Tag waren, und er hätte die Stelle gefunden.«

»Mr. Gamberetto?« erkundigte Brunetti sich höflich.

»Ja, das ist unser Vertragsspediteur. Seine Lastwagen kommen zweimal die Woche, um Problemmüll abzuholen. Medizinabfälle aus dem Krankenhaus, wissen Sie, und aus der Zahnklinik. Ich glaube, er nimmt auch das Zeug aus unserem Fuhrpark mit. Öl aus den Transformatoren und vom Ölwechsel. Auf den Lastwagen steht nicht sein Name oder so etwas, aber sie haben einen roten Streifen an der Seite, und genau solche habe ich an dem Tag beim Lago di Barcis gesehen.« Er hielt inne und wurde nachdenklich. »Ich weiß nicht, warum mir das nicht eingefallen ist, als Foster mich gefragt hat. Aber an dem Tag hatten sie Danny gerade nach Deutschland gebracht, und ich konnte wohl nicht richtig klar denken.«

»Sie arbeiten in der Beschaffungsstelle, Sergeant, nicht wahr?« fragte Ambrogiani.

Falls es dem Amerikaner seltsam vorkam, daß Ambrogiani dies wußte, ließ er es sich nicht anmerken. »Ja, stimmt.«

»Haben Sie je mit diesem Mr. Gamberetto gesprochen?«

»Nee. Hab ihn nie gesehen. Ich kenne nur seinen Namen aus dem Vertrag.«

»Kommt er nicht, um die Verträge zu unterschreiben?« wollte Ambrogiani wissen.

»Nein, einer unserer Offiziere fährt zu ihm. Wahrscheinlich springt dabei eine Essenseinladung für ihn heraus. Anschließend kommt er mit dem unterschriebenen Vertrag zurück, und wir bearbeiten ihn dann weiter.« Brunetti mußte Ambrogiani nicht ansehen, um zu wissen, daß auch ihm der Gedanke durch den Kopf ging, es springe wahrscheinlich für irgend jemanden eine ganze Menge mehr heraus als nur ein Essen.

»Ist das der einzige Vertrag, den Sie mit Mr. Gamberetto haben?«

»Nein, Sir. Er soll auch unser neues Krankenhaus bauen. Das sollte eigentlich schon angefangen sein, aber dann kam der Golfkrieg, und alle Bauprojekte wurden zurückgestellt. Jetzt sieht es aus, als würde sich langsam wieder etwas tun, und ich nehme an, der Baubeginn ist im Frühjahr, sobald der Boden bearbeitet werden kann.«

»Ist es ein großer Vertrag?« fragte Brunetti. »Es hört sich jedenfalls so an, ein Krankenhaus.«

»Ich weiß die genaue Summe nicht, weil es schon so lange her ist, daß ich den Vertrag in der Hand hatte, aber sie wird wohl so um die zehn Millionen Dollar liegen. Allerdings wurde der Vertrag vor drei Jahren abgeschlossen, und in der Zwischenzeit sind die Preise ja gestiegen.«

»Da dürften Sie recht haben«, meinte Brunetti, und bevor einer von ihnen noch etwas sagen konnte, ertönte vom Haus her wildes Bellen. Als die drei Männer sich umdrehten, wurde die Eingangstür ein Stück aufgestoßen, und ein großer schwarzer Hund kam heraus und die Treppe heruntergestürmt. Mit irrem Gebell raste das Tier direkt auf Kayman zu, sprang an ihm hoch und leckte nach seinem Gesicht. Dann beschnüffelte es die beiden Italiener und rannte ein paar Meter weiter auf den Rasen, um Wasser zu lassen und gleich wieder an Kayman hochzuspringen, so daß es mit der Nase fast an seine stieß.

»Runter mit dir, Kitty Kat«, befahl er ohne jede Strenge im Ton. Die Hündin schnellte wieder hoch und stubste ihn an. »Laß das, dummes Mädchen, ab!« Der Erfolg war gleich Null, das Tier rannte nur davon, um Anlauf für den nächsten stürmischen Sprung zu nehmen, und kam erneut auf ihn zugerannt. »Böser Hund«, sagte Kaymann in einem Ton, der das Gegenteil ausdrückte. Er wehrte die Hündin mit beiden Händen ab und begann liebevoll ihr Nackenfell zu zausen. »Entschuldigen Sie. Ich wollte eigentlich ohne sie wegfahren. Wenn sie mich ins Auto steigen sieht, dreht sie durch, wenn ich sie nicht mitnehme. Sie fährt begeistert Auto.«

»Ich will Sie nicht länger aufhalten, Sergeant. Sie haben mir sehr geholfen«, sagte Brunetti und streckte die Hand aus. Die Hündin verfolgte mit heraushängender Zunge diese Bewegung.

Kaymann machte eine Hand frei, um sie Brunetti zu geben, aber etwas linkisch, weil er immer noch über den Hund gebeugt stand. Dann gab er auch Ambrogiani die Hand, und als sie kehrtmachten und zum Tor zurückgingen, öffnete er die Autotür und ließ den Hund in den Wagen springen, bevor er selbst einstieg.

Als der Wagen rückwärts auf sie zukam, stand Brunetti am Tor. Er winkte Sergeant Kayman zu und bedeutete ihm, er werde das Tor zumachen, was er dann auch tat. Der Amerikaner wartete nur noch, bis er sah, daß es richtig zu war, und fuhr dann langsam davon. Zuletzt sahen sie noch, wie die Hündin den Kopf aus dem hinteren Fenster steckte und die Nase in den Wind hielt.

20

Während der Hundekopf die schmale Straße hinauf verschwand, drehte Ambrogiani sich zu Brunetti um und fragte: »Na?«

Brunetti ging langsam auf den geparkten Wagen zu. Als sie beide eingestiegen und die Türen zu waren, blieb Ambrogiani hinter dem Steuer sitzen, ohne den Motor anzulassen. »Großer Auftrag, so ein Krankenhausbau«, meinte Brunetti schließlich. »Großer Auftrag für Signor Gamberetto.«

»Kann man wohl sagen«, stimmte der andere zu.

»Sagt dir der Name etwas?« fragte Brunetti.

»O ja«, antwortete Ambrogiani, und dann: »Er ist einer, von dem wir die Finger lassen sollen.«

Als Brunetti ihn fragend ansah, erklärte Ambrogiani: »Keine direkte Anweisung – so werden diese Sachen nie gehandhabt –, aber es ist von oben durchgesickert, daß Signor Gamberetto und seine Geschäfte nicht allzu genau unter die Lupe zu nehmen sind.«

»Sonst passiert was?« erkundigte sich Brunetti.

»Ach.« Ambrogiani lachte verbittert auf. »So direkt wird das nie gesagt. Es wird nur angedeutet, und wer auch nur ein Fünkchen Verstand hat, weiß Bescheid.«

»Und läßt Signor Gamberetto in Ruhe?«

»Genau.«

»Interessant«, war Brunettis Kommentar.

»Sehr.«

»Ihr behandelt ihn also wie einen ganz normalen Geschäftsmann, der in dieser Gegend seinem Gewerbe nachgeht?«

Ambrogiani nickte.

»Und am Lago di Barcis, wie es aussieht.«

»Ja, so sieht es aus.«

»Ob du etwas mehr über ihn herausfinden kannst?«

»Ich könnte es versuchen.«

»Und was heißt das?«

»Das heißt, wenn er ein mittelgroßer Fisch ist, kann ich etwas über ihn in Erfahrung bringen. Aber wenn er ein großer Fisch ist, wird's nicht viel zu erfahren geben. Oder sagen wir so: Ich werde feststellen, daß er nichts weiter als ein achtbarer Geschäftsmann aus der Gegend ist, der gute Kontakte zur Politik hat. Und das wird uns nur bestätigen, was wir ohnehin schon wissen, nämlich daß er ein Mann mit einflußreichen Freunden ist.«

»Mafia?«

Ambrogiani zog als Antwort eine Schulter hoch.

»Sogar hier oben im Norden?«

»Warum nicht? Irgendwo müssen sie doch hin. Im Süden unten bringen sie sich ja nur noch gegenseitig um. Wie viele Morde hat es denn dieses Jahr schon gegeben? Zweihundert? Zweihundertfünfzig? Also kommen sie hierher.«

»Regierung?«

Ambrogiani gab jenes ganz bestimmte abfällige Schnauben von sich, das Italiener speziell für ihre Regierung reserviert haben. »Wer kann das schon noch auseinanderhalten, Mafia und Regierung?«

Diese Ansicht ging weiter als Brunettis eigene, aber vielleicht hatte das landesweite Netzwerk der Carabinieri Zugang zu mehr Informationen als er.

»Und was kannst du tun?« fragte Ambrogiani.

»Ich kann ein paar Telefonate führen, wenn ich nach Hause komme. Die eine oder andere Gefälligkeit in Anspruch nehmen.« Er sagte Ambrogiani nicht, daß der eine Anruf, der seiner Ansicht nach am meisten Erfolg versprach, nichts mit der Beanspruchung eines Gefallens zu tun hatte; eher das Gegenteil.

Schweigend blieben sie eine Weile sitzen. Endlich beugte Ambrogiani sich vor, öffnete das Handschuhfach und fing an, in dem Stapel Landkarten zu wühlen, der darin lag, bis er schließlich eine davon herauszog. »Hast du Zeit?« fragte er.

»Ja. Wie lange dauert die Fahrt dorthin?«

Statt einer Antwort faltete Ambrogiani die Karte auseinander, wobei er einen Teil aufs Lenkrad legte und mit seinem dicken Finger darauf herumfuhr, bis er gefunden hatte, was er suchte. »Hier ist es. Lago di Barcis.« Sein Finger rutschte etwas nach rechts und dann in einer geraden Linie südlich bis Pordenone. »Anderthalb Stunden. Vielleicht zwei. Der größte Teil Autobahn. Was meinst du?«

Zur Antwort griff Brunetti schräg nach hinten, zog sich den Sicherheitsgurt über die Brust und ließ den Verschluß zwischen ihren beiden Sitzen einrasten.

Zwei Stunden später waren sie auf der kurvigen Straße, die sich zum Lago di Barcis hinaufwand, gefangen in einer Schlange von mindestens zwanzig Wagen hinter einem riesigen schotterbeladenen Laster, der sich mit etwa zehn Kilometern pro Stunde aufwärts quälte und Ambrogiani zwang, ständig zwischen dem ersten und zweiten Gang hin- und herzuschalten, während sie vor den Kurven anhielten, damit der Laster Zeit hatte, sich hindurchzumanövrieren. Immer wieder wurden sie links von Autos überholt, die sich anschließend hupend zwischen die unmittelbar hinter dem Laster fahrenden drängten. Gelegentlich scherte einer nach rechts aus und suchte sich auf dem zu schmalen Seitenstreifen einen Parkplatz. Der Fahrer stieg dann aus, öffnete die Motorhaube, und manchmal machte er den Fehler, auch den Kühler aufzuschrauben.

Brunetti hätte gern einen Zwischenhalt vorgeschlagen, denn sie hatten es weder eilig noch ein direktes Ziel, aber auch wenn er nicht im eigentlichen Sinne Autofahrer war, wußte er doch genug, um sich mit derartigen Vorschlägen zurückzuhalten. Nach ungefähr zwanzig Minuten scherte der Lastwagen dann in eine langgezogene Parkbucht aus, die offensichtlich zu diesem Zweck angelegt war, und die nachfolgenden Autos schossen vorbei, manche mit einem dankbar winkenden Fahrer, die meisten, ohne sich weiter darum zu kümmern. Zehn Minuten später erreichten sie die kleine Stadt Barcis, und Ambrogiani bog links in eine Seitenstraße, die zum See führte.

Schwerfällig stieg Ambrogiani aus, offensichtlich entnervt von der Fahrt. »Trinken wir was«, sagte er und stapfte schon auf ein Café zu, dessen Tische auf einer großen Terrasse eines der Häuser am See standen. Er zog einen Stuhl unter einem der sonnenbeschirmten Tische hervor und ließ sich darauf nieder. Vor ihnen lag mit geradezu unheimlich blauem Wasser der See, dahinter ragten die Berge empor. Ein Ober kam, um ihre Bestellung aufzunehmen, und brachte ihnen einige Minuten später zweimal Kaffee und zwei Gläser mit Mineralwasser.

Als Brunetti seinen Kaffee ausgetrunken und einen Schluck Wasser probiert hatte, fragte er: »Und?«

Ambrogiani lächelte. »Hübscher See, nicht?«

»Ja, wunderschön. Was sind wir, Touristen?«

»Sieht so aus. Schade, daß wir nicht hierbleiben und den ganzen Tag auf den See schauen können, nicht?«

Es verunsicherte Brunetti, daß er nicht wußte, ob sein Begleiter es ernst meinte. Aber ja, es wäre nett. Er dachte an die beiden jungen Amerikaner und hoffte, daß sie ihr Wochenende hier hatten verbringen können, ungeachtet der Gründe für ihren Ausflug. Wenn sie verliebt gewesen waren, war das hier ein herrlicher Ort. Sofort korrigierte er als sein eigener Redakteur diesen Gedanken: Für Verliebte war jeder Ort herrlich.

Brunetti winkte dem Ober und zahlte. Sie hatten sich auf der Fahrt verständigt, daß sie keine Aufmerksamkeit auf sich ziehen wollten, indem sie Fragen nach Lastwagen mit roten Streifen stellten, die in Nebenstraßen abbogen. Sie waren Touristen, auch wenn einer von ihnen Jackett und Krawatte trug, und Touristen hatten nun einmal das Recht, an einem Picknickplatz anzuhalten und sich die Berge anzusehen, während der Verkehr an ihnen vorüberbrauste. Da er nicht wußte, wie lange sie unterwegs sein würden, ging er drinnen an den Tresen und fragte, ob sie ein paar Sandwichs mitnehmen könnten. Der Mann hatte nur Schinken und Käse anzubieten. Brunetti nickte und bat ihn, vier davon zurechtzumachen und ihnen noch eine Flasche Rotwein und zwei Plastikbecher mit einzupacken.

Damit gingen sie zu Ambrogianis Wagen zurück und fuhren den Berg hinunter, wieder in Richtung Pordenone. Etwa zwei Kilometer hinter Barcis sahen sie auf der rechten Seite einen großen Parkplatz liegen und steuerten ihn an. Ambrogiani parkte den Wagen so, daß sie statt der Berge die Straße im Blick hatten, und stellte den Motor ab. »Da wären wir.«

»Nicht gerade das, was ich mir unter einem Wochenendausflug vorstelle«, bekannte Brunetti.

»Ich habe schon Schlimmeres erlebt«, erwiderte Ambrogiani und erzählte dann, wie er einmal in Aspromonte ein Entführungsopfer suchen sollte und drei Tage in den Hügeln gelegen und durch ein Fernglas beobachtet hatte, wie Leute in einer Schäferhütte ein und aus gingen.

»Und wie endete es?« wollte Brunetti wissen.

»Oh, wir haben sie geschnappt.« Dann lachte er. »Aber es war das falsche Opfer, nicht das, nach dem wir eigentlich suchten. Die Familie dieses Mädchens hatte uns gar nicht verständigt, den Fall nicht gemeldet. Sie waren bereit, das Lösegeld zu zahlen, aber wir waren da, bevor sie Gelegenheit hatten, auch nur eine Lira loszuwerden.«

»Was wurde aus dem anderen? Dem, den ihr eigentlich gesucht habt?«

»Sie haben ihn umgebracht. Wir fanden ihn eine Woche nach dem Mädchen. Sie hatten ihm die Kehle durchgeschnitten. Der Geruch hat uns aufmerksam gemacht. Und die Vögel.«

»Warum haben die das getan?«

»Wahrscheinlich, weil wir das Mädchen gefunden hatten. Wir haben die Familie davor gewarnt, etwas verlauten zu lassen, als wir das Kind zurückbrachten. Aber irgend jemand hat die Zeitungen verständigt, und die brachten es auf allen Titelseiten. ›Glückliche Befreiung‹, die ganze Chose, Fotos mit ihrer Mutter, und wie das Mädchen ihre erste Pasta nach zwei Monaten aß. Die Entführer müssen das gelesen haben und dachten wohl, wir hätten ihre Spur. Daraufhin haben sie ihn umgebracht.«

»Warum haben sie ihn nicht einfach laufenlassen?« überlegte Brunetti laut, und weil Ambrogiani es nicht erwähnt hatte, erkundigte er sich noch: »Wie alt war er denn?«

»Zwölf.« Es folgte eine lange Pause, dann beantwortete Ambrogiani die erste Frage. »Laufenlassen wäre schlecht fürs Geschäft gewesen. Andere hätten daraus womöglich geschlossen, daß es eine Chance gibt, wenn wir ihnen erst mal dicht genug auf den Fersen sind. Indem sie das Kind töteten, machten sie klar: Wir meinen es ernst, und wenn ihr nicht zahlt, dann töten wir.«

Ambrogiani öffnete den Wein und goß etwas davon in die Plastikbecher. Sie aßen jeder ein Sandwich, und weil sie nichts weiter zu tun hatten, noch eins. Die ganze Zeit über hatte Brunetti bewußt nicht auf die Uhr gesehen, weil er hoffte, die Zeit würde schneller vergehen, wenn er länger damit wartete. Schließlich konnte er nicht mehr widerstehen und sah doch nach. Mittag. Die Stunden dehnten sich. Er kurbelte das Fenster herunter und blickte lange auf die Berge. Als er sich einmal umdrehte, schlief Ambrogiani, den Kopf nach links ans Fenster gelehnt. Brunetti beobachtete den Verkehr auf der steilen Straße. Alle Autos sahen für ihn mehr oder weniger gleich aus, bis auf die Farbe oder, wenn sie langsam genug fuhren, die Nummernschilder.

Nach einer Stunde kamen immer weniger; Mittagszeit. Kurz nachdem er das festgestellt hatte, hörte er das scharfe Zischen der Luftdruckbremsen eines Lastwagens und sah einen großen Laster mit rotem Streifen an der Seite den Berg hinunterfahren.

Er berührte Ambrogiani am Arm. Der Carabiniere war sofort wach und griff nach dem Zündschlüssel. Sie fuhren auf die

Straße und folgten dem Lastwagen. Etwa zwei Kilometer von ihrem Parkplatz entfernt bog dieser nach rechts ab und verschwand eine schmale unbefestigte Straße hinunter. Sie fuhren an der Abzweigung vorbei und weiter bergab, aber Brunetti sah, wie Ambrogiani ans Armaturenbrett faßte und den Tageskilometerzähler auf Null stellte. Nach einem Kilometer fuhr er an die Seite und stellte den Motor ab.

»Was war das für ein Nummernschild?«

»Vicenza«, sagte Brunetti und holte sein Notizbuch heraus, um sich die Nummer zu notieren, solange er sie noch frisch im Gedächtnis hatte. »Was meinst du?«

»Wir bleiben hier, bis wir ihn zurückkommen sehen, oder wir warten eine halbe Stunde und sehen dann mal nach.«

Nach einer halben Stunde war der Laster noch nicht wieder zurückgekommen, und Ambrogiani fuhr wieder bis zu der Einmündung, an der er vorhin abgebogen war. Sie fuhren daran vorbei und noch ein Stückchen weiter, dann hielten sie rechts an, und Ambrogiani parkte den Wagen zwischen zwei Markierungspfosten.

Als sie ausgestiegen waren, ging Ambrogiani zum Kofferraum. Er öffnete ihn und griff hinein. Neben dem Reservereifen steckte eine großkalibrige Pistole, die er herausnahm und in seinen Hosenbund steckte. »Hast du auch eine?« fragte er.

Brunetti verneinte. »Ich habe sie heute nicht mitgenommen.«

»Ich habe noch eine zweite hier. Willst du sie?«

Brunetti schüttelte den Kopf.

Ambrogiani schlug den Kofferraumdeckel zu, und sie überquerten zusammen die Straße und gingen auf den Weg, der zu den Bergen führte.

Lastwagen hatten zwei tiefe Rinnen in den Weg gegraben; mit den ersten schweren Regenfällen würde sich alles in eine Schlammwüste verwandeln und unpassierbar sein für Laster von der Größe, wie sie gerade einen gesehen hatten. Nach ein paar hundert Metern wurde der Weg etwas breiter und schlängelte sich an einem Fluß entlang, der vom See herunterkam. Bald danach verließ er den Fluß nach links, um nun einer langen Baumreihe zu folgen. Weiter vorn führte der Weg in eine scharfe Linkskurve und einen steilen Hang hinauf, wo er zu enden schien.

Unvermittelt trat Ambrogiani hinter einen Baum und zog Brunetti mit sich. Mit einer einzigen Bewegung griff der Carabiniere nach seiner Pistole und gab Brunetti mit der anderen Hand einen heftigen Stoß in den Rücken, so daß er zur Seite geschleudert und völlig aus dem Gleichgewicht gebracht wurde.

Brunetti ruderte mit den Armen in der Luft, unfähig, sich auf den Beinen zu halten. Einen Moment lang hing er zwischen Himmel und Erde, dann kippte der Boden auf ihn zu, und er wußte, daß er fallen würde. Dabei wandte er den Kopf und sah Ambrogiani direkt hinter sich, die Waffe in der Hand. Sein Herz zog sich in plötzlicher Angst zusammen. Er hatte diesem Mann vertraut, ohne auch nur einen Moment daran zu denken, daß die Person auf dem amerikanischen Stützpunkt, die von Fosters Neugier und Dr. Peters' Affäre mit ihm erfahren hatte, ebensogut ein Italiener wie ein Amerikaner sein konnte. Und er hatte Brunetti sogar noch eine Waffe angeboten!

Er schlug vornüber und zu Boden, benommen und nach Atem ringend. Er versuchte auf die Knie zu kommen, dachte an Paola und sah das blendende Sonnenlicht ringsum. Ambrogiani ließ sich neben ihn fallen, warf einen Arm über seinen Rücken und drückte ihn wieder nach unten. »Bleib liegen. Kopf runter!« zischte er Brunetti ins Ohr, während er neben ihm lag und ihn mit dem Arm weiter auf dem Boden hielt.

Brunetti lag auf der Erde, die Finger ins Gras gekrallt, die Augen geschlossen, und fühlte nur das Gewicht von Ambrogianis Arm und den Schweiß, der seinen ganzen Körper bedeckte. Sein rasender Pulsschlag wurde vom Geräusch eines Lastwagens übertönt, der offenbar vom Ende der Schotterstrasse auf sie zukam. Er hörte den Motor vorbeidonnern und leiser werden, während der Laster in Richtung Hauptstraße zurückfuhr. Als er nicht mehr zu hören war, wuchtete Ambrogiani sich hoch und begann sich abzubürsten. »Entschuldige«, sagte er, während er mit ausgestreckter Hand auf Brunetti herunterlächelte. »Ich habe einfach gehandelt, zum Nachdenken war keine Zeit. Alles in Ordnung?«

Brunetti ergriff seine Hand, zog sich daran hoch und blieb mit zitternden Knien neben dem anderen stehen. »Ja, alles in Ordnung«, sagte er und bückte sich, um sich notdürftig den Staub abzuklopfen. Seine Unterwäsche klebte ihm am Körper, eine Nachwirkung der animalischen Angst, die so plötzlich über ihn gekommen war.

Ambrogiani drehte sich um und und ging wieder auf den Weg zurück; entweder hatte er Brunettis Furcht gar nicht bemerkt, oder er war so taktvoll und tat wenigstens so. Brunetti strich sich noch ein paarmal über seinen Anzug, holte tief Luft und folgte Ambrogiani bis zu der Stelle, wo die Straße anstieg. Sie endete dort nicht, sondern machte eine scharfe Biegung und endete erst dann abrupt am Rand eines kleinen Steilabfalls. Zusammen traten die beiden Männer heran und blickten hinunter. Vor ihnen lag eine Fläche von der Größe eines halben Fußballplatzes, fast ganz mit wildem Wein bedeckt, der sie im Lauf des letzten Sommers leicht überwuchert haben konnte. Unmittelbar unter ihnen lagen vielleicht hundert Metallfässer, dazwischen große schwarze Plastiksäcke, Industrieformat und jeweils an einem Ende zugeschnürt. Irgendwann mußte hier ein Bulldozer am Werk gewesen sein, denn die weiter entfernt liegenden Fässer verschwanden fast unter der mit Weinlaub bewachsenen Erde, die über sie gehäuft war. Unmöglich zu sagen, wie weit die bedeckten Fässer reichten, hoffnungslos, sie zählen zu wollen.

»Tja, wie's aussieht, haben wir gefunden, wonach der Amerikaner gesucht hat«, meinte Ambrogiani.

»Ich nehme an, er hat das auch gefunden.«

Ambrogiani nickte. »Sonst hätte man ihn nicht umbringen müssen. Was glaubst du, was er getan hat? Gamberetto direkt darauf angesprochen?«

»Ich weiß es nicht«, antwortete Brunetti. Eine derartige Reaktion war nicht plausibel. Was hätte Gamberetto denn im schlimmsten Fall schon passieren können? Eine Geldstrafe? Er hätte es bestimmt auf die Fahrer geschoben, vielleicht sogar einen dafür bezahlt, daß er behauptete, er habe das von sich aus getan. Er würde kaum den Vertrag für einen Krankenhausbau verlieren, wenn so etwas aufgedeckt wurde; das italienische Gesetz behandelte solche Dinge höchstens als Übertretung. Größeren Ärger würde er bekommen, wenn er mit einem nicht zugelassenen Auto erwischt wurde. Dadurch entging dem Staat schließlich Geld, während das hier nur die Erde vergiftete.

»Meinst du, wir können mal da runtersteigen?« fragte er.

Ambrogiani starrte ihn an. »Willst du dir das Zeug aus der Nähe ansehen?«

»Ich möchte wissen, was auf den Fässern steht.«

»Vielleicht, wenn wir da drüben links hinuntergehen.« Ambrogiani deutete auf einen schmalen Pfad, der zu der Müllkippe hinunterführte. Zusammen kletterten sie den steilen Abhang hinunter, kamen gelegentlich ins Rutschen und hielten sich aneinander fest, um nicht zu fallen. Endlich unten angelangt, standen sie nur wenige Meter von den ersten Fässern entfernt.

Brunetti sah sich den Boden an. Hier an der Peripherie war er trocken und staubig, weiter drinnen sah er fester und eher wie eine Paste aus. Er ging auf die Fässer zu, sorgsam darauf achtend, wohin er die Füße setzte. Obenauf stand nichts, kein Schild, kein Aufkleber, keinerlei Kennzeichnung. Immer darauf bedacht, an der Außenseite zu bleiben und nicht zu dicht heranzugehen, betrachtete er eingehend die sichtbaren Flächen der Fässer. Sie reichten ihm fast bis zur Hüfte, und jedes hatte oben einen sorgfältig zugehämmerten Verschluß. Wer immer sie hier abgeladen hatte, war wenigstens so umsichtig gewesen, sie aufrecht hinzustellen.

Am Ende der Fässerreihe angekommen, ohne eine Aufschrift gefunden zu haben, drehte er sich um und blickte zurück, ob es in der Reihe eine Stelle gab, wo genügend Platz war, um zwischen die Fässer zu kommen. Schließlich ging er ein paar Meter zurück und fand eine Stelle, wo er hineinkonnte. Das Zeug unter seinen Füßen war jetzt mehr als eine Paste, es war zu einer dünnen Schicht von öligem Schlamm geworden, die an seinen Schuhsohlen hochquoll. Er setzte seinen Weg fort und bückte sich von Zeit zu Zeit, um irgendeine Identifizierung zu finden. Er stieß mit dem Fuß gegen einen der schwarzen Plastiksäcke, der an einem der Fässer lehnte. Von dem Faß hing ein Etikett herunter. Brunetti nahm sein Taschentuch und drehte das Papier damit um. »U.S. Air Force. Ramst...« Das letzte Wort war unvollständig, aber seit die Maschinen einer italienischen Kunstflugstaffel dort ineinandergerast und todbringend auf Hunderte deutscher und amerikanischer Zivilisten gestürzt waren, wußte jeder in Italien, daß der größte Militärstützpunkt der Amerikaner in Deutschland Ramstein hieß.

Er trat gegen den Sack, der zur Seite kippte. Nach den Formen, die sich unter der Plastikhaut abzeichneten, war er mit Dosen gefüllt. Er zog sein Schlüsselbund aus der Tasche, bohrte einen Schlüssel durch das Material und riß es damit auf. Dosen und Kartons fielen heraus. Als eine der Dosen auf ihn zurollte, wich er instinktiv zurück.

Hinter ihm rief Ambrogiani: »Was ist?«

Brunetti winkte, um zu signalisieren, daß alles in Ordnung war, und bückte sich, um zu sehen, was auf den Dosen und Kartons stand. GOVERNMENT ISSUE. NOT FOR RESALE OR PRIVATE USE las er auf einem. Einige Kartons trugen Aufschriften in deutscher Sprache. Auf den meisten war der Totenkopf mit den gekreuzten Knochen zu sehen, der vor Gift oder sonstiger Gefahr warnte. Er drehte mit dem Fuß eine der Dosen um. IF

FOUND, CONTACT YOUR NBC OFFICER. DO NOT TOUCH stand darauf.

Brunetti drehte sich um und ging Schritt für Schritt zum Rand der Müllkippe zurück, jetzt noch vorsichtiger, wohin er seine Füße setzte. Unterwegs ließ er sein Taschentuch fallen und hob es nicht wieder auf. Als er zwischen den Fässern hervortrat, kam Ambrogiani auf ihn zu.

»Und?« fragte der Carabiniere.

»Die Aufschriften sind in Englisch und Deutsch. Einiges stammt offenbar von einem ihrer Luftwaffenstützpunkte in Deutschland. Woher der Rest kommt, habe ich nicht feststellen können.«

Sie machten sich auf den Rückweg. »Was heißt NBC?« fragte Brunetti in der Hoffnung, daß Ambrogiani so etwas wußte.

»Nuklear, biologisch und chemisch.«

»Heilige Mutter Gottes«, flüsterte Brunetti.

Foster mußte gar nicht erst zu Gamberetto gehen, um sich in Gefahr zu begeben. Er war ein junger Mann, der Bücher wie *Christliches Leben im Zeitalter des Zweifels* im Regal hatte. Wahrscheinlich hatte er getan, was jeder naive junge Soldat an seiner Stelle getan hätte – es seinem Vorgesetzten gemeldet. Amerikanischer Müll. Amerikanischer Militärmüll. Nach Italien gebracht, um ihn hier abzuladen. Heimlich.

Sie gingen den schmalen Weg zurück, ohne daß ihnen weitere Lastwagen begegneten. Als sie zum Auto kamen, setzte Brunetti sich hinein und ließ die Beine nach draußen hängen. Dann stieß er mit zwei raschen Bewegungen die Schuhe von seinen Füßen, so daß sie ins Gras am Straßenrand flogen. Anschließend zog er, sorgfältig darauf bedacht, nur den oberen Rand anzufassen, seine Socken aus und warf sie hinterher. Zu Ambrogiani gewandt, sagte er: »Meinst du, wir könnten auf dem Weg zum Bahnhof an einem Schuhgeschäft halten?«

21

Ambrogiani erklärte Brunetti auf der Rückfahrt zum Bahnhof in Mestre, wie es zu solchen Mülltransporten kommen konnte. Der italienische Zoll durfte zwar jeden Laster inspizieren, der aus Deutschland zum amerikanischen Stützpunkt fuhr, aber es waren so viele, daß nicht jeder überprüft wurde, und wenn, dann oft nur sehr oberflächlich. Vom Flugverkehr gar nicht zu reden; auf den italienischen Militärflughäfen Villafranca und Aviano konnten die Maschinen frei starten und landen – und laden und entladen, was immer sie wollten. Auf Brunettis Frage, warum denn so viel transportiert werden müßte, versuchte Ambrogiani ihm klarzumachen, was Amerika alles tue, damit seine Soldaten und deren Familien zufrieden seien. Eis, Tiefkühlpizza, Spaghettisoße, Kartoffelchips, Spirituosen, kalifornische Weine, Bier, all das und noch mehr wurde eingeflogen, um die Regale im Supermarkt zu füllen, ganz zu schweigen von den Läden, in denen Stereoanlagen, Fernseher, Rennräder, Blumenerde und Unterwäsche verkauft wurden. Dazu die Transporte von schwerem Gerät, Panzern und Jeeps. Er erinnerte sich an den Marinestützpunkt in Neapel und den Stützpunkt in Livorno; per Schiff konnte alles herangeschafft werden.

»Schwierigkeiten scheint's da für sie also nicht zu geben«, meinte Brunetti.

»Aber warum bringen sie das Zeug alles hierher?« fragte Ambrogiani.

Die Erklärung dafür erschien Brunetti ziemlich einfach. »Die Deutschen sind in solchen Dingen wachsamer. Ihre Umweltbewegung ist ziemlich einflußreich. Wenn in Deutschland jemand von so einer Geschichte Wind bekäme, wäre der Teufel los. Nachdem sie jetzt wiedervereinigt sind, würde irgendwer davon zu reden anfangen, ob man die Amerikaner nicht einfach rauswerfen sollte, statt zu warten, bis sie von allein gehen. Aber hier in Italien kümmert es keinen, was irgendwo hingekippt wird, sie müssen also nur die Kennzeichnung entfernen. Wenn ihr Müll dann gefunden wird, weiß man nicht mehr, von wem er stammt, alle können behaupten, sie wüßten nichts davon, und keiner fühlt sich dafür zuständig, es herauszubekommen. Und bei uns redet niemand davon, die Amerikaner rauszuwerfen.«

»Aber sie haben nicht alle Kennzeichnungen entfernt«, berichtigte Ambrogiani.

»Vielleicht dachten sie ja, sie könnten alles zuschütten, bevor es jemand findet. Es ist ja keine Affäre, einen Bulldozer hinzuschaffen und Erde darüber zu verteilen. Es sah sowieso aus, als hätten sie da nicht mehr viel Platz.«

»Warum schaffen sie das Zeug nicht einfach nach Amerika zurück?«

Brunetti sah ihn lange von der Seite an. So naiv konnte er doch wohl nicht sein. »Wir versuchen unseren Müll in der Dritten Welt abzuladen, Giancarlo. Für die Amerikaner sind wir vielleicht ein Drittweltland. Oder vielleicht sind alle Länder außerhalb Amerikas Dritte Welt.«

Ambrogiani murmelte etwas Unverständliches vor sich hin.

Vor ihnen stauten sich die Autos an den Zahlstellen am Ende der Autostrada. Brunetti zog seine Brieftasche heraus und gab Ambrogiani zehntausend Lire, steckte das Wechselgeld ein und verstaute die Brieftasche wieder. An der dritten Ausfahrt scherte Ambrogiani nach rechts aus und reihte sich ins Chaos des Samstagnachmittagsverkehrs ein. Schrittweise und im ständigen Kampf gegen andere Verkehrsteilnehmer krochen sie auf den Bahnhof von Mestre zu. Ambrogiani hielt davor, ohne sich um das Parkverbotsschild und das ärgerliche Hupen eines anderen Wagens, der hinter ihm kam, zu kümmern. »Na?« fragte er mit einem Blick zu Brunetti.

»Sieh zu, was du über Gamberetto herausfinden kannst, und ich rede bei mir mit ein paar Leuten.«

»Soll ich dich anrufen?«

»Aber nicht vom Stützpunkt aus.« Brunetti kritzelte seine Privatnummer auf ein Stück Papier und gab es dem anderen. »Das ist meine private Nummer. Du kannst mich morgens früh oder abends erreichen. Am besten rufst du vielleicht von einer Telefonzelle aus an.«

»Ja«, sagte Ambrogiani in ernstem Ton, als ob dieser kleine Hinweis ihm plötzlich die Größenordnung dessen klargemacht hätte, womit sie es hier zu tun hatten.

Brunetti stieg aus, ging um den Wagen herum und beugte sich zum offenen Fenster hinunter. »Danke, Giancarlo.«

Sie schüttelten sich durchs Fenster die Hand, ohne noch etwas zu sagen, und Brunetti ging über die Straße zum Bahnhof, während Ambrogiani davonfuhr.

Als er zu Hause ankam, taten ihm die Füße weh von den neuen Schuhen, die Ambrogiani in einer Raststätte an der Autostrada für ihn gekauft hatte. Hundertsechzigtausend Lire, und sie drückten! Sobald er in der Wohnung war, streifte er sie ab und ging zum Bad, wobei er unterwegs alle seine Kleidungsstücke hinter sich fallen ließ. Dann stand er lange unter der Dusche, seifte seinen Körper mehrmals ein, bearbeitete seine Füße, besonders zwischen den Zehen, mit dem Waschlappen, spülte sie und seifte sie immer wieder neu ein. Endlich trocknete er sich ab und setzte sich auf den Badewannenrand, um seine Füße genau zu inspizieren. Obwohl sie rot waren vom heißen Wasser und der Rubbelei, sah er keine Anzeichen eines Ausschlags oder einer Verbrennung. Sie fühlten sich einfach an wie Füße, wobei er nicht so genau wußte, wie Füße sich anzufühlen hatten.

Er wickelte ein zweites Handtuch um sich und ging zum Schlafzimmer. Auf dem Weg hörte er Paola aus der Küche rufen: »Unsere *serva* hat übrigens heute Ausgang, Guido.« Ihre

Stimme übertönte das Einlaufen des Wassers in die Waschmaschine.

Er überhörte es geflissentlich, ging an den Schrank, zog sich an und betrachtete, während er auf der Bettkante saß und frische Socken überstreifte, erneut seine Füße. Sie sahen immer noch aus wie Füße. Er holte ein Paar braune Schuhe unten aus dem Schrank, schnürte sie zu und ging zur Küche. Als Paola ihn kommen hörte, nahm sie den Faden wieder auf: »Wie soll ich die Kinder dazu bringen, ihre Sachen wegzuräumen, wenn du einfach alles fallen läßt, wo du willst?«

Er trat in die Küche und fand Paola auf Knien vor der Waschmaschine, den Daumen auf der Ein-Aus-Taste. Durch die Glasscheibe sah er einen nassen Klumpen Wäsche hin- und herwirbeln.

»Was ist los mit dem Ding?« fragte er.

Sie sah nicht hoch, als sie antwortete, sondern hypnotisierte weiter die wirbelnde Wäsche. »Das Ding ist irgendwie im Ungleichgewicht. Wenn ich Handtücher wasche, eben alles, was viel Wasser aufnimmt, wird das Zeug bei der ersten Umdrehung ungleich verteilt, und dann fliegt die Sicherung heraus. Ich muß also warten, bis sie sich zu drehen anfängt, und aufpassen, daß es nicht passiert. Wenn doch, muß ich schnell ausschalten und die Sachen von Hand auswringen.«

»Paola, mußt du das bei jeder Wäsche tun?«

»Nein, nur bei Handtüchern und dieser Flannelbettwäsche von Chiara.« Sie verstummte und hob den Daumen über der Taste, als die Maschine in den nächsten Waschgang klickte, die Trommel plötzlich zu rotieren begann und die Wäsche nach außen gedrückt wurde. Paola stand auf, lächelte und sagte: »Na also, kein Ärger diesmal.«

»Wie lange macht sie das denn schon?«

»Ach, keine Ahnung. Ein paar Jahre.«

»Und jedesmal mußt du diese Prozedur mitmachen?«

»Nur bei Handtüchern, wie gesagt.« Sie lächelte, allen Ärger vergessend. »Wo warst du denn seit heute früh? Hast du etwas gegessen?«

»Oben am Lago di Barcis.«

»Und was hast du da gemacht? Soldat gespielt? Deine Sachen sehen aus, als hättest du dich im Dreck gewälzt.«

»Das habe ich auch«, meinte er und berichtete ihr von seinem Tag mit Ambrogiani. Er brauchte lange dafür, weil er weit ausholen und ihr zuerst von Kayman und seinem Sohn erzählen mußte, wie dessen Krankenblatt »verlorengegangen« war, von der medizinischen Zeitschrift, die er mit der Post bekommen hatte. Und schließlich erzählte er ihr auch von dem Kokain, das er in Fosters Wohnung versteckt gefunden hatte.

Als er fertig war, fragte Paola: »Und sie haben diesen Leuten weisgemacht, daß ihr Sohn allergisch auf etwas von einem Baum reagiert hat? Daß alles in Ordnung ist?« Er nickte, und sie explodierte: »Diese Schweine! Und was passiert, wenn der Junge andere Symptome bekommt? Was sagen sie den Eltern dann?«

»Vielleicht bekommt er ja keine anderen Symptome.«

»Vielleicht aber doch, Guido. Und dann? Was sagen die dann? Daß sie nicht wissen, was er hat? Verlieren sie dann wieder sein Krankenblatt?«

Brunetti wollte einwenden, daß er an alledem nicht schuld sei, aber da dieser Protest ihm ein bißchen dünn vorkam, schwieg er.

Nach ihrem Ausbruch sah Paola ein, wie sinnlos das alles war und wandte sich praktischeren Dingen zu. »Was willst du tun?« fragte sie.

»Ich weiß es nicht.« Er hielt inne, dann sagte er: »Ich will mit deinem Vater reden.«

»Mit *papà*? Warum?«

Brunetti wußte, welchen Zündstoff seine Antwort enthielt, aber er gab sie trotzdem. »Weil er wahrscheinlich darüber Bescheid weiß.«

Sie fuhr auf, bevor sie nachgedacht hatte. »Wie meinst du das, er weiß Bescheid? Woher denn? Wofür hältst du meinen Vater, für so eine Art internationalen Gangster?«

Da Brunetti schwieg, verstummte auch sie. Hinter ihnen hörte die Waschmaschine zu schleudern auf und schaltete sich ab. Es war still in der Küche, nur ihre Frage hallte nach. Paola drehte sich um und begann die Maschine auszuräumen. Schweigend, die Arme voll feuchter Wäsche, ging sie an ihm vorbei auf die Dachterrasse hinaus, wo sie die Wäsche auf einen Stuhl legte und dann Stück für Stück auf die Leine hängte. Als sie wieder hereinkam, sagte sie nur: »Na ja, es könnte sein, daß er Leute kennt, die eventuell etwas darüber wissen. Willst du ihn selbst anrufen, oder soll ich das machen?«

»Ich glaube, das tue ich besser selbst.«

»Dann tu es gleich, Guido. Meine Mutter hat gesagt, daß sie morgen für eine Woche nach Capri fahren wollen.«

»Ja, gut«, meinte Brunetti und ging ins Wohnzimmer, wo das Telefon stand.

Er wählte aus dem Gedächtnis und fragte sich, warum er ausgerechnet diese Nummer, die er vielleicht zweimal im Jahr anrief, nie vergaß. Seine Schwiegermutter war am Apparat, und falls sie überrascht war, Brunettis Stimme zu hören, ließ sie sich nichts anmerken. Sie sagte, ja, Conte Orazio sei zu Hause, stellte keine weiteren Fragen und meinte nur, sie werde ihren Mann an den Apparat holen.

»Ja, Guido«, sagte der Conte, als er den Hörer übernommen hatte.

»Ich wollte dich fragen, ob du heute nachmittag ein bißchen Zeit für mich hast«, sagte Brunetti. »Ich würde gern über etwas mit dir reden, was sich gerade ergeben hat.«

»Viscardi?« fragte der Conte zu Brunettis Erstaunen.

»Nein, nicht über ihn«, antwortete Brunetti, dem erst jetzt einfiel, daß es viel einfacher und womöglich auch ergiebiger gewesen wäre, statt bei Fosco bei seinem Schwiegervater nach Viscardi zu fragen. »Es geht um etwas anderes, woran ich gerade arbeite.«

Der Conte war viel zu höflich, um weitere Fragen zu stellen, sondern sagte nur: »Wir sind zum Abendessen eingeladen, aber wenn du jetzt gleich herüberkommen könntest, hätten wir eine Stunde für uns. Ist dir das recht, Guido?«

»Ja. Ich komme sofort rüber. Und vielen Dank.«

»Na?« fragte Paola, als er wieder in die Küche kam, wo eine weitere Ladung Wäsche in einem Meer von weißen Schaumkrönchen herumschwamm.

»Ich gehe gleich mal rüber. Möchtest du mitkommen und deine Mutter besuchen?«

Statt einer Antwort zeigte Paola auf die Waschmaschine.

»Na gut. Dann gehe ich jetzt. Sie sind zum Essen eingeladen, das heißt, ich werde wohl vor acht wieder hier sein. Möchtest du heute zum Essen ausgehen?«

Sie lächelte ihn an und nickte.

»Fein. Du wählst das Restaurant aus und bestellst uns einen Tisch. Wo du willst.«

»Al Covo?«

Zuerst die Schuhe, jetzt Essen im Al Covo. Die Küche dort war hervorragend, zum Teufel mit den Preisen. Er lächelte. »Laß einen Tisch für halb neun reservieren. Und frag die Kinder, ob sie mitkommen wollen.« Immerhin war ihm heute nachmittag das Leben neu geschenkt worden. Warum also nicht feiern?

Als er beim Palazzo der Faliers ankam, stand Brunetti vor der Entscheidung, die ihn jedesmal hier erwartete, nämlich ob er den überdimensionalen Eisenring betätigen sollte, der an der schweren Holztür hing, und ihn gegen die Metallplatte darunter schlagen, um so seine Ankunft über den Hof schallen zu lassen, oder lieber die prosaischere Klingel. Er wählte die zweite Möglichkeit, und einen Moment später tönte eine Stimme durch die Sprechanlage, die wissen wollte, wer da sei. Er nannte seinen Namen, und die Tür sprang auf. Er trat ein, zog sie hinter sich zu und ging über den Hof zu dem Flügel des Palazzo, dessen Vorderseite zum Canal Grande hin lag. Aus einem Fenster blickte ein uniformiertes Dienstmädchen zu ihm herunter. Nachdem sie sicher war, daß Brunetti keine bösen Absichten hatte, zog sie den Kopf zurück und verschwand. Der Conte erwartete ihn oben an der Treppe zu dem Teil des Palazzo, den er mit seiner Frau bewohnte.

Obwohl Brunetti wußte, daß der Conte bald siebzig wurde, konnte er, wenn er ihn sah, kaum glauben, daß er Paolas Vater war. Ihr älterer Bruder vielleicht oder der jüngste ihrer Onkel, aber gewiß nicht fast dreißig Jahre älter als sie. Das allmählich schütter werdende Haar, das er um das glänzende Oval seines Kopfes kurzgeschnitten trug, deutete zwar auf sein Alter hin, doch seine straffe Gesichtshaut und der klare, intelligente Glanz seiner Augen ließen es vergessen.

»Wie nett, dich zu sehen, Guido. Du siehst gut aus. Wir gehen am besten in mein Arbeitszimmer, ja?« sagte der Conte, drehte sich um und führte Brunetti in den vorderen Teil des Hauses. Sie durchquerten einige Zimmer, bis sie endlich das helle Arbeitszimmer des Conte mit Blick auf den Canal Grande erreichten, der an dieser Stelle in einer Biegung auf den Ponte dell'Accademia zuführte. »Möchtest du etwas trinken?« fragte der Conte, wobei er an ein Sideboard trat, auf dem eine bereits geöffnete Flasche Dom Perignon in einem eisgefüllten silbernen Kübel stand.

Brunetti kannte seinen Schwiegervater gut genug, um zu wissen, daß dies absolut nicht aufgesetzt war. Hätte der Conte lieber Coca-Cola getrunken, so wäre in demselben Eiskübel eben eine anderthalb-Liter-Plastikflasche gewesen und er hätte seinen Gästen in derselben Weise davon angeboten.

»Ja, gern, danke«, sagte Brunetti. Eine gute Einstimmung auf den Abend im Al Covo.

Der Conte goß Champagner in ein frisches Glas, füllte sein

eigenes auf und reichte Brunetti das erste. »Wollen wir uns hinsetzen, Guido?« fragte er und steuerte auf zwei Sessel mit Blick aufs Wasser zu.

Als sie es sich bequem gemacht hatten und Brunetti seinen Champagner probiert hatte, fragte der Conte: »Was kann ich für dich tun?«

»Ich möchte dich um einige Informationen bitten, weiß aber nicht recht, wie ich meine Fragen formulieren soll«, begann Brunetti, der entschlossen war, die Wahrheit zu sagen. Er konnte den Conte kaum bitten, für sich zu behalten, was er ihm erzählte; eine solche Kränkung würde er schwer verzeihen können, selbst dem Vater seiner einzigen Enkel. »Ich wüßte gern alles, was du mir über einen Signor Gamberetto aus Vicenza sagen kannst, der eine Spedition und offenbar auch ein Bauunternehmen hat. Ich weiß nichts weiter von ihm als seinen Namen. Und daß er möglicherweise in etwas Illegales verwickelt ist.«

Der Conte nickte, was heißen sollte, daß der Name ihm bekannt war, er es aber vorzog, erst einmal zu hören, was sein Schwiegersohn noch alles wissen wollte.

»Und dann wüßte ich noch gern, was das amerikanische Militär erstens mit Signor Gamberetto und zweitens mit der illegalen Lagerung toxischer Substanzen zu tun hat, die offenbar in diesem Land stattfindet.« Er nippte an seinem Champagner. »Ich bin dankbar für alles, was du mir darüber sagen kannst.«

Der Conte trank aus und stellte sein Glas neben sich auf ein Intarsientischchen. Er schlug seine langen Beine übereinander, wobei eine lange schwarze Seidensocke sichtbar wurde, und legte die Finger unter dem Kinn zu einer Pyramide zusammen. »Signor Gamberetto ist ein ganz besonders unangenehmer Geschäftsmann mit ganz besonders guten Beziehungen. Er besitzt nicht nur die beiden Unternehmen, die du genannt hast, Guido, sondern auch noch eine große Hotelkette, Reisebüros und Ferienanlagen, viele davon im Ausland. Außerdem wird gemunkelt, er habe sich in letzter Zeit ins Waffen- und Munitionsgeschäft eingekauft und sich dazu mit einem der wichtigsten Hersteller in der Lombardei zusammengetan. Viele dieser Firmen laufen auf den Namen seiner Frau, weshalb sein Name in den einschlägigen Zeitungen nicht auftaucht, in den entsprechenden Verträgen ebensowenig. Die Baufirma läuft, glaube ich, auf den Namen seines Onkels, aber da könnte ich mich auch irren.

Wie so viele unserer neuen Geschäftsleute«, fuhr der Conte fort, »ist er merkwürdig unsichtbar. Aber er hat mehr einflußreiche Freunde und Bekannte als die meisten. Sie sitzen gleichermaßen in der sozialistischen wie in der christlich-demokratischen Partei, keine schlechte Leistung, und er ist auf diese Weise sehr gut geschützt.«

Der Conte stand auf und ging zum Sideboard hinüber, kam zurück, füllte ihre Gläser nach und stellte die Flasche in den Eiskübel zurück. Nachdem er sich wieder in seinem Sessel niedergelassen hatte, fuhr er fort: »Signor Gamberetto kommt aus dem Süden, sein Vater war Hausmeister einer Schule, wenn ich mich recht erinnere. Es gibt demzufolge nicht viele gesellschaftliche Gelegenheiten, bei denen wir uns treffen könnten. Über sein Privatleben weiß ich nichts.«

Er nahm einen Schluck. »Und zu deiner zweiten Frage, wegen der Amerikaner, da wüßte ich gerne, was deine Neugier geweckt hat.«

Als Brunetti nicht gleich antwortete, fügte der Conte hinzu: »Es kursieren viele Gerüchte.«

Brunetti konnte nur spekulieren über die schwindelerregenden Höhen von Geschäft und Politik, in denen der Conte mit Gerüchten in Berührung kam, aber er sagte immer noch nichts.

Der Conte drehte den Stiel seines Glases zwischen seinen schlanken Fingern. Als klar wurde, daß Brunetti weiter schweigen wollte, sagte er: »Ich weiß, daß ihnen gewisse Sonderrechte zugestanden werden, die nicht in dem Vertrag stehen, den wir nach Kriegsende mit ihnen geschlossen haben. Fast alle unsere kurzlebigen und auf verschiedene Weise inkompetenten Regierungen fühlen sich bemüßigt, ihnen eine wie auch immer geartete bevorzugte Behandlung zuzusagen. Das geht nicht nur so weit, daß sie unsere Berge mit Raketensilos pflastern dürfen – eine Information, die dir jeder Einwohner der Provinz Vicenza geben kann –, sondern es erlaubt ihnen auch, so gut wie alles, was sie wollen, in dieses Land zu bringen.«

»Einschließlich giftiger Chemikalien?« fragte Brunetti direkt.

Der Conte neigte den Kopf. »Es geht das Gerücht.«

»Aber warum? Wir müßten doch von Sinnen sein, das zuzulassen.«

»Guido, es ist nicht Aufgabe einer Regierung, bei Sinnen zu sein, es ist ihre alleinige Aufgabe, erfolgreich zu sein.« Der Conte merkte wohl, daß sein Ton etwas schulmeisterlich geklungen hatte, und wurde jetzt konkreter. »Den erwähnten Gerüchten zufolge war Italien für solche Sendungen früher nur Durchgangsland. Sie kamen von den Stützpunkten in Deutschland, wurden hier auf italienische Schiffe umgeladen und dann weiter nach Afrika oder Südamerika gebracht, wo niemand danach fragte, was da mitten im Dschungel, im Wald oder im See abgeladen wurde. Aber nachdem es in den letzten Jahren in vielen dieser Länder radikale Regierungswechsel gegeben hat, sind diese Abflüsse verstopft, und sie weigern sich, uns weiter diese tödlichen Abfälle abzunehmen. Oder sie erklären sich bereit, sie zu nehmen, verlangen dafür aber exorbitant hohe Summen. Jedenfalls wollen diejenigen, die hier diese Sendungen übernehmen, nicht gern damit aufhören – und somit auch nicht mehr daran verdienen –, nur weil sie das Zeug in anderen Ländern oder auf anderen Kontinenten nicht mehr loswerden. Also kommen die Ladungen weiter her, und man findet hier ein Plätzchen dafür.«

»Du weißt das alles?« fragte Brunetti, ohne seine Überraschung und Wut zu verbergen.

»Guido, so viel – oder so wenig – ist allgemein bekannt, zumindest als Gerücht. Du könntest es leicht in ein paar Stunden am Telefon herausbekommen. Aber niemand *weiß* es, außer den Leuten, die direkt damit zu tun haben, und das sind keine Leute, die über diese Dinge reden. Und wenn ich das hinzufügen darf, es ist auch nicht die Sorte von Leuten, mit denen man redet.«

»Sie bei Cocktail-Parties zu schneiden, reicht wohl kaum, um sie zum Aufhören zu bewegen«, blaffte Brunetti. »Und es schafft das, was sie bereits abgeladen haben, auch nicht urplötzlich aus der Welt.«

»Dein Sarkasmus geht durchaus nicht spurlos an mir vorbei, Guido, aber ich fürchte, dies ist eine Situation, in der man hilflos ist.«

»Wer ist ›man‹?« fragte Brunetti.

»Diejenigen, die von der Regierung und ihrem Handeln wissen, aber nicht beteiligt sind, jedenfalls nicht aktiv. Außerdem ist da auch noch die nicht zu vernachlässigende Tatsache, daß nicht nur unsere Regierung damit zu tun hat, sondern auch die amerikanische.«

»Nicht zu vergessen die Herren aus dem Süden?«

»Ach ja, die Mafia«, sagte der Conte und seufzte müde. »Offenbar ist dieses Netz von allen dreien gesponnen und darum dreifach stark, und wenn ich das mit warnendem Unterton hinzufügen darf, auch dreimal so gefährlich.« Er sah Brunetti an und fragte: »Wie tief bist du in diese Sache verstrickt, Guido?« Man hörte ihm die Sorge an.

»Erinnerst du dich an den Fall des Amerikaners, der hier vor einer Woche ermordet wurde?«

»Ah, ja, bei einem Raubüberfall. Höchst unglückselige Geschichte.« Hier gab der Conte unvermittelt seine Pose auf und fragte nüchtern: »Du hast eine Verbindung zwischen ihm und diesem Signor Gamberetto festgestellt, nehme ich an.«

»Ja.«

»Da war noch so ein seltsamer Todesfall bei den Amerikanern, eine Ärztin aus dem Krankenhaus in Vicenza. Stimmt das?«

»Ja, sie war seine Freundin.«

»Eine Überdosis, soweit ich mich erinnere.«

»Ein Mord«, berichtigte Brunetti, gab aber keine weitere Erklärung dazu.

Der Conte verlangte auch keine, saß nur lange schweigend da und sah auf die draußen auf dem Canal vorbeifahrenden Boote. Endlich fragte er: »Was hast du vor?«

»Ich weiß es noch nicht«, antwortete Brunetti und fragte dann seinerseits: »Ist das eine Sache, auf die du irgendeinen Einfluß hast?«, womit er sich dem Grund seines Kommens näherte.

Der Conte dachte eine ganze Weile über die Frage nach. »Ich weiß nicht genau, wie du das meinst, Guido«, sagte er schließlich.

Brunetti, dem seine Frage ziemlich eindeutig erschien, ignorierte die Bemerkung des Conte und gab ihm statt dessen weitere Informationen. »In der Nähe vom Lago di Barcis ist eine solche Müllkippe. Die Fässer und Dosen stammen vom amerikanischen Stützpunkt in Ramstein, Deutschland, und vielleicht auch von anderen; die Kennzeichnungen sind in Englisch und Deutsch.«

»Haben diese beiden Amerikaner die Stelle gefunden?«

»Ich glaube, ja.«

»Und danach sind sie ums Leben gekommen?«

»Ja.«

»Weiß noch jemand davon?«

»Ein Carabinieri-Offizier, der auf dem amerikanischen Stützpunkt arbeitet.«

Es war nicht nötig, Ambrogianis Namen mit hineinzuziehen, und Brunetti fand es unnötig, dem Conte zu erzählen, daß sonst nur noch sein einziges Kind etwas davon wußte.

»Kann man sich auf ihn verlassen?«

»Inwiefern?«

»Stell dich nicht dumm, Guido«, sagte der Conte. »Ich versuche dir zu helfen.« Nicht ohne Mühe beruhigte der Conte sich wieder und fragte: »Kann man sich darauf verlassen, daß er den Mund hält?«

»Bis was passiert?«

»Bis die Sache ins Lot gebracht ist.«

»Und was heißt das?«

»Das heißt, daß ich heute abend einige Leute anrufen und sehen werde, was sich machen läßt.«

»Was sich womit machen läßt?«

»Mit dieser Müllkippe, daß sie verschwindet.«

»Wohin?« fragte Brunetti scharf.

»Weg von dort, Guido.«

»In einen anderen Teil Italiens?«

Brunetti beobachtete, wie sein Schwiegervater überlegte, ob er ihn anlügen sollte oder nicht. Schließlich entschied er sich aus einem Grund, den Brunetti auch nicht kannte, dagegen und sagte: »Vielleicht. Aber eher außer Landes.« Bevor Brunetti weitere Fragen stellen konnte, hielt der Conte beschwörend die Hand hoch. »Guido, versuch doch zu verstehen. Ich kann dir nicht mehr versprechen als das. Ich glaube, daß diese Müllkippe beseitigt werden kann, aber darüber hinaus zu gehen hätte ich Angst.«

»Meinst du das wörtlich mit der Angst?«

»Wörtlich. Angst.«

»Warum?«

»Das möchte ich lieber nicht erklären, Guido.«

Brunetti beschloß, noch einen Versuch zu starten. »Sie sind überhaupt nur darum auf diese Müllkippe gestoßen, weil ein kleiner Junge dort beim Herumstreifen hingefallen ist und sein Arm mit dem Zeug in Berührung gekommen ist, das aus lecken Fässern läuft. Es hätte jedes andere Kind sein können. Es hätte Chiara sein können.«

»Bitte, Guido, jetzt wirst du melodramatisch.«

Es stimmte, und Brunetti wußte es. »Ficht dich denn das alles nicht an?« fragte er, unfähig, die Erregung aus seiner Stimme herauszuhalten.

Der Conte stippte eine Fingerspitze in den Tropfen Champagner, der noch in seinem Glas war, und fuhr damit um den Glasrand. Während er den angefeuchteten Finger schneller kreisen ließ, ging ein hoher, weinerlicher Ton von dem Kristall aus und erfüllte das Zimmer. Abrupt löste er den Finger vom Glas, doch der Ton hielt an und hing im Raum wie ihre Unterhaltung. Er sah von dem Glas zu Brunetti. »Doch, Guido, es ficht mich an, aber nicht auf dieselbe Weise wie dich. Du hast dir selbst bei der Arbeit, die du machst, noch Reste von Optimismus bewahrt. Ich nicht. Weder für mich selbst noch für meine Zukunft, noch für dieses Land oder seine Zukunft.«

Er blickte wieder auf sein Glas. »Es ficht mich an, daß diese Dinge geschehen, daß wir uns selbst und unsere Nachkommen vergiften, daß wir wissentlich unsere Zukunft zerstören, aber meiner Ansicht nach gibt es nichts – und ich wiederhole, nichts –, was wir tun können, um es zu verhindern. Wir sind ein Volk von Egoisten. Es ist unsere Zierde, aber es wird unser Verderben sein, denn keiner von uns läßt sich je dazu bringen, sich mit etwas so Abstraktem wie dem ›Allgemeinwohl‹ zu befassen. Die Besten von uns kommen soweit, sich um das Wohl ihrer Familien zu sorgen, aber als Volk sind wir zu mehr nicht fähig.«

»Ich weigere mich, das zu glauben«, sagte Brunetti.

»Deine Weigerung, das zu glauben«, sagte der Conte mit einem beinah zärtlichen Lächeln, »macht es nicht weniger wahr, Guido.«

»Deine Tochter glaubt es auch nicht«, fügte Brunetti hinzu.

»Und für diese Gnade bin ich jeden Tag dankbar«, sagte der Conte sanft. »Das ist vielleicht das Beste, was ich in meinem Leben erreicht habe, daß meine Tochter meine Ansichten nicht teilt.«

Brunetti suchte im Ton des Conte nach Ironie oder Sarkasmus, aber er fand nur schmerzliche Aufrichtigkeit.

»Du hast gesagt, du würdest dafür sorgen, daß diese Müllkippe verschwindet. Warum kannst du nicht mehr tun?«

Wieder bedachte der Conte seinen Schwiegersohn mit demselben Lächeln. »Ich glaube, dies ist das erste Mal in all den Jahren, daß wir richtig miteinander geredet haben, Guido.« Dann fügte er in anderem Ton hinzu: »Weil es zu viele Müllkippen gibt, und zu viele Männer wie Gamberetto.«

»Kannst du etwas gegen ihn unternehmen?«

»Nein, da kann ich nichts tun.«

»Kannst oder willst du nicht?«

»Aus mancherlei Sicht ist ›können‹ und ›wollen‹ dasselbe, Guido.«

»Das ist Sophisterei«, schoß Brunetti zurück.

Der Conte lachte geradeheraus. »Ja, das ist es. Dann laß es mich so sagen: Ich ziehe es vor, in dieser Angelegenheit nichts weiter zu unternehmen, bis auf das, was ich dir gesagt habe.«

»Und warum?« wollte Brunetti wissen.

»Weil ich mich nicht dazu entschließen kann, mich außerhalb meiner Familie von etwas anfechten zu lassen.« Sein Ton war endgültig; darüber hinaus würde Brunetti keine Erklärung bekommen.

»Darf ich dir noch eine Frage stellen?«

»Ja.«

»Als ich dich angerufen und um dieses Gespräch gebeten habe, fragtest du, ob ich über Viscardi sprechen wollte. Warum?«

Der Conte sah ihn mit echter Überraschung an, dann wandte er sich den Booten auf dem Kanal zu. Als einige vorbeigetuckert waren, antwortete er: »Signor Viscardi und ich haben gemeinsame Geschäftsinteressen.«

»Was soll das heißen?«

»Genau das. Wir haben gemeinsame Interessen.«

»Und darf ich fragen, worin sie bestehen?«

Der Conte drehte sich wieder zu ihm um, bevor er antwortete: »Guido, über meine Geschäftsinteressen rede ich nicht, außer mit den Leuten, die unmittelbar damit zu tun haben.«

Bevor Brunetti protestieren konnte, fügte der Conte hinzu: »Nach meinem Tod kann ich über diese Dinge nicht mehr bestimmen. Vieles geht an deine Frau über.« Er hielt kurz inne und sagte dann: »Und an dich. Aber bis dahin spreche ich nur mit Leuten darüber, die damit zu tun haben.«

Brunetti wollte fragen, ob die Geschäfte seines Schwiegervaters mit Signor Viscardi legal waren, wußte aber nicht, wie er die Frage anbringen sollte, ohne den Conte zu kränken. Schlimmer noch, Brunetti hatte Angst, daß er allmählich selbst nicht mehr wußte, was das Wort »legal« hieß.

»Kannst du mir etwas über Signor Viscardi sagen?«

Die Antwort des Conte ließ lange auf sich warten. »Er hat mit einer ganze Reihe anderer Leute gemeinsame Geschäftsinteressen. Viele dieser Leute sind sehr einflußreich.«

Brunetti hörte die Warnung in der Stimme seines Schwiegervaters, aber er sah auch die Verbindung im Hintergrund.

»Haben wir eben über einen von ihnen gesprochen?«

Der Conte sagte nichts.

»Haben wir eben über einen von ihnen gesprochen?« wiederholte er.

Der Conte nickte.

»Kannst du mir etwas über die Interessen sagen, die sie gemeinsam haben?«

»Ich kann – ich werde – dir nicht mehr sagen, als daß du mit keinem von beiden etwas zu tun haben solltest.«

»Und wenn doch?«

»Ich fände es besser, wenn nicht.«

Brunetti konnte sich nicht enthalten zu sagen: »Und ich fände es besser, wenn du mich über ihre Geschäftsinteressen informieren würdest.«

»Dann haben wir wohl ein Patt erreicht«, sagte der Conte in

bemüht leichtem Konversationston. Bevor Brunetti antworten konnte, hörte er ein Geräusch hinter sich, und beide Männer drehten sich um, als die Contessa eintrat. Sie eilte mit raschen Schritten auf Brunetti zu, und ihre hohen Absätze klickten eine fröhliche Botschaft aufs Parkett. Beide Männer standen auf. »Guido, wie nett, dich zu sehen«, sagte sie und streckte sich, um ihn auf beide Wangen zu küssen.

»Ah, meine Liebe«, sagte der Conte, indem er sich über ihre Hand beugte. Vierzig Jahre verheiratet, dachte Brunetti, und immer noch küßt er ihr die Hand, wenn sie ins Zimmer kommt. Wenigstens knallt er nicht die Hacken zusammen.

»Wir haben gerade über Chiara gesprochen«, sagte der Conte und lächelte wohlwollend auf seine Frau hinunter.

»Ja«, bestätigte Brunetti, »wir haben eben gesagt, welch ein Glück es für Paola und mich ist, daß beide Kinder so gesund sind.«

Der Conte warf ihm über den Kopf seiner Frau hinweg einen Blick zu, sie aber lächelte beide an und meinte: »Ja, Gott sei Dank. Wir haben wirklich Glück, daß wir in einem so gesunden Land wie Italien leben, nicht?«

»Wie recht du hast«, sagte der Conte.

»Was kann ich den Kindern denn aus Capri mitbringen?« wollte die Contessa wissen.

»Nur deine gesunde Rückkehr«, antwortete Brunetti galant. »Du weißt ja, wie es da unten im Süden ist.«

Sie sah lächelnd zu ihm hoch. »Ach Guido, dieses ganze Gerede von der Mafia kann ja gar nicht wahr sein. Es sind nur Geschichten. Alle meine Freunde sagen das.« Sie wandte sich, Bestätigung heischend, an ihren Mann.

»Wenn deine Freunde es sagen, meine Liebe, dann ist es sicher so«, sagte der Conte. Und zu Brunetti gewandt: »Ich kümmere mich um diese Dinge, Guido. Heute abend erledige ich die Telefonate. Und sprich bitte mit deinem Freund in Vicenza. Es ist nicht nötig, daß ihr euch mit dieser Sache befaßt.«

Seine Frau sah ihn fragend an. »Nichts, Liebes«, sagte er. »Nur eine geschäftliche Angelegenheit, die Guido mich gebeten hat für ihn zu überprüfen. Nichts Wichtiges. Nur Papierkram, durch den ich mich vielleicht schneller hindurchfinde als er.«

»Wie nett von dir, Orazio. Und, Guido«, sagte sie, aufrichtig erfreut über dieses Bild der glücklichen Familie, »ich bin so froh, daß du dich an ihn gewandt hast.«

Der Conte nahm ihren Arm und meinte: »Wir sollten langsam daran denken, zu fahren, Liebes. Ist das Boot schon da?«

»O ja, darum bin ich ja gekommen, um es dir zu sagen. Aber bei all dem Gerede über Geschäfte habe ich es ganz vergessen.« Sie drehte sich zu Brunetti um. »Grüße Paola von mir, und küsse die Kinder für mich. Ich melde mich, wenn wir aus Capri zurück sind. Oder war es Ischia? Orazio, wohin fahren wir?«

»Capri, Liebes.«

»Ich rufe dann an. Auf Wiedersehen, Guido«, sagte sie und stellte sich wieder auf die Zehenspitzen, um ihn zu küssen.

Der Conte und Brunetti gaben sich die Hand, bevor sie gemeinsam in den Hof hinuntergingen. Der Conte und die Contessa begaben sich zum Wassertor und bestiegen das Boot, das am Landesteg des Palazzo auf sie wartete. Brunetti ging zum Haupttor hinaus und ließ es sich angelegen sein, es kräftig hinter sich zuzuschlagen.

22

Der Montag in der Questura verlief ganz normal: drei Nordafrikaner, die ohne Genehmigung auf der Straße Brieftaschen und Sonnenbrillen verkauft hatten, zwei Einbrüche in verschiedenen Stadtteilen, vier Verwarnungen an Bootsführer wegen mangelhafter Sicherheitsausrüstung, außerdem wurden zwei bekannte Drogenabhängige vorübergehend festgenommen, die einen Arzt bedroht hatten, weil er sich weigerte, ihnen Rezepte auszustellen. Patta erschien um elf und rief Brunetti an, um zu hören, ob es Fortschritte im Fall Viscardi gab, verhehlte nicht seine Verärgerung, daß dem nicht so war, und ging eine halbe Stunde später zum Mittagessen, von dem er erst nach drei zurückkehrte.

Vianello berichtete Brunetti, daß der Wagen am Samstag nicht gekommen war und er mit einem Strauß roter Nelken im Arm eine Stunde an der Haltestelle des Fünferbusses am Piazzale Roma herumgestanden hatte. Schließlich war er nach Hause gegangen und hatte die Blumen seiner Frau geschenkt. Brunetti hielt seinen Teil der Abmachung ein, auch wenn auf die Gauner kein Verlaß war, und änderte den Dienstplan so ab, daß Vianello am kommenden Freitag und Samstag frei hatte. Dann bat er ihn, sich mit dem Jungen auf Burano in Verbindung zu setzen, um herauszubekommen, was schiefgelaufen war und warum Ruffolos Freunde nicht zu dem Treffen erschienen waren.

Er hatte auf dem Weg ins Büro alle wichtigen Zeitungen gekauft und verbrachte den größten Teil des Vormittags mit ihrer Lektüre, wobei er besonders nach Hinweisen auf die Müllkippe beim Lago di Barcis suchte, auf Gamberetto oder alles, was mit dem Tod der beiden Amerikaner zu tun hatte. Doch diese Themen gehörten offenbar nicht zu den Aktualitäten, und so endete es damit, daß er die Fußballergebnisse las und das Arbeit nannte.

Am nächsten Morgen kaufte er wieder die Zeitungen und las sie sorgfältig. Unruhen in Albanien, die Kurden, ein Vulkanausbruch, Inder brachten sich gegenseitig um, diesmal aus politischen statt religiösen Gründen, aber nichts über Giftmüllfunde beim Lago di Barcis.

Er wußte, daß es unklug war, aber er konnte nicht anders und ging zur Vermittlung hinunter, um sich die Telefonnummer des amerikanischen Stützpunkts geben zu lassen. Wenn Ambrogiani etwas über Gamberetto hatte herausfinden können, wollte Brunetti es erfahren, und er konnte einfach nicht abwarten, bis der andere sich meldete. Die Vermittlung gab ihm die Nummern des Stützpunkts und des Carabinieripostens. Brunetti mußte bis zur Riva degli Schiavoni laufen, bevor er eine Telefonzelle fand, in der er seine Telefonkarte benutzen konnte. Er wählte die Nummer des Carabinieri-Postens und fragte nach Maggiore Ambrogiani. Der Maggiore war momentan nicht an seinem Schreibtisch. Wer wollte ihn sprechen? »Signor Rossi von der Generali-Versicherung. Ich rufe heute nachmittag noch einmal an.«

Ambrogianis Abwesenheit konnte nichts zu bedeuten haben. Oder alles mögliche.

Wie immer, wenn er nervös war, machte Brunetti einen Spaziergang. Er ging nach links und am Wasser entlang bis zu der Brücke, die nach Sant' Elena führte, überquerte sie und lief in diesem abgelegensten Teil der Stadt herum, den er auch diesmal nicht viel interessanter fand als bei früheren Gelegenheiten. Er machte sich auf den Rückweg durch Castello, an der Mauer des Arsenale entlang und auf SS. Giovanni e Paolo zu, wo diese ganze Geschichte angefangen hatte. Bewußt umging er den Campo; es widerstrebte ihm, die Stelle zu sehen, an der man Fosters Leiche aus dem Wasser gezogen hatte. Er nahm eine Abkürzung direkt zur Fondamenta Nuove und folgte dem Wasser, bis er abbiegen mußte, um wieder in die Innenstadt zu gelangen. Er kam am Madonna dell' Orto vorbei, registrierte, daß an dem Hotel noch immer gearbeitet wurde, und fand sich plötzlich auf dem Campo del Ghetto wieder. Er setzte sich auf eine Bank und beobachtete die Menschen, die an ihm vorbeigingen. Sie hatten keine Ahnung, absolut keine Ahnung. Sie mißtrauten der Regierung, fürchteten die Mafia, grollten den Amerikanern, aber das waren alles sehr allgemeine, ungerichtete Gefühle. Sie hatten ein Gespür für Intrigen, wie die Italiener es schon immer hatten, aber es fehlten ihnen Einzelheiten und Beweise. Über Jahrhunderte hatten sie genug Erfahrungen gesammelt, um zu wissen, daß es reichlich Beweise gab, aber in denselben grausamen Jahrhunderten hatten die Menschen auch gelernt, daß jede amtierende Regierung alle Beweise ihrer Missetaten erfolgreich zu verstecken wußte.

Er schloß die Augen, rutschte bequemer auf der Bank zurecht und genoß die Sonne. Als er sie wieder aufmachte, sah er die Schwestern Mariani über den Campo gehen. Die beiden mit ihren schulterlangen Haaren, hohen Absätzen und karmesinrot angemalten Lippen mußten inzwischen über siebzig sein. Niemand erinnerte sich mehr an die Tatsachen, aber jeder kannte die Geschichte. Während des Krieges hatte der christliche Ehemann der einen sie bei der Polizei denunziert, und beide waren in ein Konzentrationslager gesteckt worden: Auschwitz, Bergen-Belsen, Dachau; der Name spielte kaum eine Rolle. Nach dem Krieg waren sie, nachdem sie ungeahntes Grauen überlebt hatten, in die Stadt zurückgekehrt, und hier schlenderten sie nun fast fünfzig Jahre später Arm in Arm über den Campo del Ghetto, jede mit einem knallgelben Band im Haar. Die Mariani-Schwestern hatten die schlimmsten Intrigen erlebt, und ganz gewiß hatten sie den Beweis für das Böse im Menschen gesehen, und doch gingen sie im hellen Sonnenschein an einem friedlichen Nachmittag in Venedig spazieren, und die Sonne leuchtete auf ihren buntgeblümten Kleidern.

Brunetti wußte, daß er unnötig sentimental war. Er war versucht, gleich nach Hause zu gehen, aber dann ging er doch zur Questura zurück, langsam und ohne Eile.

Als er dort ankam, fand er einen Zettel auf seinem Schreibtisch: »Kommen Sie bitte wegen Ruffolo bei mir vorbei. V.«, und ging sofort nach unten.

Vianello saß an seinem Schreibtisch und sprach gerade mit einem jungen Mann, der ihm auf einem Stuhl gegenübersaß. Als Brunetti hereinkam, sagte Vianello zu dem jungen Mann: »Das ist Commissario Brunetti. Er kann Ihre Fragen besser beantworten als ich.«

Der junge Mann stand auf, machte aber keine Anstalten, Brunetti die Hand zu geben. »Guten Tag, *Dottore*«, sagte er. »Ich bin hier, weil er gesagt hat, ich soll herkommen«, wobei er es Brunetti überließ, herauszufinden, wer »er« war. Der Junge war klein und stämmig, seine Hände waren zu groß für seinen Körper und schon rot und geschwollen, obwohl er kaum älter als siebzehn sein konnte. Wenn seine Hände noch nicht ausreichten, um ihn als Fischer auszuweisen, dann sein Akzent, dieser rauhe Burano-Singsang. Auf Burano fing man entweder Fische, oder man stickte Spitzen; die Hände des Jungen schlossen die zweite Möglichkeit aus.

»Setz dich doch«, sagte Brunetti und zog einen zweiten Stuhl für sich heran. Die Mutter des Jungen hatte ihn offenbar gut erzogen, denn er blieb stehen, bis die beiden Männer saßen. Dann nahm er seinen Platz wieder ein, aufrecht und die Hände um den Sitz gelegt.

Als er im rauhen Dialekt der vorgelagerten Inseln zu sprechen begann, hätte kein Italiener, der nicht in Venedig geboren war, ihn verstehen können. Brunetti fragte sich, ob der Junge überhaupt Italienisch konnte. Aber sein Interesse an dem Dialekt verlor sich bald, als der Junge weitersprach. »Ruffolo hat meinen Freund noch mal angerufen, und mein Freund hat mich angerufen, und weil ich dem Sergente hier versprochen habe, daß ich ihm sage, wenn ich etwas von meinem Freund höre, bin ich gekommen.«

»Was hat dein Freund gesagt?«

»Ruffolo will mit jemandem reden. Er hat Angst.« Er brach ab und blickte die beiden Polizisten scharf an, um zu sehen, ob sie seinen Ausrutscher bemerkt hatten. Anscheinend hatten sie nichts gemerkt, und er fuhr fort: »Ich meine, daß dieser Freund von mir gesagt hat, Ruffolo hätte sich ängstlich angehört, aber er, mein Freund, wollte nichts weiter sagen, nur daß Peppino mit jemandem reden will, aber er hat gesagt, ein Sergente ist nicht genug. Er will mit einem hohen Tier reden.«

»Hat dein Freund gesagt, warum Ruffolo das will?«

»Nein, hat er nicht. Aber ich glaube, daß seine Mutter ihm gesagt hat, er soll das tun.«

»Kennst du Ruffolo?«

Der Junge zuckte die Achseln.

»Was würde ihm denn angst machen?«

Diesmal hieß das Achselzucken wahrscheinlich, daß der Junge es nicht wußte.

»Er denkt, daß er schlau ist, der Ruffolo. Er redet immer groß herum, von Leuten, die er im Knast kennengelernt hat, und von seinen tollen Freunden. Als er anrief, da hat er mir erzählt«, sagte der Junge und vergaß dabei ganz seinen vorgeschobenen Freund, »daß er sich stellen will, aber daß er ein paar Sachen im Tausch anzubieten hat. Er sagt, Sie wären bestimmt froh, wenn Sie die kriegen, und daß es ein guter Handel ist.«

»Und hat er gesagt, worum es geht?« fragte Brunetti.

»Nein, aber ich soll Ihnen sagen, daß es drei Sachen sind. Das würden Sie schon verstehen.«

Brunetti verstand. Guardi, Monet und Gauguin. »Und wo will er sich mit diesem hohen Tier treffen?«

Als merkte er plötzlich, daß sein vorgeschobener Freund nicht mehr da war, um als Puffer zwischen ihm und der Staatsgewalt zu dienen, hielt der Junge inne und sah sich im Zimmer um, doch der Freund war verschwunden; keine Spur mehr von ihm.

»Kennen Sie den kleinen Steg vor dem Arsenale?« fragte der Junge.

Brunetti und Vianello nickten. Gut einen halben Kilometer weit führte der erhöhte Asphaltweg von den Werften innerhalb des Arsenale etwa zwei Meter über dem Wasser der Lagune bis zur Vaporetto-Haltestelle Celestia.

»Da will er hinkommen, hat er gesagt, wo der kleine Strand ist, auf der Arsenale-Seite der Brücke. Morgen, um Mitternacht.« Brunetti und Vianello wechselten über den gesenkten Kopf des Jungen hinweg einen Blick, und Vianello formte mit den Lippen lautlos das Wort »Hollywood«.

»Und wer soll dort hinkommen?«

»Jemand Wichtiges. Deswegen ist er am Samstag nicht gekommen, hat er gesagt, nicht für einen Sergente.«

Vianello trug das, wie es schien, mit Fassung.

Brunetti gestattete seiner Phantasie einen kleinen Ausflug und stellte sich Patta vor, mit Onyx-Zigarettenhalter und Spazierstock, und weil diese Frühherbstnächte neblig waren, in seinem Burberry-Regenmantel mit kunstvoll aufgestelltem Kragen, wie er auf dem Steg beim Arsenale wartete, während die Glocken von San Marco Mitternacht schlugen. Und weil es Phantasie war, ließ Brunetti seinen Vorgesetzten nicht mit Ruffolo zusammentreffen, der Italienisch sprach, sondern mit diesem einfachen Jungen von Burano. Und das Phantasiebild ging im harschen Dialekt des Jungen und Pattas verwaschenem Sizilianisch unter, die der mitternächtliche Lagunenwind von ihren Lippen davontrug.

»Ist ein Commissario wichtig genug?« fragte Brunetti.

Der Junge sah auf, unsicher, wie er das verstehen sollte. »Ja«, meinte er dann, nachdem er entschieden hatte, daß es ernst zu nehmen war.

»Morgen, um Mitternacht?«

»Ja.«

»Hat Ruffolo gesagt – hat er deinem Freund gesagt –, daß er diese Sachen mitbringt?«

»Nein, das hat er nicht gesagt. Nur daß er um Mitternacht auf den Steg bei der Brücke kommt. Wo der kleine Strand ist.« Es war kein richtiger Strand, wie Brunetti wußte, eher eine Stelle, wo die Gezeiten genügend Sand und Kies an die Mauer des Arsenale gespült hatten, daß sich dort Plastikflaschen und alte Stiefel verfingen und bedeckt von schleimigem Seetang dort liegenblieben.

»Wenn dein Freund noch einmal mit Ruffolo spricht, dann soll er ihm sagen, daß ich hinkomme.«

Zufrieden, daß er seinen Auftrag erledigt hatte, stand der Junge auf, nickte den beiden Männern verlegen zu und ging.

»Jetzt sucht er wahrscheinlich ein Telefon, um Ruffolo zu berichten, daß er mit uns handelseinig geworden ist«, sagte Vianello.

»Hoffentlich. Ich habe keine Lust, da draußen eine Stunde umsonst rumzustehen.«

»Soll ich mitkommen, Commissario?« erbot sich Vianello.

»Ja, das wäre mir lieb«, sagte Brunetti, der feststellte, daß er nicht das Zeug zum Helden hatte. Doch dann siegte sein praktischer Verstand, und er meinte: »Aber wahrscheinlich ist es keine gute Idee. Er postiert sicher Freunde an beiden Enden des Stegs, und es gibt keine Stelle, an der Sie sich verstecken könnten. Außerdem ist Ruffolo nicht gefährlich. Er ist noch nie gewalttätig geworden.«

»Ich könnte fragen, ob ich solange in einem der Häuser dort Unterschlupf finde.«

»Nein, ich glaube, das wäre nicht so gut. Daran denkt er sicher auch, und seine Freunde schleichen bestimmt überall herum und passen auf.« Brunetti versuchte kurz, sich die Gegend um die Celestia-Haltestelle ins Gedächtnis zu rufen, aber er sah nur anonyme Häuserblocks mit Sozialwohnungen vor sich, weit und breit so gut wie keine Bars oder Geschäfte. Genaugenommen wäre man, wenn die Lagune nicht gewesen wäre, kaum darauf gekommen, daß man in Venedig war, weil dort alle Wohnungen so neu und einheitlich gesichtslos waren. Es hätte ebensogut Mestre oder Marghera sein können.

»Und die beiden anderen?« fragte Vianello, womit er die beiden meinte, die noch an dem Einbruch beteiligt gewesen waren.

»Wahrscheinlich wollen sie ihren Anteil an Ruffolos Geschäft. Es sei denn, er ist in den letzten zwei Jahren eine ganze Ecke schlauer geworden und hat die Gemälde beiseite geschafft.«

»Vielleicht haben sie ja den Schmuck bekommen«, meinte Vianello.

»Möglich. Aber ich glaube eher, daß Ruffolo der Sprecher für alle drei ist.«

»Irgendwie unlogisch, das Ganze, oder?« sagte Vianello nachdenklich. »Ich meine, sie sind entkommen, sie haben die Bilder und den Schmuck. Was haben sie davon, wenn sie jetzt aufstecken und alles zurückgeben?«

»Vielleicht ist es zu schwierig, die Bilder zu verkaufen.«

»Commissario, das glauben Sie doch selber nicht. Sie kennen den Markt so gut wie ich. Wenn man will, findet man Käufer für alles, und wenn die Ware noch so heiß ist. Ich könnte die Pietà verkaufen, wenn ich sie aus dem Petersdom rausbekäme.«

Vianello hatte recht. Es war unlogisch. Ruffolo war kaum der Typ, der plötzlich zur Einsicht kam, und für Gemälde gab es immer Abnehmer, egal woher sie stammten. Es war gerade Vollmond, fiel ihm ein, und er dachte, welch gutes Ziel er mit seinem dunklen Jackett vor der hellen Mauer des Arsenale abgeben würde. Dann verwarf er den Gedanken als lächerlich.

»Also, ich gehe hin und sehe mal, was Ruffolo zu bieten hat«, sagte er, und es klang in seinen eigenen Ohren nach einem dieser schwachköpfigen Helden in einem englischen Film.

»Wenn Sie es sich doch noch anders überlegen, geben Sie mir morgen Bescheid, Commissario. Ich bin zu Hause. Sie müssen nur anrufen.«

»Danke, Vianello. Aber ich denke, es geht so. Trotzdem finde ich es wirklich nett von Ihnen.«

Vianello hob abwehrend die Hand und fing an, sich mit den Papieren auf seinem Schreibtisch zu beschäftigen.

Wenn er schon den Mitternachtshelden spielen mußte, und sei es auch erst morgen, sah Brunetti eigentlich keinen Grund, länger im Büro zu bleiben. Als er heimkam, erzählte Paola ihm, sie habe am Nachmittag mit ihren Eltern telefoniert. Es ging ihnen gut, und sie genossen, was ihre Mutter nach wie vor für Ischia hielt. Von ihrem Vater sollte sie Brunetti nur sagen, daß er die Sache für ihn in die Hand genommen habe, und sie sollte sich eigentlich bis Ende der Woche erledigt haben. Obwohl Brunetti überzeugt war, daß dies eine Sache war, die nie ganz erledigt sein würde, dankte er Paola und bat sie, ihre Eltern von ihm zu grüßen, wenn sie das nächstemal anriefen.

Das Abendessen verlief merkwürdig ruhig, was hauptsächlich auf Raffaeles Benehmen zurückzuführen war. Brunetti fand es erstaunlich, daß Raffi ihm plötzlich sauberer vorkam, obwohl es ihm nie in den Sinn gekommen wäre, seinen Sohn für schmutzig zu halten. Er schien erst kürzlich beim Friseur gewesen zu sein, und seine Jeans hatten eindeutig so etwas wie eine Bügelfalte. Er hörte seinen Eltern zu, ohne gleich zu widersprechen, und stritt seltsamerweise nicht mit Chiara um die letzte Portion Pasta. Nach dem Essen gab es zwar beruhigenderweise Proteste, als er hörte, er sei mit dem Abwasch dran, aber dann ging er ohne Murren und Seufzen ans Werk, und diese Stille brachte Brunetti dazu, Paola zu fragen: »Ist mit Raffi irgend etwas nicht in Ordnung?« Sie saßen im Wohnzimmer auf dem Sofa, und das Schweigen aus der Küche erfüllte den ganzen Raum.

Sie lächelte. »Merkwürdig, nicht? Wie die Ruhe vor dem Sturm.«

»Meinst du, wir sollten unsere Schlafzimmertür abschließen?« Sie lachten beide, aber keiner war sicher, ob über die Bemerkung oder darüber, daß sie es womöglich überstanden hatten. Wie bei allen Eltern Heranwachsender, bedurfte dieses »es« keiner weiteren Erklärung: Diese schreckliche, brütende Wolke aus Trotz und selbstgerechter Empörung, die mit gewissen hormonellen

Veränderungen in ihr Leben driftete und darin hängenblieb, bis diese Veränderungen abgeklungen waren.

»Er hat mich gefragt, ob ich einen Aufsatz durchlese, den er für den Englischunterricht schreiben mußte«, sagte Paola. Und als sie seine Verblüffung sah, fuhr sie fort: »Halt dich fest. Er hat auch noch gefragt, ob er für den Herbst einen neuen Blazer haben kann.«

»Einen *neuen*, richtig aus dem Laden?« fragte Brunetti erstaunt. Und das war der Junge, der vor zwei Wochen noch glühend das kapitalistische System mit seinem Konsumzwang angeprangert hatte, das die Mode nur erfunden hatte, um eine nie endende Nachfrage nach neuen Klamotten zu schaffen.

Paola nickte. »Neu. Aus dem Laden.«

»Ich weiß nicht, ob ich darauf schon eingestellt bin«, sagte Brunetti. »Sollten wir etwa unseren ungehobelten Anarchisten verlieren?«

»Sieht so aus, Guido. Der Blazer, den er sich ausgesucht hat, liegt bei Duca d'Aosta im Fenster und kostet vierhunderttausend Lire.«

»Na, dann sag ihm mal, daß Karl Marx nie bei Duca d'Aosta einkaufen gegangen ist. Soll er doch mit den anderen Proletariern zu Benetton gehen.« Vierhunderttausend Lire! Er hatte fast zehnmal soviel im Casinò gewonnen. War das dann bei einer vierköpfigen Familie nicht Raffis Anteil? Nein, nicht für einen Blazer. Aber das war es wohl, der erste Riß im Eis, der Anfang vom Ende des Heranwachsens. Und wenn das vorbei war, kam der nächste Schritt zum jungen Mann. Zum Mann.

»Hast du eine Ahnung, was dahintersteckt?« fragte er Paola. Falls sie der Meinung war, daß er doch eigentlich besser geeignet sei, zu beurteilen, was es bei einem Jungen mit dem Heranwachsen auf sich hat, sagte sie jedenfalls nichts davon und antwortete statt dessen: »Signora Pizutti hat mich heute auf der Treppe angesprochen.«

Er sah sie fragend an, dann begriff er: »Saras Mutter?«

Paola nickte. »Saras Mutter.«

»Mein Gott. Nein!«

»Doch, Guido. Und sie ist ein nettes Mädchen.«

»Er ist erst sechzehn, Paola.« Brunetti hörte das Weinerliche in seinem Ton, war aber machtlos dagegen.

Paola legte ihre Hand zuerst auf seinen Arm, dann auf ihren Mund und brach in lautes Gelächter aus. »Oh, Guido, du solltest dich mal hören. ›Er ist erst sechzehn‹. Nein, ich kann es nicht glauben.« Sie lachte weiter und ließ sich dabei hilflos gegen die Sofalehne fallen.

Was wurde denn jetzt von ihm erwartet? fragte er sich: daß er grinste und schmutzige Witze erzählte? Raffaele war sein einziger Sohn, und ahnungslos, was ihn draußen in der Welt erwartete: Aids, Prostituierte, Mädchen, die schwanger wurden und einen zur Heirat zwangen. Und dann sah er es plötzlich mit Paolas Augen und mußte lachen, bis ihm die Tränen über die Wangen liefen.

Raffaele kam ins Zimmer, um seine Mutter zu fragen, ob sie ihm bei seinem Englischaufsatz helfen könne, und als er sie so sah, wunderte er sich nur, wie albern doch Erwachsene sein konnten.

23

Weder an diesem noch am folgenden Abend meldete Ambrogiani sich, und Brunetti mußte gegen die ständige Versuchung ankämpfen, beim amerikanischen Stützpunkt anzurufen, um sich mit ihm in Verbindung zu setzen. Er rief Fosco in Mailand an, aber da war nur der Anrufbeantworter. Obwohl er sich ganz schön dämlich vorkam, mit einer Maschine sprechen zu müssen, teilte er Riccardo mit, was Ambrogiani ihm über Gamberetto erzählt hatte, und bat ihn, über den Mann so viel herauszufinden, wie er konnte, und dann zurückzurufen. Weiter fiel ihm nichts ein, was er noch hätte tun können, und so las und kommentierte er Personalbeurteilungen und ging die Zeitungen durch, ständig abgelenkt vom Gedanken an das nächtliche Treffen mit Ruffolo.

Er wollte gerade zum Mittagessen nach Hause gehen, als die Gegensprechanlage summte. »Ja, Vice-Questore?« antwortete er automatisch, viel zu sehr mit den Gedanken woanders, um sich an dem Augenblick des Unbehagens zu freuen, das Patta jedesmal empfand, wenn man ihn schon erkannte, bevor er sich meldete.

»Brunetti«, begann er, »würden Sie wohl mal kurz zu mir herunterkommen?«

»Gleich, Vice-Questore«, antwortete Brunetti, während er sich die nächste Beurteilung vornahm, sie aufschlug und zu lesen anfing.

»Ich möchte, daß Sie jetzt kommen, Commissario, nicht gleich«, erwiderte Patta mit einer Strenge, die Brunetti verriet, daß jemand bei ihm im Büro sein mußte, jemand Bedeutendes.

»Ja natürlich. Ich bin schon unterwegs«, sagte er und legte das Blatt quer, das er gerade las, um die Stelle bei seiner Rückkehr besser wiederzufinden. Nach dem Essen, dachte er und trat ans

Fenster, um festzustellen, ob es immer noch nach Regen aussah. Der Himmel über San Lorenzo war grau und unheilschwanger, und der Wind zauste kräftig an den Blättern der Bäume auf dem kleinen Campo. Er ging zum Schrank und suchte nach einem Regenschirm; heute morgen hatte er nicht daran gedacht, einen mitzunehmen. Im Schrank herrschte das übliche Durcheinander: ein einzelner gelber Gummistiefel, eine Einkaufstasche voll alter Zeitungen, zwei große wattierte Umschläge und ein pinkfarbener Regenschirm. Pink! Chiara hatte ihn vor Monaten einmal hier vergessen. Wenn er sich nicht irrte, waren große, lustige Elefanten darauf, aber er wollte ihn nicht aufspannen, um sich zu vergewissern. Pink war schlimm genug. Er suchte weiter, fand aber keinen zweiten Schirm.

Schließlich nahm er den pinkfarbenen und ging damit an seinen Schreibtisch. Wenn er *La Repubblica* der Länge nach zusammenrollte, konnte er den Schirm fast ganz darin einwickeln, so daß nur die Krücke und eine Handbreit von dem Stoff zu sehen wären. Das tat er, betrachtete zufrieden sein Werk, verließ sein Zimmer und ging die Treppe hinunter zu Patta. Er klopfte, wartete, bis er sicher war, daß sein Vorgesetzter »Avanti« gerufen hatte, und trat ein.

Wenn Brunetti zu ihm kam, saß Patta meist hinter seinem Schreibtisch – »thronte« war das Wort, das einem dabei am ehesten einfiel –, doch heute hatte er einen kleineren Sessel vor seinem Schreibtisch gewählt, rechts neben einem dunkelhaarigen Mann, der lässig mit übereinandergeschlagenen Beinen dasaß und eine Hand, die Zigarette zwischen Zeige- und Mittelfinger, über die Armlehne seines Sessels baumeln ließ. Keiner der beiden Männer stand auf, als Brunetti hereinkam, allerdings stellte der Besucher die Beine nebeneinander und beugte sich vor, um seine Zigarette in dem Malachitaschenbecher auszudrücken.

»Ah, Brunetti«, sagte Patta. Hatte er jemand anderen erwartet? Er deutete auf den Mann neben sich. »Das ist Signor Viscardi. Er ist gerade für einen Tag hier in Venedig und kam vorbei, um mir eine Einladung zum Galadiner im Palazzo Pisani Moretta nächste Woche zu bringen. Ich habe ihn gebeten, noch kurz hierzubleiben, weil ich dachte, er würde vielleicht gern ein paar Worte mit Ihnen reden.«

Viscardi erhob sich und trat mit ausgestreckter Hand auf Brunetti zu. »Ich möchte Ihnen für die Mühe danken, Commissario, die Sie sich in meiner Sache geben.« Wie Rossi bemerkt hatte, sprach der Mann eindeutig mit Mailänder Zungenschlag, wobei die R ihm unausgesprochen von der Zunge rutschten. Er war groß, hatte dunkelbraune Augen – sanfte, friedliche Augen – und ein entspanntes Lächeln. Die Haut unter dem linken Auge war etwas verfärbt und offenbar übertüncht, vielleicht mit Make-up.

Brunetti gab ihm die Hand und erwiderte sein Lächeln.

An dieser Stelle mischte Patta sich ein. »Leider haben wir keine großen Fortschritte zu verzeichnen, Augusto, aber wir hoffen, bald Informationen über deine Gemälde zu bekommen.« Er duzte Viscardi, und Brunetti sollte das offenbar registrieren. Und respektieren.

»Das hoffe ich sehr. Meine Frau hängt ungemein an diesen Bildern, besonders an dem Monet.« Aus seinem Mund klang das, als spräche er von der Begeisterung eines Kindes über ein Spielzeug. Er richtete seine Aufmerksamkeit und seinen Charme wieder auf Brunetti. »Vielleicht können Sie mir sagen, ob Sie irgendwelche, ich glaube, man nennt es ›sachdienliche Hinweise‹, haben, Commissario. Ich würde meiner Frau gern eine gute Nachricht überbringen.«

»Leider gibt es sehr wenig Berichtenswertes, Signor Viscardi. Wir haben die Personenbeschreibungen der Männer, die Sie gesehen haben, an unsere Leute weitergegeben und Kopien der Fotos Ihrer Gemälde an die Kollegen vom Kunstraubdezernat geschickt. Ansonsten, nichts.« Brunetti hielt es für besser, wenn Viscardi nichts von Ruffolos Wunsch nach einem Gespräch mit der Polizei erfuhr.

Signor Viscardi lächelte.

»Aber hatten Sie denn nicht einen Verdächtigen?« unterbrach Patta. »Ich erinnere mich, so etwas in Ihrem Bericht gelesen zu haben. Vianello wollte doch am vergangenen Wochenende mit dem Mann reden. Was ist daraus geworden?«

»Ein Verdächtiger?« fragte Viscardi höchst interessiert.

»Das hat sich als Windei entpuppt«, erklärte Brunetti, an Patta gewandt. »Eine falsche Fährte.«

»Ich dachte, es sei der Mann auf dem Foto«, insistierte Patta. »Sein Name stand im Bericht, aber ich habe ihn vergessen.«

»Handelt es sich da um denselben Mann, von dem Ihr Sergente mir ein Foto gezeigt hat?« fragte Viscardi.

»Es scheint eine falsche Fährte gewesen zu sein«, wiederholte Brunetti und lächelte abbittend. »Wie sich ergeben hat, kann er nichts mit der Sache zu tun haben. Jedenfalls nach unserer Überzeugung nicht.«

»Du hattest also offenbar recht, Augusto«, sagte Patta wobei er das Du und den Vornamen erneut betonte. Dann wandte er sich an Brunetti und fragte energisch: »Und was konnten Sie über die beiden Männer in Erfahrung bringen, deren Beschreibung Sie haben?«

»Leider nichts, Vice-Questore.«

»Haben Sie…« begann Patta, und Brunetti widmete ihm seine ungeteilte Aufmersamkeit, gespannt auf die konkreten Vorschläge, die jetzt kommen würden. »Haben Sie bei den üblichen Quellen nachgefragt?« Genauere Details waren etwas für die unteren Chargen.

»Ja, gewiß. Gleich als erstes.«

Viscardi schob eine gestärkte Manschette zurück, blickte kurz auf einen goldglänzenden Fleck an seinem Handgelenk und sagte zu Patta: »Ich möchte dich nicht von deiner Essensverabredung abhalten, Pippo.« Brunetti hörte den Kosenamen und wiederholte ihn im Geiste jubilierend wie ein Mantra: Pippo Patta, Pippo Patta, Pippo Patta.

»Vielleicht möchtest du uns Gesellschaft leisten, Augusto«, schlug Patta vor, ohne sich um Brunetti zu kümmern.

»Nein, nein. Ich muß zum Flughafen. Meine Frau erwartet mich zum Cocktail, und dann haben wir Gäste zum Abendessen, wie ich dir schon sagte.« Viscardi mußte Patta gegenüber die Namen dieser Gäste erwähnt haben, denn schon die Erinnerung an ihren magischen Einfluß reichte aus, um bei Patta ein breites Lächeln hervorzurufen; wobei er andächtig die Hände faltete, als befänden sie sich schon durch die Erwähnung hier in seinem Büro.

Auch Patta blickte nun auf seine Armbanduhr, und Brunetti sah ihm an, wie sehr er darunter litt, einen reichen und mächtigen Mann verlassen zu müssen, um mit anderen Leuten essen zu gehen. »Ja, ich muß jetzt wirklich los. Kann den Minister nicht warten lassen.« Er hielt es nicht der Mühe wert, den Namen des Ministers an Brunetti zu verschwenden, und Brunetti fragte sich, ob Patta annahm, daß er ihn damit nicht beeindrucken konnte, oder ob er davon ausging, daß Brunetti den Namen erst gar nicht kannte.

Patta ging zu dem toskanischen Kassettenschrank aus dem 15. Jahrhundert und holte seinen Burberry heraus. Er zog ihn an und half anschließend Viscardi in den Mantel. »Gehen Sie auch, Commissario?« fragte Viscardi, was Brunetti bejahte. »Der Vice-Questore geht zum Essen ins Corte Sconta, ich muß nach San Marco, um ein Boot zum Flughafen zu erreichen. Ist das zufällig auch Ihre Richtung?«

»Ja, genau, Signor Viscardi«, log Brunetti.

Patta ging mit Viscardi voraus bis zum Haupteingang der Questura. Dort verabschiedeten sich die beiden, und Patta sagte zu Brunetti, sie würden sich ja nach dem Essen sehen. Draußen schlug Patta seinen Kragen hoch und enteilte nach links. Viscardi wandte sich nach rechts, wartete, bis Brunetti neben ihm war, und ging dann auf den Ponte dei Greci zu und weiter in Richtung San Marco.

»Ich hoffe wirklich, daß der Fall nun rasch abgeschlossen werden kann«, eröffnete Viscardi das Gespräch.

»Ja, das hoffe ich auch«, pflichtete Brunetti ihm bei.

»Ich hatte eigentlich erwartet, hier mehr Sicherheit zu finden als in Mailand.«

»Es war gewiß ein ungewöhnliches Verbrechen«, meinte Brunetti.

Viscardi blieb kurz stehen, sah Brunetti flüchtig von der Seite an, und ging dann weiter. »Bevor ich hierher gezogen bin, hatte ich geglaubt, Verbrechen seien in Vendig überhaupt ungewöhnlich.«

»Sie sind sicher weniger gewöhnlich als in anderen Städten, aber Kriminalität gibt es hier auch«, erklärte Brunetti und setzte dann hinzu: »und Kriminelle.«

»Darf ich Sie zu einem Drink einladen, Commissario? Wie nennt ihr Venezianer das, ›*un' ombra*‹?«

»Ja, ›*un' ombra*‹, gern.« Zusammen gingen sie in eine Bar, die am Weg lag, und Viscardi bestellte zwei Gläser Weißwein. Als diese kamen, reichte er Brunetti eines und hob sein eigenes. »*Cin, cin*«, sagte er. Brunetti antwortete mit einem Nicken.

Der Wein hatte einen scharfen Beigeschmack und war ganz und gar nicht gut. Wäre Brunetti allein gewesen, hätte er ihn stehenlassen. Statt dessen nahm er noch einen Schluck, begegnete Viscardis Blick und lächelte.

»Ich habe letzte Woche mit Ihrem Schwiegervater gesprochen«, sagte Viscardi.

Brunetti hatte sich schon gefragt, wie lange es wohl dauern würde, bis er zur Sache kam. Er nippte an dem Wein. »Ja?«

»Wir hatten eine Reihe von Dingen zu besprechen.«

»Ja?«

»Nachdem das Geschäftliche erledigt war, erwähnte der Conte Ihre verwandtschaftlichen Beziehungen. Ich muß zugeben, daß ich zuerst überrascht war.« Wie Viscardis Ton zu entnehmen war, hatte es ihn vor allem überrascht, daß der Conte seiner Tochter die Heirat mit einem Polizisten erlaubt hatte, besonders mit diesem Polizisten. »Überrascht, weil es ja wirklich ein Zufall ist, verstehen Sie?« fügte Viscardi etwas verspätet hinzu und lächelte wieder.

»Natürlich.«

»Es war, um ehrlich zu sein, ermutigend für mich, zu hören, daß Sie mit dem Conte verwandt sind.« Brunetti sah ihn fragend an. »Ich meine, das gibt mir die Möglichkeit, offen mit Ihnen zu reden, wenn ich darf.«

»Aber bitte, Signore.«

»Dann muß ich Ihnen sagen, daß einige Dinge bei diesen Ermittlungen mich etwas befremdet haben.«

»Inwiefern, Signor Viscardi?«

»Nicht zuletzt«, begann Viscardi, wobei er sich Brunetti mit einem unverstellt freundlichen Lächeln zuwandte, »geht es darum, wie ich von Ihren Polizisten behandelt wurde.« Er hielt inne, trank, und versuchte es mit einem neuen Lächeln, diesmal einem bewußt zurückhaltenden. »Ich darf doch offen reden, Commissario?«

»Aber sicher, Signor Viscardi. Nichts wäre mir lieber.«

»Dann lassen Sie mich sagen, daß ich den Eindruck hatte, Ihre Polizisten sähen in mir eher einen Verdächtigen als ein Opfer.« Als Brunetti darauf nichts sagte, fügte Viscardi hinzu: »Das heißt, es kamen zwei ins Krankenhaus, und beide stellten mir Fragen, die wenig mit dem Verbrechen zu tun hatten.«

»Und was waren das für Fragen?«

»Einer wollte wissen, woher ich wußte, was es für Bilder waren. Ich werde doch wohl meine Bilder erkennen. Und der andere fragte mich, ob ich den jungen Mann auf dem Foto wiedererkenne, und schien sehr skeptisch, als ich das verneinte.«

»Nun, das haben wir geklärt«, sagte Brunetti. »Er hatte nichts damit zu tun.«

»Aber Sie haben keine neuen Verdächtigen?«

»Leider nicht«, antwortete Brunetti und überlegte, warum

Viscardi so darauf bedacht war, sein Interesse an dem jungen Mann auf dem Foto herunterzuspielen. »Sie sagten, es waren mehrere Dinge, die Sie irritiert haben, Signor Viscardi. Das war bisher eines. Darf ich fragen, was die anderen waren?«

Viscardi hob das Glas an die Lippen und stellte es wieder ab, ohne getrunken zu haben. »Ich habe erfahren, daß über mich und meine Belange Erkundigungen eingeholt wurden.«

Brunetti riß in gespieltem Erstaunen die Augen auf. »Sie nehmen hoffentlich nicht an, daß ich in Ihrem Privatleben herumschnüffeln würde, Signor Viscardi.«

Viscardi stellte unvermittelt sein noch fast volles Glas auf den Tresen und sagte laut und deutlich: »Widerliches Zeug.« Als er Brunettis Erstaunen bemerkte, setzte er hinzu: »Der Wein natürlich. Ich fürchte, wir haben nicht das richtige Lokal gewählt.«

»Nein, besonders gut ist er wirklich nicht«, stimmte Brunetti ihm zu und stellte sein leeres Glas neben Viscardis.

»Ich wiederhole, Commissario, daß Erkundigungen über meine Geschäfte eingeholt wurden. So etwas kann nicht gut ausgehen. Es tut mir leid, aber jedes weitere Eindringen in meine Privatangelegenheiten würde mich zwingen, die Hilfe bestimmter Freunde in Anspruch zu nehmen.«

»Und was sind das für Freunde, Signor Viscardi?«

»Es wäre vermessen, ihre Namen zu nennen. Aber sie sitzen weit genug oben, um dafür zu sorgen, daß ich nicht weiter von Bürokraten verfolgt werde. Sollte das der Fall sein, werden sie ganz gewiß einschreiten und dem ein Ende machen.«

»Das klingt sehr nach einer Drohung, Signor Viscardi.«

»Übertreiben Sie nicht, *Dottor* Brunetti. Nennen wir es lieber einen guten Rat. Es ist außerdem ein Rat, dem Ihr Schwiegervater voll zustimmt. Ich weiß, daß ich auch für ihn spreche, wenn ich sage, daß Sie gut beraten wären, solche Fragen nicht zu stellen. Und ich wiederhole, daß es für den, der sie stellt, nicht gut ausgeht.«

»Ich glaube kaum, daß ich von irgend etwas, was mit Ihren Geschäften zu tun hat, überhaupt Gutes erwarten würde, Signor Viscardi.«

Viscardi zog unvermittelt einige lose Scheine aus der Tasche und warf sie auf den Tresen, ohne erst zu fragen, was der Wein kostete. Ohne ein weiteres Wort zu Brunetti drehte er sich um und verließ die Bar. Brunetti folgte ihm. Draußen hatte es zu regnen begonnen, der typische windgepeitschte Herbstregen. Viscardi blieb an der Tür stehen, aber nur so lange, bis er seinen Mantelkragen hochgeschlagen hatte. Ohne noch etwas zu sagen oder sich auch nur noch einmal umzudrehen, trat er in den Regen und verschwand eilig um eine Ecke.

Brunetti blieb noch einen Moment in der Tür stehen. Schließlich sah er keine andere Möglichkeit und wickelte *La Repubblica* von seinem Schirm. Dann faltete er die Zeitung zu einem tragbaren Format zusammen und trat in den Regen. Er drückte auf den Knopf, der den Schirm aufspannte, und betrachtete das Plastikdach über sich. Elefanten, fröhliche, tanzende, pinkfarbene Elefanten. Mit dem Geschmack des sauren Weines im Mund eilte er nach Hause zum Mittagessen.

24

Am Nachmittag ging Brunetti in die Questura zurück, nicht ohne vorher seinen schwarzen Regenschirm von Chiara zurückzuverlangen. Eine Stunde lang erledigte er Korrespondenz, dann erklärte er, eine Verabredung zu haben, und ging früh weg, obwohl es bis zu seiner Verabredung mit Ruffolo noch gut sechs Stunden waren. Als er nach Hause kam, erzählte er Paola von dem geplanten mitternächtlichen Treffen, und da sie sich an seine früheren Erzählungen von Ruffolo erinnerte, meinte auch sie, man könne das Ganze als Jux betrachten, einen melodramatischen Einfall, der sicher auf Ruffolos erhöhten Fernsehkonsum bei seinem letzten Gefängnisaufenthalt zurückzuführen war. Brunetti hatte Ruffolo nicht mehr gesehen, seit er damals gegen ihn ausgesagt hatte, und konnte sich nicht vorstellen, daß er sich sehr verändert hatte: gutmütig, segelohrig und unbekümmert, immer viel zu ungeduldig, endlich das Geschäft seines Lebens zu machen.

Um elf Uhr trat er auf die Dachterrasse hinaus, schaute zum Himmel hoch und sah die Sterne. Eine halbe Stunde später verließ er das Haus, nachdem er Paola versichert hatte, daß er wahrscheinlich gegen eins zurück sein werde, und sie gebeten hatte, nicht auf ihn zu warten. Falls Ruffolo sich stellte, müßten sie zur Questura, wo seine Aussage aufgenommen und von ihm unterschrieben werden mußte, und das könne Stunden dauern. Brunetti sagte, wenn es dazu komme, werde er versuchen, sie anzurufen, aber er wußte, daß sie sich daran gewöhnt hatte, ihn zu den merkwürdigsten Zeiten unterwegs zu wissen, und wahrscheinlich seinen Anruf verschlafen würde. Und die Kinder wollte er nicht wecken.

Die Bootslinie Nummer fünf stellte um neun Uhr den Verkehr ein, also blieb ihm nichts anderes übrig, als zu Fuß zu gehen. Es störte ihn nicht, schon gar nicht in dieser herrlich klaren Mondnacht. Wie so oft überlegte er nicht weiter, welchen Weg er nahm, sondern überließ es seinen durch jahrzehntelange Übung geschulten Füßen, ihn auf dem kürzesten Weg ans Ziel zu bringen. Er überquerte die Rialto-Brücke, ging über den Campo Santa Marina und auf San Francesco della Vigna zu. Wie immer um diese Uhrzeit wirkte die Stadt praktisch menschenleer; er begegnete einem Wachmann, der kleine orangefarbene Coupons zwischen die Gitter vor den Läden steckte, um zu dokumentieren, daß er in der Nacht dagewesen war. Als er an einem Restaurant vorbeikam, warf Brunetti einen Blick hinein und sah drinnen die Angestellten in ihren weißen Jacketts um einen Tisch sitzen und ein letztes Glas Wein trinken, bevor sie nach Hause gingen. Und Katzen. Sie saßen, lagen überall und schlichen auf leisen Pfoten um die Brunnen. Jagen war für diese Katzen kein Thema, obwohl es Ratten genug gab. Sie beachteten ihn nicht; sie wußten genau, wann die Leute vorbeikamen, die sie fütterten, und dieser Fremde gehörte gewiß nicht dazu.

Er ging rechts an der Kirche San Francesco della Vigna vorbei und dann nach links, um zum Vaporetto-Anleger Celestia zurückzugehen. Vor sich sah er deutlich den Steg mit seinem Metallgeländer und den Stufen, die hinaufführten. Er stieg hoch und blickte am Anfang des Steges nach vorn zu der Brücke, die sich wie ein Kamelhöcker über dem Durchlaß in der Arsenalemauer wölbte, der das Fünferboot auf dem Canal quer durch die Insel zum Bacino di San Marco führte.

Die Brücke war leer, so viel war zu erkennen. Nicht einmal Ruffolo wäre so dämlich, sich für jedes vorbeifahrende Boot sichtbar hinzustellen, schon gar nicht, wenn die Polizei ihn suchte. Wahrscheinlich war er auf den schmalen Strandstreifen jenseits der Brücke hinuntergesprungen. Brunetti ging auf die Brücke zu, wobei er sich einen Anflug von Ärger darüber gestattete, daß er hier in der nächtlichen Kühle herumlief, während jeder vernünftige Mensch zu Hause im Bett lag. Warum mußte dieser verrückte Ruffolo nur unbedingt eine wichtige Persönlichkeit treffen wollen? Wenn er das wollte, sollte er doch in die Questura kommen und mit Patta reden.

Im Vorbeigehen warf er einen Blick auf den ersten der kleinen Strände, nur ein paar Meter lang, und hielt Ausschau nach Ruffolo. Im silbrigen Licht des Mondes sah er, daß dort keine Menschenseele war, nur Bruchstücke von Backsteinen und Flaschenreste, überzogen mit schleimigem grünem Seetang. Signorino Ruffolo war auf dem Holzweg, wenn er glaubte, Brunetti würde da runterspringen, um ein Schwätzchen mit ihm zu halten. Er hatte in dieser Woche schon ein Paar Schuhe wegwerfen müssen, das passierte ihm nicht noch einmal. Wenn Ruffolo reden wollte, konnte er auf den Steg kommen, oder er blieb unten und sprach laut genug, daß Brunetti ihn verstehen konnte.

Er ging auf seiner Seite der Betonbrücke die Stufen hinauf, blieb oben einen Augenblick stehen und ging auf der anderen Seite wieder hinunter. Vor sich sah er den kleinen Strand liegen, halb verdeckt durch eine Vorwölbung der massiven Backsteinmauer des Arsenale, das rechts von Brunetti zehn Meter hoch aufragte.

Ein paar Schritte vor der Insel blieb er stehen und rief leise: »Ruffolo, ich bin's, Brunetti.« Keine Antwort. »Peppino, hier ist Brunetti.« Noch immer keine Antwort. Das Mondlicht war so hell, daß es scharfe Schatten warf, die den unter dem Steg liegenden Teil der kleinen Insel verdunkelten. Aber der Fuß war zu sehen, ein Fuß in einem braunen Lederschuh, und darüber ein Bein. Brunetti beugte sich übers Geländer, sah aber nur den Fuß und das Bein, dessen oberer Teil im Schatten unter dem Steg verschwand. Er kletterte übers Geländer, ließ sich auf die Steine darunter fallen, rutschte auf dem Seetang aus und fing seinen Fall mit beiden Händen ab. Als er wieder stand, sah er den Körper besser, obwohl Kopf und Schultern noch im Schatten waren. Aber das spielte keine Rolle; er wußte, wer es war. Ein

Arm lag vom Körper abgestreckt, die Hand fast am Wasser, das mit winzigen Wellen zart daran leckte. Der andere Arm war unter dem Körper eingeklemmt. Brunetti beugte sich vor und befühlte das Handgelenk, fand aber keinen Puls. Die Haut war kalt und feucht vom Dunst, der von der Lagune aufstieg. Er trat einen Schritt näher, schlüpfte in den Schatten und legte dem Jungen die Hand an den Hals. Kein Puls. Als Brunetti ins Mondlicht zurücktrat, sah er, daß seine Finger blutig waren. Er hockte sich hin und wusch seine Hand im Wasser der Lagune, einem Wasser, das so verdreckt war, daß schon der Gedanke daran ihn normalerweise anekelte.

Er richtete sich auf, trocknete sich die Hand an seinem Taschentuch ab, holte eine kleine Taschenlampe hervor und kroch wieder unter den Steg. Das Blut stammte aus einer großen Wunde an Ruffolos Kopf. Und in sehr geschicktem Abstand davon lag ein großer Stein. Sieh mal einer an! Das sah doch wirklich so aus, als ob er vom Steg heruntergesprungen, auf dem Seetang ausgerutscht und rückwärts mit dem Kopf auf diesen Stein geschlagen wäre. Brunetti zweifelte nicht, daß an dem Steinbrocken Blut war, Ruffolos Blut.

Über sich hörte er plötzlich leise Schritte und duckte sich instinktiv unter den Steg. Dabei kamen die Steine und Backsteinstücke unter ihm ins Rutschen und machten einen geradezu ohrenbetäubenden Lärm. Er hockte da, den Rücken an der glitschigen Mauer des Arsenale. Wieder die Schritte, jetzt unmittelbar über seinem Kopf. Er zog seine Pistole.

»Brunetti?«

Seine Panik ebbte ab, als er die vertraute Stimme hörte. »Vianello«, sagte Brunetti und kroch unter dem Steg hervor, »was zum Teufel machen Sie denn hier?«

Über ihm tauchte Vianellos Kopf auf. Er stand über das Geländer gebeugt und blickte auf Brunetti und das abfallübersäte Stückchen Strand herunter.

»Ich bin schon seit einer Viertelstunde hinter Ihnen, Commissario, seit Sie an der Kirche vorbeigegangen sind.« Brunetti hatte nichts gesehen und nichts gehört, obwohl er geglaubt hatte, ganz Auge und Ohr zu sein.

»Haben Sie irgend jemanden gesehen?«

»Nein. Ich war drüben und habe den Fahrplan am Anleger studiert, wie wenn ich das letzte Boot verpaßt hätte und nicht kapieren würde, wann das nächste kommt. Ich meine, ich brauchte ja einen Grund, mich um diese Zeit hier herumzutreiben.« Vianello hielt plötzlich inne, und Brunetti wußte, daß er das Bein gesehen hatte, das unter dem Steg hervorschaute.

»Ist das Ruffolo?« fragte er überrascht. Das sah einfach zu sehr nach Hollywood aus.

»Ja.« Brunetti trat von der Leiche zurück und stellte sich wieder direkt unter Vianello.

»Was ist denn passiert, Commissario?«

»Er ist tot. Sieht aus wie gestürzt. » Brunetti verzog das Gesicht ob dieser präzisen Schilderung. Ja, genau so sah es aus.

Der Polizist kniete sich hin und streckte Brunetti die Hand hin. »Soll ich Sie hochziehen?«

Brunetti sah auf die ausgestreckte Hand, dann auf Ruffolos Bein. »Nein, Vianello, ich bleibe hier bei ihm. Am Celestia-Anleger ist ein Telefon. Rufen Sie ein Boot.« Vianello machte sich eilig auf den Weg, und Brunetti staunte über den Lärm seiner Schritte, der den Raum unter dem Steg ganz auszufüllen schien. Wie leise er gekommen sein mußte, da Brunetti ihn nicht gehört hatte, bevor er unmittelbar über ihm war.

Wieder allein, nahm Brunetti erneut seine Taschenlampe und beugte sich über Ruffolo, der einen dicken Pullover und keine Jacke trug. Die einzigen Taschen waren also die in seinen Jeans. In der Gesäßtasche steckte eine Brieftasche. Sie enthielt das Übliche: Ausweis (Ruffolo war erst 26), Führerschein (als Nichtvenezianer besaß er einen), zwanzigtausend Lire sowie das gewohnte Sortiment von Plastikkarten und Zetteln mit Telefonnummern. Er würde sich das später ansehen. Eine Armbanduhr trug er auch, aber er hatte kein Kleingeld in den Taschen. Brunetti steckte die Brieftasche zurück und wandte sich ab. Er blickte über das schimmernde Wasser, hinüber zu den Lichtern von Murano und Burano. Sanft spielte das Mondlicht auf der Lagune, und kein Boot störte das friedliche Bild. Ein glitzernder Silberstreifen verband die Inselstadt mit den vorgelagerten Inseln. Brunetti fühlte sich an etwas erinnert, was Paola ihm einmal vorgelesen hatte, an dem Abend, als sie ihm erzählte, daß sie mit Raffaele schwanger sei. Es war etwas Englisches gewesen, etwas über Gold, zu feiner Zartheit geschlagen. Nein, luftiger Zartheit. Und noch etwas mit »der zweien Seelen Eines«, das sei ihre Liebe. Damals hatte er es nicht so recht verstanden und war auch viel zu aufgeregt über die Neuigkeit gewesen, um sich darum zu bemühen. Aber jetzt, da das Mondlicht auf der Lagune lag wie zu luftiger Zartheit geschlagenes Silber, kam ihm dieses Bild in den Sinn. Und Ruffolo, dieser arme, dumme Kerl, lag tot zu seinen Füßen.

Man hörte das Boot schon von weitem, und dann kam es mit seinem blauen Blinklicht aus dem Rio di Santa Giustina geschossen. Er knipste die Taschenlampe an und hielt sie als Richtungsweiser hoch, damit es den Strand besser fand. Es kam so dicht wie möglich heran, und die beiden Polizisten zogen hohe Stiefel an und kamen durchs flache Wasser zur Insel gewatet. Sie brachten Brunetti auch ein Paar Stiefel mit, die er sich über Schuhe und Hosenbeine zog. Er wartete an dem schmalen Strand, bis auch die anderen da waren, hier gefangen mit Ruffolo, der Gegenwart des Todes und dem Geruch nach modrigem Seetang.

Bis sie die Leiche fotografiert und weggebracht und dann auf der Questura einen ausführlichen Bericht geschrieben hatten, war es drei Uhr früh. Brunetti wollte gerade nach Hause gehen, als Vianello hereinkam und ihm ein ordentlich mit Maschine beschriebenes Blatt Papier hinlegte. »Wenn Sie so freundlich wären, das hier noch zu unterschreiben, Commissario«, sagte er. »Ich sorge dann dafür, daß es dahin kommt, wo es hingehört.«

Brunetti sah sich den Text an. Es war ein ausführlicher Bericht über sein geplantes Treffen mit Ruffolo, allerdings im Futur abgefaßt. Er warf einen Blick auf die Kopfzeile. Dort stand das Datum von gestern, und der Adressat war Patta.

Eine der Regeln, die Patta in der Questura eingeführt hatte, als er vor drei Jahren das Kommando übernahm, wies die drei Commissarios an, ihm allabendlich bis halb acht einen Bericht über ihre Aktivitäten des Tages vorzulegen, ebenso eine Vorschau auf das, was sie am folgenden Tag vorhatten. Da Patta nie so spät noch in der Questura anzutreffen war, ganz sicher auch nie vor zehn Uhr morgens, wäre es ein leichtes gewesen, ihm diese Berichte auf den Schreibtisch zu praktizieren, wenn es nicht nur zwei Schlüssel zu seinem Büro gegeben hätte. Einen trug er an einer goldenen Schlüsselkette am untersten Knopfloch der Weste seiner dreiteiligen englischen Anzüge. Der andere wurde von Tenente Scarpa gehütet, einem ledergesichtigen Sizilianer, den Patta aus Palermo mitgebracht hatte und der seinem Vorgesetzten treu ergeben war. Scarpa schloß Pattas Zimmer abends um halb acht ab und morgens um halb neun wieder auf. Außerdem sah er nach, was auf dem Schreibtisch seines Herrn lag, wenn er am Morgen aufschloß.

»Ich bin Ihnen wirklich dankbar, Vianello«, sagte Brunetti, nachdem er die beiden ersten Absätze des Berichts gelesen hatte, in denen haarklein erklärt wurde, was er bei seinem Treffen mit Ruffolo zu tun gedachte und warum er es für wichtig hielt, daß Patta auf dem laufenden gehalten wurde. Er lächelte müde und reichte Vianello das Blatt zurück, ohne sich die Mühe zu machen, den Rest zu lesen. »Aber ich fürchte, es läßt sich nicht vor ihm verheimlichen, daß ich diese Unternehmung auf eigene Faust gemacht habe und nie vorhatte, ihn zu informieren.«

Vianello rührte sich nicht. »Wenn Sie nur unterschreiben, Commissario, dann mache ich das schon.«

»Vianello, was haben Sie vor?«

Ohne auf die Frage einzugehen, sagte Vianello: »Er hat mich zwei Jahre im Einbruchsdezernat schmoren lassen, nicht? Obwohl ich um Versetzung gebeten hatte.« Er tippte auf den Bogen. »Unterschreiben Sie, und morgen früh liegt es auf seinem Schreibtisch.«

Brunetti unterschrieb das Blatt und gab es Vianello zurück. »Vielen Dank, Sergente. Ich werde meiner Frau sagen, daß sie bei Ihnen Hilfe findet, wenn sie sich mal aus der Wohnung ausgesperrt hat.«

»Nichts leichter als das. Gute Nacht, Commissario.«

25

Obwohl er nicht vor vier eingeschlafen war, schaffte Brunetti es, um zehn in der Questura zu sein. Auf seinem Schreibtisch lagen Notizzettel, daß die Autopsie an Ruffolo für den Nachmittag angesetzt sei, daß Signora Concetta über den Tod ihres Sohnes informiert worden sei und daß Vice-Questore Patta ihn sprechen wolle, sobald er im Hause sei.

Patta vor zehn hier. Es geschahen noch Zeichen und Wunder.

Als er in Pattas Zimmer trat, sah der Cavaliere auf und – Brunetti schob es auf seinen eigenen Schlafmangel – schien ihn tatsächlich anzulächeln. »Guten Morgen, Brunetti. Bitte, setzen Sie sich. Sie mußten wirklich nicht so früh kommen; nach Ihren nächtlichen Heldentaten.«

Heldentaten?

»Danke. Nett, Sie so früh hier zu sehen, Vice-Questore.«

Patta überhörte die Bemerkung und lächelte weiter. »Sie haben diese Ruffolo-Geschichte sehr gut zu Ende gebracht. Ich freue mich, daß Sie sich doch noch dazu durchgerungen haben, die Sache so zu sehen wie ich.«

Brunetti hatte keine Ahnung, was er meinte, und wählte den Weg der größten Weisheit: »Danke, Vice-Questore.«

»Dadurch haben wir die Geschichte ja soweit unter Dach und Fach, oder? Wir haben zwar kein Geständnis, aber ich denke, der Procuratore wird sich unserer Ansicht anschließen, daß Ruffolo gekommen war, um einen Handel zu machen. Es war dumm von ihm, die Beweise mitzubringen, aber er dachte wohl, Sie wollten sich nur mit ihm unterhalten.«

Auf dem winzigen Strand war weit und breit keines der Gemälde zu sehen gewesen, da war Brunetti ganz sicher. Aber vielleicht hatte er, irgendwo an seinem Körper versteckt, einen Teil von Signora Viscardis Schmuck bei sich gehabt. Brunetti hatte ja nur die Hosentaschen durchsucht, möglich war es also.

»Wo waren sie denn?« fragte er.

»In seiner Brieftasche, Brunetti. Erzählen Sie mir nicht, das sei Ihnen entgangen. Es geht aus der Liste der Dinge hervor, die bei ihm gefunden wurden. Waren Sie nicht mehr so lange da, um diese Liste aufzustellen?«

»Sergente Vianello hat sich darum gekümmert.«

»Ach so.« Bei diesem ersten Anzeichen, daß Brunetti etwas übersehen haben könnte, wurde Pattas Laune noch besser. »Sie haben das also nicht gesehen?«

»Nein, Vice-Questore. Es tut mir leid, aber ich muß es übersehen haben. Die Lichtverhältnisse waren sehr schlecht da draußen.« Er verstand langsam nur noch Bahnhof. In Ruffolos Brieftasche war kein Schmuck gewesen, es sei denn, er hatte eines der Stücke für zwanzigtausend Lire verkauft.

»Die Amerikaner schicken noch heute jemanden her, um einen Blick darauf zu werfen, aber ich denke, es besteht kein Zweifel. Fosters Name steht drauf, und Rossi sagt, dem Foto nach könnte er es sein.«

»Sein Paß?«

Pattas Lächeln war gönnerhaft. »Sein Dienstausweis.« Natürlich. Die Plastikkarten in Ruffolos Brieftasche, die Brunetti zurückgesteckt hatte, ohne sie näher anzusehen. Patta fuhr fort: »Das ist ein sicherer Beweis dafür, daß es Ruffolo war, der ihn umgebracht hat. Wahrscheinlich hat der Amerikaner irgendeine falsche Bewegung gemacht. So was ist dumm, wenn der andere ein Messer hat. Und Ruffolo ist daraufhin in Panik geraten, wo er doch gerade erst aus dem Gefängnis war.« Patta schüttelte den Kopf über die Unbesonnenheit von Kriminellen.

»Zufällig hat mich gestern nachmittag Signor Viscardi angerufen und mir gesagt, daß der junge Mann auf dem Foto möglicherweise doch an dem Einbruch beteiligt war. Er selbst sei einfach viel zu überrumpelt gewesen in dem Moment, um klar denken zu können.« Patta schürzte mißbilligend die Lippen, als er hinzufügte: »Und die Behandlung durch Ihre Leute hat wahrscheinlich nicht gerade dazu beigetragen, sein Erinnerungsvermögen zu stärken.« Dann veränderte sich sein Gesichtsausdruck, das Lächeln erblühte wieder. »Aber das ist alles Schnee von gestern, und er hat es anscheinend nicht allzu übel genommen. Demnach hatten diese Belgier wohl recht, und Ruffolo war wirklich dabei. Ich nehme an, bei dem Amerikaner war nicht viel zu holen, und da wollte er etwas Profitableres machen.« Patta war voll in Fahrt. »Ich habe schon mit der Presse gesprochen und erklärt, daß wir von Anfang an keine Zweifel hatten. Der Mord an dem Amerikaner war eine Zufallstat. Und das ist jetzt glücklicherweise bewiesen.«

Als er hörte, wie Patta den Mord an Foster so kühl auf Ruffolos Konto buchte, wurde Brunetti klar, daß auch der an Dr. Peters nie als etwas anderes als Selbstmord gelten würde. Pattas Gewißheit war wie eine Dampfwalze, und ihm blieb nichts anderes übrig, als sich ihm direkt in den Weg zu werfen. »Aber warum sollte er das Risiko eingehen und den Ausweis des Amerikaners mit sich herumtragen? Das erscheint mir nicht plausibel.«

Patta walzte ihn prompt nieder. »Er konnte viel schneller laufen als Sie, Commissario. Es bestand also kaum Gefahr, daß er damit erwischt würde. Vielleicht hatte er auch vergessen, daß er ihn noch bei sich trug.«

»Beweisstücke, die einen mit Mord in Verbindung bringen, vergißt man normalerweise nicht so leicht.«

Patta überging das. »Ich habe der Presse gesagt, daß wir von Anfang an Grund hatten, ihn des Mordes an dem Amerikaner zu verdächtigen, und daß Sie darum mit ihm reden wollten. Er habe wahrscheinlich gefürchtet, daß wir ihm schon auf der Spur waren, und geglaubt, in einer geringfügigeren Sache einen Handel mit uns machen zu können. Oder vielleicht wollte er auch versuchen, den Mord an dem Amerikaner jemand anderem anzuhängen. Daß er den Ausweis des Amerikaners bei sich hatte, läßt keinen Zweifel daran, daß er ihn umgebracht hat.«

Natürlich, dachte Brunetti, klar, dadurch wird jeder Zweifel beseitigt.

»Deshalb haben Sie sich ja schließlich mit ihm getroffen, nicht wahr? Wegen des Amerikaners.« Als Brunetti nicht antwortete, wiederholte Patta seine Frage »Nicht wahr, Commissario?«

Brunetti wischte die Frage mit einer Handbewegung weg und fragte seinerseits: »Haben Sie dem Procuratore schon etwas davon berichtet?«

»Aber sicher. Was glauben Sie denn, was ich den ganzen Morgen gemacht habe? Er teilt meine Meinung, daß es ein sonnenklarer Fall ist. Ruffolo hat den Amerikaner bei einem versuchten Raub umgebracht, und dann wollte er das große Geld machen, indem er in Viscardis Palazzo einbrach.«

Brunetti unternahm einen letzten Versuch, etwas Sinn in die Geschichte zu bringen. »Das sind aber sehr unterschiedliche Verbrechen, Raubüberfall und Bilderdiebstahl.«

Pattas Stimme wurde lauter. »Es gibt Beweise, daß er mit beiden Verbrechen zu tun hatte, Commissario. Einmal der Ausweis, dann Ihre belgischen Zeugen. Sie waren ja vorher auch willens, ihnen zu glauben, daß sie in der Nacht, als die Bilder gestohlen wurden, Ruffolo gesehen haben. Und jetzt glaubt Signor Viscardi, sich an Ruffolo zu erinnern. Er hat darum gebeten, sich das Foto noch einmal ansehen zu dürfen, und wenn er ihn wiedererkennt, gibt es keinen Zweifel mehr. Für mich sind das mehr als genug Beweise, und es sind auch mehr als genug, um den Procuratore zu überzeugen.«

Brunetti schob seinen Stuhl zurück und stand abrupt auf. »Ist das dann alles, Vice-Questore?«

»Ich dachte, Sie würden zufriedener sein, Brunetti«, sagte Patta aufrichtig überrascht. »Damit ist der Fall des Amerikaners abgeschlossen, allerdings wird es die Suche nach Signor Viscardis Gemälden erschweren. Sie sind nicht ganz ein Held, weil Sie

Ruffolo nicht festgenommen haben. Aber das hätten Sie sicher getan, wenn er nicht von diesem Steg gefallen wäre. Ich habe Ihren Namen vor der Presse erwähnt.«

Das war Patta vermutlich schwerer gefallen, als Brunetti seinen Erstgeborenen zu schenken. Also sollte er diesem geschenkten Gaul wohl nicht ins Maul sehen. »Danke, Vice-Questore.«

»Natürlich habe ich klar zu erkennen gegeben, daß Sie nach meinen Anweisungen vorgegangen sind, daß ich Ruffolo von Anfang an im Verdacht hatte. Schließlich war er erst eine Woche wieder aus dem Gefängnis, als er den Amerikaner umgebracht hat.«

»Ja, Vice-Questore.«

»Dumm, daß wir Signor Viscardis Bilder nicht gefunden haben. Ich werde versuchen, im Lauf des Tages bei ihm vorbeizuschauen, um ihm selbst alles zu berichten.«

»Ist er denn in Venedig?«

»Ja, als ich gestern mit ihm sprach, erwähnte er, daß er vorhabe, heute herzukommen. Er erklärte, er sei bereit, sich dieses Foto noch einmal anzusehen. Wie gesagt, das würde ja alle Zweifel beseitigen.«

»Glauben Sie, es geht ihm nah, daß wir seine Bilder nicht wiederbeschaffen konnten?«

»Oh«, sagte Patta, der offensichtlich schon darüber nachgedacht hatte, »natürlich geht es ihm nah. Wer Bilder sammelt, der empfindet so. Für manche Menschen kann Kunst zu etwas Lebendigem werden. Ich bin nicht sicher, ob Sie das verstehen, Brunetti, aber ich versichere Ihnen, daß es so ist.«

»Wahrscheinlich geht es Paola so mit diesem Canaletto.«

»Diesem was?«

»Canaletto. Er war ein venezianischer Maler. Paolas Onkel hat uns eines seiner Bilder zur Hochzeit geschenkt. Kein sehr großes. Aber sie hängt offenbar sehr daran. Ich sage ihr immer wieder, sie soll es doch im Wohnzimmer aufhängen, aber sie möchte es gern in der Küche behalten.« Keine tolle Rache, aber immerhin etwas.

Pattas Stimme klang halb erstickt. »Ihre Frau hat ein Bild von Canaletto in der Küche?«

»Ja. Freut mich, daß Sie auch der Ansicht sind, das sei ein ungeeigneter Platz. Ich werde es ihr sagen.« Patta war so offensichtlich aus dem Gleis geworfen, daß Brunetti ihm nicht auch noch erzählen mochte, wie er Paola immer wieder klarzumachen versuchte, das Apfelstilleben von diesem französischen Typen würde sich in der Küche viel besser machen, denn er fürchtete, Patta könnte bei dem Namen Cézanne in Ohnmacht fallen.

»Ich glaube, ich muß mal nach unten gehen und sehen, was Vianello inzwischen erreicht hat. Er sollte ein paar Dinge für mich erledigen.«

»Gut, Brunetti. Ich wollte Sie nur zu einer guten Arbeit beglückwünschen. Signor Viscardi war sehr zufrieden.«

»Danke, Vice-Questore«, sagte Brunetti, schon auf dem Weg zur Tür.

»Er ist mit dem Bürgermeister befreundet, wissen Sie?«

»Aha«, sagte Brunetti. »Nein, das wußte ich nicht.« Aber er hätte es wissen müssen.

Unten saß Vianello an seinem Schreibtisch. Als Brunetti hereinkam, sah er auf und lächelte. »Wie man hört, sind Sie heute morgen ein großer Held.«

»Was stand sonst noch alles in diesem Bericht, den ich heute nacht unterschrieben habe?« fragte Brunetti ohne Umschweife.

»Ich habe geschrieben, daß Sie glauben, Ruffolo habe etwas mit dem Tod des Amerikaners zu tun.«

»Das ist absurd. Sie wissen doch, wie Ruffolo war. Er wäre schon gerannt, wenn jemand ihn auch nur angebrüllt hätte.«

»Er hatte gerade zwei Jahre abgesessen, Commissario. Vielleicht hatte er sich verändert.«

»Glauben Sie das wirklich?«

»Möglich wäre es immerhin.«

»Das habe ich Sie nicht gefragt, Vianello. Ich wollte wissen, ob Sie glauben, daß er es war.«

»Wenn nicht, wie ist dann der Ausweis des Amerikaners in seine Brieftasche gekommen?«

»Sie glauben es also?«

»Ja. Zumindest halte ich es für möglich. Warum glauben Sie es nicht, Commissario?«

Wegen der Warnung des Conte – Brunetti verstand sie erst jetzt als die Warnung, die sie gewesen war –, was die Verbindung zwischen Gamberetto und Viscardi betraf. Und jetzt verstand er auch, daß Viscardis Drohung nichts mit Brunettis Ermittlungen zu dem Einbruch in seinem Palazzo zu tun gehabt hatte. Sie bezog sich auf seine Ermittlungen zu den Morden an den beiden Amerikanern. Davon sollte er die Finger lassen. Morde, mit denen der arme, einfältige Ruffolo nichts zu tun gehabt hatte, Morde, von denen er jetzt wußte, daß sie nie gesühnt würden.

Seine Gedanken wanderten von den beiden toten Amerikanern zu Ruffolo, der geglaubt hatte, endlich das große Los gezogen zu haben, und vor seiner Mutter mit seinen wichtigen Freunden geprahlt hatte. Er hatte den Einbruch im Palazzo begangen und sogar getan, was dieser wichtige Mann ihm gesagt hatte, nämlich ihn ein bißchen herumgeknufft, obwohl das gar nicht Ruffolos Art war. Wann hatte Ruffolo erfahren, daß Signor Viscardi noch viel mehr auf dem Kerbholz hatte als den Diebstahl seiner eigenen Gemälde? Er hatte von drei Dingen gesprochen, die Brunetti interessieren würden – das mußten die Bilder gewesen sein –, aber in seiner Brieftasche war nur eins gewesen. Wer hatte es da hineinpraktiziert? War Ruffolo irgendwie an den Ausweis des Amerikaners gekommen und hatte ihn behalten, um ihn in seinem Gespräch mit Brunetti als Pfand zu benutzen? Oder noch schlimmer, hatte er versucht, Viscardi mit seinem Wissen zu drohen? Oder war er nur eine ebenso unschuldige wie unwissende Schachfigur gewesen, einer der vielen kleinen Bauern in dem Spiel, die wie Foster und Peters eine Weile benutzt und dann geopfert wurden, wenn sie etwas wußten, was die Hauptfiguren in Bedrängnis bringen konnte? Hatte derselbe, der ihn mit dem Stein erschlagen hatte, ihm den Ausweis des Amerikaners in die Brieftasche gesteckt?

Vianello saß noch immer an seinem Schreibtisch und sah ihn ganz merkwürdig an, aber Brunetti konnte ihm keine Antwort geben, jedenfalls keine, die er glauben würde. Und weil er fast ein Held war, ging er nach oben, schloß die Tür seines Büros hinter sich und sah eine Stunde lang aus dem Fenster. Auf dem Gerüst um San Lorenzo erschienen endlich ein paar Arbeiter, aber was sie taten, konnte man beim besten Willen nicht erkennen. Keiner ging bis aufs Dach, so daß die neuen Ziegel unberührt blieben. Auch hatten sie, wie es aussah, keinerlei Werkzeug bei sich. Sie liefen auf den verschiedenen Ebenen des Gerüsts herum, stiegen die Leitern hinauf und hinunter, kamen zusammen und redeten miteinander, trennten sich wieder und stiegen erneut auf die Leitern. Es ähnelte dem geschäftigen Treiben von Ameisen: das Ganze hatte offenbar einen Sinn, und sei es nur, weil sie so geschäftig waren, aber kein Mensch konnte diesen Sinn erkennen.

Sein Telefon klingelte, und er wandte sich vom Fenster ab, um das Gespräch anzunehmen. »Brunetti.«

»Commissario Brunetti. Hier spricht Maggiore Ambrogiani vom amerikanischen Stützpunkt in Vicenza. Wir haben uns vor einiger Zeit gesprochen, im Zusammenhang mit dem Tod eines Amerikaners in Venedig.«

»Ach ja, Maggiore«, sagte Brunetti nach einer Pause, die gerade die nötige Länge hatte, um Mithörern den Eindruck zu vermitteln, daß er sich nur mühsam an den Maggiore erinnerte. »Was kann ich für Sie tun?«

»Sie haben schon genug getan, Signor Brunetti, zumindest für meine amerikanischen Kollegen, indem Sie den Mörder dieses jungen Mannes gefunden haben. Ich rufe an, um Ihnen meinen persönlichen Dank auszusprechen, ebenso den Dank der amerikanischen Dienststellen hier auf dem Stützpunkt.«

»Das ist wirklich sehr freundlich, Maggiore. Ich weiß es zu schätzen. Aber es ist doch selbstverständlich, daß wir alles tun, um den USA zu helfen, vor allem ihren amtlichen Vertretungen hier.«

»Sehr schön gesagt, Signor Brunetti. Ich werde es wortwörtlich weitergeben.«

»Ja, tun Sie das, Maggiore. Kann ich sonst noch etwas für Sie tun?«

»Vielleicht mir viel Glück wünschen«, sagte Ambrogiani mit einem künstlichen Lachen.

»Mit Vergnügen, Maggiore, aber darf ich fragen, wofür?«

»Für meinen neuen Aufgabenbereich. Ich bin versetzt worden.«

»Wohin?«

»Nach Sizilien«, antwortete Ambrogiani, ohne eine Gefühlsregung zu verraten.

»Oh, wie schön für Sie, Maggiore. Ich habe gehört, das Klima soll dort hervorragend sein. Wann geht es denn los?«

»Dieses Wochenende.«

»Ach, so bald schon? Und wann kommt Ihre Familie nach?«

»Leider gar nicht. Ich soll eine kleine Carabinieri-Station in den Bergen übernehmen, und dahin können wir unsere Familien nicht mitnehmen.«

»Das tut mir aber leid, Maggiore.«

»Nun, so etwas liegt in der Natur unseres Berufs.«

»Ja, das ist wohl so. Gibt es noch etwas, was ich hier für Sie tun kann, Maggiore?«

»Nein, Commissario. Noch einmal meinen Dank und den meiner amerikanischen Kollegen.«

»Ich danke Ihnen, Maggiore. Und viel Glück«, sagte Brunetti, die ersten aufrichtigen Worte, die er in diesem ganzen Gespräch von sich gab. Er legte auf und ging wieder das Gerüst inspizieren. Die Männer waren nicht mehr da. Ob man sie auch nach Sizilien geschickt hatte? Wie lange überlebte ein Carabiniere auf Sizilien? Einen Monat? Zwei? Er hatte vergessen, was Ambrogiani ihm gesagt hatte, wie lange es noch bis zu seiner Pensionierung sei. Brunetti hoffte, daß er so lange durchhielt.

Wieder mußte er an die drei jungen Leute denken, die alle eines gewaltsamen Todes hatten sterben müssen, Schachfiguren, mit brutaler Hand vom Brett geworfen. Bisher hatte es Viscardis Hand allein gewesen sein können, aber Ambrogianis Versetzung hieß, daß andere, mächtigere Spieler beteiligt waren, Spieler, von denen er und Ambrogiani ebenso leicht vom Brett geworfen werden konnten. Die Beschriftung auf diesen todbringenden Plastiksäcken fiel ihm ein: PROPERTY OF U.S. GOVERNMENT. Er schauderte.

Er brauchte die Adresse nicht erst aus seinen Unterlagen herauszusuchen. Er verließ die Questura in Richtung Rialto, ohne etwas zu sehen, ohne wahrzunehmen, was um ihn herum vorging. An der Rialto-Brücke fühlte er sich plötzlich todmüde bei dem Gedanken, noch weiter zu Fuß gehen zu müssen, weshalb er auf das Einser-Vaporetto wartete, das er beim zweiten Halt, San Stae, wieder verließ. Obwohl er noch nie hier gewesen war, trugen ihn seine Füße von selbst zu der Tür; Vianello hatte ihm gesagt, wo es war – das schien Monate her. Er klingelte, nannte seinen Namen, und die Tür ging auf.

Der Innenhof war klein und ohne Pflanzen, stumpfgraue Stufen führten zum Palazzo. Brunetti ging hinauf und hob die Hand, um an die Holztür zu klopfen, aber Viscardi machte schon auf.

Die Stelle unter seinem Auge war verblaßt, die Schwellung fast verschwunden. Das Lächeln aber war dasselbe. »Welch eine angenehme Überraschung, Sie zu sehen, Commissario. Kommen Sie doch herein.« Er streckte die Hand aus, aber als Brunetti sie nicht beachtete, ließ er sie sinken, als sei das ganz natürlich, und zog damit die Tür weiter auf.

Brunetti trat in die Eingangshalle und wartete, bis Viscardi die Tür zugemacht hatte. Er hatte das dringende Bedürfnis, diesen Mann zu schlagen, ihm irgendwie körperliche Gewalt anzutun, ihn zu verletzen. Statt dessen folgte er Viscardi in einen großen, luftigen Salon, der auf einen Garten hinausging.

»Was kann ich für Sie tun, Commissario?« fragte Viscardi, der die Höflichkeit aufrechterhielt, aber nicht so weit ging, Brunetti einen Drink anzubieten oder ihn zum Platznehmen aufzufordern.

»Wo waren Sie letzte Nacht, Signor Viscardi?«

Viscardi lächelte, und sein Blick wurde ganz sanft. Die Frage überraschte ihn nicht im mindesten. »Nun, wo jeder anständige Mann nachts ist, Dottore; zu Hause bei Frau und Kindern.«

»Hier?«

»Nein, in Mailand. Und wenn ich Ihre nächste Frage vorwegnehmen darf, es waren noch andere Leute dabei, zwei Gäste und drei Dienstboten.«

»Wann sind Sie hier angekommen?«

»Heute früh, mit der Morgenmaschine.« Er lächelte und holte ein blaues Kärtchen aus der Tasche. »Ah, welch ein Glück, hier habe ich sogar noch die Bordkarte.« Er hielt sie Brunetti hin. »Wollen Sie sie sehen, Commissario?«

Brunetti ignorierte die Geste. »Wir haben den jungen Mann auf dem Foto gefunden«, sagte er.

»Den jungen Mann?« fragte Viscardi, stockte kurz und machte dann ein Gesicht, als ob er sich erinnerte. »Ach so, diesen jungen Kriminellen von dem Foto, das Ihr Sergente mir gezeigt hat. Hat Vice-Questore Patta Ihnen gesagt, daß ich mich inzwischen zu erinnern glaube?« Brunetti antwortete nicht, und Viscardi fuhr fort: »Haben Sie ihn festgenommen? Wenn das bedeutet, daß ich meine Gemälde zurückbekomme, wird meine Frau entzückt sein.«

»Er ist tot.«

»Tot?« Viscardi zog überrascht eine Augenbraue hoch. »Wie

bedauerlich. War es ein natürlicher Tod?« erkundigte er sich, dann hielt er wieder kurz inne, als wollte er seine nächste Frage genau abwägen. »Eine Überdosis vielleicht? Ich habe gehört, daß solche Unfälle passieren, besonders bei jungen Leuten.«

»Nein, es war keine Überdosis. Er wurde ermordet.«

»Oh, das tut mir leid, aber das scheint ja richtig umzugehen, wie?« Er lächelte über seinen kleinen Scherz und fragte: »Hat er denn nun den Einbruch hier bei mir begangen?«

»Es gibt Hinweise, die ihn damit in Verbindung bringen.«

Viscardi kniff die Augen zusammen, zweifellos um eine allmählich dämmernde Erkenntnis anzudeuten. »Dann war er es also wirklich, den ich in der Nacht gesehen habe?«

»Ja, Sie haben ihn gesehen.«

»Heißt das, ich bekomme meine Bilder bald wieder?«

»Nein.«

»Ach, wie schade. Da wird meine Frau aber enttäuscht sein.«

»Wir haben Hinweise darauf gefunden, daß er auch mit einem anderen Verbrechen zu tun hatte.«

»Wirklich? Mit was für einem?«

»Mit dem Mord an dem amerikanischen Soldaten.«

»Da werden Sie und Vice-Questore Patta ja froh sein, daß Sie dieses Verbrechen auch aufklären konnten.«

»Der Vice-Questore schon.«

»Und Sie nicht? Warum nicht, Commissario?«

»Weil er nicht der Mörder war.«

»Das klingt, als ob Sie sich da sehr sicher wären.«

»Ich bin mir da sehr sicher.«

Viscardi versuchte ein neues Lächeln, ein recht verkniffenes. »Mir wäre es viel lieber, wenn Sie so sicher wären, daß Sie meine Gemälde finden.«

»Sie können gewiß sein, daß ich sie finde, Signor Viscardi.«

»Das ist sehr beruhigend, Commissario.« Er schob seine Manschette zurück und warf einen kurzen Blick auf seine Uhr. »Aber leider müssen Sie mich jetzt entschuldigen. Ich erwarte

Freunde zum Mittagessen. Und dann habe ich eine geschäftliche Verabredung und muß zum Bahnhof.«

»Ihre Verabredung ist nicht in Venedig?« erkundigte sich Brunetti.

In Viscardis Augen stieg ein Lächeln reinsten Vergnügens. Er versuchte es zu unterdrücken, doch es mißlang ihm. »Nein, Commissario, nicht in Venedig, in Vicenza.«

Brunetti nahm seine Wut mit sich nach Hause, und sie saß auch noch zwischen ihm und seiner Familie am Eßtisch. Er bemühte sich, auf ihre Fragen einzugehen und ihrer Unterhaltung zu folgen, aber während Chiara eine Anekdote von heute morgen in der Schule zum besten gab, sah er Viscardis triumphierendes Lächeln vor sich. Und als Raffi über eine Bemerkung seiner Mutter grinste, erinnerte Brunetti sich nur an Ruffolos abbittendes Grinsen vor zwei Jahren, als er seiner Mutter die Schere aus der erhobenen Hand genommen und ihr erklärt hatte, daß der Commissario doch nur seine Arbeit tat.

Ruffolos Leiche würde ihr heute nachmittag übergeben werden, wenn die Autopsie beendet und die Todesursache festgestellt war. Brunetti hegte keinen Zweifel am Ergebnis: Ruffolos Kopfverletzung würde genau zu dem Stein passen, der an dem schmalen Strand neben seiner Leiche gelegen hatte; wer sollte entscheiden, ob er bei einem Sturz mit dem Kopf daraufgeschlagen oder ob die Verletzung auf andere Weise zustande gekommen war? Und wer sollte sich, da Ruffolos Tod alles so bequem löste, noch groß darum scheren? Vielleicht fand sich, wie bei Dr. Peters, Alkohol in Ruffolos Blut, was einen Sturz noch wahrscheinlicher aussehen ließ. Brunettis Fall war gelöst. Genaugenommen waren beide Fälle gelöst, da sich durch einen glücklichen Zufall herausgestellt hatte, daß der Mörder des Amerikaners gleichzeitig der Dieb von Viscardis Gemälden war. Bei diesem Gedanken stieß er seinen Stuhl zurück, ungeachtet der drei Augenpaare, die ihm folgten, als er den Raum verließ. Ohne Erklärung ging er aus dem Haus und machte sich auf den Weg zum Ospedale Civile, wo Ruffolos Leiche jetzt sein mußte.

Als er zum Campo Santi Giovanni e Paolo kam, ging er auf den Hintereingang des Hospitals zu, ohne auf die Menschen um sich herum zu achten. Aber als er an der Röntgenabteilung vorbei und über den schmalen Korridor lief, der zur Pathologie führte, waren dort so viele Leute versammelt, daß er sie nicht mehr übersehen konnte. Sie gingen nirgendwohin, sie standen nur in kleinen Grüppchen herum, steckten die Köpfe zusammen und tuschelten. Einige waren unverkennbar Patienten, denn sie hatten Pyjamas oder Morgenmäntel an; andere trugen Anzüge, wieder andere die weißen Kittel von Pflegern. Direkt vor der Tür zur pathologischen Abteilung sah er eine Uniform, die ihm vertrauter war: Rossi stand vor der geschlossenen Tür, die eine Hand erhoben, um die Menge davon abzuhalten, noch näher zu kommen.

»Was ist los, Rossi?« fragte Brunetti, während er sich durch die vorderste Reihe der Umstehenden drängte.

»Ich weiß es nicht genau, Commissario. Wir sind vor einer halben Stunde angerufen worden. Der Anrufer sagte, eine alte Frau von nebenan aus dem Altersheim sei durchgedreht und würde hier alles kurz und klein schlagen. Ich bin daraufhin mit Vianello und Miotti hergekommen. Die beiden sind hineingegangen, und ich versuche zu verhindern, daß diese Leute hinterhergehen.«

Brunetti ging um Rossi herum und stieß die Tür zur Pathologie auf. Drinnen sah es ähnlich aus wie draußen: Leute standen in kleinen Gruppen herum und redeten mit zusammengesteckten Köpfen. Allerdings trugen hier alle das Weiß des Krankenhauspersonals. Wörter und Satzfetzen drifteten durch den Raum an sein Ohr. »*Impazzita*«, »*terribile*«, »*che paura*«, »*vecchiaccia*«. Das paßte alles zu dem, was Rossi gesagt hatte, aber es erhellte für Brunetti in keiner Weise die Situation.

Er ging auf die Tür zu, die zu den Untersuchungsräumen führte. Einer der Pfleger sah ihn, riß sich von seinem Grüppchen los und stellte sich ihm in den Weg. »Sie können da nicht rein. Die Polizei ist da.«

»Ich bin von der Polizei«, erklärte Brunetti und wollte an ihm vorbei.

»Zuerst müssen Sie sich ausweisen«, sagte der Mann und wollte Brunetti zurückhalten, indem er ihm die Hand auf die Brust legte.

Der Widerstand des Mannes ließ Brunettis ganzen Zorn auf Viscardi wieder aufflammen; er ballte unwillkürlich die Hand zur Faust und holte aus. Der Mann wich einen Schritt zurück, und die kleine Bewegung genügte, um Brunetti wieder zur Besinnung zu bringen. Mit Mühe öffnete er die Finger, zog seine Brieftasche aus dem Jackett und zeigte dem Pfleger seinen Ausweis. Der Mann tat ja nur seine Pflicht.

»Ich tue nur meine Pflicht«, sagte dieser und machte kehrt, um Brunetti die Tür zu öffnen.

»Danke«, sagte Brunetti und ging an ihm vorbei, aber ohne ihm ins Gesicht zu sehen.

Drinnen sah er Vianello und Miotti auf der anderen Seite des Zimmers stehen, beide über einen kleinen Mann gebeugt, der auf einem Stuhl saß und ein weißes Handtuch an seinen Kopf gepreßt hielt. Vianello hatte sein Notizbuch in der Hand und schien den Mann zu vernehmen. Als Brunetti hinzutrat, sahen alle drei hoch. In dem Moment erkannte er in dem dritten Mann Dr. Ottavio Bonaventura, Rizzardis Assistenten. Der junge Mann nickte grüßend, dann schloß er die Augen, legte den Kopf zurück und drückte wieder das Handtuch an seine Stirn.

»Was ist denn los?« wollte Brunetti wissen.

»Das versuchen wir gerade herauszufinden, Commissario«, antwortete Vianello mit einem Nicken zu Bonaventura hin. »Vor einer halben Stunde hat uns eine Schwester von da draußen angerufen«, sagte er, womit er offenbar die Anmeldung meinte. »Sie sagte, eine Irre hätte einen der Ärzte angegriffen, worauf wir so schnell wie möglich hergekommen sind. Offenbar konnten die Pfleger sie nicht zurückhalten, obwohl sie zu zweit waren.«

»Zu dritt«, sagte Bonaventura, die Augen noch immer geschlossen.

»Was ist passiert?«

»Wir wissen es nicht. Wir versuchen es ja gerade herauszubekommen, Commissario. Als wir ankamen, war sie weg, aber wir wissen nicht, ob die Pfleger sie weggebracht haben. Wir wissen überhaupt nichts.« Vianello machte keine Anstalten, seine wütende Hilflosigkeit zu verbergen. Drei Männer sollten eine alte Frau nicht festhalten können?

»Dottor Bonaventura«, sagte Brunetti, »können Sie uns sagen, was hier vorgefallen ist? Fühlen Sie sich dazu in der Lage?«

Bonaventura nickte leicht. Er nahm das Handtuch von der Stirn, und Brunetti sah einen tiefen, blutigen Riß, der vom Backenknochen bis zum Haaransatz direkt über seinem Ohr verlief. Der Doktor drehte das Handtuch um und drückte es mit einer sauberen Stelle erneut auf die Wunde.

»Ich war am Schreibtisch«, fing er an, ohne sich die Mühe zu machen, auf den einzigen Schreibtisch im Zimmer zu zeigen, »und habe Papierkram erledigt, als plötzlich diese Frau hereinstürmte, kreischend und völlig außer sich. Sie hatte irgend etwas in der Hand und kam damit auf mich zu. Was es war, weiß ich nicht, vielleicht nur ihre Handtasche. Sie hat etwas geschrien, aber ich weiß nicht, was. Ich konnte sie nicht verstehen, vielleicht war ich auch zu überrascht. Oder zu erschrocken.« Er drehte das Handtuch wieder um; die Blutung wollte nicht aufhören.

»Sie kam zum Schreibtisch und schlug auf mich ein, dann fing sie an, alle Papiere auf dem Schreibtisch zu zerfetzen. In dem Moment kamen die Pfleger dazu, aber sie war wie von

Sinnen, völlig hysterisch. Einen von ihnen hat sie zu Boden geschlagen, und ein anderer ist über ihn gestolpert. Was dann passiert ist, habe ich nicht mitbekommen, weil ich Blut in den Augen hatte. Aber als ich es abgewischt hatte, war sie verschwunden. Zwei Pfleger waren noch da, auf dem Boden, aber sie war weg.«

Brunetti sah fragend zu Vianello, der antwortete: »Nein, Commissario. Sie ist nicht draußen. Sie ist einfach verschwunden. Ich habe mit zweien der Pfleger gesprochen, aber sie haben keine Ahnung, wo sie geblieben ist. Wir haben drüben in der *Casa di Riposo* angerufen, ob einer ihrer Patienten vermißt wird, aber die sagen nein. Es war Essenszeit, da konnten sie ihre Leute gut zählen.«

Brunetti wandte sich wieder an Bonaventura. »Haben Sie eine Ahnung, wer die Frau gewesen sein könnte, Dottore?«

»Nein, gar keine. Ich hatte sie noch nie gesehen. Ich habe auch keine Ahnung, wie sie hereingekommen ist.«

»Hatten Sie Sprechstunde?«

»Nein, wie ich Ihnen schon sagte, habe ich hier Papierkram erledigt, meine Notizen übertragen. Und ich glaube auch nicht, daß sie aus dem Wartezimmer gekommen ist. Ich glaube, sie kam von da drüben.« Er deutete auf die Tür am anderen Ende des Raumes.

»Was ist dahinter?«

»Die Leichenhalle. Ich hatte eine halbe Stunde vorher gerade eine Obduktion beendet und war dabei, meine Notizen zu einem Bericht zusammenzuschreiben.«

Bei der wirren Erzählung des Arztes hatte Brunetti seine Wut vergessen. Ihm war plötzlich kalt, kalt bis ans Herz, aber es war kein Gefühl der Wut.

»Wie sah die Frau aus, Dottore?«

»Eine ganz gewöhnliche dicke, kleine Frau, und ganz in Schwarz.«

»Und Ihre Notizen, worum ging es da?«

»Wie ich schon sagte, um die Autopsie.«

»Welche Autopsie?« fragte Brunetti, obwohl er wußte, daß seine Frage eigentlich überflüssig war.

»Wie hieß er noch? Der junge Mann, den sie letzte Nacht gebracht haben, Rigetti? Ribelli?«

»Nein, Dottore, Ruffolo.«

»Ja, genau. Ich war gerade fertig mit ihm. Er ist wieder zugenäht. Die Familie sollte ihn um zwei Uhr abholen, aber ich war etwas früher fertig und wollte den Bericht zusammenstellen, bevor ich mit dem nächsten anfing.«

»Erinnern Sie sich an irgend etwas, was sie gesagt hat, Dottore?«

»Ich habe doch schon gesagt, daß ich sie nicht verstanden habe.«

»Bitte, versuchen Sie nachzudenken, Dottore«, sagte Brunetti, um einen ruhigen Ton bemüht. »Es könnte wichtig sein. Irgendwelche Wörter? Sätze?« Bonaventura schwieg, und Brunetti bohrte nach. »Hat sie italienisch gesprochen?«

»So was Ähnliches. Einige Wörter klangen italienisch, aber der Rest war Dialekt. Der schlimmste, den ich je gehört habe.« Auf Bonaventuras Handtuch waren keine sauberen Stellen mehr. »Ich glaube, ich muß jetzt mal die Wunde versorgen lassen«, meinte er.

»Gleich, Dottore. Haben Sie irgend etwas verstanden?«

»Ja, natürlich, sie hat geschrien: ›*Bambino*, *bambino*‹, aber der junge Mann war nicht ihr *bambino*. Sie war bestimmt über sechzig.« Das war sie nicht, aber Brunetti sah keinen Grund, ihm das zu sagen.

»Haben Sie sonst noch etwas verstanden, Dottore?« fragte Brunetti noch einmal.

Bonaventura schloß die Augen unter dem vereinten Gewicht von Schmerz und Nachdenken. »›*Assassino*‹, aber damit hat sie wohl mich gemeint. Sie hat gedroht, mich umzubringen, aber dann hat sie mich nur geschlagen. Das ergibt alles keinen Sinn.

Keine zusammenhängenden Sätze oder so etwas, nur Lärm, wie ein Tier. Dann kamen, glaube ich, die Pfleger herein.«

Brunetti wandte sich ab und deutete mit dem Kopf zur Leichenhalle. »Ist die Leiche da drin?« wollte er wissen.

»Ja, das sagte ich doch schon. Die Familie sollte sie um zwei Uhr abholen.«

Brunetti ging hin und stieß die Tür auf. Drinnen, nur ein paar Meter von ihm entfernt, lag Ruffolos Leiche nackt und bloß auf einer metallenen Bahre. Das Tuch, das den Körper bedeckt hatte, lag zerknüllt auf dem Boden, als wäre es heruntergerissen und hingeworfen worden.

Brunetti machte ein paar Schritte in den Raum und sah auf den jungen Mann. Beim Anblick eines der übergroßen Ohren schloß er für einen Moment die Augen. Die Leiche lag mit dem Kopf von ihm abgewandt, so daß Brunetti die gezackte Linie sehen konnte, die durchs Haar lief und zeigte, wo man die Schädeldecke abgehoben hatte, damit Bonaventura die Schäden am Gehirn feststellen konnte. Die Vorderseite des Rumpfes trug den langen Y-Schnitt, diesen schrecklichen Schnitt, der auch am athletischen Körper des jungen Amerikaners zu sehen gewesen war. Der Kreis des Todes war so akkurat wie mit dem Zirkel geschlagen und brachte Brunetti wieder zurück, wo er angefangen hatte.

Er kehrte Ruffolos sterblichen Überresten den Rücken und ging wieder in den anderen Raum. Ein neuer Weißkittel stand über Bonaventura gebeugt und befingerte vorsichtig die Ränder seiner Wunde. Brunetti nickte Vianello und Miotti zu, aber bevor einer sich in Bewegung setzen konnte, sah Bonaventura zu Brunetti hinüber und sagte: »Etwas Komisches ist da noch.«

»Was denn, Dottore?« fragte Brunetti.

»Sie dachte, ich wäre aus Mailand.«

»Ich verstehe nicht, was meinen Sie damit?«

»Als sie sagte, sie würde mich umbringen, hat sie mich ›*Milanese traditore*‹ genannt, aber dann hat sie doch nur auf mich eingeschlagen. Sie hat weiter gebrüllt, daß sie mich umbringen würde und mich immer wieder ›*Milanese traditore*‹ genannt. Ich verstehe das alles nicht.«

Brunetti aber verstand plötzlich alles. »Vianello, haben Sie ein Boot hier?«

»Ja, Commissario, draußen.«

»Miotti, rufen Sie bei der Questura an. Sie sollen sofort die Squadra Mobile zu Viscardis Palazzo schicken. Kommen Sie, Vianello.«

Das Polizeiboot lag mit laufendem Motor an der linken Seite des Krankenhauses. Brunetti sprang an Deck, Vianello blieb direkt hinter ihm. »Bonsuan«, sagte Brunetti, der froh war, ihn am Steuer zu sehen, »rüber nach San Stae, der neue Palazzo neben dem Palazzo Duodo.«

Bonsuan brauchte keine weiteren Fragen zu stellen; Brunettis Angst war ansteckend. Mit einem Handgriff schaltete er die Sirene ein, schob den Gashebel vor und lenkte das Boot in die Fahrrinne. Kurz darauf bog er mit jaulender Sirene in den Rio San Giovanni Crisostomo ein und hielt auf den Canal Grande zu, wobei er beinah mit einem Taxiboot kollidiert wäre und eine starke Heckwelle verursachte, die gegen Boote und Hauswände klatschte. Sie rasten an einem Vaporetto vorbei, das eben an San Stae anlegte. Ihre Heckwelle warf es an den *embarcadero*, und mehr als ein Tourist verlor die Balance.

Gleich hinter dem Palazzo Duodo lenkte Bonsuan das Boot ans Ufer, und Brunetti und Vianello sprangen an Land. Brunetti rannte die schmale Calle entlang, hielt einen Augenblick inne, um sich nach der ungewohnten Ankunft von der Wasserseite her zu orientieren, und lief dann nach links, auf den Palazzo zu.

Als er die schwere Holztür zum Innenhof offenstehen sah, wußte er, daß er zu spät kam: zu spät für Viscardi, und zu spät für Signora Concetta. Er fand sie am Fuß der Treppe, die vom Hof zum Palazzo hinaufführte, wo zwei von Viscardis Essensgästen ihr die Arme auf dem Rücken festhielten, der eine noch mit der Serviette im Kragen.

Signor Viscardis Gäste waren beides große, kräftige Männer, und Brunetti fand es unnötig, daß sie Signora Concetta die Arme so brutal auf den Rücken drehten. Zum einen war es sowieso zu spät, und zum anderen wehrte sie sich gar nicht. Vollkommen zufrieden, beinah glücklich, könnte man sagen, blickte sie auf das hinunter, was zu ihren Füßen auf dem Hof lag. Viscardi war aufs Gesicht gefallen, so daß die klaffenden Löcher, die der Schrot in seine Brust gerissen hatte, nicht zu sehen waren, obwohl das Blut ungehindert auf die Granitplatten floß. Neben seiner Leiche, etwas näher bei Signora Concetta, lag noch die Flinte, wie sie hingefallen war. Die *lupara* ihres verstorbenen Mannes hatte ihren Zweck erfüllt und die Familienehre gerächt.

Bevor Brunetti etwas sagen konnte, erschien über der Treppe ein Mann in der Tür. Er sah Vianellos Uniform. »Wie kommen Sie so schnell hierher?« fragte er.

Brunetti beachtete ihn nicht, sondern ging auf die Frau zu. Sie sah zu ihm auf, erkannte ihn, lächelte aber nicht. Ihr Gesicht war wie aus Eisen gegossen. Brunetti sagte zu den Männern: »Lassen Sie sie los.« Sie reagierten nicht, und er wiederholte: »Lassen Sie sie los.« Diesmal gehorchten sie und ließen ihre Arme los, wobei sie schnell von ihr wegtraten.

»Signora Concetta«, sagte Brunetti. »Woher wußten Sie es?« Die Frage, warum sie es getan hatte, war überflüssig.

Langsam und steif, als täte ihr die Bewegung weh, nahm sie die Arme nach vorn und kreuzte sie über der Brust. »Mein Peppino hat mir alles erzählt.«

»Was hat er Ihnen erzählt, Signora?«

»Daß er dieses Mal genug Geld kriegen würde, damit wir nach Hause fahren könnten. Nach Hause. Es ist so lange her, seit ich zu Hause war.«

»Was hat er Ihnen noch gesagt, Signora? Hat er Ihnen auch etwas von den Bildern erzählt?«

Der Mann mit der Serviette am Hemdkragen unterbrach ihn

mit schriller, schneidender Stimme: »Wer Sie auch sind, ich muß Sie warnen. Ich bin Signor Viscardis Anwalt. Und ich warne Sie auch, weil Sie dieser Frau Informationen geben. Ich bin Zeuge dieses Verbrechens, und keiner darf mit ihr reden, bevor die Polizei da ist.«

Brunetti warf ihm einen kurzen Blick zu und sah dann auf Viscardi hinunter. »Er braucht keinen Anwalt mehr.« Damit wandte er seine Aufmerksamkeit wieder Signora Concetta zu. »Was hat Peppino Ihnen erzählt, Signora?«

Sie bemühte sich, deutlich zu sprechen. Immerhin stand die Polizei vor ihr. »Ich wußte alles. Über die Bilder. Und über alles andere. Ich wußte, daß mein Peppino sich mit Ihnen treffen wollte. Er hatte große Angst, mein Peppino. Er hatte Angst vor diesem Mann«, sagte sie, wobei sie auf Viscardi deutete. »Er hat etwas gefunden, das ihm viel Angst gemacht hat.« Sie sah wieder zu Brunetti auf. »Kann ich jetzt gehen, Dottore? Mein Werk ist getan.«

Der Mann mit der Serviette mischte sich wieder ein. »Sie stellen dieser Frau Suggestivfragen, und ich kann das bezeugen.«

Brunetti streckte die Hand aus und faßte Signora Concetta am Ellbogen. »Kommen Sie mit, Signora.« Er nickte Vianello zu, der mit zwei Schritten bei ihm war. »Gehen Sie mit diesem Mann hier, Signora. Er hat ein Boot und bringt Sie zur Questura.«

»Nein, nicht in einem Boot. Ich habe Angst vor Wasser.«

»Es ist ein ganz sicheres Boot, Signora«, beruhigte Vianello sie.

Sie wandte sich an Brunetti. »Kommen Sie auch mit, Dottore?«

»Nein, Signora. Ich muß noch hierbleiben.«

Sie deutete zu Vianello, sprach aber zu Brunetti: »Kann ich ihm trauen?«

»Ja, Signora, Sie können ihm trauen.«

»Schwören Sie?«

»Ja, Signora, ich schwöre es.«

»*Va bene*, nehmen wir also das Boot.«

Sie ging mit Vianello davon, der sich tief hinunterbeugen mußte, um seine Hand unter ihren Ellbogen zu schieben. Nach zwei Schritten hielt sie an und drehte sich zu Brunetti um. »Dottore?«

»Ja, Signora Concetta?«

»Die Bilder sind in meinem Haus.« Damit wandte sie sich ab und ging weiter mit Vianello aufs Tor zu.

Später sollte Brunetti erfahren, daß sie in den zwanzig Jahren, die sie in Venedig war, nie einen Fuß auf ein Boot gesetzt hatte; wie so viele Menschen aus den sizilianischen Bergen hatte sie eine panische Angst vor dem Wasser, und die hatte sie auch in zwanzig Jahren nicht abgelegt. Aber vorher erfuhr er noch, was sie mit den Bildern gemacht hatte. Als Polizisten an diesem Nachmittag in ihre Wohnung gingen, fanden sie die drei Bilder in Fetzen, zerschnitten mit derselben Schere, mit der sie Brunetti einmal anzugreifen versucht hatte. Diesmal war kein Peppino dagewesen, um sie zurückzuhalten, und sie hatte so gründliche Arbeit geleistet, daß nach dem Wüten ihres Schmerzes nur noch Fetzen von Leinwand und Farbe übriggeblieben waren. Es wunderte Brunetti nicht, als er hörte, daß viele darin den sicheren Beweis für ihre Verrücktheit sahen; jeder konnte einen Menschen umbringen, aber nur eine Verrückte würde einen Guardi zerstören.

Zwei Abende später klingelte nach dem Essen das Telefon, und Paola ging hin. Der Herzlichkeit ihres Tons und dem Lachen zwischen den Sätzen entnahm er, daß sie mit ihren Eltern sprach. Nach fast einer halben Stunde kam sie zu ihm auf die Terrasse und sagte: »Guido, mein Vater möchte dich kurz sprechen.«

Er ging nach drinnen und nahm den Hörer. »Guten Abend«, sagte er.

»Guten Abend, Guido«, sagte der Conte. »Ich habe ein paar Neuigkeiten für dich.«

»Wegen der Müllkippe?«

»Müllkippe?« wiederholte der Conte und vermochte es sogar, Verwirrung in seinen Ton zu legen.

»Die Müllkippe beim Lago di Barcis.«

»Ach, du meinst die Baustelle. Ein privates Transportunternehmen ist Anfang der Woche dort gewesen. Das ganze Gelände wurde gesäubert, alles weggeschafft und Erde darüber festgewalzt.«

»Baustelle?«

»Ja, die Armee hat beschlossen, in dieser Gegend Untersuchungen über Radon-Emissionen anzustellen. Sie wird das ganze Gebiet absperren und irgendwelche Testanlagen dort aufstellen. Natürlich unbemannt.«

»Wessen Armee, ihre oder unsere?«

»Nun, unsere natürlich.«

»Wohin ist das Zeug gebracht worden?«

»Ich glaube, die Transporter sind nach Genua gefahren. Aber der Freund, von dem ich das weiß, hat sich nicht sehr präzise ausgedrückt.«

»Du wußtest, daß Viscardi damit zu tun hatte, ja?«

»Guido, ich mag deinen anklagenden Ton nicht«, sagte der Conte scharf. Brunetti entschuldigte sich nicht, und der Conte fuhr fort: »Ich wußte viel über Signor Viscardi, Guido, aber er war – jenseits meiner Macht.«

»Jetzt ist er jenseits jeder Macht«, sagte Brunetti, aber es befriedigte ihn nicht, das sagen zu können.

»Ich hatte dir das beizubringen versucht.«

»Mir war nicht klar, daß er so mächtig war.«

»Er war es. Und sein Onkel«, der Conte nannte ein Kabinettsmitglied, »ist und bleibt noch mächtiger. Verstehst du?«

Brunetti verstand mehr, als er zu verstehen wünschte. »Ich wollte dich um noch einen Gefallen bitten.«

»Ich habe diese Woche schon viel für dich getan, Guido. Vieles gegen meine eigenen Interessen.«

»Es ist nicht für mich.«

»Guido, Gefallen sind immer für einen selbst. Besonders wenn man etwas für andere will.« Als Brunetti schwieg, fragte der Conte: »Worum geht es denn?«

»Um einen Carabinieri-Offizier, Ambrogiani. Er ist gerade nach Sizilien versetzt worden. Kannst du dafür sorgen, daß ihm nichts zustößt, solange er dort ist?«

»Ambrogiani?« fragte der Conte, als interessierte ihn nichts weiter als der Name.

»Ja.«

»Ich werde sehen, was ich tun kann, Guido.«

»Ich wäre dir wirklich sehr dankbar.«

»Und Maggior Ambrogiani auch, nehme ich an.«

»Danke.«

»Schon gut, Guido. Nächste Woche sind wir wieder da.«

»Gut. Einen schönen Urlaub noch.«

»Ja, danke. Gute Nacht, Guido.«

»Gute Nacht.« Als er den Hörer auflegte, schoß Brunetti eine kleine Einzelheit aus ihrem Gespräch durch den Kopf, und er stand wie erstarrt und blickte auf seine Hand, unfähig, sie vom Hörer zu lösen. Der Conte hatte Ambrogianis Rang gekannt. Er hatte nur von einem Offizier gesprochen, aber der Conte hatte: »Maggior Ambrogiani« gesagt. Der Conte wußte von Gamberetto. Er hatte Geschäftsbeziehungen mit Viscardi. Und jetzt kannte er Ambrogianis Dienstgrad. Was wußte der Conte noch alles? Und in was war er sonst noch verwickelt?

Paola hatte seinen Platz auf der Terrasse eingenommen. Er machte die Tür auf, trat hinaus, stellte sich neben sie und legte einen Arm um ihre Schultern. Der Himmel im Westen verströmte sein letztes Tageslicht. »Die Tage werden schon kürzer, nicht?« sagte sie.

Er zog sie fester an sich und nickte.

So standen sie, als die Glocken zu läuten begannen, zuerst die hellen von San Polo, und dann schollen über die Stadt, die

Kanäle, die Jahrhunderte hinweg die gebieterischen, tiefen Töne von San Marco.

»Guido, ich glaube, Raffi ist verliebt«, sagte sie in der Hoffnung, es wäre der rechte Augenblick, es ihm mitzuteilen.

Brunetti stand neben der Mutter seines einzigen Sohnes und dachte an Eltern und wie sie ihre Kinder lieben. Er sagte so lange nichts, daß sie endlich den Kopf wandte und zu ihm aufsah. »Warum weinst du, Guido?«